Die unaufhaltsam vorrückenden Armeen der Nomadenkönige haben im Norden des Zweistromlandes eine Spur der Verwüstung hinterlassen. Die altehrwürdige Handelsstadt Haran ist zwar durch den heldenhaften Einsatz von Hadad, einem ›Kind des Löwen‹, verschont geblieben, aber der junge Figurenmacher und Kunstschmied hat dabei sein Leben gelassen. Danataja, seine Frau, und ihr ungeborenes Kind, Ben-Hadad, hat er kurz vorher dem Schutz des kanaanitischen Patriarchen Jakob anvertraut, der mit ihnen und seiner Sippe gerade noch rechtzeitig ins Land seiner Vorväter gezogen ist.

Als Ben-Hadad zur Welt kommt, wird gleichzeitig Jakobs heiß ersehnter Sohn Joseph geboren, am selben Ort und unter demselben Stern.

Mit Ben-Hadad hat eine neue Generation der ›Kinder des Löwen‹ das Licht der Welt erblickt, jener Dynastie legendärer Waffenschmiede, die alle das Kainsmal der Löwenpranke auf der Hüfte tragen. Aber Ben-Hadad wächst vaterlos auf, herumgestoßen von einem missgünstigen Stiefvater, der auch Danatajas Erbe verschleudert. Seit der Flucht aus Haran sind Ben-Hadads Großvater Kirta und sein Onkel Schobai für Danataja und ihren kleinen Sohn verschollen. Nur Jakob ist in der Lage, Hadads Frau und Sohn in äußerster Bedrängnis Schutz zu gewähren.

Doch auch Kirta und Schobai haben die Invasion der Nomaden überlebt. Seit den grausamen Ereignissen vor Haran geblendet, zieht Schobai nun gemeinsam mit einigen Gefährten als fahrender Harfenspieler und Sänger nach Ägypten. Doch das einst strahlende Pharaonenreich ist in bürgerkriegsähnlichen Zuständen zerfallen, im Nildelta haben die Nomadenkönige bereits die Vorherrschaft übernommen. Und in ihrem Gefolge hat Schobais alter Gegner Reschef eine wichtige Stellung übernommen.

Peter Danielson stammt aus dem amerikanischen Süden und ließ sich nach seinem Militärdienst mit seiner Familie in Kalifornien nieder. Erste schriftstellerische Arbeiten entstanden neben seiner Tätigkeit als Journalist. Dann wandte sich Danielson jedoch zunächst einer ganz anderen Tätigkeit zu, machte sozusagen sein Hobby als Musiker zum Beruf und arbeitete fünfzehn Jahre lang als Musikmanager. Erst nach dem Ende dieser zeitraubenden Tätigkeit wurde er vollends zum Autor und schuf die mehrbändige Chronik der »Kinder des Löwen«.

Bisher erschienen: ›Im Zeichen des Löwen‹ (Bd. 14348), ›Die Insel der Göttin‹ (Bd. 14349), ›Die Nomadenkönige‹ (Bd. 14672). In Vorbereitung: ›Der Löwe in Ägypten‹ (Bd. 14813 – Oktober 2000). Die Saga wird fortgesetzt.

Unsere Adresse im Internet: www.fischer-tb.de

Peter Danielson

Die Rache des Löwen

Roman

Aus dem Amerikanischen
von Gabriele L. Ulrich-Hunter

Fischer Taschenbuch Verlag

Deutsche Erstausgabe
Veröffentlicht im Fischer Taschenbuch Verlag GmbH,
Frankfurt am Main, Juli 2000

Die amerikanische Originalausgabe erschien 1983
unter dem Titel ›Vengeance of the Lion‹
im Verlag Bantam Books, New York

Satz: Pinkuin Satz und Datentechnik, Berlin
Druck und Bindung: Clausen & Bosse, Leck
Printed in Germany
ISBN 3-596-14812-X

Die Rache des Löwen

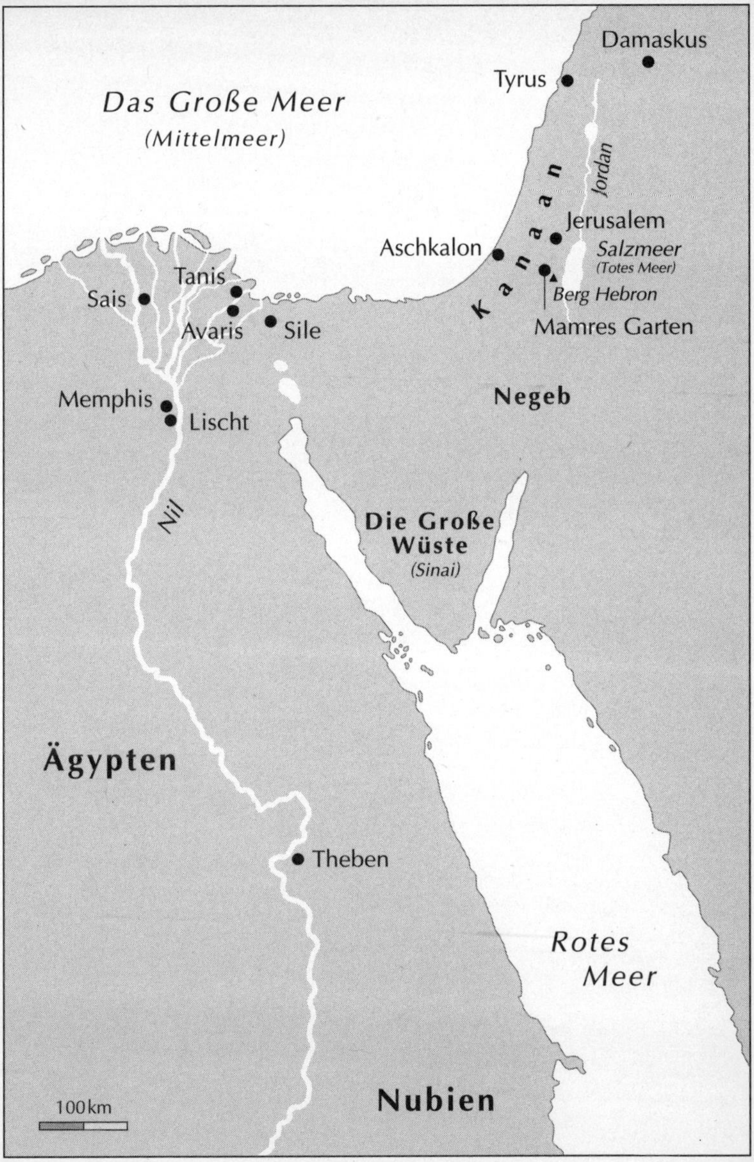

Das Große Meer
(Mittelmeer)
Damaskus
Tyrus
Jordan
Kanaan
Jerusalem
Aschkalon
Salzmeer
(Totes Meer)
Berg Hebron
Mamres Garten
Tanis
Sais
Avaris
Sile
Memphis
Lischt
Negeb
Nil
Die Große Wüste
(Sinai)
Ägypten
Theben
Rotes Meer
Nubien
100 km

Verzeichnis der wichtigsten Personen

Akilleus	Wohlhabender Kaufmann, ehemaliger Rudersklave aus Nubien
Avedis	Anführer der Nomaden; Sohn von Manuk
Baka	Ägyptischer Garnisonshauptmann; Ehemann von Meret
Ben-Hadad	Sohn des verstorbenen Hadad und von Danataja; ein ›Kind des Löwen‹
Benjamin	Zweiter und jüngster Sohn von Rahel und Jakob
Danataja	Ehefrau von Hadad; Mutter von Ben-Hadad
Djedi	Offizier; Freund von Indi
Haschum	Zweiter Ehemann von Danataja
Indi	Inhaber einer Schreiberschule in Ägypten; Vater von Meret
Jakob	Patriarch in Kanaan
Joseph	Erster Sohn von Rahel und Jakob
Kirta	Waffenschmied und Vater von Schobai und Hadad; ein ›Kind des Löwen‹
Nikos	Kirtas ehemaliger Sklave, Begleiter von Schobai
Meret	Tochter von Indi; Ehefrau von Baka
Musuri	Hauptmann in Ebla
Reschef	Ehemaliger Offizier in Haran, nun im Dienst der Nomaden
Schamir	Sohn von Haschum aus dessen erster Ehe
Schobai	Blinder Sänger und ehemaliger Waffenschmied; ein ›Kind des Löwen‹
Vahan	Stellvertreter von Avedis; früherer Vertrauter von dessen Vater Manuk
Ascher *Dan* *Gad* *Issachar* *Juda* *Levi* *Naftali* *Reuben* *Simeon* *Zebulun*	Söhne Jakobs von seiner ersten Frau Lea bzw. den Mägden Bilha und Silpa

Prolog

Ein letztes Mal tauchten die Strahlen der untergehenden Sonne die hochaufragenden Mauern der Stadt in rostfarbenes Licht, bevor die Nacht hereinbrach. Über dem knisternden Lagerfeuer spannte sich der endlose, sternenübersäte Wüstenhimmel. Zu beiden Seiten des Feuers spendeten zwei Fackeln auf hohen Pfählen flackerndes Licht.

Ein erwartungsvolles Raunen durchlief die Menge und dann trat aus der Dunkelheit der Nacht der Geschichtenerzähler.

Mit ausgestreckten Händen gebot er der Menge zu schweigen, während seine tief in den Höhlen liegenden Augen die vom Feuerschein schwach erleuchteten Gesichter der Menge absuchten. Mit volltönender Stimme, die auch im Alter an Kraft nicht verloren hatte, hob er an: »Im Namen des Allmächtigen, der gnädig ist und mitfühlend ...«

Bedächtig faltete der alte Mann die Hände vor der Brust: »Vernehmt nun die Geschichte der Kinder des Löwen. Hört von ihrer unermüdlichen, endlosen Wanderschaft durch die Länder dieser Welt ...«

Seine Stimme verlor sich für einen kurzen Augenblick in bittersüßem Singsang, wurde dann wieder kräftiger, als er fortfuhr: »Ihr kennt das Schicksal der Nachkommen von Ahuni, des Waffenschmiedes, der besonderes handwerkliches Geschick bei der Herstellung von Schwertern und anderem Kriegsgerät aus Bronze vom Zweistromland in das Land Kanaan brachte. Auch von seinem Sohn Kirta habt ihr erfahren, der die Insel der Göttin jenseits des Großen Meeres bereiste, um die Geheimnisse des schwarzen Metalles, das man Eisen nennt, zu erkunden, und der seine Söhne Schobai und Hadad in Haran zurückließ ...

Ihr habt von den Armeen der Nomadenkönige gehört, die aus den Bergen hoch im Norden kamen und das fruchtbare Zweistromland überfielen, jeden Widerstand niederschlugen und Männer, Frauen und Kinder mordeten; Armeen, die das Land überschwemmten wie der Sand die Wüste und denen niemand Einhalt gebieten konnte.«

Mit erregter Stimme und eindringlichen Gesten seiner knöchernen Hände untermalte er diese Worte. »Auch von Kirtas Sohn Schobai habt ihr erfahren, der aus verletztem Stolz in die Dienste dieser Hirtenkönige trat, obwohl sie die Heimstätte seiner Väter, die Stadt Haran, bedrohten, und ihr habt vernommen, wie er durch den verräterischen Reschef sein Augenlicht einbüßte. Ihr habt von seinem jüngeren Bruder Hadad gehört, der reinen Herzens war! Ihr habt auch vernommen, wie Hadad alleine und unbewaffnet ins Lager der Nomadenkönige ritt, um seinen Bruder und die Stadt zu befreien, und wie er, der von Geburt an als ein Schwächling galt, dennoch als Held in den Tod ging ...

Nun sollt ihr erfahren, dass Hadad bei seinem Tode einen Sohn zurückließ, ein Kind des Löwenklans. Und als die Städte im Norden des Zweistromlandes untergingen, reiste der Sohn in der Obhut des Jakob, des ungekrönten Königs von Kanaan und treuen Freundes von Danataja, Hadads Witwe, gen Süden. Wisset auch, dass es Jakobs starker Arm war, der sein Volk gegen die heranstürmenden Armeen der Nomadenkönige verteidigte, seine Kraft und sein unerschütterlicher Glaube an den einen Gott, den seine Vorväter nach Kanaan gebracht hatten.

Ihr sollt nun erfahren, dass der Stadt Ebla eine große Schlacht bevorstand. Die Stadt im Norden von Kanaan war von Kirta und Schobai mit den Waffen ausgerüstet worden. Ihre Armee hatte sich mit den Hethitern und Babyloniern verbündet, um die über weite Entfernungen verstreuten Armeen der Nomadenkönige aufzuhalten.

Im Süden tobte jedoch eine weitere Schlacht, ein blutiger und grausamer Bürgerkrieg, der das große Königreich Ägypten erschütterte, Bruder gegen Bruder und Nachbar gegen Nachbar aufhetzte. In früheren Jahren hätte ein starker Pharao die Eindringlinge aus dem Norden bereits in den Ländern jenseits des Sinai, die ihm tributpflichtig waren, die er dafür aber auch beschützte, bekämpft und besiegt. Doch von ihm war nun keine Hilfe zu erwarten. An die Stelle eines starken Herrschers, der die Geschicke des Landes und seiner Verbündeten gelenkt hatte, waren zahlreiche einander befehdende Rivalen getreten, die allesamt eher furchtsam und schwächlich waren. Das vordem bedeutendste Königreich im ganzen Erdkreis war schwach und hilflos geworden, und nur die Stadt Ebla war als letzte Bastion gegen die heranrückenden feindlichen Armeen der Hirtenkönige geblieben.«

Der Geschichtenerzähler hob mahnend die Hände. Mit kräftiger, nun wieder fast jugendlicher Stimme fuhr er fort: »Hört nun von Schobai und Kirta und ihrem Kampf gegen die Eindringlinge! Hört auch von ihrer Suche nach dem verlorenen Sohn des Löwenklans! Lasst euch von Jakob berichten und von seinen unbotmäßigen Söhnen. Und auch von seiner Liebe zur zarten und feinfühligen Rachel und den beiden Kindern, die sie ihm gebar.

Hört von Ben-Hadad, dem Sohn des Märtyrers von Haran und seiner Mutter Danataja!«

Der Geschichtenerzähler wechselte in den gleichmäßigen Tonfall, mit dem er für gewöhnlich die Legenden und Sagen aus alter Zeit vortrug. »Vernehmt auch die Geschichte des Mädchens Meret, der Tochter des weisen, ägyptischen Beraters und Lehrers Indi, von ihrer Tapferkeit und ihrem Mut und ihrem treuen Herzen.

Lasst euch berichten, wie der Bürgerkrieg das Land des Deltas am großen Strom heimsuchte und verwüstete …«

Kapitel 1

I

Als sie den großen Papyrusbusch umrundet hatten, konnten sie die Wilderer in knapp fünfzig Schritten Entfernung deutlich erkennen. Die fünf Männer, die das Zugseil hielten, hatten sich ins hohe Schilf geduckt, unsichtbar für die Vögel auf dem Teich, aber gut erkennbar für Meret und ihren Vater in ihrem flachen Papyrusboot. Hinter den fünf Wilderern kauerte ein weiterer Mann als Ausguck noch tiefer zwischen den hohen Halmen, den kahl geschorenen Kopf mit einer federgeschmückten Kappe getarnt, die Kopf und Brust einer Ente nachempfunden waren. Die Vögel, auf die die Männer Jagd machten, konnte Meret nun ebenfalls sehen – weit über ein Dutzend Gänse, Pfeifenten und Spitzschwanzhühner.

»Vater«, sagte sie erstaunt. »Das sind ja gar nicht unsere Männer! Ich weiß nicht, ob ...«

»Pst!«, mahnte ihr Vater. Er wandte ihr lediglich den Kopf kurz zu, blieb aber ansonsten auf dem flachen Bootsdeck stehen. »Willst du unbedingt, dass sie uns bemerken?«

»Aber, Vater, das sind doch Diebe!«

»Sei still!«, mahnte Indi erneut und warf seiner Tochter, die bis auf eine Perlenkette um die Hüften unbekleidet neben ihm stand, einen durchdringenden, fast verärgerten Blick zu. »Bei der Liebe aller Götter, schweig still!«, fuhr er im Flüsterton fort. »Muss ich dir wirklich erklären, warum sie uns nicht entdecken dürfen? Wie oft habe ich dir schon gesagt, dass du nicht mehr wie ein Kind unbekleidet herumlaufen sollst, nicht einmal auf unserem eigenen Grund und Boden! Glaubst du denn, ich alleine könnte dich gegen diese Horde verteidigen?«

Meret starrte ihn entsetzt mit offenem Mund an. Ihre schmale Hand fuhr unbewusst an den Busen, der sich in den letzten Wochen so überraschend verändert hatte. »Oh!«, entfuhr es ihr kleinlaut, als sie sich verschämt niederkauerte. »Daran habe ich gar nicht gedacht, Vater ...«

»Pst!«, mahnte dieser noch einmal. Auch er hatte sich nun hingehockt und steuerte das Boot mit dem Stakholz in einen der Seitenarme. »Wir fahren dort drüben um die Insel. Bleib, wo du bist, damit dich niemand sieht!«

Meret hielt erschrocken die Luft an und drückte sich noch dichter an den Schilfboden des Bootes. Erst als sie schon fast das Ende des Kanals erreicht hatten, wagte sie es, den Kopf mit dem dunklen Haarschopf wieder ein wenig anzuheben, um nach den Wilddieben Ausschau zu halten. Just in diesem Augenblick war auch der Ausguckposten aufgestanden und breitete jetzt sein einziges Kleidungsstück, ein weißes Tuch, mit beiden Armen aus. Seine Kumpane bemerkten das Signal sofort, zogen kräftig an dem Seil, warfen dann ihr Fangnetz hoch über die Beute und drückten die aufgeschreckten, fluchtbereiten Vögel zurück auf die Wasseroberfläche. Im gleichen Moment brach ein halbes Dutzend junger Männer aus dem Schilf, das Kopfhaar trotz der sprießenden Lendenbehaarung noch in der kindlichen Tracht seitlich am Kopf zusammengefasst, und stürzte sich auf die Jagdbeute. Der Schnellste von ihnen war bereits in das knietiefe Wasser getaucht und hatte nach einer der Enten gegriffen, die sich nun, mit den Flügeln schlagend, heftig zur Wehr setzte.

Dann glitt das Boot wieder durch hohe Papyrusstauden, die die weitere Sicht versperrten. Meret ließ verschämt den Blick über ihren sonnengebräunten Körper wandern. Vater hatte ja so Recht! Sie hatte nur an ihre Bequemlichkeit gedacht und sie beide damit in ernste Gefahr gebracht. Was war sie doch für eine Närrin!

»Es tut mir Leid, Vater!«, meinte sie kleinlaut.

»Zum Glück ist ja alles noch mal gut gegangen, meine Kleine!« Indi warf ihr einen kurzen Blick über die Schulter zu und schob das Boot mit kräftigen Stößen voran. »Aber lass es dir eine Lehre sein, auch wenn heute nichts Schlimmeres geschehen ist!«

Meret erhob sich und stellte sich wieder aufrecht auf die Papyrusbündel. »Das werde ich gewiss, Vater! Weißt du ... ich vergesse immer wieder, dass Ani und seine Leute nicht mehr hier sind, um das Land zu bewachen!«

»Vergessen?«, erwiderte Indi. »Zu vergessen ist ein Luxus, den wir uns wahrhaftig nicht leisten können. Das einzig gültige Gesetz im Schwarzen Land ist dasjenige, welches die eigenen

Leute verteidigen können. Und mit der erneuten Einberufung junger Männer zur Verstärkung der Truppen, die durch den Krieg dezimiert wurden ...« Er zuckte mit den Schultern. »Ich frage mich manchmal, wie weit es mit unserem Land noch kommen wird, wenn ein Mann sein Eigentum und seine Familie nicht mehr beschützen kann.«

»Armer Vater«, sagte Meret mitleidig, trat einen Schritt auf ihn zu und legte zärtlich die Arme um den besorgten Mann in der weißen, knielangen Robe.

»Arm bin ich nicht«, erwiderte der. »Das ist ja das Bedauerliche an der Sache. Selbst verglichen mit dem Königshaus war ich mein Leben lang ein reicher Mann. Ich hatte allen Grund zu der Annahme, dich mit einer hohen Mitgift und einem Erbe von mehreren Tagesritten Land versorgen zu können. Aber nun, da der Krieg alles zerstört ...« Er schob seine Tochter sanft und doch ein wenig ungehalten von sich. »Du wirst noch das Boot umkippen mit deinem Ungestüm! Geh wieder nach achtern auf deinen Platz.«

»Ja, Vater«, sagte sie folgsam. Indi griff nach dem Lockvogel zu seinen Füßen und reichte ihr dann die Wurfstöcke. Und auf seinem besorgten Gesicht mit dem stets ernsten Ausdruck glaubte sie dann doch ein kleines, nachsichtiges Lächeln entdecken zu können.

Am Ende der Jagd hatten sie lediglich drei Vögel erbeutet. Geschickt band Meret die Beute zusammen und befestigte sie an der Verschnürung der Schilfbündel des Schiffsbodens. Ein leichter Wind wehte über das Marschland und ließ den dünnen Schweißfilm auf ihrer Haut rasch trocknen. Erleichtert über die unverhoffte Abkühlung schlug sie die Arme um den Leib, während Indi wieder das Stakholz ergriff und ihr Boot zurück zum Hauptarm steuerte.

»Hattest du nicht erwähnt, dass wir heute Abend Gäste erwarten?«, wandte sie sich an ihren Vater.

»O ja«, erwiderte Indi. »Einen Gast zumindest. Ich bin mir nicht sicher, ob er noch jemanden mitbringen wird.«

»Ist es jemand, den ich kenne?«

»Hmm«, machte Indi. »Du bist ihm zwar schon einmal begegnet, aber ich glaube kaum, dass du dich daran noch erinnern kannst. Du warst nämlich noch sehr klein. Aber er wird sich wohl an dich erinnern, weil dir damals ein kleines Missgeschick passierte und du sein kostbares Gewand beschmutzt hast!«

»O je! Ist es denn jemand vom Hof des Pharao?«

»Nein«, erwiderte Indi bestimmt. »Eher das Gegenteil. Es wird auch heute Abend nicht so förmlich zugehen. Es handelt sich um einen alten Freund von mir, einen Söldner namens Djedi. Er ist ein schlichter und sehr direkter Mann. Ich kenne ihn noch aus Kindertagen und wir haben beide nie viel um Ehrenbezeugungen aller Art gegeben. Ich glaube, er wird dir gefallen.« Indi überlegte einen Augenblick. »Aber vielleicht bist du auch noch ein wenig zu jung, um manche seiner Geschichten anzuhören. Ich werde ihn daran erinnern, dass er seine Zunge hüten muss!«

»Aber Vater!«, protestierte Meret. »Das ist doch nicht dein Ernst, oder?«

Schweigend setzten Vater und Tochter den Heimweg durch das weite Marschland fort. Meret betrachtete nachdenklich den schmalen Rücken ihres Vaters.

Man merkt ihm die Jahre doch schon an, dachte sie. Ich muss mich mehr um ihn kümmern. Ganz besonders jetzt, wo so viele der Bediensteten und Sklaven zum Kriegsdienst abberufen wurden und sie mehr und mehr für sich selbst zu sorgen hatten, als wären sie gewöhnliche Leute.

Es war nicht immer so schwer gewesen. In den tiefsten Winkeln ihrer Erinnerung konnte sie es noch deutlich sehen, das Haus angefüllt mit Leben und vielen Menschen. Nicht nur Sklaven und Bedienstete, die man jetzt hatte gehen lassen müssen, nein, da hatte es vor allem auch eine Mutter gegeben, mit sanfter Stimme, tröstenden Umarmungen, unendlicher Liebe und viel Verständnis. Auch an einen älteren Bruder namens Iti konnte sie sich noch erinnern, an unzählige Diener und ein großes Haus mit Garten und Teich. Und das Land nicht zu vergessen, unendlich weit zu beiden Seiten des Flusses hatte es sich erstreckt, ihr Land, fruchtbarer schwarzer Deltaboden, der reiche Ernten für die ungezählten Bewohner, Diener wie Sklaven, bescherte. Nur Pflichten hatte es damals für das kleine Mädchen keine gegeben und die Tage vergingen in fröhlichem Spiel.

Doch dann war der grausame Krieg ausgebrochen, der alle gleichermaßen betraf. Der Krieg zwischen dem Roten und dem Schwarzen Land, der das große Königreich erst in zwei und dann in immer mehr einzelne Teile zerbrechen ließ. Jeder der Landstriche unterhielt seinen eigenen Hofstaat, wurde von einem zumeist selbst ernannten König regiert, der weder die richtige Erziehung genossen hatte, noch über die für einen ägyptischen Gottkönig so wichtigen Abstammungslinien verfügte.

Die kleine Meret konnte überhaupt nicht verstehen, warum Brüder und Nachbarn sich bekämpften, Soldaten das Land überfielen, Häuser zerstörten, Menschen töteten und Gärten und Ackerland gleichermaßen verwüsteten. Warum nur, wo doch die Menschen so kurz zuvor noch in friedlichem Miteinander und Wohlstand gelebt hatten, war so plötzlich der Krieg überall im Land ausgebrochen?

Jahrhundertelang hatten starke Dynastien von Königen die gesamten Länder an den Ufern des Nils regiert, von den Bergen im Süden bis hinunter zum Schwarzen Land des Deltas an den Küsten des Großen Meeres. Auch wenn der Königssitz zu Zeiten der Herrschaft von Sesostris und Amenemhet ins ferne Theben im Roten Land verlegt worden war, hatte es weder Unruhen noch Auflehnung gegeben; die Untertanen des Pharaos hatten in Frieden unter seiner klugen Regierung gelebt, es gab keine Hungersnöte und der Handel blühte nicht nur am Ufer des Nils, sondern auch in den weiter entfernt liegenden Ländern, die dem Pharao tributpflichtig waren.

Aber dann – und das hatte auch Meret verstanden, war der letzte Amenemhet gestorben, ohne einen Sohn und Erben zu hinterlassen. Nach seinem Tode hatte seine Witwe Sebeknefrure, die selbst adliger Herkunft war, alleine die Regierungsgeschäfte geführt, unterstützt von den Adligen bei Hofe, die sehr wohl wussten, dass es nicht leicht sein würde, einen geeigneten Gatten für die Gottkönigin zu finden.

Aber Sebeknefrure war eine launische und halsstarrige Frau, die auch ihrem nachsichtigen Mann gegenüber stets ihren Willen durchsetzen konnte, hatte sie ihn doch in frühen Kindheitsjahren schon bevormundet. Als sie drei Jahre nach dem Tod Amenemhets verlauten ließ, dass sie einen neuen Gatten gefunden habe, erschütterte diese Ankündigung das gesamte Volk. Der Auserwählte war Khutoire Ugafa, stammte entgegen der Tradition aus dem unteren Ägypten, dem Schwarzen Land, und war darüber hinaus nicht von adligem Geblüt.

Mit einem dieser Mängel hätten sich die Höflinge und Mächtigen im Lande vielleicht abfinden können, keinesfalls jedoch mit beiden. Rotes und Schwarzes Land waren sich schon immer feindlich gesonnen, denn die Bewohner der trockeneren roten Landstriche im Süden neideten den Deltabewohnern ihre fruchtbaren Äcker und diese wiederum hegten ein starkes Misstrauen gegenüber den Herrschern im fernen Süden.

In der Folge war es rasch zur Ausbildung verfeindeter Gruppierungen gekommen. Die Adligen verließen den Hof und forderten damit weitere Konflikte heraus. Sebeknefrure und ihr Gemahl aus dem Schwarzen Land annektierten die Besitztümer der untreuen Gefolgsleute und ließen die Besitzer verbannen. Die Abtrünnigen beeilten sich, einen Gegenkönig aufzustellen, der einem Nebenzweig des Königshauses entstammte und dessen Herkunft und Eignung niemand bezweifeln konnte. Fast unmittelbar danach war der Bürgerkrieg ausgebrochen und nach einiger Zeit hatte sich das Schwarze Land gänzlich von der Herrschaft des Südens losgesagt, um ein unabhängiges Königreich zu gründen.

All dies war schon zu Jugendzeiten ihres Vaters geschehen und doch hatte es auch viele Jahre danach nur wenige Veränderungen seiner ruhigen Lebensweise in gesichertem Wohlstand gegeben. Schließlich war er ein angesehener Mann, einflussreiches Mitglied des Magistrats und Besitzer einer angesehenen Schreiberschule. Die Dienste, die er früher dem einen König erwies, erbrachte er nun für einen anderen.

Doch dann war der Bürgerkrieg auch bis ins Innere des Schwarzen Landes vorgedrungen und die zuvor so lange Jahre siegreiche Armee wurde weit ins eigene Landesinnere zurückgedrängt. Einige der Bewohner im Grenzgebiet hatten sich dem erklärten Feind angeschlossen. In anderen Landstrichen waren Aufstände ausgebrochen und hatten das alte System der Kastenzugehörigkeit und ererbten Privilegien gestürzt. Und auch diese plötzlichen Unruhen waren blutig verlaufen und hatten viele Opfer gefordert.

Auch Merets Mutter und ihr Bruder waren bei einem bewaffneten Angriff auf das Herrenhaus der Familie ums Leben gekommen, während die kleine Meret und ihr Vater Verwandte in Bubastis besucht hatten. Indi hatte trotz seines großen Kummers schnell und umsichtig gehandelt, das Haus der Familie und große Stücke Landbesitz südlich von Bubastis verkauft und war mit seiner Tochter und den überlebenden Dienern und Sklaven nach Tanis gezogen. Den Erlös der Grundstücksverkäufe hatte er auch dazu verwandt, seine Besitzungen in Tanis gegen Übergriffe abzusichern und Sklaven zu kaufen, die ihn und seine einzige verbliebene Erbin, die kleine Meret, beschützen sollten.

Und eine ganze Weile hatten sie ein friedliches Leben führen können. Doch schließlich hatte sich das Kriegsgeschehen weiter ausgebreitet und selbst so abgelegene Landstriche wie die um Tanis herum erfasst. Die Armeen des Schwarzen Landes brauchten Verstärkung und der königliche Hof hatte zweimal Aushebungen von Freien und Sklaven veranlasst, um die Streitkräfte wieder zu verstärken.

Nur deshalb war es möglich, dass Wilddiebe auf Indis Land dreist ihr Unwesen trieben, ohne dass der rechtmäßige Besitzer sich ihrer in irgendeiner Weise hätte erwehren können.

Bei diesem Gedanken erschauerte Meret und wünschte sich zum wiederholten Male, wenigstens einen leichten Umhang mitgenommen zu haben. Die Luft war zwar immer noch warm, aber nichtsdestotrotz fröstelte sie.

Als sie sich dem Landeplatz näherten, half Meret ihrem Vater, das Boot ins flache Wasser zu ziehen. Die Sonne stand schon tief im Westen und die Dämmerung nahte. Meret rieb sich die Gänsehaut auf den Armen. »Lass uns um die Wette zum Haus laufen, Vater!«

»Du scheinst ganz vergessen zu haben, dass wir unsere Jagdbeute ordnungsgemäß abliefern müssen! Und da mein faules Töchterchen offensichtlich andere Dinge im Sinn hat ...« Das fröhliche Blinzeln in seinen Augen nahmen dem Tadel jedoch alle

Schärfe. »Lauf nur, mein Kind!« fügte er hinzu. »Ich komme nach. Außerdem musst du dich waschen und für das Abendessen ankleiden!«

Lächelnd machte Meret sich auf den Weg und rannte leichtfüßig über den unebenen Boden in Richtung des Hauses, das behäbig und wuchtig hinter einer Reihe von Palmen lag. In die weißen Mauern waren nur hoch oben gitterähnliche Fensteröffnungen eingefügt. Die trockene Vertiefung neben dem Haus, Überreste des einst so geliebten, kühlen Teiches, erinnerten Meret erneut an den Verlust des ehemaligen Wohlstandes. Gänzlich in Gedanken versunken, näherte sie sich im Laufschritt dem Haus, bog um die Ecke und stieß völlig überraschend und heftig mit einem Mann zusammen, der ebenfalls gerade diese Hausecke umrundete. Der Mann war kräftig und breitschultrig, und der heftige Aufprall ließ Meret stolpern, sodass sie im Staub zu Füßen des Mannes landete.

Der Mann war ebenfalls erschrocken, doch als Meret sich aufrappelte und ihn furchtsam ansah, hatte er sich bereits wieder gefasst und stand breitbeinig, mit auf die Hüften gestemmten Händen vor ihr. Seine Augen hatten einen unnachgiebigen Ausdruck, als er ihren unbekleideten Körper musterte, ohne jedoch eine Regung zu zeigen. Meret wich ein wenig vor diesem Blick zurück, doch als sie hinter dem Mann einen Trupp Soldaten entdeckte, überfiel sie neben der Scham auch ein starkes Angstgefühl. Vater! dachte sie. Wo er nur bleiben mochte?

II

»Du bist wahrscheinlich eine der Haussklavinnen«, sagte der Mann mit rauer Stimme. Doch als sie sich langsam und ungeschickt erhob, schüttelte er den Kopf. »Aber nein, Indi hat ja kaum noch Sklaven. Die wurden ja alle weggeholt. Du wirst wohl seine Tochter sein?« Sein Tonfall hatte ein wenig an Schärfe verloren, doch dann schüttelte er erneut missbilligend den Kopf.

»Bei allen Göttern, Kleines, du solltest dir etwas überziehen! Weißt du denn nicht, in was für Zeiten wir leben?«

»Es ... es tut mir Leid«, stammelte Meret verwirrt und versuchte vergeblich, mit den Händen ihre Blöße zu bedecken. Sie wünschte nichts sehnlicher, als ins kleinste Mauseloch verschwinden zu können, als sie zu alledem die lüsternen Blicke der Soldaten bemerkte. »Wir ... wir waren auf der Jagd. Ich werde ins Haus gehen und ...«

»Nicht so hastig!« Er wandte sich den Soldaten hinter ihm zu. »Rensi!« rief er dem größten unter ihnen zu. »Lass Wachen rund ums Haus aufstellen. Wir bleiben über Nacht hier. Und melde dich danach bei mir. Ich werde etwas zu essen für euch organisieren.«

»Jawohl«, kam die Antwort. Der Soldat drehte sich um und rief seinen Untergebenen eine Anzahl unverständlicher Befehle zu.

Der Vierschrötige hatte sich wieder umgedreht und sein Blick schien nicht mehr ganz so grimmig wie zuvor. Meret bemerkte eine Menge Narben und Schrunden in seinem Gesicht.

»Nun zu dir, Kleines! Würdest du mich wohl zu meinem Freund Indi führen? Mein Name ist übrigens Djedi und du heißt ...?«

»Mein Name ist Meret. Ich ... ich werde Euch zu meinem Vater bringen«, brachte sie dann furchtsam hervor und eilte ins Innere des Hauses.

Als sie sich angezogen und die Haare mit einem Strang Perlen hochgebunden hatte, ging sie in die Küche, um der Köchin Knumet, der einzigen noch verbliebenen Dienerin im ganzen Haus, bei den Vorbereitungen für die Abendmahlzeit zu helfen. Aber ein Blick in die Küche zeigte ihr, dass die Köchin sehr gut alleine zurechtkam und wohl besser nicht gestört wurde. Die alte Dienerin hatte die Jagdbeute bereits gerupft und ausgenommen, und nun brieten die aufgespießten Vögel über dem Feuer, während Knumet Salat zubereitete.

»Fang bloß nicht an, mir zu helfen«, brummelte sie. »Geh und spiele im Garten! Ich habe keine Zeit, hinter dir herzuräumen, wenn du mal wieder versuchst, dich nützlich zu machen!« Meret ließ sich das nicht zweimal sagen und war froh, der Köchin mit ihrer scharfen Zunge entkommen zu können. Aber im Garten hatten sich Djedis Soldaten niedergelassen und vor denen fürchtete sie sich auch. Ein Soldatenlager! Und das im Garten ihres Vaters!

Sie lehnte sich an den Türrahmen und ließ den Blick über den verwahrlosten Garten und die verwilderten Weinreben schweifen. Früher einmal hatte man hier immer die fröhlichen Stimmen der Sklaven und Diener hören können, die die reifen Trauben ernteten. Einmal hatte sie auch zugesehen, wie die Trauben gepresst wurden. Die jungen Sklaven hatten sich an einem Balken über dem Trog festgehalten, um in dem glitschigen Traubenbrei nicht auszurutschen. Damals waren fünf und mehr Sklaven alleine damit beschäftigt gewesen, den Wein in große Amphoren zu füllen, die dann mit Lehmkorken verschlossen wurden, in die man Indis Namen und das Datum der Weinlese eingeritzt hatte. Die Amphoren wurden an kräftigen Stangen aufgehängt und von jeweils zwei Sklaven in den Weinkeller transportiert ...

Damals war immer frisches Wasser durch die Kanäle geflossen und die Sklaven hatten das Anwesen sauber gehalten, den Hausstand mit klarem Trinkwasser versorgt, die Wäsche gewaschen und das Bad bereitet. Nun mussten sie selber Wasser schöpfen, denn Knumet konnte und wollte nicht alle schwere Arbeit tun. Und Wein? Den gab es auch schon lange nicht mehr, genauso wie viele andere Köstlichkeiten, die die zahlreichen Gäste in Indis Haus genossen hatten, kurz nachdem sie hierher gezogen waren ...

O ja, es hatte so viele erfrischende und schmackhafte Speisen gegeben. Früchte und Gemüse, die auch der königlichen Tafel gerecht geworden wären, und Fleisch in großer Vielfalt: Hammel, Ziege und Rind von den langhörnigen Ochsen, die im Marschland des Deltas weideten, und dazu zartes und köstliches Wildbret.

Heute würde es allerdings auch ein kleines Festmahl geben: Wasservögel, die der Vater mit eigener Hand erlegt hatte. Aber dieses Mahl war ausgesprochen bescheiden im Vergleich zu den ganz normalen Essensgewohnheiten der Vergangenheit, als die Sklaven den ganzen Tag damit beschäftigt waren, Küche und Keller des Indi mit Wildgänsen, Enten, Wasserhühnern und Kranichen zu füllen. Hinzu kamen die fetten Hausgänse und Enten, die von den Sklavenjungen für die Speisung der Gäste gemästet wurden. In den Gärten wuchsen Zwiebeln, Lauch, Bohnen, Linsen und Erbsen, die frisch zubereitet oder auch getrocknet wurden, um als Vorrat für den Winter zu dienen …

Meret seufzte. Armer Vater! Es musste wohl sehr schmerzhaft für ihn sein, seinen alten Freund mit einer derart bescheidenen Mahlzeit abzuspeisen. Der kannte ihn ja auch noch aus besseren Zeiten, als die vornehmsten Adligen des Hofes bei Indi zu Gast waren. Aber wie hatte Vater doch gesagt? In diesen harten Zeiten war niemand mehr wirklich reich und mächtig.

Zumindest mussten sie keinen Hunger leiden wie so viele andere. Und sie hatten ein Dach über dem Kopf, auch wenn Keller und Speisekammer nicht mehr so reich gefüllt waren wie früher, sie ihr Eigentum und die Vorräte kaum vor Dieben schützen konnten und keine Sklaven mehr die Ernte einbrachten. Eigentlich hatten sie es doch recht gut hier. Stromaufwärts, so hatte man ihrem Vater erzählt, ging es den Menschen jedenfalls um einiges schlechter. Dort war man ständig von Überfällen und Aufruhr bedroht, der Pöbel rottete sich zusammen, stürmte die Herrenhäuser und metzelte die Bewohner nieder, um das Wenige zu stehlen, was den Reicheren noch geblieben war.

Sie seufzte wieder und ging dann zurück ins Haus. Am anderen Ende der von Säulen getragenen Eingangshalle entdeckte sie ihren Vater und seinen Gast Djedi, die sich auf großen Kissen neben der unbenutzten Kohlenpfanne in der Mitte des Raumes niedergelassen hatten.

Ohne einen Gedanken an die Regeln der Höflichkeit zu verschwenden, betrat Meret die Halle, doch ihr Vater schien sie erst zu bemerken, als die direkt neben ihm stand.

»Du musst schon entschuldigen, mein Freund«, meinte er dann. »Seit meine Frau und mein Sohn von uns gegangen sind, habe ich keinerlei Unterstützung mehr bei der Erziehung meines einzigen noch verbliebenen Kindes, und ich fürchte, dass ich meine Tochter sehr verzogen habe! Sie mischt sich mir nichts, dir nichts in die Gespräche der Erwachsenen ein, obwohl es ihr niemand gestattet hat!«

Aber seine Worte waren ohne Schärfe gesprochen, und als sie furchtsam den Blick von einem zum anderen wandern ließ, konnte sie auch im Gesicht des strengen Soldaten ein verzeihendes Lächeln entdecken.

»Mein lieber Freund! Die Tage der Zeremonien und der strengen Etikette sind seit Sebeknefrures Tod dahin! Auch vorher schon war ein Niedergang in dieser Hinsicht abzusehen. Und ich persönlich sehe auch gar keinen Sinn darin, ein geliebtes Kind in die Räume der Dienerschaft zu verbannen! Ich bitte dich, lass sie uns ein wenig Gesellschaft leisten!« Er hob die Hände mit einer halb ernst, halb ironisch bittenden Geste. »Umso mehr, da sie doch fast schon kein Kind mehr ist, nicht wahr?«

Hatte der raue Söldner ihr tatsächlich zugeblinzelt, ohne dass ihr Vater es sehen konnte?

»Gib dir einen Ruck, Indi, und lass uns auf höfische Etikette und Vornehmheit verzichten!«

»Höfische Etikette?«, erwiderte Indi verbittert. »Wie Recht du hast. Die würde ja auch kaum in diese mittlerweile ärmlichen Umstände passen!« Er schüttelte betrübt den Kopf und beugte sich vor. »Sei's drum! Ich nehme an, du hast meine Tochter Meret schon kennen gelernt?«

»Das habe ich.« Er lächelte aufmunternd und rückte neben sich ein Kissen zurecht. »Setz dich zu mir, meine Kleine! Ich kann dir zwar nicht versprechen, dass unsere Gesprächsthemen dich nicht langweilen werden, aber wenn du eines Tages hier die Rolle der Hausherrin übernehmen willst, wirst du dich an das langweilige Zeug gewöhnen müssen, über das Männer sich so gern unterhalten.«

»Langweilig?«, bemerkte Indi mit einem Stirnrunzeln. »Ja, wahrscheinlich hast du Recht. Es ist sicherlich weder erheiternd noch erbaulich, vom Niedergang des größten Königreiches zu hören, dem Königreich, das die beeindruckendsten Grabstätten errichtete und dessen Macht sich über Länder und Meere erstreckte, vom fernen Mesopotamien bis …«

»Ach, Indi!«, unterbrach ihn der Soldat. »Verzeih mir, aber es hat doch keinen Zweck, dem Vergangenen nachzutrauern. In der Vergangenheit zu leben beschwert unnötig das Herz! Und haben wir es nicht schwer genug, uns von Tag zu Tag durchzuschlagen?«

Indi warf ihm einen finsteren Blick zu. »Wie du meinst. Also erzähl uns, wie ... wie schlimm es wirklich steht!« Er blickte seinen Freund durchdringend an. »Es ist mir nicht entgangen, dass du eine Eskorte von zwei Dutzend Kriegern mitgebracht hast. In früheren Zeiten hast du mich nur in Begleitung deines Burschen und allerhöchstens zweier Wachsoldaten in Tanis besucht.«

»Du hast immer noch ein scharfes Auge, mein Freund«, erwiderte Djedi. »Wenn es nach meinen Wünschen ginge, würde ich sogar ganz alleine reisen. Aber ich habe strengen Befehl erhalten, mich nur mit entsprechender Eskorte zu bewegen. Und das, Indi, mein Freund, ist auch der Grund für meinen heutigen Besuch. Ich ...«

»Und ich hatte schon angenommen, du hättest Sehnsucht nach meiner Gesellschaft! Oder ...«, fügte er mit einer ironischen Geste in Richtung des mit billigem Wein gefüllten Kruges hinzu, »nach den exquisiten Tafelfreuden in meinem Hause. Und jetzt muss ich enttäuscht feststellen, dass du gänzlich andere Beweggründe hast!«

»Die habe ich in der Tat.« Der Soldat leerte seinen Becher und hielt ihn seinem Gastgeber auffordernd hin. »Gib mir noch einen Schluck! So schlecht ist das Zeug doch gar nicht! Ich habe in den letzten Wochen schon Schlimmeres serviert bekommen und das sogar an der, nun ja, königlichen Tafel!« Seinem Tonfall war deutlich anzumerken, welche Meinung er vom amtierenden Nachfolger im Herrscherhaus Ägyptens hatte. »Aber im Ernst, mein Freund! Ich bin gekommen, um dich zur Flucht zu bewegen. Du solltest unbedingt flussab eine neue Heimat suchen, um ...«

Indi setzte sich erschrocken auf. »Flussabwärts ziehen? Und noch einmal alles aufgeben? Als die Aufständischen meine Frau und meinen Sohn getötet haben, bin ich nach Tanis gezogen! Und als dann mein Oberaufseher eingezogen wurde, nur um in diesem unseligen Krieg bei der Schlacht von ...«

Der Soldat legte seinem Freund beschwichtigend die Hand auf den Arm. »Ich weiß, ich weiß, Indi! Und ich weiß auch, dass du ohne meine eindringliche Warnung hier bleiben und dein Eigentum zur Not auch ganz alleine verteidigen würdest. Aber bedenke doch, dir ist noch ein Kind geblieben, das liebliche kleine Geschöpf, das hier neben mir sitzt. Hast du nicht schon genug verloren? Soll deine Tochter nur deswegen leiden, weil du zu halsstarrig bist?«

»Ich und halsstarrig? Was hat es denn mit Halsstarrigkeit zu tun, wenn ein Mann ...«

»So beruhige dich doch, Indi!«, unterbrach ihn der Soldat erneut. »Hast du ... eigentlich schon von deinem Nachbarn Harkuf gehört?«

»Harkuf? Nein, aber ...«

»Du wirst auch nichts mehr von ihm hören, außer ...! Verdammt, es kann doch gar nicht sein, dass diese Ereignisse sich nicht herumgesprochen haben?«

»Welche Ereignisse denn?« fragte Indi besorgt.

Der Soldat warf Meret einen kurzen Blick zu und wandte sich dann wieder an ihren Vater. Sein Tonfall war ein wenig sanfter geworden. »Eine Horde von Rebellen hat sein Anwesen vor zwei Tagen überfallen und geplündert. Einige der Armen aus dem Dorf hatten sich ihnen angeschlossen. Harkuf hat versucht, sie aufzuhalten, und sie haben ihn getötet, als er sich ihnen in den Weg stellte! Und seine Frau und Tochter haben sie ...«

Djedi beendete den Satz nicht, sondern wandte sich stattdessen wieder an Meret und hielt ihr den inzwischen geleerten Weinkrug hin. »Könntest du uns noch ein wenig Wein holen, meine Kleine? Das wäre sehr freundlich von dir und ...«

Meret wandte den Blick vom Gesicht des Soldaten und blickte ihren Vater fragend an. In Indis Miene war das Erschrecken über Djedis Bericht deutlich zu lesen. »Es ist ihnen etwas zugestoßen? Harkuf ... und auch meiner Freundin Iput?«

Djedi verzog grimmig das Gesicht. »Alle drei sind umgekommen, Kleines. Die Räuberbanden haben niemanden verschont! Und als sie die wenigen Vorräte, die Harkuf noch besaß, geplündert hatten, haben sie sich auch noch ...« Er wandte sich mit ernster Miene an Indi. »Du musst fort von hier! Es gibt keine andere Möglichkeit, dich in Sicherheit zu bringen!«

»Ich muss fort?«, erwiderte Indi. »Aber du bist doch hier! Und mit zwei Dutzend der besten Soldaten des ägyptischen Heeres!«

»Wir können nicht bleiben! Das müsstest du doch wissen. Wir haben Befehl, uns wieder auf dem Schlachtfeld einzufinden. Und die Horden, die Harkuf auf dem Gewissen haben, sind nicht einmal eine Tagesreise von hier entfernt. Ich konnte nur mit Mühe erreichen, dass es uns gestattet wurde, diesen Umweg zu machen. Nur weil ich erklärt habe, welch unbezahlbare Unterstützung meine Familie in früherer Zeit durch dich erfahren hat ...«

»Schon gut. Das sehe ich ein«, unterbrach ihn Indi. »Aber ich kann doch nicht einfach so alles stehen und liegen lassen!«

»Du musst, Indi, du musst! Soll ich dir wirklich all die grausamen Einzelheiten schildern, während dieses unschuldige Kind hier neben uns steht? Versteh doch, meine Einheit hat die Plünderung entdeckt, kurz nachdem es geschehen war. Harkuf starb sehr schnell. Ein Schwerthieb hat ihn getötet und von allem anderen hat er nichts mehr gespürt. Aber die Frauen – mit denen haben sie sich Zeit gelassen. Erst die Mutter ...«

»Verflucht sollen sie sein!« Indis Augen sprühten vor Zorn. »Meret, geh in die Küche, ja? Hol noch etwas Wein, wie unser Gast dich gebeten hat.«

»Aber Vater! Meine Freundin Iput ... was ist mit ihr? Erst letzte Woche habe ich sie noch getroffen ...«

»Geh jetzt!«, mahnte ihr Vater ungewohnt zornig. »Auf der Stelle!«

»Was ist denn nur los?«, fragte Knumet besorgt, als sie Meret einen gefüllten Weinkrug reichte. »Du siehst aus, als wäre dir ein böser Geist begegnet.«

»Es ist ... es ist wegen Iput, meiner Freundin. Und ihrer ganzen Familie.«

Die Augen der Sklavin weiteten sich ängstlich. »Du meinst die Leute, die flussaufwärts in dem großen Haus wohnen?« Erschrocken legte sie die Hand auf den Mund. »Nein! Nein, das kann ich einfach nicht glauben!«

Meret biss sich verzweifelt auf die Unterlippe. »Ich kann es doch auch nicht glauben. Aber die Soldaten waren vor zwei Tagen erst dort. Und sie haben erzählt, dass ...«

»Bei den allmächtigen Göttern, dann werden sie uns als nächstes überfallen! Außer dem unseren gibt es doch keine größeren Anwesen hier in der Gegend!« Die alte Frau packte Meret verzweifelt am Arm. »Aber die Soldaten, sie werden doch hier bei uns bleiben, um uns zu schützen, nicht wahr?«

»Nein, das können sie nicht«, erwiderte Meret kleinlaut. »Sie sind nur hergekommen, um uns zu sagen, dass wir fliehen müssen. Sie können uns hier nicht länger schützen.« Erst jetzt wurde ihr die Tragweite dieser Neuigkeiten bewusst. Ach, Iput ...

Auf dem Rückweg in die Halle kam ihr Djedi entgegen. »Begleite mich in den Garten, Meret«, sprach er sie freundlich an. »Und lass mich den Wein tragen. Ich hole später noch einen neuen Krug für deinen Vater und für mich. Den hier bringen wir den Wachsoldaten.« Er nahm ihr den Krug ab. »Komm und begleite mich! Ich muss mit dir reden.«

Sie zögerte einen kurzen Augenblick, folgte ihm dann aber und spürte in seiner Gegenwart wieder ein Gefühl von Sicherheit. »Djedi?«, fragte sie ihn schüchtern nach einigen Schritten, »ich ... ich kann mir nicht vorstellen ... ich meine ... was ist mit meiner Freundin geschehen?«

»Genau darüber wollte ich mit dir sprechen, meine Kleine!«, antwortete der Soldat bedächtig. »Denn dein Vater kann es auch nicht so recht begreifen. Ich möchte dich bitten, mir zu helfen. Du musst ihm klarmachen, dass ihr nicht hier bleiben könnt! Vor allem du musst so bald wie möglich fort von hier!«

»So bald wie möglich? Was meinst du damit?«

»Vorsicht!«, mahnte er, als sie an den Stufen zum dunklen Garten angelangt waren, und reichte ihr seine kräftige, schwielige Hand. »Wie bald, möchtest du wissen? Nun, am besten morgen früh schon. Deshalb bin ich ja auch mit meinen Männern hierher gekommen. Ich hatte gehofft, deinen Vater davon überzeugen zu können, dass ihr am besten mit uns zusammen das Haus verlasst!«

»Aber morgen früh schon?«, wandte sie ein.

Djedi zog das Mädchen näher zu sich heran und horchte für einen Augenblick in die Dunkelheit hinein. Dann rief er leise nach seinem Untergebenen. »Rensi? Bist du es?«

»Ja, ich bin hier«, kam die Antwort und der Mann trat aus dem Schatten in den schwachen Lichtschein eines weiter entfernt brennenden Lagerfeuers. »Ich habe, wie befohlen, die Wachen postiert und erwarte Eure weiteren Befehle!«

»Gut so!« Djedi reichte dem Mann den Weinkrug. »Das ist für dich und die anderen Unteroffiziere. Aber wedelt damit den

Fußsoldaten möglichst nicht vor der Nase herum! Es ist recht guter Wein. Ich selbst trinke auch nichts anderes heute Abend.«

»Ich danke Euch! Aber ich werde mir wohl nicht vor dem ersten Wachwechsel einen Schluck genehmigen. Ich habe da so ein ungutes Gefühl in der Magengrube, mit Verlaub.«

»Aha! Sie sind also tatsächlich schon in der Nähe, was?«, erwiderte Djedi.

»O ja! Sie sind uns auf dem ganzen Weg hierher gefolgt. Ich war mir nicht sicher, ob Ihr sie auch bemerkt hattet.«

»Bemerkt habe ich sie in der Tat nicht, aber ich habe es mir denken können. Rensi, das hier ist Meret, die Tochter unseres Gastgebers Indi. Sie wird mir helfen, ihren Vater zur Flucht zu bewegen!«

»Das ist gut so!«, wandte sich der Wachsoldat an Meret. »Ich hoffe, du kannst ihn überzeugen! Denn wenn ihr hier bleibt ... es wäre furchtbar, wenn ihr das gleiche Schicksal erleiden müsstet, wie die Menschen weiter oben ...«

»Ich habe ihr davon berichtet«, unterbrach ihn Djedi hastig. »Meret, du musst wissen, dass ich deinem Vater sehr viel verdanke. Ich würde alles nur Erdenkliche tun, um ihn zu retten! Und du ... du erinnerst mich an meine kleine Nichte, die ...« Er konnte nicht weitersprechen, fing sich dann aber wieder und fuhr fort. »Schluss damit! Irgendwo da draußen lauern wahrscheinlich genügend Männer, bewaffnete Männer wohlgemerkt, um selbst meine Truppe hier zu überwältigen. Ich bin sicher, dass sie nur deshalb nicht angreifen, weil sie hohe Verluste zu befürchten haben, und das lohnt die Eile bei der Plünderung nicht. Aber wenn wir erst wieder fort sind, gibt es nichts, rein gar nichts, was sie noch zurückhalten könnte! Du musst mir helfen, deinen Vater zu überzeugen! Wirst du das tun, kleine Meret? Ich bitte dich sehr darum!«

III

Doch als sie ins Haus zurückkehrten, zeigte sich der ehrenwerte Indi keineswegs geneigt, seine eigensinnige Haltung aufzugeben. »Dies alles hier zurücklassen?«, rief er zornig. »Sieh mal, mein

Freund, ich muss mich hier in Tanis doch auch um meine Geschäfte kümmern! Meine Schüler müssen unterrichtet werden! Ich habe von ihren Eltern bereits das Lehrgeld im Voraus erhalten. Meinst du, ich kann einfach hingehen und sagen: ›Ich bedaure außerordentlich, doch der weitere Unterricht muss ausfallen, erst wenn der Krieg beendet ist, wird auch die Ausbildung fortgesetzt‹?« Er schnaubte vor Empörung. »Das Lehrgeld zurückzahlen kann ich auch nicht, denn es ist bereits ausgegeben! Damit habe ich nämlich das Saatgut für jene Felder bezahlt, die ich nun nicht abernten soll! Und Jungtiere für die Mast habe ich damit gekauft, von denen die meisten sowieso schon gestohlen ...«

»Steht uns bei, ihr Götter!« Djedi warf Meret einen Blick zu, in dem sich Verzweiflung und Wut mischten. »In Zeiten wie diesen denkt er an seine Kaufmannsehre und die nächste Ernte!«

»Und warum sollte ich nicht daran denken?«, fiel Indi wieder ein. »Immerhin bin ich Mitglied des Magistrats, oder war es, solange es noch eine verlässliche Rechtsprechung gab. Und sage mir eines, mein Freund, wenn selbst die Verantwortlichen des Gemeinwesens ihre Pflichten vergessen, wie soll es da noch Hoffnung für ein geordnetes Staatswesen geben? Wenn ausgerechnet diejenigen, die mit der Aufrechterhaltung der öffentlichen Ordnung betraut wurden, sich heimlich davonmachen, was bleibt uns dann noch? Nein, mein Freund, selbst wenn alle anderen Ägypter ihre Pflichten vernachlässigen, ich werde standhaft bleiben!«

Djedi schüttelte den Kopf. »Hör sich das einer an! Ich versuche ihm deutlich zu machen, dass er und die Seinen in Todesgefahr schweben und dass ich ihn nicht länger werde beschützen können, und er hält mir einen Vortrag über Pflichterfüllung. Als wenn es noch ein Reich gäbe, das diesen Namen verdient. Meret, meine Liebe, rede du mit ihm, ich kann ihn nicht überzeugen!«

»Das würde auch nichts helfen«, sagte Indi. »Du brauchst es gar nicht erst zu versuchen, Meret! Djedi weiß, dass ich Recht habe. Und wenn die anderen sich genauso redlich verhalten hätten ...« Indi seufzte und fuhr dann in freundlicherem Tonfall fort: »Gib es zu, Djedi, du weißt genau, warum ich so halsstarrig bin, wie du es nennst. Und du wärest mir auch keineswegs so verbunden, wenn ich anders handelte!« Er wandte sich an seine Tochter. »Siehst du? Darauf weiß er nichts zu entgegnen!«

Djedi kaute nachdenklich auf seiner Unterlippe. »So einfach ist das alles nicht«, gab er zu und wandte sich ebenfalls an Meret. In ernstem und geduldigem Tonfall, so als wäre Indis Tochter der Magistrat selber und müsse zwischen beiden Parteien Recht sprechen, fuhr er fort: »Ich verstehe sein Beharren auf ehrenhaftem Verhalten ja. Ganz gewiss! Das ist ja auch einer der Gründe für meine tief empfundene Freundschaft mit diesem dickköpfigen alten Mann! Und Recht muss ich ihm auch geben! Wenn es nur ein Dutzend mehr von seiner Sorte an der Spitze unseres Landes gegeben hätte, wäre es nie zum Bürgerkrieg gekommen, und wir hätten die Roten längst bis hinter das erste Katarakt des Nils zurückgetrieben. Aber ich sage dir eines, Meret, jetzt ist wahrhaftig nicht die Zeit für Streitereien um Pflichterfüllung und Treuegelöbnisse! Wir müssen die unbewaffnete Bevölkerung flussabwärts in Sicherheit bringen, wo die versammelten Truppen ihnen Schutz gewähren können! Denn wenn ihr nicht mit mir kommen solltet ...« Er hielt inne, schürzte nachdenklich die Lippen und wandte sich dann wieder an seinen Freund. »Hör zu, Indi! Die Schüler sind doch deiner Obhut anvertraut, und das für eine recht lange Zeit, nicht wahr?«

»Sieben Jahre dauert die Ausbildung«, erwiderte der Schreiber. »Warum willst du das wissen?«

»Verflixt noch mal! Warum nimmst du sie nicht einfach alle mit? Wir werden eben die ganze Schule, Schüler, Lehrer und Bedienstete gemeinsam in Sicherheit bringen müssen! Und einen Wachsoldaten zurücklassen, der die Eltern über den Verbleib ihrer Söhne aufklären kann. Und wenn die übrigen Familien auch in Sicherheit sind ...«

»Du meinst wirklich ...«, unterbrach ihn Indi. Aber sein Tonfall hatte sich verändert und im flackernden Licht der Öllampe konnten sie erkennen, dass auch sein Zorn der Nachdenklichkeit gewichen war. »Das wäre in der Tat zu überlegen. Und wo sollten wir uns, deiner Meinung nach, niederlassen? Ich meine ...«

Djedi warf Meret einen Blick zu, in dem sich ein Lächeln andeutete. »Ich glaube, jetzt habe ich ihn überzeugen können, Meret! Zumindest überlegt er es sich wohl!« Er wandte sich wieder an Indi. »Hattest du nicht dereinst einen guten Freund in Sile? Einen Mann namens Schaschank?«

»Ja, sicher doch. Aber was soll ich denn an einem gottverlassenen Ort wie der Grenzstadt Sile? Am Rande der Wüste?«

Der Soldat zwinkerte Meret zu. »Ich denke, du solltest nach Sile gehen! Kein besonders liebenswerter Ort, das gebe ich zu. Aber vergiss nicht, dass es in der Stadt eine gut befestigte Grenzgarnison gibt, mit ausreichender Truppenstärke und gut organisiertem Nachschub! Keine der wechselnden Regierungen hat es bisher gewagt, Truppen von dort abzuziehen. Denn sowohl der Roten als auch der Schwarzen Fraktion war stets sehr wohl bewusst, dass man ansonsten Gefahr liefe, von wilden Beduinenstämmen überrannt zu werden, die diese Grenzgarnison seit Hunderten von Jahren immer in Schach zu halten wusste!«

»Kein allzu schlechter Gedanke«, musste auch Indi zugeben. »Ich könnte die Schüler dorthin mitnehmen und schon bald ...«

»Das könntest du in der Tat!«, unterbrach ihn Djedi erfreut und erleichtert. »Ich könnte meinen weiteren Verbleib hier wirklich nur sehr schwer durchsetzen, aber wenn es darum ginge, einem treuen Diener des Hofes die notwendige Unterstützung für die Flucht angedeihen zu lassen, würde ich bei den Autoritäten wohl nicht auf allzu viel Widerstand stoßen!«

»Autoritäten?«, meinte Indi bitter. »Wenn es denn noch Autoritäten wären! Aber lassen wir das! Wie werden wir reisen? Über Land?«

»Das mögen die Götter verhüten! Nein, die ganze Gegend ist von blutrünstigem Gesindel überschwemmt.« Der Soldat sprach nun im sachlichen Ton des erfahrenen Strategen. »Nein, wir müssen den Fluss hinunter bis zum See Mansala. Erst von dort aus können wir auch über Land reisen, denn die Rebellen sind in dieser Gegend weit weniger zahlreich. Doch ganz gleich, welchen Weg wir einschlagen, wir müssen stets auf der Hut sein! Es sei denn, wir segeln den Strom hinunter bis hinaus aufs Große Meer und dann gegen die Strömungen zurück.«

»Da könnten wir ja gleich bis ans Ende der Welt segeln! Nein, dein erster Vorschlag gefällt mir besser!« Indi wandte sich an seine Tochter. »Siehst du, wie vernünftig dein alter Vater sein kann, wenn man ihm auch vernünftige Vorschläge unterbreitet?«

»Ach Vater!«, sagte Meret liebevoll und griff nach s
Hand. »Du tust es mir zuliebe, nicht wahr? Ich weiß doch
schwer es dir fallen muss, von hier fortzugehen!«

»Es gibt Zeiten, da darf man sich den Kräften der Schicksalsstürme nicht mehr uneingeschränkt entgegenstellen«, erwiderte Indi. »Und doch konnte ich mich nur zur Flucht entschließen, weil ich auf diesem Wege das Vertrauen, das die Menschen in mich gesetzt haben, nicht enttäuschen muss.« Er lächelte erleichtert. »Unserem Freund hier habe ich es zu verdanken, dass ich mein Gesicht nicht verliere.« Er klopfte dem Soldaten auf die Schulter. »Du solltest nach deinen Wachen sehen, Djedi! Dann kannst du ihnen auch mitteilen, dass wir am Morgen mit euch nach Tanis aufbrechen werden. Und wenn du möchtest, komm wieder hierher. Vielleicht habe ich noch eine kleine Überraschung für uns, vorausgesetzt, ich kann sie in der Eile finden und sie ist mir noch nicht gestohlen worden. Vor geraumer Zeit habe ich nämlich einige kleinere Amphoren eines ganz besonderen Weines eingelagert. Die wollte ich für eine festliche Gelegenheit bereithalten! Allerdings hatte ich dabei weniger an Flucht gedacht als vielleicht an die Hochzeit meiner geliebten Tochter. Aber ... der Abschied von dem Anwesen, auf dem ich alt geworden bin, ist ja auch kein unwürdiger Anlass! Und welch bessere Gesellschaft könnte es geben als den Mann, der für meine und die Rettung meiner Tochter seinen Kopf in die Schlinge gelegt hat?«

»Seinen Kopf in die Schlinge ...«, fragte Djedi. »Also ...«

»Mach mir doch nichts vor!«, unterbrach ihn sein Freund. »Mich kannst du nicht täuschen mit deinem Gerede von verdienten Freunden des Hofes und Ähnlichem ...« Indi legt ihm freundschaftlich die Hand auf den Arm. »Ich kenne die militärischen Verhältnisse genauso gut wie du!« Er wandte sich an seine Tochter. »Unser Freund hier dient unter einem Mann, dessen Bruder ich vor einigen Jahren wegen fortgesetzter Diebereien des Landes verweisen musste, und doch wagt er sich hier nach Tanis, um uns zu helfen, und riskiert dabei Kopf und Kragen! Und besitzt noch dazu die Frechheit, mir vorzuwerfen, ich sei halsstarrig, weil ich auf der Einhaltung meiner Verpflichtungen den mir Anvertrauten gegenüber beharre!«

»Ich werde mich mal um die Wachen kümmern«, meinte Djedi hastig, machte auf dem Absatz kehrt und verließ die Halle.

»Vater, hat er wirklich ...«, fragte Meret.

»Ja, das hat er!«, erwiderte Indi. »Spätestens morgen Abend wird er den größten Ärger bekommen!« Er lächelte und Meret bemerkte, dass in seinen Augen Tränen der Rührung standen. »Er hat ein Herz aus Gold, mein Kind. Pflichtbewusst ist er, ehrenhaft und treu, all jene Tugenden, die du hoffentlich auch bei der Wahl deines Ehemannes beachten wirst! Wir leben in gefährlichen Zeiten, Meret. Eigentlich brauche ich dir das nicht zu sagen. Aber auch wenn die Zeiten besser wären, so würde ich hoffen, dass du nach einem Mann mit einem treuen Herzen Ausschau hältst, einem Mann, der in der Not auch bereit wäre, sein Leben für dich zu wagen. So ein Mensch bewährt sich in allen Zeiten. Und lass dir auch dies gesagt sein, meine Tochter: Es wird wohl erst noch weit schlimmer kommen, bevor es uns wieder besser gehen kann!«

»Oh«, meinte Meret erschrocken. »Was meinst du denn mit ›noch schlimmer‹?«

»Ich weiß es nicht«, erwiderte Indi bedeutungsschwer. »Und ich will es auch nicht wissen! Ich ... ich musste gerade an Harkuf denken, an ihn und seine Frau und deine Freundin Iput. Verbrecherisch dahingemordet von Menschen, die noch kurz zuvor ihre Nachbarn waren, ihnen täglich im Basar begegnet sind!«

Meret bemerkte, wie ihr Vater von Entsetzen geschüttelt wurde, und suchte in seinen Augen vergeblich nach Trost. Stattdessen wandte Indi den Blick ab. Und als er sie wieder ansah, schien er alle Gefühlsregungen daraus verbannt zu haben, wohl um sie nicht noch mehr zu ängstigen. Doch dieser leere, gefasste Blick schürte ihre Angst, bei all dem, was sie an diesem Abend erfahren hatte, nur noch mehr.

Wenig später wurde Meret von ihrem Vater zu Bett geschickt. Aber auch in ihrer kleinen Kammer konnte sie von ferne die Gespräche der beiden Freunde, denen sich auch der Soldat Rensi zugesellt hatte, noch als gedämpftes Gemurmel hören. Eine Weile versuchte sie vergeblich einzuschlafen, stand dann wieder auf und lief auf bloßen Füßen bis zur Tür, um durch einen Spalt die drei Männer zu beobachten. Indi und die beiden Soldaten unterhielten sich angeregt und unterstützten ihre Worte gelegentlich mit weit ausholenden Gesten. Sie sprachen allerdings zu leise, als dass Meret ihre Worte hätte verstehen können, und so richtete sie ihr Augenmerk ganz auf die Gestalten und ihre Bewegungen. Die beiden Soldaten saßen mit entblößtem Oberkörper, wie es bei informellen Zusammenkünften in Ägypten üblich war. Beide hatten ausgeprägte Muskeln auf Schultern, Brust und Armen, und zum ersten Mal bemerkte sie nun auch die für ihren Soldatenstand so typischen Narben auf ihren Körpern.

Erschrocken hielt sie sich die Hand vor den Mund, als sie sich vorstellte, welch furchtbare Verwundungen der Freund ihres Vaters erlitten haben musste, um so große und tiefe Narben davonzutragen, wie sie überall auf Brust, Rücken, Schultern und Armen zu sehen waren. Manche waren weit größer als ihre Hand, andere Narben so tief wie ihr Daumen dick. Welche entsetzlichen Schmerzen musste er ertragen haben! Das Mitleid ließ ihr fast die Tränen in die Augen steigen.

Und dann mischte sich ein neues Gefühl dazu, ohne dass sie später hätte sagen können, wann und wie es dazu gekommen war, aber eines war sicher, ihr Herz öffnete sich mit einem Mal für diesen großen, vierschrötigen Mann, der sich entschlossen hatte, Leib und Leben zu wagen, um sie und ihren Vater zu retten. Und das mit der alleinigen Begründung, dass ihm Freundschaft und Treue noch etwas galten! Sie hatte keinen Namen für dieses neue Gefühl. War es Dankbarkeit? Zuneigung? Bewunderung? Sie wusste es nicht. Aber er, er wusste bestimmt, was er riskiert hatte. Er war zu ihnen gekommen, obwohl er Gefahr lief, sich erneut im Kampf furchtbare Verletzungen zuzuziehen oder wegen Missachtung von Befehlen hart bestraft zu werden.

Für eine Frau, die unter normalen Umständen aufgewachsen war, ständig nur von anderen Frauen und Mädchen umgeben, war es ein Leichtes zu behaupten, dass nur die Frauen Leid und Schmerzen ertragen mussten. Waren sie es doch, die die Kinder gebaren und von früh bis spät den Haushalt versorgten.

Aber Meret war seit dem Tode ihrer Mutter in der Gesellschaft von Männern aufgewachsen, wobei die alte Köchin Knumet die einzige Ausnahme bildete. Und sie hatte eben auch anderes gelernt. Männer hatten doch auch Leidvolles zu ertragen, obwohl die Frauen das selten eingestanden. Ihr Vater hatte sehr gelitten, als seine Frau starb. Damals hatte er auch seinen Sohn verloren, und mit dem Tode der Mutter die Hoffnung auf einen weiteren männlichen Erben. Die innige Freundschaft, die ihn mit Merets Mutter verband, hatte seinen Verlust noch verstärkt. Seither war er sehr einsam gewesen, viel einsamer als sie selbst! Sie hatte ja noch nicht gelernt, ihr Herz zu verschenken. Aber er hatte diese Erfahrung gemacht und den einen geliebten Menschen verloren, dem er sich so tief verbunden fühlte! Und an diesem Abend hatte Meret zum ersten Mal eine Ahnung davon, was ihr Vater tatsächlich verloren hatte, obwohl sie das Gefühl noch nicht hätte benennen können.

Der Mond stand groß und rund am Nachthimmel, als der Reiter, den man als Boten nach Tanis schickte, aufbrach. Er sollte den Schülern des Indi die Nachricht vom Aufbruch am nächsten Tage überbringen, damit sie rechtzeitig die notwendigen Vorbereitungen treffen konnten. Man hatte einen jungen Mann namens Ameni für diese Aufgabe ausgewählt, der aus der Stadt Nakheb tief im Süden stammte, seit ein und einem halben Jahr unter Djedi gedient und in dieser Zeit in einem halben Dutzend größerer und kleinerer Schlachten seine Treue und Tapferkeit unter Beweis gestellt hatte. Er war hübsch, lebensfroh und heißblütig und stimmte auf seinem Ritt ein altes Liebeslied aus dem Roten Land an:

> Selbst wenn der Kundigste unter den Ärzten zu mir käme,
> seine Weisheit könnte mein Leiden nicht heilen.
> Und auch die frommen Gebete des Höchsten der Priester,
> Linderung brächten sie nicht für mich.
> Nur dein geliebter Name wird mich wecken,
> nur deine süße Stimme mich heilen;
> nur der Brief, von deiner Hand geschrieben,
> wird mein Herz mit neuem Leben füllen …

Leise und verhalten hatte er sein Lied begonnen, sodass der Hufschlag des Pferdes seinen Gesang übertönte, doch bei den weiteren Strophen, deren Worte weniger romantisch als lüstern und derb waren, ließ er seine Stimme lauter und lauter erklingen, und als er eine mondbeschienene, gerade Wegstrecke erreicht hatte, spornte er sein Pferd zum Galopp an und sang fröhlich und aus voller Kehle.

Vor ihm tauchte plötzlich und unerwartet ein silbrig leuchtendes Etwas auf – ein Fallstrick, der quer über den Weg gespannt war. Er wollte sich darunter bücken, doch dazu war nicht genug Raum, und auch der Versuch, das Pferd zu zügeln, misslang, sodass er mit voller Wucht gegen das Hindernis prallte und sein Reittier unter ihm davongaloppierte. Er selbst flog in hohem Bogen nach hinten aus dem Sattel und landete rücklings im Staub der harten Straße. Sogleich stürzten sich etliche Männer auf ihn, zu viele, als dass er sich ihrer selbst im hellsten Tageslicht alleine hätte erwehren können. Sie waren zudem gut bewaffnet, und er lag völlig überrascht und unbewaffnet im Staub der Straße. Mit beiden Fäusten versuchte er, die Angreifer abzuwehren, aber ein Hagel von Fausthieben zwang ihn wieder zu Boden. Der Letzte der Schläge, den er noch bemerkte, traf ihn hart am Hinterkopf und drückte sein Gesicht in den Staub der Straße, bevor er gänzlich das Bewusstsein verlor.

Mehrere Schläge einer flachen, schwieligen Hand ließen seinen Kopf von einer Seite zur anderen rollen und weckten ihn schließlich aus der Ohnmacht. Er blinzelte heftig. Ein Lagerfeuer erhellte die Szenerie um ihn herum und er konnte sogar die Wärme des Feuers spüren. Ameni blickte in ein grimmiges, schwarzbärtiges Gesicht, das über und über mit Narben bedeckt war. Zudem fehlte dem Mann ein Ohr. »Wach schon auf«, sagte der Mann, dessen Sprechweise auf seine Herkunft aus dem Oberland hinwies. »Verdammt noch mal, wach endlich auf!«

Ameni entspannte sich für einen Moment und versuchte dann mit aller Kraft, sich loszureißen. Doch vergeblich! Nur der Griff seiner Wächter an Händen, Beinen und Armen wurde noch verstärkt, und der Bärtige schlug ihm so fest ins Gesicht, dass rote Flecken vor seinen Augen tanzten. Er blinzelte wieder und versuchte, das Gesicht vor sich deutlicher zu erkennen. »Wer ... wer bist du?«, fragte er mühsam.

»Du hast keine Fragen zu stellen, sondern Antworten zu geben«, erwiderte der Mann. »Wo wolltest du denn hin so spät in der Nacht und auf einem solch ungewöhnlich kostbaren Reittier?«

Ameni lächelte, doch sogleich ließ ihn der Schmerz in seiner im Kampfgetümmel gespaltenen Lippe zusammenzucken. »Hab nur einen kleinen nächtlichen Ausflug gemacht, damit ich danach besser schlafen kann ...«

»Dir werden die Lügen schon noch vergehen, du verdammter Lakai eines reichen Mannes!«, sagte der Mann erbost.

»Schon gut«, erwiderte Ameni. »Ich wollte mein Mädchen besuchen. Sie wohnt in Memphis und ...«

Die geballte Faust traf sein Auge und ein stechender Schmerz durchzuckte seinen Schädel. »Aaah, das wird meiner Freundin nicht gefallen. Wenn ich mit lädiertem Gesicht bei ihr auftauche ...«

»Bringt mir die Stange!«, befahl der Bärtige in eisigem, drohendem Tonfall. Ameni bemühte sich erneut um ein überlegenes Lächeln, doch es erstarb ihm auf den Lippen, als er die Metallstange sah, deren vorderes Ende man so stark erhitzt hatte, dass es jetzt weißlich glühte.

»Nein ... nein«, stammelte er erschrocken. »Ich will ja reden! Aber ... aber lasst das Ding da weg!«

»Du wirst mit oder ohne diese kleine Aufmerksamkeit reden!«, antwortete der Bärtige. »Aber vielleicht vergehen dir ja auf diese Weise endlich deine dummen Scherze! Seht zu, dass er stillhält«, wandte er sich dann an seine Kumpane. »Ich habe keine Lust, mich zu verbrennen!«

Trotzdem dauerte es über eine Stunde, bis der Anführer der Horde alles, was er wissen wollte, aus Ameni herausgepresst hatte. Dann machte er sich mit seiner Bande auf den Weg nach Tanis, nachdem sie das Pferd des Boten geschlachtet und gierig, noch halb roh, verschlungen hatten. Den leblosen Körper ihres Gefangenen warfen sie in den Graben, wo die Aasgeier sich weiter um ihn bemühen sollten. Als sie in den frühen Morgenstunden vor der Stadt Tanis anlangten, brachen sich die ersten Strahlen der aufgehenden Sonne in der glänzenden Klinge eines Bronzeschwertes, das von der Hüfte des bärtigen Anführers hing. Dieses Schwert hatte Ameni erst einen knappen Monat zuvor im fairen Zweikampf mit einem Krieger des Roten Landes gewonnen.

IV

Indis Schule in Tanis war recht bescheiden verglichen mit den berühmten und hoch angesehenen Schreiberschulen in Memphis und Theben. Doch schließlich war auch die Stadt Tanis in ihren besten Tagen niemals mehr als ein recht unbedeutender Marktflecken, Sitz eines weniger einflussreichen Höflings und unter der Ägide von einem nur mäßig bedeutsamen Magistrat.

Auch der kürzliche Aufstieg der Stadt, die einem der zahlreichen selbst ernannten Könige eine Weile als Regierungssitz gedient hatte, war ohne Auswirkungen auf den Ruf der Schreiberschule geblieben. In den schweren Zeiten, die auf die endgültige Teilung des ägyptischen Königreichs und die nachfolgende Zersplitterung des Schwarzen Landes in unzählige verfeindete Gruppierungen folgten, waren immer weniger Familien in der Lage gewesen, ihren Erstgeborenen die Ausbildung zum Schreiber zu ermöglichen. Dies lag nicht zuletzt auch daran, dass diese Ausbildung die kostspieligste aller möglichen Berufsausbildungen war, garantierte sie doch den Aufstieg in die Oberschicht derjenigen in der jeweiligen Regierung, die ihr Amt nicht ererbt hatten.

In besseren Zeiten hatte es eine Art eigener Kaste der Schreiber gegeben, deren Platz in der gesellschaftlichen Rangordnung zwischen dem gehobenen Bauernstand und den niederen Adligen angesiedelt war. Ein gut ausgebildeter Schreiber konnte überall Beschäftigung finden, von den höchsten Regierungsämtern und den Aufträgen der Priesterschaft über die bescheidenere Position im Dienste eines reichen Mannes, um Buch über dessen Viehbestand zu führen, bis hin zu den kleinen Schreiberstuben auf dem Marktplatz, wo Briefe und andere Dokumente für die des Schreibens Unkundigen abgefasst wurden. Was alle Schreiber vom Rest der Bevölkerung abhob, waren die weitestgehende Befreiung von harter körperlicher Arbeit und die außergewöhnlichen Möglichkeiten für einen sozialen Aufstieg. Von daher scheuten sich viele Familien nicht, für die Ausbildung eines Sohnes zu sparen, und sei es allein in Hinblick auf die Tatsache, dass die Familie eines Schreibers sich stets der Unterstützung hoch gestellter Persönlichkeiten gewiss sein konnte, sobald einer der Ihren seine Ausbildung erfolgreich abgeschlossen hatte und in entsprechende Dienste getreten war.

Nicht alle Schüler jedoch waren den hohen Anforderungen gewachsen und führten die Ausbildung bis zum Ende durch. Denjenigen, die dieses erste Ziel erreichten, stand jedoch eine neue Welt offen, die nicht selten bis hinauf in höchste und angesehenste Regierungskreise reichte.

Auch aus diesem Grunde wurden die Schüler, die im Alter von sechs bis acht Jahren aufgenommen wurden, nicht nur im Lesen, Zeichnen und Schreiben – sowohl der von der Priesterschaft bevorzugten hieratischen als auch der volkstümlicheren demotischen Schrift – unterrichtet, sondern erhielten darüber hinaus Unterricht in Geschichte, Religion und allen grundlegenden Kenntnissen, die für die verschiedensten Bereiche der Verwaltung benötigt wurden, wie auch die Rechenverfahren, Gesetzeslehre, Umgang mit Zahlungsmitteln und Planung von Arbeitsabläufen und schließlich etliche ausgefallenere Wissensbereiche wie die Methoden der Volkszählung, des Kanalbaus und der Architektur.

In Indis Schule wurde hauptsächlich das Basiswissen gelehrt, mit dem der Zögling dann mit Erreichen des zwölften Lebensjahrs in die Arbeitswelt entlassen wurde, um seine weitere Ausbildung als Gehilfe eines Schreibers zu erhalten, der zumeist selbst ein ehemaliger Schüler der gleichen Schule war. Ausgestattet mit den grundlegenden Kenntnissen und Fertigkeiten der Schreiberzunft würde er von jetzt an seine Tage in der Schreibstube mit gekreuzten Beinen auf dem Boden sitzen, den für seinen Berufsstand typischen weißen Rock straff über die Knie gespannt, damit er als eine Art Pult dienen konnte, und von morgens bis abends nichts anderes tun als schreiben.

Zunächst würde der neue Gehilfe hauptsächlich literarische Texte kopieren, eine Arbeit, die Ausdauer und Geduld erforderte. Erst nach einer entsprechenden Übungsphase, wenn sich gezeigt hatte, dass der zukünftige Schreiber mit sicherer Hand arbeiten konnte, würde man ihn auch mit dem Kopieren von Briefen und später mit dem Abfassen derselben betrauen.

Am Ende all dieser Mühen wurde der ausgebildete Schreiber damit belohnt, von nun an in offiziellen Dokumenten neben den Namenszug die Hieroglyphe für seinen Berufsstand zu setzen, das stilisierte Abbild der traditionellen Schreiberpalette samt Pinsel und Tinte und dem kleinen Beutel, der die Pigmentpulver enthielt, mit denen die schwarze und rote Schreibtinte angerührt wurde. Diese Hieroglyphe glich einem magischen Schlüssel, denn sie konnte Türen öffnen, die allem anderen Zauber widerstanden.

All dies Wissen um die Ausbildung der Schreiber war so lange schon Bestandteil seiner täglichen Verrichtungen gewesen, dass Ramisu, der Oberaufseher der Schule, nicht einen Gedanken mehr daran verschwenden musste. Nachdem er von der Tätigkeit eines Lehrers zum Aufseher befördert worden war, gehörte es auch nicht mehr zu seinen Aufgaben, die Schüler an das Ziel ihrer Mühen zu erinnern. Dafür hatte er jetzt seine Untergebenen. Ramisus Aufgabe bestand vielmehr darin, die Lehrer selbst immer wieder zur Strenge gegenüber den Schülern anzuhalten.

Als er nun, eine knappe Stunde nach Sonnenaufgang, einen Rundgang durch die vielen hintereinander angeordneten Räume der Schule unternahm, konnte er deutlich spüren, wie die Anspannung der Schüler stets ein wenig anstieg, sobald er den Raum betrat. Ramisu gestattete sich ein Lächeln. Es war gut, diese Anspannung hervorzurufen, war sie doch ein sicheres Zeichen dafür, dass die Schule ihrer Aufgabe gerecht wurde, dass Disziplin herrschte und die Lehrlinge in der Obhut der Schule mit Fleiß und Ausdauer bei der Arbeit waren.

Sogar hier, im Klassenzimmer der schlechten, aufsässigen und faulen Schüler, schienen sich alle eifrig ans Werk zu machen. Vielleicht war es ja auch die lange Peitsche aus Nilpferdleder, die an der vorderen Wand des Raumes hing, die die Knaben so fleißig sein ließ. Der ehrwürdige Indi bevorzugte zwar andere Erziehungsmethoden und keinesfalls diese extreme Form der körperlichen Züchtigung, aber es war auch bekannt, dass der Besitzer der Schule nichts so sehr schätzte wie die guten Endresultate der Erziehungsarbeit, und die erreichte man eben, nach Ramisus

Meinung, nur durch die Drohung mit der Peitsche und ihren häufigen Einsatz. Und während der recht seltenen Besuche Indis in Tanis blieb auch die Peitsche wundersamerweise jedes Mal für einige Zeit verschwunden.

Ramisu bemerkte nicht ohne Stolz, dass keiner der vormals ungebärdigen Zöglinge, die hier mit der Verarbeitung von Papyrus beschäftigt waren, es wagte, von der Arbeit aufzublicken, ungefragt zu sprechen oder in einer anderen Weise zu stören. Nur die Hände der Jungen bewegten sich emsig. Ramisus Blick fiel auf einen der Zöglinge, der noch deutliche Spuren der jüngsten Bestrafung in Form roter Striemen auf dem Rücken trug. Der Knabe löste geschickt die äußere Hülle der Papyrusstängel und schlitzte dann das Mark der Länge nach auf. Diese Streifen legte er nebeneinander, sodass sie sich leicht überlappten, und drückte sie flach. Danach würde man die nun aneinander haftenden Streifen unter Druck trocknen, eine zweite Lage quer zur ersten darüber legen und den gesamten Vorgang wiederholen.

Ramisu lächelte wieder sein dünnes Lächeln und wandte sich dann an seinen Untergebenen Tinro, der in diesem Raum die Aufsicht führte. »Wer ist dieser Junge da?«

»Oh, das ist Hori«, erwiderte der Angesprochene. »Sohn des Userkaf, des Saatguthändlers.«

»Tinro, ich muss mich doch sehr wundern! Keine Ausführungen über Herkunft und Erbe! Den Vater eines Jungen zu erwähnen legt die Gedanken in Richtung auf Status und Kaste fest. Wir aber kennen nur Schüler und Lehrer und meine Person natürlich, wie auch gelegentlich unseren Dienstherrn, den ehrenwerten Indi!«

»Verzeiht, Ramisu! Ich vergaß mich! Dies ist also der Knabe Hori.«

Ramisu nickte. »Man hat ihn gezüchtigt. Was war sein Vergehen?«

»Er hat aus der Speisekammer gestohlen. Es war jedoch das erste Mal und ich habe ihn hart angefasst!«

»Vielleicht nicht hart genug?«, meinte Ramisu streng und wandte sich an den Jungen. »Du da, Hori!«

»Ja, Herr!« Der Knabe hatte sich aufgerichtet, blickte starr geradeaus, Messer und Papyrushalm noch in den Händen haltend.

»Du kennst die Strafe, falls du dich ein zweites Mal vergessen solltest?«

»Ja, Herr«, erwiderte Hori ohne zu zögern. »Zehn Tage ohne …«

»›Ja, Herr‹ ist alles, was du zu antworten hast«, sagte Ramisu. »Du hast also deine Lektion gelernt?«

»Ja, Herr«, kam die folgsame Antwort. Der Junge saß aufmerksam da und schwieg erwartungsvoll. Sein schmales Gesicht zeigte keinerlei Gemütsregung. Ramisu ließ seine Hand über die Striemen auf dem Rücken des Zöglings gleiten. Hori zuckte zusammen, ließ jedoch keinen Schmerzenslaut hören und der Oberaufseher lächelte anerkennend über die tapfere Haltung des Jungen. Er nickte Tinro noch einmal zu und verließ den Raum.

Als er über den Gang in den nächsten Raum schritt, fiel sein Blick auf die offen stehende Eingangstür und er bemerkte ein dunkles Gesicht, dass um die Ecke blickte. Zwei schwarze Augen starrten ihn für einen kurzen Augenblick an, dann war das Gesicht wieder verschwunden.

Ramisu blieb wie versteinert stehen. Ein Fremder in diesen Räumen? Wie hatte er das Schulgelände betreten können? Im Hof mit den von der Dürre fast vertrockneten Pflanzen war niemand zu sehen. Eine leichte Brise raschelte in den Blättern der Oleanderbüsche und Feigenbäume.

Wo waren die Wachen?

Er runzelte verärgert die Stirn. Bei den Göttern! Sollten diese faulen Gesellen wieder ihre Pflichten vernachlässigen? Oder hatte einer von ihnen sich dem Trunke ergeben, trotz der harten Strafen durch die Peitsche, die auf dieses Vergehen standen?

Ramisu wurde noch ungehaltener angesichts der bevorstehenden Aufgabe, einen Untergebenen wegen seiner Pflichtverletzungen rügen und züchtigen zu müssen, und rief laut nach seinem Gehilfen. »Sahura! Wo steckst du?«

Alles blieb still. Vielleicht befand sich der Gerufene gerade am anderen Ende des weitläufigen Gebäudes? Nun, es machte keinen Sinn, die Jungen erneut bei der Arbeit zu stören. Er würde außen um das Gebäude herumgehen, um zum rückwärtigen Eingang zu gelangen. Vielleicht würde er auf diesem Wege ja auch eine der vermissten Wachen finden oder den Eindringling entdecken. Wer auch immer diese Missstände zugelassen hatte, er konnte einer ebenso harten wie gerechten Strafe gewiss sein! Solche Übergriffe konnte man keinesfalls zulassen.

Als Ramisu in den staubigen Hof trat, vernahm er hinter sich ein warnendes Zischen. Er blickte sich um und lauschte. Wieder hörte er den zischenden Laut, diesmal aus der Richtung eines fast mannshohen Gebüsches. Ramisu zögerte und schritt dann energisch auf die Büsche zu.

Doch jetzt vernahm er hinter sich hastige Schritte, und noch bevor er sich umdrehen konnte, trafen ihn die ersten Hiebe an Kopf und Hals. Er stürzte auf die Knie und von der Wucht der Schläge wurde ihm leicht schwindlig. Grobe Hände griffen nach seinen Armen und Schultern und rissen ihn wieder auf die Füße. »Lasst mich sofort los!«, protestierte der Oberaufseher lautstark. »Sonst werdet ihr ...«

Wieder traf ihn ein Hieb, nicht ganz so heftig wie die vorherigen. Vor ihm tauchte der Mann auf, dessen Gesicht Ramisu im Türrahmen erspäht hatte – dunkeläugig, schwarzbärtig und von Narben gezeichnet.

»Bist du hier der Oberaufseher?«, fragte der Narbige.

»Wer seid Ihr? Ich verlange auf der Stelle ...«

»Du hast gar nichts zu verlangen«, erwiderte der Mann. Ramisu zuckte schmerzerfüllt zusammen, als sich der harte Griff um seine Arme noch verstärkte. Der Schwarzbärtige ignorierte ihn und wandte sich stattdessen an einen seiner Anhänger. »Durchsucht die Räume. Wahrscheinlich werdet ihr nichts finden, aber man weiß ja nie! Falls jemand versuchen sollte, euch aufzuhalten ...« Er machte eine eindeutige Geste. Ramisu zuckte unwillkürlich zusammen. »Dies ist doch eine Schule, nicht wahr?«, wandte er sich wieder an Ramisu. »Eine Schule für die Söhne der Reichen?«

»Der Reichen und Mächtigen«, erwiderte Ramisu und bemerkte erschrocken, dass ein ängstliches Zittern in seiner Stimme lag. »Wenn Ihr glaubt, dass Ihr die Söhne dieser Männer ungeschoren ...«

»Die Söhne der Mächtigen, sagst du? In Tanis gibt es keine mächtigen Männer mehr! Auf dem Weg hierher sind wir am Palast vorbeigekommen. Der mächtigste Mann der Stadt hat gestern die Flucht ergriffen und sein Haus wurde kurz darauf geplündert!« Er lachte boshaft. »Es überrascht mich, dass du nicht auch schon geflohen bist. Wisst ihr Leute denn nicht, was um euch herum passiert?« In hämischem Tonfall fuhr er fort: »Aber nein, natürlich könnt ihr das nicht wissen! Ihr glaubt ja, dass euch die Welt gehört, dir und deiner Kaste! Nur weil man euch über all die Jahrhunderte die Kontrolle über alles gelassen hat, dir und deinen so hervorragend ausgebildeten Zöglingen! Aber damit ist nun Schluss! Ihr habt die Menschen in diesem Land schon viel zu lange gequält! Es wurde allerhöchste Zeit, dass die Verhältnisse einmal umgekehrt werden.«

»Du ... widerlicher Abschaum!«, schnaubte Ramisu. »Du denkst, du könntest ...«

»Ich denke?«, erwiderte der Bärtige. »O nein! Ich denke nicht nur! Wir haben dir und deinesgleichen bereits die Macht in dieser Stadt genommen! Und auch den Rest des schwarzen Landes werden wir uns zurückerobern. Ihr habt den großen Fehler begangen, alle Truppen in die Schlacht gegen die Armee der Roten zu schicken. Ihr konntet euch nicht vorstellen, dass euer mächtigster Gegner das eigene Volk ist, das ihr so lange und grausam unterdrückt habt!«

Ramisu versuchte verzweifelt Haltung zu bewahren und bemerkte wieder mit Schrecken das Zittern in der eigenen Stimme. »Wie kommt es, dass ihr bewaffnet seid?«, fragte er. »Wer hat euch ...«

»Wir haben uns die Waffen genommen!« Der Bärtige grinste verschlagen. »Die ersten Waffen erhielten wir bei einem Überfall auf das Haus eines Reichen, dessen Bedienstete und Sklaven ihn verlassen hatten. Alle anderen Schwerter haben wir uns ehrlich erworben, indem wir ihre Besitzer erschlugen!« Seine Augen sprühten vor Stolz. »Deine Wachen haben uns auch einige Waffen überlassen. Vielleicht finden wir im Haus noch mehr davon, wer weiß?«

»Waffen? Hier in der Schreiberschule? Das Einzige, was ihr finden werdet, sind Pinsel, Tinte, Papyrus und eine Reihe abgenutzter Schriftrollen«, sagte Ramisu höhnisch. »Was solltet ihr ungebildeten Gossenkreaturen damit wohl anfangen? Ihr habt doch ...«

Ein heftiger Schlag traf ihn im Nacken und er sank erneut in die Knie. Wieder wurde er von groben Händen in die Höhe gerissen. »Pass auf, was du sagst!«, drohte der Bärtige. »Dein Herr ist auf dem Weg hierher! Wir haben den Boten unterwegs abgefangen. Er will die Schule schließen und mit den Jungen an einen sicheren Ort ziehen, jedenfalls glaubt er das.« Er grinste boshaft. »An einen sicheren Ort! Als wenn es einen Ort gäbe, der vor uns, dem ägyptischen Volk, sicher ist!« Der Bärtige schüttelte den Kopf und fuhr dann fort: »Inzwischen hat er wahrscheinlich die Habseligkeiten in seinem Hause zusammengepackt. Und dann wird er hierher kommen. Und bei seiner Ankunft wird alles so aussehen wie immer, hast du mich verstanden? Zumindest so lange, bis er das Haus betreten hat. Danach werden wir uns um ihn kümmern!«

»Du ... du lügst! Der ehrenwerte Indi wäre niemals so dumm, in eine Falle zu laufen! Er würde jedenfalls nicht ohne bewaffnete Eskorte hierher kommen und ...«

»Das ist allerdings wahr!«, fiel der Schwarzbärtige ein. »In der Tat haben wir gestern Nacht bei seinem Haus einen Trupp Soldaten erspäht. Es würde mich keinesfalls überraschen, wenn er sie mit hierher brächte. Letzte Nacht konnten wir die Soldaten nicht überwältigen, denn sie hätten uns zu große Verluste zugefügt. Aber jetzt sind wir ihnen haushoch überlegen, denn inzwischen haben sich uns die Männer angeschlossen, die den Palast überfallen haben. Dort war nicht mehr viel zu holen, mit dem Besitz des Indi ist das allerdings eine andere Sache! Dessen Besitztümer sind inzwischen gewiss schon auf Boote verladen worden und wir müssen den Besitzer nur noch in einen Hinterhalt locken! Das ist viel einfacher, als mühsam nach verborgenen Schätzen zu suchen.«

»Bei den Göttern!«, stöhnte Ramisu erschüttert. »Aber ...«

Er schwieg, denn nun sah er, wie die Aufständischen zu Dutzenden auf den Hof strömten, in Lumpen gekleidet, aber bis zu den Zähnen bewaffnet. Einer von ihnen zerrte den leblosen Körper des Wachmannes Khentamentiu hinter sich her, dem man Schild und Waffen bereits abgenommen hatte. Das Blut des Mannes versickerte schnell im Staub zwischen den in gerader Linie gepflanzten Bäumen des Hofes.

O ihr Götter, steht uns bei!, flehte Ramisu und machte einen schwachen Versuch, sich von seinen Fesseln zu befreien. Sollte das denn tatsächlich schon das Ende sein? Er hätte es wissen müssen, schon von dem unheilvollen, einige Jahrzehnte zurückliegenden Augenblick an, als die Höflinge dem neuen Gatten der Gottkönigin die Gefolgschaft verweigert hatten und einen Gegenkönig aufstellten! Und wie hätte es auch anders kommen können? Die Säulen der Gesellschaft waren wie die Dämme, die die Wasser des Nils in seinem Bett zurückhielten. Schon der kleinste Riss konnte sich schnell zu einem Dammbruch öffnen und die herausströmenden Fluten konnte dann niemand mehr aufhalten.

Mit einem tiefen Seufzer ergab sich Ramisu in sein Schicksal und verzichtete auf jeden weiteren Widerstand. Verzweifelt und hilflos musste er zusehen, wie die Aufständischen den Hinterhalt vorbereiteten. Bogenschützen versteckten sich in den Baumwipfeln, aber die meisten Männer zogen sich hinter das Gebäude zurück, um von dort dem ehrenwerten Indi und seiner Eskorte aufzulauern. Ramisu versuchte noch einmal einen Blick aus den Augen des Anführers zu erhaschen. Kalt waren diese Augen, ohne menschliche Regung, wie die Augen eines Raubvogels auf der Jagd.

»O ihr Götter!«, flehte der Oberaufseher mit schwacher Stimme. »Ihr Götter steht uns bei …«

V

Meret saß hinten auf der Ladefläche des großen Wagens und ließ die Beine herunterbaumeln. Der Wagen schaukelte auf der holprigen Straße hin und her und Meret schaukelte unbeschwert mit. Erst als der Wagen über ein tiefes Loch rollte, zuckte sie erschrocken zusammen und wünschte sich zum wiederholten Male, man hätte ihr doch gestattet, mit Djedi zu reiten. Der hatte angeboten, sie vorne auf seinem Sattel mitzunehmen, aber ihr Vater hatte dies für zu gefährlich gehalten, obwohl der Soldat ein geübter und guter Reiter war.

Sie konnte ihn nun wieder sehen, denn er war ans Ende der

kleinen Karawane geritten. Aufrecht und elegant saß er im Sattel, mit breiten Schultern über der schmalen Taille, den Kopf hoch erhoben. So stark und furchtlos sah er aus und konnte doch auch so sanft sein! Ach, wenn sie doch nur ...

Meret schüttelte betrübt den Kopf. Natürlich war er viel zu alt für sie – er hätte ja ihr Vater sein können, obwohl er noch lange nicht das Alter des ehrenwerten Indi erreicht hatte. Bis sie also alt genug sein würde, um von ihm beachtet zu werden ...

Warum nur gab es unter den jüngeren Männern, denen sie in der Schule des Vaters, auf dem Marktplatz oder im Tempel begegnete, niemanden wie ihn? Warum erschienen ihr im Vergleich zu diesem Mann alle Söhne der noblen Familien so charakterlos und schwächlich? Irgendwo musste es doch auch in ihrer Gesellschaftsschicht einen richtigen Mann geben. Und doch – Djedi war ja in ärmlichen Verhältnissen aufgewachsen, hatte nur sehr wenig Erziehung genossen, »... wenn man das überhaupt Erziehung nennen kann«, hatte er erzählt. Alles im Leben hatte er sich schwer erkämpfen müssen. War das vielleicht der Grund für seine starke Persönlichkeit? Wenn ein Junge alles geschenkt bekam, ohne es sich verdienen zu müssen, vielleicht konnte ja dann gar kein richtiger Mann aus ihm werden?

Nun ja, die Tage des verwöhnten Aufwachsens waren nun sicher vorüber. Jetzt, da alle Sklaven und Bediensteten der vornehmen und reichen Familien zum Kriegsdienst eingezogen wurden oder sich den Aufständischen angeschlossen hatten, jetzt müssten wohl auch die verweichlichten Söhne der Reichen endlich lernen, für ihr Überleben zu kämpfen. Aber vielleicht war das ja ihr Glück.

Meret seufzte wieder. In Sile sollte wohl alles anders sein. Jedenfalls schien Djedi das zu glauben. Die Leute dort waren genügsamer, lebten so, wie sie zwischen dem fruchtbaren Delta und der kargen Wüste immer gelebt hatten. Sie wussten, dass nur einen Tagesmarsch von ihrer Stadt entfernt die zivilisierte Welt aufhörte, und waren darum wohl ein wenig anders als die verwöhnten Deltabewohner. Vielleicht hätte sie dort auch mehr Glück bei der Suche nach einem Ehemann ...

Sie beobachtete, wie Djedi kehrtmachte, um wieder an die Spitze des Zuges zurückzukehren. Eine kleine Staubwolke hinter sich lassend, ritt er an ihr vorbei und warf ihr ein aufmunterndes Lächeln zu.

Ach, wenn sie doch nur schon erwachsen wäre!

»Dort drüben ist schon der Fluss!«, rief Djedi, als er Indi und neben ihm den Soldaten Rensi wieder erreicht hatte, und zügelte sein Pferd. »Wir haben es bald geschafft.«

Indi folgte mit den Blicken dem Arm des Soldaten. »Nun wollen wir hoffen, dass es noch ein Schiff für uns gibt.«

»Hattet Ihr nicht früher eine eigene Flotte?«, fragte Rensi. »Man hat mir erzählt, dass ...«

»Früher ja!« Indi zuckte mit den Schultern. »Das ist lange her! Aber es können ja noch nicht alle Schiffe fort sein. Folgt mir, wir wollen die Anlegestelle in Augenschein nehmen!«

Die beiden Soldaten gaben ihren Pferden die Sporen, um dem alten Mann zu folgen. Vor ihnen ragte wenig später die hohe Lehmwand des Bootshauses auf. Gemeinsam ritten sie um das Gebäude herum und hielten an dem breiten Steg, die hier das Flussufer säumte.

»Das Glück scheint uns hold zu sein!«, meinte Indi mit einem grimmigen Lächeln. »Zumindest sieht es so aus.« Er deutete mit der Hand auf das einzige noch verbliebene Schiff, das wenige Meter vom Ufer entfernt vor Anker lag.

Auch die Soldaten warfen einen Blick auf das Segelschiff, das friedlich vor ihnen im Wasser dümpelte. Das einzige große Segel war sauber eingeholt und am Baum befestigt, der mittschiffs und achtern auf zwei kräftigen Gabeln ruhte. Hinter den Decksaufbauten ragte das Steuerhaus auf und zu beiden Seiten des Schiffes entlang der Reling waren Sitze für die Rudersklaven zu sehen. »Ziemlich groß!«, meinte Rensi. »Fast schon zu groß! Wir werden die ganze Einheit benötigen, um alle Ruder zu besetzen, damit wir heil den Fluss hinunter kommen!«

»Da hast du Recht!«, stimmte Djedi stirnrunzelnd zu. »Dabei brauchten wir nur ein Drittel der Leute, um mit diesem Schiff stromauf zu segeln, doch in dieser Richtung ist für uns nichts mehr zu holen!« Er hustete hinter vorgehaltener Hand. »Die Frage ist nur, ob das Schiff überhaupt noch seetüchtig ist!«

»Das denke ich doch«, meinte Indi und stieg vom Pferd. »Es

gehört meinem Nachbarn Harkuf und der hat sein Eigentum nicht verkommen lassen, nicht einmal in schlechten Zeiten! Ahoi! Ahoi! Ist jemand an Bord dort drüben?«

Am vorderen Ende der Decksaufbauten erschien ein Gesicht mit misstrauischer Miene. »Wer will das wissen? Lasst uns in Ruhe!«, rief der Mann und stutzte dann. »Seid Ihr das, der ehrenwerte Indi? Seid mir gegrüßt und …«

»Lass die Formalitäten!«, erwiderte Indi. »Komm hierher an Land, denn wir brauchen dein Schiff!«

»O nein, Herr!«, rief der Mann und trat an Deck. »Ich meine, verzeiht, aber meinem Herrn, dem ehrenwerten Harkuf …«

»Dein Herr lebt nicht mehr!«, rief Indi hinüber. »Es tut mir Leid, dass ich dir so traurige Nachrichten bringe, aber er und alle anderen in seinem Haus sind ermordet worden.«

»Harkuf ist tot?«, sagte der Mann ungläubig. Er trat an die Reling und starrte sie erschrocken an. »Ihr meint doch nicht etwa …«

»O doch, das meint er«, unterbrach ihn Djedi mit Gehorsam gebietender Stimme. »Und uns bleibt auch nicht mehr viel Zeit, mein Freund, genauso wenig wie dir! Wir brauchen deine Unterstützung! Rensi, schick ein paar Männer an Bord, um ihm zu helfen, ja?«

Mit einigen Schwierigkeiten wurde das Schiff an den Steg verholt. Rensi ließ zwei Wachen an Bord zurück und ging wieder an Land, um die weiteren Befehle seines Vorgesetzten entgegenzunehmen. »Die Wachen sind in Stellung gegangen«, meldete er.

Djedi sprach eine Weile leise auf ihn ein und wandte sich dann an Indi und Meret. »Ich werde die Diener mit den Wagen die Straße hinunterschicken, um alles an Vorräten aufzuladen, was sie finden können. Wie viele Leute sind deiner Meinung nach noch in der Schule?«

Indi schürzte nachdenklich die Lippen. »Nun, wohl ungefähr ein Dutzend Schüler. Dazu der Oberaufseher Ramisu, sein Gehilfe Sahura und der Lehrer Tinro, sie werden mich wohl erwarten.«

»Dann hoffe ich nur, dass sie alle gut zu Fuß sind. Wir werden uns sputen müssen! Ich möchte das Schiff ungern lange ohne Verteidigung lassen, mit dir und Meret an Bord.«

»Aber ich werde mit dir gehen!«, erwiderte Indi entschlossen.

»O nein, das wirst du nicht.« Djedi kreuzte die Arme vor der Brust.

»Ramisu wird den Befehlen eines Fremden kaum Folge leisten. Er wird denken, es handelt sich um einen Überfall!« Indis Ton ließ ebenfalls keinen Widerspruch zu.

»Wahrscheinlich hast du Recht. Aber Meret sollte nicht mitkommen! Ich werde sie hier in die Obhut meiner besten Leute geben!«

»Tu das! Aber lass uns keine Zeit verlieren. Ich werde erst wieder zur Ruhe kommen, wenn wir diese Gegend verlassen haben.«

»Vater! Willst du mich wirklich hier zurücklassen?«, fragte Meret.

»Das muss ich!«, erwiderte Indi mit grimmiger Miene. »Aber wir werden so schnell wie möglich zurückkehren. Hier bist du in Sicherheit!«

Doch als Meret ihren Vater ansah, konnte sie den Zweifel in seinen Augen lesen, den Zweifel und auch die Angst.

»Und wenn dir etwas zustoßen sollte?«, wandte sie ein. »Ich bitte dich, Vater, lass mich ...«

»Die Antwort ist nein!«, unterbrach sie der alte Mann. »Und frag nicht noch einmal! Wir sind bald wieder zurück.«

Meret biss sich verzweifelt auf die Unterlippe. Ganz plötzlich überkam sie ein Gefühl unendlicher Hilflosigkeit, klein und hilfsbedürftig kam sie sich vor, wie ein Kind, und doch hatte sie weit besser als ein Kind verstanden, in welch ungeheurer Gefahr sich alle befanden.

Djedi bemerkte die Angst in ihrem Blick, stieg noch einmal vom Pferd und ging zu ihr hinüber, während Indi sich auf sein Pferd schwang. »Mach dir keine Sorgen, kleine Meret. Wir sind wirklich sehr bald wieder da! Und du bleibst doch auch nicht allein, ich lasse Rensi hier bei dir! Du kannst dich auf ihn verlassen. Und nun ...«

Verzweifelt unterbrach sie ihn. »Nein, nein! Ich bitte dich! Ich habe so eine schreckliche Ahnung! Irgendetwas Furchtbares wird geschehen! Ich weiß es!«

Djedis legte seine kräftige Hand beruhigend auf ihre Schulter.

Ein heftiges Zittern durchlief sie und sie bekämpfte tapfer das unbändige Verlangen, sich in seine Arme zu flüchten.

»Das ist doch ganz normal, Meret«, meinte er. »Du hast große Angst, das verstehe ich gut.«

»Das ist es nicht! Ich meine, sicher habe ich Angst, aber da ist noch etwas anderes. Es ist eine andere Art von Gefühl, wie eine Ahnung, die mich soeben befiel!«

»Ach, so ist das! Weißt du, ich hatte auch solche Ahnungen, als ich jünger war. Da war ich gerade erst in den Dienst des Herrschers der Zwei Reiche getreten.« Sein Blick schien sich für einen Moment in der Ferne zu verlieren. »Wie lange das alles schon her ist! Es scheint mir, als läge es mindestens so weit zurück wie die Erschaffung der Welt! Bin ich denn tatsächlich schon so alt?« Er lachte leise in sich hinein und fuhr dann fort: »Meine Ahnungen haben sich nie bewahrheitet. Und wie du ja weißt, sind Soldaten praktisch veranlagte Menschen, sie halten nicht allzu viel von Prophezeiungen und dergleichen. Nun komm schon, schenk uns ein Lächeln zum Abschied! Wir sind bald zurück und dann fahren wir gemeinsam den Strom hinunter!«

»Du ... du wirst uns also begleiten?«, fragte sie erstaunt. »Aber ich dachte ... ich dachte, du und deine Leute, ihr müsstet zurück an die Front?«

Djedi blickte sie nachdenklich an und sagte dann in bedächtigem Tonfall: »Ich hatte auch vor, an die Front zurückzukehren. Aber dann habe ich noch einmal in Ruhe alles überdacht und im Grunde ist es so, dass ich nicht einmal weiß, wer jetzt gerade mein Befehlshaber ist! In Zeiten wie diesen ist nichts mehr sicher. Und dann habe ich auch mit meinen Leuten darüber gesprochen. Ich hatte ein wenig gehofft, dass sie mich von meinen untreuen Gedanken abbringen würden, aber sie waren mir schon ein Stück voraus, wie Soldaten manchmal sind, wenn ihr Anführer ein altmodischer Narr ist ...«

»Aber nein!«, widersprach Meret aufgeregt und griff nach seiner Hand. »Du bist doch gar nicht alt! Und ein Narr bist du auch nicht!«

»Es ist nett von dir, das zu sagen«, erwiderte Djedi mit einem freundlichen Lächeln. »Jedenfalls haben die Soldaten mich gefragt, warum wir euch nicht stromabwärts begleiten sollten, um uns dort einen neuen Truppenführer zu suchen! Das habe ich mir durch den Kopf gehen lassen und je länger ich es mir überlege, umso einleuchtender scheint mir dieser Plan! Und so habe ich mich entschlossen, euch zu begleiten und mich in Sile nach einem neuen Kommandanten umzusehen.« Er lächelte wehmütig und schüttelte ein wenig den Kopf. »Das alte Ägypten, so wie Indi und ich es noch gekannt haben, ist endgültig untergegangen. Du kannst von Glück sagen, dass du es niemals richtig kennen gelernt hast, denn es würde dir gewiss das Herz brechen.«

»Djedi ...«, unterbrach ihn Meret, schwieg dann aber rücksichtsvoll, als sie den verträumten Ausdruck auf seinem Gesicht bemerkte.

»Es waren gute Zeiten«, fuhr der Soldat fort, »und Ägypten war das glücklichste Land unter der Sonne. Es herrschte Frieden vom Vierten Katarakt bis hin zum Großen Meer und von Nubien bis zur Wüste östlich von Sile. Und die Macht des Pharao reichte weit über die Ufer des Großen Meeres hinaus, der Herrscher der Zwei Reiche erhob Tributzahlungen von vielen Ländern und bot dafür Schutz gegen Eindringlinge. Die fruchtbaren Böden des Schwarzen Landes ernährten auch die Bevölkerung im Roten Land und zu allen Jahreszeiten fuhren Schiffe reich beladen mit Waren aus aller Herren Länder den Nil hinauf. Niemand im ganzen Deltaland musste hungern, solange er fleißig sein Tagewerk verrichten konnte. Man musste nur das Saatgut ausbringen und rechtzeitig einen Schritt zurücktreten, so schnell wuchs die neue Ernte heran!

Alles hatte seinen Ort und seine Zeit«, fuhr er träumerisch fort. »Und jeder tat das, was auch seine Vorfahren schon über Jahrhunderte hinweg getan hatten, alles war so geordnet, wie die Götter es einst befohlen hatten. Und jetzt? Was ist uns noch geblieben? Niemandem kann man mehr trauen und selbst die besten Nachbarn sind verfeindet. Das Geld hat seinen Wert verloren und die Ernten verdorren auf den Feldern. Warum nur, wenn es doch ...«

Er brach mitten im Satz ab und schien erst jetzt erschrocken zu bemerken, was er sagte und zu wem. Ein wenig verlegen blickte er zur Seite und räusperte sich dann. »Ach, hör nicht auf mich. Ich rede zu viel!« Er zwang sich zu lächeln und blickte in

Merets besorgtes Gesicht. »Ich muss mich sputen! Rensi und ein weiterer meiner verlässlichsten Männer bleiben bei dir! Sie werden gut auf dich aufpassen. Und ... wir sind doch auch bald wieder da! Kopf hoch, meine Kleine!« Er lächelte, aber seine Augen verheimlichten nicht, wie besorgt er war.

Auch Meret bemühte sich, beim Abschied tapfer zu lächeln.

Von einem stromaufwärts gelegenen Hügel beobachtete man ebenfalls den Aufbruch der Gruppe, die von einem alten Mann und einem breitschultrigen Soldaten angeführt wurde. Kiku und Penu, Späher einer Bande marodierender Räuber, hatten ihre kahl geschorenen Köpfe vorsichtig über die Hügelkuppe gereckt, um die Geschehnisse am Bootshaus verfolgen zu können.

Ein breites Grinsen lief über Penus verunstaltetes Gesicht, das die Menschen meist dazu brachte, seinen Anblick zu meiden. »Welch ein Glücksfall!«, wandte er sich an seinen Kumpanen. »Jetzt können wir den anderen die Wagen ruhig überlassen. Wir müssen nur ein paar Wachmänner überwältigen und schon sind wir im Besitz eines ganzen Schiffes!«

»Ja, eines Schiffes und noch einer Kleinigkeit«, sagte Kiku mit einem zufriedenen Grinsen. »Hast du das Mädchen gesehen?«

»Ja sicher habe ich sie gesehen. Jung und unverdorben, die ist was für mich.«

»Und wie wollen wir es anstellen? Das Mädchen ist jetzt auf dem Schiff. Ich habe gesehen, wie sie an Bord gegangen ist. Außer ihr sind nur die beiden Soldaten zurückgeblieben. Wenn du ...«

»Du überschüttest sie mit einem Pfeilhagel zur Ablenkung, während ich außen herumschwimme ...«

»Nein, du machst das mit den Pfeilen!« widersprach Kiku. »Ich bin der bessere Schwimmer.«

»Aber du kannst besser mit Pfeil und Bogen umgehen!«

»Lass uns Stöckchen ziehen!« Kiku gewann und würde also um das Boot schwimmen und dann hinaufentern, während sein Partner die Wachen durch seine Pfeile ablenken sollte. Beide wussten, dass derjenige, der als Erster das Schiff erreichte, sich auch als Erster über das Mädchen hermachen konnte. Kiku übergab seinen Köcher mit den Pfeilen. Sie hatten sie sorgfältig gezählt und es waren genug für ihr Vorhaben vorhanden. Penu war seinem Freund im Umgang mit Pfeil und Bogen zwar weit unterlegen, aber dennoch war er ein ausreichend guter Schütze. Sie machten sich auf den Weg zum Ufer und dort trennten sich ihre Wege. Auf bloßen Füßen erreichte Penu schon nach kurzer Zeit das Bootshaus, während Kiku hinter einer hohen Papyrusstaude unbeobachtet und geräuschlos ins Wasser des Flusses eintauchen konnte.

»Sie sind bestimmt schon sehr bald wieder da«, meinte Rensi tröstend. »Wahrscheinlich noch vor den Dienern mit den Wagen! Dein Vater wird wohl noch einiges einladen wollen, aber Djedi wird ihn zur Eile mahnen. Du wirst schon sehen!«

Meret klammerte sich verzweifelt am Mastbaum fest, der sicher auf seinen beiden Stützen ruhte. »Ach, wenn sie doch nur ...«

Ein scharfes Pfeifen und der nachfolgende dumpfe Aufprall auf dem Holz des Baumes unterbrach sie mitten im Satz. Zwischen ihren Händen ragte ein langer, spitzer Pfeil aus dem Holz, der sie nur um eine Handspanne verfehlt hatte. »Re... Rensi!«, stammelte sie erschrocken, doch der Soldat hatte sich abgewandt und blickte in Richtung des Ufers. Wieder hörte sie das Pfeifen, wie der Ruf eines weit entfernten Wasservogels, und Rensi wurde mitten in der Brust von einem zweiten Pfeil getroffen, der ihn rücklings auf sie zustolpern ließ. Einen kurzen Augenblick konnte er sich noch auf den Beinen halten, doch die hastige Bewegung hatte den Pfeil noch tiefer in seine Brust getrieben, und er sackte fast leblos in ihren Armen zusammen. »Menkh!«, rief sie verzweifelt nach dem anderen Wachsoldaten und kämpfte mit dem Gewicht des Mannes. Der Gerufene trat hinter dem Decksaufbau hervor. »Gib Acht, Menkh!«, rief Meret noch einmal warnend.

Sie konnte Rensis Gewicht nicht länger halten und musste ihn zu Boden gleiten lassen. Als sie aufblickte, entdeckte sie den Bogenschützen am Ufer, der erneut auf sie zu zielen schien. »Geh in Deckung, Menkh!«, konnte sie noch ausrufen, dann traf sie der Pfeil, der eigentlich für den zweiten Soldaten bestimmt war, mit voller Wucht an der Schulter und schleuderte sie nach hinten. Ein heftiger Schmerz durchfuhr sie und dann noch einer, als sie mit dem Kopf gegen die hölzerne Baumstütze stieß. Ihr schwindelte, und noch bevor sie zu Boden sank, verlor sie das Bewusstsein.

Kapitel 2

I

»Hört euch an, was ich zu sagen habe!« Die tiefe Stimme des Hauptmanns übertönte das Gemurmel der Menge, die sich am südlichen Verteidigungswall der Stadt versammelt hatte. »Die Schmiedekundigen unter euch sollen sich melden! Alle Schmiede her zu mir!«

Die Männer vor ihm warfen sich unsichere Blicke zu und schüttelten die Köpfe. Einige machten zwar einen zaghaften Schritt nach vorn, traten dann aber wieder zurück, fast so, als seien sie erschrocken über ihren unwillkürlichen Gehorsam.

Der Soldat runzelte die Stirn und spuckte verächtlich auf den Boden. Dann stützte er die Hände auf die Hüften und musterte die Anwesenden voller Zorn und Verachtung. »O ihr Götter!«, murmelte er und verdrehte die Augen gen Himmel. »Bei all eurer Macht über die Reichtümer dieser Welt, hättet ihr mir nicht etwas Besseres schicken können als diese tumbe Meute?« Er spuckte noch einmal zornig auf den Boden und ließ den Blick erneut über die versammelte Menge schweifen. »Verdammt sollt ihr sein! Wollt ihr denn keine Arbeit? Oder gehört ihr zu denjenigen, die lieber zu Hause hocken und in der Nase bohren, während ihre Ehefrauen sie mit Hurengeld füttern und kleiden müssen?« Sein strenger Blick wanderte von einem Gesicht zum nächsten. Einige der Männer wandten sich ab, andere waren rot geworden oder blinzelten nervös. Nur wenige konnten ihm direkt in die Augen sehen.

Schließlich ergriff einer der Versammelten zaghaft das Wort. »Wir … wir wollen schon arbeiten, Herr! Aber …«

»Dann stellt euch hier auf, ihr Feiglinge!« Er ergriff den Mann am Umhang und zerrte ihn zur Seite, dorthin, wo auch die anderen sich aufstellen sollten. »Nun macht schon! Reiht euch hinter ihm ein! Wenn die Reihe zu lang wird, macht eine zweite.« Von vielen Flüchen angetrieben, unter Gedränge und Geschiebe hatte sich nach einer Weile die gewünschte Aufstellung ergeben. Der

Hauptmann trat einen Schritt zurück, bis kurz vor die hoch aufragende Stadtmauer, und musterte die Versammlung noch einmal mit verächtlicher Miene.

Dann seufzte er wieder und warf einen Blick auf die schon recht hoch im Osten stehende Sonne.

»Das sieht schon ein wenig besser aus!«, sprach er die Männer in besänftigterem Tonfall an. »Nun gut! Mein Name ist Musuri von Moab, Hauptmann der Fronttruppen. Als Söldner stehe ich im Dienst von Ar-Ennum, des Königs von Ebla.«

Er wartete, bis das Gemurmel der Menge wieder verstummt war, kreuzte dann die Arme vor der breiten Brust und lächelte ein wenig säuerlich, wobei einige Zahnlücken sichtbar wurden. »Ich weiß wohl, dass ihr meint, über den einfachen Söldnern zu stehen! Ihr glaubt, ihr könntet jederzeit den Dienstherrn wechseln und fortgehen, so wie es euch gerade paßt. Aber diese Wahl habt ihr nun nicht mehr!« Er warf einen Blick in die Runde und fragte: »Wie viele von euch stammen aus Byblos? Aus Arvad? Aus Tyrus?« Jedes Mal waren etliche Hände erhoben worden. Als er fortfuhr, war die Häme aus seiner Stimme gewichen. »Nun, meine Freunde! Wir hier und die versammelten Fronttruppen sind die Einzigen, die eure Heimatstädte davor bewahren können, dem Erdboden gleichgemacht zu werden! Wenn Ebla nicht standhaft verteidigt worden wäre, hätten die Nomadenheere schon jetzt Damaskus erreicht, und das sollte euch eigentlich den Ernst der Lage deutlich vor Augen führen. Es heißt aber auch, dass ihr euch wohl für eine lange Zeit verpflichtet, nämlich so lange, bis die Nomaden ihre Kriegspläne aufgeben und sich wieder in das Gebiet um Haran zurückziehen oder ...« Er schwieg bedeutungsvoll, verzog dann das Gesicht und fuhr fort: »Oder bis sie diesen vermaledeiten Krieg gewonnen haben!«

Erneut musterte er die Menge mit eindringlichem Blick, der jedoch nicht ohne Mitgefühl war. »Ich kann es in euren Gesichtern lesen! Welche andere Möglichkeit bleibt uns denn, werdet ihr fragen. Nun, ihr könntet in eure jeweiligen Heimatstädte zurückkehren. Und ich weiß sehr wohl, dass ihr euch gar nicht erst aufgemacht hättet, wenn es hier in Ebla keinen Bedarf für die Arbeit eurer Zunft gäbe.« Der Hauptmann schwieg einen Augenblick und fuhr dann fort: »Allerdings solltet ihr keinen Gedanken daran verschwenden, nach Norden zu reiten, um eure Dienste dort …«

Er brach mitten im Satz ab, ließ den Blick suchend über die Menge zu seiner Linken schweifen und gab dann einem der Männer in der hinteren Reihe ein Zeichen. »Nun denn, ihr sollt wissen, warum es sich nicht lohnen würde, weiter nach Norden zu reiten, um in den Dienst der Nomadenkönige zu treten! Ich will euch den Mann vorstellen, für den ihr arbeiten sollt! Sein Name ist Schobai von Haran, und bevor er zu uns kam, hat er einige Zeit für die Nomadenkönige im Norden gearbeitet. Er wird euch einiges zu sagen haben! Hört gut zu, wenn euch euer Leben noch lieb ist!«

Der Mann, der nun vortrat, war ein Riese von Gestalt und wurde von einem Mann mittleren Alters begleitet, dessen Haar schon zu ergrauen begann.

Das Gemurmel, das während der Ansprache des Hauptmanns angedauert hatte, verstummte fast sofort, als der hoch gewachsene Fremde gemächlich an den versammelten Männern vorüberschritt. Seine Hand lag dabei stets auf der Schulter seines Begleiters. Obwohl das Gesicht des Mannes von leidvollen Erfahrungen gezeichnet war, ließen sich dennoch Spuren jugendlichen Aussehens darin entdecken. Mit seinen tiefen Falten, dem vollständig ergrauten Bart und den grauen Strähnen des Haupthaares wirkte er wie ein Vierzigjähriger, dabei war er erst Mitte zwanzig. Er trug die schlichte Arbeitstunika der Schmiede und hatte doch die stolze Haltung eines Mannes von Macht und Ansehen, wenn nicht sogar adligen Geblüts, trotz all seiner Narben und der Spuren von Messerstichen, Brandwunden und Peitschenhieben.

»Dies ist Schobai von Haran!« wiederholte der Hauptmann.

Der Mann wandte den Kopf nach links und rechts, obwohl er die Menge nicht sehen konnte, denn sein Augenlicht war für immer erloschen, und unter der weißen Binde waren noch die Ränder schrecklicher Brandwunden zu sehen, die nur langsam zu verheilen schienen. Schobai von Haran war blind.

Das Gemurmel in der Menge war wieder lauter geworden. Der blinde Mann stand mit hoch erhobenem Haupt, wie es für viele

Menschen typisch ist, die ihr Augenlicht verloren haben, und lauschte aufmerksam. Ein zartes Lächeln huschte über sein Gesicht, dessen edle Züge wohl früher den Vergleich mit der Schönheit von Statuen nicht gescheut haben mussten.

»Einige von euch erinnern sich also noch an meinen Namen!«, stellte er fest. »Es gab eine Zeit, in der auch ich mich stolz auf meine Herkunft berufen konnte. Schobai, Sohn des Kirta von Haran! Enkel des Ahuni und Urenkel des Belsunu, der für die Sippe Abrahams, als sie im Kampf gegen die Vier Könige Kanaan eroberte, die Waffen hergestellt hat.« Nachdenklich schwieg er einen Augenblick. »Und ich bin der Bruder von Hadad! Hadad, der ganz allein die Stadt Haran vor denselben Horden bewahrte, die nun Ebla bedrohen wie auch eure Heimatstädte und alle anderen Völker diesseits der Grenze zu Ägypten!«

Einen Augenblick schien es so, als könne er nicht weitersprechen, doch dann erhob sich seine Stimme aufs Neue. »Ja, ich bin der Bruder von Hadad und wie er ein Kind des Löwen.« Schobai wandte sich um und zeigte der Menge durch einen Spalt in seinem Gewand jenes berühmte Muttermal, das dem Abdruck einer Löwenpfote glich. Mit Bitterkeit in der Stimme fuhr er fort: »Dies ist der Beweis, dass ich ein Nachfahre des Kain bin, des ersten Schmiedes in der Geschichte der Menschheit und auch des ersten Mannes, der die Hand gegen den eigenen Bruder erhob!«

Der Hauptmann warf Schobai einen durchdringenden Blick zu, wandte sich dann an dessen grauhaarigen Begleiter und schüttelte energisch den Kopf. Der Grieche nickte und berührte den Blinden leicht am Arm, um ihn an das eigentliche Anliegen der Zusammenkunft zu erinnern.

Unwillig riss Schobai sich los. »Nein, nein! Sie sollen alles wissen! Auf dem Weg hierher habe ich einige Gesprächsfetzen aufgeschnappt. Manche dieser Männer sind tatsächlich bereit, nach Norden zu ziehen, um ihre Dienste so teuer wie möglich zu verkaufen. Denn wie ihr wisst, glauben die Schmiede von jeher, über alle Fragen der Treue zur eigenen Heimat erhaben zu sein!« Die letzten Worte hatte er zornig hervorgesprudelt und dann riss er, so plötzlich, dass die versammelte Menge erschrocken den Atem anhielt, die weiße Binde ab, die seine Augen bedeckte.

Mit ruhiger Hand legte Schobai von Haran den Verband wieder an, und als er fortfuhr, war auch sein Tonfall weit gelassener als zuvor.

»Ich habe diesen großen Fehler bereits vor euch begangen! Ich habe mich bei den Nomaden des Nordens verdingt! Ich war der Ansicht, dass ich niemandem etwas schuldig sei, weder meiner Heimat noch meinem Volk! Ich glaubte fest daran, dass meine Entscheidungen nur mich persönlich betreffen!

Und eine ganze Weile schien dies auch der Wahrheit zu entsprechen. Selbst als ich mit ansehen musste, wie ein Teil des Nomadenheeres das friedliche Melid überfiel, änderte sich nichts an meiner Meinung. Genauso wie ich hatten die Herren von Melid die wahren Absichten der Nomadenkönige nicht durchschaut. In Melid mussten Frauen und Kinder, Alte, Kranke und Schwache großes Leid erdulden, wie immer, wenn diejenigen, die sie beschützen sollten, Narren und Feiglinge sind! Selbst damals dachte ich noch, ich sei nur mir selbst verantwortlich und meine Handlungen würden nur mich betreffen.

Aber lasst euch gesagt sein, keiner von uns lebt auf einem einsamen Felsen mitten im Meer!« Er schwieg, als müsse er sich auf etwas besinnen. Die Männer scharrten unruhig mit den Füßen und warfen sich verstohlene Blicke zu. Endlich erhob der Hüne erneut die Stimme. »Als ich ihnen die Gefolgschaft aufkündigte, brannten sie mir das Sklavenmal auf den Arm. Ihr habt es vielleicht schon bemerkt, nicht wahr? Und dann banden sie mich an einen Pflock, um mich durch Hungern dazu zu bewegen, die Arbeit wieder aufzunehmen …

Zu diesem Zeitpunkt erfuhr mein Bruder von meiner elenden Lage. Er, der schmächtige Krüppel, der noch niemals zuvor seine Hand im Zorn gegen einen Nächsten erhoben hatte, wagte sich allein und unbewaffnet in das Lager der Nomadenkönige und rettete mich aus der tödlichen Gefahr! Ihm allein ist es auch zu verdanken, dass die Stadt Haran vor den Horden der Hirtenkönige bewahrt wurde und nicht das schreckliche Schicksal erleiden musste, das über Städte wie Charchemisch und Melid hereingebrochen ist und das auch der Stadt Ebla bevorsteht, wenn es uns nicht gelingt, uns erfolgreich zu verteidigen. Wenn Ebla fällt, würden auch Tyrus, Sidon und Byblos diesem Schicksal nicht entrinnen können, genauso wenig wie die Länder Kanaans im Süden …«

Schobai schwieg und hob lauschend den Kopf, denn er war sicher, dass die Männer Fragen und Einwände vorzubringen hatten. In der zweiten Reihe vor ihm meldete sich auch bald ein Mann zu Wort.

»Und wie sollen wir uns erfolgreich verteidigen? Ein zusammengewürfelter Haufen mehr oder weniger gut ausgebildeter Schmiede, die noch nicht einmal alle mit der besonderen Kunst des Waffenschmiedens vertraut sind?«

Schobai hob beschwichtigend die Hände. »Der Hauptmann wird euch ein Schwert zeigen, wie ich es in den Zeiten, als ich mein Augenlicht noch besaß, zu schmieden pflegte!« Der Soldat neben ihm zog die gewünschte Waffe und reichte sie dem Blinden, der sie an die Männer vor ihm weitergab. »Seht es euch genau an! Wiegt es in den Händen! Ich bin zwar erblindet, aber mein Vater, der in Ebla bereits eine Reihe von Schmieden anlernt, ist es nicht!«

»Bei den Göttern!«, rief der Schmied, der als Erster seine Zweifel geäußert hatte, erstaunt aus. »Das ist in der Tat eine hervorragende Arbeit! Und Ihr meint wirklich, dass …«

»Mein Vater und sogar ich können euch lehren, Waffen zu schmieden, die dieser hier nur wenig nachstehen werden! Unter euch Schmieden werden die meisten also eine Gelegenheit haben, etwas dazuzulernen! Doch auch für die wahren Könner unter euch habe ich eine Enthüllung, die eurer Handwerkskunst zuträglich sein wird!«

Der Schmied reichte das Schwert an seinen Nachbarn weiter und wandte sich dann wieder an den blinden Redner. »So ganz verstehe ich deine Botschaft aber noch nicht. Ich meine, du kannst keinen besseren Schmied aus mir machen, als mein Talent es erlaubt. Wir alle würden wohl gerne in der Lage sein, solch hervorragende Stücke anzufertigen. Aber du und dein Vater … ihr seid bekannt als große Meister der Kunst und die werden wir wohl niemals …«

»Bei allen Göttern!«, unterbrach ihn der Hauptmann verärgert. »Vergesst euren Kleinmut doch für einen Augenblick! Wollt ihr nun arbeiten, oder …«

»Lasst ihn nur!«, mischte sich Schobai ein. »Seine Frage ist durchaus berechtigt und ich glaube, sie quält auch viele der anderen hier. Und auch eine weitere Frage muss beantwortet werden, die bisher noch niemand in dieser Runde gestellt hat! Wie sollen wir, auch mit noch so kunstvoll geschmiedeten Schwertern, die unermessliche Übermacht der Nomadenheere in die Flucht schlagen? Auch ein noch so gut gearbeitetes Bronzeschwert kann doch nichts anderes erreichen, als das Selbstvertrauen seines Trägers zu heben, nicht wahr? Auch die besten und tapfersten Soldaten werden früher oder später überwältigt werden, sollten sie zahlenmäßig zu sehr unterlegen sein.« Er wandte sich wieder an den Mann vor ihm. »Habe ich damit deine Zweifel erfasst, mein Freund? Hast du deine Gedanken in meinen Worten wiedergefunden?«

»Ja, doch«, erwiderte der Mann. »Habt Ihr denn auch eine Antwort für uns? Denn Ihr erwartet ja nichts Geringeres von mir und den anderen hier, als dass wir uns für die Dauer eines Krieges verpflichten, den wir, wie es scheint, nie und nimmer gewinnen können?«

»Recht hast du«, antwortete Schobai mit lauter Stimme. »Und bisher hast du von mir nichts erfahren, was dich hätte umstimmen können, nicht wahr?« Er hob die Hand, um den Hauptmann davon abzuhalten, ihn erneut wütend zu unterbrechen. »Es ist ein berechtigter Einwand, Hauptmann, und dieser Mann, wie auch alle anderen hier, erwarten mit Fug und Recht eine überzeugende Antwort von mir!«

Wieder streckte Schobai die Hand aus, doch diesmal deutete er auf seinen grauhaarigen Begleiter. Der Grieche zog bedächtig das eigene Schwert aus der Scheide und reichte es dem blinden Schmied, der es beiläufig ergriff, als hätte es nicht mehr Gewicht als ein Palmwedel. Mit aufrechter Haltung und unverkennbarem Stolz in der Stimme wandte er sich dann wieder an seine Zuhörer.

»Es gibt da einige Dinge, die ihr nicht wissen könnt und andere, die ihr zwar schon vernommen, doch nicht verstanden habt. Habe ich euch nicht berichtet, dass ich vor gar nicht allzu langer Zeit noch im Dienst der Nomadenkönige stand? Und darum kenne ich die Geheimnisse ihrer Kriegskunst! So weiß ich auch, wie sie ihre Verteidigungswälle bauen! Bereits zu dieser Stunde werden ebensolche Befestigungen auch zu unserem Schutz errichtet! Versteht Ihr nun? Ich habe von den Nomaden die Kunst ihrer scheinbar unüberwindlichen Verteidigungswälle gelernt!«

»Auch der beste Verteidigungswall muss sich der Belagerung ergeben!«, wandte einer der Schmiede besorgt ein.

»Das ist wahr. Doch dies ist nicht das Einzige, was ich von ihnen gelernt habe. Ich weiß, wie sie ihre Rammböcke bauen, kenne die Machart und Herstellungsweise ihrer Wurfspeere und die Bauart ihrer Kriegswagen, die sie anscheinend unbesiegbar machen. Und dieses Wissen werde ich zu unserem Schutz, zur Verteidigung der Stadt Ebla einzusetzen wissen! Einige unserer Wagenbauer habe ich bereits in dieser Kunst unterwiesen! Und unsere Wagen werden noch um einiges besser sein! Weitaus wichtiger scheint mir jedoch etwas anderes, das ihr bisher gänzlich missachtet habt!«

»Was sollte das wohl sein?«, unterbrach ihn der Mann ungeduldig.

»Ihr vergesst, dass auch mein Vater uns beisteht. Mein Vater, der berühmte Waffenschmied Kirta von Haran, der vom legendären Ahuni selbst seine Kunst erlernte!« Schobai hob das Schwert nun hoch über seinen Kopf und schwenkte es nach allen Seiten.

Aller Augen richteten sich auf die Waffe und von überall her waren Ausrufe des Erstaunens zu vernehmen.

»Ich bin sicher, ihr wisst, was ich hier in Händen halte?«, rief Schobai von Haran stolz. »Und ihr könnt auch die Bedeutung dieser Waffe einschätzen?« Sein zerfurchtes Gesicht erhellte sich bei seinem triumphierenden Lächeln.

»Hier, nehmt das Schwert und seht es euch an!«, sagte er grimmig und reichte die Waffe, mit dem Griff voran, in die Menge vor ihm. »Lasst alle einen Blick darauf werfen und sagt mir dann noch einmal, dass sich nichts geändert hat! Dass wir keine Chance auf den Sieg haben! Dass die Nomaden uns an Zahl weit überlegen sind und dass auch ein guter Waffenschmied uns nicht helfen wird!«

Die Männer ließen die schwarze Klinge von Hand zu Hand

gehen und das Gemurmel wurde lauter und lauter. Nach einer Weile wandte sich einer der Männer an Schobai: »Ich habe dieses Metall schon einmal gesehen. Und in gewisser Weise hast du wohl Recht. Eine Armee mit Schwertern wie diesem wäre sicher fast unbesiegbar! Aber dieses Metall ... es fällt vom Himmel und das nur sehr selten! Wo sollen wir genügend davon herbekommen, um eine ganze Armee zu bewaffnen?«

»Narren seid ihr! Nichts wisst ihr! Dieses Schwert ist zwar aus Eisen geschmiedet, aber das ist keineswegs vom Himmel gefallen! Mein Vater hat es eigenhändig hergestellt! Aus dem Erz geschmolzen hat er es, mein Vater, Kirta von Haran! Er ist der erste Mann, der dieses Erz in die Länder jenseits der hethitischen Grenze gebracht hat. Und er wird uns alle lehren, es zu schmelzen und zu schmieden. Er wird es all jenen zeigen, die diese Kunst zu würdigen wissen!« Er lächelte noch einmal siegesgewiss in die Runde. »Seid ihr nun bereit, euch zu verpflichten? Wer von euch kommt mit mir, um Waffen für die Armee von Ebla zu schmieden?«

Als Antwort brach unter den versammelten Männern so lautstarker Jubel aus, dass sogar die Wachen auf der Stadtmauer neugierig die Köpfe über die Mauerkrone streckten, um einen Blick auf die begeisterte Menge zu erhaschen.

II

Der Hauptmann befahl einem seiner Untergebenen, die neuen Rekruten zum Schreiber zu führen, wo sie sich in Listen eintragen und ihre Verträge besiegeln lassen sollten. Sobald er seine Befehle erteilt hatte, eilte er, wegen einer alten Kriegsverletzung leicht hinkend, hinter Schobai und seinem Begleiter her. Als er den Fuß des Hügels erreichte, auf dem die Festung über der Stadt thronte, war er deshalb schon etwas außer Atem. »Ich ... ich bitte um Verzeihung«, keuchte er. »Aber ... auf ein Wort, Schobai!«

Der blinde Mann, der wie immer die Hand auf der Schulter seines Begleiters ruhen ließ, blieb stehen. »Ja, was gibt es, Hauptmann?«, fragte er, ohne dabei den Kopf zu wenden.

»Ich ... Ihr habt erwähnt ...« Er schnappte nach Luft und

setzte dann erneut an. »Ihr spracht von Reisen in die Küstenstädte, die notwendig sind, um Erze zu beschaffen, und da …«

»O ja! Ja doch, das wird nötig sein. Aber … warum begleitet Ihr uns nicht ein Stück? Euer Name ist … Musuri, nicht wahr? Musuri von Moab, richtig?«

»Richtig! Ich fühle mich geehrt, dass Ihr meinen Namen behalten habt!«

»Oh, ich habe ja nun nichts anderes zu tun, außer mir Namen der Dinge und Menschen um mich her einzuprägen. Nein, verzeiht, was für eine törichte Bemerkung! Bitte verzeiht.«

Mit starrem Blick schritt der riesige Mann nun wieder sicher aus, nicht zuletzt, weil die Schulter seines Begleiters ihm verlässliche Stütze bot. »Ich habe mich wacker geschlagen mit meinen Argumenten vor der Versammlung, nicht wahr? Aber … um neue Rekruten zu gewinnen, darf man wohl ein wenig übertreiben, oder?«

»Doch, doch«, erwiderte Musuri. »Was ich allerdings wissen wollte, diese Erze betreffend …«

»Welche Erze?«, fragte Schobai mit einen Anflug von Hohn in der Stimme. »Wir haben im Augenblick nur so viel davon zur Verfügung, dass es ausreicht, um einige zeremonielle Waffen daraus zu schmieden, so wie dasjenige, das Nikos der Menge gezeigt hat. Und natürlich hat auch der König eine solche Waffe, um die Gesandten an seinem Hof zu überzeugen, dass Ebla im Besitz des Geheimnisses um die Eisenverarbeitung ist, damit sie bei ihrer Rückkehr ihren Herren und Meistern berichten können. Diese Art von Blendwerk ist für die Diplomatie nun einmal vonnöten, vor allem, wenn man um militärische Unterstützung nachsucht oder die jungen Männer des eigenen Landes für den Kriegsdienst begeistern muss.«

»Auf Dauer wird das aber doch nicht alle überzeugen können!«, wandte Musuri erstaunt ein. »Die Gesandten können sich doch sehr schnell ein Bild davon machen, wie unsere Truppen tatsächlich bewaffnet sind, oder?«

»Nein, das können sie nicht! Zumindest haben wir uns die größte Mühe gegeben, auch die Ehrenwache, die sie begleitet, mit den wenigen Schwertern, die wir bisher schmieden konnten, auszurüsten, um den Schein zu wahren! Die Waffen werden von einer Einheit zur nächsten weitergereicht, je nachdem, wen wir gerade überzeugen müssen! Aber wenn mein Vater nicht bald neue Erze auftreiben kann ...«

»Schobai, verzeih!«, unterbrach ihn der Grieche Nikos in seinen Überlegungen. »Es gibt da etwas, über das wir unbedingt sprechen sollten, verzeih die Einmischung ...«

»Schon gut, sprich nur!«

»Es betrifft Kirta. Ich mache mir langsam wirklich Sorgen um ihn.« Nikos unterbrach sich und warf einen bedeutsamen Blick auf den Hauptmann. »Vielleicht hätte ich es jetzt doch nicht ansprechen sollen?«

»Ich glaube, es ist schon gut so. Der Hauptmann ist doch einer von uns, habe ich nicht Recht, mein Freund Musuri? Wir haben nur sehr wenige Geheimnisse voreinander, nicht wahr, Hauptmann?«

»So ist es, Schobai«, erwiderte der Soldatenführer. »Ihr könnt mir vertrauen, denn ich bin kein geschwätziger Mensch!«

»Das ist gut zu wissen«, meinte Nikos und setzte den Weg fort, diesmal jedoch mit kleineren Schritten. Schobai folgte ihm und sie betraten die Zeltstadt vor den großen Wällen der Stadt Ebla. Nikos führte sie an der langen, geraden Reihe der aus Lederhäuten gefertigten Unterkünfte entlang und nahm dann den Faden ihres Gespräches wieder auf. »Kirta hat in letzter Zeit immer mehr ... nun ja, Ausfälle. Ich weiß nicht, wie oft du in letzter Zeit mit ihm zusammen warst, Schobai.«

»Nicht so oft, wie mir lieb gewesen wäre«, erwiderte der Riese. »Ausfälle, sagst du? Das verstehe ich nicht so recht.«

»Nun ja, er kann sich an viele Dinge nicht erinnern. Plötzlich vergisst er einen Namen oder er erkennt jemanden nicht wieder, mit dem er viele Monde lang zusammengearbeitet hat.«

»Nun, wir sind doch alle hin und wieder etwas vergesslich«, wandte Schobai beschwichtigend ein. »Ich würde mir deshalb keine Sorgen machen!«

»Es ist weit schlimmer als nur eine kleine Vergesslichkeit hier und da, Schobai! Neulich hat er nicht einmal mich erkannt! Mich, seinen treuen Begleiter Nikos, der ihm seit Jahren zur Seite steht! Und manchmal ... manchmal, Schobai, weiß er nicht einmal mehr, wer er selber ist und wo er sich befindet! Erst neulich hat er sich nur wenige Schritte von der Herberge in den Straßen verirrt. Er verläuft sich in seiner eigenen Nachbarschaft, mitten in Ebla!« Nikos schüttelte bedauernd den Kopf. »Zu anderen Zeiten ist er wieder völlig normal. Aber ... unter diesen Umständen ist es vielleicht nicht ratsam, ihn in die Küstenstädte reisen zu lassen, um neue Erze zu kaufen!«

Schobai verlangsamte nachdenklich seine Schritte. »Ich könnte wohl an seiner Stelle reisen. Aber natürlich nicht alleine. Vielleicht kann einer der jüngeren Schmiede mich begleiten oder auch einer der neuen Rekruten?« Er wandte den Kopf in Richtung des Hauptmannes. »Ich kann es fast mit den Händen ertasten, Musuri, aber nur fast! Und es gibt einfach Dinge, für die ich die Unterstützung eines Sehenden brauche!«

»Ihr sprecht von Eisenerz, nicht wahr? Ich kenne mich da ein wenig aus. Zumindest weiß ich, wie es aussieht. Wenn Ihr Unterstützung braucht bei der Bestimmung der Farbe und Ähnlichem ...«

»Ihr, Hauptmann, versteht etwas von Metallen und dem Erz, aus dem sie gewonnen werden?«

»O ja! Ich habe einst eine Einheit an der hethitischen Grenze befehligt, noch bevor die Nomaden in dieses Gebiet einfielen. Eine meiner Aufgaben bestand in der Bewachung einer Mine, in der jenes Eisenerz abgebaut wurde. Wenn Ihr also jemanden braucht, der euch hilft, die Qualität der Erze zu bestimmen, so könnte ich mich für das Kommando der Begleiteskorte zur Verfügung stellen. Ich wollte eigentlich vorschlagen, Euren Vater zu begleiten ... aber unter diesen Umständen? Auf jeden Fall würde mir ein solcher Auftrag besser zupass kommen als die ewig gleichen Aufgaben hier in der Stadt!«

Schobai überlegte einen kurzen Moment und wandte sich dann an seinen Begleiter. »Was hältst du von seinem Vorschlag? Es spricht einiges dafür, nicht wahr? Jedenfalls könntest du hier bleiben und dich um Kirta kümmern.« Nikos drückte zustimmend die Hand des Blinden und Schobai sprach nun wieder zum Hauptmann, nicht ohne ihm vorher anerkennend auf die Schulter zu klopfen. »Dann sind wir uns also einig! Ich werde Eure Dienste anfordern, wenn ich mit dem Oberkommando die Angelegenheit bespreche. Wenn ich mich recht erinnere, wollte man einen Mann namens Urimilk aus Byblos mit der Aufgabe betrauen, weil er einige Kenntnis von den Verhältnissen in der Küstengegend besitzt.«

»Urimilk?«, schnaubte der Hauptmann verächtlich. »Die einzige Kenntnis von der Küstengegend, die er besitzt, bezieht sich auf die Ausschänke in den Städten, die billigen Schenken, wohlgemerkt! Und vielleicht kann er euch auch noch den Weg zu dem einen oder anderen schäbigen Hurenhaus weisen ...«

»Das soll mir genügen, Hauptmann. Ich werde auf Eurer Begleitung bestehen.« Er streckte die Hand aus, die der Hauptmann erfreut ergriff. Seine Augen weiteten sich erstaunt, als er die ungeheuren Kräfte verspürte, die selbst vom schlichten Händedruck des nunmehr erblindeten Schmiedes ausgingen. Er zuckte vor Schmerz zusammen und war erleichtert, als er seine Hand wieder zurückziehen konnte.

»Ich freue mich, Eure Bekanntschaft gemacht zu haben, Musuri von Moab!«, besiegelte Schobai ihre Absprache. »Ihr solltet schnellstmöglich Eure Angelegenheiten regeln! Wir werden übermorgen bei Tagesbeginn aufbrechen!«

Als Schobai und Nikos durch das große Tor der Stadt Ebla schritten, vernahmen sie das Geräusch sich kreuzender Klingen. Die Wachen nahmen Haltung an und grüßten die beiden ehrerbietig. Schobai nickte den Soldaten zu und dann setzten sie ihren Weg durch die geschäftigen Straßen in gemächlichem Tempo fort, der Blinde mit hoch erhobenem Haupt, die Hand auf der Schulter seines treuen Begleiters.

Während des ganzen Weges bemerkte Schobai, wie um ihn her die Gespräche verstummten, und er vermeinte, die Ehrerbietung beinahe körperlich zu spüren, die seine hohe, aber dennoch unverkennbar gezeichnete Gestalt bei den Bürgern hervorrief, die er fast alle um mindestens Haupteslänge überragte. Was warst du doch für ein Narr, schalt er sich. Noch vor gar nicht langer Zeit bist du wie ein Pfau durch die Gassen von Charchemisch und Haran stolziert und hast die Bewunderung für deinen stattlichen Wuchs genossen, als wäre es dein eigener Verdienst!

Er verzog verächtlich das Gesicht. Und nun, nun stellst du dein Gebrechen zur Schau! Und noch immer ist es die gleiche Eitelkeit, die dich dazu treibt. Welchen Grund hättest du noch, stolz und hoffärtig zu sein? Du bist ein nutzloser Krüppel und kannst der Welt, der du so schlecht gedient hast, nun gewiss nichts mehr nützen!

Aber nein, er durfte diese Art Gedanken nicht weiterverfolgen. Er musste sich an alles erinnern, dessen er sich schuldig gemacht hatte, und sich darum bemühen, ein wenig von dem wieder zu richten, was er in jugendlichem Wahn und eitler Verblendung verbrochen hatte. Jetzt umso mehr, da seinem Vater die Fähigkeit, sich zu erinnern, genommen zu sein schien.

Sie hatten allen Grund, stolz auf ihre Herkunft zu sein, sein Vater Kirta und er, Schobai von Haran, denn sie waren Kinder des Löwen, Erben jener alten Handwerkstradition des Waffenschmiedens und auch Erben des Fluches! Er konnte sich noch gut daran erinnern, wie sein Vater ihm von der Legende berichtete, die er selbst von seinem Vater gehört hatte, jenem berühmten Schmied namens Ahuni. Ahuni war diese Legende vom Anführer des kanaanitischen Volkes, Abraham, erzählt worden, in dessen Diensten Schobais Urgroßvater in den letzten Tagen seines Lebens gestanden hatte.

Es hatte wohl einst ein Mann mit Namen »Kain« gelebt, was in einer der mesopotamischen Sprachen »Schmied« bedeutet. Er war der Sohn des ersten Mannes und der ersten Frau des Menschengeschlechts, den Urahnen aller Völker. Im Zorn hatte Kain seinen Bruder erschlagen und den einen Gott, El-Schaddai, verflucht. Als Strafe für sein Vergehen, so hatte Abraham erzählt, wurde ihm und all seinen Nachfahren ein ruheloses Leben auf Erden auferlegt, und als Schmiede zogen sie tatsächlich von einem Land zum anderen, um den Menschen die Waffen zu verkaufen, mit denen sie sich gegenseitig umbrachten. Vor menschlicher Rache sollten sie jedoch bewahrt bleiben und als Erkennungszeichen für den Fluch wurde ihnen das Kainsmal mitgegeben, jenes Muttermal, das dem Abdruck einer Löwenpfote glich und an alle männlichen Nachfahren der Kinder des Löwen durch die Jahrhunderte hindurch weitervererbt worden war.

Schon oft war während dieser langen Zeit die Legende in Vergessenheit geraten. Doch dann hatte man sich wieder daran erinnert und auch die Weitergabe der Schmiedekunst vom Vater auf den Sohn war viele Male bedroht gewesen, doch wurde sie nie gänzlich unterbunden. Die Söhne der Löwen waren immer wieder Zeuge der blutigen Vernichtung von Guten und Bösen, Schuldigen wie Unschuldigen geworden, von einem Land ins nächste gezogen, Mitgefühl und eine unendliche Trauer über die scheinbare Unvermeidbarkeit des Krieges als stete Begleiter.

Aber hatten sie daraus auch etwas gelernt? fragte Schobai sich. Nicht mehr und nicht weniger als andere, so schien es. Die Familientradition war so oft bedroht gewesen und das Wenige an Weisheit, das die Väter in ihrer Lebenszeit gewannen, ging häufig schon verloren, bevor die Söhne Gebrauch davon machen konnten.

So wie es beispielsweise Ahuni ergangen war. Als kleines Kind von marodierenden Horden verschleppt, war er in seiner Jugend in die Sklaverei verkauft worden, während sein verzweifelter Vater Belsunu selbst die entlegensten Winkel der Länder um das Große Meer nach ihm absuchte und schließlich starb, ohne zu wissen, ob sein Sohn noch lebte. Nur durch einen außergewöhnlichen Glücksfall war es Ahuni möglich geworden, das Schmiedehandwerk zu erlernen, das doch seine ererbte Kunst war. Ein einarmiger, ehemaliger Schmied hatte ihn aus der Sklaverei freigekauft und viel zu spät kam er nach Kanaan, um seinen Vater dort zu sehen.

Später hatten Ahuni und seine Frau, die Ägypterin Schepset, sich in Haran niedergelassen. Ihr Sohn Kirta verlor beide Eltern in einem schrecklichen Sturm auf hoher See. Kirta selbst wiederum hatte zwei Söhne gezeugt, den großen, kräftigen und selbstsüchtigen Schobai und den kleinen, schwächlichen und sanftmütigen Hadad.

Von Ehrgeiz und Stolz getrieben hatte Kirta sich auf die Suche nach dem Geheimnis der Eisenschmelze gemacht und seine Familie zurückgelassen, wie er meinte, in gesichertem Wohlstand, der auch die Ausbildung beider Söhne in der Kunst des Schmiedens möglich machte.

Er wurde jedoch überfallen, versklavt und nach Kreta verschleppt. Die Hohepriesterin Xena, Tochter des Minos von Kreta, war in großer Liebe zu ihm entbrannt und so hatte ihr Vater dem Schmied die Freiheit geschenkt. Und doch war Kirta kein freier Mann gewesen, denn die unerwiderte und aussichtslose Liebe der Hohen Priesterin, wie auch die immer noch erfolglose Suche nach den Geheimnissen des Eisenschmelzens und -schmiedens hielten ihn gefangen. Jahr um Jahr ging so ins Land und nur durch die großzügige Unterstützung des Minos gelang es Kirta, die Kunst der Eisenverarbeitung zu erlernen, gerade rechtzeitig, bevor er fliehen musste, denn im Land war eine Revolte ausgebrochen, die die rechtmäßige Regierung stürzte und dem Minos den Tod brachte.

Doch diese Ereignisse sollten noch keine glückliche Wendung seines Schicksals einleiten. Auf der Flucht von der Insel Kreta hatte auch er sein Herz endlich für die Liebe von Xena öffnen können, nur um die Geliebte erneut zu verlieren, als sie von einem Pfeil tödlich getroffen wurde. Dieser Pfeil, so musste er mit Entsetzen feststellen, war zu alledem von seinen eigenen Händen geschmiedet worden.

Etliche Jahre vergingen, in denen Kirta sich bemühte, zu seiner Familie nach Haran zurückzukehren, von Schuld und Reue über die törichten Verfehlungen seiner Jugend getrieben. Er wusste nichts davon, dass man seine Frau um ihr Erbe betrogen hatte, dass sie in bitterer Armut lebte und von dem wenigen, das ihr geblieben war, nur einem der Söhne, dem älteren Schobai, eine Lehrstelle als Schmied verschaffen konnte.

Und was hatte er, Schobai, daraus gelernt? Er trug schwer an den Verfehlungen in jenen harten, frühen Jahren. Während er das Schmiedehandwerk erlernte, war sein Bruder Hadad durch einen Unfall zum Krüppel geworden; sein verletztes Bein war nicht richtig verheilt und sie hatten einfach nicht genug Geld, um die Ärzte zu bezahlen, die vielleicht hätten helfen können. Doch im Grunde war Schobai viel zu sehr mit sich selbst beschäftigt gewesen, um seinem Bruder allzu viel Beachtung zu schenken. Er beendete seine Lehre erfolgreich, heiratete die Tochter eines angesehenen Bürgers und brachte es zu einigem Wohlstand und Einfluss in Haran. Doch um Mutter und Bruder, die immer noch in ärmlichsten Verhältnissen lebten, kümmerte er sich nicht.

Hadad, der nie eine Ausbildung erhalten hatte, verdiente sich seinen Lebensunterhalt mit der Herstellung von Statuetten der Tempelgötter und lebte, trotz großer Armut und mangelnder Anerkennung seiner überragenden künstlerischen Fähigkeiten, glücklicher und zufriedener als Schobai mit all seinen Reichtümern.

Weder seiner Mutter noch seinem Bruder ließ Schobai je Unterstützung zukommen. Seine Mutter war nach und nach dem Wahnsinn verfallen, doch Hadad, dem in seiner schlichten Aufrichtigkeit jedwede Bitternis fremd war, hatte sich niemals auch nur beklagt und die ihm auferlegte Last tapfer ertragen.

Doch dann hatte das Schicksal der Brüder eine plötzliche Wendung genommen. Schobai war nach Norden gezogen, um in den Dienst der Nomadenkönige zu treten, und wurde in die Sklaverei gezwungen. Hadads Fähigkeiten dagegen wurden endlich erkannt, er heiratete und kam zu Wohlstand. Beides, die neu gefundene Liebe und seinen Besitz, ließ er jedoch zurück, als er erfuhr, was seinem Bruder widerfahren war. Er verließ seine hochschwangere Frau und ritt nach Norden, um Schobai zu retten, und fand dabei selbst in einem ungleichen Schwertkampf den Tod durch die Hand des Verräters Reschef, des gleichen Mannes, der Schobai geblendet und die Stadt Haran an die Nomaden verkauft hatte.

Schmerzlich war vor allem die Erinnerung an jene letzten Augenblicke, in denen Hadad, der nie gelernt hatte, mit dem Schwert umzugehen, sich dem berühmtesten Schwertkämpfer von ganz Haran entgegenstellte, um seine, Schobais Flucht zu ermöglichen. Noch immer klangen ihm die hasserfüllten Worte Reschefs in den Ohren, die dieser dem fliehenden Schmied in seinem Versteck auf dem Karren eines Händlers nachgerufen hatte: »Schobai! Schobai, hörst du mich? Dein Bruder ist tot! Ich habe deinen Bruder getötet! Ich, ich habe deinen Bruder erschlagen!«

Schobai biss sich auf die Lippen, um nicht von seinen Gefühlen übermannt zu werden, und ballte ohnmächtig seine Linke zur Faust. Seit jenem Tag hatte er eine Leere in seinem Herzen verspürt, die erst jetzt langsam einem neuen machtvollen Gefühl zu weichen schien, einem kraftvollen, zielgerichteten Begehren, einem Gefühl der Besessenheit.

Der Eroberungszug der Nomadenkönige musste einfach aufgehalten werden! Darüber war er sich auch mit seinem Vater sehr schnell einig geworden, damals, als Kirta nach langer Irrfahrt herausfinden musste, dass es für ihn keine Rückkehr zur alten Lebensweise gab, dass von seinen Söhnen der eine im unfairen Kampf erschlagen, der andere geblendet worden war und dass Hadads Frau und ihr Kind verschwunden schienen. Alle Hoffnungen Kirtas auf eine Versöhnung und einen Neubeginn waren zerstört und auch sein Hass richtete sich auf den mächtigen Feind, die Armeen der Hirtenkönige. Vater und Sohn hatten sich in Zorn und Trauer gemeinsam dem Kampf gegen diesen Feind verschworen.

Doch für Schobai gab es noch einen anderen Grund. Selbst wenn er keine neue Liebe mit ihrer Hoffnung auf Heirat und eine Familie finden würde oder wenn es nicht möglich sein sollte, Hadads Familie zu finden und für sie zu sorgen und das Kind, wenn es ein Junge sein sollte, in der Kunst des Schmiedehandwerks zu unterrichten, selbst dann gab es noch etwas, was er tun musste und für das es wert war, sein Leben einzusetzen.

Denn noch lebte jener Reschef, der Verräter und Folterknecht und Mörder seines Bruders!

III

Zurück in den Mauern der Stadt spürte Schobai, wie sein ohnmächtiger Zorn langsam verebbte. Er würde wieder und wieder aufwallen, soviel hatte ihn seine Erfahrung gelehrt. Doch jetzt, umgeben von den Geräuschen und Gerüchen des geschäftigen Treibens um ihn her, kehrte auch ein wenig von der Freude wieder, die ihm das städtische Leben mit all seinen Verflechtungen und Problemen stets beschert hatte und ein sanftes Lächeln umspielte seine Mundwinkel.

Dies musste der Stadtteil Dagan sein, denn sie hatten die Stadt wohl durch das Tor des Gottes Dagan im südwestlichen Verteidigungswall betreten. Und den Geräuschen nach zu urteilen, die sie umgaben, war dies einer der großen Märkte der Stadt. Ein Handwerkermarkt höchstwahrscheinlich. Doch welches Handwerk? Holz, Metalle? Nein, die Gesprächsfetzen, die sein Ohr erreichten, handelten von Tuchen, Häuten und Geweben. Es musste also der größte der städtischen Märkte sein, der Tuchmarkt, denn Tuche waren auch die Handelsware, die in großen Mengen von Ebla aus verkauft wurde. In besseren Zeiten war von dieser Stadt aus ein steter Strom aller Arten von Geweben über das Große Meer bis nach Kreta und in südlicher Richtung an die Küste Ägyptens verschifft worden, wie auch durch die Wüste nach Babylon und Assyrien sowie ins weit entfernt gelegene Elam.

Zum jetzigen Zeitpunkt war es schwierig geworden, sich vorzustellen, dass Ebla, immer noch die größte Stadt nördlich von Ägypten, einmal fast zweieinhalbmal so groß gewesen sein sollte. Wenn man der Überlieferung Glauben schenkte, so hatten vor der Zerstörung, die man nun schon fast dreihundert Sommer zurückzählte, mehr als zweihundert mal tausend Menschen in Ebla gelebt. Selbst heute lebten in den hohen schützenden Mauern der Stadt und um sie herum mehr als einhundert mal tausend Menschen und mehrere Tausend davon waren allein mit der Verwaltung dieses komplexen Gemeinwesens beschäftigt. Aufgrund der unzähligen Schreiber, die für diese Aufgaben benötigt wurden, war es keineswegs verwunderlich, dass die Stadt auch zu einem Zentrum für Lehrende und Lernende geworden war, und die Schüler von Ebla konnten in allen Ländern nördlich des Sinai auf eine gute Anstellung hoffen.

In der Blütezeit der Stadt waren die Verwaltungsbeamten sogar noch zahlreicher gewesen als die Soldaten, die in den umliegenden Landstrichen die regelmäßigen Tributzahlungen eingefordert hatten. Dank des Wohlstands jener Jahre hatte der König von Ebla die gesamte Stadt neu gestalten lassen, mit geraden Straßen und Gassen und einem mächtigen kreisförmigen Schutzwall, der die verschiedenen, nach den Gottheiten der Stadt benannten Viertel sicher umschloss.

Welche Macht die damaligen Könige gehabt hatten! Tributzahlungen in unglaublicher Höhe flossen allein aus der mächtigen Stadt Mari nach dem Sieg über den großen König Ibli-Ul. Heute war Ebla nur noch schwächlich und König Ar-Ennum, der Letzte dieses Königsgeschlechts, war wenig mehr als eine Marionette, deren Fäden von den Männern des Ältestenrates gezogen wurden, in deren Händen nun die Geschicke der Stadt und der umliegenden Länder ruhten. Beim Gedanken an sein letztes Zusammentreffen mit dem Rat runzelte Schobai verdrießlich die Stirn und sehnte sich, nicht zum ersten Mal, nach einem starken und entscheidungsfreudigen Oberhaupt, wie es König Hagirum von Charchemisch gewesen war, der sich zusammen mit dem tapferen Oschijahu und den zum Untergang bestimmten Truppen dieser einstmals mächtigen Stadt am oberen Euphrat unerschrocken dem Feind entgegengestellt und den Tod im Kampf gefunden hatte.

Pah, dachte Schobai verächtlich. Genauso gut konnte er sich eine Armee herbeiwünschen, die zwanzigmal größer war als jene Truppen, die auf neue Schwerter warteten, um damit die Stadt gegen die Hirtenkönige zu verteidigen. Aber wie es aussah, würde sich an diesen Zahlen wohl wenig ändern. Zwar trafen jeden Tag kleinere Gruppen junger Männer ein, die aus den tributpflichtigen Städten wie Hamath, Quatna, Kadesch und sogar dem weit entfernt an den Ausläufern der Großen Wüste gelegenen Tadmor stammten, aber dieser Zuwachs wurde fast ebenso schnell wieder durch Desertionen und Krankheiten unter den Soldaten wettgemacht. Nein, man musste sich wohl mit der augenblicklichen Truppenstärke zufrieden geben und ihm und seinem Vater Kirta oblag die Aufgabe, diese Männer bestmöglich auszurüsten.

Das war in der Tat eine gewaltige Herausforderung! Weder im Rat der Stadt noch bei den Befehlshabern der Truppen machte man sich jedoch Illusionen über die Stärke dieser Armee. Bereits in den früheren Schlachten hatte man in Ebla immer wieder von der zahlenmäßigen Überlegenheit der Nomaden gehört wie auch von ihrer Furchtlosigkeit im Kampf, ihren gefürchteten, von Streitwagen unterstützten, berittenen Kriegern und ihren stets erfolgreichen Taktiken bei der Belagerung der Gegner.

Noch beeindruckender waren die Berichte über einen ihrer hervorragendsten Strategen und Spione, einen erfahrenen Krieger namens Manuk, der in der Hierarchie vom einfachen, aber erfolgreichen Soldaten zum obersten Befehlshaber aufgestiegen war, nachdem der tapfere Oschijahu in der Schlacht um Charchemisch den Anführer des Nomadenheeres, Karakin, getötet hatte.

Karakin war, nach der einhelligen Meinung aller, die je mit ihm zu tun gehabt hatten, ein Furcht erregender Gegner gewesen, einer, von dem man bis zu jenem Zusammenstoß mit Oschijahu angenommen hatte, er sei unbesiegbar. Und doch hatte sein Name nie so viel Furcht und Entsetzen ausgelöst wie der seines Nachfolgers Manuk. Flüchtlinge aus Charchemisch hatten von Manuks schier unglaublichen Fähigkeiten berichtet, der nicht nur verschiedenste Sprachen beherrschte, sondern auch gewandt war in der Kunst der Verkleidung und Verstellung, was ihm erlaubte, unerkannt in eine Stadt einzudringen und alles Wissenswerte zusammenzutragen, um den Untergang seiner Gegner zu bewerkstelligen. Manuk erkundete auf diese Weise die Schwächen in der Verteidigung der belagerten Städte und berief erst danach einen Kriegsrat ein, der mit den entsprechenden Vorgehensweisen das Schicksal des Gegners planen konnte.

Nach diesem Muster waren etliche Städte des oberen Zweistromlandes gefallen, teils dank der besonderen Fähigkeiten von Manuk, teils aufgrund der zahlenmäßigen Überlegenheit der Nomadentruppen. Andere Städte wurden Opfer der Zögerlichkeit oder schlichten Naivität ihrer Oberhäupter, die nicht glauben konnten oder wollten, dass die fremden Heere eine Stadt angreifen würden, die sich nicht verteidigte, sondern auf friedlichem Miteinander bestand. Und einige Male hatten Verräter, wie eben jener Reschef, der die Stadt Haran verkauft hatte, dem Kriegsherrn Manuk in die Hände gespielt, indem sie Geheimnisse verrieten und die Verteidigungsstrategien der Städte preisgaben.

Doch mit dem Fall der Stadt Charchemisch und der anschließenden Eroberung von Aleppo, als die Nomadenkönige ihre Angriffe direkt nach Süden richteten, auf einer Linie, die letztendlich auch Damaskus und die Küstenstädte Kanaans bedrohen würde, hatten endlich auch die Oberhäupter dieser Länder und Stadtstaaten begonnen, die Gefahr durch die Nomadenheere ernst zu nehmen. Die Wachen an den Stadttoren wurden verstärkt, und überall hielt man Ausschau nach Spionen wie jenem berüchtigten Manuk. Reisende, vor allem aus dem Norden, wurden zurückgewiesen, wenn sie keinen triftigen Grund oder Nachweis ihrer Identität vorweisen konnten. Der Ältestenrat von Ebla hatte in aller Eile eine Verteidigungsliga mit verbündeten Städten ins Leben gerufen und deren Truppen wurden durch Söldner und Freiwillige aus der Umgebung verstärkt.

Als die Nomaden, die sich in der Gegend um das zerstörte Aleppo niedergelassen hatten, ihren Eroberungszug in südlicher Richtung fortsetzen wollten, waren sie unerwartet auf heftige Gegenwehr gestoßen. Die Armee von Ebla, vorgewarnt durch das furchtbare Schicksal der Stadt Charchemisch, hatte die Vorhut der Angreifer niedergeschlagen, einen Gegenangriff gestartet und die nachfolgenden Truppen zurückgedrängt. Manuk hatte daraufhin voller Zorn seine Reservetruppen zusammengerufen, um diesem noch unerfahrenen Gegner in einer vernichtenden Schlacht den Garaus zu machen.

Doch dann war ein Wunder geschehen, nein, genau genommen waren es sogar zwei Wunder, erinnerte sich Schobai. Zum einen hatten die Hethiter im Westen nach einigen mehr oder weniger freundschaftlichen Besuchen ihrer Beobachter aus Kanisch und Kussara endlich auch die Gefahr durch die Nomaden erkannt. In einer brillant geführten, völlig unerwarteten Attacke eroberten sie das Zentrum der Erzgewinnung bei Melid zurück, wo die Nomadenkönige von versklavten Schmieden ihre für den Krieg benötigten Waffen herstellen ließen. Diesem ersten Sieg ließen die Hethiter einen weiteren Angriff auf die Truppenflanke folgen und trieben die Eindringlinge erneut nach Süden. Im weiteren Verlauf der Auseinandersetzungen hatten sich die Schlachtlinien nach einigen heftigen Zusammenstößen in der Gegend um Alakah stabilisiert.

Zur gleichen Zeit jedoch hatte fern im Osten der Vasallenkönig von Mari, angetrieben vom trotz seines hohen Alters immer noch mächtigen Hammurabi von Babylon, einen unerwarteten Angriff, nicht in westlicher, sondern in nördlicher Richtung befohlen. Diese Truppen schnitten die Nomadenkönige vom Nachschub aus ihren ursprünglichen Niederlassungen um den Van-See ab, was nicht nur zur Unterbrechung des zuvor steten Flusses von Herdentieren als Hauptnahrungsquelle der Krieger führte, sondern auch die Verbindung zu den Zinnminen südlich des Kaukasus unterbrach. Ohne das dringend benötigte Zinn waren die Nomaden wieder auf Bronze für die Waffenherstellung angewiesen und ihre Schwerter waren nun nicht besser als die der

Soldaten von Mari und Ebla und damit den Eisenschwertern der Hethiter weit unterlegen.

Entmutigt hatten die Nomaden sich zurückgezogen, gesammelt und erst nach geraumer Zeit einen erneuten Angriff gewagt, der auch zu einigen Siegen führte, denn die mesopotamischen Truppen wurden bis nach Tirqua zurückgedrängt. Doch jetzt mussten die Nomaden an drei, statt wie zuvor lediglich an einer Front kämpfen und die weit auseinander gezogenen Kampflinien schwächten die Schlagkraft ihrer Truppen erheblich.

Und wo würde der nächste Angriff erfolgen? An welcher der drei Fronten würde es zuerst wieder zu Kampfhandlungen kommen? Schobai gab sich in dieser Hinsicht keiner allzu großen Hoffnung hin. Die Armee von Ebla war eindeutig der schwächste der drei Gegner der Nomaden. Sowohl die Hethiter als auch der König von Mari verfügten über Reservetruppen und hatten sich eine mächtige und effektive Verteidigungslinie aufgebaut. Ebla jedoch lag in einer Frontausbuchtung und konnte von drei Seiten her angegriffen werden. Es war wohl nur die Stärke der Grenzgarnison, die die Nomaden bisher davon abgehalten hatte, sich auf diesem Wege den Anschluss an ihren Nachschub freizukämpfen. Doch einmal umzingelt, hätte Ebla keine Chance mehr auf eine erfolgreiche Verteidigung. Die Stadt schien dem Untergang geweiht und es war nur noch eine Frage des Zeitpunkts.

Wenn nicht …

»Du bist außerordentlich schweigsam, Schobai«, unterbrach Nikos den blinden Schmied in seinen Gedanken, indem er ihm die Hand fragend auf den Arm legte.

Sie hatten ihre Schritte verlangsamt und Schobai spürte unter seinen Sandalen die hölzernen Planken einer Brücke. »Ich habe nachgedacht«, erwiderte er. »Über unsere Verteidigungsmöglichkeiten!« Er hob vorsichtig die Füße, um auf dem unebenen Untergrund nicht zu stolpern. »Armer Nikos! Du hast es wirklich nicht leicht mit uns! Mit Vater, der sein Erinnerungsvermögen zu verlieren scheint, und dann auch noch mit mir, der ständig schweigsam seinen Gedanken nachhängt! Ich frage mich manchmal, wo du nur all die Geduld hernimmst!«

»Manchmal frage ich mich das auch!«, meinte Nikos. »Was

Kirta betrifft, so ist es wohl die Gewohnheit, die mir hilft. Schließlich war ich zehn Jahre lang sein persönlicher Leibeigener und kenne ihn und alle seine Eigenarten.«

»Nun, das erklärt deine Treue zu ihm. Aber du hast dich auch meiner in außergewöhnlicher Weise angenommen. Nein, mehr als das. Du warst mir stets ein guter und treuer Freund und dafür sollte ich dir wahrhaftig dankbar sein. Bei den Göttern! Du und Vater, ihr seid doch alles, was mir noch geblieben ist von meiner Familie! Wenn dir irgendetwas zustoßen sollte ...«

»Daran solltest du nicht einmal denken! Du würdest auch ohne mich zurechtkommen. Ein Mann, dessen Rat von König Ar-Ennum eingeholt wird, dem die Ältesten der Stadt lauschen, als wäre er ein Prophet oder lebenserfahrener Weiser, hätte wohl kaum Probleme, die benötigte Unterstützung zu erhalten, wenn er plötzlich auf sich gestellt wäre!«

Sie waren in der Mitte der Brücke stehen geblieben und Schobai konnte neben den fernen Geräuschen des städtischen Treibens tief unter ihnen das sanfte Rieseln des Wassers hören.

»Da gibt es noch etwas, was mich bewegt, Schobai«, setzte Nikos erneut an. »Ich sollte dir doch von jener Frau berichten, mit der sich dein Vater des Öfteren trifft.«

»O ja?« Schobais Miene hellte sich ein wenig auf und nahm einen interessierten Ausdruck an. »Erzähl mir von ihr! Ist sie eine derjenigen, die ...«

»Ich konnte sie gestern auf dem Weg zum Brunnen selbst recht gut beobachten. Sie ist verwitwet und hat zwei Söhne. Ihr Gatte war ein angesehener Kaufmann, der bei einem der Nomadenüberfälle getötet wurde, hat man mir erzählt. Sie macht keineswegs einen verzweifelten Eindruck, falls du das glauben solltest. Ich meine, sie hat es nicht auf Kirtas Geld abgesehen, denn sie verfügt über ein eigenes Einkommen. Reich ist sie zwar nicht, aber es ist wohl mehr, als sie für die täglichen Ausgaben benötigt.«

»Ich nehme an, du hast dich genauer nach ihr erkundigt?«

»Das habe ich in der Tat und sie hat einen guten Ruf! Ich vermute, sie ist einfach nur einsam. Ganz so wie dein Vater.« Nikos schwieg einen Moment und fügte dann hinzu: »So wie du auch. Und ich ebenso.«

»Du und einsam?«, erwiderte Schobai. »Um des Himmels willen, Nikos, dann solltest du dir eine Frau suchen und eine Familie gründen! Du bleibst doch nicht etwa aus Mitleid bei mir? Mir wäre dein Glück jedenfalls wichtiger. Und wie du schon sagtest, könnte ich ja jederzeit anderweitige Unterstützung finden.«

»Wir sprechen aber nicht von mir, Schobai! Du bist es, der sich aus der menschlichen Gesellschaft zurückzieht, und das betrifft sowohl Männer wie auch Frauen! Wenn du, nun ja, der Fleischeslust entsagt hättest, das könnte ich ja noch verstehen. Denn auch meine leidenschaftlichen Gefühle haben sich mit den Jahren etwas abgekühlt. Aber du bist noch um einiges jünger. Und für dich ist es keineswegs normal, dich so vollständig zurückzuziehen, um dich in deiner Gedankenwelt einzuschließen!«

»Das geht dich nichts an, Nikos, mein Freund.«

»O doch, Schobai! Jeden Abend, wenn die Arbeit getan ist, die Schmiede nicht mehr beaufsichtigt und keine Waffen mehr begutachtet werden müssen, ziehst du dich zurück wie eine Blüte, die mit dem schwindenden Sonnenlicht die Knospen schließt. Du verschließt dich nicht nur vor den Frauen! Du willst mit niemandem sprechen, ganz so, als sollte niemand dich kennen und verstehen dürfen! Und dann, wenn Kirta seine Freundin besuchen geht, sitzen wir beide den ganzen Abend über am Feuer und du starrst Löcher in den Nachthimmel!«

»Es gab eine Zeit, da habe ich mich jeden Abend betrunken!«, erwiderte Schobai bitter. »War ich da denn ein erträglicherer Mensch? Jeden Abend habe ich mich fast bis zur Besinnungslosigkeit den Vergnügungen ergeben! Es gibt keine Schenke hier in der Stadt, aus der ich nicht schon des Morgens gestolpert wäre, um dem Nächstbesten, der vorbeikam, eine hohe Belohnung zu versprechen, falls er mich sicher nach Hause begleitete. War das denn besser, Nikos? Was sagst du?«

»Die Antwort darauf kennst du selbst nur zu gut!«

»Das ist allerdings wahr!«, seufzte der blinde Mann. »Außerdem ist es so, dass die Trunkenheit keinesfalls das ersehnte Vergessen bringt, sosehr man sich auch darum bemüht. Zuerst betrinkt man sich in der Hoffnung, wenigstens für einige Stunden nichts mehr zu spüren und am nächsten Morgen erfrischt aufwachen zu können. Dann hofft man nur noch auf ein wenig Vergessen und alles andere ist einem gleichgültig. Aber nichts von alledem geschieht! Stattdessen wacht man wenige Stunden nach dem Saufgelage wieder auf, fühlt sich todkrank und kann den Rest der Nacht erst recht keinen Schlaf finden!« Schobai schüttelte den Kopf und spuckte verächtlich ins Wasser. »Diese Nächte! Was bedeuten sie einem Mann, für den es immerzu Nacht ist? Und der seine Tage wie im Traum verbringt? Denn das habe ich soeben getan, Nikos, mich den Träumen hingegeben! Nicht von Dingen, die ich mir vielleicht wünsche, sondern von den Dingen, so wie sie sind, träume ich. Von den Nomadenkönigen, zum Beispiel, den Königen und von diesem Manuk und seinesgleichen, die da draußen irgendwo stecken und nur darauf warten, dass wir eine Schwäche zeigen, damit sie uns vernichten können. Und jetzt? In diesem Augenblick? In diesem Augenblick träume ich davon, mit meinem Freund Nikos auf dieser Brücke zu stehen. Ich träume davon, dass wir uns gleich wieder auf den Weg machen werden, um in unserem Stammlokal das Mittagsmahl einzunehmen. Haben meine Träume irgendeine Bedeutung?« Er schüttelte wieder den Kopf. »Nichts ist mehr von Bedeutung, Nikos. Alles ist unwirklich um mich herum und selbst in meinem tiefsten Inneren! Es gibt nur noch eine einzige Sache, die für mich von Bedeutung ist, Nikos!«

»Und was ist das, Schobai?«

»Dass ich eines Tages meine Hände um den Hals des Verräters Reschef legen kann, um ihn zu töten! Dann werde ich wieder aufwachen und die Unwirklichkeit wird ein Ende haben. Doch bis dahin werde ich wohl in dieser Traumwelt weiterleben. Und nichts wird von Bedeutung sein!« Er warf den Kopf in den Nacken und sein Gesicht mit den Narben und schlecht verheilten Wunden nahm erneut jenen verschlossenen Ausdruck an, den Nikos so gut an ihm kannte.

Ein leichter Schauer hatte den Griechen bei den letzten Worten des Schmieds erfasst. Noch nie zuvor hatte Schobai derlei Gedanken mit ihm geteilt und auch der kalte Zorn seines Freundes hatte ihn erschreckt. Hilflos schüttelte er den Kopf. Es gab nichts, was er hätte tun oder sagen können, um diesen Zorn zu besänftigen.

Er blickte hinunter auf das Wasser unter der Brücke. Eigentlich ein spannender Gedanke. Vielleicht war ja tatsächlich alles nur ein Traum? Sein ganzes Leben, alle Menschen hier in der Stadt, nur Traumfiguren, die sich jemand ausgedacht hatte?

Dann erinnerte er sich an eine weitere Bemerkung des Schmiedes. Vielleicht befand sich Manuk, der Meisterspion, ja bereits in der Stadt? Hatte sich an den Wachen vorbei durch eines der Stadttore geschlichen und ging seiner verräterischen Tätigkeit bereits in diesem Augenblick ungehindert nach?

Nikos sah sich um. Wenn Manuk tatsächlich in der Stadt wäre, wer würde ihn denn erkennen können? Niemand in ganz Ebla hatte ihn oder einen der Nomadenkönige je zu Gesicht bekommen, mit Ausnahme von Schobai. Und Schobai war blind.

Wieder durchlief den Griechen ein Schaudern und gleichzeitig schien ein kühler Wind ihn zu umwehen, als wäre urplötzlich der Winter hereingebrochen. Und doch war es ein milder, windstiller Tag. Er schlug das alte Beschwörungszeichen gegen das Böse und verfluchte sich innerlich wegen seines Aberglaubens und seiner Furchtsamkeit, die ihn mit zunehmendem Alter zu befallen schien. Böse Vorahnungen? Was für ein Unsinn! Er wollte doch nicht vor seiner Zeit zum ängstlichen alten Narren werden!

Und doch wäre es sicher gut, wenn Schobai sich morgen auf den Weg machte. Der weitere Aufenthalt in Ebla schien ihm aus irgendeinem unerklärlichen Grunde gerade jetzt besonders gefährlich. Als wäre die Stadt von einem Unheil bedroht, einer näher rückenden Gefahr, die den Untergang für alle bringen sollte, die hier verweilten, und vor der es keine Rettung zu geben schien.

IV

Schon von weitem konnten die Wachen den Boten erkennen und auch aus dieser Entfernung war bereits deutlich zu sehen, wie erschöpft der Mann sein musste. Seine Bewegungen hatten jegliche Anmut verloren, obwohl er ein erfahrener und geübter Läufer zu sein schien. Doch seine Beine wirkten bleiern und seine

Arme schwangen nur noch kraftlos vor und zurück. Auch den Kopf schien er nur noch mit großer Mühe hoch halten zu können. Schweigend beobachteten die Soldaten den Mann eine ganze Weile, bevor der erste von ihnen das Wort ergriff.

Schließlich kratzte sich der oberste Wachhabende an der Nase und murmelte: »Scheint einer von uns zu sein. Aber seine Farben kann ich nicht genau erkennen.«

Sein Stellvertreter mit Namen Ibduni starrte angestrengt auf den Läufer hinunter, der jetzt am Fuße eines Abhangs angelangt war. »Es muss einer der Flüchtlinge aus dem Norden sein«, meinte er. »Im letzten Monat haben wir eine Abordnung zur Verstärkung an die Front geschickt. Ich nehme an, dass einige von ihnen auch zuvor schon als Soldaten gedient hatten.«

»Also vermutlich ein Überläufer aus Charchemisch«, meinte sein Vorgesetzter Ur-Anschi und gähnte.

»Nicht aus Charchemisch«, widersprach Ibduni. »Deren Farben kenne ich genau. Und aus Aleppo stammt er auch nicht.« Er kniff die Augen zusammen, von der hellen Mittagssonne geblendet, und musterte den Boten angestrengt. »Ich bin mir nicht ganz sicher, aber ich würde wetten, dass er auch nicht aus Haran kommt.«

»Irgendwann wird man vielleicht endlich Befehl erteilen, dass alle die Farben von Ebla benutzen, um dem Durcheinander ein Ende zu bereiten!« meinte Ur-Anschi. »Zeit wird's! Für diesen kleinlichen Stolz mit all seinen kräftezehrenden Feindseligkeiten ist die Lage wahrhaftig viel zu ernst. Erst letzte Woche weigerte sich doch tatsächlich ein Trupp aus Arvad an der Seite der Männer aus Byblos zu marschieren. Wir hätten gleich ein paar von den Kerlen aufknüpfen sollen, um ein Exempel zu statuieren, wenn du mich fragst! Schließlich sind sie hier, um Befehle zu befolgen.«

»Da kommt er angeschnauft!«, bemerkte Ibduni. »Bei den Göttern, er ist ja wirklich völlig erschöpft. Hat wohl auf dem ganzen Weg von der Front hierher das schnelle Tempo durchgehalten.« Er stand auf und hielt dem Ankömmling, der Vorschrift entsprechend, die Spitze seines Speeres entgegen. »Halt! Keinen Schritt weiter, befehle ich dir!«

Der Bote stolperte noch einige Schritte auf der Stelle und blieb dann schwankend und schwer atmend stehen. Mit glanzlosem Blick und weit geöffnetem Mund starrte er die Männer an und machte dann eine abwehrende Geste mit der Hand, als wolle er sagen, wartet einen Moment, noch bin ich zu erschöpft, um zu sprechen. »Ich bin Hadyan aus Gozan, Kurier der vierten Fußtruppe unter Joram von Tyrus ...«

»Kommt erst einmal zu Atem, mein Freund«, unterbrach ihn Ibduni, den Speer noch immer nach Vorschrift haltend, aber mit freundlicher Nachsicht in der Stimme. Er musterte den erschöpften Soldaten genauer, die Hakennase und die kräftigen Muskeln auf dem fast nackten Oberkörper. Ein guter Kämpfer, dachte er. Nun ja, die Truppen unter Joram von Tyrus waren in der letzten Zeit nicht untätig gewesen. Und dieser Mann schien auch kein Anfänger der Kriegskunst zu sein, wie so viele der erst kürzlich Rekrutierten. Die Haut des Mannes war von der Sonne gebräunt und man konnte die Spuren von Narben aus einem guten Dutzend Schlachten erkennen.

Endlich meldete sich der Bote wieder zu Wort. »Mein Bericht ist sehr ausführlich und ich habe den Befehl erhalten, die Nachrichten persönlich dem Rat der Stadt und dem Oberkommando der Truppen zu überbringen. Wende dich direkt an Ibrium, hat man mir ...«

»Ach was!«, unterbrach ihn Ur-Anschi und trat einen Schritt vor. »Das ist aber höchst ungewöhnlich! Normalerweise übergeben die Läufer ihre Nachrichten an uns und wir geben sie weiter. Bist du sicher, dass man dir befohlen hat ...«

»Sicher ...«, wandte der Läufer ein und schnappte erneut nach Luft. »Sicher bin ich mir nur über eines, mein Freund, nämlich das, was Joram von Tyrus mit mir machen wird, wenn ich seinen ausdrücklichen Befehl missachte! Habt Ihr schon unter ihm gedient?«

Ur-Anschi runzelte die Stirn. »Nein, das nicht«, erwiderte er nachdenklich. »Aber ich habe so einiges gehört. Er kann wohl recht aufbrausend sein, wenn ...«

»Aufbrausend ist nicht ganz der richtige Ausdruck!«, widersprach der Bote und blickte den Wachsoldaten durchdringend an, sein Gesicht von der Andeutung eines Lächelns verzerrt. »Manche nennen ihn nur den Herrn der Peitsche. Er lässt jeden

Monat einen Soldaten aufhängen, nur um zu zeigen, dass er die Macht dazu hat. Und er scheint Erfolg zu haben mit dieser Methode. Seine Untergebenen überlegen es sich stets zweimal, bevor sie etwas tun, das vielleicht sein Missfallen erregen könnte!«

»Aha!«, meinte Ur-Anschi. »Ich verstehe deine Besorgnis. Es wäre also besser, wenn wir dich in die Stadt schicken, damit du den dir erteilten Befehl auch ausführen kannst.« Er warf einen Blick auf die geschundene Uniform des Mannes. »Aus Gozan stammst du also! Dann gehörst du zu den Heimatlosen, nicht wahr?«

»So ist es! Ich habe die Stadt kurz vor der Zerstörung verlassen, als die Berater des Königs ihn dazu überredeten, den Nomaden die Stadttore zu öffnen, um sie zum Festmahl zu laden!« Der Läufer spuckte verächtlich auf den Boden. »Seit sechs Monaten diene ich nun schon unter Joram. Zumindest weiß dieser Soldatenschinder zu kämpfen! Und er erkennt den richtigen Zeitpunkt für einen erfolgreichen Angriff!«

»Wo du gerade von Angriffen sprichst«, meinte Ur-Anschi und gähnte erneut. »Du kannst uns doch bestimmt erzählen, was für Neuigkeiten es gibt? Wir erfahren hier auf diesem Außenposten recht wenig!« Er hob einen ledernen Schlauch vom Boden auf und reichte ihn dem Ankömmling. »Hier, trink erst einmal einen Schluck! Du musst ja halb tot sein vor Durst!«

»Danke, mein Freund!« Der Bote entkorkte den Schlauch und ließ Wasser über sein Gesicht und in den Mund laufen. Dann spuckte er es wieder aus und wischte sich mit der nassen Hand durchs Gesicht. »Trinken will ich noch nicht! Erst muss ich meine Nachrichten überbringen.« Er verschloss den Schlauch und gab ihn zurück. »Nun, es wird wohl nicht schaden, wenn ich kurz das Wichtigste berichte. Joram hat einen Kurier der Nomaden abgefangen, und nachdem man ihn lange genug gefoltert hatte, hat er auch den Mund aufgemacht. Die Nomaden haben einen Großangriff geplant. Wie die Löwen über die Schafherde wollen sie im Morgengrauen über Jorams Männer herfallen und der braucht jetzt dringend Verstärkung!«

»Verstärkung?«, meinte Ur-Anschi erstaunt. »Wo um alles in der Welt will er denn in so kurzer Zeit Verstärkung herbekommen? Im südlichen Lager sind nur die neuen Rekruten, die noch keinerlei Übung haben, und einige wenige Ausbilder.«

»Er meint, sie sollten aus dem südlichen Korridor abgezogen werden!«, erwiderte der Läufer.

»Das wird wohl kaum möglich sein«, gab Ibduni zu bedenken. »Die Verteidigungslinien dort aufzubrechen wäre doch höchst unklug. Ich kann mir wirklich nicht vorstellen ...«

»Recht hast du«, pflichtete Ur-Anschi ihm bei. »Du wirst Joram eine höchst unerfreuliche Antwort auf seine Forderungen überbringen müssen.«

»Ich ... als Überbringer schlechter Nachrichten?« Der Bote verzog das Gesicht zur Grimasse. »O, nein! Wenn ich keine guten Nachrichten überbringen kann, werde ich auf keinen Fall zurückkehren! Joram wird jedem das Fell über die Ohren ziehen, der ihm einen abschlägigen Bescheid übermittelt. Da sollen sie einen anderen schicken! Ich werde mich freiwillig an eine der anderen Fronten melden oder nächtliche Wachen in der Stadt übernehmen! Alles, nur nicht zurück und Joram berichten, dass er keine Unterstützung erhält, obwohl die Nomaden einen Großangriff planen!«

»Das kann ich gut verstehen!«, meinte Ibduni. »Bist du sicher, dass du nicht doch etwas zu trinken brauchst? Vielleicht einen Schluck Wein? Ich habe einen Schlauch Wein hier heraufgeschmuggelt ...« Er hielt inne und sah seinen Vorgesetzten an. »Nun ja, früher oder später wäre es ja doch herausgekommen! Der Weinschlauch ist in meiner Satteltasche. Seid meine Gäste!«

»Später!«, meinte Ur-Anschi streng. »Dieser Mann hier hat noch einiges zu erledigen. Sobald er sich ein wenig ausgeruht hat ...«

»Ich bin schon wieder etwas erholt«, meinte der Läufer. Er zog die Luft in tiefen Zügen ein und sah die Männer nacheinander an. Ibduni hatte seinen Speer mittlerweile zur Seite gelegt und auch die Schwerter der beiden Soldaten lagen mit Scheide und Gürtel auf dem Boden. Ein grober Regelverstoß auf diesem Posten! Ihre Einheit muss ein ziemlich laxer Haufen sein, dachte der Bote verächtlich. Man hatte ihn bisher auch nicht nach einem Nachweis seiner Identität gefragt. Wenn die gesamte Verteidigung der Stadt Ebla so nachlässig gehandhabt wurde, war die

Stadt tatsächlich dem Untergang geweiht! Was für eine Schande für die Armee! Fast entschuldigend legte er die Hände auf das eigene Schwert an seiner Hüfte.

Und dann kam ihm ein Gedanke und er traf im Bruchteil von Sekunden die Entscheidung, seine Idee in die Tat umzusetzen. O ja, dachte er, eine hervorragende Idee! Er verzog das Gesicht zu einem zynischen Lächeln. »Ich habe gerade einen Blick auf eure Schwerter werfen können. Irgendwie kommt die Art der Schmiedearbeit mir bekannt vor!«

Ur-Anschi hob interessiert die Brauen. »Das ist wohl möglich!« Er beugte sich herab und reichte dem Fremden das Schwert samt Gürtel. »Es ist eine neue Art von Schmiedearbeit. Der Schmied heißt Kirta von Haran. Er und sein blinder Sohn überwachen die Schmiedearbeiten für die Armee von Ebla. Dies ist zwar nur eine Kopie von den Schwertern, die der Sohn zu schmieden pflegte, aber gar nicht so schlecht!«

»Schobai heißt er«, fügte Ibduni hinzu. »Aber wir unteren Ränge bekommen natürlich keine Originale aus der Hand des Meisters. Trotzdem sind die Waffen besser als die, die wir früher hatten.«

»Das will ich wohl glauben«, erwiderte der Bote und ließ seinen Blick anerkennend über die Klinge gleiten. »Schobai heißt er also? Ich hatte aus irgendeinem Grund angenommen, dass er nicht mehr am Leben ist! Früher einmal haben wir in Gozan seine Arbeiten kaufen können, aber es gab nicht häufig Gelegenheit dazu.«

»Diese Waffe hier ist sogar noch besser«, meinte Ibduni stolz und reichte dem Fremden sein eigenes Schwert zur Begutachtung. Die Augen des Läufers verengten sich und er stürzte sich urplötzlich nach vorn. Die Klinge des Schwertes versank tief in Ibdunis Leib, und als der Bote sie mit einem Ruck wieder herauszog, schnappte Ibduni noch einmal erschrocken nach Luft und fiel dann vornüber wie ein Stein zu Boden.

»Bist du des Teufels!«, rief Ur-Anschi entsetzt aus. Er war unbewaffnet, trat einen Schritt zurück, um Ibdunis Speer zu ergreifen, doch der Bote kam ihm zuvor und stellte den Fuß auf die am Boden liegende Waffe. »Was hast du ...«, brachte Ur-Anschi mühsam hervor.

»Tote reden nicht!«, erwiderte der Mann kalt. Er stieß mit dem Schwert nach dem Arm des Soldaten, doch schon sein nächster Hieb trennte den Kopf seines Gegners fast vollständig vom Körper.

Der Läufer trat nun einen Schritt zurück und betrachtete das Blutbad zu seinen Füßen. Dann griff er nach dem Wasserschlauch und wusch sich die Hände. »Helden von Ebla«, bemerkte er zynisch. »Gefallen im tapferen Kampf um ihre Heimat!« Dann zog er sein eigenes Schwert und salutierte vor den toten Soldaten.

Er fluchte jedoch lauthals, als er sich die Uniformen der beiden ansah. Er hatte gehofft, auf seinem Weg in die Stadt eine brauchbare Uniform auftreiben zu können, denn seine augenblickliche Verkleidung würde ihm auf Dauer nicht weiterhelfen. Wer würde schon auf einen Soldaten aus Gozan hereinfallen? Nein, er musste sich einer anderen Sprache, eines Dialekts aus der Gegend um Ebla bedienen. Und dazu bedurfte es auch der entsprechenden Uniform. Zu dumm, dass keiner der beiden Toten aus Byblos stammte, denn diesen Dialekt konnte er ohne Schwierigkeiten nachahmen.

Nun ja, er musste eben sehen, wie er zurechtkam. Aber die Kleidung der beiden Soldaten war sowieso völlig unbrauchbar, blutig und zerfetzt.

Er wandte den Blick in Richtung der Hügelkuppe und entdeckte neben den Überresten eines abgebrannten Lagerfeuers die Bündel mit dem Marschgepäck der beiden Wachsoldaten. Als er die Decken auseinander rollte, fielen die ordentlich gefalteten Ersatzuniformen der beiden Männer heraus. Er seufzte erleichtert und hielt sich eines der Kleidungstücke prüfend vor den Leib. »Ein wenig zu groß, aber besser als das, was ich jetzt trage!«, murmelte er. Dann legte er die eigene Uniform ab und schlüpfte in das fremde Gewand. Der Saum reichte ihm bis zu den Knien, was gegen die Vorschriften war, nach denen das Übergewand in der Mitte des Oberschenkels zu enden hatte. Missmutig runzelte er die Stirn und legte sich den Schwertgurt um die Mitte.

Zumindest würde er damit das Stadttor passieren können. Und danach würde es ihm gewiss gelingen, sich eine andere Verkleidung zu besorgen. Vielleicht würde er sich als Söldner aus einer der Küstenstädte ausgeben und seine Dienste der Armee von Ebla anbieten. Das war eine gute Idee und würde sicherlich nicht schwierig auszuführen sein. Er musste nur einen Dummen finden, ihm eine Weile nachlaufen und ihn im passenden Augenblick schnell und unauffällig erwürgen, um ihm Kleidung, Gepäck und Ausweistafeln abzunehmen. Das wäre auch viel einfacher, als sich mühsam eine neue Identität auszudenken.

Er warf noch einmal einen Blick auf die beiden toten Soldaten. Was für vertrauensselige Dummköpfe! Sollte das ein Hinweis auf die Zustände in der Stadt sein, so war es um Ebla wahrhaftig schlecht bestellt und die Nomaden würden schon in kürzester Zeit die Frontlinie durchbrechen können, um die Stadt zu erobern. Ganz besonders dann, wenn die Gerüchte sich bewahrheiten sollten, die ihn aus dem Gebiet der Hethiter erreicht hatten, Gerüchte von Unruhen und Aufständen, die sich schon sehr bald zum Bürgerkrieg entwickeln konnten.

Das wäre in der Tat ein Glücksfall! Ohne die Hethiter im Rücken hätte man schon längst die Stadt Ebla angegriffen, denn die Armee von Mari auf der anderen Seite der Front wäre leicht zu schlagen, sobald sich die hethitischen Soldaten zurückgezogen hätten. Keine Armee der Welt, mochte sie auch zahlenmäßig noch so überlegen sein, konnte sich lange gegen Truppen behaupten, die mit Eisenschwertern bewaffnet waren, die die Schilde, Schwerter und Rüstungen ihrer Gegner, die lediglich aus Bronze geschmiedet waren, zerschnitten, als wären es Palmwedel.

Er blieb noch einmal stehen und blickte stirnrunzelnd auf die Leichen der beiden Wachsoldaten. Es stimmte also, zumindest teilweise, was ihm gerüchteweise zu Ohren gekommen war. Kirta von Haran war aus Kreta zurückgekehrt! Und bei ihm war sein blinder Sohn Schobai. Das waren in der Tat beunruhigende Neuigkeiten, die schnellstens an Manuk und die Könige der Nomaden weitergeleitet werden mussten. Die Frage war nur, auf welchem Wege?

Darüber würde er sich später Gedanken machen! Jetzt war es höchste Zeit, dass er in die Stadt gelangte, um dort so schnell wie möglich in der Anonymität der Menge zu verschwinden und wenig später als ein völlig anderer wieder aufzutauchen, sodass auch der sorgfältigste Beobachter keinen Verdacht schöpfen konnte. Seine weiteren Aufgaben bestanden auch darin, sich Zugang zu den höchsten Kreisen der Armee zu verschaffen. Vielleicht sollte er sich als reicher Kaufmann ausgeben? Damit würde er sicher Zutritt zu den Kreisen der Mächtigen der Stadt finden können und noch dazu recht schnell! Reichtum war schon immer ein guter Wegbereiter gewesen. Und er konnte sich ohne große Mühe als wohlhabender Mann ausgeben, denn dazu bedurfte es nur einer gehörigen Menge Selbstbewusstsein und Arroganz! All dies hatte er von Manuk, dem Meister der Spione, gelernt, einem Mann, der jederzeit spurlos in der Menge verschwinden konnte, wenn er es nur wollte. »Wenn du selbst fest daran glaubst, dass du derjenige bist, der du zu sein vorgibst«, hatte Manuk ihn gelehrt, »dann glauben es auch die Menschen um dich herum! Sie verhalten sich wie die Schafe, die dem Hammel mit dem größten Selbstbewusstsein nachlaufen.«

Wie wahr! Und welch unersetzliche Erkenntnis für einen Betrüger wie ihn, der weder Namen noch Familie besaß, sich immer wieder wandelte, sich immer wieder nach Bedarf eine neue Persönlichkeit zugelegt hatte und dem dies auch in Zukunft, ein wenig Glück vorausgesetzt, noch viele Male gelingen würde!

Wie viel hatte er schon von Manuk lernen können, dem Meister der Verwandlung! Nur so war es Manuk auch gelungen, neben dem launischen und jähzornigen Karakin zu bestehen und nach dessen tödlicher Niederlage in der Schlacht um Charchemisch die schwächliche Konföderation der Nomadenfürsten unter seiner Führung zu festigen. Niemand hatte erwartet, dass ein Mann wie Manuk in der Lage gewesen wäre, die Nachfolge Karakins anzutreten. Doch während der frühere Heerführer seine Herrschaft auf Einschüchterung und Demagogie aufbaute, regierte Manuk mit Überzeugungskraft und Verwandlungsfähigkeit, denn jeder der Könige glaubte in ihm das zu finden, was er für einen Heerführer für wichtig erachtete. Es hatte in der Tat eines Mannes vom Schlage des Meisterspions Manuk bedurft, um eine erfolgreiche Nachfolge für den schier unbesiegbaren Karakin zu sichern, so merkwürdig das auch schien.

Aber was wäre, wenn Manuk selbst etwas zustoßen sollte? Wie konnte und musste ein Nachfolger für diesen Mann beschaffen sein? Welcher Fähigkeiten bedurfte es, die Nachfolge der Herrscher Karakin und Manuk anzutreten?

Nur eines war sicher, die Welt änderte sich mit jedem neuen Tag, an dem morgens die Sonne über dem Horizont aufstieg, und mit ihr änderten sich die Menschen. Ja, auch die Bedürfnisse eines jeden Hausstandes wechselten doch, wie sollte das nicht auch für ein ganzes Volk zutreffen? Würden die Nomaden mit der Veränderung ihrer Lebensumstände nicht auch nach einem anderen Anführer verlangen, der weit mehr an Fähigkeiten und Kenntnissen aufzuweisen hatte als die Kriegshelden und Strategen der Vergangenheit, einem gänzlich anders gearteten Anführer also?

Angestrengt grübelte er eine Weile über die Art der Veränderungen nach, die die Zukunft bringen konnte. Was würde geschehen, wenn sein Volk das Nomadenleben aufgäbe? Wenn sie nicht wie bisher ihre Tage mit der Suche nach frischem Weideland auf unendlichen Märschen durch immer neue Länder und Gegenden verbringen müssten? Wenn sie tatsächlich das Land der uralten Prophezeiungen fänden, dass ihnen und ihren Herden, den Kindern und Kindeskindern ein gutes Auskommen sichern würde? Würden sich da nicht auch ihre Bedürfnisse wandeln? Ihre ganze Lebensart und damit ihre Wünsche und Hoffnungen? Und musste der Mann, den sie sich dann zum Anführer wählten, nicht einer sein, der diese Veränderungen aus tiefstem Herzen verstand? Ein Mann, der sich lange und gründlich damit beschäftigt hatte und das bereits zu einer Zeit, als der Anführer Manuk selbst wohl noch keinen Gedanken daran verschwendete?

Der Bote lächelte wissend. Nun, dafür würde er nach dem Fall der Stadt noch genügend Zeit finden. Und doch, was für ein erfreulicher Einfall! Ob es neben ihm noch jemanden gab, der so weit in die Zukunft dachte? Wohl kaum. Und wenn die Zeit reif wäre, hätte er einen gewaltigen Vorsprung vor all jenen, die gewiss versuchen würden, sich seinem Machtanspruch auf verschiedenste Art und Weise in den Weg zu stellen, dessen war er sich sicher.

Doch zunächst musste die Stadt Ebla besiegt werden. Danach die Küstenstädte, und auch Damaskus musste fallen, bevor man

Kanaan erobern würde! Er schob nachdenklich die Unterlippe vor. Er wusste wenig über diese Gegend, war auch selbst noch nicht dort gewesen, aber es sollte ein schönes Land sein, mit mildem Klima und saftigen Weiden, wie geschaffen für die Herden seines Volkes. Und noch dazu wurde dieses Land mehr halbherzig als streng von einem alternden Fürsten und seinem heißblütigen Sohn regiert. Denen wäre es wohl kaum möglich, eine ernst zu nehmende Armee zu ihrer Verteidigung auszusenden, selbst wenn sie die berüchtigten berittenen Krieger von Moab als Unterstützung gewinnen könnten!

Vielleicht war Kanaan ja das Land der Verheißung für die Nomaden? Sollte dies der Ort sein, an dem sie sich endgültig niederlassen würden mit all ihren Frauen, Kindern und Herden? Der Ort, an dem Manuks Herrschaft als Kriegsherr unter den Königen seines Volkes ein Ende finden sollte? Und auch der Ort, an dem ein neuer Herrscher an die Macht kommen sollte, der scharfsinnig und gewandt den veränderten Bedürfnissen der Nomaden dienen und seine Untertanen mit Geschick dem eigenen Willen beugen würde?

Wie auch immer, zuvor musste Ebla fallen!

V

Die Schatten in der Gasse vor dem Fenster waren länger geworden und der Lärm aus dem nahe gelegenen Basar begann langsam abzuebben. Jatara blickte hinunter auf die Straße und dachte: Wenn die Schatten den zweiten Spalt in der Mauer erreichen, wird er nach Hause kommen. Bei den Göttern, wie schnell doch der Tag vergangen war!

Sie wischte sich die Hände an einem sauberen Tuch ab und schlug das Beschwörungszeichen gegen das Böse, bevor sie den Kasten öffnete, in dem das Brot aufbewahrt wurde. Nun, es musste wohl auch für vier reichen, wo sonst drei ihren Hunger stillten …

Sie warf einen Blick auf die übrigen Vorräte: Käse, Feigen und Datteln. Für die Abendmahlzeit würde es wohl reichen. Kirta sollte das Brot bekommen und den Kindern würde sie ein wenig mehr von den Feigen und Datteln zuteilen als sonst üblich. Aber nun musste sie neuen Brotteig vorbereiten, denn morgen war sie an der Reihe, das gemeinschaftliche Backhaus zusammen mit ihrer Nachbarin, einer zänkischen Frau namens Tasubatum, zu nutzen. Da war es besser, den Teig schon früh am Morgen in den Ofen schieben zu können, um jedem Streit mit der Nachbarin aus dem Wege zu gehen.

Aus der verschließbaren Öffnung am Boden eines großen Kruges entnahm sie die benötigte Menge an Mehl und streute es im Halbkreis in die Teigschüssel. Dann löste sie in einer zweiten Schüssel ein wenig Salz in warmem Wasser und goss die Flüssigkeit vorsichtig neben das Mehl.

Wieder schlug sie das Beschwörungszeichen gegen das Böse, bevor sie nach dem Sauerteigansatz langte, den sie seit dem letzten Backtag in einer schützenden Hülle aus trockenem Mehl aufbewahrt hatte, um die Masse an der weiteren Gärung zu hindern. Sie verrührte den Sauerteig mit dem Salzwasser, mischte ihn dann vorsichtig unter das Mehl und machte sich daran, den Teig gründlich durchzukneten.

Die fertige Teigmasse glättete sie zu einem festen Klumpen, wusch sich erneut die Hände und drückte mit der Handkante das heilige Zeichen auf den Laib.

Mit geübten Händen hatte sie in kurzer Zeit noch mehrere solcher Brote geformt und stellte sie zum Gehen zur Seite, wusch sich die Mehlreste von den Händen und ergriff den großen Vorratskrug, den sie am Brunnen auffüllen wollte. Unten auf der Straße angelangt, rief sie nach ihren Söhnen: »Balami! Horon! Zeit, nach Hause zu kommen!«

Am Brunnen angelangt, traf sie auf die Witwe Beliniri, die vor ihr in der Reihe der Wartenden stand, und die drehte sich auch gleich neugierig nach ihr um und warf Jatara einen stechenden Blick zu. »Welch seltener Anblick«, sprach die Ältere sie an. »Du warst wohl zu beschäftigt in letzter Zeit, um dich bei uns am Brunnen sehen zu lassen!«

»Auch nicht mehr als sonst!«, erwiderte Jatara abweisend und ärgerte sich, dass sie nicht schon früher zum Brunnen gegangen war, um der geschwätzigen Alten nicht zu begegnen.

»Ach ja?«, erwiderte die Alte. »Dann stimmt es also gar nicht, was man mir erzählt hat? Ich habe gehört, du hättest eine neue Bekanntschaft gemacht und wärest darum recht beschäftigt!« Sie hielt inne, um der Nachbarin Gelegenheit zur Zustimmung oder Ablehnung zu geben. Doch Jatara schwieg beharrlich und so fuhr die Alte fort: »Es mag ja sein, dass ich mich täusche, aber ich glaube, ich habe ihn sogar vor zwei Tagen aus deinem Haus kommen sehen.«

»Deine Augen werden auch immer schlechter!«, erwiderte Jatara verärgert. »Eines Tages werden dich die Visionen plagen und dann wirst du Dämonen aus den Schornsteinen klettern sehen!«

»Nun ärgere dich doch nicht, Kindchen!«, meinte die alte Frau beschwichtigend und lächelte mit zahnlosem Mund. »Ich dachte, du wärest stolz auf die Bekanntschaft mit einem solch stattlichen Mann! Groß und stark und auch noch elegant gekleidet! Aber vielleicht ist er ja doch nur ein armer Schlucker«, fügte sie tückisch hinzu, »denn wie du schon sagtest, sind meine Augen ja nicht mehr die besten!«

»Er ist keineswegs ein armer Schlucker! Ganz im Gegenteil!«, widersprach Jatara heftig. »Das kannst du den Klatschbasen im Viertel ruhig weitererzählen. Zumindest brauche ich mir keine Freunde zu kaufen, so wie manche von ihnen es tun, und ich vergeude die Hinterlassenschaft meines Gatten nicht damit, mir einen Lustknaben anzuheuern, wie es deine Freundin Ta'aba macht ...«

»Nun lass schon gut sein, meine Liebe!« Die Alte zwinkerte ihr verschwörerisch zu. »Ich bin doch auf deiner Seite, glaube mir! Einige der alten Närrinnen empören sich wohl, wenn eine junge Witwe jemanden findet, der sie in ihrer Einsamkeit tröstet, aber ich kann das nur gutheißen! Niemand sollte nachts einsam sein!« Sie lehnte sich nach vorn und legte Jatara vertraulich die Hand auf den Arm, obwohl die junge Frau abweisend zurückwich. »Reich ist er also? Und er hat Verbindungen?«

»Damit du es nur weißt, er ist Berater des Königs und des Ältestenrates der Stadt!«, sagte Jatara aufgebracht und bereute ihre Worte im gleichen Augenblick. Bei den Göttern! Noch vor Einbruch der Nacht würde das ganze Viertel darüber Bescheid wissen. Doch dann biss sie die Zähne zusammen und beschloss, den

Mutmaßungen der Nachbarinnen ein Ende zu setzten. »Er ist ein Meisterschmied und hat vor Ar-Ennum bereits vier anderen Königen gedient, darunter auch dem Minos, dem König von Kreta! Und ich bin in der Tat stolz darauf, seine Bekanntschaft gemacht zu haben!« Das soll den Klatschbasen erst einmal zu denken geben, dachte sie und fügte hinzu: »Sein Name ist Kirta, Kirta von Haran, und seine Schmiedekunst kennt man sogar im weit entfernten …«

»Oh, Kirta von Haran?«, unterbrach die Nachbarin sie. »Ich habe von ihm gehört! Sein Sohn wurde geblendet, als er sich bei den Nomaden aufhielt, nicht wahr?«

»Das stimmt.« Jatara beobachtete, wie die junge Frau vor ihnen in der Reihe der Wartenden ihren Krug mit frischem Wasser füllte und ihn mit Geschick und Anmut auf den Kopf hob und davoneilte. »Pass auf, Beliniri, du bist dran!«

»Ja, ja«, erwiderte die Alte und hantierte ungeschickt mit ihrem sehr viel kleineren Gefäß, um Zeit zu gewinnen. »Hat er sich denn schon geäußert, dein neuer Freund? Ich meine, ihr werdet doch Pläne schmieden, ihr zwei, oder?«

»Nun, dafür ist es noch ein wenig zu früh«, meinte Jatara und ärgerte sich, weil sie spürte, wie ihr das Blut ins Gesicht schoss. »Es herrscht doch Krieg und da weiß man …«

»Ich an deiner Stelle würde nicht zu lange warten!«, sagte die alte Frau und füllte endlich ihren Krug. »Die Jungen brauchen schließlich auch einen Vater! Er kann doch gut mit den Kindern umgehen oder ist es das, was ihn davon abhält, dir irgendwelche Zusagen zu machen? Manche tun sich doch recht schwer, wenn es um die Söhne anderer Männer geht, und da wäre es nicht verwunderlich …«

»O nein, nein«, widersprach Jatara hastig. »So ist es ganz gewiss nicht. Ganz im Gegenteil! Er versteht sich sehr gut mit den Jungen! Er hat sogar jedes Mal ein kleines Geschenk für sie dabei. Und er hat auch davon gesprochen, dass er Balami eine Lehrstelle kaufen will.« Verwirrt hielt sie inne und zwang sich zu einem selbstbewussten Lächeln, doch die alte Frau hatte bereits Rückschlüsse aus ihrer Miene gezogen.

»Also eine Lehrstelle will er ihm kaufen? Aber über eine Heirat hat er noch nicht mit dir gesprochen? Nun, das lässt ja doch hoffen. Er interessiert sich also für den Jungen! Wie alt ist Balami jetzt? Acht, nicht wahr?« Das Lächeln der Alten ging in ein boshaftes, beinahe hasserfülltes Grinsen über. »Aber er ist doch nicht etwa so einer, oder? Ich meine ...«

»Wo denkst du hin!«, widersprach Jatara empört, aber die Verwirrung in ihrem Gesicht strafte ihre Worte Lügen. Sie wünschte sich zum wiederholten Male, dass das Gespräch niemals stattgefunden hätte. Aber wie konnte sie die Unterstellungen der Alten entkräften, wenn ihr selbst Kirtas Hingabe an die beiden Jungen manchmal schon etwas übertrieben erschienen war?

Mit dem frisch gefüllten Krug machte sich Jatara wenig später auf den Heimweg. Ihr Zorn war noch nicht verraucht und gleichzeitig schämte sie sich ihrer Geschwätzigkeit. Wie hatte sie nur so dumm sein können, auf die Provokationen der Alten hereinzufallen! Sie wusste doch nur zu gut, dass alles, was sie Beliniri erzählt hatte, in den nächsten Stunden im ganzen Viertel herumgetratscht werden würde.

Ein wenig weiter vorn auf der Straße entdeckte sie ihre beiden Söhne auf dem Weg nach Hause. »Balami!«, rief sie dem älteren zu. »Geht nur schon ins Haus! Ich komme gleich nach!« Der Achtjährige winkte ihr, nahm seinen dreijährigen Bruder bei der Hand, und halb hüpfend, halb laufend stürmten die beiden davon. Als sie ihnen nachblickte, stiegen wieder die Zweifel in ihr auf. Es war schon merkwürdig, wie sehr sich Kirta um die Jungen bemühte, und sie konnte es sich auf keine Weise erklären. Warum nur fiel es ihr aber so schwer, ihn einfach zu fragen? Hatte sie denn tatsächlich so große Angst, ihn zu verlieren, dass sie ihm nicht einmal eine einfache Frage stellen konnte?

Vielleicht war das ja die Erklärung. Nach dem Tode ihres Mannes war die Einsamkeit fast unerträglich geworden. Natürlich gab es auch Leute, denen die Einsamkeit nichts auszumachen schien, aber das waren zum größten Teil hässliche alte Weiber wie Beliniri, die gelernt hatten, damit umzugehen. Aber zu denen gehörte sie nun wirklich nicht. Die einsamen Monate, bevor sie Kirta kennen gelernt hatte, waren grauenhaft, ja fast unerträglich gewesen und sie hatte sich geschworen, alles nur Erdenkliche zu tun, um eine solch furchtbare Zeit nicht noch einmal durchleben zu müssen.

Und abgesehen davon war Kirta wirklich liebenswert, auch wenn er manchmal etwas gedankenverloren wirkte. Seine Umarmung war kraftvoll und die Nächte mit ihm leidenschaftlich und befriedigend, auch wenn er im Schlaf dann und wann den Namen einer anderen Frau rief. Das war ihr nicht wichtig erschienen. Doch in letzter Zeit hatte er sie auch ab und an in wachem Zustand mit einem fremdländisch klingenden Namen angesprochen. Tallai oder so ähnlich hatte er sie genannt, ein Name, wie er im Norden des Landes gebräuchlich war und keineswegs so fremdländisch im Klang wie der Name, den er im Schlaf aussprach. Wie war noch dieser ungewöhnliche, fremde Name? Zena oder Sena oder so ähnlich.

Nun, sie wusste ja, dass er oft von Erinnerungen heimgesucht wurde. Das war schließlich auch nichts Ungewöhnliches bei Männern wie ihm, die so viel in der Welt herumgekommen waren, jedenfalls hatten ihre Freundinnen Ähnliches berichtet. Furchtbare Dinge hatten diese Männer erlebt und die Bilder von Kriegen, Umstürzen und dergleichen ließen sie nicht mehr los. Von den wenigen Geschichten, die Kirta ihr bisher erzählt hatte, wusste sie, dass er einiges durchgemacht hatte. Er war versklavt worden und noch immer trug er das Mal auf dem Arm, auch wenn es jetzt durch einen eingebrannten Querbalken als ungültig markiert worden war, und das gleiche Schicksal war auch seinem blinden Sohn widerfahren, jenem Mann mit den schrecklichen leeren Augenhöhlen, wie auch seinem Begleiter, dem Griechen mit den grauen Haaren. Schon allein aufgrund seines Berufes war Kirta doch immer wieder Zeuge von Kriegen und Blutvergießen geworden. Da war es doch wirklich nicht verwunderlich, wenn ein Mann, der so viel Schreckliches im Leben mit angesehen hatte, manchmal im Schlafe von anderen Frauen sprach oder gelegentlich in den wachen Stunden etwas geistesabwesend wirkte. Wahrhaftig keineswegs verwunderlich, wenn …

Doch dann blickte sie auf und entdeckte ihn, wie er nur wenige Schritte von ihrem Haus entfernt auf sie wartete, und vor Freude über seinen Anblick wäre ihr beinahe der Krug auf die

Schulter gerutscht. Sie lächelte, trotz der bedrückenden Gedanken, und ihr Herz begann schneller zu schlagen. Dann überwand sie auch ihren Stolz und lief freudig auf ihn zu. Und als seine kräftigen Hände ihr erst den Krug abnahmen und sich dann fest um ihren Leib schlossen, löschte das Glücksgefühl alle Zweifel aus.

Lächelnd und errötend befreite sie sich wieder aus seiner Umarmung. »Aber Kirta«, meinte sie tadelnd. »Doch nicht hier auf der Straße! Wo uns alle sehen können!«

»Das ist doch kein Grund, sich zu schämen!«, widersprach er und griff nach dem Bündel, das er mitgebracht hatte. »Komm, lass uns aufs Dach klettern und den Sonnenuntergang betrachten! Wo sind denn die Jungen?«

»Sie müssten schon im Haus sein. Aber ich sollte mit den Vorbereitungen für das Abendessen beginnen!«

»Es ist noch recht früh. Das Abendessen kann doch warten!« Kirta öffnete die Tür und stellte den Wasserkrug direkt hinter dem Eingang ab. »Balami! Horon! Wo steckt ihr? Ich habe euch etwas mitgebracht!«

»Kirta!«, antworteten beide Jungen begeistert, liefen aus dem Nebenraum auf ihn zu und umklammerten stürmisch seine Beine.

Der große Mann lächelte nachsichtig. »Kommt mit. Wir gehen aufs Dach, da ist es ein wenig kühler. Und dann zeige ich euch, was in diesem Bündel steckt.«

Auf dem Dach konnten sie am Horizont die ganze Pracht der rötlich gefärbten Wolken am Abendhimmel betrachten. Über ihnen war der Himmel klar und wolkenlos. Jenseits der Straße begannen die Behausungen eines ärmeren Viertels der Stadt, die sich bis zu den hohen Verteidigungswällen Eblas dahinter erstreckten.

»Ein wunderschöner Anblick, nicht wahr?«, meinte Kirta versonnen, legte wieder den Arm um Jatara und drückte sie zärtlich an sich.

»Kirta!« Balami zog aufgeregt am Ärmel seines Gewandes. »Du wolltest uns zeigen, was du mitgebracht hast! Du hast es versprochen!«

»Nun lasst ihn doch erst einmal ein bisschen zur Ruhe kommen, Kinder!«, mischte sich Jatara ein.

»Ist ja schon gut«, meinte Kirta lächelnd und griff nach dem Bündel, um es aufzuschnüren. »Er hat ja Recht! Ich hab es versprochen, schon das letzte Mal, als ich bei euch war! Da darf er ruhig ein bisschen drängeln.« Vorsichtig entfernte er das Tuch von einer Tonfigur und reichte sie dem dreijährigen Horon. »Die ist für dich, mein Kleiner. Es ist ein Soldat! Siehst du den Schild, den er trägt? Einer meiner Lehrlinge hat ihn angefertigt!«

»Und ich?«, fragte Balami stirnrunzelnd, »du hast mich doch nicht etwa vergessen?«

»Ganz gewiss nicht«, erwiderte der Mann. »Hier, das ist für dich!« Er wickelte den wesentlich größeren Gegenstand sorgfältig aus der Hülle, ließ das Tuch auf den Boden fallen und hielt ein glänzendes Bronzeschwert, halb so groß wie die Schwerter der Soldaten und mit geprägter Hülle, in Händen. »Hier, dein eigenes Schwert! Wenn die anderen Kinder dich darum nicht beneiden, dann weiß ich nicht, was ich dir schenken könnte, damit sie es tun!«

»Aber Kirta!«, rief Jatara entsetzt aus. »Ein Schwert? Er ist doch erst acht!«

»Ich weiß, ich weiß …«, meinte Kirta und beobachtete den Knaben, der das Schwert aus der Scheide gezogen hatte und hoch über seinen Kopf hielt, sodass die letzten Strahlen der Abendsonne sich im blanken Metall spiegelten.

»Kirta!«, rief Balami begeistert und schwang die Waffe hoch durch die Luft. »Es ist wunderschön, mein Schwert!«

»Ich bitte dich, Kirta!«, meinte Jatara erneut. »Ein Schwert? Eine Waffe, die zum Töten dient, ist er nicht wirklich noch zu jung dafür? Ich meine, ich will ja nicht undankbar erscheinen. Ich weiß, wie sehr du ihn magst, und er mag dich auch sehr, aber …«

»Zu jung, meinst du?«, erwiderte Kirta. »Ich war noch jünger als er, als ich die Lehre als Waffenschmied bei meinem Vater Ahuni begann. Und wenn er seine Lehrstelle antritt, kann es nur von Nutzen für ihn sein, wenn er weiß, wie die Waffen benutzt werden, die man ihn herzustellen lehrt.«

»Oh!«, meinte Jatara. »Waffen? Er soll ein Waffenschmied werden? Gerätschaften herstellen, die zum Töten dienen? Mein kleiner Balami? Du hast vielleicht die besten Absichten Kirta, aber …«

Kirta sah sie an, als könne er ihre Einwände nicht verstehen. »Sei doch vernünftig, Tallai! Schließlich ist er ein Kind des Löwen und schon aus diesem Grunde …«

»Ein Kind des was?«, fragte Jatara. »Kirta, er ist mein Sohn! Und ich habe meine eigenen Vorstellungen davon, wie er erzogen werden und welchen Beruf er ergreifen soll!«

»Davon verstehst du nichts, Tallai«, erwiderte Kirta. »Er hätte schon vor einem Jahr mit der Lehre beginnen müssen. Wenn er jetzt nicht bald anfängt …« Er runzelte die Stirn. »Nun sei doch vernünftig!«

Jatara sah ihn erstaunt und verärgert an. Und ein neues, in seiner Gegenwart bisher völlig unbekanntes Gefühl stieg in ihr auf. Furcht! Aber wovor? Davor, ihn zu verlieren? Oder hatte sie ihn bereits verloren? Sie suchte vergeblich in seinem Blick nach Bestätigung. »Kirta«, sagte sie dann und musste sich Mühe geben, beherrscht zu bleiben. »Kirta, mein Name! Ich bin nicht …«

»Bitte!«, unterbrach er sie streng. »Lenk jetzt nicht vom Thema ab!«

»Das tue ich nicht«, erwiderte sie ernst. »Kirta, mein Name ist nicht Tallai! Ich bin Jatara, das weißt du doch!«

»Ich …« Kirta hielt inne und sein Gesichtsausdruck wurde betrübt, als er seinen Irrtum bemerkte. »Es ist mir schon wieder passiert, nicht wahr?« Er legte die Hände an die Schläfen, wiegte den Kopf von einer Seite zur anderen und starrte blicklos in die Ferne. Dann schluckte er schwer. »Jatara, es tut mir so Leid!« Sein Blick fiel auf den kleinen Balami, der glücklich mit seinem glitzernden neuen Schwert spielte. »Was habe ich sonst noch gesagt?«

»Du … lass mich nachdenken. Du hast gesagt, dass Balami eine Lehre als Waffenschmied beginnen sollte. Ausgerechnet als Waffenschmied, Kirta. Du weißt doch, wie ich darüber denke! Ich möchte deine Gefühle nicht verletzten, aber … sein Vater ist durch das Schwert gestorben! Und da soll ich ausgerechnet meinen süßen kleinen Jungen dazu zwingen, Waffen zu schmieden? Waffen und andere Gerätschaften, die ausschließlich zum Töten dienen? Ich bitte dich, Kirta!«

»Es tut mir Leid, Jatara!« Er sah sie eindringlich an und sie konnte in seinem Blick echte Zerknirschtheit feststellen. »Ich bitte dich, verzeih mir! Aber ... aber was habe ich sonst noch gesagt?«

»Nun, du hast gesagt, dass Balami der Sohn eines Löwen sei. Ja, ein Kind des Löwen hast du ihn genannt!«

»Das habe ich tatsächlich gesagt?«

»Ja, mein Lieber!« Jatara schmiegte sich an ihn und legte den Kopf an seine Brust. »Es ist schon in Ordnung, Kirta. Mach dir keine Gedanken! Wir haben doch alle mal solche merkwürdigen Ausfälle. Mir passiert so etwas auch! Und ganz besonders schlimm war es im ersten Jahr, nachdem der Vater der Jungen gestorben war!«

»O ihr Götter!«, murmelte Kirta verzweifelt. »In meinem Kopf ist irgendetwas ganz und gar nicht in Ordnung! Weißt du, ich habe mich heute auf dem Weg zu dir wieder verlaufen! Wie ein Narr bin ich mir vorgekommen!«

»Ist doch nicht so schlimm, Kirta. Du solltest dir nicht so viele Gedanken deswegen machen!«

»Doch, Jatara, es ist schlimm! Ich habe so etwas früher nie gekannt!«

»Trotzdem solltest du jetzt nicht mehr darüber nachgrübeln! Tu es mir zuliebe, ja? Sieh nur, gleich wird die Sonne ganz untergehen. Was für ein wunderschöner Anblick!«

Doch als sie den Schmied ansah, war sein Blick wieder in unbekannte Weiten gerichtet und sein Gesicht war in einer Mischung aus Schmerz und Reue wie versteinert.

VI

Die untergehende Sonne verwandelte den Himmel im Westen in ein schillerndes Farbenmeer, die Luft war angenehm kühl und eine leichte Abendbrise wehte über die Dächer. Kirta und Jatara beobachteten die beiden Jungen, die am Fuße der Stadtmauer spielten, und Kirta legte seinen Arm zärtlich um ihre Taille, eine Geste, die ihr immer wieder ein Gefühl von Geborgenheit vermittelte. Wie stark er doch war!

»Der Abend war schon immer meine liebste Tageszeit!«, meinte er. »Auch wenn sich stets ein klein wenig Traurigkeit hineinmischt! Es erinnert mich an die Melancholie des Herbstes, wenn die Pflanzen um dich herum abzusterben scheinen, nur um Kräfte für das Wiedererwachen im Frühjahr zu sammeln! Es ist wie … Oh, sieh nur, da ist Nikos!« Kirta lehnte sich über die Mauer des Daches. »Nikos! Wir sind hier auf dem Dach!«

Der Grieche wandte den Blick nach oben, lächelte und lenkte seine Schritte in Richtung der Außentreppe, die direkt aufs Dach führte. Oben angekommen, begrüßte er die beiden höflich. »Ich bin froh, euch hier oben anzutreffen und grüße Euch, Jatara! Ihr seid wohlauf, so hoffe ich?« Ohne ihre Antwort abzuwarten, wandte er sich dann jedoch an Kirta.

»Wir können nicht länger warten! Wir müssen unbedingt neuen Nachschub an Erzen finden und das so schnell wie möglich. Mit dem Material, das uns noch zur Verfügung steht, können wir nicht einmal die bereits vorhandenen Truppen versorgen, ganz zu schweigen von den neuen Rekruten, die täglich eintreffen. Und dann ist da auch noch das Problem mit dem Eisenerz!«

»O nein«, meinte Jatara. »Ihr wollt ihn mir doch nicht etwa entführen? Sagt, dass das nicht wahr ist!«

Kirta hob beschwichtigend die Hand. »Jetzt schon?«, fragte er. »Aber …«

Nikos schüttelte den Kopf. »Nein, ich spreche von Schobai, der sich auf Reisen begibt, nicht von Kirta! Ihn brauchen wir hier, damit er die neuen Schmiede in seiner Arbeitsweise unterrichtet.«

»Aber wer …«, Kirta hielt inne. »Nein! Schobai soll Erze besorgen? Wie soll er das denn …«

»Der Hauptmann der Eskorte, die ihn begleitet, ist ein Mann namens Musuri von Moab. Er ist nicht nur ein erfahrener Söldner, Befehlshaber und Schwertkämpfer, sondern darüber hinaus hat er Erfahrungen mit Erzen sammeln können, als er mit der Bewachung einer Mine betraut war. Und er versteht sich recht gut mit Schobai. Ich denke, sie können es schaffen!«

Kirta dachte eine Weile nach. »Und was ist mit dir?«

»Ich werde hier bleiben, denn du wirst jemanden benötigen,

der Botengänge und dergleichen für dich erledigt.« Der Grieche wich Kirtas forschendem Blick aus, was auch Jatara mit Bestürzung bemerkte. Er weiß es, dachte sie. Er hat sie auch bemerkt, die Ausfälle, die merkwürdigen Verhaltensweisen ...

»Ich habe dem Ältestenrat eine Nachricht über Schobais Abreise zukommen lassen«, fuhr Nikos fort. »Er wird schon morgen früh reisen. Ich hätte zwar gerne selber beim König deswegen vorgesprochen. Aber er war wohl zu beschäftigt, um mich zu empfangen. Irgendein Neuankömmling in der Stadt, dem besondere Bedeutung zugemessen wird. Er scheint Beziehungen zu haben, denn sie wollten ihn anscheinend mit allen Ehren und ungewöhnlichem Aufwand willkommen heißen. Bei uns beiden haben sie sich jedenfalls nicht solche Mühe gegeben!« Der Grieche zuckte mit den Schultern. »Nun ja, du wirst ihn bestimmt bald kennen lernen. Und falls du Schobai noch vor seiner Abreise sprechen möchtest, lässt er dir ausrichten, dass er dich im Morgengrauen am Tor von Sipisch erwartet. Die Karawane wird heute Abend schon zusammengestellt, und wo Schobai im Augenblick ist, weiß ich leider nicht.«

»Ich danke dir«, erwiderte Kirta. »Übrigens ist mir heute ein Gerücht zu Ohren gekommen, demzufolge es bei den Hethitern tatsächlich eine Revolte gegeben hat! Irgend so ein Emporkömmling aus Kanisch hat die Macht übernommen und danach sind wohl heftige Kämpfe ausgebrochen. Bisher gibt es noch keine Berichte darüber, wer gewonnen hat!«

Nikos sah den Schmied bestürzt an. »Das sind in der Tat sehr bedrohliche Nachrichten! Ich wage kaum, mir vorzustellen, was sie für uns bedeuten könnten!«

»So ist es!« Kirta bemerkte Jataras fragenden Blick. »Was Nikos uns damit sagen will, ist, dass wir einen wichtigen Verbündeten verlieren könnten. Es kann sein, dass die Fronttruppen zurückbeordert werden, um den Aufstand niederzuschlagen.«

»Oder um den neuen Herrscher zu unterstützen, falls er schon gewonnen haben sollte. Und wenn dies geschieht, gibt es niemanden mehr, der den Erznachschub für die Nomaden verhindert.« Er zuckte unglücklich mit den Schultern. »Umso wichtiger ist es, dass Schobai bald nach Süden aufbricht, um für uns neue Erze zu besorgen! Ich wünschte, wir hätten genügend Zeit, um Boten nach Sichem und Succoth zu entsenden! Wie ich hörte, verfügt man dort nicht nur über ausreichend Erz, sondern auch über eine geschickte Zunft von Schmieden!«

»Das ist wahr«, pflichtete Kirta ihm bei. »Die oberen Zunftherren dort wurden noch von meinem Großvater Belsunu ausgebildet. Das war damals, als Abraham und dreihundert seiner Soldaten die Elamiter vernichteten! Doch auch dort soll es kriegerische Auseinandersetzungen gegeben haben. Ich habe gehört, eine Gruppe von Beduinen sei in Sichem eingefallen. Die Einzelheiten habe ich wieder vergessen, aber ich weiß, dass bei einer der letzten Sitzungen des Ältestenrates jemand davon berichtete.« Kirta seufzte. »Ich müsste wirklich besser aufpassen. Eine Menge wichtiger Nachrichten gibt es bei jedem der Treffen zu hören, aber ich bin in letzter Zeit zu häufig abgelenkt! Meine Gedanken laufen mir einfach davon. Ich hätte auch diesem Fremden mehr Beachtung schenken sollen, wie hieß er noch? Resep oder so ähnlich. Hat einen scharfen Blick und scheint mehr zu sehen als andere Leute. Nun ja, ist ja wohl auch nicht so wichtig! Zu dumm, dass ich mich in letzter Zeit an vieles so schlecht erinnern kann ...«

Nikos und Jataras Blicke trafen sich, ohne das Kirta dies bemerkt hätte. Eine Träne rollte Jataras Wange hinunter und sie wischte hastig mit dem Handrücken darüber.

Musuri hatte sich die Aufgabe als Blindenführer sehr viel schwieriger vorgestellt und musste nun feststellen, dass Schobai ihm lediglich sachte die Hand auf den Arm legen musste, um sich gefahrlos durch die Straßen von Ebla zu bewegen. Auf unerklärliche Weise schien der Blinde stets zu wissen, wann sich ihnen Hindernisse in den Weg stellten, seien es Menschen, Tiere oder Gebäude.

Durch den Dienst in der Stadt ein wenig außer Übung, hatte Musuri Mühe, mit den langen Schritten des sehr viel größeren Schmiedes mitzuhalten.

Endlich blieb Schobai stehen, sodass der Hauptmann ein wenig zu Atem kommen konnte. »Wir müssten jetzt im Sipisch-Viertel sein, stimmt's?«

»Das ... das ist richtig! Aber woher, um alles in der Welt,

weißt du das so genau?« Musuri keuchte noch ein wenig von der Anstrengung und blickte Schobai fragend an.

»Ich kann es dir nicht sagen«, erwiderte der Blinde. »An einigen Orten ist es recht einfach, sich zu orientieren. Wenn du zum Beispiel in der Nähe des Palmenbasars bist, kannst du den Bäcker hören, der bei der Arbeit singt. Seine Stimme hört sich an wie ein Kamel in den Wehen! Ich glaube nicht, dass es noch jemanden mit einer solch schrecklichen Stimme gibt, da ist es einfach zu wissen, wo man ist! Übrigens war ich selber mal ein ganz guter Sänger! Nicht so gut wie mein Bruder, aber auf mein Gehör konnte ich mich immer verlassen.« Schobais Miene wurde ernst und er schwieg traurig. Nach einer Weile fuhr er jedoch fort: »Ich kann deine Frage wirklich nicht beantworten. Es ist wie ein Gespür für die Dinge um mich her, das ich vorher nicht hatte.« Mit grimmiger Miene fügte er hinzu: »Wie's scheint, ist mir früher einiges entgangen! Was für ein unglaublicher Narr ich doch war!«

»Damit bist du nicht allein!«, bemerkte Musuri. »Wir haben doch alle unsere Jugendtorheiten zu bedauern! Ich gab einst den Befehl zu einem Angriff, bei dem die gesamte Einheit ums Leben kam! Immer, wenn ich mich später daran erinnerte, was ich sehr oft getan habe und immer noch tue, packt mich das blanke Entsetzen über diese fatale Fehlentscheidung!«

»Das kann ich dir nachempfinden!«, antwortete Schobai, dessen finstere Stimmung durch ein freundschaftliches Gefühl für seinen Begleiter ein wenig aufgeheitert wurde. »Da verbinden uns also unsere jugendlichen Verfehlungen! Sei mein Gast auf einen guten Schluck ...«

Schobai hielt urplötzlich inne, hob den Kopf wie ein Reh, das die herannahende Gefahr durch den Jäger wittert. »Still!«, mahnte er. »Irgendetwas in der Nähe ... ich weiß nicht, was es ist, aber ... schnell, sag mir, wo genau wir uns befinden! Was siehst du zu meiner Linken und Rechten?«

Musuri blickte sich überrascht um. »Nun, wir befinden uns in der Straße der *Zwei Basare,* links neben dir ist der Gasthof *Zum verwundeten Löwen* und darüber das Hurenhaus. Weiter unten auf der Straße ...«

»Nein, nein!«, unterbrach ihn Schobai ungeduldig. »Was ist

zu meiner Rechten? Ich hatte ein höchst bemerkenswertes Gefühl, wie ein kalter Hauch, der mir über den Rücken strich! Was siehst du zu meiner Rechten, Musuri?«

»Dort befindet sich eine hohe Mauer und dahinter ein stattliches Gebäude. Gehört wohl einem einflussreichen Bürger der Stadt, nehme ich an. Oh, warte, ich kenne das Haus! Eines der Ratsmitglieder wohnt dort, sein Name ist … Ischmija! Ja, doch, dies ist Ischmijas Haus!« Musuri lenkte den Blick nach oben und sah über dem Rand des Daches ein Gesicht auftauchen. Dort oben stand jemand und beobachtete sie! Das Gesicht hatte scharf geschnittene Züge, die an einen Fuchs erinnerten, knöchern und räuberisch. »Gerade hat jemand vom Rand des Daches auf uns heruntergeschaut! Aber nun ist er wieder verschwunden!«

»Bei den Göttern!«, rief Schobai aus und schloss die Hand fester um den Arm des Hauptmanns. »Er ist wieder fort, sagst du?«

Musuri blickte noch einmal zum Dach hinauf. »Ja, ich kann niemanden mehr sehen. Aber einen Augenblick lang hat er uns hier unten beobachtet! Wie konntest du …?«

Schobais Hand entspannte sich wieder. »Ich weiß es nicht. Es war nur so, dass mich plötzlich dieses Gefühl überkam … grundlos wohl … ein Gefühl von kalter, schier unendlicher Furcht. So etwas habe ich nicht verspürt seit Hadads Tod damals. Und jetzt …«

Der blinde Hüne schüttelte unwillig den Kopf. »Ich werde mich doch nicht zum Narren machen, mit unwirklichen Eingebungen dieser Art! Ausgerechnet vor Ischmijas Haus! Ich kenne den Mann! Er hat keinen besonderen Einfluss in der Stadt, und wenn er die Stellung im Rat nicht ererbt hätte, wäre er wohl auch nie dort aufgenommen worden, das kann ich dir schwören. Der Mann ist nichts als ein kleiner, ängstlicher Dummkopf!«

»Pst!«, mahnte Musuri. »Es könnte uns jemand belauschen!«

»Und dann? Wie schrecklich, ich habe eine unfreundliche Bemerkung über ein Mitglied des Hohen Rates fallen lassen! Befürchtest du, man könnte mich deswegen verhaften lassen? Ischmija weiß sowieso, was ich von ihm halte! Komm mit, ich lade dich zum Abendessen ein. Mir steht der Sinn nach einem guten Schluck Wein!« Der Riese lachte und klopfte dem Soldaten freundschaftlich auf den Arm. »Keine Angst, ich werde mich nicht betrinken, sodass du mich mühsam nach Hause schleppen müsstest!« Schobai zwang sich zu einem munteren Plauderton. »Also der Gasthof *Zum verwundeten Löwen?* Soweit ich weiß, keine sehr empfehlenswerte Adresse! Gibt es nicht etwas Besseres hier in der Gegend?«

»Nun, gleich hinter dem Basar liegt ein recht gutes Lokal. Es gehört einem ehemaligen Kameraden von mir, der wegen einer kranken Lunge den Dienst in der Truppe quittieren musste. Er tischt ein gutes Essen auf und außerdem gibt es dort eine entzükkende kleine Tänzerin, die einen sehr wohl auf andere Gedanken ...«

Musuri bemerkte, wie sich Schobais Gesicht schmerzlich verzog, und schwieg verlegen. »Verzeih, ich habe ...«

»Das ... das ist nichts für mich!«, meinte Schobai. »Ich ... möchte auch nicht weiter darüber sprechen, wenn du verstehst!«

»Es tut mir Leid, Schobai, verzeih!«

»Schon gut. Wie hättest du es auch ahnen können! Aber ... vor langer Zeit war ich mit einer der schönsten Frauen verheiratet! Und sie war genauso schön wie untreu! Aber was beklage ich mich, ich war ja auch nicht besser! Vielleicht sogar noch schlimmer in meinen Ausschweifungen! Doch die Erinnerung an jene Zeit mir ihren Verfehlungen ist schmerzlich ...«

»Es tut mir wirklich Leid! Ich werde in Zukunft meine Zunge hüten, Schobai! Hier entlang, der Gasthof liegt an dieser Straße!«

Auf dem weiteren Weg ließ der Blinde sich geduldig vom Soldaten leiten. Noch einmal wandte er den Kopf zurück zu jenem Haus, das die merkwürdigen Empfindungen in ihm ausgelöst hatte, und auch Musuri warf einen Blick zurück. Doch war auf dem hell erleuchteten Dach niemand mehr zu sehen.

Ischmija sprach gerade mit Phelles von Tyrus, als der Fremde sich nach seinem Ausflug auf das Dach des Hauses wieder zu ihnen gesellte. Der Hausherr hatte die lüsterne Anekdote einer Frau, die sich mit einem Bären einließ, zum Besten gegeben und das folgsame Gelächter des Zuhörers schien ihm seine Macht als

Ratsmitglied zu bestätigen. Sein Platz in der Hierarchie der Mächtigen der Stadt schien so weit gefestigt.

Doch wie stand er im Vergleich zu dem Neuankömmling da? Er runzelte nachdenklich die Stirn, als er den Mann mit den scharf geschnittenen Gesichtszügen und dem durchdringenden Blick näher kommen sah. »Hat Euch der Dachgarten meines Hauses gefallen, Rasap?«

»Außerordentlich gut sogar!«, erwiderte der Gast mit kühlem Lächeln. »Ihr habt einen sehr guten Geschmack und der Garten könnte wohl auch in prunkvollerer Umgebung als der Stadt Ebla jedem Vergleich standhalten!«

»Ihr scheint Ebla nicht allzu sehr zu schätzen?«, mischte sich Phelles von Tyrus ein.

Der Gast lächelte wieder. »O nein, so war es keineswegs gemeint! Aber wenn man Memphis oder Knossos gesehen hat ...« Er zuckte mit den Schultern. »Da wollte ich unserem geschätzten Gastgeber ein Kompliment machen und mit dem mir eigenen Ungeschick wird daraus eine Beleidigung! Ich werde wohl Abbitte leisten müssen!« Der Gast wandte sich an Ischmija. »Glaubt mir, die lieblichen Anpflanzungen auf dem Dach würden auch den Gärten von Babylon und Kanisch in nichts nachstehen!«

»Kanisch?«, erwiderte Ischmija erstaunt. »Ihr habt auch das Land der Hethiter bereist?«

»Nur einmal, lange bevor die Feindseligkeiten ausbrachen! Als Gast des damaligen Herrschers. Aber in der Zwischenzeit ist das Land nun schon von dreien seiner Nachfolger regiert worden, wenn ich mich nicht irre!«

»Vier Nachfolger«, bemerkte Phelles mit leicht überheblichem Tonfall. »Oder solltet Ihr noch nicht von dem jüngsten Umsturz erfahren haben? Es hat im Land der Hethiter einen Aufstand gegeben und im Augenblick herrscht dort, den Gerüchten zufolge, Bürgerkrieg!«

»Eine Revolte bei den Hethitern? In Kanisch, sagt Ihr? Nein, davon hab ich noch nichts gehört! Wisst Ihr mehr darüber?« Seine Miene verzerrte sich, als ob er Schmerzen litte. »Ich wäre Euch zutiefst verbunden. Einige meiner Gläubiger sind dort beheimatet, und wenn sie zu den Verlierern bei diesen Auseinandersetzungen zählen sollten, wären auch meine Verluste erheblich!« Er lächelte beschwichtigend in die Runde. »Allerdings nicht so erheblich, dass ich deswegen schlaflose Nächte hätte. Aber immerhin recht ärgerlich!«

Phelles berichtete in Kürze, was ihm zu Ohren gekommen war. »Weitere Einzelheiten kennen wir im Augenblick auch nicht. Aber wir alle denken, dass diese Nachrichten genügend Anlass zur Besorgnis geben!«

»Anlass zur Besorgnis? Was meint Ihr damit?«, fragte der Fremde.

»Aber gewiss doch«, mischte sich Ischmija ein. »Was glaubt Ihr, wird geschehen, wenn sich die Hethiter von der nördlichen Front zurückziehen? Die Nomaden haben doch bisher nur deshalb die Stadt noch nicht angegriffen, weil sie die hethitischen Truppen im Rücken hatten! Eine ernsthafte Bedrohung, denn diese Armee verfügt über Waffen, die die Bronzeschilde und Schwerter ihrer Gegner durchtrennen, als wären sie aus Ziegenkäse gefertigt! Und wenn die Hethiter sich zurückziehen ...«

»Aha! Ich verstehe!«, meinte Rasap und schob nachdenklich die Unterlippe vor. »Und der Rat der Stadt? Wie wird er sich verhalten, wenn sich herausstellt, dass die Gerüchte der Wahrheit entsprechen und die hethitische Armee den Rückzug plant?« Er legte die Hand auf die Brust, um anzudeuten, dass ihm eine Einschätzung der Lage nicht zustünde, aber sein unnachgiebiger Blick schien eine gänzlich andere Botschaft zu vermitteln. »Es ist für mich ... nun ja ... von großem Interesse, da ich hier in der Stadt einige Geschäftsunternehmungen geplant habe! Dabei hatte ich natürlich angenommen, dass die Verteidigung der Stadt ein ausreichendes Maß an Sicherheit bietet, um die Nomaden zurückzuhalten, wenn nicht gar zu vertreiben!«

»Das ist in der Tat eine schwierige Angelegenheit!«, sagte Ischmija. »Es gibt im Rat eine Fraktion, zu der auch ich gehöre, die schon seit geraumer Zeit nicht mehr nur auf Verteidigung setzt. Seit Karakin gefallen ist und den Nomaden der Nachschub von den Truppen des Hammurabi abgeschnitten wurde, sehen wir sehr wohl Möglichkeiten für Verhandlungen. Keine Kapitulation wohlgemerkt! Aber ... die kriegerischen Auseinandersetzungen gehen nun schon ins dritte Jahr und es hat keine wesentlichen Verschiebungen der Fronten gegeben! Karakins Nachfolger Manuk macht zudem den Eindruck, als könne man durchaus mit ihm verhandeln. Er …«

»Durchaus, durchaus!«, pflichtete ihm der Besucher bei. »Man muss ihn allerdings zu nehmen wissen. Er ist nicht …«

Beide Männer betrachteten den Fremden erstaunt. »Ihr … Ihr kennt diesen Manuk?«, fragte Ischmija ungläubig.

Rasap zuckte mit den Schultern. »Nicht sehr gut. Ich spreche ihre Sprache nicht und hatte nur einmal ein kurzes Gespräch über Fragen des Handels mit ihm. Doch ich bekam den Eindruck, dass man sich sehr wohl mit ihm einigen kann, wenngleich man Vorsicht walten lassen sollte, um nicht den gleichen Fehler zu machen wie dieser Narr von einem König, Hagirum von Charchemisch …«

»Ihr habt Erstaunliches zu berichten!«, meinte Ischmija bewundernd. »Ich würde Euch zu gerne bitten, auch den Rat an Eurem Wissen teilhaben zu lassen. Das wäre eine große Unterstützung für mich. Mir hören die alten Greise aufgrund meiner Jugend ja kaum zu! Nur weil sie meinen Vater noch kannten und ich seit seinem Tod das Vermögen verwalte …«

Der Gast verbeugte sich und sagte: »Ich stehe Euch selbstverständlich zur Verfügung! Ihr bestimmt die Zeit und den Ort und ich werde zur Stelle sein!« Er lächelte verbindlich und wechselte dann das Thema. »Als ich soeben auf Eurem Dachgarten weilte, hatte ich die Gelegenheit, ein höchst bemerkenswertes Paar zu beobachten. Vielleicht könnt Ihr mir mehr dazu sagen, denn …«

»Was habt Ihr denn gesehen?«, unterbrach ihn Ischmija interessiert, ergriff gleichzeitig beide Gäste am Arm und lenkte ihre Schritte in Richtung des Speisesaals.

»Nun, da war dieser Riese von einem Mann, der von einem fremdländisch wirkenden Begleiter in der Uniform der Soldaten von Ebla durch die Gasse unter mir geführt wurde. Er sah aber keinesfalls aus wie ein blinder Bettler, den man in den Kerker oder zum Stadttor hinausbegleitet. Ganz im Gegenteil! Er wirkte recht wohlhabend, was die Kleidung anging. Und auch seine Haltung! Selbst beim spärlichen Licht der Laterne hatte er die Ausstrahlung eines Mannes von Macht und Ansehen!«

»Oh, ich weiß wohl, wen Ihr gesehen habt!«, erwiderte Phelles. »Das war Schobai, der Waffenschmied! Zumindest hat er diesen Beruf ausgeübt, bevor er geblendet wurde. Ihm und seinem Vater obliegt die Aufgabe, unsere Truppen zu bewaffnen. Sein Vater hat ebenfalls eine gewisse Berühmtheit erlangt. Er soll als Schmied für König Minos von Kreta gearbeitet und dort die Kunst der Eisenverarbeitung erlernt haben.«

»Das ist nicht nur ein Gerücht!«, fügte Ischmija hinzu, dem das wache Interesse seines Gastes aufgefallen war. »Ich selbst besitze ein Schwert, das er geschmiedet hat. Wenn er genügend Eisenerz zur Verfügung hätte, würde er die gesamte Armee damit ausstatten, und die Nomaden müssten sich wohl schnellstens in das Gebiet um den Van-See zurückziehen oder wo immer sie auch hergekommen sein mögen! Aus diesem Grunde verlässt Schobai übrigens morgen die Stadt! Er und Musuri brechen nach Süden auf, um neue Erzvorräte zu besorgen.«

»Höchst bemerkenswert!«, stellte Rasap fest. »Das war also der Soldat, den ich in Begleitung des Blinden sah. Musuri ist sein Name?«

»So ist es. Sie werden mindestens einen Monat lang unterwegs sein. Aber ... nun ja, dies sind im Grunde vertrauliche Informationen und ich hätte Euch auch nicht eingeweiht, ohne mich vorher zu versichern, dass wir ähnliche Interessen verfolgen.« Ischmija blinzelte seinem Gast verschwörerisch zu.

»Aber sicher doch!«, bestätigte der. »Ihr könnt mir in dieser Hinsicht voll und ganz vertrauen!«

Der vermeintliche Rasap blickte nachdenklich hinter seinem Gastgeber her, der nun den Bediensteten befahl, das Festmahl zu servieren. Wieder umspielte ein schiefes Lächeln seine Lippen. Was für ein außerordentlicher Glücksfall! Kirta blieb alleine in der Stadt, die sein Sohn Schobai bereits am Morgen verlassen würde, um frühestens nach Ablauf eines Monats zurückzukehren! Keine Menschenseele in ganz Ebla, die ihn würde erkennen können, und sei es auch nur an der Stimme! Dazu die Unterstützung von Ischmija, eines Mitglieds des Rates der Stadt, der ihm vollständig vertraute! Und nicht zuletzt die Nachrichten über den Aufstand im Lande der Hethiter! Es war kaum zu glauben, wie sich die Dinge zu seinen Gunsten entwickelten!

Sein Herz schien schneller zu schlagen und er dachte wieder an den langfristigen Plan, den er auf dem Weg in die Stadt geschmiedet hatte. O ja, er war diesem Ziel schon ein ganzes Stück näher gerückt …

VII

An diesem Abend fand Hauptmann Musuri im Gasthof *Zum Feigenbaum* nur wenig Gelegenheit zu einem entspannten Mahl. Nacheinander waren drei Boten erschienen und hatten ihn und Schobai immer wieder mit mehr oder weniger dringlichen Angelegenheiten unterbrochen. Musuris Laune war hierdurch nicht besser und seine Miene nach jeder der Störungen verdrießlicher geworden. Warum konnte man ihn nicht einmal für einige Stunden in Ruhe lassen?

Das Ganze war umso ärgerlicher, weil Schobai nach dem Genuss einiger Becher Wein ungewöhnlich gesprächig geworden war. Doch jedes Mal, wenn sie ein spannendes Thema zu erörtern begannen, waren sie wegen irgendwelcher Kleinigkeiten wieder unterbrochen worden. Es war einfach zu ärgerlich, denn dieser Schobai hatte einiges von Interesse zu berichten, sobald er sich aus der bedrückenden Verschlossenheit einmal befreit hatte, mit der er sich für gewöhnlich umgab.

Es war schwierig, sich vorzustellen, wie jung dieser Mann doch noch an Jahren war, wenn man erfuhr, was er schon alles an Schicksalsschlägen wie Krieg und Versklavung hatte erdulden müssen. Mitfühlend betrachtete Musuri seinen Tischnachbarn. Er musste in seinen jungen Jahren ein außerordentlich gut aussehender Mann gewesen sein!

Sogar jetzt noch! Man musste nur auf die verstohlenen Blicke achten, die die Schenkmägde ihm zuwarfen, wenn er vorüberschritt. Natürlich bemerkten sie die Narben und den weißen Verband über den Augen, konnten aber trotzdem den Blick nicht von dem athletischen Körper abwenden, dem kräftigen Brustkorb, den Armmuskeln und den breiten Schultern. Von da wanderten ihre Blicke zurück zu den schrecklichen Narben und doch schienen die Gesichtszüge des Mannes mehr als nur Mitleid in ihnen zu wecken. Ha, dachte Musuri, wenn es den Frauen nur auf ein hübsches Gesicht ankäme, wäre ich bis zum Ende meiner Tage jungfräulich geblieben. Und dabei habe ich doch meinen Spaß gehabt, zumindest in früheren Jahren, als ich noch besser in Form war!

Schobai lächelte den Hauptmann an und fragte: »Wie kommt es nur, dass ich immer genau weiß, wann du mich ansiehst? Nein, nein«, er legte seinem Begleiter beschwichtigend die Hand auf den Arm, »das war keineswegs als Vorwurf gemeint! Es verwundert mich ja auch und du selbst hast mich vorhin nach dieser merkwürdigen Empfindsamkeit gefragt, die ich seit meiner Erblindung entwickelt habe!«

»Nun, vielleicht hat es etwas mit jenem Instinkt zu tun, den alle Frauen besitzen!« Musuri hob den Becher und trank einen Schluck Wein. »Du weißt, wovon ich spreche? Sie wissen immer, ob jemand sie ansieht – auch wenn es dunkel ist oder sie dem Betreffenden den Rücken zuwenden!«

»Das ist wahr!«, stimmte Schobai ihm zu. »Es muss wohl so etwas Ähnliches sein. Je mehr ich darüber nachdenke, umso einleuchtender finde ich deinen Gedanken. Erinnerst du dich an die Begebenheit vor Ischmijas Haus? Ich wusste ganz genau, dass mich jemand betrachtete!« Er lächelte. »Auch jetzt spüre ich einen solchen Blick! Schräg hinter mir und einige Schritte zu meiner Linken, nicht wahr?«

Musuri blickte in die angegebene Richtung und bemerkte, dass die Tänzerin Tischelim, die in einen lockeren Umhang gehüllt in der Tür stand, sie tatsächlich beobachtete. Als sie seinem forschenden Blick begegnete, wandte sie errötend den Kopf zur Seite, nur um Musuri kurz darauf wieder trotzig anzusehen.

»Du hast Recht gehabt, Schobai! Es hat dich tatsächlich jemand angesehen!«

»Warum lädst du sie nicht ein, sich zu uns zu setzen?«

Musuri winkte die Tänzerin herbei. Sie zögerte einen Augenblick, zuckte dann mit den Schultern und schritt gemächlich auf bloßen Füßen zu ihnen herüber.

»Setz dich doch und sei für eine Weile unser Gast«, begrüßte Schobai die junge Frau.

»Ich weiß nicht so recht«, meinte sie. »Wenn der Wirt mich hier sieht …«

»Keine Sorge! Ich werde mich mit meinem alten Freund Ischar-Damu schon einigen!«, warf Musuri beruhigend ein. »Schließlich musst du ja auch mal eine Pause machen, oder?«

»Lass uns ruhig auf die guten Beziehungen unseres Freundes hier vertrauen und leiste uns ein wenig Gesellschaft!«, meinte auch Schobai. »Bestell Wein für unseren Gast, Musuri!« Er brachte einen Trinkspruch auf Gesundheit und Wohlergehen der Tänzerin aus und trank einen großen Schluck aus seinem Becher. »Das gefällt mir schon besser!«

Tischelim warf Musuri einen fragenden Blick zu und der machte eine beschwichtigende Geste, als wolle er zu verstehen geben: Tu, was er sagt, es soll dein Schaden nicht sein. Zur Bestärkung schwenkte er seine Geldbörse, wohl bedacht darauf, die Münzen nicht klingeln zu lassen.

»Nun, wir hatten uns gerade darüber unterhalten, dass Frauen jederzeit wissen, wenn sie jemand beobachtet«, wandte sich Schobai an die Tänzerin. »Und plötzlich hatte auch ich das Gefühl, dass mich jemand ansieht! Es stimmt doch, du hast mich angesehen, nicht wahr?«

»Warum ... ja, doch, das habe ich.« Sie verzog ärgerlich das Gesicht und machte Anstalten, wieder zu gehen. Doch Musuri zeigte erneut auf seine Börse und sie setzte sich folgsam wieder hin.

»Das geht schon in Ordnung. Aber fair ist es doch nicht!« Schobai sprach aufgrund des reichlich genossenen Weines bereits mit etwas belegter Stimme. »Du kannst mich sehen, aber ich dich nicht! Musuri, kannst du mir für einen Moment die Augen ersetzen? Beschreibe mir unseren Gast! Oh, verzeih, ich vergaß, mich vorzustellen! Mein Name ist Schobai. Und wie lautet deiner?«

»Tischelim.«

»Tischelim, ein schöner Name. Aber ... Musuri, sei so gut und beschreibe mir Tischelim, ja?«

»Nun gut«, willigte der Hauptmann ein. »Sie ist zart gebaut, die Hüften nicht zu breit und von anmutiger Gestalt, und Hände und Füße sind ständig in Bewegung, wie es für eine Tänzerin nur recht sein kann ...«

»Ah ja?«, meinte Schobai verträumt. »Erzähle mir mehr von ihr!«

»Nun ja. Sie hat einen hübschen Busen, nicht zu üppig, und sehr wohlgeformte Arme. Wirklich bemerkenswert hübsch.« Durch heftige Gesten wies Musuri die Tänzerin an, die sich gerade einmischen wollte, weiter schweigend zuzuhören. »Auch ihre Gesichtszüge sind bemerkenswert. Hohe Wangenknochen ...« Der Hauptmann ließ einen Schluckauf hören und hielt sich die Hand vor den Mund. »Stammen deine Vorfahren vielleicht aus Assyrien?«, fragte er.

»Meine Mutter stammte aus Mari und sie mag wohl Vorfahren aus dem Land am Tigris haben. Ich weiß es aber nicht genau!«

»Auf jeden Fall ein anmutig gerundetes Gesicht mit vollen Wangen!« Musuri zwinkerte der Tänzerin verschwörerisch zu. »Ach ja, und ein zauberhaftes Lächeln nicht zu vergessen! Gesunde Zähne und volle Lippen obendrein. Um ihre Augen hübsche kleine Fältchen, wenn sie lacht. Kurz und gut, ich finde nichts an ihr auszusetzen. Du hattest doch nicht die Absicht ...?«

Musuri lächelte zufrieden, doch als er sich zu Schobai umwandte und seine blassen und schmerzverzerrten Züge gewahr wurde, biss er sich wütend auf die Lippe.

Auch die Tänzerin hatte Schobais Stimmungswandel bemerkt und den Blick fragend auf den Soldaten gerichtet.

Lass dir etwas einfallen, du Narr, schalt sich Musuri. »Entschuldigt mich einen Augenblick!«, meinte er dann und erhob sich von seinem Stuhl. »Ich glaube, Ischar-Damu ist gerade zurückgekehrt, und ich sollte vielleicht besser gleich mit ihm sprechen. Er wird sich wundern, warum Tischelim bei uns am Tisch sitzt, statt zu tanzen.« Er griff nach seiner Börse, zeigte dann mit dem Finger erst auf die Tänzerin, anschließend auf den blinden Schmied und dann wieder auf seine Börse. Der Hinweis sollte deutlich genug sein, dachte er.

Nur wenige Schritte entfernt versteckte er sich in einer Nische, um das Geschehen am Tisch weiter zu beobachten. Tischelim sah ihm nach und wandte sich dann wieder dem Schmied zu. Musuri konnte nicht verstehen, was sie sagte, aber dann rückte sie näher an Schobai heran und legte ihre Hand auf seinen Arm. Und auch der Schmied wirkte schon weit weniger abweisend als noch kurz zuvor.

Nun ergriff die Tänzerin die Hand des Blinden, streichelte sie und drehte die Handfläche nach oben. Aha, sie wollte ihm aus der Hand lesen! Das war eine gute Idee, sollte sie ihm doch sein Schicksal weissagen, das würde ihn vielleicht aufmuntern. Und richtig, Schobai lächelte, zwar nur schwach, aber immerhin ein Lächeln! Das war ein gutes Zeichen.

Musuri ließ die Münzen in seiner Geldbörse klingeln. Er hätte auch für sich selbst die Hälfte des Börseninhalts für ihre Gesellschaft ausgegeben und die andere Hälfte an Ischar-Damu bezahlt, der ja für den Rest des Abends auf die Tänzerin verzichten musste. Abgesehen davon waren heute Abend nicht viele Gäste anwesend und seine Verluste würden sich so in Grenzen halten.

Musuris Blick begegnete dem der Tänzerin und er gab ihr durch Gesten zu verstehen, dass er sich um alles kümmern würde. Dann zeigte er noch einmal auf Tischelim, den Schmied und streckte dann den Daumen nach oben, in Richtung der Räume über der Schenke. Um sicherzugehen, dass sie ihn auch ja verstanden hatte, klingelte er noch einmal mit den Münzen in seiner Geldkatze. Tischelim nickte kurz und wandte sich wieder dem Schmied zu. Gut so, dachte Musuri. Hoffentlich ist sie klug genug, ein wenig sanfter mit ihm umzugehen, als mit ihren anderen Kunden!

Nach einem kurzen, klärenden Gespräch mit dem Wirt trat der Hauptmann vor die Tür der Schenke, um ein wenig frische Luft zu schnappen. Die Nacht war angenehm kühl und belebt vom Duft der umliegenden Gärten. Über ihm leuchtete hell und rund der volle Mond, und auch am westlichen Himmel war noch ein heller Wolkenstreifen zu sehen. Die Tempelbauten ragten hoch über ihm auf und die Mauern am unteren Ende des Hügels gaben der weitläufigen Ansiedlung der Stadt einen würdigen Rahmen. Hinter den Mauern konnte man die Lagerfeuer der Zeltstadt sehen, und auch der Duft des glimmenden Holzes mischte sich in die milde Abendbrise.

Musuri legte den Kopf in den Nacken und atmete tief ein. Wie traurig, dass er die Stadt zum jetzigen Zeitpunkt verlassen musste. Er hoffte inständig, dass die neuesten Gerüchte über die Zustände im Land der Hethiter nicht der Wahrheit entsprachen und dass Ebla bei ihrer Rückkehr noch unversehrt war. Langsam wurde er doch zu alt, um sich immer wieder eine neue Heimat zu suchen. Er sehnte sich nach einem Zuhause, einer Familie. Vielleicht sollte er sich nach einer Witwe umsehen, einer Frau, die ein wenig Geld geerbt hatte, um endlich einmal Wurzeln zu schlagen?

Wenn da nur nicht diese vermaledeiten Gerüchte wären! Ein Schaudern durchlief ihn und er schlug schnell das Zeichen gegen das Böse. Vielleicht waren die Nachrichten von dem Umsturz bei den Hethitern doch nur ein Gerücht. Deren gab es ja unzählige in diesen unsicheren Zeiten und man durfte ihnen nicht immer Glauben schenken.

Ein kühler Nachtwind war aufgekommen und Musuri fröstelte ein wenig in der kalten Brise. Er warf einen Blick auf den vollen, runden Mond über ihm. Schon immer war er während der Vollmondzeit sehr schnell das Opfer seiner Befürchtungen und seines Aberglaubens geworden.

Was für ein Unsinn! Was war er doch für ein Narr, seine letzte Nacht in der Stadt mit trüben Gedanken zu verbringen. Hatte er nicht soeben eine hübsche Summe verbraucht, um einem anderen ein paar schöne Stunden zu bescheren? Und er selbst sollte leer ausgehen? Die Nacht alleine verbringen, weichherziger Narr, der er war …

Ein nachdenkliches Runzeln furchte seine Stirn. Nun ja, da gab es immerhin die kleine Witwe drüben in der Straße von Dagan. Sie hatte zwar eine Nase wie eine Kartoffel und nörgelte ihm zu viel, weshalb er sich auch schon seit Wochen nicht mehr bei ihr hatte blicken lassen. Andererseits blieb ihm für heute Nacht wohl kaum eine andere Wahl …

Leicht schwankend lenkte er seine Schritte in Richtung der Straße von Dagan.

Urplötzlich hatte ihn das helle Mondlicht erfasst und Reschef zuckte erschrocken zusammen. Hastig zog er sich in eine Mauernische zurück und lehnte sich zitternd und schwer atmend an die Wand. Er blinzelte und warf einen vorsichtigen Blick auf die helle Scheibe mit den schattenhaften Umrissen eines faltigen Gesichts.

Am Ende der Straße bemerkte er die Wachsoldaten, die ihren

Rundgang machten. Reschef drückte sich erneut gegen die Wand, bis ihm klar wurde, dass er ja eigentlich nichts zu verbergen hatte. Schließlich war es ihm gelungen, sich höchst erfolgreich eine neue Identität zuzulegen, hinzu kam die Unterstützung durch einen der mächtigsten Männer der Stadt. Er richtete sich aus seiner kauernden Haltung auf und wandte den Blick nach oben auf die hell leuchtende Scheibe des vollen Mondes.

Wie merkwürdig! In früheren Zeiten hatte ihn dieser volle Mond stets in Angst und Schrecken versetzt und er war zum Spielball seiner Triebe geworden, die grausame Gewalttaten nach sich zogen, Vergewaltigung und Mord. Aber nun? Er verspürte kein Vergnügen mehr daran, eine hilflose Frau seinem grausamen Willen zu unterwerfen, und damit schien er auch ein Stück Lebendigkeit verloren zu haben. Ausgehöhlt und leer fühlte er sich angesichts dieser Erinnerungen.

Wie war es nur dazu gekommen? Zum einen hätte er beinahe seine Männlichkeit verloren, in jener Nacht, in der der Fremde mit Namen Jakob ihm in der finsteren Gasse entgegengetreten war. Nur mit einem einfachen Prügel bewaffnet, hatte dieser Mann ihn, Reschef, den erfahrensten Schwertkämpfer von ganz Haran, besiegt und ihn wieder das Fürchten gelehrt, als wäre er ein kleiner Junge von nicht mehr als drei oder vier Jahren. Doch das war nicht der Grund für seinen jetzigen Zustand, denn die Schrecken dieses Ereignisses waren nach und nach verblasst. Es musste später geschehen sein! Wo nur hatte er die schreckliche Niederlage erlebt, die ihn seiner Männlichkeit beraubte? Vielleicht auch war es keine Niederlage gewesen, die ihn so verwundet hatte, sondern ein Sieg, der doch keiner war?

Nachdenklich legte er die Stirn in Falten. Ja, das musste es gewesen sein! Damals, als er den Bruder des Schobai erschlagen hatte, den hilflosen Krüppel, der sich ihm in den Weg gestellt hatte, um dem blinden Schmied die Flucht zu ermöglichen. Damals hatte er kein Triumphgefühl verspüren können, niemand war da, um seine Heldentat zu bewundern, niemand, der ihn gehört oder gesehen hatte, denn auch Schobai hatte das Lager schon verlassen. Und er war zurückgeblieben mit dem schalen Gefühl, dass nicht er, sondern der erschlagene Krüppel wahren Heldenmut bewiesen hatte. Danach hatte er beim Versuch, einer Frau beizuwohnen, weder Erfolg noch Vergnügen gefunden. Nach einer Weile hatte er keine weiteren Versuche mehr gemacht. Weder der Beischlaf noch Essen und Trinken hatten ihm mehr etwas bedeutet. Der einzige Genuss, der ihm blieb, war gedanklicher Art, bestand im Ränkeschmieden, dem Planen von Intrigen und Verschwörungen …

Nun, so sollte es eben sein. Er würde sich ganz den anstehenden Aufgaben widmen. Ein dünnes Lächeln umspielte seine Lippen, als er den Blick wieder gen Himmel wandte. Zumindest hatte der Vollmond nun keine Macht mehr über ihn und er war endlich sein eigener Herr und Meister!

Jatara war endlich aufgestanden, saß nun neben der Feuerstelle und starrte mit müden und schlaflosen Augen auf das Bett in der gegenüberliegenden Ecke des Raumes. Kirta warf sich noch immer unruhig hin und her, sein ganzer Körper war schweißgebadet und er murmelte fast unaufhörlich unzusammenhängende Sätze.

Sie hatte mehrmals versucht, ihn aus seinen Albträumen zu wecken, doch er hatte sie immer wieder abgeschüttelt. »Nein, nein!«, hatte er mehrfach gerufen, »lass mich, ich muss nach Hause, Xena! Ich muss doch nach Hause.«

In blinder Verzweiflung hatte er sogar nach ihr geschlagen, als könne er damit die Hindernisse aus dem Weg räumen, die ihn an der Heimkehr hinderten. Schließlich hatte sie es aufgegeben und die gemeinsame Schlafstätte verlassen.

Erneut wischte sie sich eine Träne aus dem Augenwinkel. Es war hoffnungslos! Sie würde ihn nie ganz besitzen können, genauso wenig wie jene Xena aus seinen Träumen! Kirta würde wohl immer einen Teil seines Lebens in der Vergangenheit verhaftet bleiben, in der aussichtslosen Suche nach dem Zuhause, der Gattin, die längst gestorben war, und den beiden kleinen Söhnen, die er niemals würde finden können, weil sie schon lange zu Männern geworden waren. Unfähig zu akzeptieren, dass einer der Söhne tot und der andere geblendet und verbittert war, hatte er sich in diese Traumwelt zurückgezogen, in der es zumindest die Hoffnung darauf gab, dass er doch einmal nach Hause finden würde, in ein Zuhause, wo sich nichts verändert hatte und wo er in Frieden und Sicherheit mit seiner Familie leben konnte. Und alles, was ihn bei dieser Suche aufhielt, musste beiseite gefegt werden, so wie er jene Frau mit Namen Xena abwehrte, die ihn auf seiner hoffnungslosen Reise durch die Vergangenheit begleitete.

Erst im Gespräch mit dem Griechen am vorangegangenen Abend hatte sie die Zusammenhänge erkannt. Und jetzt wusste sie alles und wünschte sich doch nichts sehnlicher, als dieses Wissen nicht zu besitzen. Verzweifelt warf sie einen Blick hinüber zur Bettstatt, auf der Kirta immer noch keine Ruhe gefunden hatte.

Wenn es doch nur etwas gäbe, das sie tun konnte, um ihm zu helfen!

Schobai erwachte in der ihm schon fast vertrauten Dunkelheit. Er streckte den Arm aus und spürte neben sich die Wärme der Schlafenden an seiner Seite. Zärtlich ließ er seine Hand über ihre Hüfte streichen, den Oberschenkel und dann hinauf zur Taille. Seine Berührung schien sie aufgeweckt zu haben, denn sie räusperte sich, setzte sich auf und wandte sich ihm zu. Dann bemerkte er, wie sie erschrocken die Luft anhielt und sich wieder abwandte.

Unwillkürlich legte er die Hand über die Augenhöhlen. »Ist ja schon gut!«, knurrte er unwirsch. »Ich gehe ja schon!«

Bedächtig richtete er sich auf. »Es ist schon hell, nehme ich an?«, fragte er und bemühte sich um einen gleichgültigen Tonfall.

Tischelim legte ihm sanft die Hand auf den Arm. »Es tut mir Leid, Schobai! Ich ... ich habe schlecht geträumt!«

»So, hast du das«, bemerkte er fast beiläufig. »Schlechte Träume können manchmal recht furchterregend sein.«

»Ich meine ... ich bin nicht vor dir zurückgewichen!«

Schobai sagte nichts darauf.

»Du musst mir glauben! Ich könnte keine Angst vor dir haben, nicht nach unserer gemeinsamen Nacht!«

»Natürlich nicht.«

»Du glaubst mir immer noch nicht, aber ich meine es ernst.«

»Doch, doch, ich glaube dir. Lass uns nicht mehr davon sprechen. Es ist noch sehr still draußen, also muss es noch früh am Morgen sein. Wie hoch steht die Sonne am Himmel?«

»Hoch genug«, meinte sie. »Was hältst du davon, wenn ich hinunter auf den Markt gehe und einige frische Früchte für uns einkaufe? Ich glaube, dass der Markt bereits geöffnet hat …«

»Lass uns gemeinsam hinuntergehen«, schlug Schobai vor. »Weißt du, wo mein Gewand und meine Sandalen sind?« Er streckte sich und atmete die kühle, erfrischende Morgenluft ein.

»Ach, Schobai!«, seufzte Tischelim und legte ihm zärtlich die schlanken Arme um den Leib. »Du siehst so ernst aus! Bitte sei mir nicht mehr böse! Und sei nicht traurig!«

»Ich bin nicht traurig«, erwiderte der Blinde. »Ich habe nur schlecht geträumt! Genau wie du.« Er strich ihr freundlich über das Haar. »Es war nur ein böser Traum.«

Kapitel 3

I

Der Bote aus Ebla war, seinem Auftrag entsprechend, ungewöhnlich schnell vorangekommen. Als er sich vom alten Handelsweg, der von Damaskus nach Rabbah und weiter Richtung Süden führte, abwandte, winkte er noch einmal der Karawane nach, mit der er so schnell und sicher bis hierher hatte reisen können. Dann machte er sich zu Fuß auf den Weg in die Berge, die Mahanaim vom breiten Tal des Jordan trennten. Die Schatten wurden schon länger und so wusste er, dass er Succoth nicht vor dem Einbruch der Nacht würde erreichen können. Mit einem ergebenen Schulterzucken machte er sich daran, sein einfaches Nachtlager aufzuschlagen, und setzte unter freiem Himmel hinter einem Windschutz ein kleines Feuer in Gang. Er kletterte den steilen Hügel hinab ins Tal des Flusses Jabbok, von dem nach der langen Trockenheit nur ein schmales Rinnsal übrig geblieben war.

Am Ufer hockte er sich hin und wusch sich mit dem klaren, kühlen Wasser den Staub von Gesicht und Händen. Dann streifte er die Sandalen ab, wusch auch die müden Füße und schöpfte erneut Wasser mit den Händen, um Gesicht und Nacken zu erfrischen. Erst dann blickte er auf, um sich umzusehen.

Es schien ein gutes Land zu sein, zumindest für einen Herdenbesitzer. Haschum fragte sich, ob dieses Land wohl schon zum Besitz des Jakob gehörte, jenes Mannes, dem er in Succoth eine Nachricht überbringen sollte. Nach allem, was er erfahren hatte, schien dieser Jakob ein wohlhabender Mann zu sein, jedenfalls mit den Maßstäben dieser Zeltbewohner gemessen.

Ein besorgter Ausdruck verdüsterte die Miene des Boten. Wohlstand? Hier in dieser Einöde? Er hatte stets in der Stadt gelebt und allein der Gedanke, dass ein Mann wohlhabend sein sollte, der jahraus, jahrein in einem Zelt lebte und nicht einmal einen festen Wohnsitz vorweisen konnte, erschien ihm nachgerade absurd.

Aber so war es wohl. Der Mann, dessen Nachricht Haschum übermitteln sollte, hatte ihn nicht nur großzügig ausgestattet und gut bezahlt, sondern darüber hinaus in seinem Empfehlungsschreiben auch angemerkt, dass der Bote von Jakob eine zusätzliche Belohnung erhalten solle.

Haschum watete zurück ans Ufer, trocknete sich die Füße und schlüpfte wieder in seine Sandalen. Auf einem flachen Stein ließ er sich nieder, um Hände und Gesicht trocken zu reiben und sich noch einmal umzusehen. Ob er wohl hier würde leben können? Vielleicht blieb ihm ja gar keine andere Wahl. Zum einen schien es so, wie Laban ja auch in seinem Brief erwähnte, dass die Stadt Ebla dem Ansturm der Nomaden nicht mehr lange würde standhalten können. Und der Fall der Stadt würde den Eroberungszug der Nomaden wieder beschleunigen. Sie würden weitermarschieren, auf Damaskus zu, eine Stadt, die zwar nicht arm war, wo man aber niemals besonderen Wert auf Verteidigungsanlagen gelegt hatte. Als freies Handelszentrum hatte die Stadt sich verstanden, denn hier kreuzten sich die großen Karawanenstraßen, die das wenig besiedelte Land zwischen Kanaan und Ägypten im Westen und Süden mit dem Zweistromland im Osten verbanden. Von Kriegen war die Stadt stets verschont geblieben und die Stadtväter hatten darum auch niemals Grund zu der Annahme, dass sich dies einmal ändern sollte. Bisher hatten alle kriegführenden Parteien stets ein großes Interesse daran gehabt, die Kampfhandlungen von Damaskus fernzuhalten, um sich selbst und ihre Handelsbeziehungen nicht zu schädigen. Und die Stadt hatte sich stets politisch neutral verhalten und weder Revolutionäre noch Kriegstreiber und Banditen in ihren Mauern geduldet.

Nun freilich ergab sich ein anderes Bild. Die fremden Eindringlinge waren der Stadt auf keinerlei Weise verbunden, denn von den Hirtenkönigen hatte keiner auch nur einen Schekel in eine der unzähligen Handelsunternehmungen investiert, sodass Damaskus, sollte der Krieg endlich auch den Antilibanon erreichen, wohl das gleiche Schicksal erleiden würde wie die übrigen Städte – mit Ausnahme von Haran –, die auf dem Kriegspfad des scheinbar unbezwingbaren Heeres lagen. Die Nomaden würden auch Damaskus mit dem Schwert besiegen, seine Mauern schleifen und nach ihren eigenen Plänen wieder aufbauen und befestigen, dann jedoch weit weniger als ein freies Handelszentrum als vielmehr eine waffenstarrende Trutzburg am Knotenpunkt der großen Handelswege.

Ein Geräusch ein Stück weiter flussabwärts ließ Haschum aus seinen Gedanken aufschrecken und er bemerkte einen älteren Mann, der einen Lastesel am Seil führte und auf dem Pfad oberhalb des Flussbettes langsam näher kam.

Ärgerlich runzelte er die Stirn und schalt sich einen Narren, weil er seinen Wanderstab leichtsinnigerweise oben am Hügel bei seinem Gepäck liegen gelassen hatte. Doch bei näherem Hinsehen beruhigte ihn das fortgeschrittene Alter des Fremden, der eher schwächlich als bedrohlich wirkte.

»Ich grüße Euch«, sprach ihn der Mann im Dialekt der Gegend an. Er klopfte seinem Lasttier beim Näherkommen beruhigend auf den Hals und blieb dann stehen, um Haschum genauer zu betrachten. »Ich bin Regem aus Beth-Schan«, stellte er sich ohne große Umschweife vor. Sein Blick unter den buschigen, grauen Augenbrauen war freundlich und ohne Arg. »Ich reise nach Mahanaim und von dort weiter nach Rabbah.«

»Ich heiße Haschum und komme aus Kadesch«, erwiderte der Bote aus dem Norden. »Falls Ihr gehofft hattet, Euch der Karawane aus Damaskus anzuschließen, so seid Ihr leider zu spät! Ich selbst habe mich heute Nachmittag von den Reisegefährten getrennt.«

Der alte Mann blickte kopfschüttelnd gen Himmel. »Reise ich denn unter einem so unglücklichen Stern? Immer bin ich vom Pech verfolgt!«

Haschum betrachtete den greisen Mann genauer. Er war gut gekleidet, nicht aufwendig, aber das Tuch seines Umhangs war dicht gewebt und er schien recht wohlhabend zu sein. Er warf einen kurzen Blick auf den Esel und die hoch aufgetürmte Last auf dem schmalen Rücken des Tieres. »Nun, es hilft nicht, den Ratschluss der Götter zu beklagen. Wascht Euch erst einmal den Staub aus dem Gesicht, und dann lade ich Euch ein, an meinem Lagerfeuer Platz zu nehmen. Viel ist es nicht, was ich Euch als Nachtmahl anbieten kann, aber es wird schon reichen!«

»O nein, das kann ich auf keinen Fall annehmen! Wenn, dann

sollt Ihr mein Gast sein! Ich trage genügend Proviant mit mir. Doch ich danke Euch für die Gastfreundschaft.«

Nach dem Essen fragte Haschum den Alten, ob er Verwandte in Rabbah habe.

»O ja«, erwiderte Regem. »Und ich hatte so meine Bedenken, mich ohne Begleitung von Jüngeren auf den Marsch durch die Hügel zu begeben, so wie die Lage in Kanaan zur Zeit nun mal ist, wo ein Nachbar dem anderen an die Kehle geht und ...«

»Das wundert mich!«, rief Haschum aus und setzte sich erschrocken auf. »Nach allem, was ich bisher erfahren habe, soll es hier doch außerordentlich friedlich zugehen. Es gibt also Schwierigkeiten, sagt Ihr?«

»Ja, leider! Dabei ging es hier tatsächlich sehr friedlich zu, jedenfalls bis dieser Jakob auftauchte.«

»Ach!«, bemerkte Haschum erstaunt. »Ich sehe, es gibt eine Menge, wovon ich nichts weiß! Bitte, erzählt mir mehr! Dieser Jakob, er ist also ein Unruhestifter, wie's scheint?«

»Nun, wohl nicht so sehr Jakob selbst! Er ist im Grunde ein eher friedlicher Mann. Ich bin ihm einmal begegnet und er schien mir ausgesprochen höflich, auch gebildet. Ein Mann also, der vom Verstand regiert wird! Traurig nur, dass der Rest der Familie so aus der Art geschlagen scheint. Wenn ich nur an seinen Bruder denke, der sich in Edom niedergelassen hatte! Wie hieß er noch? Ach ja, Esau ist sein Name! Ein Hitzkopf und Tyrann! Man kann kaum glauben, dass die beiden auch noch Zwillinge sein sollen, so unterschiedlich sind sie! Aber das ist auch gut so, denn dieser Esau hat ständig Probleme verursacht, seit er mit seinem Gefolge aus dem Norden hierher kam. Ich verstehe gar nicht, wie er annehmen konnte, für seine riesigen Herden hier genug Futter zu finden! Schließlich mußten die Hügel über dem Jordan doch schon die Herden seines Bruders Jakob ernähren, die er aus Haran mitgebracht hat.«

»Ich verstehe«, meinte Haschum. »Es geht also auch ums Überleben der Hirten, die schon vor den beiden hier in der Gegend lebten, nicht wahr? Die Neuankömmlinge und ihr Vieh zerstören das Weideland mit ihren gefräßigen Herden.«

»So ist es«, stimmte der alte Mann zu. »Aber das ist nicht das einzige Problem! Esau und Jakob gehören eigentlich nicht hierher. Ihr Vater lebt auch noch als angesehener Mann in der ihnen angestammten Gegend, bei den Gärten des Mamre in der Nähe von Hebron. Isaak, so heißt er, ist vielleicht nicht dem Namen, aber dem Ansehen nach eine Art königliches Oberhaupt dort unten, zumal er ja auch ein Priester ihrer merkwürdigen Religion ist, die nur einen einzigen Gott zulässt und die strenge Einhaltung der verschiedensten Rituale fordert. Nun, das ist vielleicht gut so für die Menschen in Mamre, Hebron und Jerusalem. Aber wir hier wollen mit solchen Neuerungen nichts zu schaffen haben! Wir glauben an die Götter unserer Väter und Vorväter. Und wir brauchen keine Neuankömmlinge, die uns weismachen wollen, dass die Verehrung der Götter Baal und Aschtaroth ein Unrecht ist!«

»Dann stimmt es wohl doch, dass dieser Jakob Unruhe im Lande verbreitet? Obwohl es nicht seine Absicht sein mag?«

»Unruhe gibt es allenthalben«, bekräftigte der Greis. »Aber ganz so, wie Ihr meint, ist es denn doch nicht. Es liegt mehr an Jakobs Söhnen! Mit ihrer hitzköpfigen und gewalttätigen Art kommen sie mehr nach ihrem Onkel, als dass sie dem Vater gleichen. Die Unruhen begannen ja mit Hamor, dem Heviter, und seinem lüsternen Sohn …« Regem streckte in verzweifelter Geste die Hände in die Luft und schüttelte bekümmert den Kopf. »Solche Vorkommnisse haben die schlimmsten Auswirkungen, zerstören ganze Gemeinden. Und alles nur wegen des kleinen Luders, der Tochter des Jakob!«

»Ach ja?«, meinte Haschum überrascht. »Das hört sich nach einem recht verwickelten Skandal an! Seid so gut und erklärt mir die Zusammenhänge.«

»Nun, es handelt sich um die Tochter einer seiner Frauen, welcher, habe ich vergesssen. Aber das Mädchen trägt den Namen Dinah und sie ist als Städterin aufgewachsen, mit der eigenen Art, die die Frauen dort haben, putzt sich heraus, zeigt die Fesseln und verdreht den jungen Männern reihenweise die Köpfe! Und dieser Sohn des Hamor mit Namen Sichem, nach ihm wurde auch die Stadt benannt, die oben in den Hügeln an der Handesstraße von Beth-Schan nach Jerusalem liegt, war da keine Ausnahme. Eins kam zum anderen, bis Hamor sich aufmachen musste, um mit Jakob über eine Heirat zu sprechen. Und die ganze Zeit behauptet das kleine Luder, man hätte ihr Gewalt angetan.«

Haschum mußte gähnen und lächelte dann dem alten Mann aufmunternd zu, um die Erzählung nicht zu unterbrechen.

»Nun, an Hamor hat es wohl nicht gelegen, dass man nicht im Einvernehmen auseinander ging. Die Söhne des Jakob behaupteten allerdings, ihre Schwester sei von einem Ungläubigen entehrt worden und es gäbe nur eine einzige Möglichkeit, diese Schmach für die ganze Familie zu sühnen. Alle männlichen Einwohner der Stadt Sichem müssten sich den Ritualen der Reinigung unterwerfen und die Religion des Jakob annehmen und dazu gehört auch die Beschneidung!« Regem verzog schmerzlich das Gesicht. »Und doch erklärten sich Sichem und seine Männer bereit dazu, als hätte sie diese kleine Hexe mit einem Zauber gänzlich gefügig gemacht! Nun, Sichem und seine Männer unterzogen sich der schmerzhaften Beschneidung, was viele von uns sicher nicht getan hätten, und dennoch …« Er schüttelte wieder den Kopf und ließ einen tiefen Seufzer hören.

»Was geschah dann?«, fragte Haschum. »Ich bitte Euch, gerade jetzt, wo es so spannend wird!«

»O ihr gnädigen Götter! Stellt Euch vor, mitten in der Nacht, nachdem die Männer sich dem Ritual der Beschneidung unterworfen hatten, schlichen sich die Söhne des Jakob in die Stadt und überwältigten die geschwächten Bürger!«

»Bei den Göttern!«, rief Haschum entsetzt.

»O ja, keiner hat überlebt! Sie töteten alle männlichen Bewohner, raubten und plünderten und verschleppten Frauen und Kinder und machten sich davon wie …«

»Das kann ich nicht glauben! Sie haben alle männlichen Bewohner erschlagen? Die Stadt geplündert und …«

»Das ist die reine Wahrheit, mein Freund!« Der alte Mann sah ihn traurig an. »Und dabei ist es doch so … Sichem mag als junger Narr gelten, aber sein Vater Hamor ist ein geachteter und geschätzter Mann hier in der Gegend! Wenn er sich zur Kriegserklärung entscheidet, kann er sich auch auf etliche Verbündete in den Städten der Gegend verlassen, und dieser Jakob wird die allergrößten Schwierigkeiten bekommen. Selbst wenn er sich mit seinem Bruder und dessen Gefolge zusammentut, wird er zahlenmäßig unterlegen sein und seine Söhne nicht vor der gerechten Strafe schützen können. Und ich habe bereits Gerüchte vernommen, denen zufolge die Heviter zu den Waffen gerufen wurden. An Jakobs Stelle würde ich so schnell wie möglich die Zelte abbrechen und mich nach Süden aufmachen, dorthin, wo sein Vater und dessen Verbündete leben! Denn sonst ...« Wieder hob er in hilfloser Geste die Hände gen Himmel. »Mir wurde das Ganze zu gefährlich und darum habe ich meine Sachen gepackt, um mich an einen sicheren Ort zu begeben! Ich habe schon zu viele Kriege miterlebt, angefangen mit den Schlachten, die Abraham, der Vater des Isaak, gegen die Elamiter zu schlagen hatte. Damals, ich war noch ein kleiner Junge, hat Abraham den König der Elamiter besiegt.«

Haschum lehnte sich nachdenklich zurück. Der Frieden im Tal des Jordan war also bedroht! Und in weit stärkerem Maße, als ihm lieb sein konnte! Vielleicht wäre es besser, sich gar nicht erst ins Lager des Jakob zu begeben, um seinen Auftrag auszuführen? Wäre es besser, sich dem alten Mann anzuschließen und nach Rabbah zu ziehen?

Aber nein. Er hatte Laban sein Wort gegeben und der kannte seinen Bruder und wusste, dass Haschums Sohn Schamir bei ihm lebte. Wenn er erfuhr, dass er, Haschum, seinen Auftrag nicht ausgeführt hatte, würde er sich an seine Familie halten und sei es nur, um eine Entschädigung für die Ausgaben zu verlangen, die mit Haschums Reise verbunden waren. Nein, das wäre nun wirklich keine Lösung. Er musste sich auf jeden Fall ins Lager des Jakob wagen! Vielleicht würde ihm dieser ja den Auftrag erteilen, mit einer Antwort an Laban zurück nach Ebla zu reisen. So hätte er dann wenigstens die Kosten für die Rückreise gespart, um seinen Sohn aus der gefährdeten Stadt zu bringen. Er seufzte bedrückt und wandte sich wieder an den alten Mann. »Verzeiht, ich war für einen Moment ganz in Gedanken! Was sagtet Ihr soeben?«

»Oh, ich sprach von Jakobs Leuten! Da gibt es im Lager auch einige, die nicht zu seiner Familie zählen, darunter auch die Mutter, die Witwe und der kleine Sohn eines guten Freundes. Hadad von Haran war sein Name. Er war ein begnadeter Kunstschmied und Figurenmacher und hat damals sein Leben gewagt, um die Stadt vor den Nomadenheeren zu retten. Das war zu der Zeit, als Jakob die Gegend um die Stadt Haran schon verlassen hatte. Die Mutter ist zwar inzwischen verstorben, aber der Sohn und die Witwe leben noch immer im Lager des Jakob. Ein hübsches Ding ist sie, nur ein wenig blass! Natürlich hat sie allen Grund zur Trauer, weiß der Himmel! Den Mann hat sie verloren und das so kurz nach der Heirat. Wie ich hörte, hat der Sohn seinen Vater nie zu Gesicht bekommen, denn der wurde getötet, als seine Frau hochschwanger war und mit der Karawane des Jakob in Sicherheit gebracht werden sollte vor den anrückenden Nomadenheeren. Man sagt, ihr Sohn sei am gleichen Tag geboren worden wie der jüngste Sohn des Jakob, der kleine Joseph!«

»Die Ärmste!«, meinte Haschum mitfühlend. »So allein hier draußen, nach all den schrecklichen Schicksalsschlägen! Aber du sagtest, sie sei gut versorgt, so dass sie nicht auf Unterstützung durch Jakob angewiesen ist?«

»Das ist sie nicht. Natürlich befindet sich das Geld in Damaskus, wo es ihr Mann klugerweise in Sicherheit gebracht hat. Man sagt, sie sei sogar recht wohlhabend, und sollte sie sich entschließen, nach Damaskus zu gehen, wird man sie als reiche Witwe wohl entsprechend umwerben!«

»Ach, dann muss sie mir wohl nicht so furchtbar Leid tun!« Haschum hatte genug von den Klatschgeschichten des alten Mannes, stand auf, um sich zu recken und das Signal zur Nachtruhe zu geben, doch als er dann erneut gähnen musste, bemerkte er zusätzlich noch die Müdigkeit von der langen, anstrengenden Reise.

II

Am Vormittag hielt auch Jakob stets eine Audienz ab, ganz den Gepflogenheiten der Gegend entsprechend. Zu einer festgelegten Stunde war es üblich, dass ein Mann seines Standes für all jene ein Ohr hatte, die bei ihm Rat suchten und um Hilfe baten. Da gab es Streitigkeiten zu schlichten, Anklagen und Verteidigungsreden anzuhören und Rechtsangelegenheiten verschiedenster Art zu klären. Und jedem wurde so viel Zeit zugestanden, wie eine Umdrehung der Sanduhr bemaß.

Um den Ansturm der Ratsuchenden in geordnete Bahnen zu lenken, hatte Jakob vor seinem Zelt einen Bediensteten postiert. Der Sklave namens Mehir war ein Geschenk seines Bruders Esau, von mittlerem Alter, ruhigem, angenehmem Wesen und verfügte über Fähigkeiten und Kenntnisse, die weit über die Bildung hinausgingen, die einem Mann seines Standes üblicherweise zuteil wurde. Für gewöhnlich war Jakob ausgesprochen dankbar für die Dienste dieses Mannes und behandelte ihn zuvorkommend und mit Respekt. Doch heute, angesichts der verworrenen und bedrohlichen Ereignisse, hatte er ihn bereits zweimal unwirsch angefahren und die Sonne stand noch nicht einmal hoch am Himmel. Er beschloss, seine Entschuldigung auf die Abendstunden zu verschieben und Mehir dann auch für seine Geduld zusätzlich zu belohnen.

Wieder erschien der Sklave in der Zeltöffnung, um einen Bittsteller zu melden, und Jakob spürte erneut, wie Verärgerung in ihm aufwallte. »Nun, wer will mich jetzt sprechen?«

Mehir neigte respektvoll das Haupt. »Euer Bruder wünscht Euch zu sprechen, Herr. Er wollte eigentlich nicht warten, doch ich konnte ihn überreden, noch zu bleiben.«

»Ach ja?«, antwortete Jakob erstaunt. Mehir war es tatsächlich gelungen, den ungeduldigsten aller Menschen, seinen Bruder Esau, zu besänftigen? »Ich danke dir, Mehir. Lass ihn eintreten!«

Die Brüder umarmten sich und blieben dann voreinander stehen. »Du siehst kräftig und gesund aus, Bruder Esau! Ich wünschte, ich könnte das auch von mir behaupten! Aber ... nimm Platz!«

»Und ich wünschte, ich könnte das gleiche von meinen Herden behaupten!«, erwiderte Esau unwirsch. »Die Tiere verhungern, Jakob! Das Land gibt nicht genug her für einen so großen Viehbestand, wie du und ich ihn hier grasen lassen. Und darum werde ich mit meinen Schafen und Ziegen von hier fortgehen!«

»Du willst uns verlassen?«, meinte Jakob erstaunt. »Aber ... du hattest mir doch versprochen, an meiner Seite zu bleiben, bis die Gefahr durch die Nomadenkönige ...«

»Ich weiß, was ich dir versprochen habe. Aber ein Mann muss mit den Seinen auch ein Auskommen haben! Wenn ich noch länger hier bleibe ... Und außerdem werden die vermaledeiten Nomadenkönige nicht hierher kommen. Sie stehen mit ihren Truppen seit Jahr und Tag vor den Toren der Stadt Ebla und ...«

»Das besagt doch nichts!«, unterbrach ihn Jakob. »Ebla kann sie nicht auf immer zurückhalten! Und vor einigen Tagen kam ein Bote, den unser Oheim Laban geschickt hat. Esau, die Verteidigung rund um Ebla scheint langsam abzubröckeln! Die Hethiter haben sich von der Front im Norden zurückgezogen und Ebla wird die Nomaden ohne Verbündete nicht mehr lange abwehren können.«

Esau starrte ihn finster an. »Diese verweichlichten, schwachköpfigen Städter!«, knurrte er dann. »Ich hätte wissen müssen ...«

»Es liegt nicht an den Fronttruppen«, unterbrach ihn sein Bruder. »So hat es mir Laban jedenfalls geschildert. Die Frontsoldaten halten treu und tapfer die Stellung. Aber in der Stadt selbst – erinnerst du dich, was in Haran geschah? Es gibt eine wachsende Gruppe von Mitgliedern des Rates, die auf Verhandlungen mit den Nomaden drängen, um einen Waffenstillstand zu schließen!«

»Verhandlungen um einen Waffenstillstand?«, meinte Esau höhnisch. »Mit diesen unmenschlichen Schlächtern?« Er machte Anstalten, verächtlich auszuspucken, besann sich dann jedoch eines Besseren. »Dann ist es wohl gewiss, dass die Stadt in wenigen Wochen fallen wird. O nein, keine Wochen, Tage werden es nur sein! Aber auch das macht keinen Unterschied, Jakob! Schon bald werden die Nomadenkönige nach Damaskus ziehen und Damaskus wird mit Sicherheit keinen Widerstand leisten! Statt einer bewaffneten Armee werden sie dem Feind zwanzig Wagenladungen ihres besten Palmweines schicken und dazu die Huren der Stadt, um sie zu begrüßen.«

»Ich stimme dir von ganzem Herzen zu!«, meinte Jakob geduldig, wohl wissend, dass er nur mit dieser Haltung den stürmischen Monologen seines Bruders Einhalt gebieten konnte. »Nur was unsere Antwort auf diese neuerliche Bedrohung sein sollte, da bin ich anderer Meinung. Die neuen Entwicklungen sollten unseren Zusammenhalt stärken. Ich brauche dich hier, Esau!

Dich und deine Männer, die besten und erfahrensten Kämpfer nördlich von Moab, um das Land zu verteidigen, das der Herr uns und unseren Kindern geschenkt hat.«

Esau verzog spöttisch den Mund. »Du glaubst also immer noch, dass du hier bleiben und das Land verteidigen kannst? Dass du noch Verbündete finden wirst, nach allem, was deine Söhne angerichtet haben?«

Jakob erhob Einhalt gebietend die Hand. »Das reicht, Esau! Wir hatten uns darauf geeinigt, diese Angelegenheit nicht weiter zum Anlaß für ...«

»Verdammt!«, fiel ihm Esau wütend ins Wort. »Wie soll ich es denn vergessen können? Zu meiner Sippe zählen auch Heviter! Und weißt du, was sie mir berichtet haben? Man hat eine Allianz gegründet, um dich und die Deinen aus Kanaan zu vertreiben! Verstehst du, was das bedeutet? Du bist der auserkorene Feind hier im Lande, nicht die Hirtenkönige und ihr Heer!«

Jakob warf ihm einen durchdringenden Blick zu. »Und du, Esau, wie stehst du dazu, als mein Bruder?«

Esau sah ihn erstaunt an und lächelte dann grimmig. »Ich kann mich noch gut an die Zeiten erinnern, als du es nicht gewagt hättest, in diesem Ton mit mir zu sprechen! Aber, was hilft es? So gefällst du mir eigentlich besser! Und dennoch, Bruder Jakob, bist du im Unrecht! Wie soll ich meinen Leuten als aufrechter Mann gegenübertreten, wenn ich mich uneingeschränkt für meine Neffen verwende, die ein grausames Verbrechen begangen haben, ohne dass man sie dazu herausgefordert hätte?«

»Ohne dass man sie dazu herausgefordert hätte?«, wiederholte Jakob erregt. »Hast du vergessen, dass Sichem ... dass er ihrer Schwester Gewalt angetan hat? Meiner Tochter! Nach diesem Vorfall ...«

»Du übertreibst gewaltig, Jakob!«, unterbrach ihn Esau. »Deine Tochter ist keinesfalls so tugendhaft, wie du glaubst! Und was deine Söhne mit ihrem tiefen Mitgefühl für deine Konkubinen und Töchter angeht, so lass dir gesagt sein, dass sie auch nicht ...«

Jakob hatte bei diesen Worten verwundert aufgehorcht, doch er wollte keinen weiteren Streit heraufbeschwören. »Esau, ich bitte dich! Wenn wir als Brüder jetzt nicht zusammenhalten ...«

Esau schnitt ihm mit energischer Geste das Wort ab. »Du bist ein Narr, Jakob!«, meinte er in schroffem Tonfall. »Ein blinder und dickköpfiger Narr! Wenn ich mir vorstelle, dass ich dich immer wegen deines kühlen Kopfes und klaren Verstandes bewundert habe ... doch damit ist jetzt Schluss! Ich stehe zu meiner Entscheidung! Ich und die Meinen werden nach Süden ziehen, um uns in der Nähe des Salzmeeres in den moabitischen Hügeln eine neue Heimat zu suchen. Ich kenne dort eine Gegend, in der die Nomaden uns nicht aufspüren werden, denn dieser Landstrich macht einen so öden und unwirtlichen Eindruck, dass uns niemand dort vermuten wird.«

»Du willst ins Land Moab?«, fragte Jakob verwundert. »Zu den Ismaeliten? Mitten ins Land der Beduinen?«

»Du hast wohl vergessen, dass eine meiner Frauen, Bashemath, eine Tochter Ismaels ist! In den Augen der Welt bin ich vielleicht der Dümmere von uns beiden, aber zumindest habe ich mich klug genug verheiratet. Ich habe bereits durch Boten über unsere Ankunft verhandelt und man hat mich willkommen geheißen!« Esau warf seinem Bruder einen kühlen Blick zu. »Nun, dann wäre wohl alles gesagt, Jakob. Ich werde nach Süden ziehen. Um es dir zu sagen, bin ich noch einmal hergekommen.«

Jakob war blass geworden. »Dann geh doch!«, rief er aufgebracht. »Verlass mich, wenn ich auf deine Unterstützung am meisten angewiesen bin! Du wirst schon sehen, was ...«

»Leb wohl, Jakob!«, erwiderte Esau, drehte sich abrupt um und verließ mit großen Schritten das Zelt.

Jakob schloss verzweifelt die Augen. Eine Weile stand er in der Mitte des großen Zeltes, ohne sich zu rühren. Als er die Augen wieder aufschlug, stand der Sklave Mehir vor ihm. »Oh, du bist es. Ich hatte schon gedacht, es sei ...«

»Wäre es Euch lieber, wenn ich wieder gehe, Herr? Wenn Ihr in Ruhe nachdenken wollt ...«

»Nein, nein, bleib nur«, erwiderte Jakob mit einer abwehrenden Geste. »Mein Bruder Esau hat es schon immer vermocht, Verwirrung in meine Gedanken zu bringen. Doch heute, Mehir, hat er etwas gesagt, oder vielmehr angedeutet, was mich nachdenklich stimmt. Er sagte etwas über meine Söhne und deren Verhältnis zu den Konkubinen ihres Vaters ...«

»Ja, Herr?«, meinte Mehir vorsichtig und zurückhaltend.

»Nun ... kannst du dir vorstellen, was er gemeint haben könnte? Oder ist dir etwas zu Ohren gekommen, das ich wissen müsste?«

»Ich fürchte, ich weiß nicht, wovon Ihr sprecht, Herr. Ich kann mich natürlich umhören, wenn Ihr wollt.«

»Das wäre mir sehr recht.« Jakob musterte seinen Sklaven, doch dessen Miene ließ, wie gewöhnlich, keinerlei Gefühlsregung erkennen. »Wer ist der Nächste?«, fragte Jakob schließlich.

»Danataja, Herr!«

»Ich bitte dich, führe sie schnellstens herein!«

Jakob stand noch in der Mitte des Zeltes, als das Mädchen eintrat. Mädchen? Sie erschien ihm sehr verändert, fast so, als hätte sie in den letzten Monaten einige Dutzend Jahre an Lebenserfahrung gewonnen. »Danataja, meine Liebe!« Er schloss die junge Frau väterlich in die Arme, doch dann wurde sein Blick besorgt. »Gott sei uns gnädig, Danataja! Was ist mit dir? Du bist doch nicht etwa krank?«

Danataja blickte ihn mit großen, traurigen Augen an. »Ach, Jakob! Ich ... nein, es geht mir gut, wirklich. Aber ... du bist nicht der Erste, der sich erschrocken nach meinem Befinden erkundigt. Man sieht mich an und fragt sich, welche Art von Krankheit mich wohl befallen hat. Aber ich bin nicht krank. Zumindest nicht ...« Ihre Augen füllten sich mit Tränen und sie blinzelte mehrfach. »Ich bin nur so schrecklich einsam hier, Jakob! Seit wir hierher gekommen sind ... seit Hadads Tod!«

Jakob legte ihr tröstend die Hand auf den Arm. »Ich weiß ja! Ich vermisse ihn auch sehr! Umso mehr, als ich feststellen muss, dass meine eigene Familie so ganz anders ...« Er schwieg betroffen. »Hadad war wie ein Sohn für mich, vom ersten Augenblick an! Als ich von eurer Verbindung erfuhr, war ich so glücklich! Ich hätte nicht glücklicher über die Heirat eines eigenen Sohnes sein können, der die Liebe seines Lebens gefunden hat!«

Danataja konnte die Tränen nun nicht mehr zurückhalten und warf sich verzweifelt in Jakobs Arme. Er hielt sie fest umschlungen und klopfte ihr beruhigend auf den Rücken. Wie zierlich sie doch war! Und so blass!

Danataja wischte sich die Tränen aus den Augen und trat einen Schritt zurück. »Es tut mir Leid, Jakob! Ich wollte dir nicht auch noch meinen Kummer aufbürden, nicht in einer so schweren Zeit für dich!«

»Ist schon gut«, meinte Jakob freundlich. Sie schwiegen einen Augenblick und dann fragte er: »Was macht der Junge?«

»Ben-Hadad? Oh, es geht ihm gut! Silpa passt auf ihn auf. Er ist immer bei ihr, während ich mich um Rahel kümmere.« Sie griff nach Jakobs Arm. »Ich mache mir Sorgen um Rahel, Jakob! Sie ist so zerbrechlich! Und ... eigentlich ist sie schon viel zu alt, um noch einmal zu gebären! Deshalb bin ich auch zu dir gekommen. Ich habe gehört, dass wir unsere Zelte hier abbrechen werden? Um nach Süden zu ziehen? Wegen der ... der Schwierigkeiten ... Jakob, müssen wir wirklich fort? Noch bevor Rahel ihr Kind bekommt?«

Jakob zog die Stirn in Falten. »Ich hatte gehofft, dass es nicht dazu käme. Ich wollte mit den Nachbarn eine friedliche Einigung finden, aber meine Söhne, zumindest einige von ihnen, sind ganz eindeutig meiner Kontrolle entwachsen! Danataja, ich werde dir etwas anvertrauen, aber es muss unter uns bleiben, zumindest heute noch!«

»Du weißt doch, dass du mir vertrauen kannst.«

»Mein Bruder, Esau – er will uns verlassen! Er und sein ganzes Gefolge werden nach Süden ziehen, bis nach Edom oder Moab, ich weiß nicht mehr genau, was er gesagt hat. Jedenfalls will er zu den Ismaeliten. Ich habe versucht, es ihm auszureden, aber ...«

»O Himmel! Ausgerechnet zu den wilden Beduinenstämmen will er?«

»Er fühlt sich bei ihnen zu Hause. Eine seiner Ehefrauen ist eine Tochter des Ismael. Der alte Mann ist natürlich nicht mehr so umtriebig wie früher, aber er gilt immmer noch als der unumstrittene Herrscher in dieser Gegend. Und Esau ist ganz nach seiner Art geschlagen! Wild und ungestüm und immer auf seine Unabhängigkeit bedacht. Kein Wunder, dass die beiden sich stets gut verstanden haben.«

Nachdenklich lief Jakob einige Schritte auf und ab und blieb dann wieder vor ihr stehen. »Wir haben ja nicht nur Schwierigkeiten mit den Hevitern, Danataja! Mit ihnen könnte ich auch ohne Esaus Unterstützung fertig werden, wenn ich nur meine

Söhne zur Vernunft bringen kann. Aber ich habe vor einigen Tagen Nachrichten von Laban erhalten. Der Bote hat berichtet, dass ...«

»Ich weiß«, unterbrach sie ihn.

»Du weißt es schon?«, fragte er erstaunt.

»Darüber wollte ich auch mit dir sprechen, Jakob. Ich ... ich habe den Boten kennen gelernt, den Laban zu dir gesandt hat.«

»Ah ja? Haschum heißt er, nicht wahr?«

»Das ist sein Name«, erwiderte Danataja. »Er ist Witwer und hat einen Sohn, der nur wenige Jahre älter ist als der meine. Und er ist einsam. Genau wie ich!«, fügte sie nach kurzem Zögern hinzu.

»Ich verstehe. Weißt du denn mehr über ihn?«

»Nein, nur das, was er mir bisher erzählt hat. Aber ... er scheint sehr umgänglich. Ich meine, natürlich kann er mir Hadad nicht ersetzen. Aber wenn ich warte, bis jemand auftaucht, der Hadad gleicht, werde ich bis ins Greisenalter einsam sein, oder?«

»Das ist wohl wahr. Dieser Haschum, hat er sich dir eröffnet?«

»Nein. Aber wir haben lange miteinander gesprochen. Und er versteht sich gut mit dem Jungen.«

»Liebst du ihn denn?«, fragte Jakob.

»Nein, Liebe ist es wohl nicht. Aber ... ich habe ihn sehr gern. Weißt du, ich bin es gar nicht mehr gewöhnt, mit jungen Männern zu sprechen, die als Ehemänner für mich infrage kämen!« Ihr Tonfall hatte etwas fast Flehentliches. »Jakob, ich möchte keinen dieser Kanaaniter heiraten, als zweite oder dritte Ehefrau! Ich möchte noch nicht einmal die erste Ehefrau eines Mannes sein, der neben mir noch andere Frauen hat! Ich möchte einen Mann, der nur für mich da ist und ...«

»Ich verstehe dich gut«, sagte Jakob. Er strich ihr freundlich über das dunkle Haar, in dem sich schon einige graue Fäden zeigten. »Rahel und ich haben es in den letzten Jahren ganz genauso gehalten! Und ich hätte auch gar keine andere Frau genommen, wenn ihr Vater mich nicht gezwungen hätte, zuvor Lea zu heiraten!« Er zuckte hilflos mit den Schultern. »Lea war letztlich die Betrogene dabei. Sie hätte auch einen Mann verdient, der sie um ihrer selbst willen heiratet, nicht nur als Teil einer Abmachung. Ich habe ihr wohl nie genug geben können und vielleicht sind ja darum unsere gemeinsamen Söhne und, wie mir zu Ohren gekommen ist, auch unsere Tochter Dinah, so ... so missraten! Ich habe mich nicht genug um sie gekümmert, genauso wenig wie um die Söhne von Bilha und Silpa! So habe ich wohl auch ihre Schwächen mit zu verantworten!« Jakob blickte nachdenklich in die Ferne. »Aber der kleine Joseph! Und das zweite Kind, das Rahel bald gebären wird! Bei ihnen werde ich versuchen, ein wenig von meinen Versäumnissen wieder gutzumachen!«

»Du solltest vorsichtig sein mit derartigen Versprechungen«, fiel Danataja ein. »Man könnte sie dir als ungerechte Bevorzugung auslegen!«

»Oh, das hat man schon getan! Und ich kann die Verbitterung meiner Söhne durchaus spüren. Aber wie kann ich denn anders? Mein Sohn Joseph – er ist etwas ganz Besonderes! So wie der kleine Ben-Hadad!«

»Nun, das ist nicht verwunderlich, sie wurden unter dem gleichen Stern geboren, am gleichen Ort noch dazu!«

Jakob drückte ihre Hand. »Ja, so werden wir immer verbunden sein, durch unsere Söhne!« Er schwieg wieder nachdenklich. »Danataja, möchtest du, dass ich Erkundigungen über diesen Haschum einhole? Ich könnte jemanden nach Damaskus und Kadesch entsenden, sobald sich die Dinge hier beruhigt haben. Ich weiß nicht, ob es überhaupt etwas über ihn herauszufinden gibt, aber wenn es dir bei deinen Entscheidungen hilft, werde ich es gerne tun!«

»Ich danke dir!«, erwiderte Danataja. Sie stellte sich auf die Zehenspitzen und küsste ihn auf die Wange. »Ich weiß wohl, dass es eigentlich nicht zu deinen Aufgaben gehört, dich derart um meine Angelegenheiten zu bemühen ...«

»Das ist doch Unsinn!«, unterbrach Jakob sie. »Ich werde immer Zeit für dich erübrigen. Du solltest niemals zögern, mich anzusprechen, wenn du einen Wunsch hast, denn ich bin sehr froh und dankbar, dass jemand wie du sich um Rahel kümmert in dieser schweren Zeit.« Er bemerkte wieder den besorgten Ausdruck in ihrem Gesicht. »Und ich werde versuchen, einen Weg zu finden, damit wir nicht so schnell abreisen müssen. Viele Möglichkeiten habe ich nicht. Aber ich kann versuchen, noch einmal mit Esau zu sprechen!«

Als er sich jedoch am Nachmittag aufmachte, um seinen Bruder aufzusuchen, musste er feststellen, dass ein Teil der Karawane bereits aufgebrochen war. Sein Bruder Esau, so wurde ihm gesagt, hatte mit der Vorhut als einer der Ersten das Lager verlassen. Er, Jakob, war nun allein in Kanaan, allein mit seinen ungebärdigen Söhnen, umgeben von Nachbarn, die sich zum Kampf gegen ihn rüsteten. Und, so wurde ihm plötzlich mit Schrecken bewußt, mit der heranrückenden Bedrohung durch die Nomadenheere …

III

Wenig später machte sich Jakob auf den Weg zu Rahels Zelt, das oben auf einem Hügel lag. Auf dem Weg dorthin grüßte er immer wieder, wie es von einem Patriarchen seines Standes erwartet wurde, Verwandte, Freunde und Händler, die im Lager zu Gast waren. Es war in dieser Position ausgesprochen wichtig, allen Mitgliedern der Gemeinschaft Aufmerksamkeit und Anerkennung gleichermaßen zukommen zu lassen. Doch an diesem Tag gelang es ihm lediglich, den Schein zu wahren, denn in Gedanken war er mit anderen Dingen beschäftigt.

Oben auf dem Hügel angekommen, blieb er stehen und warf einen Blick auf das Lager zu seinen Füßen. Im Süden konnte er Esaus Leute erkennen, die ihre Zelte abbrachen und Lasttiere beluden. Wahrscheinlich würden sie in den frühen Morgenstunden aufbrechen und Esau auf dem gleichen Weg folgen.

Er blickte stromabwärts, dorthin, wo am Ufer des Jordans der Wald begann, ein undurchdringliches Dickicht, das eine natürliche Grenze bildete. Höchstwahrscheinlich hatten Esau und seine Männer den Weg über den Hügelkamm gewählt, um auf einer der Karawanenstraßen nach Süden zu marschieren.

Im sanften Nachmittagslicht bot das Tal einen lieblichen Anblick. Wie hatte er sich in all den Jahren im Exil in diese Gegend zurückgesehnt! Oft war es ihm als einer der schrecklichsten Schicksalsschläge erschienen, aus dem Land der Väter vertrieben worden zu sein. Und nun, da er zurückgekehrt war nach Kanaan, in die angestammte Heimat? Den erhofften Frieden hatte ihm die Rückkehr nicht gebracht, stattdessen war er umgeben von Feindseligkeit, fühlte sich einsam und bedrückt.

Wo nur habe ich so schrecklich gefehlt, Herr und Gott meiner Väter?, fragte er stumm.

Es schien ihm noch gar nicht lange her, seit er vor dem Zorn seines Schwiegervaters Laban und der drohenden Zerstörung der Stadt Haran durch die Nomadenkönige nach Süden geflohen war. Damals war ihm in einem befremdlichen Traum das Angesicht von El-Schaddai erschienen, des einen Gottes, an den sein Volk glaubte, und eine ganze Nacht lang hatte er mit jenem Gott gehadert ... Doch in den frühen Morgenstunden wurde ihm prophezeit, dass er, Jakob, der Stammvater eines großen Volkes sein sollte, der Begründer einer Dynastie von Königen, Herrscher über das Land, das Abraham vor langer Zeit geschenkt worden war. Und Gott hatte ihm auch einen neuen Namen gegeben: Israel. Der, der beständig ist in Gott!

Jakob schloss die Augen. So viel hatte man ihm und seinen Ahnen schon abverlangt, damit sie sich das Recht auf dieses Land der göttlichen Verheißung auch verdienten. Abraham hatte seine Männer von jenem Urgroßvater des Hadad namens Belsunu von Babylon bewaffnen lassen, um den Krieg gegen den König von Elam zu gewinnen. Dann sollte Abraham das Leben seines Sohnes Isaak opfern. Standhaft im Glauben an El-Schaddai hätte Abraham, trotz seiner übergroßen Liebe zu dem so spät im Leben noch gezeugten Sohn, sein Kind beinahe getötet, hätte sein Gott ihn nicht im letzten Augenblick zurückgehalten und ihn wissen lassen, dass auch diese Aufgabe zu den Prüfungen seiner Glaubensstärke gezählt hatte.

Und Jakob selbst? Was hatte El-Schaddai ihm abverlangt? Schon oft hatte er sich diese Frage gestellt, seit er zu Laban nach Haran gegangen war. Vielleicht hatte ihn der einzige Gott tatsächlich zum Stammvater eines bedeutenden Geschlechts gewählt, doch die Mutter sollte wohl mesopotamischer Abstammung sein, und darum mußte er nach Norden ziehen. Und tatsächlich hatte Jakob unter den Frauen in Haran seine Liebe gefunden. Es war Rahel, die große und einzige Liebe seines Lebens, doch der Preis, den er zahlen mußte, war sehr hoch gewesen. Rahels Vater Laban hatte von ihm nicht nur einen hohen

Brautpreis verlangt, sondern auch, dass er zuvor Rahels Schwester Lea ehelichte. In tiefe Schulden hatte er sich gestürzt, um diesen Verpflichtungen gerecht zu werden.

In den Jahren danach hatte er mit Lea zehn Söhne gezeugt, doch keinen mit Rahel, seiner großen Liebe. Reuben, Simeon, Levi, Juda, Issachar und Zebulun, alle waren seine Söhne von Lea. Den Gepflogenheiten in Haran entsprechend, hatte er auch den Dienerinnen beigewohnt und Bilha, die eine und Sklavin seiner Frau Rahel, hatte ihm Dan und Naftali geboren, die andere, mit Namen Silpa, die der Schwester Lea diente, den Söhnen Gad und Ascher das Leben geschenkt. Erst sehr spät, in einem Alter, das bereits als gefährdend für das Leben der Mutter galt, war auch Rahel schwanger geworden und hatte einen Sohn, den kleinen Joseph, geboren, den er so liebte. Und nun war Rahel erneut schwanger und Jakob bangte täglich um ihr Leben.

Er bemühte sich, diese Befürchtungen zu vergessen, aber auch jeder andere Gedanke, dem er sich zuwandte, war von ähnlich bedrohlichen Befürchtungen gefolgt. Seine Söhne, die Kinder Leas, die längst im Mannesalter standen, wie hatten sie ihm nur solche Schande bereiten können, noch dazu in einer so schweren Zeit? Und wie konnte Esau ihn alleine lassen, wohl wissend, wie dringend der Bruder seiner Unterstützung bedurfte? Warum nur …

Nein! Jakob schüttelte energisch den Kopf, verärgert über seinen offensichtlichen Kleinmut. Mit diesen Gedanken belastet wollte er Rahel nicht gegenübertreten. Bei ihr musste er stark und zuversichtlich sein, auch wenn die Furcht in seinem Herzen überwog.

Rahel war vor das Zelt getreten und erblickte ihren Mann, der in Gedanken versunken in das Tal hinausblickte. Hocherfreut ging sie auf ihn zu, behutsam einen Fuß vor den anderen setzend, denn die fortgeschrittene Schwangerschaft machte es ihr schwer, auf unebenem Grund das Gleichgewicht zu halten. Liebevoll rief sie ihn an: »Jakob!«

Jakob ging ihr entgegen und schloss sie behutsam in die Arme. »Jakob«, sagte sie noch einmal und lehnte sich vorsichtig an ihn. »Mein lieber Jakob!«

»Wie geht es dir?«, fragte er besorgt. »Du siehst so schmächtig aus! Hast du auch genug gegessen?«

»Du solltest dir nicht zu viele Sorgen um mich machen, Jakob! Seit Urzeiten haben wir Frauen Kinder bekommen und …«

Jakob setzte an, sie zu unterbrechen, doch dann besann er sich eines Besseren, aber der kurze Blick in seine Augen hatte sie zum Schweigen gebracht. »Nun, wenn du es sagst! Dann muss wohl auch ich der Weisheit und dem Wohlwollen des Herrn vertrauen!«

»Das musst du auch«, stimmte sie zu. »Ist es wahr, dass Esau uns verlässt? Man hat erfolglos versucht, alle Gerüchte dieser Art von mir fern zu halten.«

»Er ist sogar schon fort, Rahel! Ich hatte gehofft, ihn zum Bleiben überreden zu können, aber er ist immer noch genauso dickköpfig, wie er schon als kleiner Junge war!«

»Das bedeutet sicher, dass wir uns auch bald aufmachen müssen, nicht wahr?«

Jakob blickte sie erstaunt an. »Wie kommst du darauf, dass wir nun ebenfalls …«

»Ach, Jakob!«, meinte sie lächelnd und griff nach seiner Hand. »Uns bleibt doch gar keine andere Wahl nach dem Unheil, das deine Jungen angerichtet haben. Es wird schon gut gehen, Jakob!«

»Wird es das?«, meinte Jakob bitter. »Wenn wir fliehen müssen, jetzt, so kurz bevor du gebären wirst?«

»Mir wird nichts geschehen. Der Herr beschützt mich.«

»Aber es ist nicht recht, dich dieser Gefahr auszusetzen! Meine Söhne hätten niemals …«

»Sie haben getan, was sie für richtig hielten!«, unterbrach sie ihn. »Auch wenn du nicht mit ihnen übereinstimmst!«

»Es scheint, als hätte ich keinerlei Einfluß mehr auf ihre Handlungsweisen!«

»Jakob, deine Söhne sind erwachsene Männer! Die meisten von ihnen zumindest. Und sie haben ihre eigenen Vorstellungen. Alles Leben ist doch dem Wandel unterworfen.«

»Das ist es ja gerade, Rahel!«, erwiderte er und ließ ihre Hand los. »Seit der Zeit, als unsere Vorväter die Stadt Ur verließen, haben wir nur deshalb überdauert, weil wir uns nicht verändert haben! Nur die Beibehaltung der alten Bräuche und Lebensweisen hat uns immer wieder gerettet. Wenn wir weiterhin nach Art der Väter leben und stark im Glauben an El-Schaddai bleiben, des einen Gottes, der uns aus dem Zweistromland bis hierher ins Gelobte Land führte, nur dann werden wir ein starkes Volk bleiben. Doch wenn wir zögerlich werden und vom rechten Wege abweichen, mit diesen Veränderungen, von denen du sprichst, dann wird auch ...«

»Ich verstehe sehr gut, was du meinst, Jakob. Und dennoch, deine Söhne haben ihr eigenes Verständnis dieser Zusammenhänge. Sie glaubten, die Familie zu verteidigen, als sie gegen diejenigen vorgingen, die die Ehre ihrer Schwester beleidigt hatten. Und sie haben die Gegner zur Annahme des Glaubens an El-Schaddai gezwungen, bevor sie zum Schwert griffen. Ich heiße nicht gut, was sie getan haben, aber sie haben sicher in dem festen Glauben gehandelt ...«

Jakob unterbrach sie mit einer ärgerlichen Handbewegung. »Dessen bin ich mir wohl bewußt, Rahel! Doch nicht jedes Opfer für El-Schaddai findet Gnade in den Augen des Einen Gottes. Du kennst die Legende von Kain und Abel, den Söhnen der ersten Frau und des ersten Mannes des Menschengeschlechts. Manchmal verweigert El-Schaddai die Annahme von Opfern! Und der Glaube an den Einen Gott sollte auch niemals erzwungen werden!«

»Das verstehe ich wohl. Doch ... was wirst du nun tun?«

»Ich weiß es nicht. Ich werde mit den Jungen reden müssen. Den Jungen!«, schnaubte er verärgert. »Du hast ja so Recht! Sie sind längst erwachsen. Und ich habe es offensichtlich nicht verstanden, sie zum gerechten Handeln anzuleiten. Nun, dann werde ich es eben jetzt lernen müssen! Übrigens habe ich Boten ins Lager der Heviter und auch zu den anderen Nachbarn entsandt, um die Konflikte friedlich zu lösen. Ich werde alles daran setzen, durch Verhandlungen eine Lösung zu finden! Ob mir Erfolg beschieden sein wird, kann ich beim besten Willen nicht vorhersagen. Auch ist es in diesem Lande immer recht kriegerisch zugegangen zwischen den einzelnen Familienverbänden! Nur ein so bedeutender Mann wie mein Großvater Abraham hat es vermocht, die Parteien friedlich zu vereinigen.« Er schüttelte den

Kopf. »Wenn ich nur ein wenig mehr nach seiner Art geschlagen wäre und …«

»Hab Vertrauen, Jakob!«, meinte Rahel. »Es wird alles zu einem guten Ende kommen. Du darfst nur den Glauben daran nicht verlieren!«

Fünf der sechs Söhne Leas hatten sich auf einem Hügel zusammengefunden, der oberhalb der Straße von Beth-Schan nach Jericho lag. Simeon, als ältester unter den anwesenden Brüdern, sprach als Erster. »Juda, du wolltest mir berichten, was mit dem Boten geschehen ist, den Vater zu den Hevitern entsandt hat …«

»Wo steckt denn Reuben?«, unterbrach ihn Zebulun, der jüngste der fünf.

Simeon warf ihm einen finsteren Blick zu. »Das weißt du genauso gut wie ich, wozu also die Fragerei?«

»Dieser Narr!«, mischte sich nun auch Levi ein. »Dieser unglaubliche, gedankenlose Narr! Ich kann es nicht fassen, dass mein Bruder dazu fähig ist!«

»Ich dachte, das wäre ausgestanden?«, mischte sich nun auch Issachar ein. »Er macht also immer noch weiter? Herr im Himmel!«

Simeon brachte seine Brüder mit einer Geste zum Schweigen. »Wahrscheinlich irren wir uns. Oder es gibt tatsächlich bald einen Familienzwist, wie wir ihn noch nie zuvor erlebt haben! Auf jeden Fall müssen wir dafür sorgen, dass es niemand erfährt. Vor allem Vater nicht!« Er schwieg, um seinen Worten Nachdruck zu verleihen. »Und in der Zwischenzeit müssen wir zusehen, dass unser Bruder keine weiteren Dummheiten macht!«

»Ist es dafür nicht ein wenig zu spät?«, fragte Levi.

»Sicher ist es das. Aber wir sollten uns zumindest darum bemühen, ihn zur Vernunft zu bringen, bevor alles noch schlimmer wird. Ich hoffe, dass die Probleme mit den Hevitern und ihren Verbündeten ihn anderweitig beschäftigen werden.«

»Wo du gerade die Heviter erwähnst …«, meldete sich Juda erneut zu Wort.

»Ja doch, sprich!«, meinte Simeon. »Wir haben dich vorhin unterbrochen! Was hast du erfahren können?«

»Es sieht nicht gut aus! Vaters Bote kann froh sein, wenn er mit heiler Haut zurückkehrt. Ich ... nun, ich kenne da eine Frau in Succoth. Sie arbeitet in der Taverne, ich meine, sie ...«

Levi unterbrach ihn lachend. »Nun hör sich das einer an! So jung und hat schon ein Mädel in der Stadt!«

»Schweig still!«, ermahnte ihn Simeon. »Was hast du sonst noch erfahren, Juda?«

»Nun ...«, Juda warf seinem Bruder Levi einen verärgerten Blick zu. »Sie hat ein Gespräch mitbekommen, zwischen zwei Verwandten des Hamor. Wie es scheint, haben sich die Heviter verbündet, um uns aus Kanaan zu vertreiben. Oder zumindest aus dem Jordantal.« Er blickte Simeon besorgt an. »Sie hat auch gesagt, sie hätten bereits genügend Männer versammelt! Vier- oder fünfmal mehr, als wir zur Verteidigung aufbringen könnten, vor allem jetzt, da Esau und seine Sippe uns verlassen haben!«

Simeon nickte und schwieg nachdenklich. Dann fragte er in die Runde: »Hat einer von euch einen Vorschlag?«

»Es gibt nur eine Lösung«, meinte Levi mit Nachdruck. »Wir müssen ebenfalls nach Süden ziehen, und zwar so schnell wie möglich! So wie die Dinge stehen, können wir uns hier nicht entsprechend verteidigen. Wäre Esau noch hier, sähe es vielleicht anders aus! Aber wenn die Heviter uns schon zahlenmäßig mehrfach überlegen sind, ganz zu schweigen von ihren Verbündeten? Nein, da gibt es nur diese eine Möglichkeit!« Er warf einen Blick in die Runde, doch keiner der Anwesenden konnte oder wollte ihm widersprechen.

»Dann ist es also beschlossene Sache. Wir ziehen nach Süden! Und wohin dort?«, fragte Simeon.

»Bis nach Hebron, sollte ich meinen«, erwiderte Levi. »Dorthin, wo Großvater mit seinen Leuten lebt! Er hat dort viele Verbündete, die uns helfen können, wie zum Beispiel der Klan des Mamre. Das sind immer gute Kämpfer und loyale Verbündete gewesen. Sie werden uns nicht im Stich lassen, ganz gleich, was geschehen ist!«

»Da könntest du Recht haben«, pflichtete ihm Juda bei.

»Ich stimme euch ebenfalls zu«, meinte auch Simeon. »Es könnte sehr wohl sein, dass wir auf dem Weg nach Süden einen Ort finden, der günstig für ein neues Lager scheint. Aber bis wir so einen Ort finden, ist Hebron unser Ziel! Und dann ...«

»Simeon«, unterbrach ihn Issachar. »Wir stimmen hier über Entscheidungen mit großer Tragweite ab und tun so, als hätte Vater da nicht auch noch ein Wort mitzureden!«

Simeon und Levi sahen sich an und der ältere der Brüder hob an: »Nun, er ...«, unterbrach sich dann jedoch. Alle Brüder aber hatten seinen Satz in Gedanken zu Ende gesprochen: Er hat kein Wort mitzureden. Wir entscheiden, was zu tun ist!

Schweigend standen sie einen Moment beieinander, denn allen war die Ungeheuerlichkeit dieses Gedanken bewusst geworden. Schließlich waren auch die Söhne Jakobs in der Tradition des unbedingten Gehorsams gegenüber dem Patriarchen erzogen worden, der jedes Wort ihres Vaters zum Gesetz erklärte. Simeon starrte seinen Bruder Issachar wütend an, aber keiner sagte ein Wort.

Schließlich brach Zebuluns Knabenstimme das Schweigen der Brüder: »Wir werden ihm unseren Vorschlag als wichtig und bedeutsam unterbreiten«, meinte er. »Und als die beste von verschiedenen Möglichkeiten. Dann wird er uns zustimmen müssen!«

»Das durchschaut er doch sofort!«, meinte Levi abwehrend.

»Das kann er ja auch«, erwiderte Zebulun. »Aber er wird auch einsehen müssen, dass wir Recht haben! Außerdem wollte er schon vor langer Zeit nach Süden reisen, um unseren Großvater Isaak zu besuchen, denn der wird auch nicht jünger, und wer weiß, wann er stirbt! Es ist Vater bestimmt wichtig, an seiner Seite zu sein, wenn es mit Großvater zu Ende gehen sollte!«

»Das ist wohl richtig«, stimmte Levi zu. »Aber was ist mit Rahel? Sie wird schon sehr bald niederkommen und die Reise könnte für sie gefährlich werden. Das wird Vater niemals zulassen!«

Simeon warf erneut einen besorgten Blick in die Runde. »Ihm bleibt gar keine andere Wahl, Brüder! Jetzt, wo Esau und seine Männer uns nicht mehr unterstützen können!«

Unterhalb der Furt, die den Nebenfluss des Jordans durchquerte, hatte ein Wasserfall über lange Jahre einen natürlichen Teich in den Fels gegraben. In der Dämmerung kamen die Vögel und anderes Getier dort zur Tränke. Solange der Fluß genügend Wasser führte, bildeten sich oberhalb des Teiches lebhafte Strudel zwischen den Felsbrocken, die dann im kräftigen Strahl über die Kante stürzten und das Wasserbecken mit einem Teppich von Schaum verzierten.

Schon oft war Mehir, der Sklave des Jakob, am Abend nach getaner Arbeit hierher gekommen, um die Tiere bei der Tränke zu beobachten, und auch an diesem Abend hatte er sich zu der Lichtung oberhalb des Wasserfalls aufgemacht. Als er auf den Teich hinunterblickte, entdeckte er mit Schrecken zwei splitternackte Gestalten, die sich fest umschlungen hielten. Sein Mund stand weit offen und unwillkürlich hatte er die Hand aufs Herz gelegt.

Wenn mir jemand davon berichtet hätte, ich hätte ihm keinen Glauben schenken wollen, dachte er entsetzt. Wie können sie es nur wagen, sich derart über Sitte und Anstand hinwegzusetzen?

Er wollte den Blick beschämt abwenden und musste doch noch einmal hinsehen. Der junge Mann war von schlanker Gestalt, muskulös und sonnengebräunt.

Die vollbusige Frau in seinen Armen zählte mindestens das Doppelte an Jahren, obwohl sie ihre Anmut keineswegs verloren hatte. Nur wenige graue Strähnen blitzten in dem dunkeln Haar, das ihr, vom Bade im Teich naß und glänzend, bis auf die Hüften herabfiel.

Mehir schloss die Augen. Er kämpfte mit widersprüchlichen Gefühlen. Musste er Jakob nicht unverzüglich hiervon in Kenntnis setzen? Oder war es doch ratsamer, dafür zu sorgen, dass er es auf keinen Fall erfuhr?

Gleich nachdem er ihrer ansichtig geworden war, hatte er die beiden erkannt. Die Frau hieß Bilha, sie war Sklavin und Dienerin der Herrin Rahel und Mutter zweier Söhne des Jakob mit Namen Dan und Naftali, und der junge Mann war niemand anderer als Reuben, der erstgeborene Sohn Jakobs.

IV

Die Nachtluft war mild und warm und die Sterne am klaren Himmel hatten einen leuchtenden Teppich über das Firmament gebreitet. Danataja und Haschum hatten sich nach der Abendmahlzeit zusammengefunden und sahen nun den Kindern Joseph und Ben-Hadad zu, die einträchtig miteinander spielten.

»Dein Sohn und der Sohn des Jakob!«, meinte Haschum und schüttelte erstaunt den Kopf. »Sie spielen so friedlich miteinander, als seien sie Zwillinge! Man möchte kaum glauben, dass sie nicht einmal miteinander verwandt sind.«

Danataja lächelte. »Manchmal denke ich, sie sind es. Nicht in der üblichen Weise, aber Ben-Hadads Vater hat Jakob stets sehr nahe gestanden, mehr als Jakobs eigene Söhne! Zumindest war es bisher so, denn der kleine Joseph bedeutet Jakob sehr viel! Fast schon zu viel, wenn ich es recht bedenke.«

Haschum wollte ihre Hand ergreifen, aber sie ließ es nicht zu, was Haschum jedoch nicht zu entmutigen schien. »Man sollte Kinder niemals zu sehr verwöhnen«, meinte er. »Schon gar nicht, indem man sie anderen vorzieht. Und erst recht nicht, wenn es sich dabei um den Erstgeborenen handelt.«

Sie blickte ihn nachdenklich an. »Ich hatte schon fast wieder vergessen, dass du ja auch Vater bist! Wie heißt dein Sohn? Schamir, nicht wahr?«

»Ja, das ist sein Name«, erwiderte Haschum. »Er ist einige Jahre älter als dein Ben-Hadad, und während meiner Abwesenheit lebt er bei meinem Bruder und seiner Frau in Kadesch.« In fast feierlichem Tonfall fügte er hinzu: »Man trägt eine große Verantwortung mit einem Kind. Ich habe mich oft gefragt, ob ich dieser Aufgabe gewachsen bin, wo der Junge doch ohne Mutter aufwachsen muss!« Haschum schüttelte den Kopf und starrte eine Weile wortlos ins Feuer. »Meine Frau starb kurz nach der Geburt des Jungen, ich glaube, das habe ich dir ja schon erzählt. Das Fieber ...«

»Armer Haschum!«, unterbrach ihn Danataja mitfühlend. Sie beobachteten die beiden Jungen, die mit aller Kraft versuchten, einen Ast aus dem Boden zu ziehen, der zur Hälfte unter einem großen Stein feststeckte. Der kleine Joseph verlor als erster den Halt und landete unsanft auf dem Gesäß. »Du bist gewiss manchmal sehr einsam«, wandte sich Danataja wieder an Haschum. »Wart ihr euch sehr nah, du und deine Frau?«

»O ja«, erwiderte Haschum. »Manchmal mache ich mir große Vorwürfe. Ich war jung und dumm und habe viel zu wenig

Zeit an ihrer Seite verbracht. Meine Geschäfte schienen mir damals umso vieles wichtiger. Nach ihrem Tode hatte ich mir geschworen, nie wieder einen Menschen, der mir nahe steht, zu vernachlässigen. Und jetzt? Jetzt sitze ich hier, viele Tagereisen von meinem Sohn entfernt, und er wird von der Frau meines Bruders versorgt!«

Danataja legte Haschum für einen kurzen Moment die Hand sachte auf den Arm. »Du solltest dir keine Vorwürfe machen«, meinte sie freundlich. »Wir leben in schwierigen Zeiten. Und für einen Städter wie dich ist es nicht leicht, den Lebensunterhalt zu verdienen. Ich weiß, wie das ist. Ich bin in Haran aufgewachsen, wie ich dir erzählte. Dort war es auch nicht einfach. Nur durch Jakobs freundliche Aufnahme in seine Sippschaft und natürlich auch das Geld, das Hadad mir vermacht hat, kann ich einigermaßen sorglos leben. Aber sonst? Wahrscheinlich hätte ich Ben-Hadad auch zu fremden Menschen in Pflege geben müssen.«

Haschum seufzte und wandte sich wieder den Kindern zu, die nun miteinander um den Ast kämpften. Ohne sich durch ihre lautstarken Proteste hindern zu lassen, löste er die kleinen Hände der Jungen von ihrem Spielzeug und warf es in hohem Bogen in die Dunkelheit. »Ich möchte nicht, dass ihr euch daran verletzt, so ein Zweig kann recht gefährlich sein, wenn man sich darum rauft!« Dann griff er in die Tasche seines Umhangs und reichte jedem der Jungen eine reife Dattel. »Hier ist etwas anderes für euch!« Er lächelte zufrieden, als beide Kinder eifrig nach den Früchten griffen. »Sie erinnern mich so sehr an Schamir! Er würde deinen Sohn bestimmt gerne kennen lernen. Meine Schwägerin ist schon älter und ihre Söhne sind bereits selbst verheiratet, da ist der Junge oft recht einsam.«

Danataja sah ihn an, schwieg jedoch. Es war, als suche sie eine Antwort in seinen Augen, wolle einen Blick in die Tiefe seiner Seele erhaschen. Und sie dachte: Ich sollte es nicht tun. Aber eine andere Stimme widersprach: Du bist so einsam. Genau wie er! Und für den Jungen wäre es auch gut, wenn ein Mann im Hause wäre.

Für den Jungen? Nein, sie war es, die sich nach männlicher Gesellschaft sehnte! Sie bemerkte sein ermunterndes Lächeln, den immer noch schüchternen Zug um den Mund. Er weiß auch, was es heißt, den geliebten Menschen zu verlieren. Er hat die gleichen Schmerzen erlitten wie ich! Wir könnten einander trösten …

Haschum hatte den Blick wieder abgewandt, doch seine Hand tastete nach der ihren und diesmal zog sie sie nicht wieder zurück.

»Dort kommt er!«, rief Juda. Er beobachtete, wie Jakob sich einen Weg durch das niedrige Gestrüpp bahnte und schließlich in den Lichtkreis des Lagerfeuers trat. Juda erhob sich und begrüßte ihn: »Wir haben dir etwas zu sagen, Vater!«

Jakob blieb stehen und sah ihn zornig an, so dass sein Sohn betreten den Blick senkte.

»Das ist gut so!«, meinte Jakob. »Denn ich habe euch auch etwas zu sagen! Aber … wer fehlt in eurer Runde? Gad und Ascher sind wohl bei den Herden, nehme ich an. Und Naftali und Dan auch?«

»Ja, Vater«, antwortete Levi und wich unwillkürlich einen Schritt zurück, als er den Zorn in Jakobs Augen bemerkte.

»Wo ist Reuben?«

»Äh … ich bin mir nicht sicher, aber …«

»Schon gut!«, fiel ihm Jakob ins Wort. »Es sind genug von euch hier versammelt. Ich nehme an, ihr wisst, in welcher Lage wir uns befinden, nach allem, was ihr in Sichem angerichtet habt?«

»Erwartest du etwa, dass wir uns rechtfertigen?«, fuhr Simeon aufgebracht dazwischen. »Das werde ich auf gar keinen …«

Jakob hob ungeduldig die Hand. »Da kann ich dir nur beipflichten! Jetzt ist gewiss nicht die Zeit für eine Erörterung eurer Taten! Später vielleicht, wenn wir die Probleme gelöst haben, vor denen wir im Augenblick stehen.« Er warf einen Blick in die Runde. »Ihr wolltet also mit mir sprechen? Ich kann mir schon vorstellen, worüber. Wahrscheinlich glaubt ihr, mich davon überzeugen zu können, dass ich unserer Flucht in den Süden zustimme, oder?«

Levi konnte seinem Vater immer noch nicht in die Augen sehen. »Ja, Vater«, meinte er. »Es ist doch der einzig richtige Weg! Aber … aber woher wusstest du …«

»Ich weiß eben einige Dinge mehr als ihr in eurer allwissenden Überheblichkeit!«, erwiderte Jakob. »Und ich habe von unseren Freunden, den Hevitern, eine Art Botschaft erhalten.«

»Eine Botschaft von den Hevitern?«, fragte Simeon. »Also hat der Läufer, den du ausgesandt hattest, doch eine Nachricht mitgebracht?«

»Nicht ganz so, wie du meinst«, erwiderte Jakob bitter. »Man könnte sagen, der Bote selbst verkörperte die Nachricht. Sie haben ihn schrecklich zugerichtet, er konnte nicht einmal mehr aufrecht nach Hause reiten. Sie haben ihn auf einen Esel gebunden und zurückgeschickt!« Jakob spuckte ins Feuer. »Er hat mit Mühe gerade noch so lange durchhalten können, um mir bei seiner Ankunft halbtot in die Arme zu sinken und mir mitzuteilen ...« Er hielt inne und warf Simeon und Levi, den Anführern des Überfalls auf die Stadt Sichem, einen vernichtenden Blick zu. »Lange genug, um mir mitzuteilen, dass die Behandlung, die er erfahren hatte, auf alle Mitglieder unseres Lagers, Männer, Frauen und Kinder, gleichermaßen wartet!«

»Diese verdammten Bastarde!«, rief Levi aufgebracht. »Ich hätte ...« Er schwieg und sein Zorn wich plötzlich der Bestürzung. »Lange genug durchgehalten, um dir ...? Du meinst, er ist tot? Nebat von Beth-Schan? Er lebt nicht mehr?«

Juda starrte seinen Bruder mit offenem Mund an. »Er war der Bote? Er hat ... er hat mir beigebracht, nach Art der Moabiter zu reiten. Ich wusste ja gar nicht, dass er ...«

Jakob sah seine Söhne der Reihe nach an. »Nebat ist tot!«, bestätigte er dann. »Und seine Frau und seine Kinder haben den Ehemann und Vater verloren. Und das, weil ihr, meine eigenen Söhne, den Frieden im Lande gebrochen und Männer erschlagen habt, denen ich mein Wort gab! Dank eurer verruchten Taten musste ein aufrechter Mann sterben, und mein Wort, das in den letzten zwei Jahren Gesetzeskraft besaß, hat jegliche Glaubwürdigkeit in den Ländern nördlich des Salzmeeres verloren! Mein Name ist entehrt und ...« Wieder warf er einen Blick in die Runde. »Wo steckt Reuben? Er ist genauso schuldig wie ihr und sollte all dies mit anhören!« Aber Jakob war zu aufgebracht, um die Betretenheit in den Gesichtern seiner Söhne zu bemerken. »Nun, das macht auch keinen Unterschied. Ich werde später mit ihm alleine sprechen müssen. Aber dies ist das Gebot der Stunde: Wir werden nach Süden ziehen. Sagt es euren Frauen und Sklaven und bereitet alles für einen baldigen Aufbruch vor. Und noch etwas, Simeon …«

»Ja, Vater«, sagte Simeon ein wenig kläglich.

»Verdoppele die Wachen an den Lagergrenzen! Du und Levi, ihr seid verantwortlich für diese Aufgabe. Wenn es irgendjemandem gelingen sollte, unerkannt das Lager zu betreten, werdet ihr dafür büßen! Habt ihr mich verstanden?«

Simeon biss sich auf die Lippe und konnte doch nicht den Blick heben, um seinem Vater in die Augen zu sehen. »Ich … ich habe verstanden«, sagte er leise.

»Das ist auch gut so«, meinte Jakob. »Und denkt daran, dass Eile geboten ist! Wir werden aufbrechen, sobald die Sonne nach dem morgigen Tag aufgeht! Und ich erwarte Reuben in meinem Zelt, so schnell wie möglich!«

Simeon blinzelte heftig und schaffte es dann doch, den Kopf zu heben und seinen Vater anzusehen. »J-ja, Vater!«

»Das gefällt mir schon besser!«, erwiderte Jakob. »Aber … was ist das da an deinem Arm? Hast du das von einem Mädchen geschenkt bekommen?« Er streckte die Hand aus, schnell und unberechenbar wie der Biss einer Schlange, und ergriff das Handgelenk seines Sohnes. Im Licht des Lagerfeuers betrachtete er das Armband des jungen Mannes. »O Gott meiner Väter!«, rief er entsetzt aus. »Abbilder von Götzen! Goldschmuck zu Ehren des Gottes Baal! Darum also hat der Herr seine segnende Hand von uns genommen! Wer von euch trägt außer ihm noch solch verwerflichen Tand mit sich? Nun?« Entsetzt musste er feststellen, dass auch die anderen Söhne Schmuckstücke von der Art trugen, wie er sie am Arm des Simeon entdeckt hatte.

Er stieß einen unterdrückten Schrei aus und ließ angewidert die Hand seines Sohnes los. »Vernichtet den Schmuck! Nehmt den Tand vom Körper, als wäre er heiß und brennend, so wie er aus der Hand des Goldschmiedes kam! Ihr dürft keinen Augenblick länger das Angesicht des El-Schaddai mit diesen Götzenbildern beleidigen!«

Beschämt gehorchten die Söhne und häuften Armbänder, Finger- und Ohrringe zu seinen Füßen auf. Jakob hatte die Arme vor der Brust verschränkt und beobachtete sie eine Weile voller Verachtung, bevor er wieder das Wort ergriff. »Jetzt geht zu euren Frauen und Kindern und gebietet auch ihnen, diesem schändlichen Treiben ein Ende zu bereiten. Kein Stück dieser heidnischen Verirrung darf noch in unserem Besitz sein, wenn wir aufbrechen. Wir müssen in Hast und unter großer Gefahr reisen und nur der Segen des Einen Gottes kann uns vor größerem Schaden bewahren! Und er wird uns verlasssen, wenn wir weiterhin heidnischen Götzendienst leisten! Ich weiß, dass ihr diese Gegenstände nur zum Schmuck tragt, dass sie euch nichts bedeuten, aber wenn ihr sie auf dem Marsch in den Süden weiterhin bei euch habt, so werdet ihr uns allen den sicheren Tod bringen, so wahr ich hier stehe! Habt ihr mich verstanden?«

»Ja, Vater«, meldete sich eine klare Stimme aus der hinteren Reihe. »Aber wir könnten doch das Gold wenigstens verkaufen, um ...«

»Wir dürfen uns an diesen Götzenbildern nicht bereichern!«, unterbrach ihn Jakob in einem Ton, der keinen Widerspruch duldete. »Wir werden die Schmuckstücke stattdessen vergraben, an einer Stelle, wo es jeder sehen kann. Sollen doch unsere Feinde sie wieder ausgraben und sich den Zorn El-Schaddais zuziehen. Wir werden auch nicht das kleinste Stück mit uns nach Süden nehmen! Versteht ihr? Kein Stück!«

»Ja, Vater!«, erwiderte der mittlerweile geläuterte Simeon.

»Denkt also daran, dass wir uns beeilen müssen! Wir werden fast ununterbrochen marschieren. Nur in Bethel wird es eine kurze Rast geben, damit ich El-Schaddai dort ein Opfer bringen kann, denn dort hat er zu mir gesprochen, als wir auf dem Weg nach Haran waren. Vielleicht wird er nach dieser Reinigung gnädig sein und noch einmal zu mir sprechen, um mir zu sagen, was ich tun soll.« Er blickte sich erneut um. »Warum ist Reuben immer noch nicht hier? Wo steckt er überhaupt?«

»Ich ... ich weiß nicht!«, erwiderte Simeon und warf Levi einen besorgten Blick zu, sobald Jakob ihnen den Rücken gekehrt hatte.

Schnell verbreitete sich die Nachricht vom bevorstehenden Aufbruch überall im Lager, und als die Sonne am nächsten Tag ihren höchsten Stand erreicht hatte, wussten alle von den jüngsten Plänen Jakobs. Bei der schlichten Lebensart in der Gemeinschaft des Jakob gab es nicht viel Besitztum, das man für den Marsch nach Süden aufwendig hätte verpacken müssen, und dennoch hatten die Frauen und Männer alle Hände voll zu tun mit den Vorbereitungen. Am frühen Nachmittag berief Jakob unter der großen Eiche vor den Trümmern der zerstörten Stadt Sichem eine Versammlung ein, um ohne besonderen Aufwand, aber mit großem Ernst die Götzenbildnisse des Baal zu vergraben, die seine Söhne eingesammelt hatten, während auf den umliegenden Weiden die Hirten ihre Herden zusammentrieben.

Danataja hatte am Nachmittag die Kinder in der Obhut der Magd Silpa zurückgelassen, um Rahel zu besuchen. Die Magd Bilha schien verschwunden zu sein. Wenig später sprach Danataja bei Jakob vor, der von einem Hügel aus die Vorbereitungen für den Aufbruch am Morgen überwachte und mit seinen Söhnen über die Route sprach.

»Jakob«, wandte sie sich ohne Umschweife an den Patriarchen. »Ich mache mir große Sorgen um Rahel, sie ist nicht stark genug für die Anstrengungen des Marsches!«

Jakobs Blick war hart und unbewegt. »Das weiß ich wohl! Mein Herz ist voller Angst um sie. Aber ich kann nicht anders handeln!« Er machte eine abwehrende Handbewegung. »Und was ist mit dir? Wirst du nun mit uns nach Süden ziehen? Wenn du uns verlässt, kann ich dich nicht weiter beschützen!«

»Dessen bin ich mir wohl bewusst, Jakob! Und ich will dir nichts vormachen! Ich kann nicht mit in den Süden gehen. Diese ganze Lebensart ... ich bin in der Stadt aufgewachsen, in einem festen, aus Stein erbauten Haus. Du und die Deinen, ihr seid an dieses Leben gewöhnt. Aber ich ... Und außerdem bin ich hier sehr einsam! Einsamer als je zuvor in meinem Leben! Und jetzt, da ich endlich wieder einem Manne begegnet bin, der ...«

»Du sprichst von dem Boten aus dem Norden?«, fragte Jakob. »Ich habe seinen Namen vergessen ...«

»Haschum ist sein Name«, erwiderte Danataja und schlug die Augen nieder.

»Ja, richtig, Haschum! Und er will dich wirklich heiraten? Er ist nicht nur auf ein kurzes Vergnügen aus?«

»Ich ... ich hatte nicht den Eindruck. Allerdings besitze ich keine große Menschenkenntnis und ...« Sie blickte ihn ein wenig hilflos an, als wolle sie ihn bitten, die Entscheidung an ihrer Stelle zu treffen. »Ach, Jakob, ich weiß nicht, ob es richtig ist! Ich weiß nur, wie schrecklich einsam ich bin! Und Haschum hat einen Sohn, der die Mutter verloren hat, und er braucht eine Frau, die ihm hilft, sein Kind zu versorgen. Auch ist er wie ich in der Stadt groß geworden und so verstehen wir uns gut.«

Jakob blickte sie nachdenklich an. »Ich denke an eine Weisheit meiner Vorfahren, die besagt, dass keine Entscheidung so drängend sein kann, dass man sie nicht besser noch einmal überschlafen sollte! Und denke bitte auch daran, Danataja, dass Rahel jetzt mehr denn je deiner Hilfe bedarf. Wenn du wenigstens noch so lange bei ihr bleiben könntest, bis das Kind ...«

»Aber Jakob, Rahel hat doch alle Unterstützung, die sie braucht!«, unterbrach sie ihn. »Zwei deiner Sklavinnen sind erfahrene Hebammen, die Dutzenden von Kindern auf diese Welt verholfen haben! Ist es da wirklich vonnöten, dass auch ich ...«

»Natürlich können die Sklavinnen ihr beistehen!«, erwiderte Jakob. »Aber mit dir verbindet Rahel freundschaftliche Gefühle, die sie den Sklavinnen gegenüber nicht hegt. Sie braucht dich, Danataja! Sie hat doch sonst niemanden auf der Welt außer mir! Ich bitte dich, bleib zumindest noch bei uns, bis sie ...«

»Gut, ich bleibe«, sagte sie ein wenig traurig. »Haschum werde ich sagen, dass er eben noch warten und mit uns in den Süden ziehen muss. Wenn er dazu nicht bereit sein sollte, kann ich zumindest Klarheit über meine Entscheidungen gewinnen.«

In der Dämmerung des nächsten Tages versammelten sich die Söhne Jakobs mit all ihren Angehörigen und Sklaven am Fuße eines Hügels und richteten den Blick auf den Patriarchen, der von der Hügelkuppe aus das Treiben beobachtete. Simeon und Levi hatten ihre Pferde neben dem des noch schläfrig wirkenden Reuben gezügelt und Simeon bemerkte nun auch die roten Ränder um die Augen seines Bruders. »Du übertreibst es, Reuben!«, meinte er mit rauer Stimme. »Es wird wahrhaftig Zeit, dass du mal wieder früher zu Bett gehst!«

»Was er dir sagen möchte, Bruder Reuben«, fiel Levi ein, »ist, dass du dringend mehr Schlaf brauchst! Mit dem Zubettgehen hast du ja wohl keine Probleme!«

»Kümmere dich um deine eigenen Angelegenheiten, Kleiner!«, knurrte Reuben erbost.

Simeon griff nach den Zügeln in Reubens Hand und zog ihn näher zu sich heran. »Es geht nicht mehr nur um dich, Bruder! Diese Flucht in den Süden birgt eine Menge Gefahren, auch ohne deine Probleme! Halte dich fern von ihr, hast du mich verstanden?«

Reuben funkelte ihn zornig an. »Verdammt sollst du sein ...«

»Du hast gehört, was er gesagt hat!«, unterbrach ihn Levi. »Mit einem alleine kannst du es vielleicht aufnehmen, aber wir sind immerhin zu zweit, um dich von ...«

»Nicht nur zu zweit! Wir sind unserer fünf!«, fiel Simeon ein. »Und wenn einer von uns oder Vater dich mit ihr zusammen entdecken sollte, solange wir auf dem Weg nach Süden und ständig in Gefahr sind, so gnade dir Gott! Und wenn wir mit dir fertig sind, kannst du dich auf eine Auseinandersetzung mit Dan und Naftali gefasst machen! Also, bleib weg von ihr! Hast du mich verstanden?«

Reuben starrte die beiden Brüder nacheinander an, ohne ein Wort zu sagen. Dann nickte er stumm.

Jakob ließ es sich nicht anmerken, ob er die hitzige Auseinandersetzung zwischen seinen Söhnen verfolgt hatte. Er lauschte dem unruhigen Muhen der Kühe, das gelegentlich von einem Schafsblöken unterbrochen wurde. Nach einem letzten Blick in Richtung Norden hob er den Schwertarm hoch über den Kopf und ließ ihn dann fallen. Die Menge unter ihm ließ ihre lautstarke Zustimmung hören und setzte sich in Bewegung. Die Flucht in den Süden hatte begonnen.

Kapitel 4

I

Die Frontlinie im Norden erstreckte sich von Alalach bis zur Küste, doch seit fast einer Woche hatten dort keinerlei Kampfhandlungen mehr stattgefunden. Die Armee von Ebla, die sich einem zahlenmäßig weit überlegenen Gegner unter Führung des Nomadenkönigs Boghos stellen musste, hatte die Zeit mit Kampfübungen und Aufmärschen verbracht, um nicht in Lethargie zu versinken. Joram von Tyrus bemühte sich, Zeit zu gewinnen, denn noch immer hatte er weder Verstärkung für seine Truppen noch neue Waffen erhalten. Vor allem auf die neuen Eisenschwerter, die der Meister des Waffenschmiedens, Kirta von Haran, für die Soldaten herstellen sollte, hatte der Heerführer große Hoffnung gesetzt.

Vom Gipfel der Anhöhe, die er als Beobachtungsposten gewählt hatte, konnte Joram von Tyrus, trotz der nicht unerheblichen Entfernung, die Zelte der Nomaden auf der anderen Seite des Tales deutlich erkennen. »Ist der Läufer aus Ebla schon zurückgekehrt?«, fragte er.

Jasarum, sein Schwertträger, schüttelte den Kopf. »Nein! Aber man hat ihn entlang der Strecke gesichtet. Er wird schon recht bald hier eintreffen.«

»Das hoffe ich«, erwiderte Joram. »Obwohl ich mir schon denken kann, wie die Antwort lautet! Keine Verstärkung, denn die Stadtväter haben Angst, die Kampfkraft der städtischen Garnison zu verringern!«

»Aber sie müssten doch wissen, wie es um uns steht!«, bemerkte Jasarum. »Jetzt, nachdem die Hethiter sich zurückgezogen haben, können die Nomaden ihre gesamte Kampfkraft an dieser Front einsetzen und …«

»Ich weiß, ich weiß«, unterbrach ihn Joram, ohne den Blick vom gegnerischen Lager abzuwenden. »Jeder Abschnitt auf der Bahn der Sonne bringt uns dem nächsten Angriff näher! Und irgendwie werde ich das Gefühl nicht los, dass wir keinen Tag mehr mit Warten zubringen müssen!«

»Aha«, bemerkte Jasarum. »Der alte Soldateninstinkt, nicht wahr?«

»So ist es!«, erwiderte der Armeeführer. »Das gleiche Gefühl wie damals vor den Mauern von Mari, als ich Oschijahu vor dem Gegenangriff warnte. Vor dreißig Jahren habe ich mir damit eine Auszeichnung verdienen können, aber heute ...«

»Das Wagnis ist ein anderes?«, fragte Jasarum.

»Das wohl kaum! Jede Schlacht ist ein Wagnis! Aber die Chancen ...« Er zog besorgt die Stirn in Falten und ließ den Blick wieder zum gegnerischen Lager schweifen. »Lassen wir das! Ich glaube, dort kommt endlich der lang erwartete Bote aus Ebla!«

Die beiden Männer beobachteten schweigend den Läufer, der seit drei Tagen unterwegs gewesen und nun erschöpft am Fuße des Hügels angelangt war. Joram von Tyrus war als strenger, unnachgiebiger Heerführer bekannt, und diesen Ruf konnte und wollte er keinesfalls aufs Spiel setzen, indem er einem Untergebenen entgegenging. Stattdessen erwartete er den Mann in Feldherrenpose, mit vor der Brust verschränkten Armen. Keuchend und nach Atem ringend blieb der Läufer schließlich vor den beiden Männern stehen.

»Hasala ... melde mich zum Bericht«, brachte er endlich schnaufend hervor. »Ich bringe Euch die ergebensten Grüße Seiner Majestät, des königlichen Herrschers Ar-Ennum, sowie der ehrwürdigen ...«

»Vergiss die Höflichkeitsfloskeln, Soldat!«, unterbrach ihn Joram. »Was ist der Kern deiner Botschaft?«

»Nun ... äh ... Seine königliche Majestät bedauert, aber man kann auf den Schutz durch die Garnisonstruppen nicht verzichten. Seine Majestät ...«

»Habe ich es dir nicht gesagt?«, bemerkte Joram mit grimmiger Befriedigung in Richtung seines Schwertträgers. Dann wandte er sich wieder an den Boten: »Was ist mit den Waffen? Bekommen wir zumindest die versprochenen Schwerter?«

»Das ... das betrifft die zweite Botschaft, die ich Euch übermitteln soll«, brachte der Läufer atemlos hervor. »Kirta von Haran ...« Er schwieg und warf dem Heerführer einen ängstlichen Blick zu.

»Nun rede schon!«, forderte ihn Joram auf.

»In der Stadt geht das Fieber um und Kirta von Haran ist auch daran erkrankt. Die Schmiedewerkstätten wurden geschlossen, solange ...«

»Ihr gnädigen Götter!«, rief Joram aus. »Die Werkstätten geschlossen! Und das in dieser Lage? Ich werde ...« Er schwieg mit grimmiger Miene. »Hast du noch weitere Nachrichten?«, meinte er dann höhnisch. »Vielleicht hat es ja ein Feuer im Palast gegeben? Oder Seine Majestät wünscht, dass ich ihm Verstärkung in die Stadt schicke? Oder ...«

»Nein, Herr, es gibt keine weiteren Nachrichten.«

Joram wandte sich ab. Über die Schulter hinweg sprach er den Boten noch einmal an. »Das ist alles. Du hast deine Pflichten erfolgreich erfüllt! Geh und lass dir deine Verpflegungsration geben! Sobald du wieder zu Kräften gekommen bist, wirst du meine Antwort nach Ebla tragen müssen!« Dann wandte er sich erneut an seinen Untergebenen: »Keine Verstärkung! Keine neuen Waffen! Wie soll ich uns denn so verteidigen, wenn die Nomaden ...« Er brach mitten im Satz ab und starrte angestrengt ins gegnerische Lager hinüber, als wäre ihm just in diesem Moment etwas aufgefallen, was er zuvor nicht bemerkt hatte.

Jataras Gesicht war blass und ihre Miene besorgt, als sie Nikos die Tür öffnete. »Komm herein!«, begrüßte sie den Griechen. »Ach, Nikos, ich bin so froh, dass du gekommen bist!«

»Wie geht es ihm?«

»Immer noch nicht besser! Die Bettstatt ist in Schweiß getränkt und er wirft sich unruhig von einer Seite auf die andere und verlangt nach Wasser. Und, Nikos, er erkennt mich nicht mehr! Stattdessen ruft er ständig nach dieser anderen Frau!«

»Nach Tallai, seiner Gattin?«, fragte Nikos.

»Nein. Er ruft nach der anderen, nach Xena!« Sie wischte sich die Tränen aus den Augen. »Er will nichts essen, obwohl er immer schwächer wird. Und er hat sehr hohes Fieber!«

Nikos verzog grimmig das Gesicht. »Es hilft nichts«, murmelte er, schob nachdenklich die Unterlippe vor und schüttelte den Kopf. »Jatara! Wir müssen fort von hier! Die Stadt wird untergehen! Es gibt keinerlei Hoffnung mehr!«

Jatara starrte ihn mit offenem Mund an. »Aber ... Nikos! Man hört doch überall in den Basaren ...«

»Es ist mir gleich, was man in den Basaren erzählt! Ich habe täglich mit den Soldaten zu tun und deshalb weiß ich auch genau, wie es um Ebla steht! Das Nomadenheer ist mittlerweile den Truppen des Joram von Tyrus um das Sechsfache überlegen! Das Sechsfache, Jatara!«

Sie starrte ihn immer noch ungläubig an. »Aber ... aber mein Haus, alles, was mein Mann mir hinterlassen hat ...«

»Das Haus musst du verkaufen! Und wenn das nicht gelingt, musst du es eben aufgeben! Versuche so schnell wie möglich, deinen gesamten Besitz in Gold umzutauschen und bereite dich und die Jungen auf eine lange Reise vor! Es geht um euer Leben, Jatara! Deines und das der Kinder! Wir befinden uns in größter Gefahr, wenn wir die Stadt nicht bald verlassen!«

»Aber ... jetzt, wo Kirta so krank ist ...«

Nikos nickte besorgt. »Wir können nur hoffen, dass er sich erholt hat, bis wir aufbrechen müssen. Wenn nicht, werden wir ihn tragen müssen!« Er ergriff ihre Hand und drückte sie beruhigend. »Ich gehe jetzt zu ihm! Denk daran, was ich dir gesagt habe! Du solltest die Jungen in die Obhut einer Nachbarin geben, damit du Zeit hast, dich um die Vorbereitungen für die Flucht zu kümmern. Versuche, deinen Besitz in Gold umzutauschen oder wenigstens in Silber!« Nikos wandte sich um und ging mit schnellen Schritten hinüber ins Krankenzimmer.

Entsetzt blieb er vor dem Bett stehen und blickte auf seinen ehemaligen Herrn und Besitzer herab. Mit weit aufgerissenen Augen starrte Kirta blicklos an die Decke, seine Lippen bewegten sich, ohne verständliche Worte zu formulieren, und es schien, als bestünde er nur noch aus Haut und Knochen.

Nikos trat noch näher an die Bettstatt und legte dem Kranken die Hand auf die schweißnasse Stirn. Bei den Göttern! Diese Fieberhitze! Es gab wohl kaum Hoffnung auf Genesung, wenn das Fieber nicht bald nachließ! Und wie sollte er einen Mann, der so schwer krank war, aus der Stadt hinausbringen, über schlechte Straßen und unwegsames Gelände, bis nach ...

Ja, wohin sollten sie denn eigentlich fliehen? Schobai war wohl inzwischen auf dem Weg zurück nach Ebla ... oder vielleicht doch nicht? In seiner letzten Nachricht hatte der blinde Schmied ihn wissen lassen, dass er nicht direkt von Tyrus und Byblos zurückkehren, sondern zuvor noch nach Arvad reisen wolle.

Arvad! Eine Inselstadt, deren einzige Verbindung zum Festland in einem schmalen Damm bestand, der noch dazu bei Hochwasser regelmäßig überflutet wurde. Auch bei Niedrigwasser war die Strecke beschwerlich, voller Löcher und Schwemmsandflächen, und eine feindliche Armee wäre zudem den Pfeilen der Bogenschützen schutzlos ausgeliefert! Und die Nomadenkönige hatten bisher nur zu Lande gekämpft und besaßen keine Kriegsflotte!

Nikos nickte erleichtert. Ja, sie würden nach Arvad fliehen. Natürlich konnte jede Stadt durch die rechte Art des Angriffs überwältigt werden, aber wenn es ihnen gelänge, sich auf die gut befestigte Insel zu retten, würde die besondere Lage der Stadt die Nomaden lange genug aufhalten, bis sie einen Ausweg gefunden hätten! Und von Arvad aus gab es rege Schiffsverbindungen in alle Teile der Welt. Sollte die Stadt tatsächlich bedroht sein, konnten sie sich von dort aus einschiffen, um am anderen Ufer des Großen Meeres Zuflucht zu suchen.

Doch zuvor mussten sie die Stadt über die Straße nach Süden verlassen. Sie würden Reit- und Lasttiere benötigen und wohl auch einen Wagen, um den schwer kranken Kirta mitzunehmen! Und äußerste Eile war geboten! Hier am Bett des Kranken konnte er nichts ausrichten, was ihnen nützen würde.

Er wollte dem Schmied zum Abschied einen letzten Blick zuwerfen und bemerkte, dass dieser ihn mit starrem Blick fixierte: »W-wasser …«, stammelte der Kranke mühsam. »Bitte … etwas zu trinken …«

Nikos ging hinüber zu dem großen Krug, der an der gegenüberliegenden Wand des Raumes stand, und schöpfte eine Kelle voll Trinkwasser. Der Fiebernde griff mit zitternden Händen nach dem Schöpflöffel und führte ihn an die aufgesprungenen Lippen. Vorsicht, mahnte sich Nikos, geh nicht zu nah ans Bett, sonst befällt dich auch das Fieber und du kannst niemandem mehr von Nutzen sein!

Kirta hatte ihm wieder den Blick zugewandt und seine Lippen bewegten sich unaufhörlich.

»Willst du mir etwas sagen?«, fragte der Grieche.

»Ja ... ja! Ich ... ich danke dir!« Die Stimme des Schmieds war wenig mehr als ein heiseres Flüstern und er ließ den Kopf mit dem schweißverklebten, wirren grauen Haar erschöpft in die Kissen zurücksinken.

»Du solltest schlafen! Das wird dir gewiss gut tun«, meinte Nikos und wollte sich schon abwenden. Doch der fragende Blick des Kranken hielt ihn zurück. »Weißt du, wer ich bin?«, wandte er sich noch einmal an den Schmied.

»Wer ... du bist?« Der Kranke starrte ihn an. »Nein ... nein, ich weiß nicht, wer du bist ... aber ich danke dir ... für den Trunk.«

Nikos erschrak heftig. Er trat näher an die Bettstatt heran und vergaß völlig seine Angst vor einer Ansteckung. »Du kannst dich nicht an mich erinnern?«

Der leere Blick des Kranken machte eine Antwort überflüssig.

»O ihr Götter im Himmel«, murmelte Nikos verzweifelt. »Nun, vielleicht kannst du mir sagen, wer du bist, mein Freund? Wie lautet dein Name?«

»Mein ... mein Name?«, erwiderte der Kranke.

»Ja, dein Name!«, wiederholte Nikos und griff verzweifelt nach dem verschwitzten und zerknitterten Hemd des Schmiedes, als könne er so die Erinnerung des Mannes wecken. »Wer bist du? Sag mir deinen Namen!«

»Mein ... mein Name ...«, stammelte der Kranke und starrte wieder blicklos an die Zimmerdecke. »Mein Name ... ist es ... ist es nicht sonderbar? Ich ... ich kann mich nicht daran erinnern.«

Die Truppen der Hirtenkönige griffen in den frühen Morgenstunden des nächsten Tages an, ganz so, wie Joram von Tyrus vorausgeahnt hatte. Eine Angriffswelle nach der anderen rollte auf die Stellungen der eblaitischen Soldaten zu und wurde vom Pfeilhagel der Verteidiger zurückgedrängt. An der westlichen Flanke der Verteidigungslinie kam es schon bald zu wildem Handgemenge in den Gräben und ein Teil des umkämpften Gebietes wurde mehrfach aufgegeben und zurückerobert, noch bevor die Sonne ihren höchsten Stand erreicht hatte.

Um die Mittagszeit befahl Joram den Angriff auf die Ostflanke des gegnerischen Heeres und es gelang den Kämpfern aus Ebla, die Feinde auf ihre ursprünglichen Positionen zurückzudrängen. Doch der nächste Angriff der Nomaden, diesmal auf die ausgedünnte mittlere Frontlinie gerichtet, brachte dem Nomadenheer nach erbitterten Gefechten den erhofften Durchbruch. In Panik begannen die Soldaten der Armee von Ebla vor der Übermacht des Gegners zu fliehen, warfen Waffen und Schilde von sich und rannten davon wie die Hasen. Zurück blieben die verzweifelten Befehlshaber der einzelnen Truppenkontingente, deren Flüche und Drohungen jedoch ungehört blieben und deren Standhaftigkeit gegen die heranstürmenden Horden nichts mehr auszurichten vermochte. Durch die Bresche in der Front ergoss sich ein schier endloser Strom von Angreifern, der die Fliehenden einholte und auch die übrigen Soldaten in den Gräben schnell überwältigte.

Auch Joram von Tyrus ließ in dieser letzten Verteidigungsschlacht sein Leben. Ein mächtiger Axthieb spaltete seinen Helm im Kampf gegen eine Überzahl an Gegnern und zwang ihn in die Knie. Gleich drei der Nomaden fielen über ihn her, um seinen Körper in Stücke zu reißen.

Blutüberströmt und vom Rausch des Sieges angespornt, machte sich das Nomadenheer auf in Richtung Ebla, denn nun war endlich der Weg in die so lang umkämpfte Stadt frei geworden. Zurück blieb das Schlachtfeld, über dem in der sengenden Nachmittagssonne die Geier ihre Kreise zogen.

II

»Sei doch kein Narr!«, meinte Abulaim, der Händler. »Das Haus ist doch mindestens das Doppelte wert! Wahrscheinlich mehr noch als das! Wenn sich die Situation auf dem Geldmarkt in spätestens einem Monat oder so wieder beruhigt hat ...«

Nikos griff nach dem Gewand des Mannes und zog ihn ungeduldig zu sich heran. »Nicht so laut!«, mahnte er mit einem Blick auf den Makler, der an einem der benachbarten Stände einen Tisch mit getrockneten Feigen inspizierte. »Jatara braucht das

Geld jetzt! Sie wird zu ihrer Schwester ziehen ... nach Damaskus. Hier in Ebla hat sie sich zu einsam gefühlt.«

»Einsam? Hab ich da nicht gerüchteweise vernommen, dass sie sich mit einem Schmied zusammengetan hat? Einem Mann, der aus Kreta stammt? Ich meine ...«

Nikos zuckte mit den Schultern. »So was geht eben nicht immer gut. Und du weißt ja, wie launisch die Frauen sind. Sie hat sich entschlossen, die Stadt zu verlassen, und damit hat sich's. Und da ist sie eben auch bereit, einen Verlust in Kauf zu nehmen. Hauptsache, sie bekommt den Kaufpreis in bar. In Gold oder Silber! Wir nehmen jedes vernünftige Angebot an, denn in dieser Hinsicht wird sie ihre Meinung nicht wieder ändern. Sie will auf jeden Fall verkaufen, ist das klar?«

Der Händler zuckte mit den Schultern. »Wenn du meinst. Aber ... was hast du überhaupt mit ihr zu schaffen? Du, ein Grieche? Machst du vielleicht da weiter, wo der Kreter aufgehört hat? Oder willst du dich an das Geld der Witwe heranmachen?«

»Nein, nein! Das nun ganz gewiss nicht!«, erwiderte Nikos ungeduldig. »Es ... es ist eine lange Geschichte. Wir ... wir sind entfernte Verwandte. Meine verstorbene Frau war eine Kusine von ihr.« Er lächelte nervös. »Und außerdem ... würde sie eine gute Ehefrau für einen Freund von mir in Damaskus abgeben. Er ist Witwer mit mehreren Kindern und ... vielleicht kennst du ihn sogar? Er ist ein angesehener Geldwechsler in Damaskus mit Namen ...«

»Ein Geldwechsler und angesehen?«, höhnte der Händler. »Und noch dazu in Damaskus?«

»Doch, doch«, beharrte Nikos. »Er ist keinesfalls so wie die anderen! Das Geschäft hat er von seinem Vater übernommen. Er ist verwitwet, hat mehrere Kinder und hätte gern wieder eine vollständige Familie. Glaube mir, er würde diese Frau sehr glücklich machen.«

»Ach ja?«, meinte der Händler. »Ihr Griechen seid doch alle gleich! Aber was soll's? Komm mit mir. Die Sonne steht schon hoch am Himmel und wir sollten versuchen, den Preis noch ein bisschen in die Höhe zu treiben, bevor der Makler uns übers Ohr haut!«

»Das wäre vielleicht nicht schlecht«, meinte Nikos, vergeblich mit der Ungeduld ringend. »Aber es eilt. Wenn er nicht versucht, den Preis zu drücken, werden wir das Angebot annehmen. Aber nur, wenn er sofort in bar bezahlen kann. Und versucht nicht, mir stattdessen irgendwelche Landoptionen als Bezahlung aufzuschwatzen! Was nützt der Witwe Land in Ebla, wenn sie sich in Damaskus niederlassen will?«

Nach dieser letzten Ermahnung hatten sie in kurzer Zeit den Handel mit dem Makler beschlossen, sodass Jatara nur noch vor Zeugen den Verkauf bestätigen lassen musste. Nikos machte sich auf den Weg, um mit den Anführern einer kleinen Handelskarawane zu sprechen, die sich bereits vor den Toren der Stadt gesammelt hatte. Doch das Ziel dieser Karawane war nicht das Handelszentrum Damaskus, sondern die Inselstadt Arvad.

Als sich am Nachmittag dunkle Wolken vor die Sonne schoben, nutzte Jatara die Gelegenheit, um sich auf dem luftigen Dach des Hauses ein wenig abzukühlen. Ihre Söhne saßen einträchtig in einer Ecke der großen Dachterrasse zusammen und beobachteten interessiert die vergeblichen Fluchtversuche eines Käfers, den sie kurz zuvor gefangen hatten. Jatara löste die Bänder ihrer Haube und schüttelte erleichtert ihr Haar im Wind. Erst dann bemerkte sie die ungewöhnlichen Geräusche, die von der Straße heraufdrangen: erregte Stimmen und hastige Schritte auf den umliegenden Gassen. Sie blickte zum Nachbarhaus hinüber und entdeckte ihre Nachbarin Beliniri, die sie mit zahnlosem Lächeln anstarrte. »Was wohl der Lärm zu bedeuten hat?«, fragte Jatara und ging hinüber zur kleinen Mauer, die rund um das Dach verlief.

»Ich weiß nicht recht«, erwiderte die Nachbarin. »Mir war so, als hätte jemand etwas von Soldaten gerufen! Wahrscheinlich hat nur wieder ein betrunkener Lanzenträger in einer der Schenken einen Streit angefangen! Doch ... warte!« Sie reckte sich nach vorn über die Brüstung. »Hast du das gehört?«

»Nein, was denn?« Jatara lehnte sich weit über die Mauer, konnte aber aus dem anschwellenden Lärm auf der Straße keine sinnvollen Worte heraushören.

»Da hat jemand gerufen, dass die Hirtenkönige kommen! Die Nomaden sind auf dem Weg hierher!«

»Ach, das ist doch nichts Neues!«, meinte Jatara unbesorgt. »Das habe ich in den letzten Wochen jeden Tag zu hören bekommen!«

»Ja, ja, ich auch, aber … scht!« Beliniri gebot ihr mit heftiger Geste zu schweigen. Als sie den Kopf erneut ihrer Nachbarin zuwandte, war das Lächeln verschwunden. Beliniri schien verwirrt und erschrocken.

»Ein … ein Bote ist in die Stadt gekommen. Direkt von der Front! Er sagt, die Nomaden hätten die Verteidigungslinie durchbrochen und seien auf dem Weg nach Ebla. Und … es gibt niemanden mehr, der sie aufhalten kann.« Verwundert schüttelte die alte Frau den Kopf. »Das … das kann doch nicht sein, nicht wahr? Die Stadtsoldaten in der Garnison im Süden, die werden uns doch sicher schützen können!«

Jatara spürte, wie ihr Herz schneller schlug. »Ja, sicher doch«, erwiderte sie und bemühte sich, so überzeugend wie möglich zu klingen. »Es ist gewiss wieder nur falscher Alarm! Du weißt doch, wie leicht man sich in der letzten Zeit über alles aufgeregt hat!« Doch die eigene Furcht konnte sie mit diesen Worten nicht bezwingen. Sie rief die Kinder zu sich und gemeinsam gingen sie ins Haus zurück. Es war allerhöchste Zeit, ihre Habe zusammenzupacken.

Der Vertreter des Stadtrates drückte das Siegel auf den weichen Ton der Tafel und hielt es eine Weile dort fest. »So«, meinte er dann befriedigt. »Damit solltet Ihr wohl …«

Just in diesem Moment stürmte ein Soldat in den Raum und unterbrach grob den Redefluss des Schreibers. »Hier seid Ihr also!«, rief der Eindringling aufgeregt. »Der Oberkommandierende muss unbedingt mit Euch sprechen!« Er warf einen Blick auf die Tontafel, die Nikos bereits in Händen hielt. »Was ist das? Eine Ausreiseerlaubnis? In diesen Tagen, wo wir jeden Mann zur Verteidigung der Stadt benötigen, da vielleicht schon bald ein feindlicher Überfall bevorsteht?« Er baute sich bedrohlich vor Nikos auf. »Das müsst Ihr mir erklären!«

»Nun, ich bin kein Bürger dieser Stadt«, erwiderte Nikos gelassen. »Ich bin Grieche und begleite die Kusine meiner verstorbenen Gattin nach Damaskus. Sie, ihre Kinder und … und einen

Freund von mir, der ... nun, der nicht mehr ganz richtig im Kopf ist, versteht Ihr?« Nikos blickte den Soldaten verständnisheischend an und zückte gleichzeitig seine Börse, die er zuvor schon um das reichliche Bestechungsgeld für das städtische Siegel des Schreibers erleichtert hatte. »Wir sind kaum Eurer Beachtung wert, glaubt mir.« Er zählte etliche der glänzenden Münzen ab und legte sie neben sich auf den Tisch, wo der Vertreter des Rates sie nicht sehen konnte. Den Blick unverwandt auf das Gesicht des Soldaten gerichtet, fügte er weitere Münzen hinzu. »Auch sind wir Inselbewohner keine großartigen Kämpfer und zudem bin ich ja auch viel zu alt, und wie ich schon sagte, mein Freund ist nicht ganz richtig im Kopf.«

Er wandte diskret den Blick ab und bemerkte wenig später mit Befriedigung, dass die Münzen verschwunden waren. »Sieht es denn wirklich so schlimm aus?«, fragte er unschuldig. »Ich war der festen Überzeugung, dass die tapferen Soldaten der Truppen von Ebla jedwede Gefahr von der Stadt abwenden könnten.«

»Natürlich können wir das!«, erwiderte der Soldat ausweichend. »Aber für friedfertige Menschen wie Euch ist es im Augenblick wahrscheinlich besser, sich nicht in der Stadt aufzuhalten!« Er wandte sich wieder dem Beamten zu und sprach leise und eindringlich auf den Mann ein. Nikos gestattete sich einen erleichterten Seufzer, verließ schnell und grußlos den Raum und trat hinaus auf die Straße.

Als Erstes bemerkte er mit Verwunderung die ernsten Gesichter der Vorübereilenden und wandte sich an einen Mann in seiner Nähe. »Verzeiht, mein Herr! Könnt Ihr mir sagen, was die Aufregung und Hast zu bedeuten hat?«

Der Mann blieb stehen und starrte ihn ungläubig an. »Ihr ... Ihr habt es noch nicht gehört?«

Nikos schüttelte den Kopf. »Nein, ich war ...«

Der Mann wollte weitergehen und antwortete hastig: »Die Nomaden! Der Himmel möge uns gnädig sein, sie sind auf dem Weg hierher!«

Nikos ergriff ihn am Gewand, um ihn festzuhalten.

»Die Hirtenkönige! Sie haben die Verteidigungslinie durchbrochen und unsere Armee vernichtend geschlagen!« Eine Gruppe von Flüchtenden riss den Mann mit sich fort und drückte

Nikos an die Wand des Gebäudes. Dann wurde er auch mit fortgerissen und konnte sich erst nach einer Weile in einen offenen Torbogen retten.

Panik begann in ihm aufzusteigen, als er aus dem Dunkel des Gemäuers auf die sonnenbeschienene Straße und die schier kopflos vorbeihastende, verzweifelte Menge blickte. Hunderte verzweifelter Menschen drängten in dichten Haufen, sich mit Armen und Beinen gegenseitig behindernd, fluchend, jammernd und schreiend in verschiedene Richtungen. O ihr Götter, wie soll ich nur nach Hause gelangen, fragte er sich. Er biss die Zähne aufeinander und versuchte, seine Gedanken zu ordnen. Dann drehte er sich abrupt um und betrat das Haus, in dessen Eingang er Zuflucht gefunden hatte. Durch einen finsteren Ladenraum tastete er sich bis an die Rückseite des Gebäudes und fand dort einen zweiten Ausgang, der ihn auf einen schmalen Durchgang entließ. Eine Ratte lief erschreckt über seine Füße und sprang davon. Nikos blickte sich um, auf der Suche nach einem Ausweg aus dem engen Hof.

Weiter unten bemerkte er einen Lichtschein zwischen den hohen Mauern und lief erleichtert darauf zu. Die schmale Gasse schien zu einem der Basare zu führen, aber welcher der vielen Marktplätze der Stadt mochte es wohl sein? In diesem Teil der Stadt war er noch nicht häufig gewesen und fand sich von daher nur notdürftig zurecht. Nun ja, dachte er und verlangsamte seine Schritte, wenn ich den Platz in südlicher Richtung überquere, müsste ich eigentlich …

Beeile dich! mahnte ihn eine innere Stimme und er sprang mit einem Satz auf die sonnenhelle Straße, nur um mit einem Mann zusammenzuprallen, der offensichtlich seine gesamte Garderobe zu einem Bündel zusammengeschnürt und auf den Rücken gepackt hatte. Nikos war als Erster wieder auf den Beinen und hastete ohne ein Wort der Entschuldigung davon. Schnell, schnell!, ermahnte er sich erneut und überquerte eilig den Platz, anderen Fliehenden geschickt ausweichend. Er musste die Mauern der Stadt hinter sich lassen, bevor die Tore verschlossen wurden.

Wie versteinert blieb er stehen. Kirta, Jatara und die Kinder! Wer sollte sich um sie kümmern? Er verfluchte sich, weil er wie ein Hase davongestürzt war, nur um seine eigene Rettung besorgt. Entschlossen wandte er sich um und lief eine schmale Gasse hinauf, die zu Jataras Haus führte.

Doch schon auf halber Strecke konnte er eine aufgebrachte Menschenmenge erkennen, die sich auf ihn zu bewegte und alle Hindernisse niederwalzte, die sich ihr in den Weg stellten. Nein, hier war kein Durchkommen! Er zögerte einen Moment. Dann huschte er in eine der Seitengassen, wandte sich erst nach rechts und bog dann nach links ab. In einem der umliegenden Gebäude war ein Feuer ausgebrochen, wahrscheinlich weil jemand den Küchenherd vor der Flucht nicht gelöscht hatte. Der Rauch der verbrannten Mahlzeit erschwerte das Atmen und trieb ihm die Tränen in die Augen. Weiter!, spornte er sich an.

Er wusste nicht, wie viel Zeit vergangen war, als er endlich die Straße erreichte, an der Jataras Haus lag. Die Eingangstür stand weit offen. Er blickte nach oben. Auch hier waren Rauchwolken zu sehen, die langsam das Blau des Himmels verdeckten. Die gesamte Straße lag bereits völlig verlassen da. Nikos Herz schlug ihm bis zum Halse. Wo mochten sie sich wohl …?

Nein, nun musste er doch erst einmal an sich selbst denken. Er konnte nur hoffen, dass es Jatara gelungen war, sich rechtzeitig in Sicherheit zu bringen, dass sie und die Kinder und auch Kirta sich bereits außerhalb der Stadtmauern befanden und auf dem Weg zum Versammlungsort der Karawane, den sie als Treffpunkt vereinbart hatten. Aber wie sollte er noch dorthin gelangen? Auf den großen Straßen hinunter zum südlichen Stadttor gab es kein Durchkommen, er hatte ja die Menschenmassen selbst gesehen, die allesamt auf der Flucht waren und sich gegenseitig behinderten. Es musste noch eine andere Möglichkeit geben. Wieder richtete er den Blick nach oben. Die Wachposten, die sonst dort oben patrouillierten, waren nirgends zu entdecken. In der Nähe bemerkte er eine steile Treppe, die auf die Mauerkrone führte. Wenn er dort hinaufstieg, könnte er vielleicht eine Möglichkeit finden, an der Außenseite der Mauer herabzuspringen oder -zuklettern. Mit hastigen Schritten eilte er auf die Stiege zu.

Endlich erreichte er die Mauerkrone. Von hier aus hatte er eine gute Aussicht auf die Straßen der Stadt wie auch auf das Gelände außerhalb der Mauern, wo sich die Zeltstadt befand.

Überall herrschte reges, tumultartiges Treiben. Innerhalb der Mauern mühten sich Tausende von Bürgerinnen und Bürgern, sich selbst, ihre Familien und ihre Habe in Sicherheit zu bringen, klammerten sich an wertvollen Besitz und versuchten verzweifelt, im immer dichter werdenden Gedränge vorzurücken auf die rettenden Stadttore.

Am südlichen Stadttor konnte er beobachten, wie die Wachsoldaten noch immer versuchten, die Menge zurückzudrängen. Als einer der Soldaten stolperte und zu Boden fiel, trampelte die Menge über ihn hinweg, als wäre er nur ein lästiger Stein auf dem Weg. Nikos schauderte und wandte den Blick zur anderen Stadtseite. Dort waren etliche Feuer ausgebrochen, wie es schien im Dagan-Viertel. Ja doch, dort drüben konnte er das Dagan-Tor erkennen. Normalerweise hätten die Feuerwachen der Stadt einen solchen Brand schnell gelöscht, denn überall gab es Brunnen, die auch ausreichend Löschwasser lieferten, aber nun schien auch dieses Viertel von seinen Bewohnern bereits verlassen worden zu sein und die Feuer konnten sich ungehindert weiter ausbreiten.

Nikos wandte den Blick über die Stadtmauer hinüber ins weite Tal. Auch im Lager der Armee herrschte emsiges Treiben. Größere Einheiten waren aufmarschiert und hatten sich wohl für den Marsch vorbereitet. Auf der uralten Straße, die über Damaskus ins Land Kanaan führte, waren bereits etliche hastig zusammengestellte Karawanen nach Süden aufgebrochen, um die dem Untergang geweihte Stadt so schnell wie möglich hinter sich zu lassen.

Dann entdeckte er auch die Wimpel der Karawane, die er für ihre Flucht ausgewählt hatte. Hastig lief er auf der Stadtmauer entlang, um die Menge der Reisenden und Lasttiere in Augenschein zu nehmen. Und schließlich glaubte er auch Jatara entdeckt zur haben, denn sie trug wohl die unverwechselbare rote Haube. Eines der Kinder hatte sie auf den Arm genommen und führte den größeren Jungen an der Hand. Offensichtlich versuchte sie sich durch die Menschenmassen hindurch einen Weg zur Karawane nach Arvad zu bahnen.

Beunruhigt ließ Nikos den Blick über die Menge schweifen. Panik stieg wieder in ihm auf. Doch dann kletterte er entschlossen auf die Brüstung der Stadtmauer und begann, ungeachtet der Absturzgefahr und mit Fingern und Zehen nach kleinen Vorsprüngen und Graten tastend, auf der anderen Seite hinunterzuklettern.

Schließlich stieß er sich von der Mauer ab und sprang das letzte Stück in die Tiefe, landete auch sicher und stürzte sich, ohne Atem zu holen, in die Menge. Mühsam kämpfte er sich voran in Richtung der Stelle, an der er Jatara zuletzt gesehen hatte, und entdeckte endlich auch wieder die rote Kopfbedeckung in der Menge. Wenig später schon war er an ihrer Seite. »Jatara!«, rief er erleichtert aus. »Ich habe gleich geahnt, dass du es bist, als ich deine rote Haube sah!«

»Ach, Nikos!« Sie setzte den jüngeren Sohn ab, fiel ihm um den Hals und legte den Kopf an seine Brust. »Ich hatte ja so furchtbare Angst! Als ich hörte, dass ...«

»Ich weiß! Aber wir müssen uns sputen, damit die Karawane nicht ohne uns loszieht. Ich konnte leider kein Bargeld vom Makler bekommen. Aber unter den gegebenen Umständen ist das vielleicht auch besser so, denn schon bald werden die Menschen sich gegenseitig umbringen, um an Geld zu kommen! Stattdessen habe ich einen Schuldschein erhalten, den wir in Damaskus einlösen können. Ich weiß nicht, ob er seinen Wert behalten wird, und ich ...« Nikos unterbrach sich mitten im Satz und blickte sich erschrocken um. »Kirta! Wo ist er?«

»Das wollte ich dir gerade sagen! Nikos, er ist verschwunden! Er ist aufgestanden, während ich Besorgungen machte, und hat das Haus verlassen. Ich konnte gerade noch die Kinder abholen, um aus der Stadt zu gelangen.«

Nikos' Herz schlug ihm immer noch bis zum Halse. Kirta, allein in den überfüllten Straßen der Stadt, ohne Verstand und im Fieberwahn ...! Wieder ließ er den Blick über die Menge schweifen, sah die Angst in den Augen jedes Einzelnen. Ob es Kirta noch gelungen war, die Stadt zu verlassen?

Er blickte zurück zu den mächtigen Mauern der einst so stolzen Stadt, die nun plötzlich bar jeder Verteidigung schien. Eine Rauchwolke stieg vom nahe gelegenen Tor auf. Das Feuer hatte sich anscheinend ausgebreitet und aus der Stadt selbst waren entsetzliche Schreie zu hören ...

Kapitel 5

I

Humpelnd quälte sich Djedi die Anhöhe hinauf und blieb dann, nach Atem ringend, stehen, um sich in der gleichförmig grünen Ebene zu seinen Füßen nach einem Orientierungspunkt umzuschauen. Er steckte endlich auch das blutverschmierte Schwert zurück in die Scheide und wischte sich mit der schmutzigen Hand den Schweiß von der Stirn und das Blut von der verletzten Braue.

Wo befand er sich bloß? Die Sonne stand schon tief zu seiner Rechten und würde bald hinter dem Horizont versinken. Das bedeutete auch, dass er etwa um eine Vierteldrehung von der ursprünglichen Marschrichtung abgewichen war. Er korrigierte seine Blickrichtung entsprechend und spähte angestrengt in die dämmrige Landschaft hinaus. Dort vorn, war das nicht das kleine Wäldchen am Hafen? Wo sie zuletzt noch ...

Er blinzelte heftig und wieder überkam ihn das schier unbezwingbare Gefühl von Verzweiflung. Ein Übelkeitsgefühl stieg ihm in die Kehle und er glaubte bittere Galle zu schmecken, doch sein Magen war leer und nur die Krämpfe schüttelten ihn eine Weile. Als er sich endlich wieder aufrichten konnte, durchzuckte ihn ein heftiger Schmerz in der flachen Leibwunde. Er fluchte und rieb sich erneut die Augen.

Immer schwerer fiel es ihm, das übermächtige Gefühl von Niedergeschlagenheit zu bekämpfen und sich zum Durchhalten zu ermahnen. Hör auf zu jammern!, schalt er sich. Jetzt ist nicht die Zeit, aufzugeben wie ein Feigling! Du hast dich übertölpeln lassen und nichts Besseres verdient als das, was dir widerfahren ist!

Und dennoch gab es keine Entschuldigung für sein Versagen und den Tod all seiner Soldaten, den Tod der Schüler und Lehrer der Schreiberschule und, was ihn am schmerzlichsten getroffen hatte, den Tod seines Freundes und langjährigen Wohltäters Indi.

Schon der Gedanke an diesen Verlust schmerzte weit heftiger

als alle Wunden und Blessuren, die er im Kampf davongetragen hatte. Der aufrechte und ehrenwerte Indi – dahingeschlachtet von elendem Pöbel, der nicht einmal dazu taugte, in die Sklaverei verkauft zu werden! Und nur wegen seiner, Djedis, unverzeihlichen Dummheit! Wie ein Anfänger war er in die Falle getappt, ohne einen Kundschafter vorauszuschicken!

Djedi schloss die Augen ... mehr als alles in der Welt wünschte er sich, einfach nur die Augen zu schließen und auszuruhen, neue Kräfte zu schöpfen und für eine Weile Vergessen zu finden. Doch das konnte und wollte er nicht zulassen. Entschlossen öffnete er wieder die Augen und blickte zum Fluss hinüber. Nach kurzem Zögern setzte er dann, leicht hinkend, seinen beschwerlichen Weg fort. Er hatte noch eine Pflicht zu erfüllen und die Tochter seines Freundes in Sicherheit zu bringen, denn dieses Versprechen an den ehrenwerten Indi wollte und musste er auf jeden Fall einlösen!

Wenig später schon tauchten im Dämmerlicht vor ihm die Umrisse des Bootshauses auf. Jeder Muskel in seinem müden Leib schmerzte und in seiner Beinwunde schien ein Feuer zu lodern, aber er zwang sich, alle Schmerzen zu ignorieren.

Noch einmal wandte er den Blick zurück. Der Abendhimmel erstrahlte in den prächtigsten Farben und die Sonne hatte sich in eine glühende rote Scheibe verwandelt. Bei allen Göttern! Schon in wenigen Augenblicken würde die Dunkelheit hereinbrechen. Spute dich, Djedi!, ermahnte er sich erneut. Du hast schon schlimmere Wunden als diese erlitten und bist doch wieder genesen, um von deinen Heldentaten erzählen zu können!

Er bahnte sich einen Weg durch das dichte Gestrüpp am Ufer und konnte endlich das Schiff sehen, das unweit der Anlegestelle noch immer vor Anker lag. Mit einem Blick hatte er die gesamte Szene erfasst. Die beiden bärtigen Gestalten am Bug des Schiffes, von denen einer aus einem Weinschlauch trank, die Leichen der beiden Wachsoldaten, die im Uferschilf trieben und die Tochter seines Freundes, deren Gewand an der Schulter einen großen roten Blutfleck aufwies, gaben beredte Auskunft über die Ereignisse der letzten Stunden. »Diese verdammten Hundesöhne haben sie umgebracht!«, murmelte er entsetzt.

Aber nein, just in diesem Moment hatte sie sich bewegt! Ihr

Fuß war mit einem groben Seil gefesselt. Sie haben also noch etwas vor mit ihr, dachte er grimmig und seine Miene verzog sich hasserfüllt.

Doch in diesem Augenblick schienen ihn seine Kräfte endgültig zu verlassen und er ließ sich erschöpft am Stamm einer Palme zu Boden gleiten. Er würde warten müssen, bis die Dunkelheit ihm Schutz bot vor den Blicken der Mörderbande.

Nur wenig später hatte einer der beiden bärtigen Männer eine Fackel entzündet und in die Halterung hoch über dem Decksaufbau gesteckt. Meret hatte die Männer schon ein Weile beobachtet und allen Göttern im Stillen gedankt, dass sich genügend Weinvorräte an Bord befanden. Wenn sie sich ganz ruhig verhielt, würden sie vielleicht annehmen, dass sie bereits tot war, oder noch besser, die beiden würden sie vergessen, während sie sich weiter betranken und der Rausch sie schließlich überwältigte. Wäre es vermessen, darauf zu hoffen, dass beide betrunken über Bord fielen und im flachen Wasser des Ufers ertranken?

Noch nie zuvor hatte Meret jemandem den Tod gewünscht, aber sie verspürte keinerlei Reue. Schließlich hatten die Männer die beiden Soldaten getötet und ihr die schmerzende Verletzung an der Schulter zugefügt. Allerdings war es nur eine Fleischwunde und ihr Kopf, den sie sich im Fallen gestoßen hatte, schmerzte weitaus heftiger. Und doch war das wohl erst der Anfang …

Was sie wohl mit ihr vorhatten? Ihr schauderte bei dem Gedanken. Im schwachen Licht der Fackel warf sie erneut einen Blick auf den verworrenen Knoten an ihrem Fußgelenk. Wenn es ihr gelingen könnte, die Fessel zu lösen, wäre es vielleicht möglich, im Schutz der Dunkelheit über Bord zu springen, sobald die beiden Männer betrunken genug waren, um sie nicht mehr zu beobachten …

Und dann? Wohin sollte sie sich wenden? Wie sollte sie den Weg in die Stadt zu ihrem Vater finden? Überall in der Gegend waren doch marodierende Horden unterwegs. Außerdem kannte sie sich in der Stadt nicht aus und war sich nicht einmal sicher, ob sie Indis Schule wiederfinden würde.

Sie wandte den Blick wieder den beiden Männern zu. Der größere der beiden war gewiss auch der gemeinere und gefährlichere. Sie hatte mit ansehen müssen, wie er den Soldaten Menkh zu Tode gequält hatte, um zu erfahren, welche Pläne der Rest der Truppe verfolgte. Und so schlimm die Qualen auch waren, die der Soldat erleiden musste, mehr noch hatte sie das Entzücken geschreckt, mit dem Kiku sein Messer wieder und wieder in den Leib des Mannes gestoßen hatte.

Sie schloss die Augen und versuchte vergeblich, die grausigen Bilder zu verjagen. Neben dem grausamen Kiku wirkte der hässliche Penu nur dumm und brutal. Für ihn war ein menschlicher Körper nichts anderes als ein Klumpen Fleisch, in das er sein Messer versenkte.

Ach, wenn sie doch nur größere Kräfte besäße! Mit ihren eigenen Händen würde sie die beiden erwürgen und ohne Zögern über Bord werfen!

Ihr schauderte und der Schmerz in der Schulter durchzuckte sie erneut. Die Pfeilspitze war kaum eingedrungen und doch trieb ihr der Schmerz die Tränen in die Augen. Ach, warum konnte sie nicht groß und stark sein wie ein Mann! Sicher ertrugen Männer solche Schmerzen mit Leichtigkeit ...

Wo nur Vater so lange blieb? Und Djedi und seine Soldaten? Warum nur kam ihr niemand zu Hilfe?

Das Geräusch tappender Füße auf dem Deck ließ sie unwillkürlich aufblicken. Kiku kam mit leicht schwankenden Schritten auf sie zu und noch bevor sie die Augen schließen konnte, um sich wieder bewusstlos zu stellen, hatte er ihren Blick bemerkt. O nein, dachte sie, nicht er, nicht dieser grausame Kerl ...

Aber plötzlich blieb er einen Schritt vor ihr stehen und warf ihr das Bündel zu, das er im Arm hatte. Sie zog erschrocken den Kopf ein, aber es war nur ein alter Umhang, den er irgendwo an Bord aufgestöbert hatte. »Zieh das an«, meinte Kiku unwirsch. »Es wird ziemlich kalt hier am Wasser.«

Erstaunt blickte sie ihn an und bemerkte, dass er, fast verschämt, den Blick abwandte.

»Nun mach schon!«, knurrte er. »Zier dich nicht so! Oder willst du erfrieren?« Noch immer konnte er ihr nicht in die Augen sehen, wandte sich ab und ging schwankend davon.

Merkwürdig! Welche bösen Geister vermochten es wohl, einen Mann in ein brutales Ungeheuer zu verwandeln, das in seinem Blutrausch schlimmer als jedes noch so wilde Raubtier war, und ihm hinterher so etwas wie ein Reuegefühl einzuflößen?

Ein leichtes Plätschern an der Seite ließ sie aufhorchen. Vorsichtig richtete sie sich ein wenig auf und spähte angestrengt in die Dunkelheit hinaus, konnte jedoch nichts erkennen.

Penu schien gar nichts mehr wahrzunehmen. Er hatte wohl dem Palmwein schon zu ausgiebig zugesprochen. Nun, das würde ihn vielleicht auch davon abhalten, sich ihrer zu erinnern. Trink, dachte sie zornig. Trink, bis dir übel wird und du an deiner eigenen Galle erstickst! Doch dann drehte sich der Mann plötzlich zu ihr um, und seine Augen funkelten böse und triumphierend, trotz seines leicht schwankenden Ganges, und zerstörte mit einem Blick all ihre Hoffnungen darauf, von den beiden vergessen worden zu sein. Die Furcht schnürte ihr erneut die Kehle zu, als er so vor ihr stand, die Hand an das Schwert gelegt, das er dem Soldaten Rensi noch abgenommen hatte, bevor er dessen Leiche über Bord warf.

In diesem Augenblick hörte sie Kikus Schritte an Deck. »Penu!«, rief der Mann seinen Kumpanen an. »Hast du …«

Just in diesem Moment blickte sie auf und sah noch, wie Kiku von hinten getroffen wurde. »Verdammter Hurensohn!«, fluchte er und drehte sich um. »Ich werde dich …«

Erschrocken richtete Meret sich auf und duckte sich hinter die Baumstütze, an die man sie gefesselt hatte. Kiku hatte sein gestohlenes Schwert gezückt und hieb auf einen Angreifer ein, dessen Gesicht sie jedoch nicht erkennen konnte. Auch Penu zog eilig sein Schwert und knurrte böse, als er sich den Kämpfenden näherte.

»Dir werde ich's zeigen!«, rief Kiku und hieb wild auf den Gegner ein. Doch der Fremde schien weitaus geübter im Schwertkampf und zwang den Banditen zum Rückzug. Jetzt endlich konnte Meret sein Gesicht sehen. Es war Djedi! Erschrocken und zugleich erleichtert griff sie sich ans Herz. Doch wo waren die anderen? Und wo war …?

Der Soldat hatte es jetzt mit zwei Gegnern zu tun, konnte Penus Klinge jedoch geschickt abwehren und verletzte ihn mit einem nachgesetzten Stoß. Penu heulte schmerzerfüllt, gab jedoch nicht auf. Es schien unmöglich, dass Djedi sich gegen beide lange zur Wehr setzen konnte, und doch … mit geschickten Hieben zwang er seine Gegner zum Rückzug!

Meret beobachtete besorgt und stolz zugleich den unfairen Kampf. Djedi war schon zuvor am Auge verletzt worden; noch konnte er sich behaupten. Auch an seinem Bein klaffte eine schreckliche Wunde. Mit einem kräftigen Hieb hatte Djedi auf Kikus ungeschützten Hals gezielt, doch der drehte sich im letzten Moment zur Seite und die Klinge verfehlte ihr Ziel. Penu nutzte die Gelegenheit und traf den Soldaten an der Brust. Blut schoss aus der Fleischwunde und Meret hielt erschrocken den Atem an.

»Nein!«, schrie sie entsetzt, Penu wandte den Kopf und Djedi nutzte diese Unaufmerksamkeit, griff erneut an und verletzte Penu so schwer am Bein, dass der sich zusammenkrümmte. Der Soldat setzte nach und verpasste ihm einen Hieb in die Leibesmitte, wehrte Kikus Angriff von der anderen Seite ab und stieß noch einmal zu, sodass Penu sein Schwert fallen ließ und leblos vornüber sackte.

Doch Kiku ließ nicht locker und trieb nun den Soldaten in den Rückzug.

Meret war aufgestanden und hatte sich den Kämpfenden wie gebannt Schritt für Schritt genähert, aber jetzt hatte sie das Ende ihrer Fußfessel erreicht und der plötzliche Ruck ließ sie vornüber stürzen. Verwirrt und erschrocken rappelte sie sich wieder auf und entdeckte neben sich Penus Schwert. Schnell ergriff sie die Klinge und machte sich daran, das kräftige Tau zu zerschneiden, das ihren Knöchel umschlang. Schon hatte sie sich befreit, ergriff das Schwert mit beiden Händen und eilte auf die Kämpfenden zu, um Djedi beizustehen. Gerade hatte Kiku seine Waffe erhoben, um dem geschwächten Soldaten den Todesstoß zu versetzen. Meret hob das Schwert hoch über den Kopf und traf mit Wucht Kikus Handgelenk, der die Waffe fallen ließ und gleich darauf von Djedi den Todesstoß erhielt. Ohne einen Laut sank der Mann zu ihren Füßen zusammen.

Meret blickte auf und sah den Soldaten an. Er war … bei den Göttern! So zugerichtet konnte er sich noch auf den Beinen halten? Die Wunde über dem Auge war wieder aufgesprungen und auf seiner Brust klaffte ein beängstigend großer Riss. Noch nass vom Bad im Fluss und gleichzeitig verschwitzt und blutüberströmt stand er da vor ihr, zitternd, mit vom Hass verzerrten Zügen und glasigem Blick, sodass sie ihn beinahe nicht erkannt hätte.

Doch dann entspannten sich seine Gesichtszüge und die starre, grausame Maske des Kriegers verwandelte sich wieder in das vertraute Antlitz ihres Beschützers. Sogleich befiel ihn allerdings ein starkes Zittern und er griff unwillkürlich nach der klaffenden Wunde an seiner Brust.

»M-meret ...«, brachte er stammelnd und mit rauer Stimme hervor und sank in die Knie.

II

Mit einiger Mühe war es Meret gelungen, den Soldaten zu stützen, doch als sie ihm helfen wollte, sich niederzulegen, erwachte erneut sein Widerstand. »Nein, nein«, murmelte er erschöpft. »Ich darf nicht ohnmächtig werden. Ich muss wach bleiben. Es ist zu ...« Zu schwach, um weiter zu sprechen, lehnte er sich gegen den Decksaufbau. Meret hatte das blutige Schwert in ihrer Hand längst fallen lassen und suchte nun nach dem Umhang, den ihr Kiku noch kurz vor seinem gewaltsamen Ende gebracht hatte. Sie legte das Tuch dem geschwächten Djedi um die Schultern, nahm die Fackel aus der Halterung und machte sich auf die Suche nach weiteren Kleidungsstücken, die ihnen Schutz gegen die nächtliche Kälte spenden konnten.

In einem Kasten fand sie schon bald ein Gewand, das die passende Größe zu haben schien, und zog es sich über, wobei sie die Fackel vorsichtig von einer Hand in die andere wechselte. Mit einer Hand voll Lumpen stieg sie erneut an Deck und breitete die Tücher über dem frierenden Soldaten aus. Djedi protestierte nur schwach. »Nein, lass nur...«, meinte er. »Ich muss nur ein wenig zu Atem kommen.«

Meret steckte die Fackel wieder in die Halterung und kniete sich dann neben ihn.

»Meret, wir müssen fort von hier! Die ... die anderen! Sie werden nicht lange auf sich warten lassen! Morgen früh schon werden sie hier sein!«

»Die anderen?«, fragte sie erstaunt. »Du ... du meinst sicher, meinen Vater und die Schreiber und ...«

»Dein Vater ist tot!«, sagte der Soldat verzweifelt und senkte den Blick. »Ich ... ich hatte gehofft, es dir schonender beibringen zu können, aber ...« Ungläubig starrte Meret ihn an.

»Alle sind tot! Die Lehrer, die Schüler, meine Soldaten! Man hat uns in einen Hinterhalt gelockt. Dass wir kommen würden, wussten sie wohl von dem Boten, den wir in die Stadt geschickt hatten, denn einer von ihnen trug sein Schwert.« Djedi hustete und zog das Tuch enger um seine Schultern. »Drei von ihnen habe ich noch erschlagen können, aber dann traf mich ein Hieb am Kopf und ich verlor das Bewusstsein. Anscheinend haben sie mich für tot gehalten und mich deshalb liegen lassen. Ich bin erst wieder erwacht, als sie die Schule schon in Brand steckten, und konnte mich unbemerkt davonmachen.« Es fiel ihm sichtlich immer schwerer zu sprechen. »Dann ... dann habe ich versucht, so schnell wie möglich hierher zu gelangen. Verzeih mir, wenn ich es schneller geschafft hätte, wärst du ...«

»O Djedi!«, unterbrach Meret ihn mit einem verzweifelten Blick. Vater war tot! Plötzlich war ihre Kehle wie zugeschnürt und am ganzen Körper fühlte sie sich wie gelähmt. »Du hast doch getan, was du konntest«, sagte sie schließlich. »Du hast mich gerettet! Ich habe doch alles mit angesehen!«

»Es ist wohl eher so, dass du mein Leben gerettet hast!«, erwiderte Djedi und sah sie ernst und lange an. »Irgendwie muss ich schon geahnt haben, dass du das Zeug dazu hast, mein Kind.«

»Ich bin kein Kind mehr«, erwiderte Meret mit überraschend rauer Stimme. »Jetzt nicht mehr! Djedi, wir müssen zusammenhalten! Wie ...wie stellst du dir unsere Rettung vor? Sag mir, was ich tun soll! Irgendwie werden wir es bestimmt schaffen.«

»Ich ... ich weiß noch nicht so recht. Dieses Schiff ist einfach zu groß, als dass wir damit allein zurechtkämen. Selbst wenn wir nur den Anker aufholen und uns treiben lasen.«

»Heute Nachmittag habe ich im Schilf ein kleineres Boot bemerkt. Es schien voll Wasser gelaufen, aber nur zum Teil. Vielleicht können wir es damit versuchen?«

Djedis finstere Miene hellte sich bei diesen Worten auf. »Kein Papyrusfloß, sondern ein richtiges Boot, sagst du?« Meret nickte zustimmend. »Das ist gut! Dann kannst du das Ruder halten und ich schöpfe Wasser oder umgekehrt. Vielleicht ist es aber besser, wenn ich Wasser schöpfe, denn ich glaube kaum, dass ich mich schon wieder auf den Beinen halten kann. Wo liegt denn das Boot?«

Meret deutete mit dem Arm in Richtung des Ufers. »Irgendwo dort drüben. Aber ich bin mir nicht sicher, die Nacht ist so finster!«

Djedi versuchte sich aufzurichten und stöhnte laut. »Nun, die Horden werden nicht vor dem Morgen hier sein! Wenn wir bereits zur Stunde der Dämmerung zum Boot hinübergelangen, können wir in die Strömung hinaus ...«

»Aber ich verstehe nichts vom Segelsetzen und dergleichen!«, wandte Meret ein.

»Das brauchst du auch nicht!«, erwiderte der Soldat. »Wir werden den Fluss hinunterfahren und die Strömung wird uns voranbringen. Nur ab und zu müssen wir uns vielleicht aus dem Schilf herausstaken, aber das ist nicht schwer.«

Meret sah ihn an und versuchte zu lächeln. Dann griff sie vertrauensvoll nach seiner blutverkrusteten Hand. »Du solltest dich jetzt endlich hinlegen, hörst du? Denn sonst ...«

»Sieh da, du willst mich also bemuttern?«, meinte er und musste trotz der Schmerzen lächeln. »Du bist schon ein ganz besonderes kleines Wesen. Also ... also werde ich dir gestatten, dich um mich zu kümmern. Aber wir müssen uns beide ausruhen. Allzu schnell wird es wieder Morgen sein und dann ... Bei den Göttern, ist mir kalt! Dieses Bad im Fluss ...«

Meret zwang Djedi mit sanftem Druck, sich hinzulegen, und wickelte dem vor Kälte zitternden Soldaten die Lumpen fester um den Körper. »Komm, ich werde die anderen Tücher auch noch über dir ausbreiten ...«

»Aber du ... du musst dich auch ausruhen!«

»Das mache ich! Aber erst ... erst muss ich noch etwas erledigen!«

Sie stand auf und ging rasch in Richtung der beiden Leichen. Mit zusammengebissenen Zähnen gelang es ihr, einen nach dem anderen bis an die Reling zu schleifen und ins Wasser zu stoßen. Nach Atem ringend blickte sie eine Weile auf die dunklen Fluten hinaus. Morgen früh sollte sie wohl besser auf der anderen Seite ins Wasser steigen. Ihr schauderte bei dem Gedanken, noch einmal auf die Körper der toten Banditen zu stoßen, und urplötzlich überfiel sie eine große Müdigkeit. Auch die Schmerzen im Kopf und an der Schulter wurden ihr zum ersten Mal wieder bewusst. Als sie zu Djedi zurückkehrte, war er bereits eingeschlafen. Sie kroch zu ihm unter die Decken, schmiegte sich dicht an seinen immer noch nassen Rücken und fröstelte noch ein Weile, bis auch sie endlich einschlief.

Es war schon hell, als Djedi erwachte. Zu hastig versuchte er, sich aufzurichten, und zuckte schmerzerfüllt zusammen. Er war allein und blickte sich suchend um, doch Meret war nirgendwo zu sehen. Endlich gelang es ihm, sich aufzurichten, und auf einen Schlag fielen ihm auch die Ereignisse des gestrigen Tages wieder ein. Ein bedrückendes Gefühl der Scham machte sich in ihm breit und er verzog schmerzvoll das Gesicht. Mit zusammengebissenen Zähnen griff er schließlich nach einem Handlauf, der am Decksaufbau über ihm angebracht war, und schaffte es schließlich trotz der entsetzlichen Schmerzen aufzustehen. Im noch schwachen Morgenlicht blickte er sich um.

Ja, dort drüben war sie! Sie hatte das Gewand abgelegt, bevor sie ins Wasser gesprungen war, und stand nun mit dem Rücken zu ihm fast bis zur Hüfte in der Nähe des Ufers und versuchte mit aller Kraft, das Boot aus dem sumpfigen Schilf zu ziehen. Ohne sein Augenmerk bewusst darauf zu richten, konnte er doch nicht umhin, die schmale Taille und die schon gerundeten Hüften zu bemerken. Sie ist ja schon fast eine erwachsene Frau, dachte der Soldat und ihm wurde ein wenig wehmütig ums Herz.

Ärgerlich versuchte er seine träumerischen Gedanken zu unterbrechen. Sie ist noch ein Kind, schalt er sich. Und du bist alt genug, um ihr Vater zu sein.

Bei den Göttern! Er schloss die Augen, um ihren Anblick aus seinen Gedanken zu vertreiben. Wie konnte er nur lüsterne Gedanken hegen, er, der den Tod ihres Vaters zu verantworten hatte? Und dessen Schutz der langjährige Freund seine einzige Tochter anvertraut hatte?

Als er die Augen wieder öffnete, kam Meret bereits auf ihn zu und zog das flache Boot an einem Seil hinter sich her. Vornübergeneigt, mit dem Seil über der Schulter, näherte sie sich dem Schiff. Djedi beugte sich seinerseits vor, aber bei der Bewegung verspürte er einen heftigen Schmerz in der Schwertwunde auf seiner Brust. Er presste die Hand darauf und der Schmerz ließ etwas nach, doch durch das dünne Tuch des Gewandes hindurch bemerkte er, dass die Wunde erneut zu bluten begonnen hatte.

Mit viel Geduld war es Meret gelungen, den schwer verletzten Soldaten in das kleine Boot zu bringen. Schwer atmend saß er neben der Ruderpinne im Heck. Sie war zurückgeklettert auf das Schiff, hatte Vorräte zusammengesucht und auch den restlichen Palmwein mitgenommen und eine kleine Schüssel, mit der sie das Wasser aus dem lecken Boot schöpfen wollten. Endlich war alles verstaut und sie sprang wieder ins Wasser und schob das flache Boot langsam in Richtung der Strömung. Als ihr die Fluten bis über die Brust reichten, kletterte sie endlich auch selbst über das Schanzdeck und landete in der tiefen Pfütze auf dem Boden des Bootes. Doch zugleich bemerkte sie auch, wie die Strömung ihr kleines Gefährt ergriff und weiter in die Mitte des Stromes zog. Djedi saß am Ruder und versuchte mühsam zu lächeln. »Es wird Zeit, dass du mit dem Wasserschöpfen anfängst, nicht wahr?«, meinte er. Sie gehorchte und griff nach der Schale. Und ganz langsam begann das zerbrechliche kleine Boot, das sie beide in Sicherheit bringen sollte, stromabwärts zu treiben.

Nach einer Weile war es ihr tatsächlich gelungen, fast das ganze schmutzige Wasser aus dem Rumpf des Bootes zu entfernen. Nur eine kleine Pfütze blieb noch zurück. Erleichtert legte sie die Schüssel zur Seite und sah sich um. Die Strömung des Seitenarmes hatte sie durch eine ausladende Kurve in grünes Marschland geführt. Am Ufer wuchs Binsengras, ein wenig entfernt konnte sie eine Gruppe Scharbenenten entdecken und in Ufernähe blühten Wasserlilien. Die aufgehende Sonne tauchte die Landschaft in mildes Licht.

Auch Meret spürte die wärmenden Strahlen auf der Haut. Es war fast wie an jenem Morgen, als sie mit ihrem Vater zur Vogeljagd aufgebrochen war ...

Vater!

O ihr Götter! dachte sie. Und zum ersten Mal konnte sie seinen Tod beweinen.

Djedi, der im Heck des Bootes saß, hatte von all dem nichts mitbekommen. Sein Kopf war auf die Brust gesunken, die Hand war von der Ruderpinne gerutscht und lehnte am Ruderstock.

Als er wieder erwachte, lag er lang ausgestreckt auf dem Boden des Bootes in der Pfütze mit dem Brackwasser, das um seine Schultern schwappte. Er blickte sich um und sah schräg hinter sich Meret, die im Heck des Bootes saß und das Ruder hielt. Er reckte den Hals, wagte es aber nicht, sich aufzurichten. »Ich ... ich muss wohl das Bewusstsein verloren haben«, brachte er mit schwacher Stimme hervor.

»Bleib ja dort liegen«, erwiderte Meret streng. Sie beugte sich vor und tätschelte seine Hand. »Du bist viel schwerer verletzt, als du dachtest! Aber du kannst getrost liegen bleiben und dich ausruhen. Ich kümmere mich um alles.«

»A-aber ...«

»Kein ›aber‹!« Plötzlich klang ihre Stimme gar nicht mehr kindlich, sondern war voller unnachgiebiger Autorität. »Du bleibst, wo du bist! Ich möchte nicht, dass es dir noch schlechter geht!« Sie reichte ihm ein Stück Tuch. »Leg dir das über die Augen. Die Sonne wird bald den Zenit erreichen und dich blenden.« Meret lächelte ihn an. Es war ein freundliches, mitfühlendes Lächeln und doch war es auch das tapfere Lächeln eines furchtsamen Kindes. Sein Bedürfnis, sie zu beschützen, wurde so übermächtig, dass er versuchte, sich aufzurichten, doch ein erneuter Schwächeanfall ließ seinen Kopf zurück auf das Kissen sinken, das Meret ihm aus alten Lumpen gefertigt und in den Nacken geschoben hatte.

»Das gefällt mir schon besser!«, meinte sie. »Ruh dich aus! Ich kümmere mich schon um alles.« Sie lächelte ihn an und richtete dann den Blick wieder auf den Fluss. »Im Schlaf hast du gesungen. Es hat sich angehört, als wäre es ein Lied. Eines, das ich aber nicht kannte!«

Djedi schloss die Augen und versuchte, der Übelkeit Herr zu werden. »Ich habe ... gesungen?«, meinte er dann erstaunt. »Was soll ich denn gesungen haben?«

»Ach, ein Lied über einen Feigenbaum und den honigsüßen Duft der Früchte und ...«

»Oh«, erwiderte er heiser. »Ich glaube, ich weiß, welches Lied du meinst.« Und er begann mit brüchiger Stimme, die nach jedem zweiten Ton zu versagen schien, das gewünschte Lied zu singen:

Beladen mit der Reife frisch geschnittener Feigen
und röter noch als die Kamelienblüte;
die Blätter strahlend wie Türkise
die Hülle silbrig glänzend hell ...

»Das ist ein hübsches Lied«, sagte Meret, als er geendet hatte. »Wo hast du es denn gelernt?«

In aller Unschuld hatte sie die Beine neben seinem Kopf ausgestreckt und er konnte nicht umhin, ihre schmalen Fesseln und die zierlichen, fast noch kindlichen Füße mit den rosafarbenen Nägeln zu betrachten, die nur eine Handspanne entfernt von ihm auf dem Boden ruhten. Wieder schloss er die Augen und meinte dann. »Das ist schon sehr lange her ... sehr lange. Ich habe es von einer jungen Frau im westlichen Delta gelernt. Vielleicht habe ich ja vorhin von ihr geträumt.«

»Hast du das?«, wiederholte sie freundlich. »Ach, Djedi, sing noch ein bisschen weiter! Dann muss ich nicht so traurig sein.«

Kapitel 6

I

Hoch über den Hügeln auf der anderen Seite des Tales war erneut das Widderhorn erklungen. Die Hirten wandten sich mit fragenden Blicken an Simeon, der einen Moment zögerte, den Kopf schüttelte und dann zustimmend nickte. Und nach und nach, unendlich langsam, kam die Karawane zum Stehen. Weiter vorn erblickte Simeon seinen Bruder Levi, der auf dem moabitischen Hengst, einem Geschenk seines Oheims Esau, den Hügel herab auf ihn zugeritten kam.

Als sein Bruder in Hörweite war, konnte Simeon seine Ungeduld nicht länger zügeln. »Warum haben wir denn nun schon wieder angehalten?«, rief er aufgebracht. »Muss vielleicht jemand Wasser lassen?«

Levi stieg gewandt und schwungvoll aus dem Sattel. »Es geht um Rahel«, sagte er ernst. »Die Wehen haben eingesetzt. Es ist so weit!«

Simeon nickte ernüchtert. »Das hätte ich mir ja eigentlich denken können! Was meinst du, wird sie es bald geschafft haben?«

»Natürlich nicht!«, erwiderte Levi. »Sie ist viel zu alt, um noch Kinder zu gebären und dazu in dieser Umgebung.« Er ließ den Blick über die Hügel über ihnen schweifen und schüttelte missmutig den Kopf. »Wenn wir es wenigstens noch bis Ephrat geschafft hätten! Nun ja, ich denke, wir sollten schnellstens Wachen aufstellen.«

»Doppelte Wachen!«, stimmt Simeon zu. »Wir befinden uns immer noch in Feindesland, obwohl Vater glaubt, wir wären außer Gefahr, seit wir Bethel hinter uns gelassen haben.«

»Und natürlich hat er damit Recht!«, meinte Levi sarkastisch. »Schließlich hat der Gott Abrahams wieder zu ihm gesprochen! Niemand wird es also wagen, uns auf unserem weiteren Weg anzugreifen.« Er schnaubte verächtlich. »Ich werde mich lieber gleich um die Wachen kümmern! Und ich werde sie verdreifachen!«

»Aber ich muss sie unbedingt sehen!«, wiederholte Jakob eindringlich. »Wenn sie ...«

Danataja legte ihm beschwörend die Hand auf die Schulter und führte ihn zur Seite. »Dies hier ist Frauensache! Du wärest uns nur im Weg. Und außerdem ... wir haben das doch alles schon besprochen, Jakob!«

Jakobs unglückliche Miene ließ sie ein wenig sanfter werden. Sie nahm seine Hand und drückte sie aufmunternd. »Es wird schon gut gehen, Jakob! Wir müssen nur ...«

Ein schriller und schmerzerfüllter Aufschrei aus Richtung der Mulde, in der man die Gebärende notdürftig gebettet hatte, schien ihre Wort jedoch Lügen zu strafen. »Du musst jetzt gehen!«, meinte Danataja bestimmt. »Ich muss zurück zu Rahel. Lea braucht meine Hilfe.« Sie wandte sich um und lief hastig den schmalen Pfad hinauf.

Jakob seufzte ergeben und setzte sich unter einen Felsvorsprung. Wenig später vernahm er erneut hastige Schritte, und als er aufblickte, kam Haschum, der Bote aus dem Norden, auf ihn zu. »Ich hoffe, ich störe Euch nicht, Jakob? Sonst kann ich auch wieder gehen ...«

»Ist schon gut«, meinte Jakob. »Es ist nur ... der Schrei, den Ihr gehört habt ... Es ist meine geliebte Gattin Rahel! Sie liegt in den Wehen und als Mann gewöhnt man sich wohl nie daran. Alles, was ich tun kann, ist hier herumzusitzen und mir Sorgen zu machen!«

»Ich weiß, wie das ist«, erwiderte Haschum. »Ich habe auch ein Kind und ... ich habe meine Frau früh verloren. Jakob, wenn Ihr gestattet, darüber wollte ich mit Euch sprechen, denn Danataja und ich ...« Er hielt inne, als hätte es ihm plötzlich die Sprache verschlagen.

Jakob spürte Unwillen in sich aufsteigen und schwieg eine ganze Weile, bis die Verlegenheit des Boten fast mit Händen zu greifen war. »Sprecht also«, ermunterte er endlich den Mann. »Wenn Ihr etwas auf dem Herzen habt, so müsst Ihr es wohl loswerden.«

Haschum rang sichtlich nach Worten. »Nun, Herr, Danataja und ich haben es uns genau überlegt. Jetzt, da auch Damaskus, wo sie ihr gesamtes Vermögen hat, in Gefahr ist, bleibt uns keine andere Wahl. Die Hirtenkönige, so sagt man, werden in Kürze die Front im Norden durchbrechen und Damaskus ist eine allzu verlockende Beute. Wir wollten eigentlich mit der Heirat warten, bis wir die Zeremonie mit Eurem Segen abhalten könnten. Aber nun, da Damaskus in Gefahr ist …«

So ist das also, dachte Jakob. Er wartete geduldig ab, bis Haschum zu Ende gesprochen hatte. »Danataja ist eine erwachsene Frau und braucht meinen Segen nicht für das, was sie tun will! Wenn das, was Ihr mir unterbreitet habt, auch Danatajas Wille ist, so soll es mir recht sein. Sie gehört nicht zu meiner Familie. Nur ihrem Sohn, meinem Patenkind, gegenüber bin ich verpflichtet. Und natürlich wäre es mir lieber, wenn der Junge in meiner Nähe aufwüchse, damit ich seine Erziehung überwachen kann, ganz so, wie ich es seinem Vater Hadad versprochen habe.«

»Aber ja«, erwiderte Haschum. »Wir haben auch vor, uns wieder gen Süden zu wenden. Nur jetzt, da Damaskus in großer Gefahr ist, müssen wir gewisse Maßnahmen ergreifen, um nicht …«

»Tut also, wie Euch beliebt«, meinte Jakob gleichgültig, denn er war mit seinen Gedanken nicht bei der Sache. Vor ihnen kam Rahels Dienerin Bilha vorbei, die mit einem großen Krug hinunter zur Quelle ging.

Haschum schien sie nicht zu kennen. »Eine sehr hübsche Frau«, meinte er beiläufig. »Sie wird Reuben gewiss glücklich machen.«

Jakob schreckte aus seinen Gedanken und starrte ihn zornig an. »Was soll das heißen, sie wird Reuben glücklich machen? Was meint Ihr damit?«

Haschum blickte ihn erschrocken an. »Nun … ich … also, ich habe sie zusammen gesehen und da dachte ich … so wie sie sich verhielten, dass sie einander versprochen wären …« Er schluckte und wich einen Schritt zurück. »Verzeiht, wenn ich etwas Ungebührliches gesagt haben sollte! Ich hatte … ich hatte nicht die Absicht …« Dann entfernte er sich eilig.

Jakob starrte gedankenverloren hinter dem Mann her. Wortfetzen aus einer Reihe von Unterhaltungen mit seinen anderen Söhnen, verlegene Blicke, die er nicht einordnen konnte, und unverständliche Andeutungen. Und plötzlich schien alles einleuchtend und klar, erschreckend klar ...

Simeon und Juda versperrten Reuben den Weg, der von der Weide her auf sie zukam. »Geht zur Seite!«, herrschte er seine Brüder unwillig an. »Lasst mich vorbei oder ich ...«

Juda ballte die Hände zu Fäusten. »Nein, das wirst du nicht! Du wirst nicht hier vorbeigehen, es sei denn über meine Leiche!«

»Und meine!«, schloss sich Simeon wütend an. »Du glaubst wohl, du brauchst uns nicht ernst zu nehmen, nicht wahr? Aber ich will dir etwas sagen, es ist uns bitterer Ernst! Du wirst nicht zu ihr gehen! Auf gar keinen Fall!«

Reubens Augen blitzten vor Zorn. Er sah seine Brüder nacheinander an. »Wie kommt ihr darauf, dass ich zu ihr wollte? Ich wollte nur ...«

Urplötzlich wich der Zorn aus seinem Blick und er starrte mit offenem Mund auf eine Gestalt, die hinter Simeon und Levi aufgetaucht war. Auch die Brüder wandten die Köpfe und folgten seinem Blick. »Vater ...?«, stammelte Reuben entsetzt.

»Es ist also wahr?«, wandte Jakob sich an seinen Erstgeborenen. »Du hast große Schande über mein Haus gebracht, mein Haus und das Haus von Isaak und Abraham! Und ihr, seine Brüder? Ihr wolltet verhindern, dass ich es erfahre! Ihr glaubt, euch trifft keine Schuld, weil ihr es nur verschwiegen habt?«

Simeon fand als Erster die Sprache wieder. »Lass dir erklären, Vater! Wir wollten nicht, dass ...«

»Ihr wolltet nicht, dass ich es herausfinde, nicht wahr?«, unterbrach ihn Jakob mit kaltem Zorn in der Stimme. »Aber der allmächtige Gott, vor dem nichts verborgen bleibt, hat es gesehen und uns gebrandmarkt mit dieser Schande! Hast du darüber je nachgedacht, Reuben, als du es gewagt hast, die Ehre der Familie zu beschmutzen und die Ehre der Mutter deiner Halbbrüder? Hast du das?« Er hatte drohend die Hand erhoben, ließ sie dann aber wieder sinken. »Dich zu berühren würde auch mich beschmutzen! So ist es also zu verstehen, dass ich keine Freunde mehr in Kanaan habe! Meine eigene Familie ist verdorben, verdorbener als selbst die übelsten Anhänger des Baalsglaubens jemals zulassen würden!« Er schloss die Augen, sichtlich bemüht, wieder Herr seines Zorns zu werden. »Wissen ihre Söhne davon? Bilhas Söhne? Denn wenn sie es wissen sollten und keine Rache geschworen haben, so will ich sie nicht mehr meine Söhne nennen ...«

»Sie wissen nichts davon, Vater!«, unterbrach ihn Simeon. »Bisher haben wir immer ...«

»Ja, ich verstehe! Ihr habt es auch vor ihnen geheim gehalten, so wie vor mir! Aber ihr habt nicht verhindert, dass es geschehen konnte! Wie lange schon lebst du in dieser Schande? Wie oft ...«
Doch dann unterbrach ihn einer der ersten entsetzlichen Schreie. Jakob wurde totenblass und blieb wie erstarrt stehen, während ein Schrei dem anderen folgte, schrill und markerschütternd.

Und dann war es urplötzlich still.

Eine Stille, die weitaus erschütternder war als die vorausgegangenen grauenhaften Schreie.

Jakob hastete den Pfad hinauf. Danataja kam ihm mit blutverschmiertem Gewand entgegen. »Nein, Jakob!«, versuchte sie ihn aufzuhalten. »Warte noch ...«

»Lass mich vorbei«, unterbrach er sie. »Sie ... sie ist tot, nicht wahr? Wenn ich doch nur ...«

»Nein«, widersprach Danataja schwach. »Nein, Jakob, das darfst du nicht denken! Du hättest doch nichts tun können. Es ... es war ihr Herz! Ganz plötzlich hat es aufgehört zu schlagen. Sie war ...« Sie senkte erschöpft den Kopf und blickte ihn dann wieder an. »Jakob, du hast einen Sohn! Gesund und kräftig. Und ... sie wusste es! Sie hat noch erfahren, dass sie dir einen Sohn geboren hat, und darauf war sie stolz. Ich glaube, sie ... sie war glücklich im Augenblick des Todes!«

»Sie war glücklich?«, fiel Lea ein, die in diesem Augenblick herbeikam und sich den Schweiß von der Stirn wischte. »Weißt du, wie sie ihren Sohn genannt hat? Ben-Oni hat sie ihn genannt, Kind meiner Trauer! Ja, Jakob, so hat sie ihn genannt.« Die Bitterkeit in ihrer Stimme war trotz der Erschöpfung nicht zu überhören. »Meine Schwester! Wie konntest du ihr das antun? Sie war zu alt, um noch einmal zu gebären! Du wusstest, was geschehen würde, und dennoch hast du ...« Sie schluchzte heftig und wandte sich ab. Als Jakob mitfühlend die Hand nach ihr ausstreckte, zuckte sie zurück. »Fass mich nicht an! Fass mich ja nicht an!«

Jakob blickte ihr nach. »Sie hat Recht! Es ist mein Verschulden! Meines und das meiner Söhne!« Er schloss verzweifelt die Augen. »Wir alle sind schuldig geworden im Angesicht des Herrn! Und unsere Sünden haben Rahel getötet! Meine Rahel!«

»Nein, Jakob«, widersprach Danataja schluchzend.

»Lass mich zu ihr!«, sagte Jakob, nun wieder mit klarer Stimme. »Und dann möchte ich meinen Sohn sehen.« Wieder schloss er erschöpft die Augen. »So vieles wollte ich ihr noch sagen«, fügte er leise hinzu. »Wir haben doch alles miteinander besprochen, alle meine Gedanken konnte ich ihr mitteilen und sie hat sich mir ebenso geöffnet. Mit ihrer Schwester und den Konkubinen war das niemals möglich. Rahel war die Erfüllung all meiner Sehnsüchte ...! Und jetzt ...«

Er ließ sich zu ihr führen und Danataja, erschöpft, müde und von Trauer überwältigt, wartete geduldig in einiger Entfernung.

Als Jakob die Mulde verließ, in der Rahel geboren hatte und gestorben war, kamen ihm die Frauen mit seinem neugeborenen Sohn entgegen. Silpa hatte ihn gewaschen und in frische Tücher gewickelt und reichte ihn nun Danataja, damit sie den Säugling dem Vater zeigen konnte.

»Dir ist ein wunderschöner Sohn geschenkt worden, Jakob«, sprach sie ihn an und reichte ihm das Kind. »Genauso lieblich wie der kleine Joseph!«

Jakobs Miene blieb starr, als er das kleine Bündel in die Arme nahm. Doch dann wiegte er das Kind sanft hin und her und seine Züge wurden weicher. »Meine Rahel! Zwei wunderbare Söhne hat sie mir geboren.« Tränen stiegen ihm in die Augen und verschleierten seinen Blick. »Sie wäre so stolz gewesen ...«

»Du musst ihm einen anderen Namen geben, Jakob!«, mahnte Danataja. »Ein liebliches Kind wie dieses muss einen Namen tragen, der von der Freude erzählt, nicht von Gram und Sorgen!«

»So werde ich ihn denn Benjamin nennen!«, entschied Jakob, noch immer ganz in den Anblick des Kindes vertieft. Er hob den

Blick und bemerkte, dass Silpa sich entfernte. Erst als die Sklavin weit genug entfernt war, fuhr er fort: »Meine älteren Söhne … ich fürchte, ich kann sie nicht mehr erreichen. Sie waren stets eine Bürde und große Versuchung für mich, doch nur, weil sie nicht in Liebe empfangen wurden! Ich habe Lea nicht geliebt und auch die Konkubinen nicht. Aber was hätte ich tun sollen? Ich habe in meinem ganzen Leben nur eine Frau geliebt!« Er hob den Kopf und kämpfte mit den Tränen.

Danataja legte ihm mitfühlend die Hand auf den Arm. »Wie sagtest du, soll der Knabe heißen?«

Jakob schwieg einen Augenblick. »Er soll Benjamin heißen, Sohn meiner rechten Hand! Und … Danataja … meinen anderen Söhnen war ich niemals nah genug! Doch diesen hier werde ich nicht aus den Augen lassen. Er soll immer in meiner Nähe sein!«

Wenig später ging Danataja hinunter zur Quelle, um sich zu waschen und ein frisches Gewand anzulegen. Im milden Nachmittagslicht betrachtete sie nachdenklich ihr Spiegelbild im Wasser. Zu früh waren einige ihrer Haarsträhnen ergraut und um ihre Augen hatten sich feine Linien in die Haut gegraben. Trauerfalten, dachte sie.

Ach, wenn Hadad doch nur lange genug gelebt hätte, um seinen Sohn zu sehen! Er wäre so glücklich gewesen … und auch sie wäre jetzt nicht so entsetzlich einsam.

Aber so, wie alles gekommen war …

Sie schlug die Hände vors Gesicht und weinte bitterlich. Ist es denn richtig, was ich vorhabe, fragte sie sich erneut. Oder bin ich nur unduldsam und selbstsüchtig? Werde ich meine Entscheidung eines Tages bereuen müssen? Was wird sein, wenn das Leben mit Haschum unerträglich sein sollte, weil er nicht der Mann ist, für den ich ihn halte?

Nachdenklich betrachtete sie erneut ihr Spiegelbild in dem kleinen Teich. Das tränenüberströmte Antlitz schien sie anzuschauen, tausend ungelöste Fragen im Blick.

Er ist freundlich und stets um dich bemüht …

Und das Gesicht auf dem Wasser schien zu fragen: Ist er das wirklich? Was weißt du denn eigentlich über ihn?

Er ist ein guter Mann, stark und verlässlich …

Aber wird er Hadad ersetzen können?, fragte ihr Spiegelbild. *Der Junge braucht doch einen Vater …*

Er braucht seinen Vater Hadad und nichts und niemand in der Welt wird ihn zurückbringen können.

Und doch bin ich so einsam und allein. Ich kann nicht weiterhin alleine schlafen. Ich kann nicht weiterhin alle Last alleine tragen …

Ihr Spiegelbild schien zu schweigen und blickte sie nur wieder fragend an, fragend und unentschlossen …

In dieser Haltung fand Haschum sie wenig später, gefasst und doch immer noch den unsicheren, fragenden Blick in den Augen, saß sie am Rande des Teiches. Er streckte ihr die Hand entgegen und sie ließ sich aufhelfen, damit er sie in die Arme nehmen konnte. »Arme Danataja«, sagte er. »Ich habe gehört, dass du Jakobs Frau in ihrer schweren Stunde beigestanden hast.«

»O bitte, lass uns jetzt nicht davon sprechen!«

Er küsste die Tränen von ihren Wangen und antwortete sanft: »Recht hast du! Lass uns über glücklichere Dinge sprechen! Über das neue Leben, das wir beide zusammen mit Ben-Hadad und meinem Sohn Schamir schon bald beginnen werden!«

Sie blickte zu ihm auf, immer noch Verzweiflung im Blick und seufzte tief. »O ja! Lass uns darüber sprechen. Aber zuerst … sag mir, dass du mich liebst. Das ist eigentlich das Einzige, was ich jetzt hören möchte!«

»Ich liebe dich«, sagte Haschum und drückte sie an sich, sodass sie seinen Herzschlag hören konnte. »Ich hatte immer gedacht, dass ich nach dem Tode meiner Frau nie wieder würde lieben können … Und dann bin ich dir begegnet und ich glaube, dass ich dich auf eine Art liebe, die ich bei meiner Frau noch gar nicht kannte.«

»Ach Haschum, ich war so einsam ohne dich, und ich brauche dich so sehr.«

»Du wirst nie wieder einsam sein müssen«, erwiderte er und nahm sie so fest in die Arme, dass sie fast keine Luft mehr bekam. »Nicht, wenn es nach mir geht.« Er löste sich von ihr und trat einen Schritt zurück, hielt aber noch ihre Hände und sah sie mit ernstem Blick an. »Danataja, ich habe mit Jakob gesprochen und er hat unseren Plänen zugestimmt. Es war noch bevor seine Frau ... ich meine ... du weißt schon. Aber er hat mir gesagt, dass nur dein Glück zählt.« Haschum lächelte. »Seine einzige Bedingung ist, dass wir uns, sobald wir aus Damaskus zurückgekehrt sind, in seiner Nähe niederlassen, damit er die Erziehung von Ben-Hadad im Auge behalten kann.«

»Das ist sehr freundlich von ihm. Und ich weiß, dass er es ernst meint.« Danataja sah ihm in die Augen und bemühte sich, die kritische Stimme in ihrem Inneren zum Schweigen zu bringen, die Stimme, die sie immer wieder daran erinnerte, dass eine Frau, die mit einem so offenen, ehrlichen Menschen wie Hadad gelebt hatte, wohl nie in der Lage sein würde, mit der gewöhnlichen Art der Männer, ihrer Absonderung und Heimlichtuerei glücklich zu werden. Und doch, beruhigte sie sich selbst wohl zum tausendsten Male, würde sie niemals einen zweiten Ben-Hadad finden. Niemals.

Sie umarmten sich. Eine halbe Liebe ist besser als gar keine Liebe und die erneute Einsamkeit, dachte sie. Dies war die einzige Möglichkeit und sie konnte nicht anders, als sich für ihn zu entscheiden.

Dichter Nebel war von der See her über die flachen Hügel im Westen tief hinein bis ins Landesinnere gezogen. Die Luft war kalt und feucht und auch Juda fröstelte und zog sich das Schaffell dichter um die Schultern. »Wer ist da?«, rief er in die Dunkelheit hinaus. »Bleibt stehen und nennt Euren Namen oder ich muss ...« Er sprach seine Drohung nicht zu Ende, sondern griff stattdessen nach seinem Speer, den er zuvor an einen Baum gelehnt hatte.

»Beruhige dich! Ich bin's nur, Simeon!« Der ältere Bruder trat aus dem Nebel ins Licht. »Ich glaube kaum, dass uns bei diesem ungemütlichen Wetter jemand überfallen wird.« Er ging näher an das kleine Lagerfeuer heran, an dem Juda sich während seiner Wache gewärmt hatte. »Was für eine Nacht!«

»Ja, und was für ein Tag ist ihr vorausgegangen!«, fügte der Jüngere hinzu. »Ich bin wirklich froh, dass er vorüber ist! Erst findet Vater alles über Reuben heraus und dann stirbt Rahel kurz nach der Geburt!«

Simeon nickte und fuhr mit Bitterkeit in der Stimme fort: »Und wir alle werden darunter zu leiden haben, nicht nur Reuben! Vater macht auch uns verantwortlich für das, was geschehen ist. An all seinem Unglück tragen allein wir, seine älteren Söhne, die Schuld. Wir sind es, die den Fluch des El-Schaddai über ihn gebracht haben!« Simeon fröstelte. »Du kannst ruhig noch ein bisschen mehr Holz aufs Feuer legen. Die Heviter werden gewiss nicht kommen, um uns im Schlaf zu erdrosseln. Die sitzen auch um ihre Feuer herum, damit sie nicht erfrieren! Niemand ist in einer solchen Nacht freiwillig unterwegs, man verläuft sich doch spätestens nach zehn Schritten!«

»Da bin ich mir gar nicht so sicher«, erwiderte Juda. »Da draußen ist jemand, ich weiß es, Simeon! Oder zumindest war jemand dort, denn ich habe einen kurzen Blick erhaschen können. Ob er vielleicht sogar an mir vorbei ins Lager gelangt ist, kann ich dir nicht sagen.«

»Meinst du wirklich? Ich glaube, du siehst Gespenster!« Simeon rieb sich fröstelnd die Hände über dem Feuer. »Aber ich will dir etwas sagen! Sobald wir die Herden nach Mamres Garten gebracht haben, werde ich Vater bitten, mir mein Erbteil auszuzahlen, und dann werde ich mich anderswo niederlassen.«

»Du willst dich von uns trennen?«, fragte Juda erstaunt. »Die Familie verlassen?«

»Was für eine Familie ist das denn schon?«, meinte Simeon bitter. »Unser Vater beschneidet zunehmend unsere Rechte zugunsten von Rahels Söhnen. Und dabei sind wir die Söhne seiner ersten Frau, die nach dem Gesetz unseres Volkes über allen anderen Frauen steht! Aber er hat unsere Mutter nie geliebt und deshalb kann er auch uns nicht lieben und ehren. Wir werden immer das Nachsehen haben, das sage ich dir!«

»Da magst du wohl Recht haben!«, stimmte Juda zu. »Vater hat wohl auch Bilha zur Rechenschaft gezogen, aber es war nicht zu vergleichen mit dem, was Reuben zu hören bekam! Ich weiß nicht, was ich getan hätte, wenn jemand so zu mir gesprochen hätte, ganz gleich, ob er mein Vater ist oder sonst jemand!«

»Ach, hör schon auf!«, meinte Simeon. »Du hättest es auch über dich ergehen lassen! Du bist auch nicht mutiger als wir alle. Wir sind eine Bande von Feiglingen, das sind wir!«

Hinter ihnen im Nebel war die Gestalt geräuschlos vorübergeglitten, die Augen wachsam auf die Brüder gerichtet. Ihre bitteren Worte hatte sie gehört und wohl verstanden.

Weiter vorn waren nun erneut Stimmen zu hören. Die Gestalt versteckte sich hastig zwischen hohen Büschen, bis die Stimmen wieder leiser wurden und dann gänzlich verklangen. Erst dann verließ sie ihr Versteck und bewegte sich auf dem Pfad voran, der direkt in Jakobs Lager führte.

Auf einem kleinen Hügel hoch über den Zelten des Lagers hatte Jakob einen Altar gebaut, der eigentlich nicht mehr war als ein Haufen übereinander getürmter Steine und keinesfalls zu vergleichen mit dem kunstvollen Bauwerk, das er dereinst in Bethel errichtet hatte. Jetzt kniete er vor den Steinen und blickte ernüchtert auf die Opfergaben, die El-Schaddai, der Gott seiner Väter verschmäht hatte. Und wieder betete er: »Gott des Abraham, erhöre mich. Erhöre mich an diesem Tag, der mir Trauer und Bekümmernis brachte ...«

Doch genauso klar, wie er seine gesprochenen Worte hörte, war auch die Antwort, die er sich in Gedanken gab: Es hat keinen Zweck, Jakob. Du hast dich zu weit vom Herrn entfernt, als dass er dich erhören könnte.

Und dieser Gedanke schnitt ihm wie ein Messer tief ins Herz.

Wo nur hatte er gefehlt? Was hatte er verbrochen, dass der Zorn des Einen Gottes ihn so schwer treffen sollte? Hatte er die Opferrituale, die Zehnten oder die Ehrung des Herrn oder die Pflichten gegenüber den Seinen vernachlässigt?

Er konnte sich an keine Vergehen oder Versäumnisse erinnern, die so schwer wiegen konnten. Doch das bedeutete ja keineswegs, dass er nicht gesündigt hatte! Auch ein tugendhafter Mann konnte an jedem beliebigen Tag in vielfältiger Weise zum Sünder werden. Dabei war es bedeutsam, die Reue in vielfältiger Weise zu zeigen und dankbar für die Segnungen zu bleiben, die man ...

Segnungen? An diesem Tag? Welche Segnungen waren ihm an diesem Tag zuteil geworden? Dem Tag, an dem er den Verlust seiner einzigen und wahren Liebe zu beklagen hatte? O Herr, mein Gott! Wie soll ich ohne sie weiter leben? Alle die Jahre war es Rahel, die mich im Glauben bestärkt hat! Und nun hast du sie von mir genommen.

Segnungen? Ja doch, ein gesunder, kräftiger Sohn war ihm geschenkt worden. Aber um welchen Preis? Und nur, um am gleichen Tage zu erfahren, dass sein Erstgeborener unendliche Schande über seine Sippe gebracht hatte ...

Vielleicht ist das ja der Grund! Die Sündhaftigkeit meiner Söhne – diese Sünden haben den Zorn des Einen Gottes über mich gebracht, haben Rahel von mir genommen und verhindern auch, dass Gott mich hier an der Opferstätte erhören kann und will.

Er neigte zornig das Haupt. »O Herr, Gott des Abraham und Isaak«, sagte er laut. »Verlasse mich nicht in dieser schweren Stunde, jetzt, da ich deiner so sehr bedarf!«

Aber seine Worte verklangen ungehört. Er war gänzlich allein auf dem Hügel.

Oder doch nicht? Er blickte auf in dem sicheren Gefühl, nicht mehr allein zu sein. Und dann erinnerte er sich an jene Nacht, als er nach Kanaan zurückgekehrt war, nach so vielen in der Fremde verbrachten Jahren, als Gott sich ihm in der Gestalt eines Fremden, in menschlicher Gestalt, genähert hatte, um zu ihm zu sprechen. Damals hatte er mit Gott gehadert, bis der Morgen graute. War dies erneut eine solche Begegnung? Oder ...

»Wer ist da?«, rief er in die Dunkelheit hinaus.

Niemand antwortete. Angestrengt blickte er in den Nebel, der ihn umgab, aber in den weißen Schwaden konnte er nichts erkennen. »Zeigt Euch, wer immer Ihr seid!«

Kein Geräusch, keine Bewegung verriet die Anwesenheit eines anderen in der Nacht. Jakob erhob sich und bereute, sich nicht bewaffnet zu haben. Aber wie hätte er an den Altar treten können, mit einem Schwert an der Seite?

»Ich bitte Euch, tretet vor, wer immer Ihr seid! Ihr habt nichts zu befürchten, denn Ihr seid ein Gast in meinem Lager und niemand wird Euch etwas zu Leide tun!«

Endlich vernahm er hinter sich ein leises Geräusch. Er drehte sich um und griff unwillkürlich nach dem Schwert, das er nicht bei sich trug. Eine Gestalt tauchte vor ihm auf, bekleidet mit dem rauen Umhang eines Reisenden, kräftig und groß gewachsen, mit schwarzem Bart und dann zogen die weißen Schwaden zur Seite. Jakob konnte auch das Gesicht deutlicher sehen mit den starren Lippen und den Augen, die ihn ansahen und durch ihn hindurchzublicken schienen, als bestünde er ebenfalls aus nebligen Schwaden und wäre kein Mensch aus Fleisch und Blut.

»Jakob«, sprach die Gestalt seinen Namen und deutete eine leichte Verbeugung an.

Jakob starrte den Fremden mit offenem Mund erstaunt an. Er hatte dieses Gesicht schon einmal gesehen, ein einziges Mal, und schon oft hatte er sich danach gefragt, ob er den Fremden jemals wiedersehen würde.

Damals, in den Bergen oberhalb von Haran, hatte Jakob bei einem Ausritt ein herrenloses Pferd neben dem Pfad entdeckt und er hatte sich auf die Suche nach dem Reiter gemacht. Ein Stück weit unterhalb des Pfades war er auf einen Verletzten gestoßen, der es alleine wohl nicht wieder den Hügel hinauf geschafft hätte. Er hatte dem Fremden geholfen und sie hatten das Brot miteinander gebrochen, als Brüder, damals, vor vielen Jahren auf jenem einsamen Hügel. Und Jakob hatte ihm wieder in den Sattel geholfen und ihm nachgeschaut, als er davonritt.

Später hatte dieser Mann Jakob und seine Familie gerettet, indem er sie vor dem grausamen Schicksal bewahrte, das alle Bewohner der nördlichen Städte befallen sollte. Das Wort eines einzelnen Mannes hatte den Zorn der Hirtenkönige aufhalten können, bis Jakob und die Seinen sich in Sicherheit bringen konnten.

Jakob erwiderte die Verbeugung mit ernster Miene. »Sei mir willkommen, Manuk!«

Sie verließen die Opferstätte und fanden schon bald das kleine Lagerfeuer, das Jakob zuvor entfacht hatte. Jakob legte neues Holz in die Glut und blies hinein. Es dauerte eine ganze Weile, bis das feuchte Reisig schließlich Feuer fing. Sie setzten sich einander gegenüber, mit gekreuzten Beinen, und genossen die Wärme der Flammen.

»Ich ... ich bitte um Vergebung!«, meinte Jakob schließlich. »Für gewöhnlich bin ich weitaus gastfreundlicher, aber ich habe heute meine Frau verloren.«

»Davon habe ich bereits erfahren«, meinte Manuk und Jakob stellte fest, dass der Fremde seit ihrem letzten Zusammentreffen erhebliche Fortschritte beim Erlernen der Sprache gemacht hatte. »Mein Mitgefühl ist Euch gewiss. Auch ich habe viel verloren. Und nun ... wohin seid Ihr unterwegs?«

Jakob sah ihn zögernd an. »Verzeiht die Frage, aber ... aber warum wollt Ihr dies wissen?«

»Ihr braucht es mir nicht zu sagen, wenn Ihr Bedenken habt«, erwiderte Manuk, löste seinen Schwertgurt und legte die Waffe vor sich ab, in Jakobs Reichweite. »Seht her, ich begebe mich ganz in Eure Gewalt! Ein Wort zu Euren Söhnen und mein Leben wäre verwirkt. Und nun ... nun sind wir nur zwei Männer, die sich am Feuer wärmen und ein wenig plaudern.«

»Euer Volk ...«, setzte Jakob zögernd an. »Ich fürchte mich vor ihnen! Wie kann ich Euch also trauen?«

»Mir trauen? Nein, das könnt Ihr in der Tat nicht. Ich habe Euch auch niemals mein Wort gegeben.« Er griff in seinen Umhang und holte ein flaches Brot und einen kleinen Schlauch Wein hervor. »Lasst uns das Brot zusammen brechen, ganz genauso wie damals!« Er teilte den Brotfladen und reichte Jakob ein Stück. Jakob nahm das Brot und aß davon, den Blick unablässig auf die ausdruckslosen Augen seines Gegenübers gerichtet.

»Ich bin bis nach Ägypten gereist«, fuhr Manuk fort, »auf der Suche nach einer neuen Heimat für mein Volk. Und ich glaube, ich habe diese neue Heimat gefunden. Ich habe mich alleine aufgemacht, denn wer alleine reist, das ist meine Überzeugung, kommt schneller voran. Lasst euch gesagt sein, das einst so mächtige Ägypten existiert nicht mehr! Was früher ein großes Reich unter dem Pharao war, ist nun eine Ansammlung zerstrittener Kleinstaaten. Mein Volk kann dort eine neue Heimat finden, sogar ohne zu kämpfen. Denn wir sind des Kämpfens wahrhaftig müde.«

»Verzeiht, aber das fällt mir schwer zu glauben«, meinte Jakob streng. »Ihr habt so viele meiner Freunde dort oben im Norden getötet.«

»Auch mein Volk weiß noch nichts von seiner Kampfesmüdigkeit. Und doch wird es eines Tages so kommen! Ihre Kindeskinder werden von Krieg und Kampf reden hören und selbst nichts davon verstehen. Denn es wird Zeit, dass wir unsere endlosen Wanderungen beenden. Wir werden uns in Ägypten niederlassen. Hoch oben im Norden hat es damals eine schreckliche Dürre und Hungersnot gegeben, die auch andere Teile der Welt heimsuchen werden. Glaubt mir, die Zeiten der wandernden Hirtenvölker sind vorüber und wir müssen und wollen uns eine neue Heimat suchen, mit fruchtbarem Boden, der uns ernähren kann.« Manuk nahm den Weinschlauch von Jakob entgegen und trank einen Schluck. »Ein solches Land habe ich gefunden, jenseits der Großen Wüste! Ein Land am Ufer eines mächtigen Stromes gelegen, ein Land, dessen Bevölkerung sich nicht zu schützen weiß!«

Jakob starrte ihn an. »Das ist es, was ich am meisten an Euch und Eurem Volk fürchte. Ihr fallt in die Länder dieser Welt ein wie die Heuschreckenschwärme, und wenn ihr weiterzieht, bleibt nichts außer Verwüstung und Tod zurück!«

Manuk trank einen weiteren kleinen Schluck Wein und legte den Schlauch dann auf den Boden. »Nun haben wir also ein zweites Mal das Brot miteinander gebrochen, Jakob, diesmal auf mein Drängen hin. Sagt Euch das nichts über die Lauterkeit meiner Absichten?«

»In meiner Gefolgschaft«, erwiderte Jakob, »befindet sich auch die Witwe des Hadad, der von Eurer Hand den Tod empfing! Soll ich auch ihr sagen, dass die Hirtenkönige niemandem ein Leid antun werden?«

»Hadad, der Krüppel!« rief Manuk aus. »Ein berühmter Name in den Städten des Nordens, Wahrzeichen für den Widerstand gegen die Übermacht der Hirtenkönige.« Manuks Tonfall war sanfter geworden, was Jakob sich nicht zu erklären vermochte, denn der Gesichtsausdruck des Mannes war verschlossen wie eh und je. »Ich erinnere mich gut an ihn! Ein aufgeweckter und gewitzter Bengel. Er hat mich hinters Licht führen können, mich, Manuk! Er war nicht besonders groß und ich glaube, er hatte eine Beinverletzung, nicht wahr? Ah, ja ... als ich erfuhr, dass er mich übertölpelt hatte, ließ ich ihn suchen. Ich war aufgebracht, aber ich hätte ihn keinesfalls getötet. O nein, ich hätte ihn in meiner Nähe behalten, als Berater, denn ein Mann, der mich auszuspielen weiß, wäre von unschätzbarem Wert für mich gewesen.« Seine

Miene verfinsterte sich. »Nein, Hadad wurde von einer hinterhältigen, giftigen Schlange getötet!«

»Und doch lebt diese Schlange immer noch mit Euch und Eurem Volk!«, wandte Jakob ein.

»Er steht in der Gunst einiger Könige und sie wollen nicht auf seine Dienste verzichten. Jakob, ich habe nicht mehr lange zu leben.« Manuk schwieg und musterte Jakob eindringlich. »Diese furchtbare, auszehrende Krankheit, die uns alle gleichermaßen befallen kann, die Starken wie die Schwachen, hat auch mich heimgesucht. Schon in Ägypten habe ich Blut und grüne Galle speien müssen!«

»Aber Ihr werdet doch wohl Rat bei den Heilkundigen gesucht haben?«

»Damit sie mich zur Ader lassen? Pah, ich weiß, dass ich sterben werde. Aber ich habe einen Sohn, Avedis mit Namen, der sich in etlichen Schlachten bereits als tapferer Kämpfer wie auch findiger Stratege bewährt hat. Ich ... nun, ja ... ich habe ihn darauf vorbereitet, meine Nachfolge anzutreten. Das weiß auch die Schlange und er würde alles daransetzen, meinen Sohn während meiner Abwesenheit zu vernichten. Deshalb habe ich die Schlange nach Ebla geschickt, um Furcht und Uneinigkeit in der Stadt zu verbreiten. Vielleicht wird er in Ebla den Tod finden, aber darauf wage ich nicht zu hoffen. Ich würde sein Ende jedoch gerne miterleben, um auch meinen Sohn lange genug schützen zu können. Vielleicht muss ich ihn mit eigenen Händen töten, aber zuvor will ich die Stellung meines Sohnes absichern, denn die Schlange hat Freunde unter den Mächtigen.«

»Ich verstehe Eure Besorgnis«, sagte Jakob. »Und ich werde Euch als Freund in meine Gebete einschließen. Aber das beruhigt mich nicht in meiner großen Sorge, denn auf dem Weg nach Ägypten müsst Ihr durch mein Land ziehen!«

»Gibt es denn keinen anderen Weg?«, fragte Manuk und erstickte mühsam einen Hustenanfall hinter vorgehaltener Hand. »Ist es nicht möglich, den Weg an der Küste entlangzuziehen, oder finden wir dort keine Weidegründe für unsere Herden?«

Er blickte Jakob fragend an und erst jetzt bemerkte der, wie blass und ausgezehrt der Mann war, mit seinen tief in den Höhlen liegenden Augen.

»Zeigt mir den Weg entlang der Küste, damit mein Volk Euer Land verschonen kann, und ich werde dafür sorgen, dass Ihr durch uns keinen Schaden erleidet.«

Jakob erinnerte sich an Manuks letztes Versprechen, als der Angriff auf die Stadt Haran kurz bevorstand. Damals hatte er sein Versprechen eingelöst. »Auf welchem Weg werdet Ihr nach Süden ziehen? Auf der östlich oder westlich des Libanon gelegenen Straße?«

»Ich werde die Herden wohl teilen.«

»Das ist gut so. In Hasor gibt es einen Karawanenpfad, der durch die Hügel hindurch zur Küste führt.« Er begann, eine grobe Landkarte in den Sand zu zeichnen. Manuk beugte sich vor, um besser sehen zu können.

»Seht Ihr, hier bei Meggiddo gabelt sich der Pfad dreifach. Zwei der Pfade führen nach Akko und Jesreel, aber Ihr müsst auf dem dritten bleiben, der weiter nach Süden und westlich von Aschkalon zur Küste führt. Dort werdet Ihr überall saftige Weiden für Eure Herden finden. Südlich von Gaza allerdings ...« Jakob zuckte mit den Schultern. »Südlich von Gaza kann Euch nichts und niemand mehr helfen, Eure großen Herden unbeschadet und sicher durch die Wüste zu führen.«

»Euer Großvater hat damals den gleichen Weg genommen.«

»Aber seine Herden waren weitaus kleiner als die Euren!«

»Wir werden viele der Tiere verlieren. Vielleicht so viele, dass wir uns fortan nicht mehr als Hirtenvolk werden bezeichnen können, wenn wir endlich im Delta ankommen. Aber dort bedarf es keiner großen Herden, um Reichtümer zu erwerben.«

»Das ist wohl wahr«, erwiderte Jakob. »Und es kommt die Zeit, dass ein Volk sich wandeln muss. Es überrascht mich jedoch, dass Ihr dies verstehen solltet. Ich wünsche Euch eine glückliche Hand, um auch Eurem Volk diese Einsicht näher zu bringen.«

»Ich habe dies schon immer verstanden, Jakob. Der einzige Grund für unsere lange Wanderschaft war doch ihr glückliches Ende! Die Zeiten der wandernden Hirtenvölker sind vorüber, Jakob. Schon in ein, zwei Generationen wird es nur noch einige verstreute Hirten mit ihren Herden geben.«

»Da mögt Ihr Recht haben.« Jakob nickte zustimmend. Er

dachte an Ismael in Moab und an seinen Bruder Esau. »Sagt mir eines, Manuk, ist ... ist Ebla gefallen?«

»Höchstwahrscheinlich«, erwiderte Manuk. »Es war doch nur eine Frage der Zeit. Als ich in Ägypten war, erreichte mich die Nachricht vom Rückzug der Hethiter. Aber warum belastet Ihr Euch mit diesen Fragen? Euer Volk hat nichts zu befürchten, denn ich habe Euch mein Wort gegeben und mein Wort gilt auch für meinen Sohn und Nachfolger.«

»Dem mag wohl so sein«, bemerkte Jakob. »Doch was ist mit der Schlange? Solange er noch lebt, wird niemand sich in Sicherheit wiegen können, und das Wort eines aufrechten Mannes wird nichts gelten. Ihr wolltet, dass Hadad lebt, aber er hat ihn getötet!«

»Das hat er und schon dafür wird er bezahlen müssen. Wisst Ihr und Euer Volk denn nicht auch, dass die Schuld eines Mannes, der sich gegen die Seinen vergeht, ihn nicht ruhen lässt? Verlasst Euch darauf, er wird seine gerechte Strafe erfahren und dann wird auch das junge Leben des Hadad gerächt werden.« Manuk erhob sich, streckte die steifen Glieder und unterdrückte erneut den Husten. »Glaubt mir, niemand kann seinem Schicksal entrinnen, und was kommen muss, wird auch kommen, denn es steht schon seit Anbeginn der Zeiten in den Sternen geschrieben.«

Auch Jakob erhob sich und wandte sich in Richtung seines Altars. »Ich verstehe, was Ihr meint. Aber mein Volk glaubt auch daran, dass der Einzige Gott, zu dem wir beten, unser Schicksal ändern kann. Er ist allmächtig und allwissend und sein Wort gilt ...«

Jakob wollte sich erneut an seinen nächtlichen Besucher wenden, doch als er sich wieder umdrehte, lag der Platz an der Feuerstelle verlassen da. Nur das Schwert mit dem Gürtel lag noch da, wo Manuk es zuvor abgelegt hatte. Jakob trat näher, hob die Waffe auf und zog die Klinge heraus. Sehr zu seinem Erstaunen stellte er fest, dass die Schneide eine ägyptische Inschrift trug.

Kapitel 7

I

Auch an jenem Abend kam der Zeitpunkt, an dem Musuri die Erzählungen und Scherze seiner Trinkkumpane allesamt schon einmal gehört, seinen Magen gefüllt und einige Becher mehr getrunken hatte, als es für einen Hauptmann, der immerhin eine gewisse Würde bewahren musste, zuträglich sein konnte. Er hob den Blick über die Köpfe der Zecher, die sich in einer Ecke der Halle versammelt hatten, und blickte sich suchend nach Schobai um, musste jedoch verärgert feststellen, dass der Schmied nirgends zu entdecken war.

Wie merkwürdig! Schließlich war Schobai um etliches größer als die meisten der versammelten Männer. Musuri zog nachdenklich die Stirn in Falten. Wo er wohl stecken mochte? »Verzeiht«, wandte er sich an den neben ihm sitzenden Balu aus Tyrus und stand auf. »Doch ich muss mich um …«

»Aber Hauptmann, Ihr habt noch nicht von Eurer Zeit in Nubien erzählt, als Ihr fast noch ein Knabe wart. Ihr wollt doch nicht, dass wir …«

Musuri deutete eine leichte Verbeugung in Richtung des Sprechers, eines gewissen Silbel von Gaza, an. »Ich bitte vielmals um Vergebung, aber ich habe soeben festgestellt, dass mein Begleiter verschwunden ist. Ich werde ihn schnellstens suchen müssen, denn manchmal vergesse ich, dass er sich hier in Arvad nicht so gut auskennt. Ich für meinen Teil fühle mich dank Eurer Gastfreundschaft und erfolgreichen Unterstützung bei unseren Geschäften in dieser Stadt wie zu Hause! Aber mein Begleiter …« Er zeigte auf seine Augen, um dessen Schwierigkeiten anzudeuten. »Ich kann ihn hier im Saal nirgendwo entdecken und werde ihn darum suchen gehen! Entschuldigt mich also.« Musuri verbeugte sich erneut und entfernte sich, nur ein klein wenig schwankend, von der Gruppe. Was für ein höllisches Gebräu habe ich da nur getrunken, dachte er auf dem Weg durch die Menge. Es stimmt schon, was man sich über Arvad erzählt. Die

Getränke sind so berauschend, dass man sie fast als Gift bezeichnen müsste.

Urplötzlich befiel ihn eine heftige Übelkeit und er hastete, nach Luft schnappend, in Richtung einer der Ausgänge. Nur mit Mühe erreichte er die Brüstung der Terrasse hoch über dem Felsstrand, um sich des üppigen Mahls zu entledigen, das man ihm aufgedrängt hatte.

Erschöpft, nach Atem ringend und noch immer schwindelig von Übelkeit blickte er auf die mondbeschienene See hinaus. Warum nur fiel es ihm hier so schwer, sich zu orientieren? Doch ja, diese Richtung müsste Westen sein, wo in einiger Entfernung das Festland lag …

»Musuri?«, vernahm er eine vertraute Stimme hinter sich. »Du bist es doch, nicht wahr?«

Er drehte sich schnell um und erblickte Schobai, dessen Gesicht schemenhaft vom Licht aus dem Festsaal erhellt wurde. »Ja … ja doch«, brachte er mühsam hervor. »Ich wollte dich gerade suchen gehen. Aber ich fürchte, der Palmwein hat mir übel zugesetzt.« Schobai lächelte milde und verständnisvoll. »Wie kommt es, dass du noch so frisch und munter aussiehst, Schobai?«

»Ach, ich hätte mich schon viel früher in dieser Küstenregion niederlassen sollen!«, meinte Schobai fröhlich und kam mit sicherem Schritt auf den Hauptmann zu. Offensichtlich war er schon eine Weile hier draußen auf und ab gegangen, um sich mit den Gegebenheiten vertraut zu machen. »Ich hatte ganz vergessen, wie sehr ich das Meer liebe! Es macht mich stets heiter und fröhlich. Und wie erfrischend die Luft doch ist!«

»Vielleicht sollten wir uns ja hier niederlassen«, bemerkte Musuri. »Wir könnten Nikos und Kirta eine Nachricht zukommen lassen. Wenn es überhaupt einen Ort gibt, der in dieser schrecklichen Zeit vor den Hirtenkönigen sicher ist, dann doch wohl die Inselstadt Arvad!«

»Sicher, meinst du? Wie du mir sagtest, ist die Insel vom Festland aus gut zu sehen und ein wichtiger Handelspartner für die Karawanen, die von Ugarit nach Aschkalon im Süden und bis ins ferne Ägypten ziehen. Glaubst du wirklich, die Nomaden werden die Stadt auf ihrem Weg nach Süden ungeschoren lassen?«

»Nun ja«, bemerkte Musuri nachdenklich. »Ich verstehe sehr wohl, was du meinst, aber als alter Soldat muss ich dir sagen, dass diese Mauern hier nicht so leicht einzunehmen sind. Mit tausend Mann, entsprechenden Waffen und Vorräten könnte ich jeden Belagerer eine ganze Weile aufhalten!«

»Eine Stadt wie Arvad wird nicht durch den Sturm auf ihre Mauern besiegt!«, erwiderte Schobai ein wenig ausweichend. Um das Thema zu wechseln, legte er den Kopf in den Nacken und atmete tief die kühle Nachtluft ein, die den würzigen Geruch des Meeres über die Stadt wehte.

»Kannst du mir sagen, wie lange man zu Wasser braucht, um von hier nach Kittim zu gelangen?«

»Wohl an die zwei Tage, mehr nicht«, antwortete der Hauptmann. »Aber ... was hast du damit gemeint, dass Arvad nicht durch den Sturm auf die Mauern besiegt würde? Wie sollte man die Insel denn sonst einnehmen?«

Schobai wandte sich zu ihm um. »Es ist dir vielleicht nicht aufgefallen, aber ich habe mich sehr gewundert, dass an der heutigen Abendtafel jemand fehlte. Jedenfalls hat mein Tischnachbar mich darauf aufmerksam gemacht, dass ...«

»Oh, du meinst unseren großzügigen Gastgeber, König Abdiliti von Arvad«, erwiderte Musuri. »Warum scheint dir das so bedeutsam?«

»Ich habe hier und da ein wenig gelauscht«, antwortete der Schmied. »Es ist immer wieder bemerkenswert, wie sehr die übrigen Sinne geschärft werden, wenn man das Augenlicht verloren hat! Wie auch immer, König Abdiliti hält einen Empfang in der großen Eingangshalle des Palastes. Besonders auffällig daran ist die Tatsache, dass die Gäste eine Eskorte von über hundert schwer bewaffneten Kriegern mitgebracht haben.«

»Oh«, meinte Musuri erstaunt und richtete sich auf. »Das ist in der Tat recht ungewöhnlich! Und woher kommen die erlauchten Gäste? Aus Kreta oder vielleicht aus Ägypten?«

»O nein, mein Freund! Sie kommen aus dem Königreich Ugarit. Was sagst du dazu?«

Der Hauptmann schnappte erschrocken nach Luft. »Aber ... Ugarit wird von den Nomaden belagert! In einer solchen Situation kann man wohl schwerlich hundert Kämpfer entbehren, es sei denn, bei dem erlauchten Gast handelt es sich um König Asiru von Ugarit höchstpersönlich!«

Schobai hatte das Gesicht wieder dem Meer zugewandt. »König Asiru ist tot. Sein Schädel ziert die Spitze einer Lanze hoch über den ausgebrannten Straßen von Ugarit. Es überrascht mich, dass dir diese Nachrichten noch nicht zu Ohren gekommen sind! Bei mir am Tisch saß einer der Überlebenden. Er hat bis zum letzten Tag der Belagerung in der Stadt ausgeharrt und ist dann übers Meer geflohen. Ugarit ist am Tage vor dem gestrigen gefallen. Was das für uns bedeutet, kannst du dir wohl denken, nicht wahr?«

»Aber ...«, stammelte Musuri und bemühte sich, die Nebelschwaden in seinem Kopf zu vertreiben. »Das würde ja bedeuten, dass die Nomaden nur noch eine Tagesreise von hier ...«

»Falsch!«, erwiderte Schobai. »Es bedeutet, dass die Nomaden bereits hier in der Stadt sind! Hier, direkt unter uns in der Empfangshalle des Königs und zweifelsohne haben sie wieder einmal friedliche Absichten.« Die Häme in Schobais Stimme war unmissverständlich. »Das bedeutet unter anderem, dass Ebla fortan keinen Zugang mehr zu den Hafenstädten hat und ...«

»Es bedeutet auch«, unterbrach ihn der Hauptmann, »dass die Waren, die wir von Byblos und Tyrus in die Stadt geschickt haben, die Erze und Lebensmittel ... sie kamen zu spät! Ebla ist nicht mehr zu retten und auch ...« Musuri schwieg erschrocken.

»Und auch Arvad! Das wolltest du doch sagen, nicht wahr!«, fiel Schobai ein. »Ja, Arvad und Damaskus und alle anderen Orte südlich von hier bis hinunter nach Ägypten. Ebla war die letzte Hoffnung darauf, die Hirtenkönige und ihr Nomadenheer zurück nach Norden zu zwingen. Aber nun, da die Stadt auf zwei Seiten von der Außenwelt abgeschnitten ist ...« Er hielt inne, beugte sich über die Mauerbrüstung und lauschte. »Was ist das für ein Lärm dort unten?«

Musuri trat ebenfalls an die Brüstung und blickte hinunter. »Es scheint sich um eine Art von ... nun, einige Boote sind wohl gerade in den Hafen eingelaufen. Mitten in der Nacht? Wie sonderbar!« Er schüttelte den Kopf, nicht zuletzt auch, um das dumpfe Gefühl loszuwerden, das die berauschenden Getränke an der Tafel verursacht hatten. »Bei den Göttern, wer wagt es denn, bei Nacht den Weg durch die Klippen zu suchen? Schon bei Tageslicht ist es gefährlich und schwierig!«

»Es könnten feindliche Soldaten sein«, meinte Schobai unbeeindruckt. »Oder auch ein Boot mit Flüchtlingen.«

»Flüchtlinge?«, wiederholte der Hauptmann. »Flüchtlinge aus Ugarit?« Mittlerweile konnte er auch die Stimmen der Ankömmlinge vernehmen, die anscheinend keine feindlichen Absichten hatten. Die erste ihrer Vermutungen konnten sie von daher ausschließen. Er versuchte in der Dunkelheit genauere Einzelheiten zu erspähen. Aber dann war es doch wieder Schobai, dessen scharfes Gehör ihnen weiterhalf.

»Komm mit mir«, sagte der blinde Schmied. »Führe mich nach unten zum Hafen. Dorthin, wo die Boote gelandet sind!«

»Sicher, gern«, erwiderte Musuri. »Aber ... aber warum?«

»Diese Flüchtlinge ... es könnte gut sein, dass wir einige von ihnen kennen, denn sie stammen nicht aus Ugarit! Sie sind aus Ebla geflohen.«

Es war eine größere Anzahl von kleineren Schiffen, die zu dieser späten Stunde im Hafen von Arvad Schutz suchten. Fast ein halbes Dutzend hatte bereits am steinernen Kai angelegt und die Mitleid erregenden Passagiere an Land geschickt. Eine Abordnung von Stadtsoldaten war erschienen, um die Neuankömmlinge, die, ihre wenigen Habseligkeiten an sich gepresst, ängstlich auf weitere Hilfe warteten, zu bewachen. Ein kalter Wind blies von der See her und Musuri bemerkte, wie die Flüchtlinge, unter ihnen viele Frauen und Kinder, deren Kleidung von der nächtlichen Überfahrt durchnässt war, sich fröstelnd aneinander drängten. Als er näher kam, trat ihm einer der Wachsoldaten in den Weg. »Hier könnt Ihr nicht durch, Herr! Wir müssen erst ... Oh, Ihr seid es, Hauptmann Musuri! Verzeiht, ich habe Euch nicht gleich erkannt.«

»Schon gut!«, erwiderte der Soldat. Er hatte sich bei seiner Ankunft in der Stadt als Erstes bei den örtlichen Truppen vorgestellt und diese Taktik erwies sich immer wieder als äußerst nutzbringend. »Diese Leute dort, sie kommen aus der Stadt Ebla, nicht wahr?«

»Das ist richtig! Sie sind kurz vor dem Angriff auf die Stadt geflohen. Die letzte Karawane hat sich auf den Weg gemacht, als die Kämpfe bereits ausgebrochen waren!« Der Wachsoldat zuckte mit den Schultern. »Sehr bedauerlich. Vor langer Zeit hatte ich mal eine Freundin in Ebla. Aber ... wart Ihr nicht in Ebla in Diensten?«

»Und ich bin es noch«, erwiderte Musuri. »Falls Ebla noch existieren sollte. Doch was mich im Augenblick interessiert ...«, er wies mit der Hand auf Schobai, der hinter ihm stand, »einige unserer Freunde oder Verwandten könnten unter den Flüchtlingen sein. Wenn wir also ...«

»Nun, eigentlich darf ich niemanden herein- oder herauslassen, aber da Ihr als Gäste des ...« Der Soldat wollte schon den Speer zur Seite nehmen, mit dem er den Zugang versperrt hatte, als eine Gestalt in der Menge in ihre Richtung blickte und aufgeregt mit beiden Händen winkte.

»Seht Ihr«, rief Musuri erfreut. »Dort ist einer unserer Freunde! Ihr müsst ihn herauslassen! Nikos! Nikos! Komm herüber zu uns!«

Wenig später schon saßen sie im Warmen und stärkten sich mit heißer Suppe und gewürztem Wein. Musuri war der Erste, der die längst überfällige Frage zu stellen wagte. »Wo ist Kirta?«

In Nikos Gesichtsausdruck mischten sich Wut und Verzweiflung. »Wir wissen es nicht! Bei der Panik, die in der Stadt ausbrach, haben wir uns aus den Augen verloren. Er ist einfach davongelaufen. Ihr wisst ja, er hatte hohes Fieber und Jatara hat ihn nur für eine kurze Weile allein gelassen, um ...«

»Es ist alles nur meine Schuld«, schluchzte Jatara. »Ich weiß, ich hätte niemals ...«

Nikos nahm sie in die Arme und klopfte ihr beruhigend auf den Rücken. »Es hat doch keinen Zweck mehr, nach einem Schuldigen zu suchen, Jatara. Dazu ist es zu spät! Und wir haben es selbst nur mit Mühe und Not aus der Stadt herausgeschafft!«

Schobai brannte jedoch darauf, noch mehr zu erfahren. »Hat man die Stadtbewohner tatsächlich nicht gewarnt, sodass der Überfall völlig überraschend kam?«

»Die Armee im Norden wurde von den Nomadenheeren überrannt«, erwiderte Nikos. »Als wir davon erfuhren, war es schon fast zu spät für die Flucht. Ich musste eine Menge Bestechungsgeld zahlen, damit man uns aus der Stadt ließ, denn die Garnison wollte alle Männer dort festhalten.« Er streckte die Hände über das Feuer, um sich zu wärmen. »Du kannst dir nicht vorstellen, wie erleichtert und froh ich bin, endlich wieder in Sicherheit zu sein, nach dieser überstürzten und gefährlichen Flucht!«

Als Nikos jedoch erst den Schmied und dann Musuri anblickte, ließen ihn deren ernste Mienen zweifeln. »Was ist?«, fragte er verunsichert. »Wollt ihr mir etwa sagen, dass wir auch hier noch in Gefahr sind?«

»Noch vor etwa einer Stunde hätte ich die Freude über die geglückte Flucht ungeteilt mit dir feiern können!«, meinte Musuri ernst. »Doch das beweist nur, wie leicht man sich in falscher Sicherheit wiegen kann. Wir waren zu einem Festmahl der Händler geladen, drüben im Palast. Ich war zuversichtlich, da wir einiges erreicht hatten, doch dann erzählte Schobai mir von den Gesprächen seiner Tischnachbarn. Wie es scheint, hat König Abdiliti just zur gleichen Stunde eine Abordnung aus Ugarit empfangen, um Friedensverhandlungen zu führen.«

»Friedensverhandlungen?«, fragte Nikos erstaunt. Er schwieg eine Weile nachdenklich. »Aber ... aber das hieße ja, dass man in Arvad noch nichts vom Fall der Stadt Ebla weiß! Nun, die Nachricht wird sich schnell verbreiten, nachdem wir alle hier Zuflucht suchen!«

Musuri hatte die Stirn in Falten gelegt. »Ich wüsste zu gern, was in jener Empfangshalle besprochen wird. König Abdiliti verhandelt vermutlich so, als befände er sich in einer starken Position. Er glaubt, Arvad könne nicht so leicht eingenommen werden aufgrund der Insellage, und da die Nomadenkönige keine Schiffsflotte besitzen ...«

»Dabei sind sie inzwischen wahrscheinlich doch schon im Besitz von Schiffen«, unterbrach ihn Schobai. »Die Flotte des Königs von Ugarit ist zwar nicht sehr groß, aber ... wer weiß, ob es sich bei den Verhandlungsführern nicht um Verräter handelt!« Er hob plötzlich den Kopf und wandte ihn suchend nach rechts und links. »Musuri, wo steckst du?«

»Ich bin noch hier«, erwiderte der Hauptmann. »Und ich weiß genau, was du denkst! Einer von uns sollte sich auf das

Dach des Palastes begeben, denn es ist gut möglich, dass die Flotte aus Ugarit schon mit der Morgenflut hier einlaufen wird!«

»Richtig!«, stimmte Schobai zu. »Und wir sollten auch schleunigst unser Hab und Gut zusammenpacken!«

»Da ist nicht mehr viel zu tun«, meinte Musuri. »Den größten Teil dieser Arbeit habe ich gestern Abend schon erledigt, sodass für Euch nur noch ein kleiner Rest bleibt. Aber ... ich vergaß zu erwähnen, an der heutigen Tafel habe ich mich mit einem gewissen Balu aus Tyrus angefreundet. Vermutlich sitzt er immer noch dort und lässt mit den anderen Händlern den Becher kreisen. Wie dem auch sei ... eines seiner Schiffe soll morgen früh auslaufen, in Richtung Kittim, Anatolien und Kreta. Ich werde zusehen, dass er uns mitnimmt.«

»Ein guter Plan«, stimmte Schobai zu. »Nikos und ich werden uns also um unsere Habseligkeiten kümmern und Jatara und die Kinder können sich hier noch ein wenig aufwärmen, während du dafür sorgst, dass wir auf dem Schiff mitfahren können!«

»So soll es sein!«, erwiderte Musuri und erhob sich.

Mit seiner Hand auf dem Arm des Griechen eilte Schobai mit sicherem Schritt die Stufen hinauf, fast so, als hätte er sein Augenlicht niemals eingebüßt. Das Herz schlug ihm jedoch bis zum Halse, sowohl aus Furcht angesichts der erneut bedrohlichen Umstände als auch aufgrund der Aufregung und Freude über die bevorstehende Seereise. Seit sie an der Küste eingetroffen waren, um Erze und anderen Nachschub für die Armee in Ebla zu besorgen, hatte sich seine Stimmung stetig verbessert.

Aber nein, das allein war nicht der Grund für seine wiedererwachte Lebensfreude. Da gab es noch einen anderen Grund, denn allein der Gedanke, hier an den Gestaden eines Meeres zu leben, das sich, wie man sagte, unendlich nach Westen ausbreitete, beflügelte seine Lebensgeister. Es war wohl das Wissen darum, alle Sorgen und Nöte hinter sich zu lassen, um an Bord eines Schiffes zu neuen, fernen Ländern aufbrechen zu können. Wie merkwürdig, dass diese Gedanken keineswegs mehr beeinträchtigt wurden durch die Tatsache, dass er blind geworden war! Und schon morgen würden er und seine Freunde sich auf hoher See befinden, auf dem Weg zu neuen, unbekannten Küsten, die weiter entfernt lagen, als er, der Weitgereiste, sich je hatte träumen lassen.

Doch dann musste er an seinen Vater Kirta denken und die finstere Verzweiflung, die ihm so vertraut geworden war, schien seine Freude erneut überschatten zu wollen. Kirta, einsam und verloren inmitten der Kriegswirren einer dem Untergang geweihten Stadt, während die grausamen Horden der Nomadenkrieger unaufhaltsam vorrückten …

Aber nein! Jetzt war nicht die Zeit, darüber nachzudenken. Jetzt war es Zeit zu handeln.

In diesem Augenblick spürte er, wie Nikos ihn heftig am Ärmel zog. »Schobai, hier entlang!«, flüsterte der Grieche. »Dort vorn kommt uns jemand entgegen!« Er führte den Blinden von der Treppe fort und durch einen langen Gang. Schobai lauschte angestrengt und meinte, neben ihren eigenen auch andere Schritte zu vernehmen, die sich ihnen vom anderen Ende des Durchgangs her näherten.

»Ich verstehe nicht ganz«, meinte er leise. »Wo führst du uns hin?«

»Schscht«, machte Nikos statt einer Antwort und schob ihn in einen der angrenzenden Räume. Leise schloss er dann eine Tür hinter sich. »Ich weiß nicht, was für ein Raum dies ist, aber es brennt noch eine Fackel, sodass bald jemand zurückkehren könnte. Bis dahin müssten wir allerdings schon wieder fort sein. Du musst wissen, dass die Männer, die ich auf dem Gang gesehen habe, die Farben der Armee von Ugarit trugen. Zweifelsohne gehören sie also zu jener Abordnung, die du erwähnt hast. Und mir ist eingefallen, dass man dich in Ugarit sehr gut kennt, von daher dachte ich mir, es ist besser …«

»Gut getan!«, stimmte Schobai zu. »Ich war in Ugarit wohl bekannt. Aber auch im Lager der Nomaden! Wir werden also hier warten, bis sie wieder …« Er hielt inne und gebot auch Nikos zu schweigen. »Sie kommen näher, sind schon fast vor unserer Tür …«

Während er noch sprach, hielten die Schritte auf dem Gang an, wie es schien, genau vor dem Zimmer, in dem sie Zuflucht gesucht hatten. Nikos fluchte leise, als er den schweren Riegel an der Tür bemerkte, den er mit Leichtigkeit zu ihrem Schutz hätte schließen können.

Und dann setzte Schobais Herz für einen Moment aus, als er draußen eine Stimme vernahm. »Ihr könnt schon weitergehen. Ich werde diesen Raum hier untersuchen und euch dann folgen.«

Die Tür wurde mit einem Ruck geöffnet.

Doch der Mann, der jetzt im Rahmen erschien, trat nicht sofort ein. Er war von etwas weniger als mittlerer Größe, schlank und kräftig. Mit der Haltung eines sprungbereiten Raubtieres blieb er stehen, die Hand an der Hüfte, um das lange Schwert zu ergreifen, das im Fackellicht gefährlich glitzerte. Ein wolfsähnliches, boshaftes Grinsen entblößte eine Reihe schief gewachsener Zähne.

»Nun, wen sehe ich denn da?«, meinte der Mann höhnisch. »Schobai! Nach all den Jahren! Was für eine erfreuliche Überraschung.«

Nikos spürte, wie die Hand des Blinden auf seinem Arm zu zittern begann.

»R-Reschef«, erwiderte Schobai den Gruß mit heiserer Stimme.

II

Ohne Eile betrat der Mann nun den Raum und schloss die schwere Tür hinter sich. »So«, sagte er befriedigt, als er sich den beiden wieder zuwandte. »Wir wollen doch nicht, dass jemand unsere kleine Wiedersehensfeier stört, nicht wahr?« Sein Grinsen wirkte unheimlich. Nikos stellte sich zwischen Schobai und den Eindringling. »Nein, nein, bleibt, wo Ihr seid!«, rief der Mann und kam drohend näher. »Nichts und niemand soll uns mehr trennen, nicht wahr, Schobai? Wir haben uns doch so vieles zu sagen, nach der langen Zeit!« Er lachte boshaft. »Du bist so schweigsam, Schobai, freust du dich etwa nicht, mich wiederzusehen?«

Nikos wich zurück, hielt sich aber immer noch zwischen dem Eindringling und dem blinden Schmied. Reschef machte einige Schritte nach vorn, die Hand spielerisch um den Schwertknauf gelegt. »Sieh mal, mein Freund«, wandte er sich dann erneut an Nikos. »Habe ich dich nicht höflich gebeten, aus dem Wege zu gehen? Ich weiß zwar nicht, wer du bist, aber ich rate dir noch einmal, mir nicht länger im Wege zu stehen.«

Nikos gelang es, die kalte Furcht in seinem Inneren zurückzudrängen. »Lasst uns in Frieden!«, erklärte er mit fester Stimme. »Ich werde die Palastwachen rufen, wenn Ihr nicht verschwunden seid, bis ich ...«

»Die Palastwachen?«, höhnte Reschef. »Nun, vielleicht wirst du tatsächlich noch die Gelegenheit dazu haben. Und vielleicht werden die Wachen sogar versuchen, sich einzumischen. Aber bis sie hier eintreffen, habe ich längst meinen Spaß gehabt! Und noch etwas gebe ich dir zu bedenken! Mein Wort steht gegen das deine und welche Bedeutung könntest du schon für König Abdiliti von Arvad haben? Nicht viel mehr als ein jämmerlicher Haufen Strandgut bist du für ihn! Du bist Grieche, nicht wahr? Und ich ... ich bin der Abgesandte des Herrschers von Ugarit! Ein Mann, dessen Verbündete gerade erst den aufsässigen Monarchen in Ugarit beseitigt haben, der sich anmaßte, den Nomadenkönigen Widerstand entgegenzusetzen. Ja, ich bin derjenige, in dessen Händen das Schicksal des Königreichs Arvad ruht. Während des gesamten Empfangs konnte ich sehen, wie sich Abdilitis Ängste stetig vermehrten und er weiß seine Lage sehr wohl einzuschätzen!« Reschef blickte sich kurz in dem Raum um. »Wie rücksichtsvoll von euch, ein Zimmer direkt neben dem meinen auszusuchen. Und auch hier gibt es wahrscheinlich eine Terrasse zum Meer hin, damit ich eure Überreste loswerden kann, wenn ihr versteht, was ich meine!«

Nikos hatte sich vorsichtig weiter zurückgezogen und sich seinerseits vergeblich in dem Raum nach einer Waffe umgesehen. »Ihr versucht doch nur, uns einzuschüchtern!«, wandte er sich an den Eindringling. »Wenn ich jetzt nach den Wachen rufe ...«

»Du glaubst, meine Drohungen seien nur leeres Geschwätz?«, erwiderte Reschef. »O nein, da täuschst du dich gewaltig! Frag Schobai, ob ich meine Drohungen nicht wahr zu machen gewohnt bin! Er hatte sogar einmal Mörder gedungen, um mich aus dem Weg zu räumen, doch von diesem Überfall sind nur einige Narben in meinem Gesicht zurückgeblieben.

Damals schwor ich, mich zu rächen. Und ich habe mein Wort gehalten! Ich war es, der Schobai geblendet hat. Und ich habe auch seinem verkrüppelten Bruder die Eingeweide aus dem Leib gerissen, um sie den Geiern zum Fraße vorzuwerfen. Und jetzt werde ich mit Schobai weitermachen, geh also endlich zur Seite und ...«

Nikos war in den Nebenraum getreten. Dort hing eine Fackel an der Wand, die beide Räume beleuchtete. Schnell griff er nach oben, nahm die Fackel aus der Halterung und schwang sie drohend in Richtung des Eindringlings. Reschef wich fluchend zurück

»Schnell, Schobai!«, rief Nikos. »Lauf zur Tür! Sie liegt direkt vor dir, ein gutes Dutzend Schritte entfernt! Ich halte ihn solange auf.«

»Leg das weg!«, kreischte Reschef dazwischen. »Du hast mir den Arm verbrannt!«

»Du hast den Pechbrand in Händen?«, fragte Schobai, »das Fackellicht?«

»Ja, ja doch! Geh zur Tür, Schobai, schnell!«

Doch der blinde Schmied machte stattdessen einen Schritt auf ihn zu und nahm ihm die Fackel aus den Händen. »So ist es besser, mach, dass du zur Tür hinauskommst, Nikos!« Er schwenkte das Licht in weitem Bogen vor sich her. »Mach die Tür auf, Nikos, schnell! Und dann hinaus mit dir!«

Nikos gehorchte und lief auf den Gang hinaus. Dort drehte er sich um und rief zurück in den Raum. »Schobai, nun komm schon!«

Einen kurzen Moment zögerte der blinde Schmied, doch dann schleuderte er die brennende Fackel in hohem Bogen auf den Gang hinaus, warf die Tür ins Schloss und schob den Riegel vor. Nikos wollte ihm zu Hilfe eilen, aber die Tür war fest verschlossen.

»Und jetzt«, flüsterte Schobai drohend, »jetzt sind wir beide hier allein, Reschef! Allein in der Dunkelheit! Einer Dunkelheit, die mir nicht mehr neu ist! Aber du, du hast nun einen deiner Sinne verloren, den allerwichtigsten!«

»Du vergisst, dass ich im Unterschied zu dir bewaffnet bin!«, erwiderte Reschef und schwang das Schwert durch die Luft.

Aber er traf nur die Wand und helle Funken sprühten, die ihn erkennen ließen, dass Schobai verschwunden zu sein schien. Wo war er hin?

»Deine Waffe wird dir nichts nützen«, meldete sich Schobais Stimme aus einer anderen Ecke des Raumes. »Hier und jetzt bin ich der Sehende, Reschef, und du bist blind!«

Reschefs Schwerthand begann zu zittern. Er ließ das Schwert in weitem Bogen kreisen, ohne auf ein Hindernis zu stoßen. Im gleichen Augenblick spürte er eine Berührung, die Todesangst in ihm hervorrief, obwohl es nur die zarte Berührung einer Fingerspitze im Nacken war.

»Siehst du?«, vernahm er Schobais Stimme, schon wieder in einiger Entfernung. »Ich kann dich jederzeit berühren, wenn ich möchte. Doch du triffst mich nicht!«

Reschef bemühte sich, die flüsternde Stimme zu orten und stach mit aller Kraft zu. Doch erneut traf die Klinge ins Leere. Er trat ängstlich zurück und da war sie wieder, die zarte Berührung einer Fingerspitze, diesmal auf seiner Stirn.

»Siehst du?«, hörte er den Schmied fast belustigt sagen. »Ach, es ist so einfach! Fast zu einfach.«

Die unheimliche Stimme schwieg und erneut spürte Reschef eine Berührung im Nacken. Er wirbelte herum und stach zu, traf ins Nichts.

Draußen vor der Tür hörten sie jetzt Nikos lautes Rufen: »Schobai! Bei den Göttern! Komm heraus!«

Reschef spitzte die Ohren. Dort also war die Tür. Vorsichtig bewegte er sich darauf zu, schwang das Schwert zu beiden Seiten, verzweifelt darum bemüht, die Todesangst zurückzudrängen, die ihm langsam die Kehle zuschnürte.

»Hah!«, erschreckte ihn die Stimme des Schmieds, diesmal lauter und direkt neben seinem Ohr. Er hieb mit der Klinge wild in die Richtung, aus der der Ruf erschollen war, vergebens! Doch just in dem Augenblick, in dem er die Waffe am weitesten von sich gestreckt hatte, spürte er eine Hand an seinem Gelenk, und Schobai entrang ihm mühelos das Schwert.

»N-nein!«, protestierte Reschef entsetzt, wich zurück und prallte mit dem Rücken gegen die schwere Eichentür. Er taumelte zur Seite, versuchte verzweifelt, Deckung zu finden, sich zu verstecken. »Nein, lasst mich …«, stammelte er. Aber das Schwert, vor dem sich Reschef fürchtete, war nicht die Waffe, mit der Schobai den Kampf fortsetzen wollte. Reschef hörte in einer entfernten Ecke des Raumes ein metallisches Klirren, als die Klinge zu Boden fiel.

»Du fürchtest dich also vor einem Schwert?«, fragte Schobai nun laut und vernehmlich. »Schwerter sind jedoch nichts für mich! Kinderspielzeug! Du hast wohl vergessen, dass ich sie einst selber geschmiedet habe. Ich nehme sie nicht so wichtig, wie ihr starken Krieger es tut, die ihr euer ganzes Selbstbewusstsein an der Kraft eurer Klingen festmacht! Auch hätte ich niemals ein Schwert gegen einen schwachen Knaben wie meinen Bruder Hadad erhoben! Aber du, du musstest ihn erniedrigen, nicht wahr, bevor du ihn getötet hast …«

»O nein«, erwiderte Reschef, verzweifelt bemüht, Zeit zu gewinnen und den blinden Riesen abzulenken. »Nein, so war es ganz und gar nicht! Dein Bruder … ich musste ihn töten! Er hat … er hat mir einen harten Kampf geliefert, ich musste mich zur Wehr setzen! Er war doch auch ein Schmied wie du und er hatte diese kräftigen Arme! Beinahe hätte er mich besiegt! So einen harten Hieb habe ich noch niemals zuvor abbekommen und ich musste ihn töten, um mein Leben …«

Ein kräftiger Schlag traf ihn mitten im Satz ins Gesicht. »Lüg mich nicht an, Reschef! Nicht hier und jetzt! Meine Geduld mit dir ist fast am Ende! Nur die Wahrheit kann dir noch helfen!«

Reschef wich angstvoll zurück, aber es war bereits zu spät. Die riesenhaften Hände ergriffen ihn und hoben ihn hoch, seine Arme wurden an den Oberkörper gepresst, eine Hand hielt seine Füße zusammen, sodass er die Beine nicht mehr bewegen konnte. Wie ein Stück Wildbret hing er in der Luft. »Und nun«, ließ sich Schobai wieder vernehmen. »Führe mich auf die Terrasse, ins Mondlicht! Ich will, dass du dir genau ansiehst, wie du mich zugerichtet hast. Danach werde ich dich loslassen, versprochen. Sag mir also, wo der Ausgang zur Terrasse ist.«

»Ich … ich glaube, direkt vor uns. Nur ein Stück geradeaus. Vor der Tür … hängt ein Vorhang. Aber …« Er spürte, wie der blinde Riese die angegebene Richtung einschlug. Schobai hielt ihn fest und hoch über dem Boden, als wäre das Gewicht eines erwachsenen Mannes für ihn kaum eine Belastung. »Du … du wirst mich wieder loslassen?«

»Das habe ich versprochen«, erwiderte Schobai unbewegt. Für einen kurzen Moment ließ er Reschefs Füße los, um den Vorhang mit einem schnellen Griff herunterzureißen. Mondlicht erhellte den Raum und schon hatte der Schmied sein Opfer wieder fest im Griff und trat auf die Terrasse.

»Das gefällt mir schon besser! Ah, die frische Brise vom Meer! Fast kann ich das Mondlicht auf der Haut verspüren! Jetzt sieh genau hin, Reschef! Sieh dir mein Gesicht an! Kannst du die Narben erkennen? Die leeren Augenhöhlen?« Er ging weiter nach vorn, bis er die steinerne Brüstung berührte, die die Terrasse hoch über der Felsenküste begrenzte. »Dieses Gesicht habe ich dir zu verdanken, Reschef! Wie lange du noch zu leben hast, liegt in den Händen der Götter! Aber der Anblick dieses entstellten Gesichts wird dich nicht mehr verlassen! Es wird dich Tag und Nacht verfolgen. Du wirst aus dem Schlaf aufschrecken, kalten Schweiß auf der Stirn, und wissen, dass irgendwo in der Weite der unendlichen Finsternis dieses Gesicht deiner harrt! Dieses Gesicht und diese Hände, die darauf brennen, dir den Hals zuzuschnüren!« Schobai verstärkte den Griff seiner Hände und Reschef schrie schmerzvoll auf.

»Bitte«, flehte er. »Du hast … du hast es doch versprochen. Lass mich endlich los …«

»Du bittest mich?«, erwiderte Schobai. »Das gefällt mir in der Tat! Natürlich könnte ich dich noch ein Weilchen quälen, bis du vor Entsetzen wimmerst, aber deine Bitte soll mir genügen. Und du hast Recht! Ich habe versprochen, dich loszulassen! Und das werde ich auch tun!«

Reschef hielt entsetzt den Atem an, als der Riese sich leicht nach vorn beugte und ihn hoch über dem Abgrund in die Luft hielt. »Nein!«, schrie er. »Nein …«

Doch dann löste sich der eiserne Griff und das Letzte, was Reschef im hellen Mondlicht sah, war die versteinerte Miene des blinden Schmieds, hoch über ihm. Kaum einen letzten Schrei konnte er hervorstoßen, als der felsige Untergrund auf ihn zustürzte und er das Bewusstsein verlor.

Gerade hatte Nikos die Fäuste erhoben, um damit gegen die Eichenbohlen zu trommeln, als sich die Tür öffnete. »Schobai!«, rief er unendlich erleichtert aus. »Aber ... wo ist Reschef?«

Schobai grinste breit und triumphierend, fast wie ein kleiner Junge, dem ein besonderer Streich gelungen ist. »Reschef? Reschef ist Vogelfutter! Oder Fischfutter, wer weiß? Ich habe ihn von der Brüstung fallen lassen!«

Überrascht von der Stärke und dem erneuten Selbstbewusstsein, das der blinde Mann ausstrahlte, schwieg Nikos einen Augenblick, bevor er sich wieder an ihre gefährliche Lage erinnerte. »Komm mit, Schobai! Wir haben keine Zeit zu verlieren. Lass uns schnellstens deine Sachen holen. Hier entlang, ich führe dich zurück zur Treppe!«

»Ach Nikos! Zum ersten Mal seit Jahren fühle ich mich wieder lebendig!« Schobai reckte spielerisch die Fäuste gen Himmel. »Lebendig und voller Kraft!«

»O ja, das sehe ich«, stimmte der Grieche zu. »Trotzdem, Schobai, wir müssen uns beeilen!«

An der Treppe begegnete ihnen der Hauptmann Musuri, der aus dem oberen Stockwerk kam. »Da seid ihr ja! Ich habe mit Balu gesprochen und ihn über die allgemeine Lage in Kenntnis gesetzt. Er kann es kaum erwarten, die Anker zu lichten! Wir werden schon mit der morgendlichen Ebbe auslaufen. Ihm wäre es am liebsten, wir würden noch zu dieser Stunde in See stechen! Er war sehr aufgebracht, als er hörte, dass Abdiliti eine Abordnung der Verräter aus Ugarit empfangen hat, denn er war mit Asiru befreundet! Er ...« Musuri unterbrach seinen Redeschwall und blickte Schobai erstaunt an. »Was ist denn mit ihm geschehen?«, wandte er sich erstaunt an den Griechen.

»Das erzähle ich dir später!«, antwortete Schobai stattdessen und grinste breit. »Lass uns erst deine Bündel holen und uns dann um Jatara und die Kinder kümmern! Hast du die Eskorte aus Ebla schon entlassen und die Packtiere verkauft?«

»Das habe ich! Die Soldaten waren keineswegs versessen darauf, mit uns in Richtung Ebla zurückzukehren, angesichts der veränderten Lage. Und Balu hat den Verkauf der Tiere für mich übernommen. Er sagte, das würde keine Schwierigkeiten bereiten! Er ist einer der besten Händler, die ich kenne!«

»Gut so!«, bemerkte Schobai. »Auch wenn es nicht von Bedeutung ist! Besitztümer sind niemals von entscheidender Bedeutung! Und auch das Geld ist es nicht, glaubt mir! In spätestens einem Jahr, wenn die Nomadenkönige überall im Land bis hinunter nach Gaza die Macht übernommen haben, werden all diese Reichtümer wertlos sein! Wir aber können stets ein neues Auskommen finden! Und darum ist es so wichtig, dass wir übers Meer fliehen, um uns in Sicherheit zu bringen.«

»Schobai«, fiel Nikos ein. »Ich glaube nicht, dass wir uns auf einer der Inseln wirklich und wahrhaftig in Sicherheit wiegen können.«

»Das weiß ich wohl«, erwiderte der blinde Schmied. »Aber zumindest haben wir eine Chance. Wir alle verfügen über Fertigkeiten, die einen gewissen Wert besitzen. Sogar ein Blinder wie ich! Zumindest bin ich ein kräftiger Ruderer. Oder ich werde den Leuten während des Mahles Lieder zur Erheiterung singen. Oder ... nun, das ist jetzt nicht wichtig! All das ...«, er machte eine weit ausholende Geste, als wolle er den Palast, die Inselstadt, das dahinter liegende Festland mit der gefallenen Stadt Ebla und den unaufhaltsamen Armeen der Nomadenkönige mit einer Handbewegung hinwegfegen, »all dies liegt hinter uns! Dieser Teil unseres Schicksal ist besiegelt und vergangen! Die Nomaden haben gewonnen! Lassen wir ihnen diesen Triumph! Aber wir ... Nikos, Musuri! Vor uns liegt ein neues Leben, dort, jenseits des Meeres!«

Die aufgehende Sonne tauchte das Himmelsrund in rosige Farben. Balu aus Tyrus stand, die Hände in die Hüften gestemmt, am äußersten Ende der Hafenmole und überwachte die letzten Ladearbeiten. Er zupfte nervös an seinem Bart herum, denn nicht weit von ihm entfernt diskutierte Metinti aus Aschkalon, der Kapitän des Schiffes, heftig mit dem Hafenmeister. Schließlich legte er zwei Finger auf die Lippen und ließ einen schrillen Pfiff hören. Metinti wandte den Kopf, nickte und verabschiedete sich von seinem Gesprächspartner. Fast im Laufschritt eilte er die Pier herunter auf Balu zu. »Er hat mir erzählt, dass er den Befehl erhalten hat, kein Schiff aus dem Hafen zu lassen und auf weitere Anweisungen von König Abdiliti zu warten«, berichtete er ein wenig atemlos.

»Oh, und was hast du ihm geantwortet?«, fragte Balu missmutig.

»Ich habe ihm gesagt, dass ich den Befehl hätte, ihm fünfzig Goldschekel zu zahlen, damit er sein verdammtes Schandmaul geschlossen hält!«, antwortete der Kapitän gut gelaunt. »Zugegebenermaßen ein hoher Preis, aber auch das einzig vernünftige Angebot! Seid Ihr so weit?«

Balu wandte sich wieder dem Schiff zu. Vorn am Bug bemerkte er den blinden Riesen, der aufrecht und glücklich lächelnd an der Reling stand. Er schüttelte ungläubig den Kopf. Welchen Grund könnte ein blinder Mann wohl haben, so glücklich zu lächeln?

»Ich bin so weit!«, sagte Balu schließlich. »Leinen los, da vorne!«

Zwei Fischer, die mit ihrem frisch geflickten Netz über der Schulter den steinigen Pfad zum Strand heruntergeklettert waren, entdeckten ihn als Erste.

»Sieh doch mal, hier liegt einer!«, rief der ältere von ihnen. »Hat sich wohl letzte Nacht betrunken und ist dann übers Geländer gefallen.«

Der zweite Fischer legte sein Ende des aufgerollten Netzes auf die Steine und ging näher. »Sieht aus, als wär's ein Soldat«, meinte er. »Und wenn ich mich recht besinne, trägt er die Farben von Ugarit. So ein Pech aber auch, solche wie er tragen niemals Schmuck oder andere Kostbarkeiten mit sich.«

Der ältere der Fischer kniete neben dem leblosen Körper nieder. »Verdammt! Sein Schwert ist auch fort! Und nicht mal ...« Er hielt inne und schnaufte dann erschrocken. »Kaum zu glauben, aber ... er atmet noch! Zwar nur sehr schwach, aber er lebt!«

»Komm weg hier!«, mahnte sein Begleiter. »Hier ist nichts zu holen und uns bleibt die Arbeit liegen!«

»Hm«, meinte der Ältere und erhob sich zögernd. »Vielleicht gibt es ja eine Belohnung dafür, dass wir ihn gefunden und ihm geholfen haben? Und ... sieh doch!«, fuhr er im Flüsterton fort. »Er hat die Augen geöffnet! Und er hat uns beide gesehen! Wenn wir ihm jetzt nicht helfen und er wird später gefunden und erkennt uns wieder als diejenigen, die ihn einfach hier liegen ließen? Nein, nein, wir müssen ihm helfen!«

»Aber dann verpassen wir die Flut!«

»Nicht zu ändern! Es sei denn …«

Sie blickten einander schuldbewusst an und schwiegen nachdenklich.

»Nein«, flüsterte der ältere der beiden schließlich. »Es bringt Unglück, ihn so zu beseitigen!«

»Wie du meinst! Helfen wir ihm also! Nimm seine Beine, ja?«

Er erwachte vom halblauten Gespräch der Heilkundigen. Als er den Mund öffnete, um zu sprechen, konnte er jedoch nur ein schmerzerfülltes, heiseres Krächzen von sich geben. Er versuchte sich aufzurichten, aber ein stechender Schmerz in seinen Beinen hielt ihn zurück. Erschöpft und von Schwindelgefühl befallen, ließ er den Kopf wieder auf die Kissen sinken und lauschte den Gesprächsfetzen.

»… gehört wohl zu der Abordnung aus Ugarit. Niemand scheint zu wissen, wie er über die Brüstung gestürzt ist, aber sein Name ist wohl Resef oder Reschef und er bekleidet den Rang eines Hauptmannes.«

»Was ist mit seinen Beinen?«

»Wir haben alles nur Mögliche für ihn getan. Aber das Hüftgelenk wurde schwer geschädigt. Er wird wohl für den Rest seines Lebens ein steifes Bein haben. Seine Soldatenkarriere ist damit wohl beendet, denn er wird nicht einmal mehr im Sattel sitzen können …«

Was redet Ihr da?, wollte Reschef fragen, aber seine Stimme versagte erneut. Sein Kopf fiel zurück in die Kissen, und als er versuchte, den Unterleib zu bewegen, spürte er nur den entsetzlichen Schmerz, der das soeben vernommene Urteil bestätigte.

Kapitel 8

I

Im Bug des kleinen Schiffes war Djedi erneut in einen unruhigen Schlaf gefallen. Einen Arm hatte er schützend über die Augen gelegt, der andere hing über die Bordwand und seine Fingerspitzen streiften durchs Wasser. Im Heck saß Meret, eine Hand am Ruder, und beobachtete den erschöpften und fiebernden Soldaten mit wachsender Besorgnis. Es schien wenig genützt zu haben, dass sie seine Wunden ausgewaschen und einen Verband angelegt hatte. Nein, trotz all der Bemühungen ging es ihm immer noch nicht besser.

Wäre ihr Vater noch am Leben, hätte alles anders kommen können. Als wohlhabender und einflussreicher Mann hätte er sich an die Priester von Sekhmet wenden können und deren besonderes Wissen hätte ihnen weitergeholfen. Es hätte einen sicheren Ort für Djedi gegeben, angemessene Pflege durch Heilkundige und ihre Helfer, die ihm allerlei Mittel eingeflößt hätten zur Heilung und Reinigung und Stärkung, um die Schwäche und Krankheit, alles Böse und Üble aus seinem Körper zu vertreiben …

Meret seufzte traurig und ließ den Blick übers Wasser schweifen. Statt der kundigen Pflege war nur sie da gewesen, mit all ihrer Unerfahrenheit. Bei dem Wenigen, das sie für ihn tun konnte, hatte er sie anleiten müssen, jede Kleinigkeit beim Reinigen und Anlegen der Verbände geduldig erklärt, so wie er ihr auch beigebracht hatte, das Boot zu steuern und des Nachts am Ufer zu befestigen, damit es von der Strömung nicht wieder fortgerissen wurde.

Djedi stöhnte leise und öffnete die Augen. Er bemerkte, dass seine Hand im Wasser hing, und zog sie heraus. Der Schmerz in seiner Seite ließ ihn wieder zusammenzucken. Dann steckte er den Finger in den Mund und kostete von dem Nass, richtete sich mühsam ein wenig auf und versuchte, die entsetzlichen Schmerzen nicht zu beachten. »Meret«, sagte er. »Es schmeckt salzig, das Wasser! Wir nähern uns der Mündung des Flussarmes.«

»Bedeutet dies auch, dass wir uns der Stadt Sile nähern?«, fragte sie.

Er drehte sich ein wenig zur Seite, um sich weiter aufrichten zu können. Sein Gesicht war von Schmerzen gezeichnet, die Augen lagen tief in den Höhlen und die Lippen waren vom Fieber aufgesprungen. »Nein«, erwiderte er endlich. »Dieser Flussarm führt nicht in die Nähe von Sile. Er mündet in den Mansala-See. Es war nur die beste und schnellste Möglichkeit, uns von den marodierenden Räuberbanden zu entfernen. Dort drüben ...« Auch seine Stimme war nur schwach und er hustete unter Schmerzen. »Wenn es uns gelingt, die große Landzunge zu umrunden, befinden wir uns im Nordwesten von Sile. Ich ... ich glaube, ich weiß noch, wo sich dort eine kleinere Kaserne befindet.« Er hustete erneut und versuchte sich umzusehen. Doch überall wurde der Blick durch hohes Schilf begrenzt. »Ich fürchte, du wirst lernen müssen, wie man mit den Segeln umgeht, Kleines!«

»Segeln?«, erwiderte Meret. »Aber ...« Doch dann erinnerte sie sich an ihren festen Entschluss, nichts zu tun oder zu sagen, was Djedi entmutigen oder schwächen würde. »Aber ja!« stimmte sie zu, so fröhlich sie konnte. »Wenn du sagst, dass ich es lernen kann, dann werde ich es auch lernen!«

Er lächelte sie an und dann überfiel ihn wieder das Schwächegefühl und er schloss die Augen, um den Schwindel zu bekämpfen, der die Welt um ihn her im Kreise tanzen ließ. »O ihr Götter«, betete er halblaut, obwohl er eigentlich nie einer Glaubensgemeinschaft angehört, nur selten einen der vielen Tempel besucht oder sich auf die Hilfe der diversen Gottheiten verlassen hatte. »Lasst mich nur noch einige Tage leben. So vieles muss ich ihr noch zeigen und sagen, das sie unbedingt wissen muss ...«

»Was hast du gesagt, Djedi?«, fragte ihn Meret. »Was muss ich unbedingt wissen?«

»Oh ... ich habe nur laut gedacht!«, erwiderte er und öffnete die Augen. »Du bist so jung und musst noch so vieles lernen, habe ich gedacht.« Er biss die Zähne zusammen, als die Schmerzen wieder stärker wurden, und schloss müde die Augen.

»Das ist wohl wahr«, stimmte Meret fröhlich zu. »Ich bin

auch fast immer nur bei uns zu Hause gewesen. Vater hat mir so viel ...« Die Erinnerung an dessen Tod ließ ihre Stimme ernst werden, aber dann holte sie tief Luft und dachte wieder an ihren Vorsatz. »Vater wollte mir eines Tages den Tempel in Memphis zeigen, die Pyramiden und die Grabstätten der großen Könige.« Sie seufzte. »Meinst du, dass ich die eines Tages sehen werde, Djedi?«

Lasst mich nur ein bisschen länger leben, flehte Djedi wieder. Nur, bis ich sie in Sicherheit bringen kann. Danach könnt ihr mit mir ...

»Was hast du gesagt? Die Tempel und Grabstätten der Pharaonen? Ich ... ich glaube schon. Sie stehen schon so lange, weißt du. Da braucht es mehr als einige Banditenhorden und Umstürzler, um ihnen etwas anzuhaben! Die Pyramiden werden schon noch einige Zeit auf dich warten. Und inzwischen ...« Ein heftiger Hustenanfall schüttelte ihn und die Schmerzen wurden fast unerträglich.

»O Djedi, was ist mit dir?«, rief Meret besorgt. Als er die Augen wieder öffnete, war sie an seiner Seite niedergekniet und blickte ihn erschrocken und besorgt an. »Ich hole dir einen Schluck Wein. Der wird dir gut tun!«

»Bei den Göttern, geh schnell zurück ans Ruder, Meret! Willst du, dass wir wieder ins Schilf abtreiben?«

Sie machten das Boot in einer günstig gelegenen Flussschleife fest, wo die Strömung ihnen während der Nacht nichts anhaben konnte. Djedi konnte schon bald feststellen, dass Meret seiner Hilfe kaum mehr bedurfte. Dankbar ließ er sich in die Kissen zurücksinken, die Meret notdürftig aus verschiedensten Lumpen gewickelt hatte. Wenig später wurde er von ihr gefüttert, denn er hatte kaum noch genügend Kraft, die Arme zu heben, und schlief kurz darauf schon erschöpft ein.

Er erwachte in der frühen Dämmerung. Der Himmel war blassrosa und zartblau eingefärbt. Mittschiffs saß seine Gefährtin, eingehüllt in mehrere Lagen zerlumpter Stoffbahnen, die sie aus einer Kiste des Schiffes genommen hatte. Als er sich bewegte, beugte sie sich herüber, um die Decken zu ordnen, die er im fiebrigen, unruhigen Schlaf von sich geworfen hatte. »Guten

Morgen«, begrüßte er sie und bemühte sich, nicht allzu schwächlich zu klingen. »Du siehst aus, als hättest du gut geschlafen!«

Meret bemühte sich um ein Lächeln, das ihr jedoch nicht gelingen wollte. »Ach Djedi, was wird nur aus uns werden? Ich meine, wenn wir erst einmal wieder an Land sind? Wir müssen dich zu einem Heilkundigen bringen und ...«

Djedi wollte sie nicht entmutigen. »Mach dir um mich keine Sorgen! Soldaten sind hart im Nehmen, solche Verletzungen bedeuten gar nichts! Ich bin schon weit schlimmer verwundet worden und bereits einige Wochen später hat man es mir nicht mehr angemerkt, ganz ohne die Hilfe eines Heilkundigen.« Ein heftiger Hustenanfall schien seine Worte jedoch Lügen zu strafen, obwohl er tapfer fortfuhr: »Wart nur ab, schon in wenigen Tagen wird es mir besser gehen.«

Sie lächelte wieder, wenn auch ein wenig mühsam. »Wenn du meinst ... es ist doch so, Djedi, ohne dich ... ich meine, ich habe doch niemanden mehr außer dir!«

Einen kurzen Augenblick befürchtete er, sie könnte in Tränen ausbrechen, aber dann lächelte sie erneut.

»Letzte Nacht konnte ich nicht einschlafen, Djedi! Und da habe ich nachgedacht. Diese Männer damals auf dem Schiff, die uns überfallen haben ... warum sind Männer manchmal so grausam? Was bringt sie dazu, solch furchtbare Dinge zu tun?«

»Ach, Meret! Am besten ist es, du vergisst diese schrecklichen Erlebnisse! Es ist nun mal so, dass in dieser Welt manche Männer dazu getrieben werden, Grausamkeiten zu begehen. Aber dabei musst du stets bedenken, dass die Schmerzen, die andere dir zufügen, schon bald vergehen und die Wunden verheilen. Am schlimmsten sind die Verletzungen, die du dir selber zufügst, wenn du es zulässt, schwach und dir selbst untreu zu werden ...« Er schüttelte unwillig den Kopf. »Es ist schwer, die richtigen Worte zu finden. Ich wollte dir ein Stück Lebensweisheit mitteilen, aber ...«

»Ich glaube, ich verstehe schon, was du meinst. Und ...«

Noch während sie sprach, wurde Djedi erneut von einem Hustenanfall geschüttelt, hartnäckiger und heftiger als alle vorhergehenden. Meret schrie erschrocken auf, als sie sah, dass der Kranke Blut spuckte und ihn seine Kräfte mehr und mehr zu verlassen schienen. Urplötzlich wurde ihr klar, wie es tatsächlich um ihn stand. »O Djedi!«, sagte sie und ergriff seine zitternde Hand. »Lieber Djedi ...«

Seine Lippen bewegten sich, ohne dass ein Laut zu hören war, doch er schien ihr noch etwas sagen zu wollen.

Sie beugte sich dicht über ihn, aber er schwieg und es war auch nicht mehr von Bedeutung, denn sie wusste bereits, worum er sich bemüht hatte.

Er hatte ihr Lebewohl sagen wollen.

Sie suchte in seinen Augen nach einer letzten Botschaft. Unendlich liebevoll war sein Blick, auch dann noch, als der letzte Lebensfunke erlosch.

Sie ließ sich an seiner Seite nieder, schloss die Augen und saß eine ganze Weile still da, seine Hand in der ihren. Die Sonne stieg am Himmel empor und überall um sie her rührte sich wieder das Leben nach der langen und stillen Nacht. Dann legte sie ihm sacht die Hand auf die Brust und schloss ihm die Augen, zärtlich und liebevoll.

Es gab nichts, worin sie ihn hätte beerdigen können, und so wickelte sie ihn ein letztes Mal fester in die Lumpen, die ihm während der letzten Nacht als Decke gedient hatten. Mit einigen Schwierigkeiten gelang es ihr, seine Leiche über Bord zu ziehen, ohne dass das kleine Boot kenterte. Wenig später schob sie den Nachen wieder zurück in die Strömung, kletterte durchnässt hinein und ließ sich auf die Mündung des Mansala-Sees zutreiben, einem Gewässer, das ihr so unendlich groß vorkam, dass sie kaum glauben konnte, es sei nicht so grenzenlos wie jenes Große Meer, von dem der Vater ihr einst erzählt hatte.

Segeln zu lernen war ihr unter den gegebenen Umständen verwehrt. Nach einem vergeblichen Versuch, den Mast anzuheben, der über dem Rumpf des Bootes lag, ließ sie sich noch eine Weile treiben und steuerte dann auf die Küste zu. Sie schnürte die verbliebenen Nahrungsmittel und den restlichen Wein in ein Bündel, das sie sich über die Schulter hängen konnte, und ließ das kleine Boot zurück. Barfuß und in Lumpen gehüllt, an denen Djedis Blut dunkle Flecken hinterlassen hatte, machte sie sich auf den Weg, um den Außenposten der Garnison von Sile zu finden.

Sie wusste nur, dass dieser Posten sich irgendwo in östlicher Richtung befinden musste, östlich und ein Stück weit südlich, aber wie weit sie wohl würde wandern müssen, konnte sie kaum erahnen. Aber Djedi hatte ihr auch erzählt, dass die Patrouillen von Sile Tag und Nacht das gesamte Land und alle Ansiedlungen in der Gegend überwachten, hier, wo das einstmals so mächtige Ägypten noch ein wenig von seiner Stärke bewahrt zu haben schien.

Schon bald musste sie die grünen Auen des Deltalandes hinter sich lassen; es wurde zunehmend heißer und das Gelände trockener. Ihre Füße waren das Marschieren nicht gewohnt und Blasen und Schrunden machten ihr zu schaffen, hielten sie aber nicht davon ab, ihren Weg fortzusetzen. Als die Mittagssonne gar zu unerträglich wurde, legte sie sich einen der Lumpen als Kapuze schützend um den Kopf und zog den Stoff tief ins Gesicht, um auch die Augen vor dem grellen Licht zu schützen.

Einige Tiere, Schakale und ein Rudel wilder Hunde, kreuzten ihren Pfad, aber bis zum Abend war sie noch keiner Menschenseele begegnet. Als es ihr gerade gelungen war, mit einem Häufchen trockener Äste ein kleines Feuer anzufachen, blickte sie auf und sah im hellen Mondlicht einen Mann in nur wenigen Schritten Entfernung stehen. Sie unterdrückte den Impuls, sich ängstlich zusammenzukauern. »Wer seid Ihr und was wollt ihr?«, sprach sie den Fremden tapfer an.

Sie musterte ihn streng, während er noch zu überlegen schien, ob er ihr antworten solle. Er war in Lumpen gekleidet, sein Haar war verfilzt und er betrachtete sie mit unverhohlener Neugier. »O bitte, hast du nicht etwas zu essen für mich?«

»Ich habe gerade genug für mich selber«, erwiderte sie, vorsichtig geworden. »Gerade genug für den Weg, der noch vor mir liegt.«

»Ach ja?«, meinte der Mann und trat näher ans Feuer.

Verzweifelt blickte sie sich um. Ob sich wohl noch ein Kumpan des Fremden in der Nähe versteckt hielt? Oder hatte sie es tatsächlich nur mit ihm zu tun?

»Wohin willst du denn? So allein hier draußen?« Er mied ihren Blick, starrte stattdessen auf ihren Leib. »Oh, du brauchst keine Angst vor mir zu haben …«

Doch noch während er sprach, schnellten seine Arme nach vorn, um sie zu ergreifen. Aber Meret war geschickt einen Schritt zurückgewichen. Und jetzt griff sie unter den langen Umhang, holte Djedis Schwert hervor, das sie um die Hüfte gegürtet bei sich trug, jenes Schwert, mit dem er ihr Leben verteidigt und gerettet hatte. Mit beiden Händen hielt sie dem Mann die Waffe drohend entgegen. »So, ich brauche also keine Angst zu haben?«, fragte sie und der Zorn über die Heimtücke des Fremden war größer, als jede Furcht hätte sein können. »Ihr bittet um Hilfe, und dann wollt Ihr über mich herfallen? Lasst es Euch gesagt sein, niemand wird mich berühren ohne meine Einwilligung! Versucht es nur noch einmal und Ihr werdet sehen, was Ihr davon habt!«

Er warf einen Blick auf das Schwert, lächelte verschlagen und tat, als wolle er nach der Waffe greifen. Meret schlug nach seinen Händen, doch er war schon zur Seite gesprungen, um sie zu überraschen.

Doch so leicht ließ Meret sich nicht mehr verwirren. Sie schwang die Klinge mit beiden Händen und brachte dem Mann eine stark blutende Wunde an der Hand bei. »Ha!«, rief sie triumphierend. »Ich habe Euch gewarnt! Glaubt Ihr mir jetzt? Oder wollt Ihr es noch einmal versuchen?«

Der Fremde starrte auf die Wunde und das Blut, das auf den Boden tropfte. Dann schüttelte er den Kopf, drehte sich wortlos um und ging rasch davon. Sie sah ihm nach, bis er in der Dunkelheit verschwunden war. Heftig zitternd stand sie noch lange neben dem Feuer, bis sie es endlich wagte, sich hinzuhocken. Vor Erschöpfung fiel sie bald darauf in Schlaf.

Gegen Ende des zweiten Tages begegnete ihr die Patrouille. Die Soldaten nahmen ihr das Schwert ab und brachten sie zu ihrem Anführer, einem hart gesottenen Kämpfer mit schwarzer Augenbinde und gedrungenem, kräftigem Körperbau.

»Landstreicherei und Diebstahl sind eine Sache, aber meine Männer haben dich mit einer Waffe aufgegriffen, deren Inschrift die Klinge als Besitz eines Hauptmanns der Garde ausweist. Kannst du mir das vielleicht erklären?« Er wartete allerdings nicht lange auf ihre Antwort, sondern fuhr fort: »Du wirst wohl wissen, dass wir Männer von der Garde zusammenhalten, oder?

Wenn du einen der unseren bestiehlst oder gar tötest, dann kannst du ...«

Meret schluckte schwer. »Das ... das weiß ich wohl. Djedi hat es mir selbst erzählt! Aber er hat mir auch gesagt, dass die Männer der Garnison von Sile die Letzten seien, die noch ihre Pflicht tun, und dass ich nur hier in Sicherheit wäre. Auf den Rest der Armee, so sagte er, sei kein Verlass mehr in diesen unruhigen Zeiten, denn ihre Anführer hätten längst ihre Ehre verkauft, seien nur mehr Hurenböcke, Gauner und Diebe! Allein die Garnison von Sile halte die Soldatenehre noch aufrecht!«

»Djedi? Hast du von Djedi gesprochen? Aber ja, sein Name steht ja auf dem Knauf des Schwertes! Doch wie kann es sein, dass eine kleine Herumtreiberin wie du des Lesens kundig ist?«

Meret richtete sich empört auf und blickte dem Mann verärgert und fest in die Augen. »Natürlich bin ich des Lesens kundig!«, erwiderte sie. »Und ich bin auch keine Herumtreiberin! Mein Name ist Meret von Tanis, Tochter des Indi, Magistrat zu Tanis und einstmals Ratgeber am Hofe des Herrschers der Zwei Reiche ...«

Die Soldaten hinter ihr waren in schallendes Gelächter ausgebrochen. »Die Tochter eines Magistrats? Haha!«, hörte Meret einen von ihnen sagen. »Dieses Lumpenkind!«

»Ruhe!«, ließ sich der Anführer vernehmen. »Erzähl weiter, Kleine. Du hast von Djedi gesprochen, nicht wahr? Ich kannte Djedi. Er hatte eine Narbe über dem Auge, eine recht auffällige Narbe. Und du kanntest ihn also auch. Wo war die Narbe noch? Über dem rechten Auge, oder?«

Meret schüttelte den Kopf. »Wenn du Djedi wirklich gekannt hättest, wüsstest du, dass die Narbe über dem linken Auge war, ein klein wenig zur Schläfe hin. Sie stammt von einer Auseinandersetzung, bei der er einen Kameraden verteidigte, der vorgeblich die Tochter eines Beduinenfürsten beleidigt haben sollte, der damals an der Oase von ...«

»Genug, genug! Ich glaube dir!«, unterbrach sie der Anführer und lachte. »Du hast Djedi also tatsächlich gekannt. Ich war übrigens der Kamerad, den er damals verteidigt hat, und ich war sehr betrunken.« Er gebot den anderen Soldaten, sich zu entfernen. »Mein Name ist ...«

»Euer Name ist Kaires«, sagte Meret. »Und wenn Ihr tatsächlich derjenige seid, von dem Djedi mir erzählt hat, so werdet Ihr Euch auch nicht länger über mich lustig machen! Ich hatte in den letzten Wochen Furchtbares zu ertragen! Vor einem und einem halben Tag erst ist mein Freund und Beschützer, der tapfere Djedi, gestorben. Ihr müsst wissen, dass wir von Banditen überfallen wurden und Djedi in einem Hinterhalt alle seine Männer verlor! Er selbst wurde schwer verletzt und dennoch nahm er den Kampf mit zwei der Banditen auf und tötete sie, um mein Leben und meine Ehre zu verteidigen. Ich ... ich habe ihn gepflegt, so gut ich konnte, aber ... ich war ...«

Kaires nahm sie väterlich in die Arme. »Ich weiß, wie dir zumute ist. O ja, das weiß ich wohl! Wir leben in harten Zeiten und du hast gewiss getan, was du konntest. Aber diese Dinge liegen nun mal in den Händen der Götter! Drum sorge dich nicht mehr. Wir werden dich sicher nach Sile geleiten. Kennst du dort jemanden?«

»Mein Vater hatte einst einen Freund in der Stadt, sein Name ist Schaschank und mein Vater hat gesagt, er würde uns aufnehmen.«

»Du willst zu Schaschank? Dann brauchst du dir wirklich keine Sorgen mehr zu machen, denn er ist ein angesehener Mann in der Stadt Sile und bei ihm bist du in guten Händen.«

Sie blickte den Soldaten an und spürte, dass sie ihm und seinen Worten Vertrauen schenken konnte. Die übergroße Anspannung fiel von ihr ab und fast hätte sie ihrem Kummer freien Lauf gelassen.

Doch dann dachte sie wieder an Djedi und schluckte die Tränen tapfer herunter.

Der Geschichtenerzähler hatte seine Arme vor der Brust gekreuzt und starrte eine Weile schweigend in die weiß glühenden Kohlen des Feuers zu seinen Füßen. Als er den Kopf hob, erfasste sein Blick jedoch nicht die Menge der Lauschenden, sondern verlor sich in der Unendlichkeit der Wüste, und auch seine Stimme klang fast so, als käme sie aus jener unbegreiflichen Ferne.

»Sieben Jahre vergingen«, setzte er seine Erzählung fort, »und noch einmal sieben Jahre. In den Ländern des Halbmondes an der Küste des Großen Meeres wechselten die Jahreszeiten, Herbst und Winter folgten auf Frühjahr und Sommer, zweimal durchliefen sie den siebenfachen Reigen …

Hoch im Norden war die Stadt Ebla gefallen. Ebla und nach ihr Damaskus und alle anderen Küstenstädte. Unaufhaltsam rückten die übermächtigen Armeen der Nomadenkönige nach Süden vor. Wo sich Widerstand zeigte, wurde er vernichtet. Die Heviter kämpften tapfer bei Sichem und bald schon wurden auch sie aufgerieben.

Manuk aber stand treu zu seinem Wort und ließ die Nomaden den Weg entlang der Küste wählen, verschonte Bethel und Hebron. Und genauso unnachgiebig, wie er gegen seine Feinde vorging, trieb er auch das eigene Volk quer durch den Sinai, durch die Furcht erregendste aller Wüstengegenden und bis hinunter nach Ägypten, ins Deltaland, das die Kanaaniter Goschem nannten …

In Sile aber hatten sich die ägyptischen Truppen versammelt, um der heranrückenden Gefahr aus dem Norden machtvoll entgegenzutreten. So gelang es ihnen auch, die geschwächte und zahlenmäßig stark verringerte Nomadenarmee sechs lange Monate erfolgreich zu bekämpfen, bevor auch sie den Rückzug antreten mussten. Doch der Widerstand in Ägypten, einst geschwächt durch Rivalitäten und Aufstände, erstarkte angesichts eines gemeinsamen und, wie es schien, übermächtigen Feindes.

Man zog sich auf eine sichere Position zurück und das Konzil, das im westlichen Delta zusammengerufen wurde, schwor unerbittlichen Kampf gegen die Eindringlinge aus dem Norden. Und bis weit hinauf an die Küsten des Großen Meeres verbreitete sich die Nachricht, dass das einstmals mächtige ägyptische Reich wieder erstarkt und der Sieg der Hirtenkönige keineswegs mit dem Zug durch die Wüste besiegelt worden war. Neuer Widerstand regte sich und nahm an Stärke zu und es schien, als habe der Kampf um die Freiheit gerade erst begonnen ...«

Kapitel 9

I

Der hölzerne Pier am Ende des steinernen Befestigungswalles von Tyrus ragte weit ins Meer hinaus und verlief dann im rechten Winkel weiter. An seinem äußersten Ende war das Schiff längsseits gegangen. Tros aus Ilios stand am Fuß des hölzernen Steges, der vom Schiff an Land führte, und beobachtete die Fischer, die an der gegenüberliegenden Hafenseite ihrem Tagewerk nachgingen. »Das ist ja merkwürdig«, sagte er. »Ich wüsste zu gern, was diese Männer dort treiben!«

Sein Begleiter, eine riesenhafter blinder Mann, der eine kostbare Harfe auf dem Rücken trug, hob den Kopf. »Beschreibt mir, was sie tun! Vielleicht habe ich eine Erläuterung, die Euren Wissensdurst befriedigt.«

»Nur allzu gern«, meinte der Arzt. »Sie lassen eine Art Weidenkorb ins Wasser. Das Merkwürdige daran ist ... in diesem Korb befindet sich eine Muschel, als Köder, nehme ich an. Aber wie soll das gehen? Ein Köder, der durch einen harten Panzer geschützt wird, kann doch gewiss keine Beute anlocken?«

»Oh, ich verstehe!«, erwiderte der Blinde. »Was Ihr dort drüben seht, ist die gewitzte Methode, mit der man hier Purpurschnecken fängt, aus denen der kostbare Farbstoff gewonnen wird. Dieser unscheinbare kleine Meeresbewohner ist für den größten Teil des Reichtums in dieser Stadt verantwortlich. Allerdings trägt dieses Wesen nicht nur zum Wohlstand der Bürger in Tyrus bei, sondern auch zu dem unangenehmen Geruch, der in dieser Stadt allgegenwärtig ist! Aus diesem Grunde habe ich schon einmal eine gut bezahlte Arbeit hier abgelehnt!«

Tros blickte den Mann erstaunt an. »Ich bitte um Vergebung, aber ... nun ja, ich hätte nicht gedacht, dass ein fahrender Sänger es sich erlauben kann, so wählerisch bei seinen Auftraggebern zu sein!«

Der blinde Mann lächelte. »Damals konnte ich es mir erlauben! Doch zurück zu Eurer Frage, die Fischer betreffend! Ihr wolltet wissen, warum sie Muscheln als Köder benutzen. Normalerweise ist eine Muschel in der Tat für diesen Zweck wenig geeignet. Doch in diesem Fall verhält es sich anders. Sobald die Muschel ins Wasser gelassen wird, springt sie weit auf, so als würde sie nach dem langen Aufenthalt im Trocknen nach Luft schnappen. Und mit weit geöffneter Hülle ist sie eine leichte Beute für die Purpurschnecke, die gierig ihre Zunge in den Korb steckt. Dadurch fühlt sich die Muschel bedroht, schnappt zu und der Fischer zieht den Korb mit Muschel und Schnecke wieder nach oben und hält in kürzester Zeit und mit wenig Aufwand den Gegenwert eines ganzen Monatslohnes in Händen.«

»In der Tat eine gewitzte Methode! Und dieses Meerestier liefert den Grundstoff für jenes strahlende Rot, das man an allen Königshäusern der Welt findet, vorausgesetzt, das entsprechende Land hat die Mittel für den Kauf?«

»So ist es!«, stimmte Schobai zu. »Allerdings bedarf es einiger Geschicklichkeit, den Farbstoff zu gewinnen, und die Methoden hierfür werden von den Meistern der Zunft eifersüchtig gehütet. Das berühmte Purpurrot soll zudem durch eine Mischung verschiedener Farbstoffe entstehen, wie ich gehört habe.« Er lächelte. »Möge der Himmel der Stadt Tyrus beistehen, wenn die Purpurschnecke eines Tages aussterben sollte! Man fürchtet sich hier nicht so sehr vor Kriegen und Hungersnöten, und selbst damals, als die Nomadenkönige mit ihren Armeen das gesamte Küstengebiet eroberten, hat die Stadt keinen Schaden genommen, obwohl mich dies wirklich gewundert hat! Doch die größte Gefährdung für das Wohlergehen in dieser Stadt stellt jenes kleine Lebewesen dar, das nicht größer ist als eine Hand breit!«

»In der Tat beeindruckend!«, wiederholte der Arzt nachdenklich. »In meiner Heimat in Ilios verwenden wir das gleiche Tier zu medizinischen Zwecken. Die Schale wird zu einem Pulver vermahlen und die Asche als Wundmittel auf Eiterbeulen und Abszesse aufgetragen. Allerdings ist es nicht immer leicht zu bekommen, und das liegt zum größten Teil daran, dass die Damen bei Hofe seine Wirkung beim Entfernen von Hautunreinheiten aller Art so sehr zu schätzen wissen.« Er wandte sich erneut seinem

Gesprächspartner zu. »Ich muss sagen, mein Freund, ich habe selten einen Mitreisenden getroffen, der über solch eine Fülle an Wissen verfügte! Ihr habt wahrlich die Ohren aufgesperrt auf Euren Reisen, wenn Ihr mir die ... nun ja, etwas persönliche Bemerkung gestattet!«

»Die Ohren aufgesperrt?«, meinte Schobai. »Ein blinder Mann lebt von der Empfindsamkeit seines Gehörsinnes! Aber natürlich war ich nicht immer blind und ich musste mich auch nicht immer mit den Almosen zufrieden geben, die man für gewöhnlich einem fahrenden Sänger zukommen lässt.« Schobai verzog angewidert das Gesicht, als der Wind die Richtung wechselte und einen stechenden Geruch zu den beiden herübertrug. »Was für ein widerlicher Gestank! Ich bin es leid, hier auf meine Freunde zu warten. Wir sollten ihnen eine Nachricht hinterlassen und die nächste Schenke aufsuchen, denn ich verspüre einen gewissen Durst!«

»Ein ausgezeichneter Gedanke!«, stimmte der Arzt zu. »Aber ... dort kommen sie schon, Eure Freunde! Nikos! Musuri! Hier sind wir!« rief er den beiden Männern zu. »Vielleicht können sie uns ja begleiten. Ich würde Euch gerne als meine Gäste sehen, es sei denn, Nikos hat bereits für heute eine Überfahrt vereinbaren können?«

»Leider nein!«, bemerkte der Grieche, der zusammen mit dem Soldaten Musuri bei ihnen anlangte. »Aber höre, Schobai, wir haben einen alten Freund getroffen, den du unbedingt kennen lernen musst! Er erwartet uns im Gasthof *Zu den zwei Palmen*!« Und zu dem Arzt gewandt sagte er: »Wenn Ihr uns begleiten möchtet? Unser Freund hat uns alle eingeladen, Ihr könnt Eure Geldkatze wieder einstecken!«

»Gewiss doch, aber ...«

»Kein ›Aber‹!«, widersprach Nikos energisch und klopfte dem Heilkundigen zur Bestärkung auf die Schulter. »Unser Freund kann es sich erlauben, denn er ist unermesslich reich. Wäre er nicht so amüsant und großzügig, würde man ihn wohl für einen unerträglich eitlen Menschen halten! Schobai, erinnerst du dich an den schwarzen Sklaven, von dem ich dir erzählt habe? Damals, vor vielen Jahren schon, diente er zusammen mit deinem Vater auf der Galeere.«

Schobai lächelte erfreut. »Aber gewiss erinnere ich mich an ihn! Sein Name war Akilleus, er stammte aus Nubien und Vater hat mir so viel von ihm erzählt, dass ich fast glaube, ihm persönlich schon einmal begegnet zu sein.«

»Dieses Bild von ihm wirst du vergessen müssen, Schobai«, mischte sich Musuri ein. »Der Akilleus, dem du heute begegnen wirst, hat nichts mehr mit dem Sklaven von einst gemein. Zum einen ist er längst kein Sklave mehr, sondern ein reicher Mann, der mit Geld um sich wirft, als würde es ihm kaum etwas bedeuten. Und die Art, in der er sich kleidet! Nun, da bedarf es eines Menschen mit poetischen Fähigkeiten, eine angemessene Beschreibung zu finden. Aber wir sollten ihn nicht zu lange warten lassen. Kommt alle mit! Wenn der Gasthof noch in den Händen desselben Wirtes ist wie bei unserem letzten Besuch dieser Stadt, werdet Ihr zufrieden sein.« Ungeduldig ergriff der Hauptmann den Arzt am Ellenbogen und zog ihn mit sich fort. Hoch über den Köpfen der vier Männer erhoben sich die mächtigen Türme der Befestigungsanlage von Tyrus, vom Meer her war eine leichte Brise aufgekommen, die den stechenden Geruch der Farbwerkstätten vertrieb und stattdessen die Luft mit dem würzig-salzigen Geruch des Meeres erfüllte. Tros eilte hinter den dreien durch die Straßen. Wie gut es doch tat, nach der langen Seereise endlich wieder festen Boden unter den Füßen zu haben!

Sie waren sich auf der Überfahrt von Kittim her zum ersten Mal begegnet, der Arzt und die drei ungleichen Reisegefährten, der blinde, riesenhafte Sänger, der vierschrötige, ehemalige Soldat und der graubärtige Grieche. Trotz ihrer freundlichen Zurückhaltung hatte der Arzt sich zu den Männern hingezogen gefühlt. Insbesondere Schobai, der blinde Sänger, der auf inständiges Bitten des Kapitäns eines Abends zur Harfe gegriffen hatte, um einige der beliebtesten Balladen zum Besten zu geben, hatte seine Neugier geweckt. Mit tiefer und tragender Stimme hatte der blinde Riese einfühlsam die Lieder vorgetragen, die auf den Inseln gerne gesungen wurden, und so mancher raue Seemann war fast zu Tränen gerührt. Liebeslieder aus Ägypten und die Ballade des Dichterkönigs Schulgi von Ur waren gefolgt, und erst als man ihn bat, doch das Lied von Hadad, dem Helden von Haran, zu singen, hatte er plötzlich seinen Vortrag beendet, angeblich, weil eine Heiserkeit ihn befallen hätte. Tros aus Ilios aber, der sich stets rühmte, ein gutes Auge zu besitzen, war die plötzliche Versteinerung im Antlitz des Riesen nicht entgangen. Nun ja, dachte er, Haran ist auch die Heimat von Schobai, er wird wohl Freunde und vielleicht sogar Verwandte während der Belagerung in jenen Jahren verloren haben. Vielleicht würde sich ja später noch eine Gelegenheit ergeben, mehr über das Schicksal des Sängers in Erfahrung zu bringen.

Aber es war nicht leicht gewesen, sich dem blinden Riesen zu nähern. Freundlich und doch ungewöhnlich zurückhaltend war dieser Mann allen Fragen nach seinem persönlichen Lebensweg ausgewichen. Und nun, da sich ihre gemeinsame Fahrt zum Festland dem unwiderruflichen Ende näherte und ihre Wege sich trennen sollten, hatte Tros fast alle Hoffnung darauf fahren lassen, das Geheimnis um die Vergangenheit dieses Mannes zu lüften. Und doch … vielleicht ergab sich ja heute Abend noch die Möglichkeit zum Gespräch? Zumindest war er fest entschlossen, diese letzte Gelegenheit zu nutzen.

Der Gasthof *Zu den zwei Palmen* befand sich in außergewöhnlich schöner Lage nur wenig entfernt vom nördlichen Befestigungsturm auf einem Felsen direkt gegenüber dem Leuchtturm. Es gab sogar einen Dachgarten, auf dem die Gäste in müßigen Stunden den Ausblick über das Große Meer hinüber nach Kittim und Kissuwatna genießen konnten, ganz zu schweigen von den Köstlichkeiten aus Küche und Keller. Als sie die letzten der Treppenstufen erklommen hatten und in den hellen Sonnenschein hinaustraten, musste Musuri unwillkürlich lachen. »Dort drüben sitzt unser Freund!« meinte er.

Aber sein Hinweis wäre im Grunde nicht nötig gewesen, denn der Mann, der dort in einer Ecke des Dachgartens auf sie wartete, hätte auf jeden Fall die Aufmerksamkeit der Besucher auf sich gezogen. Er war noch einmal um einen halben Kopf größer als der hoch gewachsene Schobai, und an Ohren, Hals und Händen trug er üppigen Goldschmuck, der im hellen Sonnenlicht glitzerte.

Als er sich erhob, wirkte er noch beeindruckender, die breiten Schultern und den wohlgenährten Bauch in schreiend bunte Gewänder gehüllt. »Kommt hierher!«, rief er jetzt mit dröhnender Stimme. »Lasst euch umarmen!«

Schobai erreichte ihn als erster und verschwand in der Umarmung des Riesen, fast als wäre er ein Kind. »Du musst Schobai sein, der Sohn meines Freundes Kirta. Ich bin so froh, dir endlich einmal zu begegnen!« Echte Wärme und Freundschaft lag in dieser Begrüßung, doch dann hielt der Riese ihn auf Armeslänge von sich, und sein Tonfall wurde besorgt. »Was hat man dir nur angetan, Sohn meines Freundes? Bei allen Göttern und Teufeln ...« Tränen schimmerten in seinen Augen. »Ach, wenn ich daran zurückdenke, wie sehr dein Vater sich danach sehnte, dich wiederzusehen!«

Schobai lächelte freundlich. »Auch ich freue mich, dir endlich einmal zu begegnen, Akilleus! Mein Vater hat so viel von dir erzählt!«

»Setzt euch, meine Freunde! Nehmt Platz!« Schobai wurde auf einen Stuhl gedrückt und auch die anderen Gäste verteilten sich rund um den großen Tisch. »Ach, Schobai!«, setzte Akilleus erneut an. »All meine Reichtümer würde ich hergeben, wenn du damit dein Augenlicht zurückgewinnen könntest.« Er kaute nachdenklich an seinem schon teilweise ergrauten Schnurrbart. »Nun ja, einige zumindest! Aber du bist deinem Vater so ähnlich, was die Statur betrifft! Du musst nämlich wissen, dass in all den Jahren auf der Galeere mir außer deinem Vater niemand begegnet ist, der sich mit meinen Kräften messen konnte.«

»Schobai könnte sich gewiss mit dir messen!«, fiel Nikos ein. »Er ist bisher beim Armdrücken stets als Sieger hervorgegangen, in all den vielen Tavernen, die wir auf unseren Reisen besucht haben.«

Akilleus blickte ihn erstaunt an und meinte dann: »Dieser Schobai bist du also! Ich habe schon von dir gehört, aber natürlich konnte ich nicht wissen, dass es sich dabei um den Sohn meines Freundes handelt. Wir werden uns also im Armdrücken messen! Aber jetzt ... Wirt! Bringt Wein herbei! Wein für meine Freunde!«

Der Nachmittag verging, die Sonne versank im Westen und noch immer saßen sie plaudernd beisammen. Der Wirt hatte Laternen anzünden lassen, Feigen und Käse wurden aufgetragen und gefüllte Weinblätter sowie köstlich gewürztes Lammfleisch, auf langen Spießen über dem Feuer geröstet.

Tros aus Ilios lauschte den Gesprächen aufmerksam. Der schwarze Riese hatte vor langer Zeit viele Jahre als Sklave auf einer Galeere verbracht, zusammen mit dem Vater des Blinden, dem berühmten Waffenschmied Kirta, der im Dienste des Minos von Kreta gestanden hatte. Beide wurden sie damals von Nikos, dem Griechen, gekauft, der ihnen die Freiheit schenkte. Kirta, der Waffenschmied, und Nikos waren in die Heimat des Schmiedes, nach Haran, zurückgekehrt, während Akilleus, der sich nach all den Jahren als Rudersklave keiner Heimat mehr verbunden fühlte, der Seefahrt treu geblieben war. Als erfolgreicher Händler war er zu einigem Reichtum gekommen und besaß inzwischen eine stolze Flotte, die überall an den Küsten des Großen Meeres die Märkte mit Waren aller Art versorgte. Aber Akilleus selbst, so schien es, blieb ruhelos und wohl auch ein wenig unzufrieden mit seinem Schicksal.

»Wie kommt es nur«, wandte sich der Arzt an ihren Gastgeber, »dass Ihr die Früchte Eurer Arbeit und Geschicklichkeit nicht genießen könnt? Habt Ihr doch ein Alter erreicht, in dem ein Mann sich im Glanz seiner Erfolge sonnen könnte?«

»Ich habe ein Alter erreicht, in dem ein Man sich nach der Gesellschaft von seinesgleichen sehnt!«, erwiderte der Angesprochene. Er war bereits stark angetrunken und seine Gesten waren ein wenig ungeschickt, sodass er jetzt einen der Becher mit Schwung vom Tisch fegte.

»Ihr müsst wissen«, fuhr er fort, »dass ich den größten Teil meines Lebens als Habenichts verbringen musste! Nichts konnte ich damals mein Eigen nennen, nicht einmal die erbärmliche hölzerne Planke, auf der ich Tag um Tag hockte, um das Ruder zu schlagen! Doch das hat mir in jener Zeit nicht viel bedeutet. Dann wurde ich durch meinen Freund Nikos hier vom Los der Sklaverei befreit!« Schwungvoll wies er auf den Griechen und hätte beinahe das nächste Trinkgefäß getroffen. »Und dennoch war es mir lange Zeit gleichgültig, wie viel ich an Reichtümern besaß! Und nun?«, fuhr er fort, von einem zarten Rülpser unterbrochen. »Heute bin ich reicher als mancher König und da habe ich mich gefragt, wem ich denn alles hinterlassen soll, nicht wahr? Denn einen Sohn habe ich nicht! Keinen Nachfahren von meinem Fleisch und Blut! Ich, Akilleus habe keinen Erben.« Er verzog traurig das Gesicht und Tros fürchtete schon, der schwarze Hüne würde in Tränen ausbrechen. Stattdessen kratzte er sich jedoch nachdenklich an der Nase und fuhr dann etwas ernüchtert fort. »Sagt mir, gelehrter Mann, habt Ihr denn Kinder? Eine Familie?«

»Nein«, erwiderte Tros aus Ilios. »Nicht, dass ich wüsste! Aber ich habe bisher auch keinen Wert darauf gelegt. Ich habe mein Leben der Befriedigung meiner Neugier gewidmet, insbesondere der Heilkunst und ihren vielen Anwendungen in unterschiedlichen Ländern dieser Welt.« Ein Schluckauf unterbrach seinen Redefluss und er legte erschrocken die Hand auf den Mund. »Gütige Götter! Ich habe wohl doch schon zu viel getrunken!«

»Dann nehmt noch einen Schluck auf den Schrecken«, meinte Musuri und goss aus der Amphore den Becher des Arztes wieder randvoll. »Flüssigen Balsam für unseren Heilkundigen!«

»Ich danke dir«, erwiderte Tros. »Aber, was ich gerade sagen wollte, die Menschen glauben an die merkwürdigsten Heilverfahren! In meiner Jugend habe ich am Hofe eines der Könige von Mari gedient. Dort ist man der Überzeugung, dass die Leber die Quelle der Gesundheit ist. Erstaunlich, nicht wahr? Andererseits verfügt man dort auch über eine Fülle an Wissen, was die Heilkräuter, Tinkturen, Salben und Pülverchen betrifft, und das ist in der Tat bemerkenswert und mehr als man von anderen Orten …«

»Trink aus, mein Freund!«, unterbrach ihn der Hauptmann und reichte ihm den Becher. »Wein ist die beste Medizin! Jedermann weiß das!«

»Wie auch immer«, mischte sich Akilleus wieder ein. »Was mir wirklich fehlt, ist ein Sohn und Erbe. Ein Heim, in dem er unter meiner Anleitung heranwachsen kann. Ein Zuhause für mich und meine Nachfahren! Nach zwanzig Jahren als Galeerensklave!« Er lächelte grimmig. »Und das heißt auch, eine Frau aus meinem Volk, groß und stark und dunkelhäutig wie ich! Und mit krausem Haar wie dem meinen und ...«

»Hört euch das an!«, rief Musuri, trank einen großen Schluck aus seinem Becher und wischte sich die Lippen mit dem Handrücken. »Wo will er denn eine Nubierin finden? Sein Volk lebt an die tausend Meilen den Nil hinauf und was liegt dazwischen? Ich will es euch sagen! Die vermaledeiten Nomadenkönige mit ihren Kriegern! Aber wahrscheinlich wirst du einfach an ihnen vorübersegeln wollen, nicht wahr?«

»So ist es!«, erwiderte Akilleus. »So und nicht anders. Der Gedanke an einen Sohn und Erben lässt mir einfach keine Ruhe mehr! Und ich kann mir keinen blasshäutigen Jungen als Erben vorstellen. Um einen Sohn zu zeugen, einen großen und starken, schwarzhäutigen Sohn muss ich mir also ...«

»Warum kommt Ihr nicht mit mir?«, unterbrach ihn Tros aus Ilios. »Ich bin auf dem Wege nach Ägypten, denn ich habe mich als Arzt bei ...«

»Ägypten?«, bemerkte Musuri verächtlich. »Wie ich euch gesagt habe! Die Nomadenkönige sind mit ihrem Heer im Delta einzogen!«

»Das ist wohl wahr«, stimmte der Arzt gelassen zu und wandte sich dann wieder dem Nubier zu, dessen Interesse er offensichtlich geweckt hatte. »Aber die Nomaden beherrschen nicht das ganze Delta. Es gibt aktiven Widerstand gegen die Eindringlinge! Dorthin werde ich mich schon bald begeben!«

»Widerstand gegen die Hirtenkönige?«, mischte sich nun auch Schobai, an den Arzt gewandt, wieder in das Gespräch ein. »Und wo werdet Ihr Euren Dienst antreten?«

»In einer Stadt mit Namen Sais.«

»Sais?«, bemerkte Nikos. »Von dieser Stadt habe ich noch nie gehört.«

»In früheren Zeiten war der Ort einmal von einiger Bedeutung, als Hauptstadt des Fünften Nomen, des reichsten Verwaltungsbezirks im Unteren Ägypten. Es war auch der Sitz eines früheren Unterkönigs, der zu seiner Zeit auch den Vierten Nomen verwaltete, in den Tagen des Pharaos Sesostris. Als die Nomaden von der Wüste her Sile überfielen, haben sich die verbliebenen ägyptischen Truppen ihrer noch überraschend lange erwehren können. Dann zogen sie sich in zuvor befestigte, sichere Stellungen zurück. Die Nomaden beherrschen nunmehr jenen Teil des Deltas, der sich von der Wüste bis ans westliche Ufer des mittleren Nilarmes erstreckt. Doch jenseits davon in westlicher Richtung haben sie noch keine Macht und dort formiert sich der Widerstand.«

»Wie kommt es, dass ich davon noch nichts gehört habe?«, meinte Schobai verwundert. »Sais heißt die Stadt also, sagt Ihr?«

»Das ist ihr Name. Und dort gibt es einen Soldaten namens Baka. Er gehört nicht zu den Söldnern, sondern ist lange einem anderen Beruf nachgegangen, bevor er das Kriegshandwerk erlernte. Doch ihm ist es wohl größtenteils zu verdanken, dass sich die verschiedenen Krieg führenden Parteien in jener Gegend zusammenschlossen und damit sowohl der Bürgerkrieg als auch die Sklavenaufstände ein Ende fanden. All jene, die sich zuvor gegenseitig bekämpften, haben ihre Kräfte gegen die Eindringlinge gebündelt! So hat man es mir zumindest berichtet.«

»Großartig!«, bemerkte Akilleus und schlug begeistert mit der Faust auf den Tisch, sodass die Becher und Krüge klirrend aneinander schlugen. »Soll er die Hundesöhne zurück in die Wüste jagen!« Er schien noch etwas hinzufügen zu wollen, schwieg jedoch und verzog das Gesicht. »Aber ... aber gibt es dort auch Nubier? Ihr habt nichts davon erwähnt, oder?«

»Das weiß ich nicht«, erwiderte Tros. »Aber möglich wäre es schon. In Sile gab es zumindest etliche Nubier! Eine ganze Armee, wie ich gehört habe, mit Frauen und Kindern! Schon zu Zeiten der Zwölften Dynastie gab es in Sile nubische Söldner, Elitekämpfer, wie man mir erzählte.«

»Da kann ich nur zustimmen«, meinte Musuri. »Die nubischen Kämpfer sind bekannt für ihre Tapferkeit!«

Akilleus schien ihn nicht gehört zu haben. Gerade hatte er seinen Becher ergriffen, um zu trinken, setzte ihn dann aber wieder vor sich auf den Tisch. »Sagt mir ... haben die Leute in Sais noch genügend Geld? Ich meine, wenn ich mit einer Schiffsladung von Waren aller Art den Nil hinaufführe ...«

»Als man mich in Kittim anheuerte, erhielt ich eine stattliche Anzahlung. In Goldmünzen! Wie es scheint, haben sie jeden Palast im östlichen Delta ausgeraubt, bevor sie das Land den Nomaden überließen.«

»Gold! Aha!«, meinte Akilleus zufrieden. »Dann könnte es sich also lohnen, ein Schiff dorthin zu entsenden, um die Lage genauer zu erkunden. Wisst Ihr auch, was ihnen fehlt? Welche Arten von Waren sie am dringendsten benötigen?«

»Nun … ich würde sagen, Erze zum einen und fähige Schmiede, die daraus Metalle schmelzen. Nahrungsmittel gibt es wohl genug, aber sie haben keinerlei Zugang mehr zu den Erzgruben.«

»Schobai!«, rief Musuri aufgeregt. »Hast du das gehört? Es bedeutet doch …«

»Nein«, erwiderte der blinde Schmied mit Nachdruck und legte dem alten Soldaten die Hand auf den Arm. »Nein, Musuri! Das habe ich weit hinter mir gelassen.« Seine anfängliche Begeisterung schien völlig verflogen zu sein. »Aber für Akilleus ist das natürlich eine spannende Sache.« Schobai hob den Kopf und sprach direkt zu ihrem Gastgeber, der ihm gegenübersaß. »Ich glaube fast, er schmiedet schon Pläne, nicht wahr?«

Der schwarze Hüne grinste breit. »Oh, aber du doch auch, ganz gleich, wie heftig du es bestreitest! Komm, lass uns die Kräfte im Armdrücken messen. Seit ich mich damals von deinem Vater verabschieden musste, bin ich auf der Suche nach einem Mann, der es ihm an Kraft gleichtun kann!« Er streckte den kräftigen Arm über den Tisch und spannte die Muskeln an. »Reich mir die Hand, Schobai!«

II

Die geselligen Stunden vergingen wie im Fluge. Die Bediensteten des Gasthofes hatten rund um den Dachgarten große Segeltuchbahnen aufgespannt, um die Gäste vor dem kühlen Nachtwind zu schützen. An einem Ende der Tafel hatte Musuri den Kopf auf die Tischplatte gelegt und schlief friedlich. Auch Akilleus hatte sich nach einer Weile Arm in Arm mit zweien der Mägde, von denen sie bedient wurden, leicht schwankend, von seinen Gästen verabschiedet.

Fast reglos saß Schobai dem Arzt und seinem Freund Nikos gegenüber, während er mit dem Finger unermüdlich Kreise in einer Weinpfütze auf dem Tisch malte. Seinem Gesicht war keinerlei Gemütsregung abzulesen. »Nikos«, wandte er sich schließlich an den Griechen, »was wäre, wenn …« und verfiel wieder in Schweigen.

»Was wolltest du sagen, Schobai?«

»Ach, ich habe nur nachgedacht. Ist der Arzt auch noch bei uns? Tros?«

»Ja doch«, meldete sich der Angesprochene und gähnte herzhaft. »Ich habe gerade daran gedacht, schlafen zu gehen. Ich will morgen früh aufstehen, um mir eine Schiffspassage nach Ägypten zu suchen.«

»Ich glaube, da gibt es nicht mehr viel zu suchen«, erwiderte der Blinde. »Jedenfalls hatte ich den Eindruck, dass Akilleus schon fast entschlossen ist, gen Ägypten zu segeln, um dort ein wenig Handel zu treiben, und sei es auch nur, um herauszufinden, ob er dort in Sais nicht auch eine Mutter für seinen heiß ersehnten Nachwuchs finden kann.«

»Ach, meinst du? Ich denke, das wird er morgen früh wieder vergessen haben!«, bemerkte der Arzt.

»Darauf würde ich nicht wetten!«, mischte sich Nikos ein. »Ich habe Akilleus damals als geistig und körperlich sehr aktiven Mann kennen gelernt und er scheint nichts von seiner Kraft eingebüßt zu haben in den Jahren, die seither vergangen sind, auch wenn er vielleicht manchmal ein bisschen angibt.«

»Was die körperlichen Kräfte angeht, Tros, so solltest du dich einmal im Armdrücken mit ihm versuchen. Ich habe mir wirklich alle Mühe gegeben und dennoch ist es mir eine gute halbe Stunde lang nicht gelungen, ihn zu besiegen. Allerdings hat er mich auch nicht besiegt, aber mein Arm schmerzt immer noch.« Er lächelte anerkennend. »Und danach hat er sich mit den beiden Mägden davongemacht. Wenn das nichts zu bedeuten hat!«

»Nichtsdestotrotz«, erwiderte der Arzt, »verlassen werde ich mich darauf keineswegs!«

»Falls er es tatsächlich vergessen haben sollte, werde ich ihn daran erinnern! Ich glaube auch, dass ihm ein solches Abenteuer gut tun würde. Und überdies … ich hatte den Eindruck, als würde er sich nur allzu gern in den Kampf gegen die Nomadenkönige einmischen!«

»Wie kommst du darauf?«, fragte Tros von Ilios erstaunt.

»Etwas in der Art, wie er sprach, hat mich darauf gebracht. Die Unruhe, die ihn treibt! Er hat doch alle Reichtümer, kann sich jeglichen Luxus und Vergnügungen aller Art leisten und doch ist er nicht glücklich und zufrieden.« Schobai senkte fast unmerklich den Kopf und sein Tonfall wurde ernst. »Ich kann das verstehen, wisst ihr?«

»Aber ich verstehe es nicht«, meinte Tros.

»Nun, ich habe Ähnliches erlebt wie er. Und auch mich erfasst gelegentlich eine gewisse Unruhe.« Er schob seinen Stuhl zurück, blieb jedoch nachdenklich sitzen und schwieg eine ganze Weile, bevor er sich wieder an den Arzt wandte. »Wie steht es denn tatsächlich im Kampf gegen die Hirtenkönige? Werden die Widerständler wirklich etwas gegen die Übermacht der Nomaden ausrichten können?«

»Wenn ich glaubte, dass sie auf verlorenem Posten stünden, wäre ich doch nicht in ihre Dienste getreten, oder? Auch wenn es mir nur darum ginge, mehr über die ägyptische Heilkunde zu erfahren. Ich bin kein Narr, der sich unbedacht in Todesgefahr begibt! Aber, um deine Frage zu beantworten, wie es um die Chancen des Widerstandes steht, dies sind nicht mehr die Nomadenheere, die du damals in Haran kennen gelernt hast! Zum einen ist ihr Anführer gestorben, Manuk war sein Name, wenn ich mich recht besinne.«

»Manuk?«, meinte Schobai überrascht. »Manuk ist tot? Manuk, der Unbezwingbare? Wer hat ihn getötet?«

»Er starb auf seiner Bettstatt. Zumindest hat man es mir so erzählt. Natürlich weiß ich nicht, ob diese Nachricht der Wahrheit entspricht, denn ich habe sie nur auf Umwegen erhalten, aber der Mann, der mir davon berichtete, hatte es von einem kanaanitischen Heilkundigen erfahren, der jenen Manuk wohl in den letzten Wochen seines Lebens pflegte. Manuk litt an der Krankheit, die wir Ärzte Schwindsucht nennen, jedenfalls nach den Symptomen, die man mir schilderte.«

»Bei allen Göttern! Und wer ist sein Nachfolger? Einer der Unterführer?«

»Manuk hinterließ einen Sohn namens Avedis. Anscheinend ein fähiger junger Mann, wie man mir berichtete. Dieser Avedis hat sein Volk auch durch die Wüste geführt. Als sie endlich die Grenzen des Deltalandes erreichten, waren sie ausgezehrt, viele von ihnen hatten den Marsch nicht überlebt und auch von ihren Herdentieren waren die meisten zugrunde gegangen. Und just zu diesem Zeitpunkt erfolgte der Angriff der Soldaten von Sile.«

Tros griff nach der Amphore und goss Schobai den Becher voll Wein. »Der Angriff war äußerst geschickt geplant und hätte auch dem großen Sesostris zur Ehre gereicht. Die Soldaten von Sile hatten einige gut gesicherte Stützpunkte aufgebaut und zermürbten ihre Gegner mit einem Katz-und-Maus-Spiel. Schnelle Angriffe, schneller Rückzug, noch bevor der Gegner angemessen reagieren kann! Sie zwangen die Nomaden dazu, ihre Kräfte in endlosen Märschen aufzuzehren, ohne dass sie auf den gut versteckten Feind trafen.« Er trank einen Schluck Wein und warf einen Blick auf den neben ihm friedlich schlummernden Musuri. »Unser Freund hier hätte sicher seine Freude an der erfolgreichen Taktik der Ägypter! Aber, wie auch immer, so ging das über mehrere Monate. Danach hatten die Nomaden zwar ein Gebiet mir gutem Weideland erobert, doch ihre Herden existierten nicht mehr. Zudem waren ihre Krieger über eine lang gezogene Grenzlinie verteilt, die nur schwer zu verteidigen ist, insbesondere da ihre Gegner, die Ägypter, sich dort weit besser auskennen. Und die Widerstandsbewegung gewinnt täglich neue Freunde, die aus allen Regionen des alten Reiches nach Norden strömen.« Tros trank erneut aus seinem Becher. »Das ist natürlich nur die ägyptische Sicht der Lage und zweifelsohne in der zuversichtlichsten Weise geschildert, um auch mich für die Sache des Widerstands zu gewinnen! Aber das Gold ist echt und ich habe nichts gehört, was diesen Schilderungen widerspräche. Erst bei meiner Ankunft werde ich mehr erfahren können.«

»Nikos, hast du das gehört?«, wandte der Blinde sich an seinen Freund. »Erfolgreicher Widerstand gegen die Nomadenkönige!«

»W-was hast du gesagt?« Auch der Grieche war beinahe am

Tisch eingeschlafen und schreckte nun auf, als er seinen Namen hörte.

»Manuk ist tot«, verkündete Schobai.

Nikos gähnte ungerührt. »Ach ja? Früher oder später müssen wir alle sterben.«

»Aber vielleicht liegen die Dinge nun doch anders! Wenn sich tatsächlich eine Chance ergäbe ...«

»Ich bitte dich, Schobai! Hast du nicht vorhin noch gesagt, du hättest mit all dem abgeschlossen? Du hast damals die Soldaten von Ebla bewaffnet. Was mehr könntest du jetzt tun. Und danach in Arvad hast du in einer Nacht mehr erreicht, als Tausende Männer im Kampf hätten bewirken können, damals, als Reschef von deiner Hand den Tod fand! Und außerdem ...«

»Reschef?«, unterbrach ihn Tros interessiert. »Schobai hat Reschef getötet? Jenen Reschef, den man auch die Schlange nennt?«

»O ja! Schobai warf ihn über die Brüstung des Palastes hinunter auf die Felsen, damals, vor vierzehn Sommern und Wintern. Warum fragst du?«

Der Arzt blickte sie erstaunt an. »Habt ihr es denn wirklich nicht erfahren? Jener Reschef ist nicht tot! Er hat den Sturz überlebt, wurde als Gast des Königs im Palast gesund gepflegt, nachdem Abdiliti mit den Hirtenkönigen einen Pakt geschlossen hatte. Später hat er sich den Nomaden in Sile wieder angeschlossen und nun befehligt er eine Truppeneinheit dort unten im Delta.«

Er schwieg und starrte den entsetzten Schobai an. Der Unterkiefer des blinden Mannes war verkrampft und seine Hände zu Fäusten geballt. »Reschef ...«, murmelte der Schmied mit seltsam rauer Stimme. »Reschef lebt ...?«

Nikos erwachte nach einigen Stunden unruhigen Schlafes und bedrückender Träume. Am anderen Ende des Raumes bemerkte er Schobai, der aufrecht auf seiner Bettstatt saß, die Arme um die angezogenen Knie gelegt. Helles Mondlicht flutete durch die Fensteröffnungen und tauchte diesen Teil des Raumes in ein kühles Licht. Wie so oft versuchte der Grieche, in den Gesichtszügen seines blinden Gefährten zu lesen, doch auch diesmal ohne Erfolg.

Und wie stets wusste Schobai, dass sein Freund und Begleiter ihn ansah. »Nikos?«, fragte er leise. »Du bist auch wach, nicht wahr?«

Der Grieche rieb sich die Augen und setzte sich auf. Der Boden unter seinen Füßen war eisig. »Ich habe wohl ein wenig zu viel Wein getrunken und so haben mich böse Träume gequält.«

»Ich konnte nicht schlafen«, meinte Schobai. »Ich habe nachgedacht.«

»Oh, und worüber?«

»Über das, was der Arzt uns erzählt hat. Über die Nomaden ... und über den Widerstand! Und über ...«

»Über Reschef, nicht wahr?« Nikos streckte sich behutsam. Die frühmorgendliche Kälte schien ihm in die alternden Knochen zu kriechen, denn er fühlte sich steif und unbeweglich. »Schobai, du solltest nicht darüber nachgrübeln!« Er kratzte sich nachdenklich am Kopf, dort, wo sich sein graues Haar langsam lichtete. »Was stimmt denn nicht mit dem Leben, das du jetzt führst? Du hast zumindest all jene Enttäuschungen hinter dir gelassen, die dich in Ebla lange begleiteten und dir das Leben schwer machten ...«

»Ja, ja«, meinte Schobai beschwichtigend. »In der Tat habe ich eine Beschäftigung gefunden, die für einen blinden Mann sehr geeignet ist. Und auf meinen Reisen durch die Inselwelt habe ich überdies feststellen können, dass die Menschen sogar erwarten, dass ein Mann meines Berufsstandes blind ist! Überall an den Küsten des Großen Meeres hat man mich gerade wegen meiner Blindheit willkommen geheißen.«

»Und was hast du daran auszusetzen?«

»Nun ... eigentlich nichts, aber ...« Sie schwiegen eine ganze Weile.

»Wenn dir der Sinn nach ermüdenden Reibereien steht, so kannst du gerne einige meiner Aufgaben übernehmen und zum Beispiel versuchen, eine Überfahrt mit dem Schiff für uns drei auszuhandeln. Das sollte dich schnellstens kurieren!«

»Mach dich nicht über mich lustig! Du weißt doch genau, was ich meine!«

»Nun, vielleicht weiß ich es ja, aber ...«

»Glaube mir, Nikos, die Erfahrungen der letzten Jahre weiß

ich sehr wohl zu schätzen. Ich habe meinen Stolz zurückgewonnen und meine Selbstachtung, nicht zuletzt auch durch die Begegnung mit Reschef!«

»Und?«

»Und ... ach, ein Mann braucht eben gelegentlich eine Herausforderung, um sich zu beweisen!« Er lächelte ein wenig verhalten, und Nikos spürte, wie Verärgerung in ihm aufstieg.

»Unsinn!«, bemerkte der Grieche barsch. »Jetzt redest du wirklich dummes Zeug, Schobai!«

»Schon gut, schon gut, Nikos. Aber ... es ist mir doch ein wenig ernster damit, als du vielleicht glauben magst.« Schobai schwang die Füße aus dem Bett und griff nach seinem Gewand, blieb dann aber sitzen und machte keinerlei Anstalten, sich anzukleiden. »Vielleicht ... vielleicht ist es ja einfach so, dass ich eine gewisse Verpflichtung verspüre.«

»Eine Verpflichtung? Und wie sollte die aussehen? Du hast gewiss schon mehr getan als manch anderer in deiner Lage.«

»Es gibt eben Verpflichtungen, die erst dann erfüllt sind, wenn man es selber fühlen kann, Nikos! Unabhängig davon, wie andere deine Taten beurteilen. Ich kann einfach nicht vergessen, dass mein Vater vermutlich in den Unruhen in Ebla umgekommen ist.«

»Das wissen wir nicht mit Sicherheit. Und überhaupt, was hat das denn mit unserer augenblicklichen Lage ...«

»Wir wissen es nicht mit Sicherheit, aber wahrscheinlich war es so! Und vermutlich sind auch Hadads Frau und sein Kind umgekommen, als die Nomadenheere durch Kanaan zogen.«

Endlich schien Nikos zu begreifen. Er wollte aufstehen, besann sich dann jedoch eines Besseren. »Hadads Kind? Wie der Arzt erzählte, kam es doch südlich von Sichem nur sehr selten zu Kampfhandlungen. Wenn der Junge sich also in der Obhut jenes kanaanitischen Freundes befand, kann es sehr wohl sein, dass er noch lebt.«

»Und doch gibt es keine Gewissheit. Nach allem, was mir bekannt ist, bin ich vielleicht der letzte Nachfahre der Kinder des Löwen, Nikos! Und wenn wir untergehen sollen, dann zumindest nicht ohne Widerstand und Kampf! Der Tod sollte uns mitten im Leben begegnen, wenn wir die Faust noch erheben, um das glühende Eisen zu schmieden!« Er lächelte, fast ein wenig belustigt angesichts dieser Vorstellung.

»Ach Schobai!« Nikos schlüpfte wieder unter die Decke auf seiner Bettstatt. »Mir scheint, du suchst nach Ausreden! Ich habe doch gesehen, wie dein Gesicht zornesrot anlief, als Tros erzählte, dass Reschef noch lebt! Und ich weiß, was dich umtreibt! Dich dürstet erneut nach Rache, das ist es!« Er ließ den Kopf in die Kissen fallen. »Und jetzt halte mich nicht länger wach, indem du deine wahren Motive verleugnest!«

»So ist es nicht, Nikos!«

»Nun gut! Aber lass uns morgen früh weiter streiten! Ich bitte dich!«

Als Nikos jedoch lange nach Sonnenaufgang mit schwerem Kopf und geschwollenen Augenlidern erwachte, musste er feststellen, dass Schobai das Zimmer bereits verlassen hatte. Seine Kleidung war verschwunden und die Bettdecke ordentlich gefaltet. Nikos stand grummelnd auf und seine Laune besserte sich auch nicht, als er sich angezogen hatte und den Raum verließ, um hinunter zum Hafen zu gehen.

Am Ende der Pier konnte er die hünenhafte Gestalt des Akileus erkennen, der breitbeinig und in ähnlich farbenfrohe Gewänder wie am vorangegangenen Abend gehüllt, auf einer der Planken stand und den Matrosen an Deck des Schiffes mit lauter Stimme nicht nur Befehle zurief. »Was glaubt ihr, wofür ich euch bezahle, ihr faules Drohnengesindel! Rauf damit! Und zugleich …«

Nikos wollte sich schon abwenden, als er aus dem Augenwinkel eine Bewegung wahrnahm. Mittschiffs, am Fuß des großen Mastes, wurde der Gabelbaum, noch ohne Segel, langsam angehoben. Nikos rieb sich die Augen und blinzelte im hellen Sonnenlicht. Um einen solchen Baum zu bewegen, bedurfte es üblicherweise mehrerer Männer, die ihre Kräfte vereinten, und doch bewegte sich das schwere Holz! Er runzelte die Stirn, tat einen Schritt zur Seite, um besser sehen zu können. Schobai! Tatsächlich, da stand er, nur mit einem Lendentuch bekleidet und mit einem seligen Lächeln auf den Lippen, trotz der Anstrengungen, die nötig waren, um den Baum aufzurichten …

»Guten Morgen, Nikos!«, begrüßte ihn in diesem Augenblick Tros aus Ilios. Nikos drehte sich um. »Ich vermute, du hast es schon gehört? Ich werde nach Ägypten segeln, zusammen mit Akilleus!«

»Ich gratuliere dir!«, erwiderte Nikos leicht säuerlich. »Wie es aussieht, werden auch wir ihn begleiten!«

Kapitel 10

I

Dunkle Wolken hatten die Sonne verdeckt, die Luft war kälter geworden und es hatte den Anschein, als ob es in Kürze regnen würde. Ben-Hadad, der auf den Fersen neben der Feuerstelle hockte, beobachtete gespannt, wie ein einzelner, dicker Regentropfen auf die weiß glühenden Kohlen fiel und zischend verdampfte.

»Siehst du«, meinte Ischmerai. »Ganz, wie ich dir gesagt habe. Ich werde mich gehörig sputen müssen, um die Arbeit hier noch beenden zu können.« Er nahm das glühende Metallstück mit der Zange aus dem Feuer und legte es auf den Amboss. »Reich mir den Hammer, mein Junge!«

Ben-Hadad hielt das Werkzeug bereits in den Händen und reichte es, mit dem Stiel voran, an den Schmied weiter.

»Du hast sehr schnell gelernt, Ben-Hadad! Aus dir könnte einmal ein guter Schmied werden!«

Ben-Hadad wollte etwas erwidern, aber wie so oft hatte er Schwierigkeiten, die Worte schnell genug zu formen. »M-mein Vater war auch Schmied«, brachte er schließlich hervor. »Das hat mir meine Mutter erzählt.«

»Dein Vater?«, fragte Ischmerai erstaunt. »Haschum?« Er verzog das Gesicht. »Nun, das hat er vielleicht behauptet. Aber ich habe doch seine Hände gesehen, wenn die jemals einen Hammer gehalten haben oder irgendein anderes Werkzeug, das schwerer ist als eine Hand voll Würfel, dann ...«

»N-nein!«, widersprach Ben-Hadad aufgeregt. »Haschum ist nicht m-mein Vater. Ich meine ...«

»Ist ja auch nicht so wichtig«, meinte der Schmied freundlich. »Schließlich liegt es ja nicht nur an deiner Herkunft, sondern auch an deinem Talent, ob ein guter Schmied aus dir wird und du ...«

»Aber ... v-verzeiht, d-dass ich unterbreche ...«

»Denk nicht weiter drüber nach, Ben-Hadad! Schau, ich werde jetzt dieses Metallstück flach klopfen. Dazu braucht man eine sichere Hand oder man muss wieder ganz von vorn beginnen.« Er hob den Hammer und ließ ihn mit geübter Hand auf das glühende Metall niedersausen, zweimal nur, doch so heftig, dass die Funken stoben. Ben-Hadad schaute mit großen Augen zu, so gebannt, dass er nicht einmal blinzelte.

»Siehst du? Glatt und sauber muss die Kante werden! Aber dazu braucht man jahrelange Übung. Erst dann erreicht man mit wenigen Schlägen, wofür der Ungeübte eine halbe Stunde lang hämmern muss!«, bemerkte er mit dem Stolz des Handwerksmeisters. »Möchtest du dich einmal an dem anderen Stück versuchen?«

»Oh, g-gerne«, erwiderte der Junge.

Ischmerai musterte ihn aufmerksam und ihm gefielen die klaren, offenen Gesichtszüge des Jungen. Er ist gesund und kräftig, hat eine schnelle Auffassungsgabe und geschickte Hände, dachte der Schmied. Wenn die Geschäfte weiter so gut liefen, könnte er sicher einen Lehrling brauchen, auch wenn er sich wohl mit einem Jungen wie diesem würde zufrieden geben müssen, der das übliche Alter bereits überschritten hatte.

»Ich danke Euch«, sagte Ben-Hadad und griff nach der Zange, um den rot glühenden Bronzeguss aus dem Feuer zu nehmen. »K-könnt Ihr mir den Hammer g-geben?«

»Da hast du ihn!« Ischmerai beobachtete zufrieden, wie der Junge mit sicherer Hand das Werkzeug ergriff und, ohne lange zu zögern, den Hammer hob, um mit kräftigen Schlägen das Metall in Form zu bringen.

»Sehr gut!«, meinte der Schmied schon nach dem zweiten Schlag anerkennend. »Das hast du wirklich gut gemacht, aber jetzt leg es zurück und ...«

»Aber, Ischmerai, die Ecke hier muss ich noch ...«

»Lass gut sein, mein Junge! Die Feinarbeit machen wir später. Wirklich, ich muss schon sagen, bisher hat keiner meiner Lehrlinge so schnell gelernt wie du!« Er lächelte und klopfte dem Jungen anerkennend auf die Schulter. »Wie du schon sagst, es ist noch nicht perfekt, aber darum geht es anfangs auch nicht. Du sollst nur den Schlag deiner Hand und den Blick schulen! Und das hast du sehr gut gemacht.«

»Ich danke Euch«, erwiderte Ben-Hadad, hockte sich wieder

auf die Fersen und betrachtete kritisch sein Werk. »Ich glaube, das nächste Mal kriege ich es hin, wenn ich ...«

»Das ist gut möglich«, meinte Ischmerai wohlwollend. »Aber schau mal nach oben!« Beide wandten den Blick himmelwärts auf die drohenden dunklen Wolken. »Schon in wenigen Minuten wird es Bindfäden regnen! Du solltest zusehen, dass du nach Hause kommst, bevor ...«

Aber dafür schien es nun schon zu spät. Auf einem kräftigen Hengst kam der ältere Bruder des Jungen, Schamir, den Hügel herab auf sie zu geritten. Der Schmied wechselte einen verständnisvollen Blick mit Ben-Hadad und nickte. »Es ist besser, wenn du dich schleunigst auf den Weg machst, nicht wahr?«, meinte er freundlich.

»Ben-Hadad!«, rief der junge Reiter aufgebracht. »Was hast du hier zu suchen? Zu Hause gibt es eine Menge für dich zu tun!« Er zügelte sein Pferd nur zwei Schritte von dem Jungen entfernt, griff nach der Reitpeitsche und schlug damit nach Ben-Hadad, der sich gerade erst aufgerichtet hatte.

Die Gerte traf den Jungen mitten ins Gesicht und hinterließ einen hässlichen roten Striemen. Ben-Hadad zuckte jedoch nicht einmal zusammen, sondern starrte seinen Bruder nur an.

»Nun mach schon!«, schrie ihn der Ältere an.

Aber noch immer stand Ben-Hadad vollkommen erstarrt vor ihm und schüttelte nach einer Weile nur traurig den Kopf. Schamir hob die Peitsche, um erneut zuzuschlagen.

»Das ist nun wirklich nicht nötig!«, mischte sich jetzt der Schmied ein. »Er wollte sich gerade auf den Weg machen. Du und dein Vater, ihr lasst ihn doch hart genug arbeiten! Wenn ihr ihm schon keine Pause gönnt, so lasst ihn wenigstens einen ordentlichen Beruf erlernen ...«

»Kümmere dich um deinen eigenen Kram, du alter Narr!«, erwiderte der Reiter. »Oder mein Vater wird dich davonjagen!«

Ischmerai musste bei dieser Vorstellung unwillkürlich lächeln. Langsam erhob er sich und auch Schamir bemerkte mit Besorgnis die kräftigen Arme und Hände des Mannes vor ihm. »Soso! Dein Vater wird mich also davonjagen! Das wird bestimmt eine lustige Angelegenheit. Vielleicht sollten wir ein paar Leute einladen, sich diesen Spaß anzusehen.«

»B-bitte streitet nicht mit ihm!«, meinte Ben-Hadad. »D-dann wird alles nur noch schlimmer und ...«

»Ach was!«, meinte Ischmerai unwillig. »Warum lässt du dir überhaupt von dem frechen Kerl so viel gefallen? Du bist doch kein Schwächling und könntest dich mit Leichtigkeit wehren und ...«

»N-nein«, flüsterte Ben-Hadad traurig. »M-mutter ... ich muss auch an M-mutter denken.«

Ischmerai runzelte grimmig die Stirn. »Ach, ich verstehe. Schade eigentlich, denn ich wollte mit deinem Vater sprechen. Dann hättest du einige Tage in der Woche bei mir arbeiten können.« Er bemerkte, wie Ben-Hadads Augen für einen kurzen Moment aufleuchteten, doch dann wurde das Gesicht des Jungen wieder traurig und verzagt.

»Er könnte sowieso nicht für Euch arbeiten«, mischte sich Schamir wieder ein. »Wir ziehen nach Süden!« Die letzten Worte hatte er nicht ohne Schadenfreude gesprochen, vor allem, als er den Kummer im Blick seines Bruders bemerkte. »Du hast es noch nicht gewusst? Dann weißt du es eben jetzt. Vater erzählt es gerade deiner Mutter!« Die Versuchung war groß, den Bruder mit dieser erschreckenden Nachricht allein zu lassen, und Schamir zog die Zügel an, wendete sein Pferd und begann, den Hügel wieder hinaufzureiten. Dann drehte er sich noch einmal im Sattel um. »Du solltest dich beeilen! Du weißt doch, dass Vater es überhaupt nicht leiden kann, wenn man ihn warten lässt!«

Ischmerai sah kopfschüttelnd zu, wie er davonritt und wandte sich dann wieder an Ben-Hadad, dem die Tränen in den Augen standen.

Der Junge schüttelte erneut den Kopf. »N-nach Süden? Schon w-wieder fort?«, sagte er leise und unterdrückte mit Mühe ein Schluchzen.

Der Schmied klopfte ihm aufmunternd auf die Schulter. »Das tut mir wirklich Leid, mein Junge.« Mitfühlend betrachtete er den niedergeschlagenen kleinen Kerl und meinte dann: »Ihr seid schon ziemlich oft von einem Ort zum anderen gezogen, nicht wahr?«

»Alle zwei Jahre bestimmt! Aber ... aber d-diesmal ist es noch schlimmer! Wir sind doch vor weniger als einem Jahr erst hierher gekommen.«

»Ach du liebe Güte! Haschum hält wohl nichts davon, sich irgendwo auf Dauer niederzulassen?«

»Er fängt immer neue G-geschäfte an.« Ben-Hadad brütete düster vor sich hin. »Und d-dann hat er doch keinen Erfolg damit.«

Ischmerai nickte. Die Antwort des Jungen schien seine Einschätzung des Vaters zu bestätigen. Dann fiel ihm ein, was der Junge ihm zuvor hatte erzählen wollen. »Ich habe dir vorhin nicht recht zugehört, Ben-Hadad, aber du wolltest mir wohl sagen, dass Haschum gar nicht dein richtiger Vater ist?«

»Nein, ist er nicht!«, antwortete der Junge. »M-meine Mutter hat wieder geheiratet, nachdem mein Vater gestorben ist. Mein richtiger Vater war Schmied, genau wie Ihr!«

»Das mag wohl sein«, meinte Ischmerai. »Du hast jedenfalls ein Händchen für diese Arbeit! Wenn ich dir nur ein bisschen mehr noch beibringen könnte! Aber, so ist das manchmal im Leben! Es ist nicht gut, wenn sich ein Fremder in Familienangelegenheiten einmischt, mein Junge, und ...«

»Leb wohl, Ischmerai«, sagte Ben-Hadad betrübt. »Wir werden uns wohl nicht wieder sehen, aber ich d-danke dir für alles!«

Er drehte sich um und ging mit gesenktem Kopf davon. Ischmerai wollte ihm noch eine aufmunternde Bemerkung nachrufen, aber zu seinem Erstaunen musste er feststellen, dass ihm ein Kloß im Halse saß und ihm überdies nichts Aufmunterndes einfallen wollte.

Auf dem Gipfel des Hügels angekommen, schlug Ben-Hadad den Pfad ein, der nach Succoth führte, und beschleunigte seine Schritte. Dicke Tropfen fielen jetzt vom Himmel und die Luft roch nach feuchtem Staub. Er begann zu laufen, den gewundenen Pfad hinunter und dann an einem trockenen Flussbett entlang.

In Kanaan, anders als in den kühleren Regionen mit ihren verschneiten Wintern, begann der Zyklus der Jahreszeiten mit dem Herbst, wenn mit dem ersten Regen nach langer Trockenzeit, dem man hier den Namen Joreh gegeben hatte, auch die Natur wieder erwachte. Die wilden Früchte wie Pfirsich, Rot- und

Weißdorn, Erdbeerbaumfrüchte und Brombeeren reiften heran, und die Zwiebelgewächse wie Krokusse und Herbstzeitlose begannen zu blühen. Am Himmel sammelten sich Schwärme von Störchen, die nach Süden zogen, und die Gazellen auf den Hügeln machten dem heimischem Wild die Weide streitig. Das wilde Gras begann in den zuvor trockenen Ebenen und Tälern zu sprießen, Narzissen und Veilchen zierten die Hügel mit bunten Farbtupfern und in den Tälern ließen sich alle Arten von Vögeln zum Brüten nieder.

Die Schönheit dieser Jahreszeit hatte Ben-Hadad stets berührt, aber nun konnte er an nichts anderes denken als an die schreckliche Ungewissheit, die wieder einmal in ihrem Leben vorherrschen sollte. Wo würde es diesmal hingehen? Und warum mussten sie nun schon wieder fortziehen? Hatte Haschum erneut keinen Erfolg gehabt mit seinen Geschäften? Oder war es diesmal noch etwas Schlimmeres? War er mit seinen halblegalen Schwindeleien an den falschen Mann geraten, wie damals in Damaskus und später auch in Meggiddo? Und mussten sie sich wieder davonmachen wie damals, mitten in der Nacht und in großer Hast, als Danataja so schrecklich geweint hatte über ihre Schande?

Warum nur konnten sie sich nirgendwo dauerhaft niederlassen? Hätten sie denn nicht ein gutes Auskommen gehabt, damals in Damaskus, mit dem Geld, das sein Vater ihnen hinterlassen hatte? Seine Mutter hatte ihm erzählt, es sei genug gewesen für viele Jahre, und auch seine Ausbildung zum Schmied hätte sie davon bezahlen können, wie auch eine Ausbildung für seinen Bruder Schamir. Warum nur hatte Haschum versuchen müssen, das Geld zu verdoppeln und zu verdreifachen mit fragwürdigen Geschäften?

Nie war er erfolgreich damit gewesen und hatte ihnen stattdessen nur Kummer bereitet. Nach und nach hatte er alles, was sein Vater Danataja hinterlassen hatte, leichtfertig aufs Spiel gesetzt und verloren. Und nun war nicht einmal genügend Geld geblieben, um Ben-Hadad eine Lehrstelle zu kaufen, selbst wenn Haschum dies gestattet hätte.

Schon oft hatte Ben-Hadad darüber nachgegrübelt, was seinen Stiefvater zu diesen merkwürdigen Geschäften veranlassen mochte, aber er konnte es sich nicht erklären. Und warum hatte er so hartnäckig darauf bestanden, dass er, Ben-Hadad, den Beruf seiner Väter und Vorväter nicht erlernen sollte? War es eine Art Eifersucht, weil Danataja schon vor ihm einen anderen Mann geliebt hatte? Oder lag es daran, das Ben-Hadad der Klügere der beiden Söhne war, gegen den der ältere Schamir stets tölpelhaft und dumm wirkte?

Aus dem Augenwinkel nahm er eine Bewegung wahr und verlangsamte seine Schritte, reckte neugierig den Kopf und blieb schließlich stehen. Aufmerksam spähte er in das dichte Gestrüpp hinein.

Ja, dort war es wieder, ein graues Etwas! Ein Kaninchen vielleicht oder ein Fuchs? Aber nein, für einen Fuchs hatte es nicht die richtige Farbe und Kaninchen waren kleiner. Er griff nach der Steinschleuder, die er stets am Gürtel trug, und holte einen der rund geschliffenen Steine, die er im Flussbett gesammelt hatte, aus der Tasche. Und dann blickte er wieder aufmerksam ins Gebüsch, die Schleuder wurfbereit in der Hand.

»Komm raus da«, flüsterte er. »Was immer du auch sein magst, ich erwarte dich!« Ihm fiel nicht auf, dass er niemals stotterte, wenn er allein war und niemand ihm zuhörte. Diesen Sprachfehler hatte er Haschum zu verdanken, der ihm als Kind immer wieder Hiebe und Schläge verpasst hatte. Ihm und seinem Halbbruder Schamir, der sich so oft mit groben Späßen auf seine Kosten belustigt hatte. Wenn er allein war, konnte er flüssig und frei sprechen, aber dann war auch niemand da, der es hätte bemerken können. »Komm schon raus da«, flüsterte er noch einmal.

Und tatsächlich. Das Tier, das sich zuvor ängstlich verborgen hatte, verließ vertrauensvoll sein Versteck. Ein Hund! Ein mageres kleines Wesen mit spitzer Schnauze, glänzenden Knopfaugen und hoch aufgerecktem Schwanz stand da in einiger Entfernung vor ihm und blickte ihn unverwandt und, wie es schien, furchtlos an.

Ben-Hadad lächelte, wie er es nicht oft tat. »So was, du hast wohl gar keine Angst vor mir!«, meinte er und der Hund wedelte mit dem Schwanz, als wolle er ihm antworten. Einen kurzen Augenblick erfreute sich Ben-Hadad an dem Gedanken, mit dem

Hund vielleicht einen neuen Freund gefunden zu haben, doch dann verwarf er den Gedanken schnellstens. »Nein«, sagte er laut. »Sie würden mir doch nicht erlauben, dich zu füttern. Und Schamir würde versuchen, dich zu vergiften. Geh lieber fort!« Er hob abwehrend die Hand. »Los, geh schon! Mach, dass du wegkommst! Ich kann dich nicht mitnehmen!« Der Hund sah ihn an und rührte sich nicht vom Fleck, nur der Schwanz zuckte leicht hin und her.

»Mach schon! Geh weg!«, bat Ben-Hadad noch einmal. »Ich will dir doch nicht wehtun müssen!« Dann schwang er die Schleuder über den Kopf und zielte mit dem ersten Stein. Aber sein Auge war so gut wie immer und sein Wurf geübt und der Stein flog zwei Handbreit am Kopf des Hundes vorbei. Der Hund machte einen zierlichen Schritt zur Seite, blieb wieder stehen und sah den Jungen unverwandt an.

»Oh, bei allen Göttern!«, rief Ben-Hadad fast verzweifelt, aber auch ein wenig beeindruckt von der Standhaftigkeit des kleinen grauen Tieres. »Wenn du es nicht anders haben willst, bitte! Aber wenn du hinter mir herläufst, glaub ja nicht, dass ich dich füttern oder irgendwie beachten werde! Wenn ich das nämlich tue, weißt du, was dann passiert? Sie werden dich töten, so wie Schamir damals die kleine Eidechse getötet hat. Ich habe ja versucht, ihn davon abzuhalten, aber er war stärker und ich konnte nichts ausrichten! Er war …«

Er schwieg nachdenklich. Dann streckte er die Arme aus und musterte seine Hände. Der Schmied hatte doch seine Kräfte gelobt, er hatte gesagt, er, Ben-Hadad hätte die Arme und Hände eines Schmiedes! Und die Schmiede waren überall bekannt für ihre Kräfte. Das wusste doch jeder.

Aber was war mit seinem Vater? Mutter hatte immer nur von seiner Sanftheit gesprochen, nicht von seinen Körperkräften. Sie hatte ihm allerdings nicht sehr viel über seinen Vater erzählen dürfen. Wenn er jedoch tatsächlich ein Schmied war, so musste er auch ein starker Mann gewesen sein. Und dann gab es doch noch einen Onkel, einen Mann namens Schobai. Der war noch etliche Köpfe größer gewesen als sein Vater und hatte es als Waffenschmied zu Ruhm, Ansehen und Wohlstand gebracht.

Es war alles so verwirrend. Er stammte angeblich aus einer

Familie berühmter Waffenschmiede, die man die Kinder des Löwen nannte. Seine Mutter sprach nicht sehr oft davon, aber es hatte wohl etwas mit dem hässlichen roten Mal auf seiner Hüfte zu tun. Schamir hatte ihn deswegen schon verspottet, als er noch ein ganz kleiner Junge war.

Er ballte nachdenklich seine großen Hände zu Fäusten. Warum hätte Ischmerai ihn belügen sollen? Vielleicht war er ja wirklich stärker, als er sich selbst zutraute? Aber war er schon stark genug, um es mit Schamir aufzunehmen, der doch ein ganzes Stück größer und schwerer war?

Er war sich nicht sicher. Und wie sollte er es auch wissen können? Schon lange hatte er sich auf keine handfeste Auseinandersetzung mit dem Bruder mehr eingelassen, seit Haschum sie damals bei einer Rangelei getrennt hatte. Sein Stiefvater hatte erst ihn geprügelt, bis Ben-Hadad die Ohren klangen, und danach hatte er Danataja geschlagen, deren Arme und Schultern noch lange hässliche blaue Flecken aufwiesen.

Seit jenem Tag hatte Ben-Hadad sich nach Möglichkeit von Schamir fern gehalten, um seine Mutter vor Haschums Zorn zu bewahren, und er hatte die Demütigungen, Beschimpfungen und tätlichen Angriffe seines großen Bruders unbewegt über sich ergehen lassen, so wie er es auch heute getan hatte …

Grübelnd zog er die Stirn in Falten und dann fiel sein Blick wieder auf den kleinen Hund, der da vor ihm stand, mager, halb verhungert, aber frei! »Geh schon«, rief er ihm noch einmal zu. »Ich bringe dir nur Unglück, genau wie meiner Mutter. Bleib lieber da draußen in der Wildnis oder du wirst es bereuen!«

Der Hund wedelte wieder mit dem Schwanz, die Schnauze halb geöffnet, und Ben-Hadad konnte nicht umhin festzustellen, dass der Hund tatsächlich zu lächeln schien. Er seufzte und versuchte es noch einmal. »Sieh doch mal, Kleiner, Schamir hat gesagt, dass wir ins trockene und karge Land im Süden ziehen. Dort gibt es noch weniger zu essen als hier, wie ich gehört habe. Und da ich dich nicht füttern kann, wirst du sterben! Da unten ist nichts als Wüste! Nicht einmal Wasser gibt es dort, keine fetten Mäuse, die im hohen Gras herumhüpfen wie hier!«

Aber der Hund ließ sich nicht beeindrucken. Ben-Hadad zuckte die Schultern und machte sich wieder auf den Weg. Nach einer Weile setzte sich auch der Hund in Bewegung und folgte dem Jungen in einigem Abstand den Hügel hinunter.

Der erste Donnerschlag war zu hören, der Regen wurde stärker und ein greller Blitz teilte die dunkle Wolkendecke am Himmel.

II

Danataja blickte überrascht auf. Ihre Hand fuhr unwillkürlich an die Kehle, und als sie sprach, war ihr die Verletzung deutlich anzumerken. »Aber ... ich verstehe Euch nicht«, meinte sie. »Das habt Ihr doch nie zuvor getan!«

Der Gemüsehändler Sakkur hatte sich abgewandt und häufte dicke Kohlköpfe übereinander, damit das helle Sonnenlicht sie frischer und appetitlicher aussehen ließ. Er konnte Danataja nicht in die Augen sehen, als er ihr endlich antwortete. »Sprecht mit Eurem Ehemann darüber«, sagte er in sachlichem Tonfall. »Ich möchte Euch nur daran erinnern, dass Ihr auch nie zuvor über drei lange Monate Eure Schulden bei mir nicht beglichen habt.«

»Aber ... aber das kann nicht sein!«, erwiderte Danataja entsetzt. »Drei Monate? Haschum hat mir doch versichert, dass ...«

»Sprecht mit Eurem Gatten!«, wiederholte der Händler. »Er wird es Euch erklären! Vor einigen Tagen erst hatte ich eine Unterredung mit ihm. Wenn er Euch noch nichts davon gesagt hat, so ist das nicht meine Sache.« Er wog nachdenklich einen der Kohlköpfe in der Hand und hob endlich den Blick, um sie anzusehen. »Und jetzt entschuldigt mich bitte, ich habe noch viel zu tun!«

Danatajas Herz schlug ihr bis zum Hals, als sie sich beschämt abwandte. Erst der Schlachter und jetzt der Gemüsehändler! Wer wohl der Nächste sein würde? Wenn einem erst einmal in einem Laden kein Kredit mehr gewährt wurde, wussten es sehr bald alle Händler in der Stadt. Wie eine ansteckende Krankheit verbreitete sich das Gerücht von der schlechten Zahlungsmoral eines Kunden und es hatte keinen Sinn, noch einen weiteren Laden aufzusuchen. Sie musste erst nach Hause und die Angelegenheit mit Haschum besprechen. Vielleicht war alles ja auch nur ein Missverständnis …

Als sie auf die Straße hinaustrat, zog sie sich die Kapuze ihres Umhangs tiefer ins Gesicht. Sie wollte auf keinen Fall, dass Bekannte oder Nachbarn sie so sahen, verzweifelt und verwirrt wie sie war. Haschum hatte sie wohl doch, wie schon zuvor so oft, mit seinen windigen Geschäften ins Unheil gestürzt. Und gerade zu einem Zeitpunkt, wo sie glaubte, neue Freunde finden zu können, um sich in der Stadt ein wenig heimisch zu fühlen. Warum nur …

»Pst!«

Das heisere Flüstern kam aus einer der Seitengassen. Sie war zusammengezuckt und erschrocken zur Seite gesprungen, doch als sie sich umwandte, bemerkte sie ihren Ehemann Haschum, der in der dunklen Gasse stand und ihr zuwinkte. »Komm mit mir, schnell!«, mahnte er ungeduldig und blickte sich verstohlen nach allen Seiten um. »Schnell, bevor uns jemand hier entdeckt!«

Sie starrte ihn mit offenem Mund an, unfähig, sich zu rühren. Sein Arm schnellte vor und zog sie grob in die kleine Gasse hinein. »Haschum, was soll das …«, protestierte sie schwach.

»Still! Mach nicht so einen Lärm und komm endlich mit! Hier entlang!«

»Aber … Haschum! Ich war gerade auf dem Markt und die Händler …«

»Dafür ist jetzt keine Zeit«, erwiderte er und zog sie hinter sich her. Als er sich kurz zu ihr umwandte, bemerkte sie den starken säuerlichen Geruch nach Palmwein, der von ihm ausging. »Wir müssen schnellstens nach Hause! Und dann die Stadt verlassen! Ich habe Lastesel besorgen können und Reittiere für uns vier. Unsere Habe ist schon verpackt! Alles, was du noch tun musst, ist …«

»Nein! Nicht schon wieder, Haschum!«, rief sie entsetzt aus.

»Nun komm schon!«, sagte er grob und zog sie wieder am Arm. Als sie sich wehrte, schlug er ihr ins Gesicht. Sprachlos starrte sie ihn an, und als er sie erneut mit sich ziehen wollte, leistete sie keinen Widerstand mehr und stolperte, leise weinend, hinter ihm her.

Am Ende der Gasse blieb er so plötzlich stehen, dass sie mit ihm zusammenstieß. Er schob sie ein Stück weit zurück und spähte vorsichtig auf die Straße hinaus. Vereinzelt fielen Regentropfen auf das staubige Pflaster zu ihren Füßen. »Verdammt, ausgerechnet jetzt muss es zu regnen beginnen!«

»Haschum«, flüsterte sie eindringlich, eine Hand vors Gesicht gelegt, um sich vor weiteren Schlägen zu schützen. »Bitte sag mir doch, was geschehen ist. Wohin wollen wir denn fort?«

»Unser Vermieter hat alle unsere Sachen auf die Straße werfen lassen. Und das ist noch nicht einmal das Schlimmste. Nur gut, dass mir jemand in der Taverne einen Tipp gegeben hat! Jokschan von Sichem hat die Pfändung gegen mich erwirkt, du weißt schon, wegen der Brunnengeschichte damals. Also muss ich so schnell wie möglich fort von hier, solange man mir die Lastesel und Pferde noch nicht gepfändet hat, die mein Hab und Gut davontragen können. Und bevor Schlimmeres geschieht.« Er verzog verächtlich das Gesicht, als er ihre entsetzte Miene bemerkte. »Nun stell dich nicht so an! Ich nehme dich ja mit! Dich und dein stotterndes Balg von einem Sohn! Wenn wir ...«

»Ach Haschum, warum musste es denn schon wieder dazu kommen?« Aber schon, als sie diese Worte aussprach, wurde ihr bewusst, dass es keinen Zweck hatte, ernsthaft mit ihm darüber zu reden. »Und wohin werden wir gehen?«, fragte sie tonlos.

»Ich ... ich weiß noch nicht. Nach Süden auf jeden Fall. Vielleicht zu diesem Freund von dir, diesem Jakob. Immerhin ist er der Pate deines Sohnes. Er könnte uns helfen. Ich brauche nur eine kleine Chance, ein wenig Geld, das mir über die Anfangsschwierigkeiten hinweg hilft, damit ich ...«

»Ach Haschum!«

Als Antwort blickte er nur zornig auf sie herab mit leicht glasigem Blick aus den rot geränderten Augen. Der Regen wurde langsam stärker. Danataja fröstelte und zog die Kapuze wieder fest um den Kopf. Haschum wischte sich das feuchte Gesicht und spähte noch einmal auf die Straße hinaus. Als sie weitergingen, setzte ein heftiges Gewitter mit lauten Donnerschlägen und Platzregen ein.

»Nun, der Regen ist vielleicht unser Glück!«, meinte Haschum. »So können wir unerkannt entkommen.«

Als sie das Haus erreichten, das noch nicht einmal ein ganzes Jahr ihr Zuhause gewesen war, schlug Danataja angesichts des auf der Straße aufgetürmten Hausrats entsetzt die Hände über dem Kopf zusammen. Die Packtiere waren bereits hoch beladen, aber der Rest ihrer Habseligkeiten würde den Bettlern bleiben. »Ach, Haschum«, sagte sie wieder, so leise, dass der heftige Regen ihre Stimme fast übertönte. »Doch nicht meinen Webrahmen!«

»Das verdammte Ding ist mir aus der Hand gerutscht und zerbrochen«, erwiderte er. »Ich kaufe dir einen neuen, sobald wir in Hebron sind.« Er wischte sich wieder übers Gesicht und blinzelte durch den Regen in Richtung der Hügel. »Da kommt Schamir mit den Pferden!« Er beobachtete, wie sein Sohn auf dem kräftigen Hengst die beiden Stuten am Zügel ins Tal hinuntergeleitete, und winkte ihm dann zu. »Beeile dich, Schamir!«, rief er. »Verdammt, wo ist Ben-Hadad schon wieder!«

»Er müsste gleich hier sein!«, erwiderte Schamir. »Er ist hinter mir hergelaufen!«

Haschum blickte wieder zum Pfad hinüber und schüttelte missbilligend den Kopf. »Das nächste Mal lässt du ihn ebenfalls reiten! Ganz gleich, ob du gerade wieder einmal Streit mit ihm hast! Wir müssen uns sputen!«

Schamir war aus dem Sattel gestiegen und band nun die Zügel der Lasttiere hintereinander an die Sättel der Pferde. »Dieser verdammte Mistkerl!«, murmelte er kaum hörbar. »Jetzt ist Vater wütend auf mich. Aber das soll er mir büßen! Ich werde ihm …«

»Halt den Mund und mach deine Arbeit«, fuhr Haschum ihn an. »Ben-Hadad! Nun mach schon! Wir warten alle auf dich!« Er gestikulierte wild und zornig mit weit ausholenden Armbewegungen in Richtung des Hügels, dessen Kuppe Ben-Hadad soeben erreicht hatte. Haschums Haare und auch seine Kleidung waren inzwischen völlig durchnässt. »Danataja! Steig aufs Pferd! Wir müssen uns sputen. Schnell! Schnell!«

»Aber … wir haben nur drei Reitpferde! Wo ist meine kleine Stute?«

»Ich habe damit eine Rechnung beglichen«, erwiderte Haschum verärgert. »Jetzt steig schon endlich in den Sattel! Dein Sohn und du, ihr könnt zusammen auf einem Pferd reiten.«

Ein greller Blitz fuhr bei seinen letzten Worten durch die finsteren Wolken über ihnen, gefolgt von einem ohrenbetäubenden Donnerschlag. Die Tiere scheuten und der Regen setzte noch heftiger ein. Mit tiefer Verzweiflung im Herzen bestieg Danataja endlich ihr Pferd und bemühte sich, die traurigen Reste ihres Hausstandes in der Gosse zu übersehen. Als sie aufblickte, bemerkte sie ihren Sohn, der den Hügel herab auf sie zulief, ein kräftiger, ein wenig vierschrötiger Kerl mit einem runden Gesicht, der sie so sehr an seinen Vater erinnerte, und für einen kurzen Moment schöpfte sie wieder neue Hoffnung. Bei allem Übel, was uns befällt, dachte sie, bleibt mir als Trost doch mein Sohn Ben-Hadad! Wenn ich ihm doch nur ein besseres Leben bieten könnte!

Sie seufzte und zog die Kapuze wieder fester um den Kopf, streckte dann ihre Hand dem Jungen entgegen. »Steig auf, mein Lieber«, sagte sie so leise, dass das wilde Toben des Unwetters ihre Worte beinahe verschluckt hätte. »Steig hinter mir in den Sattel!«

Die Furt über den Jordan erreichten sie gerade noch rechtzeitig, bevor die rasch anschwellenden Wassermassen den Übergang unmöglich gemacht hätten. Die unzähligen kleinen Nebenflüsse in den Hügeln hatten den bislang friedlichen Fluss bereits in einen reißenden Strom verwandelt und um ein Haar hätten sie einen der Lastesel verloren, wäre Ben-Hadad nicht mutig ins Wasser gesprungen, um das Tier ans sichere Ufer zu führen.

Sie hatten den richtigen Weg gewählt, denn nun konnten sie einem Pfad folgen, der am westlichen Ufer des Jordans nach Süden führte, ohne dass sie den Strom noch einmal überqueren mussten.

Der Regen hatte zum Glück inzwischen nachgelassen. Trotz ihrer heftigen Proteste, hatte Ben-Hadad seinen Umhang ausgezogen und der Mutter fürsorglich um die Schultern gelegt. Es nieselte immer noch, aber der Junge saß aufrecht mit hocherhobenem Kopf hinter seiner Mutter und ließ aufmerksam den Blick schweifen, neugierig und offen für alles Neue und Bemerkenswerte auf ihrem Weg in die Fremde. Als sie den Hügel hinaufritten, um die höher gelegene Karawanenstraße auf dem Westufer zu erreichen, wandte er sich noch einmal um und begann zu lachen. »Was macht dich so fröhlich?«, fragte Danataja.

»Ach, ich glaubte, hinter uns jemanden entdeckt zu haben! Es ist ein k-kleiner Hund, Mutter. Der gleiche, der mir heute Morgen auf d-dem Weg nach Hause schon gefolgt ist!«

»Ein Hund?«, fragte Danataja erstaunt und wandte sich um. »Wo steckt er denn?«

»Du kannst ihn nicht sehen. Aber er hält tapfer mit uns Schritt! Ein k-kleiner grauer K-kerl! Wie mag er wohl über den Fluss g-gelangt sein?«

»Er wird wohl ... oh, jetzt sehe ich ihn. Er ist aber sehr mager, sieht ja fast verhungert aus!«

»Das habe ich auch erst gedacht«, erwiderte der Junge. »Aber er scheint sehr zäh zu sein! Irgendwie schlägt er sich wohl durch!«

»Das hoffe ich!«, meinte Danataja. »Vielleicht können wir ihm ja heute Abend, wenn wir unser Lager aufschlagen, etwas hinwerfen. Wenn wir denn selbst etwas zu essen finden!«

Ben-Hadad legte seiner Mutter tröstend die Arme um die Schultern und drückte sie an sich. »Mach dir keine Sorgen! Wir kommen schon durch. Wir machen es genau wie der kleine Hund dort und ernähren uns von dem, was das Land für uns bereithält.«

Sie drückte zärtlich seine Hand und seufzte. Die fürsorgliche Liebe, die sie für ihren Sohn empfand, stritt in ihrem Herzen mit der nagenden Schuld und Beschämung, die sie verspürte, weil sie nicht besser für ihn sorgen konnte.

Ach, wenn Hadad noch leben würde!

Verzweifelt schloss sie die Augen, um den schlammigen Pfad vor ihnen zusammen mit den finsteren Gedanken aus ihrer Vorstellung zu tilgen. Was für ein unnützer Zeitvertreib war es doch, darüber nachzugrübeln, was hätte sein können! Diese trüben Gedanken machten ihr ohnehin schon schweres Los doch nur noch unerträglicher. Viel besser war es doch, dem Beispiel ihres verstorbenen Gatten zu folgen, der sich niemals beklagt hatte über sein Los, niemals verzweifelte angesichts der Prüfungen, die das Schicksal ihm auferlegte. Ohne die Unterstützung seines als Waffenschmied wohlhabend gewordenen Bruders hatte er sich und seine geistig verwirrte Mutter durchgebracht. Aus den wenigen Aufträgen, die er als Kunstschmied für Schmuckgegenstände und als Verfertiger von Tonfiguren gelegentlich erhielt, hatte er das Beste gemacht. Die Aufnahme in die Gilde der Schmiede, wo die Waffenschmiede den Ton angaben, war ihm ja verweigert worden. Aber das Geld seiner Mutter hatte für eine entsprechende Ausbildung auch nicht gereicht. Dennoch war Hadad stets in der Lage gewesen, in jedweder Situation auch das Gute zu sehen. Wenn sie doch nur lernen könnte, ihr Schicksal auch auf diese Weise zu betrachten!

Doch sie hatte allen Grund, auf ihren Sohn stolz zu sein. Ganz gleich, was ihm zustieß, er verlor niemals seine zuversichtliche Haltung, und wenn er selbst auch niedergeschlagen sein mochte, so gab er sich alle Mühe, seinen Kummer vor ihr, seiner Mutter, zu verbergen. Auch sein Vater wäre stolz auf diesen Sohn gewesen, dachte sie.

Der Pfad wand sich in Serpentinen den Hügel hinauf und hinter einer der Kehren konnte sie erneut den kleinen grauen Hund entdecken, der ihnen unverdrossen folgte. Wie mager er doch war! Man konnte die einzelnen Rippen unter dem dünnen Fell erkennen, und dennoch, er schien gesund und munter, wie er da entlangtrabte, den Schwanz und die spitzen Ohren steil aufgerichtet. »Sieh nur, Ben-Hadad! Da ist wieder der kleine Hund. Er scheint uns tatsächlich treu zu folgen!«

»Ja, ich habe ihn auch schon g-gesehen«, erwiderte ihr Sohn. »Ich glaube, er ist mein Freund. Ich habe darüber nachgedacht, wie ich ihn nennen soll.« Er lachte fröhlich. »Er ist zwar nur sehr k-klein, aber er hat ein großes Herz und deswegen werde ich ihn ›Löwe‹ nennen.«

Danataja wollte gerade etwas erwidern, doch da hörte der Regen urplötzlich auf, die dunklen Wolken zogen schnell in Richtung des östlichen Jordanufers und vor ihnen erschien ein schillernder Regenbogen, der sich weit über die Hügel spannte. »Schau doch nur«, rief sie begeistert. »Was für wunderschöne Farben!«

»Und ein g-gutes Omen!«, fügte Ben-Hadad hinzu. »Und den Namen für meinen Hund habe ich auch gerade in diesem Moment ausgesucht, Mutter. Das bedeutet, dass es ein guter Name ist, nicht wahr?«

Mit Stolz und Zuneigung in der Stimme wiederholte er: »Mein Löwe!«

Etliche Tagesreisen weiter südwestlich im Garten des Mamre zügelte Jakob, den einige seiner Gefolgsleute inzwischen mit Israel ansprachen, jenem Namen, den El-Schaddai ihm gegeben hatte, die geduldige Stute, die ihm sein ältester Sohn Reuben vor nicht ganz einem Jahr zum Geschenk gemacht hatte, und stieg mit einiger Mühe aus dem Sattel. Sein zweitjüngster Sohn, Joseph, hoch gewachsen, schlank und doch kräftig, hielt derweil die Zügel. »Ach, Joseph«, meinte der Vater und seufzte, »manchmal denke ich schon, ich sollte besser zu Fuß gehen, bei all der Mühe, die mir das Auf- und Absteigen mittlerweile bereitet!«

Der Sohn legte dem Reittier die Fußfesseln an und wollte schon nach den Satteltaschen greifen. »Nein, du brauchst jetzt nicht abzuladen«, sagte sein alter Vater. »Komm mit mir!« Er schritt sicher aus wie jemand, der einen Ort gut genug kennt und auch in stockfinsterer Nacht seinen Weg findet. Wenig später schon standen sie auf einer kleinen Lichtung. »Diesen Ort wollte ich dir zeigen, mein Sohn!«

Joseph blieb stehen und blickte sich aufmerksam um. Dann schloss er die Augen. Bewegungslos stand er eine Weile schweigend in der Stille, sein gleichmäßiger ruhiger Atem war das einzige Geräusch. »Es ist ... in der Tat ein besonderer Ort, Vater«, meinte er dann. »Ich glaube gar, es ist ein heiliger Ort!«

Jakob lächelte zufrieden. »Wie es scheint, hat der Gott des Abraham dir die Fähigkeit zur Erkenntnis verliehen! Dies ist in der Tat ein besonderer Ort! Denn genau hier hat auch Abraham damals gestanden, als er den Pakt mit Mamre und seinen Brüdern schloss, jenen Pakt, der die Herrschaft von Elam und Schinar in Kanaan beenden sollte. Hier wurde auch die Schlacht geplant, in der Abrahams großer ägyptischer Freund, sein Feldherr Sneferu, sein Leben ließ, jene Schlacht, die den Untergang der Elamiter besiegelte, sodass mein Großvater und seine Männer die vier verbündeten Könige und ihre Armeen im Schatten des Berges Hebron bis auf den letzten Mann vernichten konnten, um das Land Kanaan ein für alle Mal vom drückenden Joch der elamitischen Fremdherrschaft zu befreien.«

»Und doch …«, wandte Joseph ein, »ist dies auch ein Ort großer Trauer, ungeachtet der kriegerischen Triumphe!«

»So ist es, mein Sohn. So ist es!«, stimmte Jakob zu. »Denn nur wenige Schritte von hier starb jener tapfere Waffenschmied mit Namen Belsunu, der die Männer des Abraham mit Schwertern ausgerüstet hatte. Er starb in den Armen meines Großvaters. Abraham hat damals berichtet, dass Belsunu schwer erkrankt war, so schwer, dass es fast wie ein Wunder schien, dass er noch sechs lange Monate aushielt! Es war sein tapferes Herz und die Hingabe an sein Handwerk, die ihn in dieser Welt so lange festhielten, bis er seine Aufgabe erfüllt hatte.«

»Ich glaube, ich kann seine Verbindung mit diesem Ort spüren«, meinte Joseph. »Er war sehr groß, mit breiten Schultern und er hatte kräftige Hände, aber sein Körper war ausgezehrt und mager, als hätte er lange Zeit hungern müssen.«

»Du hast Recht!«, stimmte Jakob zu. »Belsunu war an der Schwindsucht erkrankt und das Atmen bereitete ihm große Probleme. Nichtsdestotrotz hat er fast bis zum Schluss noch den schweren Schmiedehammer geschwungen. Mein Sohn, dir hat der Herr die Gabe des Gesichtes verliehen. Du bist der Priester, den er mir versprach und der meinen Platz nach mir einnehmen wird. Komm mit mir, mein Sohn! Ich habe ein Geschenk für dich.«

Mit fast beschwingtem Schritt führte Jakob den jungen Mann zurück zu den friedlich grasenden Pferden. »Öffne die Satteltasche dort. Ich habe eine Überraschung für dich. In der Nähe von Elam gibt es einen Tuchweber, der ein Meister seines Faches ist.«

Aber Joseph hatte das Paket schon geöffnet und hielt nun einen Mantel in Händen, der in aufwendigem Muster die schillerndsten Farben vereinte, ohne dass der harmonische Gesamteindruck im Geringsten beeinträchtigt wurde. »O Vater! Was für ein wunderschöner Mantel! Aber …«

»Was ›aber‹?«, fragte Jakob ungeduldig. »Zieh ihn an, mein Sohn. Ich habe ihn für dich anfertigen lassen.«

»Aber Vater! Wie kann ich ein so kostbares Gewand tragen, wo Reuben, Simeon und die anderen doch gewiss erfahren werden, von wem ich es erhalten habe. Und man erkennt auf einen Blick, welch kostbares Geschenk du mir damit gemacht hast, ohne dass einer von Leas Söhnen jemals etwas Ähnliches von dir erhalten hätte oder auch noch erhalten wird!«

»Ach!«, winkte Jakob unwirsch ab. »Deine älteren Brüder, Joseph, sie bedeuten mir nichts mehr seit jenem Tag, an dem sie uns zur Flucht zwangen. Wir mussten fliehen, weil sie durch ihre verbrecherischen Taten in Sichem die Heviter gegen uns aufbrachten. Und wegen dieses unzeitigen Aufbruchs trifft sie ein Mitverschulden am Tod deiner Mutter, die viel zu früh deinen Bruder gebar!«

»Du solltest ihnen diese Taten nicht länger vorwerfen!« Joseph hatte den Mantel angezogen und streckte die Arme aus. »Aber Vater! Der Mantel paßt ja wie angegossen! Wie ist das möglich?«

»Ich habe den Mann veranlasst, dir einen Tag lang zu folgen, um mit den Augen Maß zu nehmen. Du hast nichts davon bemerkt damals! Und was deine Brüder betrifft, so lass dir gesagt sein, dass sie weder Macht noch Bedeutung haben werden! Du und Benjamin, ihr seid meine wahren Söhne.«

Joseph starrte seinen Vater schweigend an und seine soeben noch heiteren Züge verdüsterten sich, als habe ihn eine dunkle, bedrückende Vorahnung befallen. Auch Jakobs Züge wurden ernst, als der Sohn endlich zu ihm sprach. »Vater, meine Brüder, sie hassen mich. Sie kennen deine unnachgiebige Haltung ihnen gegenüber und sie machen mich dafür verantwortlich. Schon bald ...«

Er sprach den Satz nicht zu Ende und Jakob bemühte sich, die düsteren Andeutungen zu vergessen. Aber tief im Inneren wusste auch er, wie Recht sein Sohn hatte. Joseph hatte schon immer Dinge bemerkt, die anderen nicht auffielen. Ja, er war sein Sohn und Erbe, der Einzige, der wie er den Willen El-Schaddais und auch seinen Zorn erspüren konnte. Und so gewiss, wie er um diese Gabe seines Sohnes wusste, so sicher wusste er auch, dass die Zukunft neuerliche Prüfungen bringen würde.

II

Die Brüder waren sich am Stadttor von Hebron zufällig begegnet. Mit finsterer Miene hatte Simeon einen Gruß gemurmelt, aber Juda, dem dies nicht genügte, kam auf den Bruder zu und umarmte ihn herzlich. »Du siehst aus wie jemand, der gerade einen guten Freund verloren hat, Simeon!« Er lächelte und schlug dem Älteren aufmunternd auf den Rücken. »Komm und begleite mich. Ich habe Durst und möchte dich zu einem Becher Wein einladen. Dann kannst du mir auch berichten, was dich so sehr bedrückt. Wir haben uns lange nicht gesehen, es muss mehrere Monate her sein!«

»Ein halbes Jahr!«, erwiderte Simeon. »Und was meine gedrückte Stimmung betrifft, nun ja, warst du in letzter Zeit einmal auf dem Markt?«

»Zu meinem allergrößten Missvergnügen!«, gab Juda zur Antwort, ergriff Simeon am Arm und zog ihn mit sich durch eine der stilleren Straßen bis hin zu einem kleinen Gasthof in der Nähe des Palmenbasars. »Und was mir meine Waren eingebracht haben, nun, das erzähle ich dir besser nicht!«

»Das ist auch nicht nötig!«, erwiderte Simeon. »Die Händler haben mir fast nichts von meinem Verkaufserlös gelassen! Wie kommt es nur, dass alles, was ich anzubieten habe, in Überfülle und zu niedrigsten Preisen angeboten wird, während die Waren, die ich benötige, mich fast zum Bettler machen?«

Die Brüder nahmen im Innenhof der Taverne Platz und Juda winkte dem Wirt, ihnen Wein zu bringen. »O ja, ich weiß wohl, was du meinst. Als ich das letzte Mal eine Herde auf dem Markt verkauft habe, war der Gewinn so schmal, dass ich kaum die notwendigen Rationen für den Winter davon kaufen konnte.« Er verzog betrübt das Gesicht, lächelte dann aber erfreut, als der Wirt mit zwei wohl gefüllten Bechern erschien und sie vor ihnen auf den Tisch stellte. »Lass uns auf deine Gesundheit trinken, Bruder«, sagte Juda aufmunternd und hob seinen Becher. »Und darauf, dass uns bessere Zeiten bevorstehen.«

Immer noch missmutig kostete Simeon den Wein. »Bessere Zeiten? Wie sollen die wohl zustande kommen, wenn sich die Söhne der ersten Frau um Almosen zanken müssen …«

»… während die Söhne der Nebenfrauen das Erbe des Vaters an sich reißen?«, fiel Juda ein. »Hast du schon das Neueste erfahren?«

»Nein, was ist es denn diesmal? Hat unser prophetischer Bruder vielleicht wieder eine seiner entzückenden Visionen gehabt, wo er den Schweinehirten spielt, und wir Älteren sind die faule, schmutzige Schweineherde?«

Juda lachte grimmig. »Nein, diesmal hat er von unseren Nachfahren geträumt, die das Land Kanaan unter sich aufteilen. Stell dir vor, er behauptet ganz genau zu wissen, wessen Enkel und Urenkel welchen Teil des Landes erben werden!«

Simeon lächelte kopfschüttelnd. »Das musst du mir genauer erzählen!« Mit einem Finger rührte er geistesabwesend in seinem Weinbecher. »Ich vermute mal, meine Nachfahren werden dürres Heideland erben, auf dem die Aussätzigen mit den Totenschädeln vergnüglich ein wenig Ball spielen!«

»Es ist beinahe so schlimm, aber nicht ganz! Meine Nachfahren sollen sich angeblich in der Gegend zwischen Jerusalem und Hebron niederlassen.«

»Was beklagst du dich da? Und was bekomme ich nun für meine Nachfahren zugestanden?«

»Oh, die Deinen werden in der Wildnis südlich davon leben müssen. An der Grenze zum Negeb, bis hinüber an die Küste des Salzmeers.«

»Ich bin hocherfreut! Hat er auch gesagt, wie wir auf diesem Land leben sollen?«

»Dazu hat sich unser Prophet nicht geäußert. Du solltest aber zufrieden sein, denn verglichen mit dem Erstgeborenen hast du sehr gut abgeschnitten. Unseren Bruder Reuben, dem nach dem Gesetz, das unsere Vorfahren seit ihrem Auszug aus der Stadt Ur praktizieren, die erste Wahl aus dem Besitz unseres Vaters zusteht, hat es weitaus schlimmer getroffen!«

»Ich kenne das Gesetz und seine Bedeutung sehr wohl! Sage mir, wohin hat unser kleiner Bruder, der die Zukunft aus den Hühnerknochen und Taubengedärmen liest, den Erstgeborenen verbannt?«

»Nun, er zieht ans andere Ufer des Salzmeeres, in die lieblichen Hügel von Moab! Wo es nicht einen Tropfen Wasser gibt!

Wo das spärliche Grün gerade einmal zwei Ziegen ernähren kann, vorausgesetzt, es handelt sich um genügsame Tiere, die nur alle paar Tage etwas fressen wollen und vor allem kein Wasser brauchen.«

»In der Tat eine entzückende Vorstellung. Zu alledem werden Reubens Enkel sich auch noch der Beduinen erwehren müssen. Oder hat unser geschätzter Bruder auch für diese bereits ein Stückchen Ödland auf dem Gebiet der Midianiter reserviert?«

»Nicht, dass ich wüsste! Aber gibt dir das nicht zu denken? Ich meine, all dies Land gehört doch den Ismaeliten. Und Ismael war der erstgeborene Sohn Abrahams, unseres Großvaters, den er allerdings mit der ägyptischen Magd Hagar zeugte, nicht mit seiner ersten Frau. Da kannst du sehen, was das Recht des Erstgeborenen noch bedeutet!«

Simeon zog nachdenklich die Stirn in Falten. »Du hast ja so Recht! Es scheint tatsächlich schon fast Tradition zu sein in unserer Familie, dass die Nachgeborenen den ersten Söhnen ihre Rechte streitig machen! So habe ich das noch nie gesehen. Vater war doch auch der zweite und ...«

»... und hat sich Isaaks Segen erschlichen, wie auch die Rechte des Erstgeborenen zum Nachteil unseres Oheims Esau!«

»Verdammt! Und wir sitzen hier und sehen tatenlos zu, wie uns das gleiche Unrecht angetan wird! Vater wird uns nicht unterstützen, denn der kleine Mistkerl schmeichelt sich jeden Tag aufs Neue bei ihm ein mit seinen angeblichen Visionen!«

»So ist es!« Juda lehnte sich flüsternd über den Tisch zu seinem Bruder. »Und es kann nur noch schlimmer werden, wo wir alle nicht mehr in seiner Nähe sind und uns nicht darum kümmern. Nur Joseph ist stets bei dem alten Mann und klammert sich wie ein Blutegel an ihn!« Er schlug zornig mit der Faust auf den Tisch. »Es muss etwas geschehen, Simeon!«

»Das ist leichter gesagt als getan!«, erwiderte Simeon ungehalten. »Was können wir denn schon groß ausrichten, ohne uns selbst zu schaden? Joseph auflauern und ihm zur Warnung eine ordentliche Tracht Prügel verpassen, damit ...«

»... damit Vater uns enterbt, sobald er davon erfährt?«

Simeon schnaubte verächtlich. »Was sonst? Sollen wir ihm vielleicht ein Messer in den Leib jagen? Sieh mal, wenn ich auch nur für einen Augenblick glauben könnte, dass es uns weiterhelfen würde, so …«

»Nein, daran ist nicht zu denken. Wir dürfen nicht vergessen, dass Vater auch über das zweite Gesicht verfügt. Er brauchte nur einen Blick auf die Leiche zu werfen und schon würde er die Augen verdrehen, jede Menge Unsinn reden, bis nach einer Weile die Wahrheit ans Licht käme und gleich noch eine göttliche Verfluchung all seiner erstgeborenen Söhne dazu!«

»Du hast wahrscheinlich Recht. Und dennoch, so kann es nicht weitergehen! Wir müssen uns seiner entledigen! Sein Bruder Benjamin ist da ganz anders, ein ruhiger und friedfertiger Junge, aber Joseph? Warum nur ist aus ihm ein aufdringlicher, hoffärtiger Kerl geworden?«

»Ich habe nicht die leiseste Ahnung!« Juda griff nach seinem Becher, trank und wischte sich die Lippen. »Aber ich weiß sehr wohl, dass endlich etwas geschehen muss. Vater lässt niemanden außer ihm in seine Nähe. Schon seit Rahels Tod hält er sich von uns fern.« Er schob nachdenklich den Unterkiefer vor. »Es müsste unserem Bruder Joseph etwas zustoßen, verstehst du? Irgendetwas, mit dem wir anderen nachweislich nichts zu tun haben können …«

Am Rande der Zeltstadt vor den Mauern der Stadt Hebron hatten die vier Reisenden, Haschum, Danataja und die beiden Jungen, schließlich ihr Lager aufgeschlagen. Auch in dieser Zeltstadt lebten, wie überall vor den Toren der Städte, die unterschiedlichsten Menschen, fahrende Händler und Durchreisende, wie auch Schwindler, Bettler und andere, denen das Schicksal eine feste Heimstatt verwehrt hatte. An diesem Tag, so kurz nach dem Regen, gab es jedoch, wie sonst an diesen Orten, keine lästigen Staubwolken. Nur der Lärm, die Eile und Unrast der Menschen herrschten wie überall in dieser Art von Siedlung vor. Welch andere Unterkunft wäre an einem so schrecklichen Tag wie diesem auch zu erwarten gewesen, dachte Danataja. Sie dankte allen Göttern von Kanaan und Haran, dass sie niemanden an diesem Ort kannte, denn die Scham wäre unerträglich gewesen.

Als das Zelt aufgestellt war, schickte sie Ben-Hadad mit dem großen Krug zum Brunnen. »Wir haben nichts zu essen für heute

Abend«, wandte sie sich an Haschum. »Ich dachte, das solltest du wissen.«

»Das sollte ich wissen?«, fauchte Haschum sie an. Er hatte schon die Hand gehoben, um sie zu schlagen, und Danataja wich vor ihm zurück, um dem Schlag auszuweichen. Doch dann besann sich Haschum eines Besseren und machte sich wieder am Zelt zu schaffen. »Was soll ich deiner Meinung nach tun?«, fragte er. »Heute ist es zu spät, um mir eine Arbeit zu suchen. Und überhaupt ist es nicht meine Schuld, wenn du mit dem Geld nicht auskommst.«

»Du weißt sehr wohl, dass ich mit dem Geld auskommen kann!«, erwiderte sie vorwurfsvoll. »Mit dem wenigen, was da ist! Aber wenn du die Rechnungen der Händler nicht begleichst ...«

»Nun lass schon gut sein!«, unterbrach er sie mürrisch. »Ich ... ich lass mir etwas einfallen. Ich werde mich unter die Leute mischen und sehen, ob ich nicht etwas Brot und Käse für uns besorgen kann. Aber jetzt ... jetzt wäre ich dir dankbar, wenn du mich in Ruhe lässt! Ich muss nachdenken!«

Danataja blickte ihn schweigend und vorwurfsvoll an, aber er wandte ihr den Rücken zu. Es hat keinen Zweck, mit ihm zu streiten, ermahnte sie sich. Heute Abend würden sie eben hungrig zu Bett gehen müssen. Sie wischte sich den Staub von den Händen und machte sich auf den Weg zum Brunnen, um Ben-Hadad beim Wasserholen zu helfen.

Hand über Hand zog Ben-Hadad den schweren, wassergefüllten Eimer nach oben, bis er den Rand des tiefen Brunnens erreichte. Dann stützte er sich ab, um mit der freien Hand nach dem Gefäß greifen zu können, und zog es schließlich auf das schmale Sims. Er griff nach dem Krug, den seine Mutter ihm mitgegeben hatte, und füllte das Wasser langsam und vorsichtig hinein.

Als er den Eimer geleert hatte, gab er ihm einen Stoß und ließ ihn erneut in den Schacht fallen, wo er mit dumpfem Geräusch auf der Wasseroberfläche aufschlug. Er hob den Kopf und aus dem Augenwinkel nahm er hinter einem der Zelte zu seiner Linken eine Bewegung wahr. War das etwa ...! »Löwe! Da bist ja wieder!«, rief er erfreut.

Doch der kleine Hund hielt sich noch immer vorsichtig auf Distanz. Überall in den Ansiedlungen auf dem Lande waren Hunde ein alltäglicher Anblick, aber so nah an den Toren der Stadt sah man selten ein einzelnes, noch dazu so kleines Tier.

»Komm her, ich gebe dir etwas Wasser.« Ben-Hadad ergriff eine Tonscherbe, die neben dem Brunnenrand lag, und füllte ein wenig Wasser hinein. »Hier, du musst doch durstig sein nach der langen Wanderung!«

Der Hund zögerte immer noch. »Du weißt nicht, ob du mir trauen kannst, ist es das?«, fragte Ben-Hadad. »Nun ja, das kann ich verstehen.« Er entfernte sich gemächlich einige Schritte von der Tonscherbe, während der Hund ihn aufmerksam beäugte und dann langsam näher kam. Endlich hatte er die Schale erreicht, streckte vorsichtig die Zunge aus und leckte schließlich die Scherbe leer. »Siehst du?«, meinte Ben-Hadad. »Du brauchst keine Angst vor mir zu haben. Guter Hund!«

Den Blick immer noch auf den Hund gerichtet, trat er einen Schritt zurück und stieß heftig gegen den halb gefüllten Wasserkrug. Klirrend fiel der Krug um, das Wasser spritzte heraus und der kleine Hund rannte erschrocken davon, während Ben-Hadad sich bückte, um den Schaden zu begutachten. Der Schnabel war abgebrochen und, weit schlimmer noch, ein langer Riss zog sich bis zum Boden des Gefäßes. Mit einem Seufzer ließ sich der Junge auf dem Boden nieder und starrte erst auf die Scherben und dann auf den Hund, der in einiger Entfernung stehen geblieben war und ihn ansah.

»Es ist nicht deine Schuld, Löwe«, sagte Ben-Hadad beruhigend. »Glaub mir, ich hätte einfach besser Acht geben müssen, wo ich hintrete! Aber ... was soll ich jetzt nur machen?« Seufzend nahm er den Krug in die Hand und betrachtete den Schaden genauer. »Ich glaube nicht, dass ich das noch richten kann.«

»Gib ihn mir, deinen Krug«, hörte er eine Stimme hinter sich. »Vielleicht kann ich dir ja helfen.«

Ben-Hadad drehte sich um und erblickte zwei kräftige Waden, hob den Kopf höher und höher, bis er endlich das Gesicht des groß gewachsenen Mannes erblickte, der ihn ernst und freundlich ansah. Er hatte kräftige Arme und Hände, und das graue Haar seines Bartes wies etliche weiße Strähnen auf.

»Ich … ich h-hab nicht aufgepasst«, stotterte Ben-Hadad, »und bin drüber g-gestolpert!« Er stand auf und reichte dem Fremden den Krug. Wie groß dieser Mann war, größer als alle Menschen, denen Ben-Hadad je begegnet war, und doch schien er ihm wohl gesonnen zu sein. »W-wie wollt Ihr ihn denn wieder richten?«

Der Mann dreht das Gefäß in den Händen. »Ich fürchte, da ist nichts mehr zu machen, mein Junge! Aber irgendwie müssen wir dir doch helfen, nicht wahr? Das wird ziemlichen Ärger geben, wenn du nach Hause kommst, hab ich Recht? Komm mit zu meinem Zelt, vielleicht habe ich noch einen alten Krug, der zum Wasserschöpfen gut genug ist!«

Ben-Hadad zögerte, blickte den Mann noch einmal prüfend an und konnte doch nur Freundlichkeit in dem von vielen Falten durchzogenen Gesicht entdecken. »Ich d-danke Euch, Herr!« sagte er schließlich. »Komm mit, Löwe!«

Der Hund folgte ihnen in einiger Entfernung, bis sie das Zelt des Fremden erreichten, neben dem eine halb fertig gebaute Feuerstelle sowie ein offenes Feuer mit weiß glühenden Kohlen zu sehen waren. »Oh!«, meinte Ben-Hadad erstaunt. »Ihr seid Schmied von Beruf?«

»Nur ein Kesselflicker«, erwiderte der Mann bescheiden. »Als ich noch jung war, habe ich vielleicht auch echte Schmiedearbeiten gefertigt, wer weiß? Aber jetzt tauge ich nur noch dazu, ein wenig Flickarbeit zu leisten! Und Dinge auszuleihen, die nicht geflickt werden müssen und noch nützlich sein können!« Er wühlte eine Weile in einem großen Korb und hielt dann einen einfachen, schmucklosen Tonkrug in der Hand. »Hier, mein Junge! Der sieht nach nichts aus, aber er taugt sehr wohl noch zum Wasserholen. Du kannst ihn behalten, denn ich habe keine Verwendung dafür. Und wenn ich ihn dir schenke, brauche ich ihn nicht mehr zu tragen!« Er bückte sich erneut über den Korb und suchte wieder eine Weile darin herum. »So, und hier ist noch ein wenig Käse und ein Stück Brot. Dafür hast du doch sicher auch Verwendung, nicht wahr?«

»Aber … d-das k-kann ich doch nicht annehmen, Herr!«

»Nimm nur, mein Junge! Und hier ist noch ein kleines Stück getrocknetes Fleisch für deinen Hund. Das ist doch dein Hund, der uns hierher gefolgt ist, oder?«

»Ja … ja doch«, erwiderte Ben-Hadad und griff nach den Geschenken, die der Mann ihm hinhielt. »Er ist mir b-bis hierher gefolgt, den g-ganzen Tag über und den g-ganzen langen Weg von Succoth!«

»Das ist in der Tat eine beachtliche Strecke«, meinte der Mann anerkennend. »Jedes Tier, das dir so lange treu gefolgt ist, hat wohl Zutrauen zu dir gefasst. Und da hat der kleine Kerl sich dieses Stückchen Fleisch auch verdient. Obwohl ich ja glaube, dass der Hund sehr gut für sich selbst sorgen kann. Das ist nämlich ein echter Wüstenhund! Er kann fast so lange ohne Wasser auskommen wie ein Kamel und er kommt auch mit der Hitze besser zurecht als wir Menschen! Du solltest ihn gut behandeln, damit er dir ein treuer Freund wird. Wie ist denn sein Name?«

»S-sein Name? Er heißt L-löwe, Herr.«

»Löwe? Soso!« Der Kesselflicker schwieg einen Moment, während sie sich beide nach dem kleinen grauen Hund umsahen. »Das ist ein guter Name«, meinte der Mann schließlich. »Dein Freund wird seinem Namen gewiss Ehre machen, wenn nicht der Größe nach, dann doch gewiss, was die Tapferkeit und Treue anbelangt. Ich wünsche euch beiden viel Glück! Aber … wie ist eigentlich dein Name?«

Ben-Hadad wollte gerade antworten, als Schamirs schrille Stimme ihn aufschreckte. »Hier steckst du also, du Faulpelz! Vater hat schon nach dir gesucht!« Er griff den Jüngeren grob am Arm und wollte ihn hinter sich herziehen, aber Ben-Hadad schüttelte seine Hand wütend ab. »Ich m-muss noch Wasser holen!«

Wenig später hatte er den neuen Krug gefüllt und blickte sich noch einmal suchend nach dem Kesselflicker um. Doch der war nirgendwo mehr zu sehen.

Kapitel 11

I

Das Lager der Widerständler in Athribis bestand nun seit fast einem Jahr, sodass es, anders als die üblichen Feldlager der ägyptischen Armee, befestigt und mit schützenden Wällen umgeben war und mehr einer Stadt als einem Heerlager glich. Auch einen Graben hatte man ausgehoben, mit dem Erdreich einen Wall errichtet und diesen zusätzlich mit geflochtenen Schilden verstärkt. Im Inneren der Befestigungsanlage, einem Rechteck von doppelter Länge zur Breite, fanden nicht nur die Truppen mit ihren Zelten Platz, sondern auch Streitwagen und Lastkarren mit ihren Pferden und Zugochsen. Es gab nur einen Zugang über eine schmale Brücke, die Tag und Nacht strengstens bewacht wurde.

In früheren Zeiten, wie unter der Herrschaft von Sesostris III. und seinen Vorgängern, die sich nicht nur als Verwalter, sondern auch als Kriegsherren verstanden und mit den Truppen ins Feld zogen, hatte man im Zentrum solcher Heerlager stets einen prächtigen Pavillon für den Pharao und seine zahlreiche Gefolgschaft von Prinzen, Ratgebern, Generälen, Höflingen und gelegentlich auch das Lieblingstier des jeweiligen Herrschers errichtet. In einem Fall hatte es sich dabei sogar um einen ausgewachsenen Löwen gehandelt, der zahm genug war, um aus der Hand zu fressen, in der Schlacht jedoch durchaus wieder zur gefährlichen Bestie werden konnte. Dieser Pavillon war mit ähnlichem Luxus ausgestattet wie die königlichen Gemächer im Palast zu Theben, verfügte über Empfangs- und Speiseräume wie auch Schlafgemächer und einen Andachtsraum, in dem die Mitglieder des Hofes in den frühen Morgenstunden dem Gott Amon-Ra mit geweihtem Wasser und dem Verbrennen duftender Kräuter huldigten.

Aber diese Zeiten waren längst vergangen. Und, wie nicht anders zu erwarten bei einem Land, das in Aufruhr und Zwiespalt gefangen war, hatten sich auch im Heerlager die Sitten, Gebräuche und Traditionen gewandelt. So fehlte in diesem Lager auch die zweifelhafte Ansammlung von Geschäftemachern, Huren und Lustknaben, wie sie für eine Söldnerarmee typisch zu sein pflegte. Die neue Armee, die das Land gegen die Eindringlinge aus dem Norden verteidigte, bestand zum größten Teil aus Bürgern, die angesichts der drohenden Gefahren zu den Waffen gegriffen hatten, wenngleich sich noch etliche Söldner unter ihnen befanden, die mit ihrer langjährigen Erfahrung auf verschiedenen Schlachtfeldern die Schlagkraft der Truppen bestimmten und die Bürgersoldaten den Umgang mit den verschiedensten Waffen lehrten.

Doch der Pomp, der mit der Anwesenheit eines Gottkönigs üblicherweise verbunden war, fehlte, wie auch eine Huldigungsstätte für die Götter, deren Schutz und Hilfe man in früheren Zeiten vor jeder Schlacht erbeten hatte. Zwar flatterte an den vier Ecken des Lagers stolz und farbenfroh der Wimpel des zehnten Nomen, doch nirgendwo im ganzen Lager fand man die sonst vorhandenen Statuen der Schutzgottheiten.

Auch Menkor, dem Boten aus dem Hauptlager in der Stadt Sais, waren diese Unterschiede bewusst geworden. Er hatte den Wachen an der Brücke das Passwort genannt und machte sich nun auf den Weg, um den Inhalt seiner Tasche, die etliche Papyrusrollen enthielt, getreu seinem Auftrag abzuliefern. Überrascht hatte er sich immer wieder nach allen Seiten umgesehen, bis er nach kurzer Zeit am schmucklosen Zelt des Baka anlangte.

Noch bevor er den Oberkommandierenden begrüßte, musterte er ihn mit einem schnellen Blick. Baka war auffallend jung, weitaus jünger, als der Bote erwartet hatte, schien gerade erst einmal dreißig Sommer alt zu sein, wenn nicht sogar noch jünger. Auffallend waren seine ebenso ausdrucksstarken wie ansprechenden Gesichtszüge: die Hakennase, die schmalen Lippen, die eine gewisse Ungeduld erkennen ließen, sowie der wache Blick, dem nichts zu entgehen schien. Er hatte einen kräftigen Körperbau, zugleich jedoch die schlanke Statur, die den geübten Schwertkämpfer auszeichnete. Er trug die schlichte Tracht des einfachen Soldaten, ein Lendentuch und grobe Sandalen.

»Ein langes Leben, Gesundheit und Wohlstand, Herr!«, begann Menkor die traditionelle Begrüßungsformel. »Eine glückliche Hand und …«

»Genug damit!«, unterbrach ihn Baka ungehalten. »Du hast einige Nachrichten für mich, nehme ich an?«

»Gewiss doch, Herr«, erwiderte der Bote. »Es sind insgesamt vier Schriftrollen, die ich Euch überreichen soll. Zunächst von Kafra, dem Befehlshaber der Truppen in Sais. Die zweite von Unas, dem Kommandierenden der Abordnung in Abusir. Die dritte Botschaft stammt aus dem königlichen Memphis, Herr, und trägt auch das hoheitliche Siegel, das ...«

»Gib her!«, unterbrach ihn der Soldat und griff ungeduldig nach den Papyrusrollen. Die beiden Briefe der Offiziere klemmte er sich sodann unter den Arm, während er das dritte Schriftstück, das mit dem königlichen Siegel, zu Menkors Entsetzen achtlos hinter sich warf. Die Schriftrolle landete auf einem Haufen ähnlich versiegelter Dokumente, die, allesamt offensichtlich ungeöffnet und ungelesen, auf dem Boden lagen. »Noch mehr überflüssiger Unsinn vom königlichen Hof!«, kommentierte der Soldat diese ungeheuerliche Respektlosigkeit. Er lächelte jedoch fast verschmitzt, als er den Blick hob, um seinen Schwertträger, den Soldaten Isosi anzusehen. »Neuerliche Befehle von Seiner Erhabenheit, dem königlichen Herrscher! Jedenfalls wird er sich so nennen, vermute ich. Wer ist eigentlich in dieser Woche der Herrscher der Zwei Reiche? Und wie mag sein Name lauten? Sebek-Hotep der Neunundvierzigste oder der Vierundneunzigste? Vielleicht ist es aber auch jemand, den ich noch nicht kenne? Nun ja, eines ist sicher, auch dieser neue Herrscher ist mit Sicherheit nicht einmal fähig, eine Horde Säufer in die nächste Taverne zu führen, ohne dass sie über ihre oder seine Füße stolpern!«

»Mein Herr, mit Verlaub«, unterbrach ihn Menkor. »Solch herbe Kritik wird zwar von vielen geteilt, aber sie offen auszusprechen ...«

»Mein loses Mundwerk könnte mir gefährlich werden, meinst du?« Er gestikulierte wild mit der vierten der Schriftrollen. »Was soll schon passieren? Wird der Herrscher, wie immer er auch heißen mag, eine Armee zu meiner Verhaftung und Bestrafung aussenden, wo er nicht einmal in der Lage ist, einen Trupp von Söldnern anzuheuern, die seinen Baldachin tragen, damit er nicht an Hitzschlag stirbt? Oder werden die Hohen Priester mich mit

Blindheit schlagen? Unsinn, guter Mann! Nichts wird geschehen. Wenn es jene mächtigen Götter je gegeben haben sollte, so haben sie sich seit einigen Jahren schon dem Trunke ergeben, denn sie waren es doch, die das große ägyptische Reich über viele Generationen vor feindlichen Übergriffen bewahrt haben sollen, nicht wahr? Wie kommt es dann also, dass wir uns plötzlich einer Überzahl an Eindringlingen gegenübersehen? Stimmt es vielleicht doch nicht, was man uns über die Gottheiten erzählt hat oder über die Verwalter ihrer Gunst, die Hohen Priester?« Er blickte den Boten grimmig an. »Nun hör schon auf mit deinen Beschwörungsgesten gegen das Böse! Wenn uns tatsächlich aufgrund meiner lästerlichen Reden der Blitzschlag treffen sollte, so wäre dies schon vor Jahr und Tag geschehen, das kann ich dir versichern!«

»Verzeiht, Herr«, setzte Menkor an, »es ist ja nur ... ich bin es nicht gewohnt ...«

»Die Dinge so zu sehen, wie sie tatsächlich liegen? Nun, du solltest dich schnellstens daran gewöhnen, solange du es mit echten Soldaten zu tun hast! Aber ... was ist das? Ein Brief meiner Gattin? Warum hast du mir das nicht früher gesagt?« Er brach hastig das Siegel der Schriftrolle, wandte sich dann aber noch einmal an seinen Schwertträger: »Sorge dafür, dass der Bote etwas zu essen erhält. Er hat sich eine gute Mahlzeit redlich verdient, aber keinen Wein für ihn, verstanden?« Baka entließ die beiden Männer mit einer knappen Handbewegung und setzte sich dann mit gekreuzten Beinen auf einen Teppich, um in Ruhe den Brief seiner Gattin zu lesen.

> ... wohlauf und auch zufrieden, so zufrieden und glücklich, wie ich sein kann, während du so weit fort von mir weilst. Ich vermisse dich sehr und ...

Er lächelte bei dem Gedanken, wie banal diese Worte einer Liebenden doch für andere als den Empfänger klingen mochten, für den sie ein unverzichtbares Lebenselixier darstellten. Er schloss die Augen und bemühte sich, ihr Bild heraufzubeschwören, die schlanke Gestalt mit dem dunklen Haarschopf, dem klaren Blick und dem erwartungsvollen Lächeln, das er so liebte. Als das Bild vor seinem inneren Auge wieder schwächer wurde, fluchte er leise und wandte sich erneut der Schriftrolle zu.

...wenigen Tagen kam ein Schiff den Nil heraufgesegelt, das jenen Arzt an Bord hatte, den unser Freund Anhu auf seiner letzten Reise in Kittim in Dienst nahm. Mit ihm kam eine höchst bemerkenswerte Ansammlung von Passagieren und Seeleuten in unsere Stadt, der Bemerkenswerteste unter ihnen ist wohl der Kapitän des Schiffes selbst. Dieser Nubier überragt auch die größten Bürger der Stadt um mindestens Hauptеslänge. Er ist, wie ich hörte, unermesslich reich, gelegentlich recht derb und doch äußerst liebenswert, trotz oder gerade wegen seiner schier endlosen Plauderlust und Angeberei. Die Frauen in Sais drehen reihenweise die Köpfe nach ihm, obwohl er gewiss kein junger Mann mehr ist. Ich vermute, er wird früher oder später eine von ihnen heiraten. Er hat sein Leben als Rudersklave begonnen, den Reichtum durch harte Arbeit erworben und sehnt sich nach einem Sohn und Erben.

Baka musste bei diesen Schilderungen unwillkürlich lachen. Er übersprang einige Absätze, in denen es um Klatschgeschichten aus der Nachbarschaft ging, und las weiter:

... brachte, wie ich schon beschrieb, eine Ansammlung der unterschiedlichsten Persönlichkeiten in unsere Stadt. Da ist der rundliche, ehemalige Soldat aus Moab, ein grauhaariger Grieche und ihr Freund, ein blinder Harfenspieler und Sänger, der jedoch Narben aufweist, die eher an einen Schwertkämpfer denken lassen. Obwohl er aus dem Norden stammt, kennt der Sänger eine Fülle an Liedern aus aller Herren Ländern. Er kannte sogar zwei der Lieder, die du des öfteren gesungen hast, darunter das von den Granatäpfeln. Als ich ihn das erste Mal dieses Lied singen hörte, bin ich tatsächlich in Tränen ausgebrochen, denn ich musste an dich denken, mein Liebster. Wenn doch der Krieg endlich ein Ende nehmen würde und du nach Hause kommen könntest.

Baka ließ den Brief am unteren Ende aus der Hand gleiten und das Schriftstück rollte sich knisternd zusammen. Ach, Meret!

Wie sehr du mir fehlst, dachte er. Schon der Gedanke an die Entfernung zwischen uns bereitet mir Schmerzen!

Er zog die Schriftrolle wieder auseinander, um noch einmal die Zeilen zu lesen, die sie mit eigener Hand in der demotischen Schreibweise auf den Papyrus gemalt hatte, als eine der wenigen Frauen in Ägypten, die des Lesens und Schreibens kundig waren, wenn sie nicht gar die Einzige überhaupt war. Wie glücklich er sich doch schätzen konnte, sie gefunden zu haben! War es da nicht bedeutungslos, dass sie ihm noch keine Kinder geboren hatte? Und vielleicht war es ja auch besser so, in diesen ungewissen Zeiten in einem Land, das vom Krieg gespalten war. Wenn er sie doch auch nur davon überzeugen könnte, dass nur ihre Liebe für ihn zählte; selbst wenn sie die Mutter seiner Kinder wäre, könnte er sie nicht mehr lieben …

Die Ärmste! Sie hatte es gewiss nicht leicht gehabt im Leben. Ihre Eltern waren von rebellischen Horden getötet worden und sie hatte sich ganz allein nach Sile durchschlagen müssen. Fast ein Kind war sie damals noch gewesen. Dort hatte sich ihr Schicksal zum Besseren gewandt, denn im Hause des wohlhabenden Schaschank wurde sie mit offenen Armen empfangen. Und auch mit ihrem Ehemann hatte sie keine schlechte Wahl getroffen. Vielleicht hätte sie auch jemanden finden können, der reicher, mächtiger oder angesehener war als er, aber niemand würde sie so sehr lieben können wie er! Baka seufzte tief, als er an die sechs langen Monate zurückdachte, die sie nun schon durch den Krieg voneinander getrennt waren, und wünschte sich wohl zum tausendsten Male, dass ihnen wenigstens einmal ein Sommer und ein Winter vergönnt sein würden, die sie ausschließlich füreinander und miteinander verleben könnten.

Gedankenvoll legte Baka Merets Brief beiseite und griff nach dem Schreiben aus Abusir. Er überlas die blumigen Höflichkeits- und Begrüßungsfloskeln, mit denen Unas, der dortige Befehlshaber, sein Schreiben eröffnete. Doch dann richtete sich Baka mit einem Ruck auf, hob den Kopf und lächelte breit. »Das soll doch …! Unglaublich! Warum hat mir …? Hast du gewusst, Menkor, was in diesem Brief steht?«, wandte er sich an den Boten, der in einer Ecke des Zeltes sein Essen verzehrte.

»Nein, Herr! Man gab mir die Papyrusrolle erst kurz vor meinem Aufbruch. Es gab noch ein Schreiben an Kafra, aber ich konnte nicht warten, bis er es gelesen hatte. Warum fragt Ihr?«

»Warum ich frage? Nun, Unas hat das Lager der Nomaden bei Seum gestürmt, während sich nur wenige Männer zur Bewachung dort befanden. Er hat Vorräte für drei Monate erbeutet, und danach haben seine Leute das Lager vollständig niedergebrannt!«

Isosi, Bakas Schwertträger, vergaß für einen Augenblick die strenge soldatische Haltung und stieß einen Jubelschrei aus. Menkor starrte den Oberkommandierenden nur an. »Erstaunlich!«, sagte er. »Eine höchst bemerkenswerte Leistung! Das könnte ja bedeuten ...«

»Es bedeutet, dass die Nomaden zum Schutz vor weiteren Überfällen ihre Truppen dort verdoppeln werden. Und die Soldaten zur Verstärkung werden sie nicht zu uns schicken können! Das heißt, das Lager in Bast wird nur wesentlich schwächeren Widerstand leisten können!«

»Ihr meint ... Ihr wollt die Truppen in Bast angreifen? Aber ... aber man sagt doch, Bast könnte nicht besiegt werden, es sei uneinnehmbar!«

Baka hielt die Schriftrolle noch immer in der Hand und lächelte selbstbewusst. »Keine militärische Stellung ist uneinnehmbar! Einige sind sicher schwerer zu erobern als andere, aber ich habe einen ziemlich guten Überblick über die Truppenkontingente, die den Nomaden in unserer Gegend hier zur Verfügung stehen. Wenn sie ohne Verzögerungen die verschiedenen Frontabschnitte erreichen können, so stünden wir bei einem Angriff auf Bast schon bald auf verlorenem Posten, bedingt durch den Nachschub an Truppen. Aber nun, da sie eine große Anzahl der Soldaten nach Seum abziehen werden, haben wir es mit einer nur halb so großen Zahl von Gegnern zu tun ...«

»Ich verstehe! Ihr werdet also mit allen verfügbaren Männern nach Bast ziehen?«

»Nein! Nie und nimmer! Ich werde lediglich eine Elitetruppe mit einem Flankenangriff vorschicken. Eine schnelle, bewegliche Truppe, die den Angriff durchführt und sich wieder zurückzieht. Wir werden versuchen, sie zum Ausfall in die Wüste zu bewegen und dort werden wir sie einkesseln und ihren Rückzug verhindern!«

»Ein guter Plan!«, stimmte der Bote zu. »Was gedenkt Ihr als Erstes zu tun?«

»Als Erstes werde ich meinen kampfentwöhnten Soldaten neuen Mut einflößen und ihnen die guten Nachrichten aus Seum verkünden!«, erwiderte Baka und verließ das Zelt, die Schriftrolle noch immer in Händen. Menkor und Isosi folgten ihm. »Hauptmann!«, rief Baka mit lebhafter Stimme. »Ruft die Männer zusammen!«

Wie Menkor erwartet hatte, wurde an diesem Abend im Lager ausgiebig gefeiert. Baka hatte angeordnet, den Soldaten eine doppelte Ration Bier auszuschenken, und rund um ein Freudenfeuer führten die Schairetana-Krieger ihre rituellen Tänze auf. Ihre schwarzen, schlanken Körper, mit Kupferornamenten verziert, schimmerten im hellen Licht der Flammen und die Luft war erfüllt von ihren Kriegsschreien, dem Gebrüll der Löwen nicht unähnlich.

Nach dem Essen schlich Menkor sich unauffällig davon und machte sich auf den Weg zu den Zelten im südwestlichen Viertel des Lagers. Erst nach dreimaligem Rufen erhielt er jedoch Antwort.

»Menkor! Mach nicht so einen Lärm!«, rief ihn eine heisere Stimme an. »Hier drüben bin ich!«

»Ebne?«, fragte der Bote und stolperte in der Dunkelheit einige Schritte voran.

»Ja, ja! Komm herein!« Eine kräftige Hand zog ihn am Ärmel in ein dunkles Zelt. »Setz dich, ich schließe die Öffnung und dann werde ich auch Licht machen.« Menkor ließ sich nieder und beobachtete, wie Ebne eine abgedunkelte Öllampe enthüllte, deren Flamme nur sehr schwach leuchtete. »Und jetzt berichte mir, was du erfahren hast!«

»Ich denke, unser Freund Baka hat begonnen, sein eigenes Grab zu schaufeln«, erwiderte Menkor. »Und auch in Sais werden langsam öffentliche Vorbehalte gegen ihn laut. Die Priester verbreiten die Meinung, er würde den Krieg unnötig in die Länge ziehen. Von den Nomaden ginge keine Gefahr aus, wenn wir sie in Ruhe ließen, denn sie würden sich sehr wohl mit den bereits eroberten Gebieten im Delta zufrieden geben.«

»Kein schlechter Ansatz!«, stimmte Ebne zu. »Allerdings ist Baka hier im Lager ungeheuer beliebt. Seine Männer würden alles für ihn geben.«

»Dann ist es nur gut, wenn er hier draußen festgehalten wird, sodass er die Pläne der Priester nicht durchkreuzen kann. Von hier aus kann er sich gegen die Anschuldigungen und Gerüchte nur schwerlich verteidigen.«

»Wie steht es mit seiner Gattin? Weiß sie um diese Dinge? Wie ich gehört habe, hat sie selbst auch so eine Art Anhängerschaft in Sais.«

»Nun, sie ist recht beliebt. Aber ob sie auch über wirklichen Einfluss verfügt, ist mir nicht bekannt. Es sind wohl auch hauptsächlich Frauen, mit denen sie Umgang hat, und die interessieren sich nicht für Politik. Außerdem …«, fügte Menkor hinzu, »werden die Frauen die Ersten sein, die den Worten der Priester Gehör und Glauben schenken, wenn sie vor dem Zorn der Götter warnen, den Baka mit seiner lästerlichen Art und der Weigerung, hier im Lager den Göttern zu huldigen, hervorruft. Sie sind doch weitaus leichtgläubiger als die Männer.«

Ebne lächelte boshaft. »Was du sagst, ist ebenfalls höchst lästerlich, mein Freund! Aber keine Sorge, ich werde es nicht weitersagen! Du hast der Sache unseres Herrn bisher recht gut gedient. Wenn du dich weiter entsprechend verhältst, sollte es keinen Grund geben, dir den schnellen Aufstieg am neuen Hof zu verwehren.« Er nickte gnädig, als Menkor eine leichte Verbeugung andeutete. »Und was gibt es ansonsten Neues aus Sais zu berichten?«

Menkor berichtete kurz über den Inhalt der anderen Schriftrollen, die er heimlich geöffnet und dann wieder versiegelt hatte. »Jener Kapitän, den Bakas Gattin erwähnte, hat eine Schiffsladung Erze nach Sais gebracht. Dieses Erz könnte uns durchaus nützlich werden, wenn es zum Umsturz kommt. Die Stimmung in der Stadt gegen Baka aufzubringen ist eine Sache, aber hier im Lager werden wir uns nur mit Waffengewalt durchsetzen können.«

»Allerdings vergisst du dabei, dass alle Schmiede sich hier in Athribis aufhalten.«

»Das habe ich nicht vergessen! Einer der Passagiere auf jenem Schiff hat lange Jahre als Waffenschmied gearbeitet. Er ist erblindet, sagte man mir, aber durchaus noch in der Lage, andere anzulernen. Man hat ihn auch schon gefragt, doch hat er rundheraus abgelehnt. Auf diese Art von Arbeit sei er nicht angewiesen war die Antwort.«

»Dann solltest du herausfinden, wie wir ihn dennoch für unsere Sache gewinnen können. Biete ihm an, was immer er begehren mag, natürlich innerhalb vernünftiger Grenzen.«

Menkor schüttelte den Kopf. »Das hat man schon erfolglos versucht! Aber ich werde dafür sorgen, dass man nicht aufgibt. Natürlich darf er nicht die wahren Hintergründe erfahren, wozu auch?«

Ebne lächelte verhalten. »Nun, ich werde diese Aufgabe dir und deinen Freunden in Sais überlassen. Es ist schwer genug, hier im Lager die Stimmung gegen Baka aufzubringen. Wenn er doch nur einmal einen Fehler machen würde! Nur einen kleinen, winzigen Fehler, durch den man ihn in Misskredit bringen könnte! Aber nein, Baka macht keine Fehler! Und niemand würde es glauben, wenn man ihm Feigheit vorwürfe, denn er führt seine Männer stets persönlich in den Kampf! Erst letzte Woche mussten sie sich nach einem missglückten Angriff zurückziehen. Alle Soldaten schafften es zurück ins Lager, bis auf einen der jüngsten, ein Knabe von knapp fünfzehn Jahren. Baka bemerkte sein Fehlen und begab sich unter höchster Gefahr zurück aufs Schlachtfeld, um den Jungen zu retten, schleppte ihn unter dem Pfeilhagel der Nomaden, der so dicht war wie die Binsen am Nilufer, in Sicherheit! Zwar starb der junge Soldat kurz darauf, aber die Männer würden für ihren Anführer alles tun! Sogar ich hätte mich fast davon beeindrucken lassen!« Er lachte verächtlich. »Aber ich werde schon etwas finden, mit dem wir ihn zu Fall bringen können. Vielleicht könnte man ihn des Hochverrats anklagen? Nun, mir wird schon etwas einfallen, mach dir keine Gedanken.«

Menkor bemerkte das kalte Glitzern des Wahnsinns in Ebnes Augen und unterdrückte mit Mühe ein Schaudern. »Ich habe vollstes Vertrauen in deine Fähigkeiten«, sagte er in gepresstem Tonfall.

II

Wenig später schon entließ Ebne den Boten und nahm nachdenklich wieder auf dem Teppich Platz, wo er eine ganze Weile saß und grübelte.

Der Oberkommandierende Baka war also der Meinung, dass der Zwischenfall in Seum ihm zum Vorteil gereichen konnte? Und er plante einen erneuten Angriff auf das Lager in Bast.

Seine Hände spielten ruhelos mit einem reich verzierten kleinen Dolch, den er sechs Monate zuvor beim Glücksspiel gewonnen hatte. Es musste doch auch für ihn eine Möglichkeit geben, Vorteile aus diesen Umständen zu ziehen!

Auf beiden Zeigefingern balancierte er jetzt nachdenklich die zierliche Waffe. Bakas Plan war nicht ohne Risiko, aber wenn er gelang? Nur ein Aufsehen erregender und blutiger Misserfolg würde dem beliebten Soldatenführer zum Nachteil gereichen. Ansonsten wäre er mit dieser neuerlichen Heldentat der Nächste, den man mit dem Oberkommando der versammelten Truppen betrauen würde. Und das würde auch bedeuten, dass er nach Sais zurückkehrte. Als angesehener und mit finanziellen Mitteln wohl ausgestatteter Kriegsheld wäre seine Position fast unangreifbar und seine, Ebnes Sache, wäre wohl endgültig verloren.

Unglücklicherweise war in diesem Fall auch ein schlichter Mord nicht von Nutzen. Ganz im Gegenteil, Baka würde als Märtyrer in den Herzen seiner Anhänger, die sowohl das Joch der Königsherrschaft in Memphis abwerfen als auch die Staatsreligion abschaffen wollten, noch größere Macht gewinnen. Nein, ein toter Baka wäre ein weitaus gefährlicherer Gegner als der lebende je sein konnte! Die einzig Erfolg versprechende Lösung wäre ein Zwischenfall, der Baka und, wenn möglich, auch seine Anhänger in Misskredit brächte.

Ebne schnaufte missmutig, schüttelte den Kopf und wog das Messer auf der Handfläche. »Es hat weder Zweck, ihn als Feigling anzuprangern«, ermahnte er sich, »noch ihn des Ehrgeizes zu beschuldigen. Schließlich hat er schon zweimal die Beförderung abgelehnt, weil er sich nicht zur Amtsstubentätigkeit berufen fühlt, sondern bei seinen Männern im Feld bleiben will. Und das, obwohl er seiner Gattin so sehr ergeben ist ...«

Er fuhr müßig mit dem Finger über das kühle Metall der Klinge in seiner Hand. »Die Gattin…«, wiederholte er gedehnt. »Vielleicht lässt sich hier etwas bewirken? Man könnte sie vielleicht einschüchtern, sodass auch sein Selbstbewusstsein angegriffen würde. Aber wie? Sie ist bekannt für ihre außerordentliche eheliche Treue.« Ebne kaute nachdenklich auf den Lippen. »Wenn allerdings jemand ihre Gunst gewinnen könnte und es ihm zu Ohren käme …« Er spielte eine Weile mit diesem Gedanken, verwarf ihn dann aber wieder. »Nein, sie würde sich keinesfalls darauf einlassen. Allerdings … wäre es ja auch nicht nötig. Wichtig wäre allein, dass Baka derartigen Gerüchten Glauben schenkt. Und das würde ihn gewiss tief verletzen!«

Ebne warf den Dolch in die Luft und fing ihn wieder auf. »Nein«, entschloss er sich schließlich, über diese Möglichkeit nicht weiter nachzudenken. »Es reicht nicht! Man muss ihn dazu bewegen, sich selbst öffentlich in Misskredit zu bringen. Nur dann ist uns ein Sieg gewiss! Aber wie?«

Er ergriff den Dolch, um ihn erneut in die Luft zu werfen, und hielt inne.

Die Nomaden!

Während sechs langer Monate hatten die Nomaden keinen Angriffskrieg mehr geführt, sondern lediglich die Übergriffe der Ägypter abgewehrt. Würde man sich gar nicht mehr um sie kümmern, wäre vielleicht nichts weiter von ihnen zu befürchten. Zumindest hatte es den Anschein, dass sie sich streng an Befehle hielten, die ihnen lediglich Verteidigungskämpfe gestatteten …

»Wenn dem so ist«, schloss Ebne nachdenklich, »dann könnte man das Gerücht ausstreuen, dass der Krieg schon vor geraumer Zeit geendet hätte, wäre da nicht jener Oberkommandierende …« Er lächelte triumphierend. Ja, das würde sich vor dem Rat der Stadt Sais sehr gut machen. »Werte Mitglieder des Rates! Eure Söhne hätten ihr Leben nicht in der Schlacht verlieren müssen! Dieser Krieg wurde unnötig in die Länge gezogen, weil der Ehrgeiz des Baka es so verlangte!«

Er nickte zustimmend mit dem Kopf. »Nicht schlecht! Immerhin ein Anfang. Aber wir müssen die Anschuldigungen untermauern. Und was wird, wenn die Nomaden plötzlich doch wieder angreifen und uns Lügen strafen?«

Wieder hielt er nachdenklich inne. Doch dann breitete sich ein Lächeln auf seinem Gesicht aus. Warum denn nicht? Er musste nur eine Möglichkeit finden, unbemerkt mit dem Befehlshaber des Lagers in Bast Verbindung aufzunehmen, um ihm zu verstehen zu geben, dass beide Seiten nur gewinnen könnten, wenn Baka ... nun, wenn man ihn auf geschickte Weise entfernen würde. Dann wäre der Weg frei für ein Abkommen über die Beibehaltung der Grenzen. Und ohne Baka und seine Anhängerschaft in Sais und der damit gefestigten Position des Herrschers in Memphis könnte sehr wohl auch ein Friedensvertrag zwischen den Kriegsparteien abgeschlossen werden.

Gewiss würde ein solches Ergebnis den königlichen Hof in Memphis zu großer Dankbarkeit verpflichten, Dankbarkeit dem Urheber dieser glücklichen Umstände gegenüber!

Ebne ließ den Dolch jetzt vorsichtig auf der Fingerspitze tanzen. »Ausgezeichnet!«, lobte er sich mit zufriedener Miene. »Wirklich ausgezeichnet!« Allerdings, sein Vorgehen war nicht ohne Risiko. Außer ihm und einem weiteren Vertrauten im Lager durfte niemand auch nur den leisesten Verdacht hegen. Nicht auszudenken, wenn Baka davon erfuhr. Es würde ihn, Ebne, mit Sicherheit den Kopf kosten. Und nach der Aufdeckung dieser Intrige säße der Oberkommandierende nur noch fester im Sattel!

Wütend ergriff Baka den Dolch und schleuderte ihn von sich. Die Klinge bohrte sich in den Lehmboden, nur ein kleines Stück vom Rand des Teppichs entfernt, und blieb zitternd stecken.

Soeben hatte Baka den Brief von Meret noch einmal gelesen, als Isosi den Kopf durch die Zeltöffnung steckte. »Der Hauptmann der Schairetana wünscht Euch zu sprechen, Herr! Tutu ist sein Name.«

Baka legte die Schriftrolle mit Bedauern zur Seite, stand auf und streckte seinen müden Rücken. »Ich kenne den Hauptmann der Schairetana und auch seinen Namen, Isosi!«, erwiderte er. »Heiße ihn willkommen und bitte ihn, sich noch einen Augenblick zu gedulden!«

»Ja, Herr!«, erwiderte der Schwertträger. »Mit Verlaub ... wenn Ihr mich heute Abend nicht mehr benötigt ...«

»Sind Schwert und Rüstung für den morgigen Tag bereit?«, fragte Baku.

»Ja, Herr!«

»Dann ist dein Dienst für heute beendet! Und ... solltest du nicht einige Tage vom Dienst befreit werden?«

»Ja, Herr, so ist es!«

»Nun denn, ich werde wohl recht gut auf deine Unterstützung verzichten können, während ich im Feld den Nomaden das Leben schwer mache, nicht wahr?« Ohne die Antwort des Untergebenen abzuwarten, fuhr er fort: »Nimm dir zwei Tage frei! Besauf dich oder versuch dein Glück im Würfelspiel oder was immer sonst dir Vergnügen bereitet!«

Isosi konnte nicht umhin zu lächeln.

»Aber nach Ablauf von zwei Tagen hast du frühmorgens wieder nüchtern hier zu erscheinen oder ich werde dir höchstpersönlich die Haut vom Leibe ziehen!«

»Ja, Herr!«, erwiderte Isosi und salutierte.

Baka entließ den Untergebenen, gürtete sein Schwert, das Symbol seines militärischen Ranges, und trat vor das Zelt, um den Schairetana-Hauptmann zu begrüßen.

Der Krieger stand hoch aufgerichtet, in majestätisch anmutender stolzer Haltung im Lichtschein der beiden hohen Fackeln. Welch ein Hüne!, dachte Baka. »Hauptmann?«, begrüßte er ihn. »Ihr wolltet mich sprechen?«

»So ist es!«, erwiderte der Mann mit außerordentlich tiefer Stimme. »Meine Männer sind bereit für den morgigen Einsatz.« Wie für diese besondere Gruppe Krieger üblich, trug der Hauptmann den langen ägyptischen Rock und eine knappe Weste aus gestreiftem Tuch, die an der Seite offen war und durch Spangen gehalten wurde. Auf seinem schwarz glänzenden gelockten Haupthaar thronte der ebenfalls typische Helm mit den spitzen Hörnern und der glänzenden Kugel in der Mitte und an der Hüfte trug er das gefährlich anmutende zweischneidige Schwert. Im Kampf würde er diese Ausrüstung noch mit einem durch Metallscheiben verstärkten Lederschild ergänzen.

Baka verspürte beim Anblick des Mannes Stolz und eine gewisse Befriedigung. Die Schairetana hatten in der ägyptischen Armee immer eine hervorgehobene Rolle gespielt; ihr gesamter

Stamm, Männer, Frauen wie Kinder, war während der lange zurückliegenden Herrschaft von Seti I. aus ihrer Heimat entführt worden. Man hatte die Männer als persönliche Schutztruppe der Pharaonen ausgebildet und dieser Aufgabe hatten sie sich über viele Generationen gewidmet. Als in den Jahren nach dem Tode des Herrschers Sesostris der König mit der Tradition, seine Krieger in den Kampf zu begleiten, gebrochen hatte, waren die Schairetana dennoch als Elitetruppen immer dort eingesetzt worden, wo besondere Fähigkeiten im Umgang mit der Waffe, ein hervorragender Spürsinn und beispiellose Tapferkeit gefordert waren. »Ich gehe davon aus, dass Eure Männer den morgigen Angriff schon ungeduldig erwarten?«, meinte Baka.

»Wenn man sie zwingt, zu lange untätig zu bleiben, werden sie fett und übellaunig!«, erwiderte der Hauptmann. »Und es bereitet ihnen keinerlei Vergnügen, mit Holzschwertern Übungsgefechte durchzuführen!«

»Nun denn, morgen werden sie sich erneut im Kampf bewähren können«, bemerkte Baka. »Habt Ihr noch Fragen zum morgigen Einsatz?«

»Wir werden also von der Flanke her angreifen und sogleich den Rückzug antreten. Sollten sie uns nicht folgen, versuchen wir es erneut.«

»So ist es geplant. Ich denke, wir werden morgen nicht glücklos bleiben.«

»Meine Männer werden gewiss glücklich sein! Aber, Baka, wird es Euch ebenso ergehen?«

Baka sah ihn erstaunt an. Es war äußerst ungewöhnlich, dass ein Schairetana derart persönliche Fragen stellte. »Ich? Weshalb fragt Ihr?«

»Die Männer meines Volkes wurden geboren, um zu kämpfen«, erwiderte der Krieger. »Von Kind an werden wir auf diese Aufgabe vorbereitet. Aber Ihr? Habt Ihr nicht einen gänzlich anderen Beruf gelernt? Ihr seid Maler und Schreiber! Und doch kämpft Ihr, wie wir es tun! Warum nur?«

Baka zögerte kurz mit der Wahl seiner Worte. »Ich kämpfe für unser Land und meine Familie. Es gibt nicht genug tapfere Krieger wie die Schairetana es sind. Und deshalb müssen auch Männer wie ich aushelfen.«

»Aushelfen, ja!«, stimmte der Hauptmann zu. »Aber Ihr seid stets der Erste, wenn es in die Schlacht geht, obwohl der Krieg doch nicht Euer Leben sein kann. Ihr seid stets der Erste in der Schlacht und der Letzte, der sich zurückzieht. Wie lange kann einer so ausharren, gegen seine Natur?«

»Was für eine Frage!«, erwiderte Baka, ein wenig ungehalten, denn er hatte selbst auch beinahe an jedem Tag, den er im Felde verbracht hatte, darüber nachgedacht. »Ich weiß nur, dass mein Einsatz notwendig ist und niemand diese Aufgabe für mich übernehmen kann. Aber ... sagt mir, Tutu, habt Ihr Frau und Kinder?«

»Ich habe drei Frauen!«, erwiderte der Mann stolz und entblößte lächelnd seine blitzend weißen Zähne. »Und zwölf Kinder! Darunter acht Söhne und vier von ihnen werden bereits morgen mit mir in die Schlacht ziehen.«

»Und die anderen? Ihr werdet sie doch vermissen, schließlich seid Ihr schon genauso lange wie ich hier im Lager.«

»Baka, der Krieg ist mein Leben! Über solche Dinge denken wir Schairetana nicht nach!« Er schwieg und fügte dann leise hinzu: »Für Euch ist das anders, nicht wahr?«

»Gelegentlich«, gab er zu und fühlte sich einen Augenblick lang müde und alt.

»Wäret Ihr einer meiner Gefolgsleute, so würde ich Euch raten, diese Gedanken so schnell wie möglich zu vergessen. Aber Ihr seid kein Schairetana.« Sein Tonfall war freundlich, beinahe einfühlsam, als er jetzt die Arme vor der Brust kreuzte und den Oberkommandierenden nachdenklich anblickte. »Für uns Schairetana ist das leicht zu bewerkstelligen. Aber für Euch ist das anders. Wie könnte ich mir also anmaßen, Euch einen Rat geben zu wollen?« Er schüttelte den Kopf. »Nein, ich werde Euch keinen Rat geben. Aber ich werde für Euch kämpfen, Baka! Und ich werde viele unserer Feinde töten! Gute Nacht, Baka!«

Nachdem der Hauptmann sich entfernt hatte, ging Baka zurück in sein Zelt. Als er sich auf seine schmale Bettstatt gelegt hatte, ging ihm die Frage, die Tutu ihm gestellt hatte, eine freundlich gemeinte, harmlose Frage, nicht mehr aus dem Kopf. Warum er? Warum nicht ein anderer an seiner Stelle? Warum lag er hier einsam auf einer Bettstatt in diesem Heerlager, ohne den Zuspruch und Trost der Frau, die er doch über alles liebte? Warum würde er auch morgen wieder zur Dämmerstunde aufstehen und sein Leben riskieren für eine mittlerweile zweifelhafte Sache mit noch zweifelhafterem Ausgang? Niemand zwang ihn doch dazu. Im Gegenteil, es gab inzwischen eine wachsende Fraktion, die ihm Misserfolg wünschte, damit er von seinem Posten entfernt würde. Warum nur gab er ihnen nicht einfach nach und trat zurück, legte sein Schwert nieder, um es nie wieder aufzuheben?

Narr, der er doch war!

Ebne und sein Komplize trafen sich im Schutz der Dunkelheit vor den Wällen des Heerlagers. »Du wirst die Botschaft genau so überbringen können?«, fragte Ebne ängstlich nach.

»Ja doch! Soll ich sie noch einmal wiederholen?«

»Das wird wohl nicht nötig sein. Oder ... doch, wiederhole sie!«

»Gut. Ich werde ihnen sagen, dass die königlichen Vertreter mich beauftragt haben, das Gespräch mit den Vertretern des Avedis, des Anführers der Hirtenarmeen, zu suchen.«

»Und weiter?«

»Ich werde erklären, dass dem königlichen Hof die andauernden kriegerischen Auseinandersetzungen in der Grenzregion missfallen und dass man der Meinung ist, das Delta biete genügend Raum für beide Völker!«

»Richtig! Fahre fort!«

»Ich werde ihnen sagen, dass die Fortführung dieser Auseinandersetzungen allein die Schuld des Oberbefehlshabers Baka ist und vom königlichen Hof nicht gebilligt wird.«

»Und das ist noch nicht einmal falsch, wenn man's bedenkt.«

»Zum Nachweis der Glaubwürdigkeit unserer friedlichen Absichten hat man mich berechtigt, ihnen ...«

»Was jetzt kommt, ist von höchster Bedeutung. Hier darfst du keine Fehler machen!«

»Zum Nachweis der Glaubwürdigkeit unserer friedlichen Absichten hat man mich berechtigt, ihnen gewisse Warnungen hinsichtlich des bevorstehenden Angriffs zukommen zu lassen, um zu gewährleisten, dass die fortgesetzten Aggressionen des eigenmächtigen Oberkommandierenden keinen übermäßigen Schaden im Lager der Hirtenkönige zu Bast anrichten werden.«

»Das ist sehr gut so.«

»Dann werde ich ihre Entscheidung abwarten und Euch die Botschaft überbringen.«

»Richtig. Bist du gut vorbereitet, hast genügend Wasser und Proviant für den Weg?«

»Ja doch! Es ist alles bestens!«

»Und du hast auch die offizielle Genehmigung, dich aus dem Lager zu entfernen? Schließlich müssen wir eine gute Erklärung für deine Abwesenheit vorweisen können!«

»Auch das ist bestens geglückt. Baka selbst hat mich beurlaubt und dafür gibt es sogar einen Zeugen. Tutu, der Hauptmann der Schairetana, stand vor dem Zelt. Er hat unser Gespräch gewiss mit angehört!«

»Das wird vielleicht nicht ausreichen, Isosi! Wenn Tutu in der Schlacht fallen sollte, was dann?«

»Macht Euch darüber keine Gedanken! Baka vertraut mir blind wie ein neugeborenes Kalb seiner Mutter!«

»Bis zu dem Augenblick, wo man dich entdecken wird!«

»Bei den Göttern! Wenn Ihr jetzt einen Rückzieher machen wollt, sollten wir den ganzen Plan vielleicht besser ...«

»Nein, nein! Es muss nur alles gut bedacht sein, denn dies ist ein entscheidender Augenblick ...«

»Ja, natürlich. Doch nun kommt es, wie es kommt.«

»Nimm die Sache nicht auf die leichte Schulter! Wir müssen uns vergewissern, dass alles gelingen wird, denn später werden wir dazu keine Gelegenheit mehr haben.«

»Seid unbesorgt! Niemand wird mich aufhalten! Dies ist der erste Schritt auf dem Weg zu Ansehen und Reichtum für uns! Die großartige Gelegenheit, uns einen Platz am Hofe des Herrschers der Zwei Reiche zu sichern!«

»Sicher, sicher! Das ist mir wohl bewusst, schließlich war es ja mein Plan, nicht wahr? Allerdings ...«

»Und er wird gelingen, Euer Plan. Ich habe keinerlei Bedenken und ich bin doch derjenige, der sich in unmittelbare Gefahr begibt! Ihr müsst nur hier ausharren und vor allem die Ruhe bewahren! Wenn Euch dies gelingt, haben wir nicht viel zu befürchten.«

»Du hast Recht! Ich bin nur ... nur übervorsichtig, aber das ist vielleicht auch unklug! Nun denn, wem wirst du deine Botschaft also überbringen?«

»Soll ich tatsächlich alle Anweisungen noch einmal wiederholen?«

»Nur mir zuliebe!«

»Nun gut. Ich werde also zunächst verlangen, dass man mich zum Anführer der Truppeneinheit führt.« Er hielt inne und meinte aufgeregt: »Das könnte in der Tat Probleme bereiten! Woran soll ich ihren Anführer erkennen? Vielleicht wird man versuchen, mich hinters Licht zu führen? Ich habe doch keinerlei Möglichkeit, dies zu beurteilen?«

»Doch, die hast du. Ich habe eine gute Beschreibung des Mannes erhalten! Einer der Soldaten, der an einem der letzten Angriffe teilnahm, hat mir den Mann beschrieben. Er ist noch neu auf diesem Posten und er ist auch kein Nomade, schon aus diesem Grunde wirst du den Unterschied erkennen! Er ist nicht besonders groß, hager und hat ein Gesicht wie ein Wiesel. Und er hat ein steifes Bein! Es muss ihm großes Unbehagen bereiten, mit dieser Verletzung noch in die Schlacht zu ziehen! Sein Name ist Reschef!«

III

Das fröhliche Geschrei der Kinder war weithin zu hören. Hinter dem flachen Teich hatten sich die kleineren Jungen versammelt, deren Köpfe kahl geschoren waren, bis auf den traditionellen Zopf an der Seite, der im unteren Ägypten üblich war. Sie hatten sich an den Händen gefasst und umkreisten einen der Knaben in der Mitte bei einem Spiel, das »Viermal rundherum« genannt wurde. Nur wenige Schritte entfernt warfen sich die Mädchen, in schlichte weiße Gewänder gehüllt, einen Ball zu, ohne sich um die Jungen zu kümmern.

Auf ihrem Weg zum Haupthaus des Anwesens musste Meret an ihnen vorbeigehen und blieb kurz stehen, um die Jungen zu ermahnen, nicht zu grob miteinander umzugehen. Dann ging sie auf dem Pfad weiter, der an niedrigen blühenden Stauden und Büschen am Ufer des Teiches entlangführte. Kornblumen blühten hier, Zwergchrysanthemen, Oleander und Jasmin und die kühle, erfrischende Luft trug den Duft der Blüten durch den Garten.

Am Ende des lang gestreckten Teiches blieb sie stehen. Nikos, der graubärtige Grieche, saß dort auf einer Bank und schrieb. Sie zögerte, ob sie ihn unterbrechen sollte, doch gerade in diesem Augenblick hob er den Kopf, lächelte und legte den Pinsel zur Seite. »Guten Morgen, Meret«, grüßte er sie mit leichtem Akzent, aber in gut verständlichem, ja sogar vornehmem Ägyptisch.

»Guten Morgen, Nikos«, erwiderte sie, trat neben ihn und warf einen Blick auf die Schriftrolle in seiner Hand. »Was schreibt Ihr so eifrig?«

»Oh, ich bemühe mich, die passenden Formulierungen für einen Heiratsvertrag aufzusetzen, den unser Freund Akilleus für sein Werben um die schöne Ebana benötigt!«, erwiderte er und seufzte. »Es ist eine recht schwierige Angelegenheit, denn ich muss die Rechte unseres Freundes wahren, ohne dass man den Eindruck erhält, unser Freund sei ein Knauserer und Geizkragen, dem es an ... nun ja, an romantischen Gefühlen mangelt!« Er zuckte hilflos mit den Schultern. »Aber im Augenblick komme ich nicht so recht voran. Jedes Mal, wenn ich meine, die passenden Worte gefunden zu haben, erscheint vor meinem inneren Auge die Witwe und macht mit ihrem stechenden Blick all meine Bemühungen zunichte!«

Meret lachte leise. »Wie es scheint, ist eine Heirat bei den Nubiern eine recht schwierige Angelegenheit.«

»Nun, zumindest dann, wenn es sich bei dem Bräutigam um einen hergelaufenen Seemann wie unseren dennoch stolzen Akilleus handelt und eine keineswegs einfältige und noch dazu wohlhabende Witwe wie Ebana! Das Problem bei diesem Vertrag ist die Verfügungsgewalt über das Vermögen, das der verstorbene Mann der Witwe hinterließ. Sie will sich davon nicht trennen, obwohl es sie gleichermaßen reizt, ihren Besitz mit dem unseres wohlhabenden Freundes zu vereinen.«

Meret nahm neben Nikos auf der Bank Platz und blickte versonnen auf den Garten hinaus. »Als Baka und ich geheiratet haben, hatten wir solche Probleme nicht, denn keiner von uns verfügte über nennenswerten Besitz. Schaschank, der Freund meines

Vaters, hinterließ mir zwar eine Mitgift, nachdem er seine eigenen Kinder angemessen bedacht hatte, aber das war nicht allzu viel. Und so mussten wir unser Auskommen von dem bestreiten, was Baka als Schreiber verdienen würde, sobald er seine Ausbildung beendet hätte. In diesem Beruf kann man es zu einigem Wohlstand bringen, wie ich aus eigener Erfahrung weiß, denn mein Vater war ebenfalls Schreiber.« Sie seufzte. »All das liegt schon so lange zurück.«

»Aber der Krieg hat Baka keinen Nutzen gebracht!«, meinte Nikos. »Dort draußen im Heerlager wird er wohl kaum Reichtümer erwerben können im aufreibenden Kampf mit den Nomaden.«

»Nein. Ach, ich wünschte, er könnte bald nach Hause zurückkehren und endlich …« Sie sprach den Satz nicht zu Ende und meinte stattdessen: »Das ist wirklich keine Art zu reden. Schließlich habe ich ihm und mir versprochen, mich nicht zu beklagen!«

Nikos hob den inzwischen getrockneten Papyrusstreifen noch einmal hoch und beschloss, für heute die Arbeit an dem Vertragsentwurf ruhen zu lassen. Er rollte das Schriftstück zusammen und legte es beiseite. »Verzagt nicht, Meret. Vielleicht ist er schon früher wieder bei Euch, als Ihr zu hoffen wagt. Mir ist zu Ohren kommen, dass man stromauf am königlichen Hofe über Pläne für eine friedliche Einigung nachdenkt.« Er blickte sie mit ernstem Gesicht an. »Ich vermute, Baka hat sich nicht nur Freunde gemacht mit seiner Haltung gegenüber den Nomaden?«

»Das ist leider wahr. Und ich befürchte, man könnte ihn seines Postens entheben! Zwar wünsche ich mir nichts sehnlicher, als ihn wieder in meiner Nähe zu haben, aber ich weiß auch, dass dies nicht die rechte Art für ihn wäre, zurückzukehren. Wenn es doch nur etwas gäbe, was ich für ihn tun könnte!«

»Oh, vielleicht gibt es da eine Möglichkeit«, meinte Nikos. »Wir könnten gemeinsam meinen Freund Schobai überzeugen, sich der Sache Eures Gatten anzunehmen. Er kennt sich unter den Nomaden aus, denn er war einst ihr Gefangener. Wenn Ihr ihn davon überzeugen könntet, mit den einflussreichen Mitgliedern des Rates zu sprechen …« Nikos schwieg einen Augenblick nachdenklich. »Es ist schon merkwürdig. Er war so versessen darauf, hierher zu kommen und jetzt … jetzt scheint ihn der

Kampf gegen die Nomadenkönige überhaupt nicht mehr zu interessieren!«

»Sprecht Ihr von Schobai, dem Sänger? Ich verstehe nicht recht ...«

»Oh, verzeiht! Ich dachte, Ihr hättet seine Geschichte schon erfahren! Sagt Euch der Name Ahuni etwas?«

»Ahuni? Ja, doch. Es gibt da eine Ballade, die die alten Leutchen in Sile des öfteren gesungen haben, das Lied von Ahuni und Schepset. Aber was ...«

»Nun, jener Schmied Ahuni war Schobais Großvater. Ihr müsst wissen, dass Schobai der Nachfahre berühmter Waffenschmiede ist. Er hat diesen Beruf als Knabe auch erlernt. Ahuni hatte sich seinerzeit in Haran niedergelassen, am Oberlauf des Euphrat, nachdem er und Schepset Ägypten wieder verließen.«

»Aber ... der Ärmste ist doch erblindet! Wie soll er da ...«

»Er selber könnte natürlich keine Schwerter mehr schmieden! Aber er kann sehr wohl andere dazu anleiten. Das hat er auch in Ebla getan, kurz bevor die Stadt von den Nomaden überrannt wurde. Ich hatte angenommen, dass er aus diesem Grunde hierher gekommen ist. Aber wie es scheint, will er nicht noch einmal von vorn beginnen. Er hat wohl doch zu viel an Enttäuschungen erlebt.«

»Jetzt verstehe ich es besser«, bemerkte Meret. »Ich hatte nicht weiter über ihn nachgedacht! Er wirkt so verschlossen und in sich gekehrt, trotz seines freundlichen Wesens. Aber wenn das Schicksal ihm so viel Schweres beschieden hat ...«

»Weit mehr als manchem anderen!«, stimmte Nikos zu. »Er hat alles verloren, was er einmal besaß, und er war in früheren Zeiten recht wohlhabend!«

»Zumindest sind ihm seine treuen Freunde geblieben! Er spricht ja auch mit kaum einem anderen außer Euch und Euren Begleitern und gelegentlich den alten Leuten in der Stadt.«

»Er lernt von ihnen die alten Gesänge und Lieder!«

»Das hat man mir auch schon berichtet!«, erwiderte Meret. »Ich höre ihm gerne zu ... aber ich habe erst wenige Worte mit ihm gewechselt, sodass ich ihn kaum kenne.«

»Glaubt nicht, dass ich ihn so viel besser kenne!«, warf Nikos ein. »Aber er kennt Euch durch Eure Stimme. So viel hat er mir verraten«, fügte er lächelnd hinzu. »Ihr erinnert ihn an jemanden, den er in früheren Jahren einmal kannte, als man ihn in die Sklaverei gezwungen hatte – in ein Lager bei Charchemisch. Genaueres weiß ich auch nicht, nur so viel, dass ihm eine Nomadin namens Zaida geholfen hat, für die er große Zuneigung, ja sogar Liebe empfand. Vielleicht sollte ich Euch dies ja nicht erzählen … aber obwohl Schobai zuvor schon verheiratet war und auch viele Liebschaften hatte, spricht er von jener Zaida nur als der großen Liebe seines Lebens.« Mit trauriger Stimme fuhr Nikos fort: »Leider ging auch diese Geschichte nicht gut aus. Schobai wurde geblendet und die Frau wegen ihres Verrates getötet, wenn nicht noch Schlimmeres. Jedenfalls hat er sie nie wieder gesehen.«

»Wie furchtbar«, meinte Meret bedrückt.

Der Grieche hatte die Hände im Schoß gefaltet und blickte nachdenklich in das Grün des Gartens hinaus. »Als wir vom neu erwachten Widerstand gegen die Nomadenkönige hier in Ägypten erfuhren, hatte ich gehofft, er würde ein wenig mehr aus sich herausgehen, und eine Weile schien es so, als würde sich meine Hoffnung erfüllen!« Er wandte sich Meret zu und ergriff mit väterlicher Geste ihre Hand. »Ihr könntet uns helfen. Und damit auch Eurem Gatten. Sprecht mit ihm! Auf Euch wird er vielleicht hören!«

»Schobai, ich grüße dich!«, rief Akilleus erfreut. »Habe ich dich endlich doch gefunden. Was um alles in der Welt hast du an diesem merkwürdigen Ort zu suchen?«

Der blinde Sänger saß mit der Harfe im Arm in einer Ecke des Brauhauses auf dem Boden und lächelte freundlich. »Stille!«, gebot er dem Freund. »Ich versuche gerade, mir einen Vers einzuprägen!«

Akilleus atmete hörbar aus, runzelte ungeduldig die Stirn und wandte sich dann dem Geschehen im Brauhaus zu. Links von ihm, in der Nähe des Eingangs, war die einzige Frau in diesem Gebäude damit beschäftigt, groben Gerstenschrot zu zermahlen, der unzweifelhaft aus dem riesigen steinernen Mörser hinter ihr stammte, an dem ein ernst dreinblickender glatzköpfiger Mann in weißem Kittel den Stößel bediente. An der gegenüberliegenden Seite wurde das Mehl zu einem Teig verknetet, der anschließend zu runden Laiben geformt auf einem niedrigen Herd ruhen musste. An einem großen Fass war ein weiterer Brauer damit beschäftigt, die Laibe in Stücke zu brechen und mit Wasser zu vermischen. Dieser Brei wurde anschließend mit den bloßen Füßen geknetet. Weiter vorn filterten zwei Männer die vergorene Flüssigkeit in ein merkwürdig geformtes Gefäß, das beim Ausgießen des gereiften Bieres den Schaum von der Oberfläche wie auch die Maische vom Grund im Fass zurücklassen würde.

»Nun, mein Freund!«, wandte er sich schließlich wieder an Schobai. »Dies ist alles recht beeindruckend, und wenn ich mir die Mühe machte, lange genug zuzuschauen, würde ich wohl auch Lust bekommen, das Getränk zu probieren. Aber was tust du hier? Als großen Freund von Saufgelagen habe ich dich bisher nicht kennen gelernt!«

»Die guten Leute hier waren so freundlich, mir einige ihrer alten Lieder beizubringen«, erwiderte der Blinde und erhob sich. »Ich hatte ja keine Ahnung, welch unterhaltsame Gesänge sie kennen! Ich hoffe nur, mir alle Strophen der Lieder eingeprägt zu haben.« Er lächelte in die Runde. »Meinen tiefsten Dank, werte Freunde! Ich möchte mich jedoch auch für Eure Mühe erkenntlich zeigen!« Er griff in die Tasche seines Gewandes und holte einige kleinere Goldmünzen hervor. »Wenn der Braumeister Hordadef so freundlich sein würde, mir noch einmal seine Hand zu reichen ...« Schobai ergriff die ausgestreckte Hand des Mannes und füllte sie mit den Münzen. Der Braumeister hob anerkennend die Augenbrauen und zeigte die Münzen herum.

»Und nun zu dir, Akilleus! Was ist dein Begehr, mein Freund?« Er streckte dem schwarzen Riesen die Hand entgegen und ließ sich von ihm zur Tür geleiten.

»Aah, das gefällt mir doch besser!«, meinte Akilleus erleichtert, als sie das Gebäude verlassen hatten, und atmete tief ein. »Nicht, dass ich den Geruch eines guten Bieres nicht zu schätzen wüsste, aber die Dämpfe können einem schon zu Kopfe steigen. Wäre ich nur wenig länger in diesem Raum geblieben, hätte ich mich schnellstens in die nächste Schenke begeben müssen.«

»Das wäre natürlich unerhört!«, stimmte Schobai mit verschmitztem Lächeln zu. »Aber um mir das zu erzählen, bist du ja wohl nicht gekommen, oder?«

»Natürlich nicht! Ich wollte dich bitten ... nun ja, du kennst doch gewiss auch einige ägyptische Liebeslieder. Was ich suche, ist ein ganz besonderer Gesang, nicht zu keusch, aber auch nicht zu derb! Und doch sollte er einen gewissen Eindruck auf die Dame meines Herzens machen. Und, Schobai, nicht so einen Unsinn, wie man ihn den unschuldigen jungen Mädchen vorsingt!«

Schobai grinste verständnisvoll. »Das wird ein klein wenig schwierig werden. Aber ich verstehe, wonach du suchst! Ein Lied, das die holde Ebana für dich gewinnen soll, stimmt's?« Er lachte vergnügt in sich hinein. »Sie muss wirklich beeindruckend sein, schön und betörend wie der volle Mond.«

Akilleus schnaubte missmutig. »Sie ist nicht gerade hässlich. Aber ich sehe wohl ein, dass du ihre wahren Vorzüge nicht kennen kannst. Sie zählt an die fünfunddreißig Sommer und neigt zur Fülligkeit. Außerdem schielt sie auf einem Auge, aber sie besitzt ausgedehnte Ländereien an beiden Ufern des Flusses. Und ich habe den Plan, dort einen Hafen zu bauen, in den die Handelsschiffe von allen Küsten des Großen Meeres einlaufen könnten.«

»Und ich dachte, dein einziges Begehren richtete sich auf eine Reihe stolzer Söhne, die dein Erbe antreten sollen? Ist Ebana nicht ein wenig zu alt, um noch Kinder zu bekommen?«

»Nun, vielleicht. Doch ein oder zwei Kinder könnte sie mir schon noch schenken. Derweil suche ich mir einige Nebenfrauen, wie das Zwillingspärchen, das drüben am Olivenhain wohnt! Ihr Vater hat leider mein erstes Angebot für die beiden rundweg ausgeschlagen, aber beim zweiten Versuch war sein Widerstand schon weitaus weniger heftig. Jede der beiden jungen Frauen kann mir eine stattliche Anzahl von Söhnen gebären!« Er hielt einen Augenblick inne und fuhr dann mit seltsam veränderter, noch etliche Töne tieferer Stimme fort: »Nein, Ebana rührt eine gänzlich andere Seite in mir an!«

»Doch nicht etwa die Gier nach Geld? Mein Freund, ich beginne mich zu fragen, ob du tatsächlich der gleiche Mann bist, von dem mein Vater mir so oft berichtete! Ein Mann, der Jahr um Jahr auf der harten Ruderbank verbrachte, der nichts, nicht einmal die Fetzen, die er am Leibe trug, sein Eigen nennen konnte und doch stets zufrieden war und niemals mit seinem Schicksal haderte!«

»Lach du nur über die Liebespein deines Gefährten. Du lässt dich doch von keiner Frau zähmen, genießt und wendest dich ungerührt ab. Wie kannst du mich da verstehen?«

Schobai legte den Kopf in den Nacken und lachte lauthals, schien sich gar nicht mehr beruhigen zu wollen, sodass Akilleus ihm schließlich besorgt auf den Rücken klopfte.

»Verzeih, mein Freund, aber die Vorstellung, dass der mit allen Wassern gewaschene Kaufmann Akilleus hilflos im Netz der Gefühle zappelt, ist einfach zu komisch!« Er begann erneut, vor Lachen loszuprusten, und diesmal stimmte auch der schwarze Hüne mit ein.

»Vergib mir, mein Freund!«, sagte der blinde Sänger schließlich. »Aber ich konnte nicht umhin ...«

Akilleus blickte ihn mit gespieltem Vorwurf an. »Du konntest nicht umhin, dich über deinen Freund lustig zu machen! Soso! Aber du hast ja Recht, es ist schon komisch!« Er musste erneut lachen. »Sei's drum! Das Dumme ist nur, ich habe Ebana verärgert, weiß nicht einmal genau, womit und habe schon eine Menge Zeit und Gedanken daran verschwendet, wie ich's wieder richten könnte! Sogar einen Handleser habe ich konsultiert und letztendlich bin ich zu dem Schluss gelangt, dass nur mein Freund mit der goldenen Zunge mir helfen kann! Schobai, der Unvergleichliche, dessen Gesängen auch die tugendhafteste Jungfrau erliegen würde! Schobai, dessen betörendes Harfenspiel alle lasterhaften Regungen besiegt, der selbst ...«

»Genug! Genug, mein Freund!« Schobai unterbrach mit einer energischen Geste. »Sonst fange ich wieder an zu lachen! Ehrlich gesagt, kann ich mir kaum vorstellen, dass jemand, dem derart blumige Schmeicheleien mit Leichtigkeit von der Zunge hüpfen, nicht auch ohne meine Dienste die Angebetete überreden könnte, die Bettstatt mit ihm zu teilen.«

»Du hast das Problem klar erfasst, mein Freund!« Akilleus seufzte. »Wenn ich die schöne Ebana doch nur in die Nähe meiner Bettstatt bewegen könnte. Dann wäre ich sicher in der Lage, auch den Schlüssel zu ihrem Herzen zu finden, wenn nicht sogar zu den Schatullen, in denen sie ihr Vermögen aufbewahrt. Aber verdammt, Schobai, sie scheint keinerlei Verlangen nach mir zu verspüren! Kaum zu glauben, aber so ist es. Mir, Akilleus, dem kühnen Herzensbrecher, der Prinzessinnen und Dienstmägde gleichermaßen und in fast aller Herren Ländern für sich zu gewinnen vermochte, verweigert sie jegliche Annäherung!«

»Siehst du, was ich meine? Wer hat hier die goldene Zunge? Welche Frau kann diesem unendlichen honigsüßen Unsinn schon widerstehen, der unablässig aus deinem Munde quillt? Wenn du so mit ihr sprichst, kannst du getrost auf Harfe und Gesang verzichten!«

Akilleus ergriff den Sänger am Arm. »Heißt das etwa, dass du mir diesen bescheidenen Gefallen nicht erweisen willst?«

Schobai lächelte ihn an und blieb stehen. »Warte einen Moment! Von der Tür des Brauhauses sind wir ... nun, an die zweihundert Schritte in südwestlicher Richtung gegangen. Wenn ich mich nicht sehr täuschen sollte, so befinden wir uns nunmehr ... wer hätte das gedacht, so ein Zufall! Wir befinden uns direkt vor dem Haus der wohlhabenden nubischen Witwe Ebana, vormals Gattin des hoch geehrten Oberkommandierenden Anhu, des Helden der Schlacht von ...«

»Ja, ja!«, unterbrach ihn Akilleus ungeduldig. »Ich habe dich also hierher geführt, ohne ein Wort zu sagen! Aber hast du etwa Schaden genommen? Und wenn es mir gelingen sollte, dich noch zu diesem Freundschaftsdienst zu überreden, so sind wir wenigstens gleich an Ort und Stelle, nicht wahr? Also ist es doch ...«

»Gut, du hast gewonnen, Akilleus!«, meinte Schobai schmunzelnd. »Obwohl es eigentlich noch nicht die rechte Zeit für verliebte Ständchen ist! Aber ich vermute, du kennst den Tagesablauf deiner Angebeteten besser als ich!« Er nahm die Harfe von der Schulter und begann die Saiten zu stimmen. »Wenn du dich noch einen oder zwei Tage hättest gedulden können, hätten mich vielleicht die nubischen Soldaten, die die städtischen Kornspeicher bewachen, eines der Liebeslieder aus eurer Heimat gelehrt!«

»Diese groben Kerle!«, erwiderte Akilleus empört. »Die einzigen Lieder, die diese Soldaten kennen, besingen die Hurenhäuser und alle niederen Laster der Welt. Mit einem dieser Lieder würdest du nicht nur erreichen, dass meine geliebte Ebana zu Recht ihren Nachttopf über deinem Haupt entleert, sondern auch, dass sie mich fortan meidet, als hätte ich nicht nur die Pocken, sondern darüber hinaus eine vom Kampf mit den Haifischen entstellte Nase! Willst du denn mit Gewalt das Glück deines Freundes zerstören?«

»Also kein nubisches Liebeslied! Wie du willst, mein Freund!« Schobai lachte und stimmte die beiden obersten Saiten des Instrumentes nach. »Aber sag mir, stehen wir denn unter ihrem Fenster? Denn wenn sie vielleicht trotz alledem etwas herauswerfen möchte ...«

»Sing, mein Freund! Sing! Ich kümmere mich um den Rest!«

»Nun denn!«, erwiderte Schobai und begann seinen Vortrag mit einer fließenden Kaskade von Tönen, die mit perlender Leichtigkeit davonzuschweben schienen.

Kein Wesen gleicht der Liebsten mein,
So hold, so zart, so wundersam,
in Sternenlicht gehüllt ihr Gang,
der Blick aus ihren Augen schlägt in Bann,
was ihrer Lippen zwiefach Zauber nicht erzwingt.

Der einschmeichelnde Klang von Schobais kräftiger Stimme trug die Verse hinauf in jenen Raum des großen Hauses, in dem Ebana hinter dem leichten Vorhang saß und auf die beiden Männer hinabsah. Überall auf der Straße blieben die Menschen stehen und lauschten seinem Vortrag. »Ist das nicht Schobai, der blinde Harfenspieler?«, fragten sie. Und die Antwort war ein Nicken, denn niemand wollte den Gesang durch laute Reden unterbrechen.

Nicht weit entfernt vom Hause der Witwe saß Nikos noch immer im Garten und hatte die Arbeit an jenem Vertragswerk wieder aufgenommen, das ihm so große Mühe bereitete. Neben ihm saß Meret, und als Schobai von den Freuden und Leiden der Liebe sang, wurde sie von einem ihr bisher unbekannten Schauder erfasst. Nicht, dass sie die Worte der Ballade nicht schon früher gehört hätte, nein, es war die Stimme, die sie so seltsam berührte.

Eine Stimme, die nicht nur wohlklingend war, das waren andere Stimmen auch! Es war mehr die Inbrunst des Vortrags, der

Sehnsucht, Zärtlichkeit, Leidenschaft und unendliche Einsamkeit aufklingen ließ, sodass ihr plötzlich die Tränen in den Augen standen. Und als sie sich wieder ein wenig gefasst hatte, fragte sie sich verwundert, ob es überhaupt möglich sei, einem solchen Sänger und seiner Stimme zu widerstehen. Sie zitterte und erneut stiegen ihr Tränen in die Augen, Tränen der Freude und auch der Trauer. Ein innerer Aufruhr erfasste sie, unbekannt und verwirrend. Und in ihrer Hilflosigkeit suchte sie Zuflucht in einem Gedanken: Baka! Komm zurück zu mir! Komm zurück, bevor ...

Und doch schien es unmöglich, den Satz zu vollenden. Was immer es sein mochte, das sie so unendlich fürchtete, sie konnte der Angst keinen Namen geben.

Sie rieb sich die Arme, um den kühlen Schauder zu vertreiben, und dachte: Wie kann man sich vor etwas fürchten, das nicht einmal einen Namen hat, und tief im Inneren die Sehnsucht nach dem verspüren, das man doch fürchtet?

Kapitel 12

I

»Hier steckst du also!«, rief Schamir und kletterte den steilen Pfad in die schmale Schlucht hinter dem Olivenhain hinunter. »Hast du mich nicht rufen hören?«

Ben-Hadad war jedoch so sehr in seine Arbeit vertieft, dass er nicht einmal den Kopf hob, sondern mit gekreuzten Beinen auf dem flachen Stein hocken blieb und weiter an einem Stück feuchtem Ton herumknetete, das er in Form zu bringen bemüht war. Schamir blickte seinem Halbbruder neugierig über die Schulter, und noch während er zusah, nahm der Ton die Gestalt eines Tieres an, mit deutlich erkennbaren geraden Beinen und einem stolz erhobenen Kopf auf schlankem Hals. »Ich weiß, was du da machst!«, rief Schamir triumphierend. »Du verschwendest kostbare Zeit und du wirst uns allen großen Ärger bereiten, wenn es herauskommt. Weißt du denn nicht, dass die Leute hier solche Abbilder verabscheuen?«

»Es k-kann doch keinen Schaden anrichten!«, verteidigte sich Ben-Hadad. »Das hier ist k-kein Götzenbild, wie du meinst, und die Leute werden den Unterschied erkennen.« Er hatte die Hände in den Schoß gelegt und blickte seinen Bruder an. »Was ist d-denn? Es t-tut mir leid, dass ich d-dein Rufen nicht gehört habe, aber ich habe d-doch alles gemacht, was Vater mir aufgetragen hat und …«

»Gib das her!«, fauchte Schamir ihn an. »Vater hat schon genug Ärger mit den Leuten hier! Du weißt doch, dass er Jakob um Unterstützung bitten will, und Jakob missbilligt alle Götzenbilder!«

»Meinen V-vater hat Jakob nicht missbilligt«, widersprach Ben-Hadad. »Und der hat auch solche Dinge gemacht! M-mutter hat gesagt …«

Aber Schamir hatte seinem Bruder blitzschnell die kleine Figur aus den Händen gerissen und war einige Schritte zurückgesprungen.

»G-gib es mir zurück!«, rief Ben-Hadad und rappelte sich auf. »Es g-gehört mir!«

»Es ge-ge-ge-hört mir«, verhöhnte ihn der Ältere in jammerndem Tonfall. »Du kannst es wiederhaben, du kleiner Bastard! Da hast du es!« Aber als er die Hand zur Faust schloss, wurde die kleine Figur wieder zu einem unförmigen Klumpen zerdrückt, den er jetzt seinem Bruder zuwarf. »Viel Spaß damit!«

Ben-Hadad machte jedoch keine Anstalten, den Tonklumpen aufzufangen. »D-das verstehst du wohl nicht«, meinte er geduldig. »Du glaubst, du könntest die Dinge zerstören, die ich mache, aber ich k-kann sie immer wieder neu machen! Ich k-kann immer eines mehr machen, als d-du kaputt gemacht hast!« Er zögerte und fuhr dann fort: »Oder ist es d-das, was d-dich so wütend macht? Ich kann D-dinge machen und du nicht! D-du kannst nur zerstören, das kann jeder D-dummkopf!«

Schamir ballte die Hände zu Fäusten und Ben-Hadad hob schützend die Arme über den Kopf. Aber der erwartete Schlag blieb aus, und als Ben-Hadad sich umblickte, sah er, dass Schamir zwischen den niedrigen Büschen nach Steinen suchte. »Da ist schon wieder dieser schmutzige Köter!«, rief er und hob den Arm.

»L-lass den Hund in Ruhe!« Ben-Hadad fiel seinem Bruder in den Arm und der kleine Hund zog sich erschrocken zurück, um die beiden aus sicherer Entfernung zu beobachten. »Hör auf d-damit!«

Schamir wollte ihm einen Fausthieb verpassen, aber Ben-Hadad war geschickt ausgewichen. »Kümmere dich um deinen eigenen Kram, du kleiner Bastard!«, knurrte Schamir ihn wütend an.

»D-du sollst mich nicht so nennen!«, erwiderte sein Bruder. »Nimm d-das zurück, od-der ich …«

Doch während Ben-Hadad noch nach Worten suchte, stürzte Schamir sich auf den Jüngeren und schlug ihn in seiner Wut so heftig, dass Ben-Hadad in die Knie sank. Schamir hob den Stein in seiner Hand, um erneut zuzuschlagen, doch dann wurde sein Arm plötzlich von einer starken Hand erfasst, die ihn zur Seite riss. Erschrocken starrte er den Fremden an.

»Beruhige dich doch!«, hörte er eine freundliche Stimme. »Auf dem Land meines Vaters wird kein Streit auf diese Weise geregelt, ganz gleich, was die Ursache sein mag.« Er lächelte, freundlich und einladend, und blickte die Brüder nacheinander an. »Und jetzt lasst uns versuchen, euren Streit friedlich beizulegen!«

Die Brüder starrten den Neuankömmling erstaunt an. Er war etwa im gleichen Alter wie Ben-Hadad, aber einen guten Kopf größer, und er trug einen Mantel, dessen Tuch in allen Farben des Regenbogens schimmerte.

»Kümmere dich um deine eigenen Angelegenheiten!«, knurrte Schamir böse. »Ich werde …«

»Aber dies hier ist meine Angelegenheit!«, erwiderte der Fremde mit Nachdruck. »Alles, was auf dem Land meines Vaters geschieht, ist auch meine Angelegenheit. Ihr müsst wissen, ich bin Joseph, der Sohn des Jakob! Und es ist mein gutes Recht, von dir zu verlangen, dass du deinen Streit beilegst. Ansonsten muss ich dich bitten, dieses Land zu verlassen.«

»Du bist der Sohn des Jakob?«, meinte Schamir überrascht. »Ich … es tut mir Leid, ich … ich wollte sowieso gerade gehen.« Mit schamrotem Gesicht wandte er sich ab und hastete davon, ohne sich noch einmal umzusehen. Der kleine Hund wagte sich aus seinem Versteck und blickte ihm schwanzwedelnd nach.

»D-du …«, setzte auch Ben-Hadad an, »b-bist Joseph, der Sohn v-von Jakob? Aber … wir sind uns schon einmal begegnet, als K-kinder. Nach der Flucht aus Ebla. Da waren wir beide noch ganz klein. Später zog meine Familie wieder in den Norden. Ich bin B-ben-Hadad. Meine Mutter hat mir von dir erzählt.«

Josephs Lächeln wurde noch breiter und Ben-Hadad erwiderte dieses Lächeln. Wie konnte man jemanden nicht mögen, der so freundlich und offen lächelte?

»Aber ja!«, erwiderte Joseph. »Ben-Hadad! Du und ich, wir wurden am gleichen Tag geboren, unter dem gleichen Stern! Und wenn ich mich recht erinnere, dann hast du ein Muttermal auf der Hüfte, nicht wahr? Es gleicht dem Abdruck einer Löwenpfote!«

»D-das ist wahr«, meinte Ben-Hadad überrascht. »Aber … wie k-kommt es, das du dich an so etwas erinnerst?«

»Erinnern?«, sagte Joseph und legte ihm freundschaftlich den Arm um die Schultern. »Ich könnte es gar nicht vergessen! Alle hier kennen doch dieses berühmte Muttermal! Das müsstest du doch am besten wissen.«

»Meine M-mutter hat mir nur erzählt, dass ich es geerbt habe. M-mehr hat sie dazu nicht gesagt. M-mein Vater war ...«

»Mehr hat sie dazu nicht gesagt?«, erwiderte Joseph erstaunt. »Das ist ja merkwürdig. Aber ich glaube, mein Vater würde dich sehr gerne wiedersehen. Komm mit mir. Was für ein glückliches Zusammentreffen! Wir müssen doch einfach Freunde werden, da wir so etwas wie Zwillinge unter dem gleichen Stern sind, und jetzt haben sich unsere Wege schon zum zweiten Mal gekreuzt ...«

»Es t-tut mir leid«, meinte Ben-Hadad betrübt, »aber ich kann nicht mitkommen. M-mein Vater ...«

»O bitte!«, meinte Joseph und bemühte sich, all seine Überredungskunst in die Stimme zu legen. »Ich spreche mit deinem Vater! Außerdem ... außerdem ist er ja gar nicht dein richtiger Vater. Mein Vater hat mir bestimmt hundertmal die Geschichte von Hadad aus Haran erzählt, dem Helden ungezählter Balladen und Lieder, der ...«

»D-dem Helden?«, fragte Ben-Hadad erstaunt. »M-mein Vater war ein Held? Aber d-das ...« Er schwieg, erstaunt und verwirrt.

Auch Joseph blickte ihn mit großen Augen an. »Willst du mir damit etwa sagen, dass du es gar nicht weißt? Man hat dir all die Jahre nichts erzählt? Auch nicht von den Traditionen in deiner Familie?«

Ben-Hadad schüttelte den Kopf. »M-meiner Familie? W-was ist mit m-meiner Familie?«

Joseph blickte ihn nachdenklich an. »Wir wussten schon eine ganze Weile, dass ihr wieder in der Gegend seid, und ich hatte auch vor, dich zu besuchen, aber dann ... dann habe ich es immer wieder aufgeschoben. Das war wohl ein Fehler!« Er legte dem Kleineren wieder den Arm um die Schulter. »Du musst einfach mit mir kommen! Keine Widerrede! Ich schicke jemanden los, der deinem Stiefvater Bescheid sagt.« Mit diesen Worten schob er den noch immer zögernden Ben-Hadad vor sich her den Hügel hinauf, blieb aber nach wenigen Schritten stehen und deutete auf den Hund, der die beiden aus einiger Entfernung aufmerksam beäugte. »Gehört der da auch zu dir?«

»Ja!«, erwiderte Ben-Hadad nicht ohne Stolz. »Er ist mir den g-ganzen Weg von Succoth hierher gefolgt! Er heißt L-Löwe!«

»Dann nehmen wir ihn mit!«, meinte Joseph. »Bei uns gibt es genug zu fressen für ihn. Und wenn Vater von unserem Wiedersehen erfährt, lässt er gewiss ein Festmahl bereiten!«

Joseph und Ben-Hadad erreichten die Spitze des Hügels und gingen auf der Straße weiter, die nach Hebron führte. Hinter ihnen trat Schamir aus seinem Versteck in einem Olivengebüsch hervor und blickte den beiden hasserfüllt nach. »Dieser Bastard!«, fluchte er. »Hat sich schon bei Jakobs Leuten eingeschmeichelt und mir wieder nichts als Ärger eingebracht. Das soll er mir büßen!« Er ballte die Hände zu Fäusten und spuckte verächtlich auf den Boden. »Bezahlen wird er dafür. O ja, das wird er!«

»Nun geh schon!«, drängte Haschum. »Wir sind nicht den langen Weg hierher gekommen, damit du jetzt wieder zögerst!«

Danataja wandte sich verzagt nach ihm um und erschrak erneut, als sie bemerkte, dass Haschum im Gesicht vor lauter Jähzorn und Scham rot angelaufen war. »Haschum, bitte! Muss ich denn unbedingt jetzt schon gehen? Und ... und warum kommst du nicht mit mir? Wenn er sieht, dass ...«

»Nein, nein! Es ist besser, wenn du alleine gehst. Er mag dich, hat dich immer gemocht!«

Sie versuchte erfolglos, sich aus seinem Griff zu befreien. »Du hast Recht, Haschum. Er hat mich immer gemocht. Und gerade darum möchte ich nicht so zu ihm gehen! Ich schäme mich, und er soll mich nicht so sehen. Und außerdem, Haschum ... nach all den Jahren komme ich wieder, nur um ihn anzubetteln ...«

»Das reicht jetzt!«, unterbrach er sie ungehalten. »Geh einfach hin zu ihm! Du kannst sein Zelt nicht verfehlen, dort in der Mitte! Und er erwartet dich bereits, hat man mir gesagt.«

Danataja spürte wieder seine Hand auf ihrem Arm und fühlte sich plötzlich nicht nur bedrängt, sondern auch beschmutzt durch die unerwünschte Berührung. Unwillig riss sie sich los. »Nun gut, ich gehe! Aber lass mich zufrieden!« Doch schon nach einigen Schritten schienen die Kräfte sie wieder zu verlassen und sie musste erneut allen Mut zusammennehmen, um weiterzugehen. Wenig später schon stand sie vor dem halb offenen Zelt und rief: »Jakob! Bist du da? Ich bin es, Danataja! Aber wenn du gerade beschäftigt sein solltest ...«

Wie Haschum gesagt hatte, wurde sie von Jakob schon erwartet, der die Ziegenhaut vor dem Eingang zurückschlug und ins helle Sonnenlicht hinaustrat. »Danataja!«, rief der alte Mann erfreut und kam mit ausgebreiteten Armen auf sie zu. Doch dann bleib er stehen und hielt sie auf Armeslänge von sich und in seinem Blick spiegelte sich alles, was sie befürchtet hatte: Erschrecken, Besorgnis und am schlimmsten von allem – Mitleid. »Meine liebe Danataja!«, sagte er leise. »Was ist mit dir geschehen? Was kann nur ...« Er schwieg betroffen und sah sie nur stumm und traurig an.

»Die Jahre vergehen so schnell, Jakob! Wir werden doch alle älter.« Tapfer bemühte sie sich um ein Lächeln. »Ich habe von Isaaks Tod gehört und möchte dir mein Beileid aussprechen.«

»Oh, das ist schon so lange her und ich habe den Schmerz und die Trauer über den Tod meines Vaters inzwischen verwunden«, erwiderte er. »Der Verlust meiner geliebten Rahel ist etwas ganz anderes. Noch heute ertappe ich mich hier und da im Zwiegespräch mit ihr, als wäre sie niemals von mir gegangen.« Er lächelte traurig und meinte dann: »Komm, lass uns hineingehen. Ich freue mich auf ein Gespräch unter Freunden.«

Im Inneren des Zeltes war es keineswegs so dunkel, wie Danataja erwartet hatte, denn das Sonnenlicht drang durch das dünne Gewebe der Zeltbahnen. Sie zog ihre Sandalen aus und setzte sich mit gekreuzten Beinen auf den weichen Teppich. Jakob, der offensichtlich Schmerzen in der Hüfte hatte, brauchte etwas länger, bis er ihr gegenüber ebenfalls Platz genommen hatte. Er schwieg eine Weile und meinte dann leise und besorgt: »Danataja, was ist nur mit dir? Mir kannst du es doch erzählen! Ich bitte dich!«

»Ach, Jakob!« Sie hatte sich so sehr vorgenommen, stark zu sein und nicht zu weinen, und doch stiegen ihr unwillkürlich die Tränen in die Augen. Beschämt neigte sie den Kopf. Als sie sich wieder gefasst hatte, meinte sie: »Ich ... ich weiß nicht, Jakob. Eins kam zum anderen. Wir haben unser Geld schlecht angelegt und dann kam auch noch eine Dürre. Danach hat Haschum

Obstbäume gekauft und der Frost hat die Ernte vernichtet und …«

»Aber … Hadad hat dir mehr als das hinterlassen, fast ein kleines Vermögen! Habt ihr wirklich alles verloren?«

»Alles, Jakob! Alles! Und jetzt kommen wir zu dir wie die Bettler. Ich schäme mich so, Jakob! Auch … auch weil du mich so siehst, müde, verhärmt und unglücklich! So viele Falten hat mir der Kummer gebracht und mein Haar ist vor der Zeit ergraut. Das letzte Mal, als wir uns sahen, war ich noch jung und hübsch«, fügte sie leise hinzu.

»Du hast eine schwierige Zeit hinter dir«, meinte Jakob freundlich. »Und die hat ihre Spuren hinterlassen. Aber, meine Liebe, diese Spuren werden dich nicht lange zeichnen. Eine angemessene Zeit der Ruhe an einem Ort, der dir Geborgenheit und Schutz bietet, das ist es, was du brauchst, um neue Kräfte und deine Schönheit wiederzugewinnen! Und das kann ich dir geben, denn ich will euch gerne helfen.«

»O Jakob, ich … ich hatte solche Angst, dich zu bitten!«

»Mach dir darum keine Gedanken mehr, hörst du? Zunächst werde ich Haschum eine Arbeit besorgen. Aber ich sage dir eines! Ich werde ihm weder Geld schenken noch leihen. Er soll es sich im Schweiße seines Angesichts verdienen, so wie wir es auch tun. Sprich ganz offen zu mir, Danataja, bist du glücklich mit ihm? Ich meine nicht die Art von Glück, die du mit Hadad erfahren durftest, denn eine solche Liebe erfährt man nur einmal im Leben. Bist du zufrieden mit Haschum oder …«

Er beendete den Satz nicht, blickte sie stattdessen forschend an und konnte die Antwort in ihrem von Tränen verschleierten Blick deutlich erkennen. »Und was ist mit deinem Sohn? Was ist mit Ben-Hadad? Wächst er so auf, wie du es wünschst?«

Danataja versuchte zu antworten, doch stattdessen entrang sich ihrer Kehle ein Schluchzen. »Er … er ist ein guter Junge, Jakob! Ganz so, wie eine Mutter es sich nur wünschen kann. Aber ich … ich bin ihm keine gute Mutter gewesen, fürchte ich. Haschum wollte nicht, dass Ben-Hadad den Beruf seines Vaters erlernt, und nun ist der Junge eigentlich schon viel zu alt, um noch damit zu beginnen. Dabei scheint er doch das Talent seines Vaters geerbt zu haben! Haschum hat mir auch verboten, dem

Jungen von seinen Vorfahren zu erzählen. Er befürchtet, dass Ben-Hadad sich zu viel darauf einbilden könnte und es seinen Bruder Schamir spüren lässt. Aber es ist Schamir, der meinen Sohn so schlecht behandelt, Jakob! Ich habe versucht, ihn davon abzuhalten, so wie ich auch versucht habe, mit Haschum zu reden, damit er mich mein Kind so erziehen lässt, wie ich es für richtig halte, aber ... ich bin zu schwach! Er ist um so vieles stärker als ich ...«

»Er schlägt dich also?«

Sie schüttelte heftig den Kopf, konnte ihm dabei jedoch nicht in die Augen sehen.

»Danataja! Wie soll ich dir helfen, wenn du mir nicht vertraust?« Auf ihr hartnäckiges Schweigen hin beschloss er jedoch, sie nicht weiter zu bedrängen. »Lass uns über den Jungen sprechen, Danataja. Sein Wohlergehen liegt mir genauso am Herzen wie dir und du weißt ja wohl noch, dass ich Hadad versprochen habe, mich um ihn zu kümmern! Und dieses Versprechen werde ich jetzt einlösen, ganz gleich, welche Ansichten Haschum dazu äußert!«

»Aber Jakob ... es ist nur ... wann immer sich jemand in Angelegenheiten der Familie eingemischt hat ...«

»Damit muss es jetzt ein Ende haben, Danataja! Ich habe dir schon gesagt, dass ich gewisse Forderungen an meine Hilfe knüpfe! Und eine dieser Forderungen ist die Lehre, die Ben-Hadad antreten soll. Und ich werde auch fordern, dass dein Mann dich und den Jungen besser behandelt, als er es offensichtlich in der Vergangenheit getan hat.«

»Ach Jakob, ich bin so beschämt und verzweifelt. Der arme Ben-Hadad! Sie behandeln ihn so schlecht, alle beide! Schamir ist so boshaft wie ein bissiger Schakal! Und sein Vater nimmt ihn auch noch in Schutz. Ben-Hadad hat sogar Angst, den Mund aufzumachen! Er stottert und ich befürchte, es liegt nur daran, dass sie ihn immer nur herumstoßen. Es ist ... schier unerträglich. Dabei ist er ein so herzensguter, tapferer kleiner Kerl! Er ist es, der stets ein aufmunterndes Wort für mich findet, wenn ich niedergeschlagen bin, dabei sollte es doch umgekehrt sein!«

Noch bevor Jakob antworten konnte, erschien einer der Diener in der Zeltöffnung, verbeugte sich und wechselte leise einige

Worte mit seinem Herrn. Jakob nickte endlich, woraufhin sich der Diener noch einmal verbeugte und das Zelt verließ. »Es tut mir Leid, unser Gespräch zu unterbrechen«, meinte er und lächelte väterlich. »Aber das Schicksal scheint es am heutigen Tage einmal gut mit uns zu meinen. Mein Sohn Joseph, der ja, wie du weißt, am gleichen Tage geboren wurde wie Ben-Hadad, ist deinem Sohn zufällig begegnet und hat sich schnell mit ihm angefreundet. Und nicht nur das, er hat ihn mit hierher gebracht. Und so sollt ihr beide heute Abend meine Ehrengäste sein! Nach den langen Jahren der Trennung haben wir uns doch gewiss noch eine Menge mehr zu erzählen.«

Danataja wollte ihm antworten, aber er hob die Hand, um jeden Widerspruch auszuschließen. »Nein, Danataja, ich bestehe darauf!«

Trotz seines Alters war Jakobs Stimme kräftig und gebieterisch und so überließ sie sich nach kurzem Zögern dem Gefühl, nach dem sie sich schon so lange gesehnt hatte, wie ein Seemann nach langer Sturmfahrt schien auch sie endlich einen sicheren Hafen erreicht zu haben.

II

Sowohl Ben-Hadad als auch seine Mutter wären gerne noch länger geblieben, als der Abend sich dem Ende zuneigte. Jakob umarmte und küsste die beiden zum Abschied, ergriff Danatajas Hand und hielt sie eine Weile in der seinen. »Ich bin so froh, dass wir uns endlich wieder gesehen haben, und ich würde dich und den Jungen gerne noch länger hier behalten, aber dein Mann wird euch sicher ungeduldig erwarten, vielleicht ist er sogar schon zornig! Aber in diesem Fall, denke daran, was ich dir gesagt habe. Und richte Haschum aus, dass ich ihn morgen früh erwarte, noch bevor die Sonne hoch am Himmel steht!«

»Am liebsten würde ich auch bleiben, Jakob. Du hast uns so freundlich aufgenommen und …«

»Freundlich? Danataja, was für ein Unsinn. Du und dein Sohn, ihr gehört doch zu meiner Familie! Ich … ich will dir etwas anvertrauen, Danataja! Die Familie, die mir noch geblieben ist, bereitet mir auch nicht immer Freude! Joseph und Benjamin, ja, ich liebe sie sehr, doch der Rest …« Er lächelte. »Aber ich will dich nicht mit meinen Sorgen belasten. Ich habe dich vermisst und für Joseph ist es auch schön, endlich wieder einen gleichaltrigen Freund um sich zu wissen. Seine Brüder sind ja alle um vieles älter!«

»Ben-Hadad und Joseph haben wirklich schnell wieder zueinander gefunden. Es ist schön für mich zu sehen, wie gut sie sich vertragen und dass mein Sohn nun nicht mehr einsam ist!«

»Ja, das ist es, meine Liebe. Und schon morgen werde ich mit Haschum über Ben-Hadads Ausbildung sprechen. Sollte es Probleme wegen des Lehrgeldes geben, so mach dir keine Sorgen, denn ich werde das Versprechen, das ich Hadad gab, einlösen, komme, was wolle!«

Sie umarmte ihn noch einmal zum Abschied, und als sie auf den beiden Stuten, die er ihnen geliehen hatte, davonritten, dachte er an die schlimme Zeit, die hinter ihr lag. Arme Danataja! Es musste besonders bitter für sie sein, weil sie zuvor mit Hadad so großes Glück erfahren durfte. Schon die Erinnerung an ihn …

Er schloss die Augen und bemühte sich, seinen eigenen Kummer nicht erwachen zu lassen. Stattdessen blickte er in den Nachthimmel hinauf, mit seinen ungezählten schimmernden Sternen. Wie sehr sie doch den Menschen ähneln, dachte er. Sie scheinen einander so nah zu sein und doch kreuzen sich niemals ihre Bahnen …

In dieser Nacht fand Ben-Hadad lange keinen Schlaf. Unruhig drehte er sich auf seinem schmalen Lager hin und her und setzte sich schließlich wieder auf. Es war ein aufregender Abend gewesen. So viele Geschichten hatte er über seinen Vater gehört – seinen richtigen Vater, nicht den reizbaren und übellaunigen Haschum. Sein richtiger Vater war ein Held gewesen, ein Held und als Schmied ein richtiger Künstler. Wie kam es, dass in dieser so weit im Süden liegenden Gegend der Name seines Vaters gleichbedeutend mit Heldenhaftigkeit und Mut war, während er in all den Jahren zuvor nirgendwo etwas über ihn erfahren hatte? Vielleicht hatte man ja in Damaskus, wo sich alles nur um den Handel drehte, keine Zeit für Helden. Und später dann waren sie nie lange genug an einem Ort geblieben, sodass er kaum Freunde finden konnte, die ihn mit den Gebräuchen der Gegend, mit ihren Legenden und Liedern vertraut gemacht hätten …

Aber nun wusste er es besser. Und auch ihm war danach, laut und glücklich zu singen, so wie es sein Vater anscheinend häufig getan hatte, mit kräftiger und wohltönender Stimme. Überglücklich war Ben-Hadad, weil er dank der Gespräche am heutigen Abend und all der Geschichten, die er gehört hatte, das wahre Erinnerungsbild seines richtigen Vaters gefunden hatte.

Es war einfach zu viel, er würde gewiss keinen Schlaf mehr finden können. Leise stand er auf, zog sich seinen Mantel aus Schaffell über und trat vor das Zelt in die sternenklare Nacht.

Vor Glück hätte er tanzen und jubeln mögen, doch stattdessen lief er barfüßig einige Schritte über den steinigen Grund, bis er den Pfad erreicht hatte, der an ihrem Lagerplatz vorbeiführte. Nach einer Weile bemerkte er, dass der kleine graue Hund ihm folgte, langsam näher kam und schließlich, ganz so, als wären sie schon seit langer Zeit vertrauensvolle Gefährten, neben ihm herlief.

Ben-Hadad blickte lächelnd auf das zutrauliche kleine Wesen hinab. »Ach Löwe!«, flüsterte er. »Endlich haben wir ein richtiges Zuhause gefunden. Die Leute mögen uns hier! Jetzt sind wir endlich keine Ausgestoßenen mehr, so wie bisher, wo die Leute uns gehasst haben wegen all der schlimmen Dinge, die Haschum angerichtet hat. Es ist fast so, als hätte ich wieder einen richtigen Vater! Nicht ganz so, natürlich, aber … einen wohlmeinenden Onkel, einen Großvater, der mich liebt und unterstützt! Und einen neuen Freund habe ich auch gefunden! Joseph heißt er! Ein echter Freund, der zu mir hält, Löwe!«

Er blickte wieder auf den Hund hinab, der fröhlich neben ihm die staubige Straße entlangtrippelte und mit dem Schwanz wedelte. Er kann mein Glück spüren, dachte Ben-Hadad. Er merkt, dass sich die Dinge zum Guten gewendet haben! Hunde bemerkten so etwas. Es war fast so, als könnten sie die Gedanken lesen und verstehen, fast besser als die Menschen selbst. Jetzt habe ich sogar zwei Freunde, dachte er überglücklich. Dich, Löwe, und Joseph!

Und er würde ein Handwerk lernen! Jakob hatte es ihm bestätigt! Er würde das Handwerk seines Vaters lernen, die Tradition der Familie aufnehmen und weiterführen, die Tradition der Kinder des Löwen, zu denen auch er, Ben-Hadad, gehörte. Denn, so hatte Jakob mit Nachdruck versichert, die Dynastie der berühmten Waffenschmiede durfte nicht aussterben! Nur die Kunstfertigkeit der Waffenschmiede konnte ein Volk in Bedrängnis retten, zum Sieg über Feinde und Eindringlinge verhelfen ...

Mutter hatte ihm allerdings widersprochen. Waren es denn tatsächlich die Waffen, die die Stadt Haran vor dem Untergang bewahrt hatten? Nein, hatte sie gesagt, es waren der Mut und die Unerschrockenheit wie auch der scharfe Verstand Hadads, der den Nomaden vorgemacht hatte, in der Stadt herrsche eine Seuche, sodass sie von ihren Eroberungsplänen abließen. Und waren es denn die Waffen gewesen, die Jakobs Volk vor Schaden bewahrten, als die Nomadenheere nach Süden zogen? Nein, es war allein Jakobs Gutherzigkeit zu verdanken. Lange zuvor hatte er dem verletzten Manuk in jener einsamen Schlucht hoch im Norden geholfen. Danataja wollte ihren Sohn nicht in der Kunst des Waffenschmiedens unterrichtet wissen.

Aber Jakob hatte ihr geduldig zugehört und dann erwidert, dass nur die Starken die Schwachen verteidigen könnten. Und obwohl er sich selbst als Mann des Friedens einschätzte, hatte er in seiner Jugend den Umgang mit Schwert und Streitaxt wie auch Pfeil und Bogen erlernt, und das Gleiche galt für seine Söhne. Der kluge Mann konnte in dieser Welt wohl seinen Verstand einsetzen, um die Gewalt abzuwenden, doch wenn sein Geschick nichts bewirken konnte, musste er auch bereit sein zu kämpfen. Und der Waffenschmied war dann der wichtigste Verbündete, nur mit seinen Mitteln konnten die Schwachen an Stärke gewinnen.

Und zum Beweis hatte er ihnen die Geschichte von Belsunu erzählt, dem Ersten der Kinder des Löwen, der die Kunst des Waffenschmiedens vom fernen Ur in die Länder am Großen Meer brachte. Ohne seine hervorragende Kunstfertigkeit und die überragenden Waffen, die er schmiedete, wäre es Abraham, Jakobs Großvater, niemals gelungen, sich in Kanaan niederzulassen, das damals unter dem doppelten Joch der Tributzahlungen an den König von Ägypten wie auch an die Könige von Schinar und Elam litt. Und als sich die Könige von Schinar und Elam gemeinsam mit zwei weiteren Herrschern eine verbündete Armee aufstellten, um diese Tributzahlungen mit Brand und Zerstörung einzufordern, waren es Abrahams tapfere Männer und die unvergleichlichen Schwerter aus der Hand des Belsunu gewesen, die sie besiegten. Ben-Hadad hatte mit klopfendem Herzen zugehört. Seine Vorfahren waren bedeutsame Männer gewesen in jener Zeit. Männer, von deren Heldentaten ungezählte Balladen und Lieder berichteten!

Ben-Hadad blieb stehen und blickte in den unendlichen Sternenhimmel hinauf. Ihm schien, als hätte er bisher in einer dunklen Höhle gehaust und nichts anderes gekannt als die kalten, feuchten Wände, die ihn einschlossen. Doch jetzt, jetzt war er hinausgetreten ins helle Licht und er konnte erfahren, wie unendlich weit und groß die Welt mit ihren vielen Menschen und Städten und schier unbegrenzten Möglichkeiten war ...

Begeistert warf er die Arme in die Luft. »Ach, Löwe!«, wandte er sich an seinen stummen Begleiter. »Jetzt beginnt ein neues Leben für uns! Für uns alle! Auch Haschum wird eine neue Chance erhalten, obwohl er sich nur beklagt. Aber Jakob will ihm Arbeit geben, das hat er versprochen. Und für Schamir auch, wenn er möchte! Und dann ... dann werde ich dich immer gut füttern können!«

Der kleine Hund tänzelte ihm um die Beine und schien seine Freude zu teilen, ließ jedoch keinen Laut hören.

Am nächsten Morgen weckte Schamir seinen Halbbruder jedoch mit einem groben Stoß. Ben-Hadad richtete sich ruckartig auf und hielt schützend die Arme über den Kopf, sodass ihn der nächste Hieb nicht ins Gesicht treffen konnte. »Steh auf, du fauler Bastard!«, knurrte der Ältere. »Glaubst du etwa, du kannst den ganzen Tag schlafen, nur weil du gestern bis in den frühen Morgen gefeiert hast?« Er hob den Fuß, um nach Ben-Hadad zu treten, besann sich dann aber eines Besseren und verließ das schäbige Zelt.

Während Ben-Hadad sich hastig anzog, drangen aufgebrachte Stimmen an sein Ohr. Die von Danataja, eindringlich und bittend, und die barsche Stimme seines Stiefvaters Haschum. Schnell schlüpfte er in seine Sandalen und trat blinzelnd hinaus ins grelle Morgenlicht.

Jetzt konnte er ihre Worte besser verstehen.

»... bitte dich, Haschum! Er meint es doch wirklich gut mit uns. Er will uns helfen. Du musst nur hingehen und mit ihm reden!«

»Reden? Nein, nein, betteln soll ich und katzbuckeln!«

Jetzt konnte Ben-Hadad die beiden auch sehen. Seine Mutter mit gesenktem Kopf, die verzweifelt die Hände rang, und vor ihr Haschum, der ständig auf und ab lief.

Wie so oft fragte er sich, was er tun sollte. Jedes Mal, wenn er seiner Mutter beigestanden hatte, waren Haschum und Schamir gemeinsam auf ihn losgegangen, und er hatte ihr nicht helfen können, sondern den Zorn seines Stiefvaters nur noch heftiger geschürt. Einmal hatte er sogar mit ansehen müssen, wie Haschum seine Frau nach einer solchen Auseinandersetzung geprügelt hatte.

Danataja legte ihrem Mann jetzt behutsam die Hand auf den Arm, doch der schüttelte sie unwillig ab. »Wahrscheinlich hast du ihn sogar dazu gebracht!«, sagte er. »Er will mir kein Geld geben, aber Arbeit, nicht wahr? Als Karrenlenker oder Schafscherer, damit ich weiß, dass ich ein Nichts bin! O nein, darauf werde ich mich keinesfalls einlassen! Wenn man uns hier nicht weiterhelfen will, gehen wir zurück nach Jerusalem! Dort werde ich schon etwas finden, ohne dass ich mich diesem Jakob unterwerfen muss!«

»Haschum, nein! Bitte, schlag sein Angebot nicht aus!«

»Sein Angebot? Was für ein Angebot? Mich zu erniedrigen und unter seine Knute zu begeben? O nein, ich habe noch ein wenig Stolz und werde mich nicht von diesem stinkenden Beduinen einschüchtern lassen!«

»Jakob ist kein Beduine! Er ist ein Mann von Bildung, Haschum! Und er hat an die zwanzig Jahre in der Stadt gelebt. Aber das ist nicht wichtig. Wichtig ist nur, dass er es gut mit uns meint. Aber er muss doch auch vorsichtig sein, schließlich ist es sein Geld! Du würdest in seiner Lage doch auch nicht ...«

Schamir konnte sich nicht mehr zurückhalten und unterbrach

seine Stiefmutter mit schriller Stimme: »Mein Vater hat Recht! Ihr habt das alles besprochen, gestern Abend, hinter unserem Rücken! Du und Jakob und Ben-Hadad! Ihr gemeinen ...«

Auch Ben-Hadad spürte Wut und Verzweiflung noch stärker als zuvor und vergaß seinen Vorsatz, sich nicht einzumischen. »H-h-halt d-d-dich da raus, Schamir!«, wandte er sich drohend an seinen Bruder. »D-du hast k-kein Recht, so mit M-mu ...!«

Verzweifelt bemühte er sich weiterzusprechen, aber die Worte blieben ihm in der Kehle stecken, sodass er nur hilflos dastand, mit hochrotem Kopf, die Hände zu Fäusten geballt. Er spürte, wie ihm die Tränen in die Augen stiegen, und schluckte heftig. Nichts konnte er ausrichten, gar nichts! Er konnte ja nicht einmal vernünftig sprechen! Die Tränen liefen ihm jetzt übers Gesicht, und er wandte sich verzweifelt ab, lief davon, hinter das Zelt der Eltern, wo er sich fallen ließ und hemmungslos weinte.

Schamir war ihm jedoch gefolgt, um seinen Triumph weiter auszukosten. »Hahaha! Du bist ja ein echter Held«, lachte er boshaft. »Das war eine großartige Rede! Du brauchst ja gar nicht mehr in die Lehre zu gehen! Geh doch zu den fahrenden Sängern, mit deinen Versen wirst du bestimmt bald ein reicher Mann!«

»L-lass m-mich in Ruhe!«, erwiderte Ben-Hadad.

»Ben-Hadad, der Dichter!«, höhnte Schamir. »Ich wünschte, ich könnte das auch! Vielleicht sollte ich ja bei dir in die Lehre gehen, damit ich auch so großartige Reden halten kann wie mein Bruder, der Stotterer! Wie ging es noch? Du-du-du ha-ha-ha ...«

Blind vor Wut sprang Ben-Hadad auf und stürzte sich auf den Bruder. Er wollte antworten, doch sein Kehle war wie zugeschnürt und nur seine Hände zuckten hilflos und dann traf seine Faust Schamir mitten ins Gesicht.

Benommen stolperte der Ältere zurück und wäre beinahe gefallen. »Du ... du verdammter Bastard!«, stammelte er, fuhr sich mit der Hand an den Mund und bemerkte überrascht das Blut an seinen Fingern. »Du hast mich blutig geschlagen! Das wirst du mir büßen!«

Ben-Hadad war ebenfalls erschrocken, doch im gleichen Augenblick wurde ihm bewusst, dass es jetzt kein Zurück mehr gab. Drohend hob er die Fäuste. »B-bleib, wo d-du bist, Schamir!«, sagte er. »Es t-tut mir leid, d-dass ich dich geschlagen habe.« Er trat einen Schritt zurück. »Ich werd's nicht wieder t-tun, aber d-du hast mich ...«

»Mistkerl! Bastard! Verdammter Hurensohn!«, schrie Schamir außer sich vor Wut.

Seit Ben-Hadad wusste, dass er aus einer angesehenen Familie stammte, hatte ihm die Beschimpfung als Bastard nichts mehr anhaben können, aber dass Schamir jetzt seine Mutter als Hure bezeichnete, war einfach zu viel. Mit einem halb unterdrückten Schrei stürzte er sich auf den Bruder und hieb blindwütig auf ihn ein. Die meisten der Schläge konnte der Ältere zwar abwehren, doch allein die Heftigkeit dieses Angriffs zwang ihn, zurückzuweichen. Wilde Flüche formten sich in Ben-Hadads Kopf, aber er brachte keinen Ton heraus, schlug nur weiter auf den Älteren ein und traf ihn schließlich so heftig, dass er stolperte und rücklings zu Boden fiel. Ben-Hadad stürzte sich in blindem Hass auf ihn, griff nach seinem Hals und würgte den Bruder ...

... bis ihn ein starker Arm grob nach hinten riss und ein Faustschlag sein Gesicht traf. Ein stechender Schmerz fuhr durch seinen Kopf, rote Lichtblitze tanzten vor seinen Augen. Ein zweiter Schlag traf ihn und warf ihn rücklings zu Boden. Wie aus weiter Ferne hörte er Haschums Stimme. »... du Hurensohn! Ich werde dich lehren ...«

Als er mühsam versuchte, sich aufzurichten, traf ihn der Fuß seines Stiefvaters mit solcher Wucht im Gesicht, dass er das Gleichgewicht erneut verlor. Ihn schwindelte, Übelkeit wallte auf und er hatte das Gefühl zu fallen, tiefer und tiefer ...

Noch bevor er mit dem geschundenen Gesicht vornüber in den Staub fiel, wurde es finster um ihn herum.

Als er erwachte, neigte sich der Tag schon dem Ende zu. Er schüttelte verwundert den Kopf, doch ein fast unerträglicher Schmerz durchzuckte ihn und so blieb er einen Augenblick still liegen. Dann versuchte er erneut, sich aufzurichten, und Übelkeit und Schwindel erfassten ihn wieder, sodass er erschöpft zurücksank.

Man hatte ihn wohl auf den Rücken gedreht, und als er jetzt mit Mühe die Augen öffnete, sah er über sich ein fremdes Zelt.

Vorsichtig bewegte er Hände und Füße, aber selbst die kleinste Bewegung bereitete große Schmerzen.

»Sieh nur«, vernahm er eine freundliche Stimme. »Er kommt wieder zu sich!« Und dann erkannte er eine weitere Stimme, die seiner Mutter. »Ben-Hadad!«, sagte sie liebevoll und besorgt. Die Stimme des anderen vermochte er nicht zuzuordnen. Er bemühte sich vergeblich, zu sprechen, den Kopf zu heben, aber die Schmerzen waren einfach unerträglich.

Auf seinem Gesicht spürte er plötzlich eine feuchte Berührung, ein wenig rau, wie ein Stück Leder, das man zum Waschen in den Fluss getaucht hatte. Er blinzelte heftig und konnte schließlich den Kopf des kleinen grauen Hundes erkennen, der neben ihm hockte und leise winselte. »L-löwe ...«, brachte er mühsam hervor, doch seine Stimme war nur ein heiseres Krächzen.

»Lass nur!«, hörte er seine Mutter sagen. »Dieser Hund ist doch sein Freund. Er leckt ihm nur das Gesicht.«

Urplötzlich kehrte die Erinnerung zurück und Ben-Hadad richtete sich entsetzt auf, ungeachtet der Schmerzen. »M-mutter!«, stammelte er. »Haschum und Schamir ...«

Seine Mutter lehnte sich über ihn und der Hund sprang hastig zur Seite. »Sie sind fort, mein Junge! Hab keine Angst. Sie sind nach Norden, glaube ich. Ich habe Haschum gesagt, dass wir dich so nicht mitnehmen könnten, und deswegen sind sie ohne uns aufgebrochen.«

Nun meldete sich auch die andere Stimme und nach einigem Bemühen wusste Ben-Hadad schließlich auch wieder, wem diese Stimme gehörte, die Stimme und auch das freundliche Gesicht, das sich über ihn neigte. »J-jakob!«

»Ja, mein Sohn! Ich bin gekommen, um euch zu mir zu holen. Niemand wird dir jetzt noch ein Leid antun!« Er lächelte stolz. »Dafür hat deine Mutter gesorgt! Stell dir vor, sie hat deinen Stiefvater mit einem Messer bedroht, als er dich so furchtbar geschlagen hat!« Er legte Ben-Hadad behutsam die kräftige Hand auf den Arm. »Und wenn er zurückkehren sollte, wird sie nicht mehr alleine sein, mein Junge. Dann werden wir alle euch beistehen. Aber jetzt solltest du dich ausruhen. Joseph und Benjamin werden eine Trage für dich bauen.«

Er erhob sich und trat einige Schritte zurück.

Und sogleich kam der kleine Hund wieder an das Lager des Kranken, leckte seine Hand und legte ihm sogar die Pfoten auf die Brust. Ben-Hadad zuckte zuerst ein wenig zusammen, aber die Freude über die Zuwendung des Tieres überwog. Der Hund schien glücklich in seiner Nähe! Er spürte, wie das Tier fröhlich mit dem Schwanz wedelte, und wurde plötzlich müde, unendlich müde, und langsam wurde es dunkler um ihn herum und er fiel in einen tiefen Schlaf.

Kapitel 13

I

Um diese Zeit wurde Nikos schwer krank. Diejenigen, die häufig in seiner Nähe waren, hatten die ersten Anzeichen, wie häufige Hustenanfälle, Gewichts- und Kräfteverlust, wohl bemerkt, denn die Krankheit war nicht gerade selten in dieser Region, zählte sogar, neben der Altersschwäche oder den Auswirkungen allzu harter Arbeit, zu den häufigsten Todesursachen unter der erwachsenen Bevölkerung. Doch nun schien die Krankheit mit aller Gewalt über ihn hereinzubrechen, seine Glieder zu schwächen und das Fleisch von seinen Knochen zu zehren. Trotzdem gab er der Versuchung, im Bett zu bleiben, nicht nach und erhob sich immer wieder von seinem Lager, was schließlich zu einem völligen Zusammenbruch bei einem Gang über den Marktplatz führte. Als er, weich gebettet, wieder zu sich kam, wusste auch er, dass er diese Bettstatt wohl nicht mehr verlassen würde.

Bemerkenswerterweise fiel es ihm jedoch viel leichter, sich gelassen darein zu fügen, gelegentlich sogar über seine Gebrechlichkeit zu scherzen, nachdem er sich mit seinem Schicksal, so grausam es auch zu sein schien, abgefunden hatte. Seinen Freunden jedoch schnitt die launige Art des Kranken häufig nur noch tiefer ins Herz. Akilleus schenkte ihm in einer großzügigen Geste, die durch die theatralische Art des Kaufmannes umso herzlicher wirkte, ein Haus am Rande der Stadt, in dem der Freund seine letzten Tage und Wochen verbringen sollte, und versorgte ihn überdies mit allem, was er noch zum Leben brauchte, einschließlich einer Reihe von Sklaven und Bediensteten, wie auch, da ihr Freund Tros von Ilios durch seine anderweitigen Verpflichtungen verhindert war, einem eigenen Leibarzt. Ein nicht abreißender Strom von Besuchern setzte ein – Menschen, die in der kurzen Zeit seit der Ankunft des Griechen in der Stadt Sais seine Freundlichkeit und Großzügigkeit kennen und schätzen gelernt hatten. Nikos empfing sie alle mit gleich bleibender Herzlichkeit und Dankbarkeit. Er verspürte jedoch ein gewisses Vergnügen, seinen Freund Akilleus mit dem späten Reichtum aufzuziehen. »Es ist ganz so, als würdest du einem Ertrinkenden mit deinem Schiff zu Hilfe eilen, wenn der das rettende Ufer schon erreicht hat! Noch nie im Leben habe ich etwas besessen, mit Ausnahme der Ketten, die ich als Sklave so lange Zeit um meinen Hals tragen musste, und auf meinem Totenbett hast du mich nun noch zum reichen Mann gemacht! Ein Mann sollte doch sein Leben so beschließen, wie er es geführt hat! Und sieh mich nun an, auf kostbare Kissen gebettet, von Sklaven und Bediensteten umringt, die mich mit erlesenen Delikatessen füttern! Eigentlich höchst unpassend, mein Freund!« Er lachte in sich hinein und ergriff dann beschwichtigend die Hand seines Freundes. »Du musst doch einsehen, dass dieser Reichtum für mich ein wenig der Würde entbehrt!«

Akilleus blinzelte heftig, weil ihm die Tränen in den Augen standen. »Wie kannst du noch lachen, du unverbesserlicher Narr? Weißt du denn immer noch nicht, dass wir dich begraben werden, noch bevor dein Gelächter gänzlich verklungen ist? Außerdem weiß ich sehr wohl, dass du schon einmal zu den Besitzenden gehört hast! Zum einen warst du Miteigentümer eines Piratenschiffes, und einst warst du Besitzer des Sklaven Kirta! Ich war nämlich dabei, als du ihn gekauft hast!«

»Das ist wahr«, erwiderte der Kranke. »Ich hatte es tatsächlich schon vergessen! Wie lange dies alles doch zurückliegt! Ich kann mich tatsächlich nur schwer daran erinnern. Die Insel Kreta, wo Kirta den Namen Khalkeus, der Schmied, trug ... damals war ich sein Sklave und er stand im Dienste von Xena, der Tochter des Minos und Hohen Priesterin der Großen Göttin ... und die Inseln, wo ich Frau und Tochter hatte. Diese Erinnerungen sind nur blass noch, mein Freund! Und doch, es könnte sein, dass ich sogar noch eine Familie habe. Meine Tochter starb zwar im Kindbett, doch ihr Kind könnte überlebt haben. Vielleicht hatte ich sogar dereinst Kenntnis davon, aber nun fällt es mir unendlich schwer, mich daran zu erinnern. Manches Mal sind die Verbindungen zwischen unseren Schicksalen so schwach, wir berühren einander nur kurz und sind schon wieder vergessen.«

»Hör auf, so zu reden, Nikos, ich bitte dich«, sagte Akilleus unter Tränen.

»Warum fürchtest du die Wahrheit?«, fragte der Grieche. »Unser Leben ist nichts als die Vorgeschichte eines Scherzes und erst im Tode verstehen wir die Komik, erst dann können wir darüber lachen. Weine nicht, mein Freund. Lache mit mir! Ein Scherz taugt nur etwas, wenn darüber auch gelacht wird. Und schon in wenigen Monaten wirst du mich vergessen haben. Vielleicht auch schneller, wenn die schöne Witwe Ebana deinem Werben endlich nachgeben sollte! Ich kann mir recht gut vorstellen, dass sie dir keine ruhige Minute lassen wird, und dann hast du auch keine Zeit für traurige Erinnerungen, die ...«

»Alter Narr! Dich vergessen?« Akilleus schüttelte den Kopf und blickte auf. Er bemerkte zwei neue Besucher, die soeben das Haus betreten hatten. »Schobai! Meret! Kommt her zu uns! Vielleicht könnt ihr diesem närrischen alten Mann ein wenig Vernunft beibringen!«

»Unserem Freund Nikos Vernunft beibringen?«, meinte Schobai. »Das ist so, als schenke man dem Besitzer eines Olivenhains ein Schälchen dieser Früchte, Akilleus! Man kommt zu Nikos, um selbst wieder vernünftig zu werden, nicht umgekehrt.« Er wies mit der Hand auf Meret. »Schau, wen ich mitgebracht habe. Wir haben uns vor der Pforte deines Hauses getroffen.«

»Ich grüße euch!«, erwiderte der Kranke erfreut, wenn auch mit schwacher Stimme. »Setzt euch zu mir und erzählt mir, was es Neues gibt, seit wir uns das letzte Mal gesehen haben.«

Die Neuankömmlinge nahmen zu beiden Seiten der Bettstatt Platz, denn Akilleus war aufgestanden und sagte nun: »Ich werde morgen wiederkommen, Nikos. Ich muss mich eiligst zu einer Unterredung mit den Buchhaltern der Witwe begeben.« Er lachte vergnügt. »Sie versuchen immer noch vergeblich, irgendwelche Mängel in jenem Vertragswerk zu finden, dass du für mich aufgesetzt hast, und behaupten doch tatsächlich, du wolltest Ebana all ihrer Güter zu meinen Gunsten berauben!« Mit breitem Lächeln, das die Zähne in seinem Munde aufblitzen ließ, verbeugte er sich noch einmal und verließ das Zimmer des Kranken.

Nikos lächelte und Meret schnitt der Anblick des geschwächten und doch so tapferen Kranken mit den eingefallenen Wangen und dunklen Ringen um die Augen tief ins Herz. »Wie glücklich kann ich mich doch schätzen!«, sagte Nikos. »Umgeben von guten Freunden!« Er lächelte sie wieder freundlich an und wandte sich dann an die junge Frau. »Nun, Meret, ist es Euch endlich gelungen, diesen starrköpfigen Menschen zur Unterstützung unserer Sache zu bewegen?«

Meret warf einen Blick auf den Sänger und ehemaligen Schmied und schüttelte dann den Kopf. »Nein, aber ich wünschte, es wäre so! Er könnte doch so viel bewirken!«

Nikos bemerkte, wie Schobai leicht das Gesicht verzog, nur um sofort wieder die übliche, gelassene Miene aufzusetzen. »Schobai?«, fragte er leise.

Der Blinde schüttelte den Kopf. »Der Schein trügt, meine Freunde. Ich habe es mir gründlich durch den Kopf gehen lassen. Macht euch keine Hoffnungen! Wann immer ich zurückdenke an die Zeiten, in denen ich als Waffenschmied tätig war, muss ich an den Fall von Melid denken, den Vahan, der Anführer der Nomaden, mich zwang, mit anzusehen. Es scheint, dass all jene, die ich mit meinem Handwerk unterstützt habe, vom Unglück verfolgt sind. Ich habe Charchemisch mit Schwertern und Schilden versorgt und die Stadt wurde dem Erdboden gleichgemacht! Ich habe Ebla bewaffnet und auch Ebla musste fallen! Ich möchte mein Gewissen nicht auch noch mit dem Untergang der Stadt Sais belasten!«

»Aber es war doch nicht Eure Schuld, dass Ebla den Nomaden erlag!«, wandte Meret ein. »Beide Städte wären doch sicher wohl auch ohne Eure Waffen untergegangen. Ihr habt das Unabwendbare doch nur hinausgezögert. Und damit sicher auch vielen Menschen die Flucht ermöglicht. So habt Ihr letztendlich doch einer guten Sache gedient! Meint Ihr nicht auch, Nikos?«

Schobai lächelte wissend. »Ihr habt euch also gegen mich verschworen? Das wird nichts nützen. Verschwendet eure Zeit nicht länger mit Überredungsversuchen.«

Meret zog verärgert die Stirn in Falten. Dann erhob sie sich und ergriff die Hand des Kranken. »Es wird Zeit für Euer nächstes Mahl, Nikos. Ich werde nachsehen, was der Koch für Euch zubereitet hat. Sprecht noch einmal mit Schobai! Sagt ihm, wie dringend wir doch seiner bedürfen!« Doch als sie dem blinden Schmied einen schnellen Blick zuwarf, meinte Nikos, neben der

Verärgerung auch noch andere, weit stärkere Gefühle in ihren Zügen zu lesen, Besorgnis, Zuneigung und mehr. Doch der Zorn schien zu überwiegen und sie verließ mit schnellen Schritten den Raum.

Nikos seufzte leise. »Ich habe gelernt, dich nicht zu bemitleiden, mein Freund, denn deine geschärften Sinne nehmen vieles wahr, was meinen Augen entgeht. Was aber Meret betrifft, so muss ich dir sagen, dass du wohl einiges nicht zu bemerken scheinst!« Er ergriff die Hand des Freundes. »Sie ist ein solch lieblicher Anblick und erinnert mich in ihrer Gestalt an meine verstorbene Tochter.«

»Wie könnte ich dir widersprechen! Aber versuche ja nicht, uns zu verkuppeln, Nikos. Sie ist ihrem Gatten in treuester Liebe ergeben. Und außerdem grollt sie mir!«

Nikos schüttelte den Kopf. »Nein, Schobai! Sie liebt dich. Auch wenn sie es nicht einmal sich selbst eingestehen möchte. Und sie ist einsam, sehr einsam. Baka ist schon so lange fort und außerdem glaubt sie, ihren Gatten enttäuscht zu haben, weil sie ihm bisher noch keine Kinder schenken konnte. Das hat ihre Ehe stets belastet. Sie meint ...«

»Aber Liebe, Nikos?« Schobai schüttelte den Kopf. »Nein, du irrst dich sicher. Ich bin für sie nichts weiter als ein Freund, ein Bruder vielleicht, dem sie sich anvertrauen kann. Du übertreibst gewiss, wenn du meinst, dass sie ...«

Nikos drückte die Hand des Freundes. »Schobai, du meintest, ich soll euch nicht verkuppeln, aber die halbe Stadt spricht bereits von euch beiden als einem Paar und die Gerüchte mehren sich.«

»Das ist doch Unsinn! Wir haben niemals ...«

»Dem mag wohl so sein, aber die Leute haben euch oft zusammen gesehen! Und es bleibt ihnen nicht verborgen, was ihr selbst euch vielleicht nicht eingestehen wollt.«

»Aber ...«

»Es sind ja nicht nur diese zufälligen Begegnungen, mein Freund! Vielmehr die Art, wie sie dich ansieht, ganz gleich, ob sie sich dessen auch bewusst ist!«

Schobai hatte sich aufgerichtet und saß ein wenig steif, mit ernster Miene am Bett seines Freundes. »Ich ... ich verstehe, was du meinst. Und ich werde darauf achten, dass man uns nicht mehr zusammen antrifft.«

Nikos hatte die Hand des Freundes erneut ergriffen und meinte jetzt in eindringlichem Ton: »Deine ehrenvollen Ansichten weiß ich sehr wohl zu schätzen, Schobai. Aber ... ist es auch das, was du dir wünschst? Ich weiß, wie einsam du bist. Du hast dich immer bemüht, mich vom Gegenteil zu überzeugen, aber einen alten Griechen wie mich kann man nicht so leicht hinters Licht führen! Und außerdem kenne ich nicht nur dich, sondern auch deinen Vater, und ihr gleicht euch in dieser Hinsicht wie ein Ei dem anderen! Sei ehrlich, fühlst du dich nicht auch zu ihr hingezogen?«

»Das tut nichts zur Sache, Nikos! Selbst wenn dem so wäre, weißt du nicht, wie groß meine Verachtung für diejenigen ist, die sich an einsame Ehefrauen heranmachen? Und warum? Bei allen Göttern des Erdkreises, Nikos, ich war selbst einer von ihnen! Damals in Charchemisch habe ich der halben Armee des Hagirum Hörner aufgesetzt. Und ich habe erst damit aufgehört, als ich erfuhr, dass meine Frau Anat mit mir das Gleiche getan hat!«

»Nichtsdestotrotz, Schobai! Deine hehren Reden in allen Ehren und doch, höre auf mich, einen alten Mann! Die Liebe begegnet uns nicht so oft im Leben, als dass wir sie aufgrund edelmütiger Prinzipien gänzlich verachten sollten.«

Aber nun erhob sich Schobai und machte Anstalten, sich zu verabschieden. »Ich muss noch ... einiges erledigen, Nikos! Meinst du, einer der Diener könnte mich zurück in die Stadt geleiten?«

Auf dem Marktplatz traf Menkor endlich auf den gesuchten Nehsi. Er war jedoch nicht ohne Begleiter, die sich alle um den Stand eines Feigenhändlers drängten. Menkor zögerte und überlegte eine Weile, wie er den Gesuchten von der Gruppe trennen könnte, zuckte dann jedoch mit den Schultern und näherte sich dem Mann mit schnellen Schritten, denn die Dringlichkeit seiner Mission gestattete keinen Aufschub. »Werter Nehsi«, sprach er ihn an. »Ich bitte um Vergebung, aber ...«

Der Magistrat wandte sich, die Hand mit frischen Früchten gefüllt, erstaunt um. Seine Brauen hoben sich und er nickte, als er den Mann erkannte, kaute und schluckte jedoch mehrfach, bevor er antworten konnte. »Ihr seid es, Menkor! Was kann ich für Euch tun?«

Die Begleiter des Mannes rückten neugierig näher und Menkor runzelte unwillig die Stirn. »Wenn ich Euch einen Augenblick allein sprechen könnte?«, meinte er freundlich, aber eindringlich.

»Gewiss doch!«, erwiderte Nehsi und wandte sich zu den Begleitern um. »Ihr werdet mich entschuldigen!« Mit einer leichten Verbeugung drehte er sich um und schritt hinüber in den Schatten einer Dattelpalme. Er nahm eine der Feigen, die nun nach Recht und Gesetz als gestohlen gelten konnten, und bot sie Menkor an. »Die müsst Ihr versuchen! Sie sind ausgezeichnet!«

»Nein, nein. Ich danke euch!« Menkor schüttelte den Kopf, obwohl er wusste, dass es ihm in seiner Position üblicherweise keineswegs gestattet war, Geschenke dieses Mannes auszuschlagen. »Ich bringe Nachrichten aus Athribis! Der Bote kam heute Morgen in die Stadt.«

»Oh?«, erwiderte der Magistrat und hielt überrascht inne, die Feige, die er gerade essen wollte, nur eine Handspanne vom Munde entfernt. »Nachrichten aus dem Heerlager? Ich bitte Euch, berichtet!«

»Bakas Überfall auf das Lager in Bast hat sich, wie zu erwarten war, als Fehlschlag erwiesen. Und mehr noch, er hat fast ein Drittel seiner Soldaten verloren! Nur die Schairetana kehrten ohne große Verluste ins Lager zurück.«

Nehsi lächelte zufrieden. »Wie es scheint, ist unser ... nun ja, Freund Reschef doch nicht ganz ungeschickt in der Kriegführung. Ich hatte kaum auf einen solchen Erfolg zu hoffen gewagt, trotz der Warnung, die wir ihm zukommen ließen! Für einen einfachen Nomaden recht begabt, der Mann!«

»Mehr als nur begabt, wie ich hörte! Dieser Reschef ist kein schlichter Heerführer, sondern bekleidet eine besondere Stellung. Anders als wir dachten, untersteht er direkt dem Anführer der Nomaden, Avedis, und seinem Stellvertreter Vahan. Man hat ihn wohl als eine Art Beobachter mit besonderer Befehlsgewalt nach Bast entsandt.«

»Schon möglich«, erwiderte Nehsi leicht ungehalten. »Aber wie dem auch sei, fahrt fort mit Eurem Bericht!«

»Gewiss doch! Wie es scheint, besitzt dieser Reschef besondere Befehlsgewalt, da er ohne vorherige Absprache gewisse Aktionen und Maßnahmen anordnen kann, ohne zuvor …«

»Das sagtet Ihr bereits! Doch wie ist die allgemeine Lage? Versteht dieser Reschef unser kleines Problem mit dem Oberkommandierenden Baka?«

»Oh, gewiss doch. Er hegt schon geraume Zeit einen Groll gegen Baka und nichts wäre ihm lieber, als sich dieses Mannes zu entledigen.« Menkor lächelte zufrieden. »Aber auch bei Bakas Untergebenen regt sich ein gewisser Unmut, der unserer Sache dienen könnte, und ich habe zudem einige Gerüchte über ihn und seine Gattin verbreiten können.«

»Sehr gut«, stimmte Nehsi mit leicht herablassendem Lächeln zu. »Sie hat uns hervorragend in die Hände gespielt, nicht wahr?«

»Das ist wahr. Was jedoch die Untergebenen des Baka betrifft, so wäre ihnen eine Veränderung der Befehlsgewalten wohl recht, wobei einige nicht so wählerisch sind, was die Mittel angeht! Es gibt Gerüchte, dass sie sich mit einer Beschwerde an die entsprechenden Stellen wenden wollen. Und einige, allerdings nicht bestätigte Gerüchte sprechen sogar von offenem Aufruhr!«

»Ein Aufstand gegen den Oberkommandierenden Baka?« Nehsi hob die Augenbrauen. »Nun, es scheint tatsächlich nicht gut auszusehen für ihn! Aber was sind die Gründe für diesen Umschwung? Selbst wenn wir den offenen Aufruhr als Möglichkeit ausschließen, wird es eine genaue Untersuchung der Umstände geben, und da braucht es schon mehr als eine Hand voll Gerüchte!«

»Ich kann Euch nur zustimmen«, nickte Menkor. »Nun, Bakas Beliebtheit hat unter den vorgeblichen Fehltritten seiner Gattin außerordentlich gelitten. Den Gerüchten nach hat sie sich äußerst zügellos verhalten, auch wenn man einräumen muss, dass sie der festen Hand ihres Gatten nur aufgrund seines langmonatigen Verbleibs im Heerlager entglitten sein mag. Es würde wohl auch kein großes Aufhebens darum geben, wenn Baka wie zuvor Schlacht um Schlacht gewinnen würde!«

Nehsi dachte eine Weile nach und meinte dann. »Ich verstehe!

Baka hat Misserfolge zu verantworten, aufgrund gewisser Informationen, die wir jenem Reschef zukommen lassen, und nun verstärkt die Unmoral seiner Gattin seinen Niedergang, ist es nicht so?«

Menkor hob warnend den Zeigefinger an die Lippen, als einige Frauen auf dem Weg zum Brunnen an ihnen vorübergingen, während der Magistrat ihnen lüstern hinterherblickte. »So ist es in der Tat!«, setzte Menkor ihr Gespräch fort. »Wir haben anklingen lassen, dass die Verluste des Baka nur auf die Untreue seiner Gattin und ihre kriegsfeindlichen Ansichten zurückzuführen seien. Mit anderen Worten, sie beraubt ihren Gatten der Kampfeslust!«

»Kriegsfeindliche Ansichten? Ich hatte bisher nicht angenommen, dass sie überhaupt politische Ansichten hätte!«

»Hat sie vielleicht auch nicht! Allerdings könnte man es vermuten, denn in der letzten Zeit ist sie nur allzu häufig mit jenem blinden Harfenspieler und Sänger gesehen worden, der sich standhaft weigert, einen Beitrag zur Unterstützung der Truppen zu leisten, obwohl ihn sogar seine engsten Freunde darum ersucht haben.« Menkor lächelte wissend. »Wir nutzen diese Umstände, so gut wir können.«

»Mit diesem Mann soll sie das Lotterbett teilen? Einem Blinden? Bei den Göttern, die Leute werden auch immer leichtgläubiger!«

»Ihr vergesst, dass der Mann ein Künstler und Sänger ist. Und ein Meister der Stimme, wie ich hörte! Und die Frauen sind anfällig für Schmeicheleien dieser Art. Aber letzten Endes ist nur wichtig, dass man im Heerlager diesen Gerüchten Glauben schenkt. Und dort ist man inzwischen nur allzu bereit, Schlechtes von Baka anzunehmen. Wir haben überdies auch Gerüchte verstreut, nach denen das Heerlager Athribis die Gunst der Götter verspielt hat, weil man ihnen nicht angemessen huldigt.«

»Die Götter!« Nehsi lachte zufrieden in sich hinein. »Ihr habt gute Arbeit geleistet! Ich bin hocherfreut, und wenn Ihr nicht anderweitig verpflichtet seid, möchte ich Euch heute Abend in meinem Hause als Gast begrüßen. Dort können wir unsere Angelegenheit in Ruhe besprechen. Ich werde Teta und einige andere dazuladen.«

»Den obersten Priester Teta? Wäre das nicht unklug? Ich meine, sollten wir uns zum jetzigen Zeitpunkt bereits der Priesterschaft eröffnen?«

»Eröffnen? Ihr seid ein Narr, Menkor! Wer, glaubt Ihr denn, steht hinter unseren Plänen? Wer hat Eure unschätzbaren Dienste bezahlt? Habt Ihr etwa angenommen, ich hätte dafür meinen Geldbeutel geöffnet?« Er schüttelte unwillig den Kopf. »Denkt doch einmal nach! Wer hätte denn genügend Geld für derartige Unternehmungen, wenn nicht die Priesterschaft?« Er klopfte Menkor aufmunternd auf die Schulter, um seine harschen Worte ein wenig abzumildern. »Wie auch immer! Findet Euch zur Stunde des Sonnenuntergangs in meinem Hause ein! Ich werde Euch einigen wichtigen Persönlichkeiten vorstellen, die Euch bei Eurem weiteren Fortkommen eines Tages noch von Nutzen sein könnten.«

Einige Stunden später überquerte auch Meret den belebten Marktplatz. Sie kam nicht allzu oft hier entlang, da sie die Einkäufe zumeist den wenigen Bediensteten überließ, die sie sich in diesen schweren Zeiten noch leisten konnte. Dennoch bemerkte sie erschrocken die abweisenden, ja fast feindlichen Blicke vor allem der Frauen. Sie beschleunigte ihre Schritte, und als sie den Brunnen hinter sich gelassen hatte, begann sie sogar zu laufen.

Beket, die Frau des wohlhabendsten Landbesitzers im ganzen Umkreis, verzog angewidert das Gesicht. »Diese kleine Schlampe!«, zischelte sie. »Man sollte meinen, sie hätte wenigstens den Anstand, sich nicht mehr in der Öffentlichkeit zu zeigen!«

Ihre Begleiterin Ametsi, Gattin eines bekannten Schiffszimmermanns, reckte neugierig den Hals. »Sehen kann man noch nichts! Aber das wird nicht mehr lange dauern, denn wie ich gehört habe ...«

»Du meinst doch nicht etwa ...? Sie ist schwanger? Von diesem blinden Hünen?« Beket hatte erstaunt die Augen aufgerissen. »Aber ...«

»Natürlich kann ich nicht beweisen, dass es stimmt!«, erwiderte Ametsi mit boshaftem Lächeln. »Aber warte nur eine Weile. Die ganze Stadt spricht doch schon von ihrem ungebührlichen Benehmen! Erst neulich habe ich gehört ...«

II

Der volle Mond gewährte mit seinem hellen Licht ein leichtes Fortkommen, als Avedis, oberster Heerführer der Armeen der Nomadenkönige, in Begleitung seines Stellvertreters Vahan sowie einer zwanzigköpfigen Eskorte handverlesener Krieger auf das Heerlager in Bast zuritt. Der Besuch war nicht angekündigt worden und die Krieger, die in den frühen Morgenstunden überraschend zum Appell gerufen wurden, waren dementsprechend verschlafen und missmutig.

Avedis war bekannt für diese Art, die weit verstreuten Truppenteile der Nomadenarmee unerwartet zu besichtigen, wie auch für seinen strengen und doch gerechten Umgang mit jeder Art von Versäumnis, das auf diese Weise offensichtlich wurde. Niemals ließ er sich dazu hinreißen, Unmut oder Verärgerung zu äußern, ließ stattdessen die Namen all derjenigen, die mit unzulänglicher Ausrüstung ertappt wurden, von seinem Schreiber notieren und überließ die entsprechende Züchtigung dem jeweils Verantwortlichen, der selber stets mit strengster Bestrafung, nicht selten sogar Degradierung, rechnen musste.

Unter diesen Umständen bemühten sich alle Beteiligten, ihre Pflichten aufs Peinlichste zu erfüllen. Dem Lager in Bast war nach einem missglückten Aufstand der zeitweilige Befehlshaber Reschef als eine Art Bestrafung zugeordnet worden und der Mann mit dem Wieselgesicht hatte in kürzester Zeit nicht nur die Ordnung im Heerlager wiederhergestellt, sondern auch Angst und Schrecken verbreitet, nachdem er eine der aufsässigen Einheiten bis auf den letzten Fußsoldaten hatte pfählen lassen. Auspeitschungen und andere harte Strafen hatten ebenfalls dazu geführt, dass es in der gesamten Armee niemanden gab, den man in gleicher Weise fürchtete und hasste. Zwar fürchteten die Männer auch den obersten Befehlshaber Avedis, ebenso wie seinen Stellvertreter Vahan, der stets eine ungerührte Miene zur Schau trug, doch ließ ihre harte, aber gerechte Handlungsweise keinen Raum für zersetzende Hassgefühle.

Während die Untergebenen Reschefs auf dem großen Innenhof des Lagers zusammentraten, spazierten Avedis und Vahan gemächlich an dem hohen Schutzwall entlang. Um einen besseren Überblick über die Truppen zu erhalten, kletterten sie nach einer Weile auf die Krone des Walles und setzten ihren Rundgang in luftiger Höhe fort, mit entsprechendem Salut von den dort postierten Wachsoldaten begrüßt.

»Das muss man Reschef lassen!«, meinte Avedis anerkennend. »Wenn's ums Aufmarschieren geht, sind seine Männer schnell!«

»Schnell wie ein Gaul, wenn ihn eine Wespe in den Hintern gestochen hat!«, knurrte Vahan missmutig. »Und mit dem gleichen Zweck!«

»Dich kann ich wohl niemals dazu bringen, mir zuzustimmen!« Avedis verzog das Gesicht zu einem schiefen Lächeln. »Mein Vater hat mich vor dir gewarnt! Selbst wenn er nur behaupten würde, so hat er mir damals gesagt, dass die Sonne morgens stets im Osten aufgeht, würdest du eine gegenteilige Meinung äußern.«

Vahan schnaubte als Antwort und meinte dann: »Du weißt, was ich von dieser Schlange Reschef halte. Ich hätte ihn schon längst beseitigt!«

»Und das wäre ein großer Fehler gewesen! Man braucht immer jemanden wie ihn, bösartig im Umgang mit den Untergebenen, unterwürfig gegenüber den Machthabern, ohne Moral und gänzlich ohne Gewissen! Man muss ihn nur unter Kontrolle halten, halb tot vor Angst! Doch dann erfüllt er seine Aufgabe hervorragend.« Avedis warf einen Blick auf den Mann mit dem Wieselgesicht, der soeben einen seiner Untergebenen mit unflätigen Worten zusammenstauchte. »Der große Vorzug eines solchen Mannes besteht darin, dass die Untergebenen ihn inbrünstig hassen, ihn allein! Aber«, er hob warnend einen Finger, »es darf stets nur einen seiner Art geben! Nur einer mehr, und die Männer werden ihren Hass auf denjenigen übertragen, der ihre Peiniger in Amt und Würden gesetzt hat.«

»Das ist wohl einzusehen«, erwiderte Vahan. »Aber dieser Kerl da? Er ist ein Feigling und eines Tages wird er jämmerlich versagen!«

»Er hat schon versagt!«, bemerkte Avedis kalt, sodass Vahan ihn erstaunt ansah. »Athribis hätte schon längst unser sein müssen! Zugegeben, dieser Baka ist kein leichter Gegner, aber nichtsdestotrotz!«

»Kein leichter Gegner und ein heldenmütiger Soldat!«, stimmte Vahan zu. »Er wäre wahrscheinlich auch deinem Vater ein würdiger Gegner gewesen.«

»Nicht, wenn er von seinen eigenen Leuten verraten wird! Manuk hätte das gesamte Lager längst dem Erdboden gleichgemacht, bei der Unzufriedenheit, die in Bakas Truppe herrscht. Und Reschef lässt sich seit Monaten hinhalten!«

»Allerdings hat er ihm beim letzten Angriff auf Bast erhebliche Verluste zugefügt«, erwiderte Vahan.

»Und die Schairetana-Krieger ließ er entkommen! Schlimmer noch, Baka selbst konnte sich ebenfalls retten. Das ist unverzeihlich! Nein, Reschef hat damit sein eigenes Todesurteil unterzeichnet.«

»Dann wirst du ihn also endlich seines Postens entheben?«, fragte Vahan und musterte Avedis erneut.

»Vielleicht! Aber zuvor werde ich ihm noch eine letzte Chance geben. Doch gib Acht, er kommt!«

Schweigend sahen sie zu, wie Reschef sich unter offensichtlichen Schmerzen die Stufen zur Wallkrone hinaufbemühte. »Nun, Reschef, sind die Männer bereit?«

Der Blick des Mannes wanderte unruhig zwischen den beiden hin und her. Schließlich wandte er sich an Avedis. »So bereit, wie in der Kürze der Zeit zu bewerkstelligen!«, sagte er mit einer leichten Verbeugung. Er wandte sich um und blickte hinunter auf seinen Stellvertreter, der mit kurzen, abgehackten und annähernd unverständlichen Sätzen die Ehrenbezeugung der Soldaten befehligte, unterbrochen von heftigem Schwerterklirren. »Ihr könnt Euren Rundgang jederzeit beginnen.«

»Sehr gut!«, erwiderte Avedis mit sanftem Lächeln. »Dann könnt Ihr die Männer wieder wegtreten lassen!«

»Wieder wegtreten lassen?«, stammelte Reschef. »Aber …«

»Lasst sie wegtreten, Reschef! Ihr habt gesagt, die Männer sind kampfbereit und Euer Wort soll mir genügen. Für dieses Mal! Das nächste Mal werde ich jeden sechsten Krieger überprüfen oder jeden Einzelnen, um die Angelegenheit bis in den späten Abend hinauszuzögern. Es geht nur darum, bereit zu sein, und darum wird niemals jemand im Voraus wissen, was ich zu tun gedenke. Lasst die Männer wegtreten! Nur zu!«

Reschef blinzelte erstaunt, schluckte dann und brüllte endlich den erforderlichen Befehl hinunter in den Hof.

Wenig später schon saßen sich die gleichen Männer im Zelt des Reschef mit gekreuzten Beinen gegenüber. Avedis musterte den Anführer des Heerlagers mit kaltem Blick und dieser hatte sichtlich Mühe, still zu sitzen. »Aber wir haben doch tatsächlich Fortschritte erzielt«, wandte er ein. »Bakas Position ist sichtlich geschwächt, schon in wenigen Tagen könnte es zum Aufstand kommen! Und überdies habe ich Gespräche mit den königlichen Heerführern wie auch mit der Priesterschaft geführt und meine Spione in Athribis und Bast ...«

»... haben meinen Spionen bereits berichtet«, unterbrach ihn Avedis im gelassenen Tonfall eines weitaus lebenserfahreneren Mannes. »Das überrascht Euch? Habt Ihr denn geglaubt, irgendwo im unteren Ägypten könne ein Mann sich das Gesäß kratzen, ohne dass ich davon erfahre, noch bevor es ihn nicht mehr juckt?« Er hob die Hand, um Reschefs Einwand abzuwehren. »Das ist jedoch jetzt nicht von Belang, denn ich bin mit Eurer Vorgehensweise einverstanden. Nur aus diesem Grund konntet Ihr ungehindert vorgehen! Anderenfalls wäre auch dies mir zu Ohren gekommen und Ihr hättet binnen Tagesfrist davon erfahren!« Er beugte sich über eine Schüssel mit Oliven und stocherte unschlüssig darin herum. Vahan musterte Reschef, bemerkte sein Zittern und die unmäßige Furcht in seinem Blick.

»Eure Augen sind also tatsächlich überall«, bemerkte Reschef schließlich. »Ich wollte lediglich darauf hinweisen, dass Bakas Fall bereits vorbereitet ist! Es bleibt nur noch wenig zu tun, um die Angelegenheit endgültig ...«

»Dann tu es!«, unterbrach ihn Avedis erneut. »Jetzt! Warte nicht länger! Und was diesen Baka betrifft, so soll er von unseren Männern gefangen genommen werden. In ägyptischer Haft wird er sich herausreden können, denn er hat immer noch einflussreiche Freunde, und diese Chance will ich ihm nicht lassen.«

»So soll es geschehen!«, erwiderte Reschef. »Aber ...«

»Außerdem wünsche ich binnen zweier Wochen den Friedensschluss mit der Stadt Sais, zu unseren Bedingungen, versteht sich. Bakas Heerlager in Athribis wird aufgelöst! Wie Ihr das erreicht, ist mir egal. Wenn Ihr unsere Gegner durch Verhandlungen zur Aufgabe bewegen könnt, soll es mir recht sein, ansonsten wird das Lager angegriffen und dem Erdboden gleichgemacht. Habt Ihr mich verstanden? Binnen zweier Wochen, oder ...«

»Oder ...?«, fragte Reschef ungeduldig.

»Das überlasse ich Eurem Einfallsreichtum!«, schloss Avedis, steckte sich eine Olive in den Mund und kaute nachdenklich und schweigend.

Währenddessen saß Baka nichts ahnend in seinem Zelt in Athribis, mit Papyrus und Schreibquast in Händen. Aufmerksam beugte er sich über die Schreibunterlage, hielt dann jedoch wieder inne und runzelte die Stirn.

Was soll ich nur schreiben, dachte er zum wiederholten Male. Seine Zweifel und Bedenken wollte er keinesfalls erkennen lassen wie auch all die finsteren Gedanken und Gefühle nicht, die ihn plagten. Was konnte er nur berichten, ohne Meret unnötig in Angst und Schrecken zu versetzen?

»Nun denn«, sagte er so leise, dass der Wachposten vor dem Zelt auch mit größter Mühe ihn nicht hätte hören können. »Hier im Lager ist es sehr ruhig«, fuhr er fort, als wolle er den Klang der Worte überprüfen, bevor er sie niederschrieb. »Unsere Beobachter berichten von Truppenansammlungen in Bast, wo man sich, wie es scheint, für einen neuerlichen Angriff rüstet ...« Er runzelte erneut die Stirn. Nein, das würde sie nur beunruhigen.

»Wie ich hörte, will Avedis sich zum König krönen lassen, um seine Herrschaft über die in den eroberten Nomen verbliebenen Ägypter zu stärken ...« Wieder hielt er inne. »Das wird sie doch nur langweilen! Was kümmert sie denn schon die Politik!«

Er lehnte sich zurück und starrte eine Weile vor sich hin. Gab es denn tatsächlich gar nichts Erfreuliches zu berichten? Oder wollte ihm einfach nur nichts einfallen? Die Stimmung war schlecht im Heerlager und ihm allein gab man die Schuld an den jüngsten Verlusten und Misserfolgen. Man warf ihm vor, Günstlingswirtschaft zu betreiben, statt den tatsächlich fähigen Männern zu vertrauen, und es hatte sogar versteckte Hinweise auf möglichen Verrat gegeben.

Verrat! Er, Baka, wurde des Verrats beschuldigt! Er hatte gelacht, als er davon hörte. Aber die Tatsache, dass er sich zu dem Vorwurf nicht geäußert hatte, wurde nun ebenfalls gegen ihn gewendet. Im Nachhinein wünschte er sich, er hätte die Anschuldigungen ernster genommen, die nun, völlig unangemessen, an Bedeutung gewannen.

Er schüttelte den Kopf und legte den Schreibpinsel behutsam auf den Teppich. Es war schon merkwürdig. Diese ungewohnte Feindseligkeit der Männer und dann dieser unerhörte Vorwurf. Darüber hinaus hatte jemand Bemerkungen über Meret fallen lassen. Was hatte der Mann noch gesagt? Irgendetwas über den Umgang, den Meret angeblich pflegte, von Herumtreiberei hatte er sogar gesprochen und kriegsfeindlichem Gesindel, in dessen Gesellschaft seine Gattin sich aufhalten sollte ...

Nun, selbst wenn sie mit Menschen sprach, die den Frieden dem Krieg vorzogen, was hatte das mit ihm und seinen Aufgaben als Heerführer zu tun? Er kämpfte doch auch für den Frieden in Ägypten. War das denn nicht ihrer aller Anliegen? Und doch gab es einen Unterschied zwischen dem grundsätzlichen Wunsch nach Frieden und der Einschätzung des Gegners. O ja, er, Baka, sehnte sich ebenfalls nach Frieden, aber nicht um jeden Preis und schon gar nicht durch Unterwerfung! Er wollte keinesfalls aufgeben, wofür er so hart gekämpft hatte, nur um an Avedis Tribut zu zahlen! Diese Ansichten teilte Meret doch sicher?

Baka seufzte und starrte eine Weile auf den noch immer unbeschriebenen Papyrus zu seinen Füßen. War seine Gattin tatsächlich noch der gleichen Ansicht, nach der langen Kriegszeit? Ihm jedenfalls schien es so. In ihren Briefen hatte sie ihm stets Mut zugesprochen, sein Vorgehen gelobt. Und dennoch, immer wieder hatte sie ihn auch beschworen, zu ihr zurückzukehren, die Waffen niederzulegen, sobald es ihm möglich wäre ...

Was hatte sie noch geschrieben? Er griff nach der kleinen Schatulle neben sich, die er stets mit sich führte und in der er ihre Briefe aufbewahrte, die ihm so viel bedeuteten, alle abgefasst in ihrer zierlichen Schrift, so wie ihr Vater Indi, der Schreiber und Magistrat, es sie in jenen weit zurückliegenden Jahren gelehrt hatte.

Er griff einen der letzten Briefe heraus und las:

… sehnen sich doch alle nach dem Ende des Krieges und niemand mehr als ich. Ach, wenn du doch endlich wieder bei mir sein könntest! Erst neulich sang Schobai, der blinde Harfenspieler, beim Abendessen ein Lied, das mich zu Tränen rührte. Es erzählte von einer Frau, die allein zurückgeblieben ist und nach ihrem Liebsten ruft. Die Tränen liefen mir über die Wangen und ich war hilflos, weinte und weinte …

Er legte die Schriftrolle zurück, ergriff eine andere und überflog hastig das Geschriebene. Hier wurde er wieder erwähnt, Schobai, der Harfenspieler. Meret berichtete, dass dieser Mann vor seiner Blendung ein berühmter Waffenschmied gewesen war, ein Enkel des legendären Ahuni, und dass er sich von seinem Beruf nach dem Fall der Stadt Ebla abgewandt hatte, weil er in Krieg und Kampf keinen Sinn mehr sah. Baka schnaubte zornig. Keinen Sinn mehr sah? Dieser elende Schöntuer und Müßiggänger! Er hätte seine Fähigkeiten besser dafür eingesetzt, die Schmiede bei der Anfertigung so dringend benötigter neuer Schwerter für seine, Bakas Truppen, zu unterstützen, statt den Damen in Sais, vor allem seiner Gattin, mit süßen Liebesliedern die Köpfe zu verdrehen!

Baka zuckte zusammen. »Weh ihm, wenn er mehr gewagt haben sollte!«, murmelte er zornig.

Er nahm eine weitere Schriftrolle zur Hand und überflog den Inhalt. Auch hier sprach sie wieder von diesem Schobai! Sie schien ihm wohl ständig zu begegnen und wusste ein Menge von dem Mann zu berichten, der so edle Ansichten hatte, dass er zur Verteidigung der Stadt keinen Beitrag leisten konnte! Mit einem halb unterdrückten Fluch schleuderte Baka die Papyrusrolle von sich und stand auf. Bei den Göttern! Er brauchte dringend frische Luft …

Er griff nach seinem Schwertgürtel, legte ihn an und verließ das Zelt. Der Wachtposten nahm sogleich Haltung an, doch Baka winkte ab. »Ich werde einen Rundgang um das Lager machen! Es wird nicht lange dauern.«

Kurz darauf ging er an den Wachen am Eingang vorbei und überquerte die Brücke. Der Himmel war von niedrigen Wolken bedeckt und es sah nach Regen aus. Mit schnellen Schritten ging

Baka den Pfad entlang, der parallel zu dem Graben um das Lager führte. Ja, das war schon besser! Zu viel Untätigkeit konnte jedem Mann das Gemüt verwirren, und ein kurzer Marsch ...

Einer der Lehmklumpen auf dem Pfad rollte plötzlich zur Seite, sodass sein Fuß schmerzhaft umknickte, bevor Baka das Gleichgewicht verlor und stürzte. Er griff nach dem schmerzenden Bein. Ausgerechnet jetzt! Mit dem Marsch um das Lager wurde es jetzt also nichts. Er stand mühsam auf und humpelte den Weg zurück, den er gekommen war.

Als er sich dem Tor näherte, hörte er die Stimmen der Wachposten. Er verlangsamte den Schritt, um seinen verletzten Fuß ein wenig zu schonen.

Nun waren die Worte der Männer deutlich zu hören: »... mit so einer hübschen Gattin, die auf mich wartet, würde ich doch nicht ständig hier im Lager hocken! Auf gar keinen Fall, das kannst du mir glauben!«

»Und das wäre auch ratsam«, fiel der zweite Mann ein. »Denn wenn die Katze aus dem Hause ist ...« Mit unüberhörbarer Schadenfreude in der Stimme fuhr er fort: »Wie man mir erzählte, führt sie ein ziemliches Lotterleben, lässt sich mit jedem ein! Mit jedem, der die Friedensverhandlungen mit den Nomaden unterstützt!«

»Friedensverhandlungen mit den Nomaden?«

»Na ja, jedenfalls hält sie wohl nichts von ehelicher Treue! Das will ich dir sagen, mit mir könnte sie so etwas nicht machen! Wenn ich an seiner Stelle wäre ...«

Baka erstarrte. Er spürte, wie ihm plötzlich das Blut zu Kopfe stieg. Hilflos ballte er die Fäuste. Es konnte einfach nicht wahr sein! Es konnte nicht sein, dass sie über ...

»... einer hat sogar erzählt, sie würde was Kleines erwarten! Kannst du dir das vorstellen? ›Wem wird es denn wohl ähnlich sehen?‹, habe ich ihn gefragt!«

Der andere Soldat ließ ein raues Lachen hören. »Das kannst du mir nicht weismachen!«

»Ich doch nicht!«, erwiderte der Erste. »Ich gebe ja nur weiter, was ich so gehört habe. Und wenn es stimmt, kannst du's an deinen Fingern abzählen. Baka ist schon so lange hier draußen, er hat wohl kaum etwas damit zu tun!«

»Lass sehen … du hast Recht! Das hat er nun von seinem Eifer! Ich an seiner Stelle wäre schon längst wieder zu Hause, hätte mich besoffen und mir ein paar hübsche Nächte mit meiner Liebsten gegönnt. Aber er doch nicht! Man könnte meinen, er wäre mit dem verdammten Lager verheiratet und nicht mit seiner Gattin! Ich kann verstehen, dass sie mal ein bisschen Abwechslung braucht, wenn er doch nie zu Hause ist. Ginge mir genauso! Die Frauen können gar nicht anders, und wenn man sie zu lange alleine lässt …«

Baka hatte zornentbrannt sein Schwert gezogen und seine Hand verkrampfte sich um den Griff. Nur mit Mühe konnte er sich davon abhalten, mit einem Wutschrei auf den Wachsoldaten zuzustürzen, ungeachtet seiner Verletzung. Er holte tief Luft, doch als er sich ein wenig beruhigt hatte und seinen Weg fortsetzen wollte, gab der verstauchte Knöchel erneut nach und er stürzte hilflos zu Boden. Das Klirren seines Schwertes weckte die Aufmerksamkeit der Wachtposten, die ihm über die schmale Brücke hinweg zu Hilfe eilten. Baka versuchte erneut aufzustehen, doch ein stechender Schmerz lähmte sein Bein. »Ich … ich habe mich böse verletzt. Reich mir deine Hand, Soldat, damit ich aufstehen kann.«

III

Am nächsten Morgen erschien Akilleus in aller Frühe in Merets Haus. Die wenigen Bediensteten waren mit ihren alltäglichen Pflichten beschäftigt und Akilleus bemerkte erstaunt, dass die Hausherrin selbst einige Kleidungsstücke auf dem Arm trug, um sie unten am Fluss zu waschen, als wäre sie die Gattin eines einfachen Handwerkers oder Händlers. »Was macht Ihr da?«, rief er empört. »Gebt her! Ich werde die Sachen für Euch waschen lassen. Nein, nein, keine Widerrede! Schließlich muss man dafür sorgen, dass die Bediensteten nicht müßig herumstehen! Ich werde meinen Oberaufseher damit betrauen, den faulen Kerl!«

Nur zögerlich ließ Meret sich das Bündel aus den Händen nehmen und wandte dann ein: »Ich bitte Euch, Akilleus! Doch nicht Euren Oberaufseher! Das wäre eine Beleidigung seiner Stellung! Gebt es einem seiner Untergebenen!«

»Ach was! Dieser träge Müßiggänger muss endlich wieder einmal erfahren, was harte Arbeit bedeutet!« Er öffnete die Tür und warf das Bündel auf die Stufen vor dem Haus. »Uni! Nimm diese Sachen und wasche sie! Nein, du selber! Geh hinunter zum Fluss!« Er wandte sich wieder zu ihr um und lächelte breit. »Und jetzt, werte Freundin, habt Ihr auch Zeit, mich zu begleiten! Wie schön! Wir werden eine kleine Lustfahrt auf den lieblichen Wassern des Nils genießen!«

»Was sagt Ihr da?« Meret riss die Augen auf und wich einen Schritt zurück. »Aber ... aber ich bin beschäftigt! Ich habe einiges zu erledigen, das ...«

»Nichts kann so wichtig sein, dass Ihr mir meine Bitte abschlagen dürftet! Und wenn doch, so werden meine Bediensteten all diese Aufgaben für Euch übernehmen! Ich bin auf Euch angewiesen, denn ich habe Ebana ebenfalls eingeladen, und sie bestand auf weiblicher Begleitung! Und nichts wird sie bewegen, ihre Meinung zu ändern!«

Meret zögerte noch immer. »Nun, das wird wohl so sein. Aber Euer Verhalten, Akilleus, ist höchst ungebührlich. Ihr könnt doch nicht einfach so unangemeldet ...«

»Ich kann nicht?«, erwiderte der Hüne und lachte fröhlich. »Aber ich tue es doch ständig! Und bisher hat sich noch niemand beschwert!«

»Nur weil es niemand wagt, dem reichen Kaufmann Akilleus zu widersprechen! Aber ich hab keine Angst vor Euch und will Euch darum sagen, dass ...«

»Ach, Meret, gebt Eurem Herzen einen Stoß! Ihr könnt doch nicht meinem Glück im Wege stehen wollen, jetzt, da ich die große Liebe meines Lebens gefunden habe? Verlange ich denn wirklich allzu viel von einer Freundin, einer Verbündeten gar, im Kampf gegen die Bedrohung durch die Hirtenkönige?«

»Verbündete?«, erwiderte Meret und musste wider Willen lächeln. »Seit wann habt Ihr Eure Krämerseele dem Kampf für die Freiheit geöffnet?«

»Ich, eine Krämerseele?«, wiederholte Akilleus mit gespielter Empörung. »Das trifft mich tief, meine Teure! Gerade jetzt, wo ich noch gestern einen großzügigen, nein, nachgerade königlichen Beitrag zur Unterstützung der bedauernswerten Kriegerwitwen geleistet habe! Und habt Ihr vergessen, wer die Gelder für das neue Hospital ...«

»Schon gut, schon gut!« Meret seufze ein wenig theatralisch, wurde dann aber wieder ernst. »Nichtsdestotrotz, Akilleus! Das alles ändert nichts daran, dass ich mich nicht einfach so dem Müßiggang ergeben kann, sobald Ihr an meine Pforte klopft!«

Der schwarze Riese fasste sie bei der Hand. »Aber wer spricht denn von Müßiggang? Ich etwa?« Er blickte sie eindringlich und bittend an. »Nein, ich habe Euch gebeten, mir einen unschätzbaren Freundschaftsdienst zu erweisen, nicht wahr?«

Meret musste unwillkürlich lächeln.

»Jetzt habt Ihr mich endlich verstanden und werdet mir diese kleine Bitte nicht länger abschlagen können! Allerdings solltet Ihr ein etwas festlicheres Gewand anlegen, denn die Witwe Ebana wird gewiss Wert darauf legen und in wahrhaft königlicher Robe erscheinen, wenn auch nur, um mir zu beweisen, dass sie auf meinen schwer verdienten Reichtum keineswegs angewiesen ist!«

»Nun, ich könnte ...«, setzte Meret an.

»Sputet Euch, die Zeit drängt und Ihr wollt doch nicht, dass ich wegen Euch zu spät komme?« Er schob sie mit sanfter Gewalt zurück ins Haus, und während sie sich eilig ankleidete, konnte sie ihn vor ihrer Tür eines der groben Seemannslieder singen hören.

Erst als sie bereits den größten Teil der Strecke zum Hafen zurückgelegt hatten, wobei sie drei Schritte machen musste, während er einen tat, begann sie die Weisheit ihres Entschlusses zu bezweifeln. Und als das Schiff bereits abgelegt hatte und die Ruderer mit kräftigem Schlag den Kurs aus dem Schutzhafen heraus bestimmten, nahmen diese Bedenken deutlichere Formen an. Auf diesem Wege würden sie an der Stadt vorbeifahren, an den Ladekais wie auch am Fischmarkt ...

... und dann wandte sie sich um und entdeckte an der Reling eine vertraute Gestalt. »Schobai!«, rief sie erstaunt und gesellte sich nach kurzem Zögern zu ihm. »Ich ... ich hatte nicht erwartet, Euch hier anzutreffen!«

Zu ihrem Erstaunen musste sie feststellen, dass er wohl mindestens ebenso überrascht war wie sie selber. Aber nicht nur das, er schien überdies verärgert, fing sich dann aber wieder und begrüßte sie gelassen und freundlich, stand jedoch auffallend steif vor ihr, und auch seine Worte waren weitaus förmlicher, als dieses zwanglose Zusammentreffen erforderlich machte. Warum ist er nur so abweisend, dachte sie verwundert.

»Ich nehme an, Akilleus hat Euch zu dieser Unternehmung ebenso überredet wie mich?«, fragte er.

»Ja ... so ist es«, erwiderte sie. »Er hat mir gesagt, dass Ebana auf weiblicher Begleitung bestanden hätte, aber was will er von Euch?«

Schobai lächelte grimmig. »Ich bin natürlich hier, falls unser Freund der musikalischen Unterhaltung bedarf, obwohl ich es langsam ein wenig leid bin, den singenden Liebesboten für ihn zu spielen. Nur seiner außerordentlichen Überredungskunst hat er es zu verdanken, dass ich hier bin.«

»In dieser Hinsicht ist er tatsächlich ein wahrer Künstler«, stimmte sie lächelnd zu, trat einen Schritt näher und bemerkte erneut sein offensichtliches Unbehagen. »Wo ... wo ist denn die Witwe Ebana?«

»Unter Deck, um sich zurechtzumachen!«, erwiderte der Sänger, holte sein Instrument aus der Hülle und begann die Darmsaiten zu stimmen. »Sie wird erst hier oben erscheinen, wenn ihr danach ist und keinen Augenblick früher. Akilleus meint zwar, er brauche sie nur ein bisschen zu umschwärmen, zu heiraten und schon könne er über ihren Besitz verfügen. Aber da hat er sich wohl getäuscht, denn Ebana weiß nicht nur, was sie will, sie versteht es auch, sich einem Mann wie Akilleus gegenüber durchzusetzen! Es wird keinesfalls so leicht sein, wie er glaubt.«

»Da könntet Ihr Recht haben!«, meinte Meret und schaute gebannt zu, wie er die Saiten nacheinander anschlug und ihre Tonhöhe veränderte. Was für kräftige Hände er hatte, fiel ihr auf, und wie zart er mit dem Instrument umging.

»Was macht Ihr?«, fragte sie erstaunt. »Das ist doch keineswegs die übliche Harfenstimmung?«

»Nein«, stimmte er zu und schien endlich in ihrer Gegenwart

ein wenig gelassener zu werden. »Ihr habt ein gutes Gehör. Nicht einmal einer von hundert Zuhörern hätte dies bemerkt! Ich stimme das Instrument in der Art und Weise, wie man sie früher in Ur verwandte, um die Kompositionen des Schulgi zu spielen. In meiner Familie hat man diese Tradition bewahrt und mein Bruder Hadad war ein Meister dieser Spielweise. Er war der Meinung, diese Stimmung würde jeden Vortrag bereichern, ganz gleich in welchem Land.« Er ließ die Finger über die Saiten wandern, das Instrument auf die Hüfte gestützt. »Aber diese Traditionen geraten immer mehr in Vergessenheit. Manchmal scheint es mir, als sei ich der Einzige, der sie noch beherrscht und sich an die alten Lieder erinnern kann, die man in Ur spielte, bevor die Stadt in die Hände der Elamiter fiel.«

Er wollte gerade mit seinem Vortrag fortfahren, als Akilleus sie unterbrach. »Schobai, komm mit mir unter Deck! Ebana möchte das Lied vom Honigsammler hören und ich habe ihr gesagt, dass du dieses Lied kennst und ihr sicher gerne ...«

Aber Schobai ergriff ihn stumm am Arm und zerrte ihn hinüber zur anderen Seite des Schiffes. »Was soll das ...«, protestierte Akilleus schwach.

»Sind wir weit genug von ihr entfernt?«, flüsterte Schobai eindringlich. »So weit, dass sie uns gewiss nicht mehr hören kann? Antworte mir oder ich zerschlage dieses kostbare Instrument auf deinem Schädel, du schwarzer Teufel!«

»Äh ... ja doch! Aber was ist denn?«

»Wie kannst du ihr das antun? Uns beide zusammen hierher zu bringen, sodass die halbe Stadt uns sehen kann? Ihr Ruf hat schon genug gelitten, auch ohne deine Einmischung!«

»Ihr Ruf? Aber, Schobai, ich dachte ...«

»Spiel nicht den Unschuldigen! Du hast uns mit voller Absicht hierher verschleppt, du Schurke! Und wage es ja nicht, mich anzulügen, oder ich werde dich ...«

»Aber Schobai, ich ... ich habe doch nur gedacht ... ich meine, ich weiß doch, wie einsam du oft bist, und Meret ist ein entzückendes Wesen, das kannst du nicht bestreiten! Wenn ich nicht bereits anderweitig verpflichtet wäre ....«

»Genug, Akilleus. Woher glaubst du zu wissen, was ich will? Und das Letzte, was ich will, ist gewiss, dem Ruf einer Frau

Schaden zuzufügen, die sich nichts hat zuschulden kommen lassen! In der ganzen Stadt hört man diese hässlichen Verleumdungen und du ... du hast nichts Besseres zu tun, als den Schandmäulern für ihren Klatsch neue Nahrung zu liefern!«

Akilleus wollte gerade antworten, als sein Blick aufs Ufer fiel, wo eine Gruppe von Wäscherinnen hockte, die gerade mit offenem Mund das Schiff anstarrten, das in nächster Nähe an ihnen vorüberglitt. »Die Götter seien mir gnädig«, flüsterte er. »Aber daran habe ich nun wirklich nicht gedacht!«

Der Bote der Hirtenkönige stand nur wenige Schritte vom Graben entfernt vor den Toren des Heerlagers von Athribis. Wie ihm befohlen war, hatte er die Botschaft überbracht und nun blieb ihm nichts anderes zu tun, als darauf zu warten, dass man ihn mit einer weiteren Botschaft zurückschickte, die er seinen Auftraggebern übermitteln würde.

Hinter dem hohen Schutzwall lief Ebne ungeduldig auf und ab, blieb dann wieder stehen und blickte besorgt durch das Tor hinaus auf den Boten. Jetzt ... jetzt kommt es darauf an, dachte er. Aber würde Baka den sorgfältig ausgelegten Köder auch schlucken?

Sie hatten ihre Vorgehensweise wieder und wieder besprochen, sowohl er hier in Athribis mit Bakas Schwertträger Isosi wie auch im Lager des Nomadenführers, und dieser Plan war der vielversprechendste von allen. Aber allzu viel hing von Bakas Entscheidung ab! Vielleicht würde er sich entschließen, den Boten unverrichteter Dinge zurückzuschicken? Dann wären all ihre Bemühungen vergeblich gewesen. Ebne rang hinter seinem Rücken die verschwitzten Hände. Entscheide dich, Baka! Nun mach schon!

Er wandte sich um, als hinter ihm erregte Stimmen zu hören waren. Baka und eine Anzahl seiner Männer bewegten sich auf das Tor zu. Der Oberkommandierende von Bast humpelte noch immer und beschleunigte dennoch seine Schritte, als einer der Männer ihn erregt am Arm ergriff. »Nein, es ist beschlossene Sache!«, rief Baka laut. »Gebt Euch keine Mühe mehr, mich umzustimmen!«

Ebne spitzte neugierig die Ohren und starrte den Oberkommandierenden wie gebannt an. Bei den Göttern!, dachte er. Er hat sich dagegen entschieden. Es war alles umsonst!

»Ihr solltet nichts überstürzen, Baka!«, wandte Ro-Onet, der Hauptmann der Fünften Abteilung, ein. »Ihr könnt Euch doch sicher denken, wie die Männer Eure Entscheidung aufnehmen werden!«

»Wie die Männer meine Entscheidung aufnehmen werden?«, erwiderte Baka ungehalten. »Soll ich meine Entscheidungen jetzt von den Launen der Soldaten abhängig machen? Und überhaupt, wie werden sie es denn aufnehmen? Seid Ihr vielleicht ein Hellseher, dass Ihr mir darüber Auskunft geben könntet, welchen Gedanken der gemeine Soldat, zu welcher Zeit auch immer, nachhängt?«

»Euer Spott ist unangemessen! Ihr müsst doch wissen, was ich meine! Wenn Ihr jetzt das Lager verlasst, um mit den Nomaden über mögliche Friedensverhandlungen zu sprechen, werden doch alle Gerüchte bestätigt, die ...«

»Gerüchte? Was für Gerüchte?«

»Diejenigen, die besagen, dass Ihr des Kämpfens müde seid. Ihr müsst doch auch davon gehört haben. Das ganze Lager spricht davon. Und Eure Gattin ...«

Er hielt erschrocken inne, als er des unbändigen Zorns in Bakas Augen gewahr wurde. »Ich meine ... natürlich darf man solchen Gerüchten keinen Glauben schenken, aber ... Baka! Die meisten der Soldaten sind nun einmal leichtgläubig und ...«

»So, sind sie das?«, erwiderte Baka, noch immer zornentbrannt. »Nun denn, bei meiner Rückkehr werde ich die Angelegenheit genauestes untersuchen und die Verursacher dieser Gerüchte zur Rechenschaft ziehen! Und bis dahin, Ro-Onet, wäre ich Euch dankbar, wenn Ihr der weiteren Verbreitung entschieden entgegenträtet! Denn sonst ...« Er beendete den Satz nicht, aber die heftige Drohung war unmissverständlich.

»Und was das Verhandlungsersuchen der Nomaden betrifft«, fuhr er fort, »so werde ich alleine gehen ...«

»Nein, Baka!«, riefen etliche der Männer gleichzeitig, unter ihnen auch der Schwertträger Isosi: »Ihr könnt nicht alleine gehen, Herr!«, wandte er sich eindringlich an den Heerführer. »Ich werde Euch begleiten!«

»Und ich ebenfalls«, vernahm Baka die vertraute Stimme des Schairetana-Hauptmannes hinter sich. »Ich bestehe darauf! Es könnte sich um eine Falle handeln und dann seid Ihr ohne Unterstützung verloren! Nur wir drei, Baka!«

Der Oberkommandierende atmete hörbar aus und schürzte nachdenklich die Lippen. »Gut denn! Aber nur ihr beide werdet mich begleiten!« Er wandte sich erneut an Ro-Onet. »Lasst es Euch noch einmal gesagt sein, dass ich lediglich daran interessiert bin, mir das Angebot der Nomaden anzuhören! Ich bin keinerlei Verpflichtungen eingegangen und das werde ich auch so bald nicht tun! Friedensangebote von den Hirtenkönigen? Solche Angebote hat es auch damals in Charchemisch, Ebla und Melid gegeben. Ihr seid Zeugen dafür, dass ich der Nachricht dieses Mannes« – er wandte den Kopf in Richtung des Boten, der vor dem Tor wartete – »keineswegs traue! Aber es ist meine Pflicht, ihr Angebot genauer zu prüfen ... unabhängig von meinen persönlichen Ansichten. Habe ich mich deutlich genug ausgedrückt? Und sind genügend glaubwürdige Männer anwesend, sodass man meine Worte nicht hinter meinem Rücken verdrehen und verfälschen kann?« Er wartete die Antwort des Hauptmannes Ro-Onet nicht ab. »Lasst uns gehen, Tutu, Isosi!«

Als sie die Brücke schon fast erreicht hatten, wandte er sich noch einmal um und rief: »Wenn wir eine Stunde vor Sonnenuntergang noch nicht zurück sind, schickt berittene Krieger zu unserer Unterstützung aus! Versammlungsort ist die Salzebene, wo vor zwei Wochen das letzte Gefecht stattfand!«

Ro-Onet war ihnen ein Stück weit gefolgt, nickte jetzt zur Bestätigung der Anordnungen und meinte dann: »Es tut mir Leid, was ich vorhin gesagt habe, Baka! Ich wollte nicht ...«

»Es ist mir egal, was Ihr wolltet!« Bakas Zorn schien noch immer nicht verraucht. »Vielleicht denkt Ihr das nächste Mal gründlicher nach, bevor Ihr etwas sagt!« Er wandte sich ab und schritt, so schnell es ihm mit dem verletzten Knöchel möglich war, hinüber zu den Pferden und seinen wartenden Begleitern.

Die Sonne stand schon tief am Himmel, als sie den vereinbarten Versammlungsort am Rande der Salzebene erreicht hatten, wo ein niedriges Gebüsch wuchs. Die Männer stiegen aus den Sätteln und übergaben Isosi die Zügel, der den Tieren die Fußfesseln anlegte.

»Nun, was denkt Ihr, Baka?«, fragte der Schairetana-Hauptmann.

»Im Augenblick denke ich nur daran, dass der verdammte Schmerz im Knöchel mich noch umbringen wird!«, erwiderte der Oberkommandierende mit zusammengebissenen Zähnen. »Ich komme mir vor wie der größte Narr auf Erden! Hunderte von Schlachten liegen hinter mir, in denen viele Männer den Tod fanden, und fast immer blieb ich unverletzt! Und auf einem lächerlichen Rundgang um das Heerlager muss ich stolpern und mir diese lästige Verletzung zuziehen!«

»Jeder erfahrene Krieger hat wohl eine solche Geschichte zu erzählen«, meinte Tutu und lächelte. »Als junger Mann habe ich einen Löwen erlegt, nur mit einem einzigen Speer bewaffnet! Dies gehört zu den Ritualen meines Volkes, die einen Knaben zum Manne reifen lassen! Zwei Tage lief ich mit stolzgeschwellter Brust herum, aber bei der anschließenden Gazellenjagd, die keinerlei Gefahr für den Jäger bedeutet, stürzte ich einen Abhang hinunter und brach mir zwei Rippen!«

Baka erwiderte das freundliche Lächeln und wirkte ein wenig gelassener. Er streckte sich und gähnte. »Ich wünschte, sie würden uns hier nicht warten lassen! Ich möchte die Aussprache so schnell wie möglich hinter mich bringen, um ins Lager zurückzukehren. Letzte Nacht habe ich nicht sonderlich gut schlafen können.« Er gähnte noch einmal herzhaft und ließ neugierig den Blick in die Runde schweifen. »Wo sie nur stecken mögen?«

»Still!«, mahnte Tutu plötzlich und wies mit der Hand auf die Büsche am Rand der Mulde. »Ja ... dort drüben. Der Mann trägt eine Fahne.« Er drehte sich um und das mächtige Schwert an seiner Hüfte klirrte leise. »Dort drüben ist noch jemand.«

Noch bevor er den Satz beendet hatte, erhoben sich überall hinter den niedrigen Büschen Nomadenkrieger, schüttelten den Sand ab und griffen zu ihren Waffen. Dutzende von Speerspitzen und ebenso viele Pfeile auf gespannten Bögen zielten von allen Seiten auf die beiden Männer, die schutzlos in der Mitte der weiten Mulde standen. Baka wandte sich zu Isosi um. Der Schwertträger hatte sich mit den Pferden weit hinter den Rand der Senke zurückgezogen und die Nomaden schienen ihn gar nicht zu beachten. Baka zückte sein Schwert und hob den Schild.

»Jetzt!«, war eine Stimme zu seiner Linken zu hören, gefolgt vom Surren und Pfeifen der Geschosse, die mit dumpfem Aufprall ihr Ziel fanden. Baka hatte unwillkürlich die Augen geschlossen, und als er sie wieder öffnete, erblickte er neben sich Tutu, von unzähligen Pfeilen und Speeren durchbohrt. Der Schairetana-Hauptmann versuchte noch, sich einen der Pfeile aus der Brust zu ziehen, doch dann verließen ihn seine Kräfte und er sank in die Knie. Er schwankte, fiel dann ohne einen Laut vornüber und trieb damit einen der Pfeile so tief durch seine Brust, dass er im Rücken wieder austrat.

Doch jetzt zielten die Waffen der Bogenschützen auf Baka.

»Ihr habt das Friedenszeichen der Fahne missbraucht«, rief Baka entsetzt und von Zorn erfüllt fuhr er fort: »Und was dich betrifft, Isosi! Du hast uns hierher geführt! Das wirst du mir büßen!«

Isosi lächelte und antwortete gelassen. »Das glaube ich kaum. Aber zunächst seid Ihr unser Gast, Baka. An Eurer Stelle würde ich keinen Widerstand mehr leisten.«

Baka warf einen Blick in die Runde der Krieger, die langsam näher kamen und kühl und wachsam jede seiner Bewegungen erfassten, die glänzenden Speer- und Pfeilspitzen noch immer drohend auf ihn gerichtet. Jeglicher Widerstand wäre zu diesem Zeitpunkt zwecklos gewesen und darüber hinaus wurde ihm bewusst, dass er noch nicht bereit war, vollständig aufzugeben und den Tod von der Hand dieser Männer zu wagen. Nein, nicht bevor er dem Anführer der Nomaden begegnet war, der hinter diesem schändlichen Verrat und Missbrauch der Friedensflagge stand. Und vielleicht ergab sich ja auch eine Gelegenheit, den Verräter Isosi zu strafen …

Widerstrebend löste er den Schwertgürtel, ließ die Waffe klirrend zu Boden fallen und stand dann völlig wehrlos den Männern gegenüber. Er erwartete angespannt ihr weiteres Vorgehen.

Die Krieger ließen die Bögen und Speere sinken. Aus der hinteren Reihe trat jetzt der Mann mit der Fahne hervor, den Tutu zuerst entdeckt hatte. Er trug noch immer das Stück Stoff in Händen, warf es jedoch nun verächtlich in den Staub zu Bakas Füßen und rief den Kriegern in der Sprache der Nomaden einen Befehl zu, den Baka nicht verstand.

Kräftige Hände erfassten von hinten seine Arme, sodass er sich unwillkürlich doch wieder wehrte. Aber ein heftiger Schlag auf den Kopf beraubte ihn seiner Sinne und er sackte hilflos vornüber.

Von heftigen Schmerzen überall im Körper wurde er geweckt: Hand- und Fußgelenke schienen zu zerreißen, ein dumpfer Schmerz pochte in seiner Brust und ein quälendes Stechen im Kopf verwirrte seine Gedanken. Nur mit Mühe öffnete er die Augen. Man hatte ihn mit Händen und Füßen an ein langes Stück Holz gefesselt, das zwei besonders große und kräftige Nomadenkrieger auf den Schultern trugen. So hatten sie ihn davongeschleppt. Die Sonne war bereits untergegangen und Baka fröstelte in der kühlen Abendbrise. Er reckte den Kopf, um Genaueres erkennen zu können, doch die Schmerzen waren zu übermächtig, und er versank erneut in Bewusstlosigkeit.

Als er wieder zu sich kam, war es Nacht geworden, nur die Flammen eines kleinen Lagerfeuers erhellten den Ort. Er fror, und obwohl er immer noch an Händen und Füßen gefesselt war, gelang es ihm nach einer Weile, sich unter Schmerzen aufzurichten.

Um sich herum entdeckte er eine Anzahl Zelte. Dies muss ein Heerlager sein, dachte er, das Lager von ... Doch dann kehrte die Erinnerung an den schändlichen Verrat zurück und Wut und Scham stiegen in ihm auf. Man hatte ihn betrogen und verraten! Der tapfere Tutu war hinterhältig ermordet worden und einer dieser Verräter war sein eigener Schwertträger, Isosi, den er selbst für diese Position ausgewählt hatte ...

Fast schien es, als hätte Isosi seine Gedanken erraten, denn nun trat er aus der Dunkelheit hervor, das Gesicht zu einem hämischen Grinsen verzogen. »Nun, Baka, Ihr seid also wieder wach!«, meinte er. »Dann wird es Zeit, dass Ihr dem Manne begegnet, der all dies möglich machte ...«

»Du elende Kröte von einem Verräter«, stieß Baka hasserfüllt hervor. »Du hast uns an die Nomaden verkauft!«

»Verkauft? O nein, so sollte man das nicht sehen«, erwiderte Isosi und beugte sich grinsend zu ihm herab. Baka schlug mit seinen gefesselten Fäusten nach dem verhassten Gesicht und verfehlte sein Ziel nur um Haaresbreite. Isosi lächelte immer noch ungerührt. »Das wird Euch nichts nützen! Aber Ihr solltet wissen, dass niemand verkauft worden ist. Der königliche Hof und die Priesterschaft wollen den Frieden, einen Frieden, dem Ihr Euch widersetzt habt! Aus diesem Grunde mussten wir Euch beseitigen. Und nachdem alle anderen Versuche fehlschlugen, war dies unsere einzige Möglichkeit!«

»Der königliche Hof und die …«, Baka schwieg entsetzt. »Ich verstehe«, fügte er tonlos hinzu. »Du hast also schon geraume Zeit gegen mich gearbeitet.«

»So ist es«, erwiderte der Schwertträger. »Ihr wart zu beliebt bei den Truppen, als dass man Euch einfach des Postens hätte entheben können. Bei diesem Vorgehen hätte es sehr wohl zu einem Aufstand kommen können. Wir hatten keine andere Wahl, als Euch in Misskredit zu bringen und das Vertrauen der Soldaten in Euch zu schwächen.«

»Mich in Misskredit zu bringen? Wurden deswegen diese Gerüchte überall im Lager verbreitet?«

Im schwachen Schein des Feuers konnte Baka das triumphierende Grinsen auf dem Gesicht seines Schwertträgers deutlich erkennen. »Richtig«, erwiderte der Mann mit überheblichem Stolz. »Und damit diese Gerüchte auch glaubwürdig waren, haben wir dafür gesorgt, dass Ihr keine Siege mehr erringen konntet. Allerdings erforderte dies eine sorgfältige Planung und die Übermittlung wichtiger Nachrichten an die Nomadenführer, damit …«

»Verdammter Hurensohn! Du hast unsere Männer in den sicheren Tod geschickt!« Baka schwieg, sprachlos vor Entsetzen und Zorn. Er konnte das Ausmaß des Verrats kaum fassen und dann, gerade als er zum Sprechen ansetzte, wurde ihm bewusst, dass sie nicht mehr allein waren. Auch die veränderte Haltung des Verräters Isosi bestätigte seine Vermutung. Der Mann, der links von ihm im Dunkeln verharrte, musste der Anführer der Nomaden oder zumindest ein Mann mit einer gewissen Macht sein, denn Isosi war einige Schritte zurückgewichen und blickte erwartungsvoll auf den Neuankömmling. »Wer ist da?«, fragte Baka und erhob sich mühsam auf die Knie.

Der Mann beantwortete seine Frage jedoch nicht und wandte sich stattdessen an den Schwertträger. »Nun, Isosi, wie ich höre, hast du unserem Freund hier bereits seine Lage erläutert. Hast du ihn auch von unserer kleinen Vereinbarung wissen lassen?«

»Einiges schon!«, erwiderte Isosi unterwürfig. »Ich wollte Euch alles Weitere überlassen.«

»Das ist richtig so.« Der Mann sprach fast akzentfrei den Dialekt des Deltas, seine Stimme klang sanft und einschmeichelnd und dennoch spürte Baka, wie ihm ein kalter Schauder über den Rücken lief. »Nun, Baka! All dies bedeutet nichts anderes, als dass wir mit den Gesandten des königlichen Hofes einen Friedensschluss vereinbaren werden, ohne Eure Beteiligung, versteht sich! Und da Ihr unseren Zielen und insbesondere meinen Bemühungen so hartnäckig im Wege gestanden habt, werde ich mich entsprechend erkenntlich zeigen. Oh, Ihr werdet mit Sicherheit den Tod finden, aber nicht so schnell, denn das würde mich meines Vergnügens berauben. Nein, langsam sollt Ihr zugrunde gehen und Zeuge werden, wie mein Werk der Zerstörung Gestalt annimmt ...«

»Zeigt Euch endlich!«, unterbrach ihn Baka. »Ich will sehen, mit wem ich es zu tun habe!«

Ein heftiger Schlag war die Antwort, der ihn fast des Gleichgewichts beraubte. Übelkeit überfiel ihn und trotz des Schwindels konnte er nur mit Mühe den aufsteigenden Zorn bewältigen. Er starrte vergeblich in die Dunkelheit, um das Gesicht des Sprechers zu erkennen.

»Ihr werdet noch genug zu sehen bekommen! Mehr, als Euch lieb sein wird! Die Aufreibung Eurer Truppen in Athribis, zum einen, die nun unter dem Kommando der Männer stehen, die unsere Sache unterstützen und sich in dem Irrglauben befinden, dass auch sie einen Nutzen daraus gewinnen können.« Er lachte meckernd. »Der einzige Nutzen wird ihr eigener Tod sein, doch das werden sie erst bemerken, wenn wir Athribis erobert haben. Und danach Seum! Der Angriff erfolgt zu dieser Stunde! Dann Abusir und zuletzt Sais, die letzte Hochburg des lächerlichen Widerstands gegen die Herrschaft des Hai in Unterägypten!«

»Sais werdet Ihr nicht ohne erhebliche Gegenwehr einnehmen können!«, widersprach Baka aufgebracht.

»Vielleicht nicht ohne Gegenwehr«, erwiderte der Sprecher, immer noch gelassen. »Aber einnehmen werden wir die Stadt, und das schon bald! Ich bin des Wartens müde! Das gesamte Delta sollte längst in unserer Hand sein!«

Auch Isosi wagte es nun wieder, sich in das Gespräch einzumischen. »Ihr glaubt tatsächlich, dass Sais noch Widerstand leisten wird?«, fragte er hämisch. »Die Stadt ist schon lange von Uneinigkeit geschwächt und die Befürworter eines Friedensschlusses erhalten täglich neue Unterstützung.« Er wandte sich an den Nomadenführer, der immer noch im Dunkeln verharrte. »Darf ich es ihm erläutern?«, bat er erregt und fuhr dann, ermutigt, fort: »Ihr scheint von der Stimmung in der Stadt Sais wenig Kenntnis zu haben, aber ich will Euch sagen, dass eine Vielzahl von angesehenen Bürgern unsere Sache unterstützt, darunter nicht zuletzt auch Eure Gattin Meret ...«

»Lüge! Verdammte Lüge!«, fiel ihm Baka ins Wort, richtete sich auf und versuchte Isosi mit den Fäusten zu erreichen. Doch der zweite Mann versetzte ihm zur Warnung einen Schlag, vermutlich mit der flachen Klinge seines Schwertes, der zwar nicht heftig war, Baka jedoch zurück auf die Knie zwang. »Meret würde sich niemals mit einer Bande von Verrätern einlassen!«

»Seid Ihr Euch da so sicher?«, fragte Isosi. »Unter normalen Umständen würde sie es vielleicht nicht tun, aber Ihr habt sie zu lange allein gelassen! Mehr als ein halbes Jahr! Keine Frau, die man so lange allein lässt, kann der Versuchung widerstehen ...«

»Schweig, du Ratte, oder ich ...«

»Und wie es scheint«, fuhr Isosi ungerührt fort, »ist da auch ständig jemand in ihrer Nähe! Ein Mann mit einem kraftvollen Körper und starken Armen, in denen sich Trost und Zuflucht finden lässt! Vielleicht hat sie Euch sogar von ihm berichtet, dem Harfenspieler? Er ist zwar erblindet, aber dem Zauber seiner Stimme kann keine Frau widerstehen und nicht nur das, er ...«

»Schweig, habe ich gesagt! Ich will nichts mehr hören!«

»Schweigen soll ich? Aber Ihr habt doch das Wichtigste noch nicht erfahren, Baka! Fragt, wen Ihr wollt in Sais! Eure Gattin wird die Wahrheit nicht mehr lange verheimlichen können, denn sie wird ihrem Geliebten ein Kind gebären, einen Sohn für Schobai, den Sänger und Harfenspieler!«

»Schobai!«, wiederholte der Fremde den Namen, überrascht und triumphierend zugleich. »Schobai in Sais! Sollten die Götter mir tatsächlich gewogen sein? Nun, vielleicht sollte ich mich durch Opfergaben erkenntlich zeigen für diese erfreuliche Fügung!« Endlich trat der Mann in den Lichtkreis des Feuerscheins und Baka konnte deutlich die ausgezehrte Gestalt, die spitzen, hageren Gesichtszüge und das gelähmte Bein des Mannes erkennen. Zum ersten Mal seit seiner Gefangennahme spürte Baka, wie Furcht in ihm aufstieg.

IV

Kurz vor Sonnenuntergang hatten sie den von Pfeilen durchbohrten Körper des Schairetana-Hauptmannes gefunden. Ro-Onet, der persönlich den Suchtrupp angeführt hatte, berief nach seiner Rückkehr unverzüglich eine Zusammenkunft ein, um das weitere Vorgehen zu erörtern. »Nun, was meint ihr?«, fragte er, nachdem er den Anwesenden von den jüngsten Ereignissen berichtet hatte.

Ebne zögerte, sich als Erster zu Wort zu melden, schluckte dann nervös und setzte an: »Nun, ich meine ...«

Zu seinem Glück unterbrach ihn Meritensa, Hauptmann der Zweiten Abteilung: »Baka muss gefangen genommen und verschleppt worden sein! Vielleicht hat man ihn auch getötet! Ihn und seinen Schwertträger Isosi! Das ist alles, was wir wissen. Wichtiger aber als zu fragen, was geschehen sein könnte, ist es doch zu handeln!«

»Ihr ... ihr meint nicht, dass die Gerüchte der Wahrheit entsprechen könnten, die man über Baka gehört hat?«, warf Ebne vorsichtig ein. »Nicht, dass ich es glauben möchte, aber ...«

Er blickte unsicher in die Runde. Als er auf befremdliches, ja fast feindseliges Schweigen stieß, fügte er hinzu: »Ich meine ... man muss doch alle Möglichkeiten in Betracht ziehen.«

»Möglichkeiten?«, schnaubte Meritensa verächtlich. »O ja, es gibt auch noch die Möglichkeit, dass Baka einen Zaubertrank zu sich genommen, sich in ein Krokodil verwandelt hat und davongekrochen ist! Aber wir sollten es besser wissen. Baka ist weder ein Feigling noch ein Verräter! Und außerdem haben wir dies hier neben der Leiche des Hauptmanns Tutu gefunden!« Er griff nach der fremden Stofffahne und warf sie in die Flammen, wo sie sofort Feuer fing und lodernd verbrannte. »Nein, die Nomaden haben ihn in eine Falle gelockt und verschleppt! Und Tutu ermordet! Es sind zwei unserer besten Männer, die wir durch diesen schändlichen Verrat verloren haben.«

»Ein großer Verlust«, stimmte Ro-Onet zu. »Umso dringender ist es, dass wir unsere nächsten Schritte mit größter Sorgfalt planen ...« Er schwieg nachdenklich, um die richtige Wortwahl bemüht.

»Sprich weiter!«, ermunterte ihn Meritensa.

»Nun, ich denke, wir sollten nichts überstürzen und unsere nächsten Schritte mit dem Oberkommando abstimmen.«

»Dem Oberkommando in Sais?«

»Ich spreche von Memphis. Wir sind immer noch Untertanen des Hofes in Memphis!«

»Ha!«, empörte sich Meritensa. »Untertanen des Hofes zu Memphis? Untertanen eines Schwächlings von König und einer korrupten Priesterschaft? Sie werden verlangen, dass wir für jeden Schritt einen Plan erstellen, den sie dann über Monate hin beraten werden! Wollen wir denn tatsächlich die Hände in den Schoß legen?«

»Meritensa!«, rief Ebne empört. »Hüte deine Zunge! Als offizieller Vertreter des Herrschers der Zwei Reiche in diesem Heerlager werde ich für diesmal deine Bemerkungen vergessen, aber ...«

»Herrscher der Zwei Reiche! Was für ein Unsinn!«, unterbrach ihn Meritensa. »Welche zwei Reiche sollen das denn sein, die er beherrscht? Im Delta hat er jedenfalls nichts zu melden! Vielleicht sollten wir ihm einen neuen Titel geben, Herrscher des Einen Reiches! Und was deine Drohung angeht, Ebne, alles, was ich hier sage, kannst du getrost den hohen Herren berichten. Und wenn es ihnen nicht gefällt, können sie ja ihren Einfluss auf die Götter gegen mich verwenden, sodass mich der Blitz trifft! Das verschafft mir die Gelegenheit, mich in Ehren zurückzuziehen, denn ich bin es gewiss leid, einen Krieg zu führen, den die

Bürger nicht gutheißen und den man uns weder gewinnen noch beenden lässt.« Er umfasste sein Messer und stieß es wütend in den Erdboden zu seinen Füßen, wo es aufrecht stecken blieb.

Ro-Onet räusperte sich, schluckte und blickte Meritensa fragend an. »Was schlägst du also vor, Meritensa? Baka hat mich zwar als Stellvertreter während seiner Abwesenheit eingesetzt, aber ich schätze deine langjährige Erfahrung!«

»Ich denke, wir sollten das Lager in Bast überrennen und Baka aus der Gefangenschaft befreien ...«

»Das Heerlager in Bast? Unmöglich!« Der heftige Protest gegen den Vorschlag des erfahrenen Hauptmannes kam von allen Seiten.

»... oder uns hinter den nächsten Arm des Flusses zurückziehen. Auf Dauer ist es zu kräftezehrend, hier in dieser Position zu verharren. Überlassen wir den Nomaden diesen Teil des Deltas, aber nur gegen einen hohen Preis. Wir werden uns langsam zurückziehen, mehrere Verteidigungslinien aufrechterhalten, sodass sie uns nur mit Mühe folgen können, ohne dass ihnen der Nachschub ausbleibt.«

Meritensa warf einen Blick in die Runde, in Erwartung neuerlichen Protests. Doch die Versammlung schwieg, die Männer sahen ihn nur erstaunt und nachdenklich an. Rückzug? Dieses Wort hatte man in Bakas Gegenwart nicht einmal zu denken gewagt. Doch nun war der Oberkommandierende nicht mehr unter ihnen und plötzlich war aus dem Undenkbaren eine Möglichkeit geworden, die man untereinander, am Lagerfeuer, in Erwägung ziehen konnte.

Unterhalb von Sais wurde das Flussbett breiter und Akilleus hatte den Befehl gegeben, in einen der Nebenarme des Stromes auszuweichen, um sich in stilleren Wassern dem eigentlichen Zwecke des Ausflugs umso besser widmen zu können. Schon bald ging das Schiff in einem trägen Seitenarm vor Anker, der kaum noch eine Strömung aufwies. Während sich Akilleus unter Deck seiner Angebeteten widmete, saßen die Mitglieder der Mannschaft zusammen und teilten eine Mahlzeit aus Brot und Käse. Im Bug des Schiffes standen Schobai und Meret im warmen Sonnenlicht und genossen die leichte Brise.

»Erzählt mir von Eurer Gemahlin«, wandte sich Meret an den Sänger. »Was war sie für eine Frau? War sie hübsch? War sie ...?«

»Anat? O ja, sie war sehr schön. Deswegen habe ich sie mir ja ausgesucht. Und auch wegen der großzügigen Mitgift und ihrer einflussreichen Familie! Etwas anderes hat mich damals nicht bewegt, Meret. Und viel mehr gibt es dazu auch nicht zu sagen.« Er nestelte ungeschickt an der Schulterspange seines Gewandes und verzog verärgert die Mundwinkel. »Außerdem spreche ich nicht gerne von jener Zeit!«

»Es tut mir Leid, Schobai«, erwiderte sie. »Aber deswegen braucht Ihr nicht gleich wütend auf mich zu werden. Und jetzt habt Ihr auch noch Euer Gewand mit der Spange verzogen. Haltet still, damit ich es richten kann.«

Schobai hob abwehrend die Hände. »Meret, ich bitte Euch, ich bin doch kein kleines Kind mehr! Und außerdem, versteht Ihr denn nicht, was es bedeutet, wenn die Leute uns hier so eng beieinander sehen? Ihr müsst doch auf Euren guten Ruf bedacht sein!«

»Auf meinen guten Ruf?«, erwiderte sie und lachte dann. »Aber hier doch nicht, Schobai! Wir sind so weit fort von der Stadt, umgeben nur noch von Binsengras und Wasser! Vorhin, als wir an der Stadt vorüberfuhren, hatte ich ähnliche Bedenken, aber hier ...«

»Und was ist mit den Bootsleuten, die dort drüben sitzen? Ich will nicht, dass irgendjemand die falschen Schlüsse zieht!« Er schwieg entmutigt. Wie es schien, waren ihr die bösartigen Klatschgeschichten noch nicht zu Ohren gekommen, aber er fühlte sich verpflichtet, ihr möglichst schonend beizubringen, was für sie auf dem Spiel stand. »Meret, bitte...«

»Haltet einen Augenblick still, Schobai«, wiederholte sie und griff mit beiden Händen nach der Schulterspange, strich das Tuch darunter glatt, wobei ihre Finger, ganz kurz nur, seine bloße Haut im Nacken berührten. Sie war ihm so nah, dass er sie mit Leichtigkeit hätte umarmen können, und die flüchtige Berührung sandte einen Schauder über seinen Rücken, der sich im ganzen Körper ausbreitete. Erschrocken wandte er sich ab.

»Was ... was ist Schobai?«, fragte sie erstaunt. »Ist Euch nicht gut?«

»Nein, nein, es ist nichts«, erwiderte er. Er spürte das harte Holz der Reling im Rücken und lehnte sich dagegen, kämpfte mit seinen widerstreitenden Gefühlen. »Ich ... ich würde mich gern eine Weile setzen«, sagte er.

»Aber gewiss«, meinte sie, immer noch ein wenig besorgt. »Dort drüben ist genug Platz.« Sie führte ihn ein Stück weit das Deck entlang, und als sie sich setzten, fühlte er erneut ihre Hand auf der Haut, wieder durchlief ihn ein Schauder und dann verspürte er ein Verlangen, von dem er geglaubt hatte, es gar nicht mehr zu kennen, seit er Zaida verloren hatte, damals im Lager der Hirtenkönige. So stark war dieses Gefühl nach all den Jahren der Taubheit, dass er nicht sagen konnte, ob er Schmerz oder Lust empfand, und plötzlich zog er sie zu sich heran, schlang die Arme um ihren Leib und barg den Kopf an ihrer Schulter. Und zu seiner eigenen Überraschung liefen ihm plötzlich die Tränen die Wangen hinab.

»O Schobai! Es tut mir so Leid! Ich wollte doch keine traurigen Erinnerungen wecken!« Sie fuhr ihm tröstend mit der Hand über die Wange. Wie ein Kind behandelt sie mich, dachte er. Aber wie könnte sie seine Gefühle auch verstehen? Er wollte sich von ihr lösen, doch die Sehnsucht, der Hunger nach Nähe waren stärker ...

Es ist also doch wahr, dachte er. Nikos hatte Recht behalten. Allen moralischen Bedenken widersprechend und trotz seines festen Entschlusses – er liebte diese Frau. Und es gab wohl nichts, was er dagegen hätte tun können.

»Ach Schobai! Wie konnte ich wissen, dass meine Frage so schmerzhafte Erinnerungen wecken würde! Weint nicht mehr ...«, meinte sie eindringlich und strich ihm beruhigend übers Haar.

Doch dann richtete sie sich plötzlich auf. »Schobai, dort drüben auf dem Hauptarm des Flusses ... Galeeren! Kriegsschiffe! Was hat das zu bedeuten?«

Auch er richtete sich erschrocken auf. »Kriegsschiffe? Sind es ägyptische Schiffe?«

»Nein, jedenfalls sehen sie nicht so aus. Sie sind auch noch recht weit entfernt. Wenn ich sie Euch näher beschreibe ...«

Er ergriff sie am Arm und gebot ihr zu schweigen. Dann flüsterte er: »Geht und schickt die Bootsleute zu mir! Aber sie sollen sich ruhig verhalten! Und dann lauft und holt Akilleus. Ein Glück für uns, dass der Mast nicht gesetzt wurde! Meint Ihr, dass sie uns schon entdeckt haben?«

»Nein, ich glaube kaum. Ich gehe jetzt!« Sie drückte noch einmal seine Hand, lief gebückt über das Deck, um die Bootsleute zu alarmieren, und stieg dann hinunter in den Rumpf des Schiffes.

»Akilleus!«, flüsterte sie. »Ihr müsst an Deck kommen! Wir sind vielleicht in Gefahr ...«

»Was ist los?«, rief Akilleus laut. Im trüben Licht der kleinen Lampe sah sie, wie der Hüne sich aus einem Berg von Kissen wühlte. Von Ebana war nichts zu sehen, außer ... außer einem bloßen Fuß mit schlankem Knöchel, den ein kostbarer Goldreif zierte. Sollte das Werben des Akilleus also schon zum Erfolg geführt haben?

»Leise!«, mahnte sie. »Schnell, kommt mit mir an Deck!« Über sich konnte sie die hastigen Schritte der Bootsleute hören, die bereits den Anker einholten. Sie wandte sich um und stieg eilig die Stufen nach oben.

Akilleus griff nach seinem Lendentuch und folgte ihr. »Was kann so wichtig sein, dass ...«, murmelte er ein wenig missmutig, doch dann tauchte sein Kopf über die Deckskante und er erfasste mit einem Blick die Bootsleute, die in gebückter Haltung das Schiff in die Nähe des binsenbestandenen Ufers verholten, wie auch dahinter die Galeeren im Hauptarm des Flusses. Drei waren es, nein vier, und wie viele ihnen noch folgen würden, war nicht abzusehen.

Akilleus fluchte leise und kniff die Augen zusammen, um die Flaggen in den Mastspitzen zu erkennen. »Bei den Göttern! Wer hätte das gedacht!«

Schobai hatte den Bootsleuten die entsprechenden Befehle für ihren Rückzug ins flachere Wasser erteilt und kam nun nach achtern, die Hände zur Stütze auf die Reling gelegt. »Akilleus?«, fragte er.

»Ja, hier bin ich«, antwortete der Hüne, ohne den Blick von den Kriegsschiffen abzuwenden.

»Zu wem gehören die Schiffe?«, fragte Schobai. »Kriegsschiffe, hier, mitten im Delta? Kannst du erkennen, wessen Flagge sie führen?«

»Alle möglichen Flaggen!«, antwortete Akilleus. »Hier kommt ein fünftes Schiff! Eine ganze Flotte! Was sie hier nur wollen?«

»Wirst du mir endlich sagen, unter welcher Flagge sie fahren?« Nur mit Mühe konnte Schobai seine Ungeduld beherrschen.

»Das ist ja gerade das Merkwürdige, Schobai! Sie kommen von überall her! Aus Arvad, Ugarit und Sidon ...«

Er schwieg, als er den entsetzten Ausdruck in Schobais Gesicht bemerkte. »Du hast es auch schon erfasst, nicht wahr?« Er starrte hinter den Schiffen her, bis das hohe Binsengras den Blick auf das offene Wasser endgültig versperrte.

»All jene Städte wurden von den Hirtenkönigen erobert und sind ihnen tributpflichtig!«, meinte Schobai ernst. »Hast du noch weitere Flaggen erkennen können?«

»Nein, nur diese drei! Und sie sind bereits außer Sicht. Aber was im Namen aller Dämonen ...«

Schobai schüttelte den Kopf. »Du weißt genauso gut wie ich, was geschehen ist, Akilleus. Während unsere Truppen an der Front in Seum und Bast kämpften, haben die Nomaden mit denjenigen ihrer Vasallen, die noch eine Art von Kriegsflotte besitzen, einen Handel abgeschlossen. Diese Schiffe sind auf dem Weg nach Sais. Und die Stadt ist in keiner Weise auf einen Angriff vom Fluss her vorbereitet!«

»Verdammt!«, fluchte Akilleus und schlug mit der Faust auf die Reling. »Und wir hätten es besser wissen müssen, gerade wir, die den gleichen Weg genommen haben, um hierher zu gelangen. Und was machen wir stattdessen? Verschwenden unsere Zeit mit Lustfahrten auf dem Fluss!« Erschrocken hielt er inne. »Bedenke doch, Schobai! Die ahnungslose Stadt ist ihnen ausgeliefert! Niemand erwartet eine Gefahr, die sich über den Fluss nähert! Die Hausfrauen waschen friedlich am Ufer ihre Wäsche, Fischer hängen ihre Netze zum Trocknen auf und die alten Männer sitzen im Sonnenschein müßig am Ufer oder legen ihre Angelruten aus ...«

»... und urplötzlich tauchen aus dem Nichts vor ihnen fünf

Kriegsschiffe auf! Fünf Galeeren und eine Unzahl an Kriegern!«, fiel Schobai ein. »Hast du an Bord der Schiffe Soldaten entdecken können, Akilleus?«

Akilleus kratzte sich nachdenklich am Kopf. »Bei dieser Art von Schiff hätte man sie gar nicht sehen können. Und schon gar nicht von so einem kleinen Boot wie dem unseren, das so tief im Wasser liegt. Aber ich würde nicht den kleinsten Outnou dagegen setzen! Sais ist verloren! Und all unsere Freunde ebenso!«

»Nikos!«, rief Meret entsetzt. »Er ...«

»Er und Musuri und Tros! Alle unsere Freunde und Nachbarn! Und überdies«, fügte er mit einem tiefen Seufzer hinzu. »Ein Vermögen, das ich in langen Jahren mühsam erarbeitet habe. Wie ein Narr habe ich den größten Teil meines Geldes hierher gebracht! Ich besitze zwar noch einige Schiffe und würde auch an vielen Orten an den Küsten des Großen Meeres Kredit bekommen, aber ...«

»... aber es wird schwierig sein, an das Geld heranzukommen«, fiel Schobai ein. »Wir wissen ja auch nicht, wie viele weitere Schiffe draußen an der Mündung noch warten. Und welche Chance hätten wir auch? Du allein mit deinen Bootsleuten, zwei Frauen und einem Blinden an Bord?«

»Oh, hör schon auf! Noch ist nicht alles verloren, aber ich fürchte«, wandte Akilleus sich dann an Meret, »dass wir vielleicht einige Unannehmlichkeiten bekommen werden.«

»Ist das Schiff denn völlig ohne Bewaffnung?«

»Wie ...«, Akilleus blinzelte sie erstaunt an. »Nun ... nicht ganz. Unter Deck gibt es schon einige Waffen, falls wir unterwegs auf Flusspiraten stoßen sollten.

Aber selbst wenn Schobai für einen der Bootsleute einspringen sollte, vier Männer werden immer für das Schiff benötigt und nur die anderen könnten uns verteidigen.« Er blickte sie verwundert an. »Wollt Ihr mir etwa sagen, dass Ihr mit der Schwertaxt und dem Speer umzugehen versteht?«

»Das wohl nicht, aber falls Ihr auch einen Bogen und eine ausreichende Anzahl Pfeile an Bord habt, kann ich sehr wohl zu unserer Verteidigung beitragen. Schaschank hat mich damals in Sile den Umgang damit gelehrt und auch Baka! Er meinte, in Kriegszeiten wie diesen müsse jedermann sich zu verteidigen wissen.«

»O ja, so gefallt Ihr mir!«, meinte Akilleus begeistert. »Ich könnte Euch umarmen, und eines Tages werde ich das vielleicht auch! Aber jetzt, meine Freunde, ist die Frage, was wir tun sollen! Werden wir hier hocken bleiben, bis die Nomaden und ihre ungezählten Verbündeten uns wie die Wasserhühner einfangen, oder brechen wir auf zur Mündung des Flusses und in die Freiheit des Großen Meeres?«

»Wie steht der Mond?«, fragte Schobai.

»Vor zwei Tagen war Vollmond. Warum fragst du?«

»Wir sollten des Nachts reisen. Mitten im Fluss in einer mondhellen Nacht kann uns nicht allzu viel geschehen. Ihre Galeeren werden zu dieser Zeit nicht unterwegs sein, sodass es uns glücken könnte, an allen feindlichen Schiffen vorbei ans Große Meer zu gelangen.«

»Und doch ist es nicht ohne Gefahr! Sollten wir nicht besser auf dem Landwege ...«, meinte Akilleus.

»O nein!«, unterbrach ihn Meret, die sich an ihre eigene Fahrt den Nil hinunter und die darauf folgende beschwerliche Wanderung bis nach Sais erinnerte. »Ich bitte Euch! Lasst uns auf dem Fluss bleiben. Und außerdem, was sollen wir an der Küste des Großen Meeres ohne ein Schiff? Wir brauchen es doch nicht nur, um uns schnellstmöglich in Sicherheit zu bringen, sondern Ihr braucht es auch, damit Ihr Eure weit verstreuten Besitztümer erreichen könnt, Akilleus!«

Akilleus nickte zustimmend. »Da sieht man es wieder. Auf die Frauen ist Verlass! Wenn die Männer dummes Zeug reden, bringen sie uns wieder zur Vernunft. Ich ...« Er hielt überrascht inne, als wäre ihm urplötzlich ein wichtiger Einfall gekommen. »Nun, wie es scheint, werden wir es nur gemeinsam schaffen, nur dann, wenn jeder seinen Beitrag leistet, nicht wahr?« Er grinste, ging hinüber zur Treppe, die ins Innere des Schiffes führte, und rief: »Ebana, meine Holde! Würdest du heraufkommen? Wir müssen etwas mit dir besprechen!«

Überrascht stellte Meret fest, dass die Witwe ganz anders aussah, als sie sie sich vorgestellt hatte. Sie war sehr groß und kräftig, fast ein wenig vierschrötig. Barfüßig, wenn auch vollständig bekleidet, trat sie an Deck, mit der stolzen Haltung eines Menschen, der es gewohnt ist, dass andere seinen Befehlen gehorchen. »Nun, was gibt es denn so Wichtiges, mein Held?«, wandte sie sich gelassen, fast ein wenig streng, an den schwarzen Hünen.

Aber es war Schobai, der ihr die jüngsten Ereignisse in knappen Worten schilderte. Sie hörte aufmerksam zu, ohne ihn zu unterbrechen, nickte nur dann und wann und hob allenfalls fragend die Brauen. Als er geendet hatte, meinte sie: »So sieht es also aus! Und was werden wir nun tun?«

Schobai machte ein überraschtes Gesicht. »Ihr seid nicht entsetzt? Verzweifelt?«, fragte er erstaunt. »Mit dem Untergang der Stadt Sais habt Ihr doch all Euren Besitz verloren!«

»Mein Freund!«, erwiderte sie ungerührt. »Ich bin die Witwe eines Soldaten. Mein Leben lang war ich darauf vorbereitet, zu jeder Stunde alles zu verlieren, was mir etwas bedeutete, seit jenem Tag, als mein Gatte mich aus dem Hause meines Vaters trug. Ich habe in Armut und Reichtum gelebt und konnte stets ein wenig Glück erfahren, ungeachtet der Verhältnisse! Die letzten zehn Jahre habe ich die Annehmlichkeiten des Wohlstands erfahren. Wenn ich nun wieder alles verlieren sollte, werde ich auch das ertragen! Solange ich genug zu essen habe, um zu überleben, und nicht irgendein Narr versucht, mich zu bevormunden, geht es mir gut!« Sie warf einen bezeichnenden Blick auf Akilleus an ihrer Seite. »Und damit meine ich auch die Nomaden, wie jeden anderen, der sich mir entgegenstellen könnte.«

Akilleus strahlte. »Hört euch das an!«, rief er begeistert. »So spricht eine wahre Königin! Habe ich es dir nicht gesagt, Schobai! Diese Frau ist würdig, meine Söhne zu gebären und die glorreiche Dynastie des Akilleus zu begründen.« Er wollte sie stürmisch umarmen, doch sie hielt ihn mit einer strengen Geste davon ab. »Nun gut, Ebana«, meinte er, ein wenig ernüchtert. »Aber du kennst Meret noch nicht!«

»O doch!«, erwiderte sie. »Meret, die Gattin von Baka! Mein verstorbener Gatte hat Euren Ziehvater Schaschank sehr verehrt, damals in Sile. Aber wir haben noch einen Gast, Akilleus! Willst du mich nicht vorstellen?«

»Sicher doch, meine Liebe! Dies ist Schobai, einst gefeierter Waffenschmied im Dienst der Könige und nun Sänger und Harfenspieler von ähnlicher Berühmtheit ...«

»Ihr seid also der Mann, der unter meinem Fenster gesungen hat! Fast wäre ich Eurer schmeichelnden Stimme erlegen, doch mein Herz war bereits vergeben.« Ihr Tonfall war bei den letzten Worten ungewöhnlich sanft geworden und Akilleus lief unter seiner dunklen Haut tatsächlich rot an, bevor er wieder breit grinste. »Und wir haben nun auch Gelegenheit, uns besser kennen zu lernen, nicht wahr?«, wandte sich Ebana an Meret.

Ein wenig eingeschüchtert durch die selbstbewusste Haltung der Älteren, wollte Meret sich gerade höflich verbeugen, doch die Witwe trat ohne Umschweife auf sie zu und drückte sie in herzlicher Umarmung so fest an sich, dass ihr beinahe die Luft wegblieb.

»Und nun«, meinte Ebana. »Wie sehen unsere Pläne aus?«

Wie beschlossen, warteten sie in ihrem sicheren Versteck in der Nähe des Ufers den Einbruch der Dunkelheit ab. Der Abendhimmel war zunächst bewölkt, doch schon bald stieg der Mond höher und warf ein blasses kühles Licht über die Wasser des Nils. Gemeinsam stakten sie das Schiff aus dem Schilf heraus bis in den Hauptarm des Flusses, wo es bald von der kräftigen Strömung erfasst wurde. Akilleus selbst hatte das Steuer übernommen, während seine vier Bootsleute und Schobai bereit standen, um mit den langen Rudern einzugreifen, wann immer dies nötig sein sollte. Meret hatte sich, ihren Absprachen folgend, an den Bug des Schiffes begeben und blickte aufmerksam auf die Fluten hinaus.

Nach einer Weile gesellte sich Ebana zu ihr. »Wenn du möchtest, kannst du dich ein wenig ausruhen. Ich werde deinen Posten übernehmen«, meinte sie freundlich. Dankbar nickte Meret und ließ sich auf dem Deck nieder. Ebana blickte eine Weile aufmerksam nach vorn und sprach sie dann erneut an, ohne den Blick von der mondbeschienenen Wasserfläche abzuwenden. »Ich habe über dich nachgedacht, meine Liebe, und mich gefragt, wie es dir wohl ergehen mag angesichts dieser Ereignisse. Für mich ist es nicht allzu schwer, denn ich verliere mit meinem Besitz in Sais nur einen Haufen kostbaren Tand, der mir nichts nützen kann, genauso wenig wie die Urkunden über den Landbesitz, der schon bald in Feindeshand übergehen wird. Aber du?

Du hast deinen Gatten verloren, so scheint es jedenfalls. Und dafür hältst du dich recht tapfer!«

»Auch ich wusste doch, dass ich ihn jederzeit in einer der Schlachten verlieren konnte«, erwiderte Meret und zögerte dann. »Und doch ... ich bin verwirrt, Ebana! Es scheint mir fast, als hätte ich all dies schon einmal erlebt, damals, als ich noch fast ein Kind war!« In wenigen knappen Worten berichtete sie der neu gewonnenen Freundin von ihren Erlebnissen, wie sie zuerst Mutter und Bruder, dann auch den Vater verloren und zusammen mit Djedi die Flucht nach Norden angetreten hatte. »Wie merkwürdig«, schloss sie ihren Bericht, »mir ist, als hätte ich bei dieser Erzählung alles noch einmal erlebt, so klar und auch ... so schmerzhaft!«

»Unsere Erinnerung kann mächtige Gefühle wecken«, meinte Ebana. »Ich kenne das! Und der Verlust geliebter Menschen bringt uns inneren Aufruhr! Dieser Djedi, der dir das Leben rettete, ich glaube, er muss dich sehr geliebt haben, um sein Leben so für dich einzusetzen! Aber damals warst du wohl noch viel zu jung, um es zu bemerken!« Sie lachte leise in sich hinein und fragte dann: »Liebst du deinen Gatten sehr?«

»Aber ... ja doch!«

»Du sagst ja, aber du hast gezögert? Vielleicht ist das der Grund für deine Verwirrung. Manchmal ist es schwer, jemanden zu lieben, der stets in der Ferne weilt, und es kostet ungeheure Kräfte, diese Liebe wach zu halten.«

»Ich ... ich verstehe nicht ganz, was du meinst!«, erwiderte Meret verwirrt.

»Nun, ich habe doch Augen im Kopf und dieser blinde Sänger, er liebt dich, Meret! Doch nicht nur das, ihr seid beide einsam und vielleicht kommt die Zeit, da ihr einander Trost spenden solltet. Er ist ein ganz besonderer Mensch, ein Mann mit einem großen Herzen und einer einfühlsamen Seele. Davon gibt es nicht allzu viele!«

Meret starrte sie mit offenem Mund an.

»Was ich dir sagen möchte, meine kleine Freundin«, fuhr Ebana fort. »Halte nicht zu lange an den Verpflichtungen fest, die du in einer anderen Zeit eingegangen bist, es könnte dir zum Schaden gereichen, trotz des Guten, was du zu tun glaubst. Ich meine bemerkt zu haben, dass auch du Gefühle für den Sänger hast, dass seine Nähe dich in Verwirrung stürzt, genau wie deine Nähe ihn. Und deine Erinnerungen sagen mir, dass du Ähnliches schon einmal erlebt hast, aber damals warst du zu jung, um zu wissen, was Liebe ist! Heute aber … nun, er ist dir doch nicht gleichgültig und doch zögerst du, auf ihn zuzugehen!« Sie seufzte ein wenig ärgerlich. »Was für eine Verschwendung!«

»Es ist …«, stammelte Meret verwirrt, »als könntest du meine Gedanken lesen, zumindest einige, und schon bevor ich sie zu Ende gedacht habe!«

»Das ist nicht das Schlimmste, was dir geschehen kann«, meinte Ebana freundlich. »Manchmal bedarf es eines anderen Menschen, damit wir Klarheit über uns selbst gewinnen können.« Sie wandte sich mit ernster Miene der jungen Frau zu. »Wenn wir dies überleben sollten, wirst du dich als alte Frau an diese Zeit zurückerinnern. Und vielleicht wirst du es bereuen, die Gelegenheit nicht genutzt zu haben, den Zauber dieser Nacht und die Verheißungen der Liebe …«

»Ich will nichts mehr hören!«, fiel ihr Meret aufgebracht ins Wort. »Bitte, schweig still!«

Wenig später begab sich Ebana unter Deck und Meret war wieder allein mit all den widersprüchlichen Gedanken und Gefühlen, dem Aufruhr, der Angst um die Zukunft und der Ungewissheit. Sie stand wieder auf ihrem Posten im Bug des Schiffes und bemühte sich, nicht mehr an das zu denken, was Ebana ihr gesagt hatte.

Doch sehr bald musste sie feststellen, dass ihre Gedanken immer wieder um die gleichen Fragen und Zweifel kreisten und dass vor ihrem inneren Auge ungewollt das Bild des Sängers auftauchte, mit dem fragenden, traurigen Lächeln.

Warum nur hatten Ebanas Worte sie so aufgewühlt? War sie denn so wankelmütig, so schwach, so wechselhaft in ihrer Zuneigung wie ein kleines Kind, das wahllos nach allem greift? So unerfahren wie eine Jungfrau, die von jedem ansehnlichen Mann, dem sie begegnet, in Verwirrung gestürzt wird?

Sie schloss die Augen und wieder sah sie den Sänger vor sich, der sie so freundlich und eindringlich anlächelte und die höfliche

Zurückhaltung seiner Worte Lügen strafte. Er war in der Tat liebenswert und doch … was wusste sie schon von ihm? Er hatte wohl sehr gelitten und so war es verständlich, dass er nicht gerne über diese weit zurückliegenden Ereignisse sprach. Nikos hatte ihr erzählt, dass Schobai ohne Vater aufgewachsen, dass seine Mutter immer stärker geistiger Verwirrung anheim gefallen war und sein Bruder durch einen Unfall schon in der Jugend zum Krüppel wurde. Und seine Gemahlin, jene Frau namens Anat, hatte ihn betrogen.

Seine Frau …

Hör auf damit, ermahnte sie sich. Was geht dich sein Leben an? Du bist verheiratet! Ach, Baka! Baka, wo bist du nur?

Doch das war am schwersten zu ertragen, denn als sie versuchte, sich sein Bild in Erinnerung zu rufen, wollte es ihr nicht mehr gelingen. Stattdessen tauchte immer wieder das Gesicht des blinden Sängers auf und stürzte sie in Verwirrung.

O Baka! Komm zurück zu mir! Ich will dich nicht verlieren …

Sie waren von frühester Jugend an zusammen gewesen, seit sie damals, nach ihrer abenteuerlichen Flucht aus Tanis im Hause von Schaschank aufgenommen worden war. Dort war ihr Baka zum ersten Mal begegnet, ein freundlicher, liebenswerter Junge. Gewiss hätte Schaschank ihre Verbindung unterstützt, wenn er nur lange genug gelebt hätte. Aber ihr Ziehvater war viel zu früh gestorben und so musste sie lernen, sich selbst zurechtzufinden, damals in schweren Zeiten, als Sile nach langen Jahren der Belagerung endlich doch in die Hände der Nomaden fiel. Baka, der ehrenhafte und verantwortungsvolle Freund, hatte nach einiger Zeit seine Liebe zu ihr erklärt und sie hatten geheiratet …

Ach, Baka!

Meret schloss müde die Augen und erneut erschien das Antlitz von Schobai vor ihrem geistigen Auge. Warum nur wollte ihr dieses Gesicht keine Ruhe lassen, drängte sich ihr immer wieder auf? Was war sie nur für ein verachtenswerter Mensch, dass sie gerade jetzt, da ihr geliebter Ehemann sich doch in großer Gefahr befand, sein Leben für ihre und die Freiheit des ägyptischen Volkes einsetzte, an einen anderen denken musste?

Was für ein grausamer Betrug! Wie konnte sie den treuen, stets ehrenhaften Baka so hintergehen, ihn, der niemals …

Niemals? Konnte sie sich dessen denn so gewiss sein? War er denn wirklich niemals der Versuchung erlegen, in all den Monaten dort draußen im Heerlager, wo es ihm doch an Gelegenheit gewiss nicht gefehlt hatte?

Aber nein! Das war nicht Bakas Art. Er war ehrenhaft und treu, konnte gar nicht anders, er war …

Er war standhaft in seiner Liebe, ließ sich nicht verwirren oder verführen! Er war besser als andere, ja, besser als sie selbst …

Die Einsicht traf sie unerwartet und schmerzlich. Baka wären niemals ähnliche Gedanken gekommen, er hätte ihre Verwirrung nicht einmal verstehen können! Plötzlich fühlte sie sich einsam, allein gelassen mit ihren widerstreitenden Gefühlen. Wie hätte Baka sie auch verstehen können, der ehrliche, vertrauensvolle Baka? Wie hätte er ihr verzeihen können, was sie ihm antat …

Sie schloss erneut die Augen und da war es wieder, das lächelnde Angesicht des blinden Sängers anstelle von Bakas Antlitz …

V

Meret schüttelte heftig den Kopf, um den Blick und die Gedanken zu klären. Sie musste tatsächlich eingeschlafen sein! Wie konnte ich nur, dachte sie erschrocken, stand hastig auf und stellte sich wieder an die Reling, wo ihr die Morgenbrise ins Gesicht wehte.

Sie rieb sich die Augen und ließ den Blick über den Fluss im rosigen Licht schweifen. Weiter vorn verengte sich das Flussbett und dort …

Erschrocken blinzelte sie. Ja, tatsächlich, dort standen an beiden Ufern Bogenschützen und ihre Pfeile zielten auf sie, auf sie und das Schiff, das von der zunehmenden Kraft der Strömung schneller und schneller auf die Angreifer zugetrieben wurde.

Sie warf einen Blick zurück. Am Heck stand Akilleus noch immer am Ruder. Auch er schien die Gefahr bereits bemerkt zu haben, doch er zuckte gleichgültig mit den Schultern. Es gab nichts, was sie hätten tun können, und so folgte er der Weisung des Mannes, der offensichtlich der Anführer der Gruppe war, und steuerte ans Ufer. Als sie näher kamen, bemerkte Meret eine Vielzahl an Männern, die sich wohl zuvor im dichten Gestrüpp des Ufers verborgen hatten. Hunderte von Kriegern erwarteten sie dort! Erschrocken legte sie die Hand auf den Mund und ihr Herz schlug ihr bis zum Halse ...

Und dann entdeckte sie mit größter Erleichterung, was sie aus der Ferne nicht hatte erkennen können. Die Männer trugen ägyptische Uniformen! »Akilleus!«, rief sie glücklich. »Es sind unsere Soldaten!«

Knirschend setzte das Schiff schließlich auf der Sandbank am Ufer auf. Die Schützen ließen die Bogen sinken, sobald sie erkannten, dass die Ankömmlinge unbewaffnet waren, und ihr Anführer wandte sich an Akilleus, während etliche Soldaten ihr Gefährt mit langen Leinen am Ufer sicherten. »Ihr seid der Kapitän dieses Schiffes? Mein Name ist Unas, Oberkommandierender der Nördlichen Truppen aus Abusir!«

»Aus Abusir?«, fragte Akilleus erstaunt. »Was habt Ihr dann in dieser Gegend verloren, mehrere Tagesmärsche von Eurem Lager entfernt?«

Unas warf ihm einen zornigen Blick zu, besann sich dann jedoch eines Besseren und antwortete: »Die Nomaden haben unsere Verteidigungslinien durchbrochen. Sie griffen im Morgengrauen an, mit einer Streitmacht, die der unseren dreifach überlegen war, und zwangen uns zum Rückzug, den wir in der Nacht fortsetzten.« Er hielt inne und zog die Stirn in Falten. »Doch was bringt Euch hierher?«

»Mein Name ist Akilleus«, erwiderte der Hüne. »Kaufmann aus Sais. Wir haben einen kleinen Ausflug unternommen und wurden von Kriegsschiffen der Nomadenkönige überrascht, die sich auf dem Weg nach Sais befanden. Nur durch einen glücklichen Zufall wurden wir nicht entdeckt. Doch es ist zu vermuten, dass die Kriegsflotte inzwischen die Stadt eingenommen hat!«

Der Soldat war bei seinen Worten blass geworden. Während Akilleus sich abwandte, um seinen Bootsleuten weitere Anordnungen zu erteilen, rief er seinen Untergebenen zu: »Die Nomaden haben Sais vermutlich schon in ihrer Gewalt!« Dann wandte er sich wieder an Akilleus. »Wisst Ihr Genaueres über die Anzahl der Truppen, die sich an Bord der Schiffe befanden?«

»Nun, es waren fünf Schiffe, und wenn man von der üblichen Anzahl ausgeht, die an Bord dieser Schiffe Platz finden ...«

»Das ist keine allzu große Truppe, nicht so viele, als dass wir es nicht mit ihnen aufnehmen könnten! Was meint Ihr?«, wandte er sich an die übrigen Offiziere.

Einer der Männer trat vor. »Ich denke, wir sollten die Stadt zurückerobern, noch bevor sie Zeit haben, Verstärkung aus Bast anzufordern!«

Schobai, der sich bisher im Hintergrund gehalten hatte, fragte erstaunt: »Verstärkung aus Bast? Würden die Truppen in Athribis sich ihnen denn nicht in den Weg stellen?«

Unas schüttelte grimmig den Kopf. »Athribis ist nicht mehr!«

»Was sagt Ihr da?«, rief Meret entsetzt. »Athribis, der stärkste Außenposten der Armee? Was ist denn geschehen?«

»Nachdem die Nomaden sich des Oberkommandierenden Baka bemächtigt hatten, beschloss man in Athribis den Rückzug. Die Nomaden nutzten diese Chance und griffen die Fliehenden an. Was im Einzelnen geschehen ist, wissen wir auch noch nicht!«

»Baka ... in Gefangenschaft?«, wiederholte Meret verzweifelt. »Wie ... wie konnte das geschehen?«

»Der Bote hat Sais wohl erst nach Eurer Abreise erreicht«, meinte Unas nachdenklich. »Seid Ihr mit Baka bekannt?«

»Er ist mein Gatte! Ich bitte Euch, Ihr müsst mir sagen, was geschehen ist! Was immer Ihr über seinen Verbleib wisst ...«

Der Oberkommandierende blickte sich ein wenig unsicher um und biss sich auf die Lippen. »Es tut mir so Leid, dass ich Euch diese bestürzenden Nachrichten überbringen muss«, fuhr er schließlich fort. »Die Nomaden haben Euren Gatten in einen Hinterhalt gelockt. Ein Bote, der angeblich Friedensverhandlungen vorschlug, war ihre Tarnung. Und erst als Baka am verabredeten Treffpunkt erschien, wurde deutlich, dass man ihn betrogen hatte und ...«

»O nein«, flüsterte sie tonlos. »Baka ... in der Gewalt der Nomaden ... ist er gefangen oder ...«

Unas schluckte und richtete sich dann auf. »Gefangen ... oder tot! Wir wissen es nicht! Sie haben einen der Hauptleute getötet, der ihn begleitete. Und was Baka betrifft«, fuhr er bedrückt fort, »es ist sehr gut möglich, dass sie ihn befragen wollen. Ich sage Euch dies nicht gern, aber ... der Mann, in dessen Hände er wohl fiel, ist als grausam und unerbittlich sogar bei seinen eigenen Leuten bekannt, die ihn ...«

»Genug!«, unterbrach ihn Schobai. »Ihr seht doch, wie sehr sie die Nachricht schmerzt!«

»... nur Reschef, die Schlange, nennen!« Unas schwieg betroffen und Akilleus warf Schobai einen vielsagenden Blick zu. Die Miene des Blinden wirkte wie versteinert.

Wenig später wandte sich Unas erneut an Akilleus, den Kapitän des Schiffes. Beide Männer hatten den Blick stromauf gerichtet. »Nun, Akilleus, es besteht kein Grund, warum ich Euch weiter aufhalten sollte. Ich bin Euch dankbar für die wertvollen Nachrichten über den Stand der Dinge in Sais, aber Ihr wollt Euch gewiss so bald wie möglich in Sicherheit bringen.«

»In Sicherheit bringen?«, erwiderte Akilleus erstaunt.

»Gewiss«, meinte Unas. »Es kann Euch doch nicht entgangen sein, in welch großer Gefahr Ihr Euch befindet.«

Akilleus wandte sich zu den anderen um. Ebana hatte tröstend den Arm um Merets Schultern gelegt und blickte ihn fragend an. »Ich ... weiß darauf noch nichts zu sagen, denn ... Ebana! Die Bootsleute können dich begleiten, wo immer du auch hin willst. Bringe dich, Schobai und Meret in Sicherheit! Ich werde Euch so bald wie möglich folgen.«

»Wovon sprichst du?«, erwiderte Ebana streng. »Willst du etwa ohne uns zurück in die Stadt?«

»Ebana, ich bitte dich! Versteh doch, dass ich meine Freunde nicht so einfach im Stich lassen kann, jetzt, wo noch Hoffnung besteht! Soll ich Nikos in den Händen der Nomaden zurücklassen? Jetzt, wo wir wissen, dass dieses Ungeheuer Reschef in der Nähe ist?«

»Ich verstehe dich sehr gut, du Narr!«, erwiderte sie mit zornsprühendem Blick. »Du brauchst mir gar nichts zu erklären! Aber glaubst du denn tatsächlich, wir würden uns aus der Gefahr davonstehlen und an irgendeinem fernen Ort müßig auf deine Rückkehr warten?«

»Was redest du da!«, setzte er zornig an. »Wie soll es denn …«

Meret unterbrach ihn jedoch. »Sie hat Recht, Akilleus!«, sagte sie und trat auf ihn zu. »Mein Gatte Baka … er befindet sich offenbar in der Gewalt der Nomaden, falls sie ihn nicht bereits getötet haben! Wie könnte ich irgendwo in Sicherheit herumsitzen, ohne zu wissen, wie es ihm ergangen ist? Nein, ich werde nicht fliehen!« Sie wandte sich an Unas und blickte ihn entschlossen an. »Dieser Krieg betrifft uns alle, auch wenn unsere Soldaten ihn bisher von der Stadt fern halten konnten. Das hat sich nun geändert und nichts wird uns davon abhalten, Euch zu begleiten, nicht wahr, Ebana?«

»Soll es doch nur jemand wagen«, erwiderte diese und kreuzte ihre kräftigen Arme vor der Brust. »Es wird ihm schlecht bekommen. Dem Ersten, der versucht, mich auf diesem Schiff stromab zu schicken, werde ich Arme und Beine brechen!«

Unas warf Akilleus einen unsicheren Blick zu. Aber der zuckte mit den Schultern. »Ich werde sie gewiss nicht umstimmen können! Da ist es schon leichter, den Lauf des Nils in andere Bahnen zu lenken, und damit ist die Angelegenheit wohl geklärt! Doch, sagt mir eines … wie soll es weitergehen, wenn Sais zurückerobert ist?«

»Ich habe noch keine Entscheidung getroffen«, erwiderte Unas. »Es wird davon abhängen, ob wir uns mit dem Rest der Truppen, angefangen mit den Überlebenden von Athribis, zusammentun können. Wenn unsere Zahl groß genug …«

»Unas«, unterbrach ihn einer der Offiziere, »wir werden sie auf Dauer nicht aufhalten können! Die Nomaden sind uns zahlenmäßig weit überlegen!«

»Auch darüber habe ich mir bereits Gedanken gemacht. Es ist wohl an der Zeit, mit den Truppen in Memphis Verbindung aufzunehmen. Wenn wenigstens alle ägyptischen Streitmächte ihre Kräfte bündeln …« Er bemerkte den Zweifel in den Blicken seiner Untergebenen und zuckte mit den Schultern. »Nun, hier können wir nicht bleiben, und wenn wir uns weiter zurückziehen, so müssen wir neue Versorgungsquellen finden, Nahrungsmittel und Waffen …«

»Mir ist da so ein Gedanke gekommen«, unterbrach ihn Akilleus. »Wie steht es mit dem Hof in Memphis? Lebt man in Frieden mit den Völkern am Oberlauf des Flusses? Denjenigen oberhalb des Vierten Kataraktes?«

»Nun, mir ist nichts Gegenteiliges bekannt, seit ...«

Ebana unterbrach ihn ungestüm und begeistert: »Du bist doch ein schlauer Fuchs, Akilleus! Das ist ein hervorragender Gedanke! Warum bin ich nicht selbst darauf gekommen? Wir könnten Erfolg haben, insbesondere, wenn wir uns gemeinsam darum kümmern!«

»Ich verstehe nicht ganz«, sagte Unas. »Was haben die Völker am Oberlauf des Nils mit unseren Problemen hier im Delta zu schaffen?«

»Er spricht von den Nubiern, die seit vielen, vielen Generationen als hervorragende Krieger bekannt sind«, erwiderte Ebana. »Wenn wir beide uns zusammen auf den Weg nach Süden machen, könnten wir Unterstützung für unsere Sache erwirken! Durch ein Abkommen zwischen den Staaten oder, falls dies nicht möglich sein sollte, auch durch das Anheuern fähiger Söldner. Wolltest du das nicht vorschlagen, Akilleus?« Er nickte und sie fuhr mit breitem Lächeln fort: »Stellt Euch vor, Unterstützung durch erfahrene Krieger, die als schier unbesiegbar gelten, deren Ruf selbst dem der Schairetana noch überlegen ist!«

Unas nickte nachdenklich. »Bleibt noch das Problem des Waffennachschubs. Schon jetzt haben wir damit Schwierigkeiten, seit wir von Athribis abgeschnitten wurden. Und womit sollen wir die neuen Einheiten ausrüsten, vorausgesetzt, es gelingt Euch tatsächlich, sie den weiten Weg hierher zu locken?«

Schobai trat einen Schritt auf den Oberkommandierenden zu. »Dabei könnt Ihr auf mich zählen«, sagt er ruhig. »Besorgt mir Erze in ausreichender Menge und ich werde Euch Waffen schmieden, mit denen Ihr die Nomaden zurück in die Wüste jagen könnt!«, fügte er grimmig hinzu. »Ich habe dereinst Schwerter für die Nomaden geschmiedet. Und nun ist es an der Zeit, dass ich Eure Truppen bewaffne.«

Kapitel 14

I

»Ich kann den Hund nirgendwo entdecken«, meinte Jakob und blickte sich suchend nach allen Seiten um. »Dann ist der Junge wohl auch nicht hier.«

Der Schmied Ischmerai legte den Blasebalg zur Seite und begutachtete das Feuer in seiner Esse – ein weiß glühendes Bett gleichmäßig verteilter Kohlen, ein geradezu beispielhaftes Schmiedefeuer!

»Das ist richtig, Herr. Ich habe ihn zum Wasserholen an den Fluss hinuntergeschickt. Und dann ... lasst mich überlegen, was seine weiteren Aufgaben für den Tag sind.« Ischmerai wischte sich die Brauen und blickte in den klaren Morgenhimmel hinauf. »Nein, mehr habe ich ihm nicht aufgetragen. Er wird nach dem Wasserholen direkt hierher zurückkehren.«

»Nun, so lange kann ich wohl nicht warten. Ich wollte auch nur einmal nach dem Rechten sehen. Du bereust es also nicht, dich hier niedergelassen zu haben?«

»O nein, Herr! Ich werde Euch noch lange dankbar sein für diesen Vorschlag! In Succoth gab es nicht allzu viel zu tun für mich. Im Grunde bin ich nur wegen der Erze dort geblieben, die es in der Stadt im Überfluss zu kaufen gab. Das und natürlich die Gewohnheit! Aber hier gefällt es mir besser. Und dann ist da natürlich auch noch der Junge!« Bei seinen letzten Worten lächelte er.

»Du bist also zufrieden mit deinem Lehrling Ben-Hadad?«

»O ja, mehr als zufrieden!«, erwiderte Ischmerai. »Ich sollte Euch dafür bezahlen, dass ich ihn unterrichten darf, und nicht umgekehrt! Der Junge ist so aufgeweckt und lernt außergewöhnlich schnell. Aber bei dem, was Ihr mir über seine Vorfahren erzählt habt, sollte mich das auch nicht wundern. Er hat weit mehr Talent als manch anderer.«

»Dann ist es gut, wenn Ihr seine Ausbildung beschleunigt, Ischmerai. Schließlich wissen wir ja, dass die Lehrzeit für gewöhnlich zum größten Teil aus niederen Arbeiten besteht, bevor der Lehrmeister sein Wissen weitergibt. Wenn du weitere Hilfe brauchst, lass es mich wissen.«

»Das werde ich«, meinte der Schmied und hob den Kopf. »Oh, dort kommt jemand, den Ihr kennen lernen solltet, Herr! Das ist Pithon, der Kesselflicker! Oder hat er bereits bei Euch vorgesprochen?«

Jakob wandte sich um und sah, wie der Mann schnell näher kam. Schon aus großer Entfernung war zu erkennen, dass der ältere Mann mindestens einen Kopf größer war als der ebenfalls kräftige Schmied Ischmerai, selbst auch von stattlichem Wuchs, und ebenso breite Schultern hatte. Doch trotz dieser Größe wirkte er seltsam geschwächt, und als er die Schmiede erreicht hatte, wurde deutlich, dass er an einer unheilbaren Krankheit litt, denn ein Hustenanfall raubte ihm eine Weile den Atem. Die Lungenkrankheit, dachte Jakob mitleidig.

Der Kesselflicker blieb stehen und blickte Jakob scheu an. Offensichtlich fühlte er sich in seiner zerlumpten Kleidung nicht sehr wohl. »Verzeih, Ischmerai, ich wusste nicht, dass du beschäftigt bist! Ich werde später noch einmal ...«

»Nein, nein, Pithon, bleib nur!«, meinte der Schmied. »Dies ist Jakob, der Besitzer des Landes, auf dem wir zu Gast sind! Jakob, dies ist mein Freund Pithon, ein Kesselflicker, wie man ihn besser nicht finden kann! Manchmal habe ich den Verdacht, dass er in einem anderen Leben ein Meister der Schmiedekunst gewesen sein muss!«

Der Kesselflicker verbeugte sich höflich. »Ich bin hocherfreut, Eure Bekanntschaft zu machen! Man hat mir erzählt, dass ich hier einen jungen Freund von mir treffen könnte. Er soll bei einem Schmied ... aber das müsstest ja du sein, Ischmerai! Hast du einen neuen Lehrling? Ein fixer Junge, freundlich und ungefähr so groß ...!«

»Du meinst sicher Ben-Hadad! Er wird bald zurück sein.« Der Schmied wandte sich lächelnd an den Patriarchen. »Es ist schon erstaunlich, wie viele Freunde der Junge hier schon gefunden hat. Ich wusste gar nicht, dass die beiden sich auch kennen! Und doch, als ich ihm damals in Succoth zum ersten Mal begegnet bin, wirkte er recht ängstlich und schüchtern!«

»Dazu hat er nun keinen Grund mehr, Ischmerai!«, erwiderte Jakob. »Ich habe seinen Stiefvater davongejagt und den Jungen und seine Mutter bei mir aufgenommen. Seither sind die beiden recht glücklich und zufrieden. Verzeih«, wandte er sich fragend an den Kesselflicker. »Du scheinst nicht aus Kanaan zu stammen, denn ich habe in deiner Aussprache fremde Klänge entdeckt, und doch trägst du einen unserer landesüblichen Namen. Pithon, der Harmlose! Verzeih meine Neugier, aber ...«

Der Kesselflicker blickte den Patriarchen ein wenig misstrauisch an, konnte jedoch nur Freundlichkeit im Blick des alten Mannes entdecken. »Eine gute Frage, Herr. Es ist leider so, dass niemand sagen kann, wer ich wirklich bin! Man griff mich vor einiger Zeit, etliche Sommer ist das nun her, in den Straßen von Damaskus auf, wo ich im Fieberwahn hilflos und schon fast dem Tode geweiht umherirrte. Eine dort ansässige Familie erbarmte sich meiner, gab mir die nötige Pflege, um wieder zu gesunden, und auch den Namen, damit jeder gleich wusste, dass ich nichts Böses im Schilde führe. Was davor geschah, kann ich beim besten Willen nicht sagen und niemand hat auch bisher aus meiner besonderen Sprechweise Rückschlüsse auf meine Herkunft ziehen können.«

»Das hat seinen Grund!«, meinte Jakob erheitert. »Ich höre mindestens ein Dutzend örtliche Besonderheiten heraus, von denen Ihr einige wohl auf Eurer Wanderschaft aufgegriffen habt. Euer Handwerk habt Ihr nach Eurer Krankheit erlernt, nehme ich an?«

Pithon musterte nachdenklich seine kräftigen, schwieligen Hände. »O ja, Herr. Aber eines scheint mir gewiss! Ich war nie ein reicher Müßiggänger, eher ein Tagelöhner, nach meinen abgearbeiteten Händen zu urteilen.«

»Oder ein Bäcker, Pithon!«, warf Ischmerai ein. »Wenn ich an die vielen Brandflecken auf deinen Armen denke! Wenn nicht gar ...«

»Was auch immer Euer Beruf war«, unterbrach ihn Jakob, »seid willkommen auf meinem Land! Umso mehr, da Ihr ein Freund des jungen Ben-Hadad seid. Er ist der beste Spielkamerad und Freund meines Sohnes Joseph und gehört auch darum zu meiner Familie. Kommt morgen früh in mein Zelt, wenn Ihr wollt. Dann werde ich sehen, ob ich nicht eine Arbeit für Euch finden kann.«

»Nur allzu gerne, Herr«, erwiderte der Kesselflicker dankbar. »Ich werde kommen. Und du, Ischmerai, grüß mir den Jungen, ja?« Er verbeugte sich noch einmal und ging mit weit ausholenden Schritten davon.

Jakob blickte ihm nach und meinte dann: »Sehr bedauerlich! Ich werde sehen, was ich für ihn tun kann. Er sieht geschwächt aus, trotz seiner Kräfte. Die Hände werden von der Lungenkrankheit nicht so schnell geschwächt. Er wird seine Kräfte nicht verlieren, bis zu jenem Tag, an dem die Krankheit ihn ans Bett fesselt, ohne dass er sich wieder erheben könnte.«

Ischmerai hatte wieder nach dem Blasebalg gegriffen, um das Feuer in der Esse anzufachen. »Das ist wohl wahr, Herr. Aber er ist ein fleißiger Arbeiter, solange die Krankheit es ihm gestattet. Auch in Succoth hat man ihn sehr geschätzt. Unsere Wege haben sich hin und wieder gekreuzt. Er wird Euch nicht bestehlen und er stellt auch für Eure Frauen und Töchter keine Gefahr dar!«

»Ich werde gewiss eine Arbeit für ihn finden«, erwiderte Jakob und verabschiedete sich von Ischmerai. Langsam und vorsichtig, in Anbetracht seiner gelähmten Hüfte und den im Alter zerbrechlich gewordenen Knochen, ging er den Hügel hinab und bemerkte dann Danataja, die mit schnellen Schritten und besorgtem Blick auf ihn zukam. »Falls du zu Ben-Hadad möchtest, so hast du ihn ebenso verpasst wie ich!«, meinte er und steuerte dann auf einen Felsblock zu, der gerade die richtige Höhe besaß, um ihm als Sitz zu dienen.

Mit einem erleichterten Seufzer ließ er sich darauf nieder. »Ach, das tut gut! Ich werde mich ein wenig ausruhen und neue Kräfte für den Rückweg sammeln.«

»Du solltest wirklich nicht allein so weit gehen, Jakob«, meinte Danataja. »Das nächste Mal werden wir dich begleiten. Ich oder auch Joseph oder Benjamin.«

Jakob antwortete mit einem dankbaren Lächeln. Wie glücklich er doch über ihre Fürsorge sein konnte und auch darüber, dass sie seit Haschums plötzlicher Abreise so aufgeblüht war. »Du solltest die Jungen wegen mir nicht behelligen. Sie haben genügend anderweitige Beschäftigung. Aber ich freue mich jederzeit über deine Gesellschaft.« Er musterte sie erneut. Aus ihrem strahlenden Blick sprach ihre neu erwachte Lebensfreude. »Es ist schön zu sehen, dass du wieder glücklich bist, Danataja!«

»O ja, das bin ich, Jakob«, erwiderte sie lächelnd. »Glücklicher denn je, seit Haschum ... nun ja, seit wir hierher in den Süden zurückgekehrt sind. Und ich bin auch nicht mehr einsam.« Danataja ergriff Jakobs faltige Hand. »Ein Ehemann bedeutet nicht alles, das weiß ich jetzt! Und jetzt habe ich eine richtige Familie um mich. Das habe ich nie zuvor gekannt. Mein Vater hat mich ganz alleine großgezogen, und als er starb, lebte ich im Hause von Oheim und Tante. Doch ihnen musste ich sogar Miete bezahlen und aus lauter Geldgier haben sie mich bald hinausgeworfen! Die einzige Zeit, in der ich wirklich glücklich war, waren jene wenigen Monate, in denen ich mit Hadad zusammenlebte.« Bei der Erwähnung seines Namens umwölkte sich ihre Stirn, aber dann zwang sie sich, wieder zu lächeln. »Du hast dich aufgemacht, um nach Ben-Hadad zu sehen«, fuhr sie fort. »Das ist es, was ich meine! Du kümmerst dich um uns und es kommt mir vor, als hätten wir beide einen Vater gewonnen!« Jakob lächelte glücklich, wollte etwas erwidern, doch die Rührung schnürte ihm die Kehle zu und er merkte, dass seine Augen feucht wurden. »Ich ... ich habe mich so oft über mein Schicksal beklagt«, meinte er dann, »und doch gibt es Grund genug für mich, den Herrn zu loben und ihm zu danken, für alles, was er mir schenkte. Die herben Verluste werden doch mehr als aufgewogen durch mein Glück, meine Freunde, die Familie und zwei wunderbare Söhne ...« Er hielt inne, als er erneut die Sorge in ihrem Blick bemerkte. »Was ist dir, meine Liebe?«, fragte er.

»›Zwei Söhne‹, hast du gesagt, Jakob! Streust du nicht die Saat der Zwietracht, wenn du so sprichst? Du musst doch wissen, dass deine älteren Söhne Joseph und Benjamin um ihre Gaben und Stellung beneiden. Wäre es nicht klüger ...«

»Wenn ich den Söhnen Leas mehr Aufmerksamkeit schenken würde? Wie auch denen von Bilha und Silpa? Nun, Danataja, sie sind bereits alle erwachsene Männer. Und unser Verhältnis ist nicht wie das von Vater und Sohn, sondern wie das erwachsener Männer verschiedenen Alters. Oh, ich weiß, dass ich Verpflichtungen ihnen gegenüber habe, aber nach meinem Tode werden sie gut versorgt sein, darum habe ich mich gekümmert und meinen Besitz gerecht unter ihnen aufgeteilt. Und doch kann ich es vor dem Herrn nicht verbergen, dass meine älteren Söhne mir allesamt nur Enttäuschung bereitet haben! Und auch vor ihnen will ich meinen Kummer nicht verbergen, da sie ihn doch verursacht haben.« Er seufzte betrübt. »Meine Söhne und ich wissen sehr wohl, wie wir zueinander stehen. Und sie denken nicht besser über mich als ich über sie. So ist es nun mal.«

»Aber Jakob ...«, setzte Danataja an, hielt jedoch inne, als sie seinen abweisenden Blick bemerkte, und beschloss, nichts weiter zu sagen. »Ich werde dich nach Hause begleiten, wenn du willst«, meinte sie nach einer kleinen Weile. »Nimm meinen Arm als Stütze!«

Nach den langen Monaten auf der Weide war das Gras von den Herden des Jakob bis auf die Wurzeln abgefressen. Um diese Zeit begannen Jakobs Söhne für gewöhnlich, die Herden nach Norden zu treiben, in ein hügeliges Gebiet in der Nähe von Sichem, so wie es mit den neuen Herren im Lande, den Vertretern der Hirtenkönige, vereinbart worden war. In diesem Jahr wies man sie jedoch an, die Herden noch weiter nach Norden hinaufzutreiben, in die Gegend um Dothan. Reuben, als Ältester und Anführer des langen Zuges, nahm diese Nachricht gelassen auf, ließ die Herde an den Festungsmauern der Stadt vorbeitreiben und beschloss, am Fuße des mächtigen Berges Ebal das Nachtlager aufzuschlagen.

Auf dieser Wanderung nach Norden hatten die Brüder nach langen Monaten zum ersten Mal wieder zusammengefunden, sowohl die Söhne von Lea als auch die von Bilha und Silpa. Am Abend versammelten sie sich zum Gespräch am wärmenden Lagerfeuer. Schon lange hatte sich die einstige Kluft zwischen dem Erstgeborenen und seinen jüngeren Brüdern geschlossen und war dem Vertrauen in Reubens größere Lebenserfahrung gewichen, die ihn zum Schlichter bei Zwist und Streitereien zwischen den anderen werden ließ. Auch an diesem Abend widmete er sich eine Weile dieser Aufgabe und besprach dieses und jenes, um den Frieden im Lager zu sichern. »War das alles?«, fragte er schließlich.

»Du weißt sehr wohl, dass dies nicht alles sein kann, was uns bedrückt!«, meinte Simeon missmutig. »Weißt du denn nicht, wer uns schon bald folgen wird, nur um uns zu bespitzeln und dem Vater unsere Missetaten zu berichten?« Er spuckte verächtlich ins Feuer und beantwortete selber die Frage. »Unser heiß geliebter kleiner Bruder, wer hätte das gedacht!«

Diese Nachricht wurde von unüberhörbaren Missfallensbekundungen der anderen begleitet und Juda fluchte laut. »Er soll gefälligst bleiben, wo er ist!«, rief er zornig. »So wahr mir Gott helfe, ich weiß nicht, was ich tun werde, wenn er sich nicht von mir fern hält. Er soll es nicht wagen, hinter mir herzuspionieren, dieser überhebliche Hurensohn!«

»Mäßige dich, Bruder«, wies ihn Reuben zurecht. »Und Hurensohn? Joseph ist das Kind von Rahel, der Schwester unserer Mutter!«

»Du weißt genau, was ich meine!«, fuhr Juda ihn an. »Und warum nimmst du ihn überhaupt in Schutz? Du hattest doch gewiss am meisten zu leiden, als Erstgeborener! Du bist derjenige, an den Vater sich wenden sollte, wenn ...«

»Das weiß ich wohl«, unterbrach ihn Reuben. »Aber ... Vater wird schon bald nicht mehr unter uns sein und wäre es nicht das Beste für uns, in Frieden miteinander auszukommen, selbst wenn es bedeutet, unserem kleinen Bruder Joseph den Unsinn zu verzeihen, den er gelegentlich erzählt?«

»Unsinn nennst du das?«, fiel jetzt auch Levi erregt ein. »Hast du schon das Neueste gehört? Er hat wieder prophetische Träume! Diesmal hat er uns beim Garbenbinden gesehen und keinem von uns ist es gelungen, die Garben aufrecht hinzustellen. Nur ihm, dem Auserwählten! Und mehr noch, alle anderen Garbenbündel verneigten sich vor dem seinen!«

»Das hat er mir auch erzählt«, meinte Simeon bitter. »Und noch eine andere Geschichte, in der sich Sonne, Mond und alle Sterne vor ihm verneigten. Ich habe ihn natürlich gefragt, wie das wohl gehen soll, aber er hat gar nicht zugehört, sondern ist mit seinem kostbaren Mäntelchen, das Vater für ihn hat anfertigen lassen, davongetänzelt, als wäre der Junge der reiche Minos von Kreta!«

»Ich weiß, dass er manchmal schwer zu ertragen ist«, meinte

Reuben zustimmend. »Erst neulich wollte er mir erzählen, wie man die Schafe von der Trommelsucht befreit, dabei habe ich schon Schafe gehütet, als er noch gar nicht geboren war! Ich bitte euch ... habt noch eine kleine Weile Geduld mit ihm, denn ...«

»Eine kleine Weile Geduld«, äffte Simeon ihn nach und warf zornig einen Ast ins Feuer. »Ich will dir etwas sagen, Bruder! Wenn er hierher kommen sollte, halte ihn fern von mir! Wenn er noch so einen Traum erzählt, werde ich ihm mit meinen eigenen Händen den Garaus machen, so wahr mir Gott helfe!« Er starrte wütend auf seine Hände und fügte hinzu: »Mit diesen zehn Fingern werde ich ihm den Hals umdrehen, ich schwör's!«

»Das wirst du nicht tun!«, ermahnte Reuben ihn streng. »Und genauso wenig werdet ihr anderen euch an ihm vergreifen! Bedenkt doch, was einer von uns tut, wird stets uns allen angelastet.« Er blickte die Brüder einen nach dem anderen an und wandte sich dann wieder an Simeon. »Joseph wird uns also bei den neuen Weidegründen aufsuchen? Hat Vater dir das gesagt?«

»Nein, Joseph hat es mir selbst erzählt. Angegeben hat er damit, als wäre es eine besondere Auszeichnung! ›Ich werde euch bald besuchen, richte auch den anderen meine Grüße aus.‹« Er spuckte verächtlich ins Feuer. »Ich werde euch besuchen! Heimsuchen, wäre wohl passender. Als er das letzte Mal hinter uns herlief ...«

»Ich weiß, ich weiß!«, unterbrach ihn Reuben beschwichtigend, obwohl auch seine Geduld begrenzt schien. »Ich kenne seine Art zu reden. Aber hast du schon einmal bedacht, dass er vielleicht gar nicht merkt, wie hochnäsig er sich gibt?«

»Du willst uns doch nicht etwa erzählen, dass er es nur gut mit uns meint!«, ließ sich Levi empört vernehmen.

»Es könnte aber sehr wohl so sein und ich bitte euch nur, diese Möglichkeit in Erwägung zu ziehen. Ihr wisst, dass er sehr viel alleine ist, allenfalls mit Vater spricht. Und das ist auch unsere Schuld, denn wir haben ihn stets ausgeschlossen! Keiner von uns hat sich je die Mühe gemacht, ihm freundlich den Kopf geradezurücken.«

»Ist das mein Bruder Reuben, den ich da höre?«, fragte Juda ungläubig. »Reuben, mit dem Vater mehrere Sommer und Winter lang kein Wort gesprochen hat, nach, nun ja ... jenen unerfreulichen Zwischenfällen?« Er warf einen misstrauischen Seitenblick auf Dan und Naftali, den beiden Söhnen von Bilha, die ihn zornig anstarrten.

»Hört mir gut zu!«, setzte Reuben, der langsam die Geduld verlor, erneut an. »Hört mir gut zu, denn es ist zu eurem eigenen Besten! Ihr redet von Mord, als wenn es euch ernst damit ist ...«

»Natürlich ist es mir ernst damit!«, unterbrach ihn Simeon und sprang erregt auf die Füße. Er blickte die Brüder der Reihe nach an und fuhr fort: »Und es soll mir keiner behaupten, er hätte nicht auch schon einmal daran gedacht. Du zum Beispiel, Juda! Erinnerst du dich, wie Joseph beim Schafehüten einschlief, ein halbes Dutzend der Tiere einen steilen Abhang hinabrutschten und starben und man dir die Schuld daran gab? Und wie steht es mit dir, Issachar? Damals, als ...«

»Das reicht, Simeon!«, fiel ihm Reuben streng ins Wort. »Jeder von uns kann etwas finden, was er unserem Bruder vorwerfen kann. Und doch ermahne ich euch, keinen Unfrieden zu stiften, solange Vater noch unter uns ist. Ihr wisst so gut wie ich, dass wir damit am besten fahren. Und außerdem wüsste Vater sofort, dass jedweder Schaden, jedwedes Unglück, das dem Jungen zustößt, nur durch uns verursacht worden sein kann! Wir sollten versuchen, unserem Bruder auf andere Weise klar zu machen, was unsere ... unsere Wünsche sind! Ohne dass man uns dafür belangen kann! Und ansonsten sollten wir alle Stillschweigen bewahren in dieser Sache. Seid ihr einverstanden?«

Mit strengem Blick zwang er nacheinander die Brüder, ihm zuzustimmen, wenn auch widerstrebend und von feindseliger Stille begleitet.

Weiter unten in der schmalen Schlucht sprudelte auf halber Höhe des Abhangs eine muntere Quelle, deren Wasser sich hinter einem Steinwall zu einem klaren Teich sammelte. Diesem Teich näherten sich nun der Junge und sein treuer Begleiter, der kleine graue Hund mit Namen Löwe, und beide beugten sich gleichzeitig über die spiegelnde Wasseroberfläche, um zu trinken. Den Eimer hatte Ben-Hadad neben sich auf den Boden gestellt, um ihn später zu füllen.

Oben auf dem Hügel verzog der Mann, der sie beobachtet

hatte, das Gesicht zu einem boshaften Lächeln, doch es war niemand in der Nähe, der es hätte bemerken können.

Ich könnte es jetzt schon tun, dachte der Mann. Ich muss nur schnell den Hügel hinunterklettern. Der Hund würde keine Schwierigkeiten bereiten, ein Tritt in die Eingeweide und ... aber nein! Sie waren nicht weit genug von Jakobs Zelten entfernt! Man könnte sie hören und dem Jungen zu Hilfe eilen und dann stünde er da, auf frischer Tat ertappt ... Nein, hier durfte es nicht geschehen. Vielleicht an der Schmiede, die so abgelegen hinter dem Wäldchen lag. Ja, das wäre besser! Er musste nur den Schmied unter einem Vorwand fortlocken und dann wäre es eine Kleinigkeit, sich den Jungen zu greifen und ...

Ja, das war ein guter Plan, dachte er und lächelte, boshaft und zufrieden. Das war ein guter Plan. Schließlich hatte er genügend Zeit.

II

Dort wo die Straße nach Sichem von der großen Karawanenstraße abzweigte, wurde Joseph vom Wachtposten der Nomadenkönige, der ihm in voller Kampfausrüstung in den Weg trat, aufgehalten. »He, wo willst du hin, Junge!«, rief der Mann streng und mit deutlichem Akzent.

»Ich möchte zu den Herden meiner Brüder«, erwiderte Joseph. »Ich bin der Sohn des Jakob.« Er ließ suchend den Blick über die Hügel schweifen und meinte dann: »Man müsste die Herden doch von hier aus schon sehen können. Ist mein Bruder Reuben denn noch nicht hier vorbeigezogen?«

»Ah, Reuben! Ja, ja!« Der Krieger schwenkte den Arm, um die Richtung anzudeuten, in die die Herden gezogen waren, und fügte dann ein wenig schwerfällig hinzu: »Dothan! Weiden in Dothan!« Er musterte erstaunt den bunten Mantel, den Joseph trug, wendete dann sein Pferd und ritt auf der Straße nach Sichem davon.

Joseph sah ihm lächelnd nach. Die meisten Menschen verhielten sich so, wenn er diesen Mantel trug. Es erschreckte sie wohl, weil sie so etwas nicht gewohnt waren, und sie betrachteten das farbenfrohe Gewebe als ein Werk des Teufels. Selbst Angehörige von Jakob vertraten diese Ansichten und die Nomaden fühlten wohl ebenso, stellte er fest.

Die Herden waren also weiter nach Dothan gezogen? Wenn er sich beeilte, konnte er noch vor dem Einbruch der Nacht bei ihnen sein, mit ihnen das Mahl teilen und den Abend am Feuer verplaudern.

Er seufzte und gab seinem Pferd die Sporen. Ach, wenn sie doch nur nicht immer so abweisend ihm gegenüber wären! Er konnte doch wahrhaftig nichts dafür, dass er der Sohn Rahels war, die sein Vater über alles geliebt hatte, genauso wenig wie dafür, dass Jakob ihn und Benjamin mehr liebte als die anderen Söhne. Niemand konnte etwas dafür, es war einfach so. Schicksal oder der Wille Gottes, der ihrer aller Vater war!

Und war es nicht auch so, dass die anderen sich selbst mehr als einmal ins Unrecht gesetzt hatten? Hatte Reuben, der Erstgeborene, nicht alle Rechte auf sein Erbe verwirkt, als er Bilha beiwohnte, der Dienerin Jakobs und Mutter zweier seiner Söhne? Und jenes schreckliche Massaker in Sichem? Nur deswegen hatten sie noch immer Feinde in diesem Land! Es war doch zu verstehen, dass Jakob ihnen wegen dieser Grausamkeit ewig und unverzeihlich zürnte.

Doch warum hatten sie sich alle gegen ihn gewandt? Er hatte ihnen doch nichts zuleide getan, nein, er war seinen Brüdern zugetan und hatte ihnen seine Träume auch nicht erzählt, um sie zu ärgern. Es waren doch nur Träume! Wie konnte man sich nur so darüber aufregen?

Er träumte sehr häufig, und obschon einige der Träume prophetisch sein mochten, die meisten waren es nicht. Und so wichtig waren sie auch nicht. Er hatte gedacht, es würde ihnen Spaß machen zu hören, welch merkwürdige Dinge sich im Schlaf in seinem Kopf ereigneten …

Tief in Gedanken versunken, ritt er dahin und wurde urplötzlich von einem Stein getroffen, der seine Wange aufritzte, sodass sie zu bluten begann. Joseph zog die Zügel an und blickte sich um. »Wer ist da?«, fragte er laut. Angst und Empörung schwangen in seiner Stimme mit. »Ich komme in Frieden und bin unbewaffnet.«

»Er kommt in Frie-hie-hieden!«, hörte er eine hämische Stimme von oben rufen. »Er ist unbewaffnet, wie dumm von ihm!« Joseph blickte auf und entdeckte auf dem Felsüberhang Haschums Sohn, der eine offensichtlich wurfbereite Steinschleuder in der Hand hielt. »Hört nur, wie er jammert, der Sohn des Jakob! Willst du nicht auf die Knie sinken und um Gnade winseln, Joseph?«

»Schamir? Warum tust du das? Wenn ...« Er duckte sich, als Schamir den nächsten Stein schleuderte. Er flog dicht an Josephs Kopf vorbei. »Hör auf damit, hörst du mich! Hör auf oder ich ...«

»Oder was? Wirst du nach deinem Vater rufen? Der ist aber ziemlich weit weg! Auf dem Land deines Vaters bist du ein Großmaul, das ist ja auch einfach! Aber hier sind wir alle gleich und du kannst mich nicht einschüchtern!« Das nächste Geschoss traf Joseph an der Schulter und der Schmerz lähmte ihn. Schnell hatte Schamir wieder einen Stein in die Schleuder gelegt und sagte drohend: »Bleib, wo du bist, Joseph, bis du mich zu Ende angehört hast!«

»Aber Schamir!«, protestierte Joseph. »Ich weiß ja nicht einmal, warum du so zornig auf mich bist ...«

Erneut ließ Schamir die Schlinge mit dem Stein kreisen und Joseph hob schützend die Arme über den Kopf, als der nächste Stein flog und das Pferd am Schädel traf. Das Tier brach fast sofort zusammen und Joseph konnte gerade noch rechtzeitig aus dem Sattel springen. Er rieb sich den Staub aus den Augen, beugte sich über das Tier und klopfte seinen Hals.

»Mein Pferd! Du hast es getötet!«, rief er mit Tränen in den Augen.

Schamir beugte sich vor. »Es ist tot? Das kann nicht sein! So groß und wuchtig war der Stein doch gar nicht.« Er schwieg ängstlich. Ein Pferd war ziemlich teuer, und wenn diese Angelegenheit vor ein Gericht gebracht würde, erwartete ihn sicher eine hohe Strafe. »Mach, dass du fortkommst!«, rief er, bemüht seine Furcht nicht merken zu lassen. »Sonst mache ich das Gleiche mit dir! Ich kriege euch alle! Dich und Ben-Hadad und die Schlampe, die er seine Mutter nennt!«

»Hör auf, so zu reden!«, rief Joseph jetzt voller Zorn. »Wie kannst du nur so von meinen Freunden reden! Hüte deine Zunge, Schamir, oder ich verspreche dir …«

»Versprechen?« höhnte Schamir. »Ich verspreche dir was, Joseph! Wenn mein Vater die beiden erst mal von diesem alten Mann weggeholt hat, dann wird's ihnen schlecht ergehen, das verspreche ich dir!« Befriedigt bemerkte er Josephs Entsetzen und fuhr triumphierend fort: »Das erschreckt dich, nicht wahr? Aber es stimmt! Er ist schon in Hebron, und wenn er Danataja wieder in seine Gewalt gebracht hat, wird er sie lehren, einfach davonzulaufen und einem alten Schwachkopf …«

»Hör auf, du …« Joseph suchte vergeblich nach einem Wurfobjekt auf dem sandigen Boden, hielt sich dann verzweifelt die Ohren zu, um Schamirs Schmähungen zu entgehen, auch das vergeblich. »Halt endlich den Mund!«

»… und Ben-Hadad wird meinen Vater anflehen, mit ihm das Gleiche zu tun, was ich mit deinem hässlichen Pferd gemacht habe. Mein Vater hat nämlich nicht vergessen, dass Ben-Hadad mich gewürgt hat, dass er mich umbringen wollte …«

Endlich entdeckte Joseph weiter vorn auf dem Weg einen Stein, einen von jenen, die Schamir auf ihn geschleudert hatte. Er bückte sich danach, versuchte, den Hasstiraden des Jungen oben auf dem Hügel keine Beachtung zu schenken und stattdessen den Standort des Sprechers genauer zu ermitteln. »Schamir?«, rief er und duckte sich hinter einen Busch, das Wurfgeschoss fest in der Hand. »Schamir, wo steckst du? Ich kann dich nicht sehen!«

Überrascht hielt der Junge in seinen Beschimpfungen inne und beugte sich neugierig über den Felsvorsprung. »He, Joseph!«, fragte er. »Wo bist du hin?«

»Hier bin ich«, erwiderte Joseph, stand auf und schleuderte seinen Stein mit aller Kraft den Hügel hinauf. Das Wurfgeschoss traf Schamir an der Stirn und hätte tödlich sein können, wenn es durch das Auge gegangen wäre. Aber Schamir sackte trotzdem bewusstlos zusammen, den Arm mit der Schlinge über den Felsvorsprung gestreckt. In seiner leblosen Hand baumelte die Steinschleuder hin und her.

»Ich habe ihn getötet …«, sagte Joseph tonlos. Und dann dachte er: Ich muss Ben-Hadad warnen! Aber wie nur? Er warf einen Blick auf das tote Pferd und rang verzweifelt die Hände.

Meine Brüder, sie müssen mir helfen! Reuben kann mir sicher ein Pferd leihen. Vielleicht wird einer von ihnen sogar mit mir kommen! Aber Schamir hat gesagt, dass sein Vater schon in Hebron ist!

Joseph hatte keine Zeit zu verlieren. Er stürmte davon, besann sich jedoch nach einigen Schritten und folgte in gemäßigterem Laufschritt der Straße nach Dothan.

Schon aus weiter Ferne erkannte Simeon den jüngeren Bruder an seinem bunten Mantel. »Sieh doch nur, Juda! Unser Bruder, der Träumer, zu Fuß!«

Juda verzog angewidert das Gesicht. »Kann es gar nicht erwarten, hierher zu kommen und herumzuschnüffeln, so wie der rennt!«

Simeon griff unwillkürlich nach dem Dolch in seinem Gürtel. Die Brüder hatten an einem ausgetrockneten Brunnen Rast gemacht und wechselten vielsagende Blicke. »Der kleine Mistkerl!«, fluchte Simeon. »Ich schwör dir, von ihm lasse ich mir nichts mehr gefallen! Ich bin es leid, mir von ihm …«

Joseph war inzwischen so nahe herangekommen, dass sie sein Rufen hören konnten. »Simeon! Juda! Wartet auf mich …«

Sie sahen sich an und stellten fest, dass sie wohl beide den gleichen Gedanken hatten. Simeon lächelte grimmig. »Denkst du ebenso wie ich, Juda?«, fragte er.

»Entweder das, oder … Ich habe gehört, dass nicht weit von hier eine ismaelitische Karawane ihr Nachtlager aufgeschlagen hat. Die Ismaeliten zahlen gut für junge, kräftige Sklaven! Und sie nehmen sie mit auf eine lange Reise!«

»Und niemand wird je davon erfahren!« Doch dann hob Simeon den Blick und fluchte erneut. »Da hinten kommt Reuben, ausgerechnet jetzt! Wir wissen ja, was er von unserer Idee halten wird!«

»Dann sollten wir schnell handeln!«, erwiderte Juda. Sie drehten sich um, als Joseph bei ihnen ankam und erschöpft und atemlos beinahe in ihre Arme gestolpert wäre. Noch bevor er etwas sagen konnte, traf ihn Judas Faustschlag auf der Stirn. Er verdrehte die Augen, sackte in die Knie und Simeon fing ihn auf, bevor er zu Boden fiel.

»Juda!«, rief Reuben zornig, der in diesem Augenblick hinzukam. »Warum hast du ihn geschlagen?«

»Halt dich da raus!«, zischte Simeon erbost. »Das geht dich nichts an. Wir werden den kleinen Mistkerl beseitigen, ganz gleich ...«

»Beseitigen? Du meinst, ihr wollt ihn töten!« Reuben griff nach dem Arm des Bruders. »Du bist nicht mehr bei Verstand, Simeon! Weißt du nicht, was das für Vater bedeutet? Und welcher Fluch uns treffen wird, wenn wir den eigenen Bruder töten?«

Simeon blickte ihn verunsichert an. »Fluch? Was ... ja, aber ...«

»Kein ›aber‹! Es ist schon schlimm genug, dass Juda ihn so zugerichtet hat. Ich fühle mich mitverantwortlich, aber wir dürfen nicht noch mehr Unheil anrichten!«

Juda musterte den bewusstlosen Joseph und meinte dann: »Wir hatten da auch noch einen anderen Plan ... Die Karawane der Ismaeliter ... du verstehst, was ich meine?« Er lächelte. »Niemand wird je etwas von dem Verkauf erfahren. Von den Ismaelitern gefangen und verschleppt, wird man denken! Und Joseph kann sich die Kehle aus dem Leib schreien, ohne dass man darauf achtet. Seit den Zeiten von Abraham und Hagar herrscht Streit zwischen ihnen und uns und sie wären allenfalls noch stolz darauf, einen Nachfahren Isaaks als Sklaven zu besitzen.« Er grinste verschlagen und warf Reuben einen eindringlichen Blick zu. »Und bis Joseph wieder zu sich kommt, haben sie schon das halbe Tal durchquert auf dem Wege nach Moab!«

Reuben blickte seine Brüder fassungslos an. So weit war es also gekommen mit ihrem Hass! Er konnte kaum glauben, was er da zu hören bekam. Sie wollten den eigenen Bruder ermorden oder als Sklaven an ihre Feinde verkaufen. Er musste schnellstens eingreifen, um das zu verhindern!

»Ich ... ich denke, das können wir nur alle gemeinsam entscheiden! Denn die Folgen dieser Tat werden jeden von uns treffen!«

»Soll mir recht sein!«, erwiderte Simeon. »Nehmen wir ihn mit?« Er wies mit dem Kinn auf den leblosen Joseph in seinen Armen.

»Wirf ihn in den Brunnenschacht!«, schlug Juda vor. »Da kann er uns nicht entkommen.«

Reuben überlegte hastig seine nächsten Schritte und stimmte dann zu: »Ja, er kann dort im Schacht bleiben, bis wir entschieden haben. Ich helfe euch, ihn hinunterzulassen.« Er beugte sich über den Rand des ausgetrockneten Brunnens. Hier gab es keine Möglichkeit zu entkommen, denn die Wände waren glatt und steil. Aber von oben würde man ihm sehr leicht heraushelfen können – später, falls er die Brüder nicht zur Vernunft würde bringen können. »Beeilt euch!«, mahnte Reuben. »Bevor er wieder aufwacht!«

Auf dem Rückweg in ihr Lager begegnete ihnen eine Gruppe midianitischer Händler. Mit feindseligen Blicken und ohne einen Gruß ritten sie aneinander vorbei.

»Dann sind wir uns also einig«, stellte Simeon befriedigt fest, ein triumphierendes Lächeln auf den Lippen. »Am Morgen übergeben wir ihn den Ismaelitern. Und in der Zwischenzeit soll er ruhig mal ein bisschen frieren, damit er weiß, wie uns zumute war, in all den Jahren, fern von Vaters Zelten und seiner Gunst, nicht wahr?«

Das zustimmende Murmeln in der Runde versetzte Reuben einen Stich ins Herz. Er wollte aufstehen, um Simeon zu widersprechen, sah dann jedoch ein, dass er nichts mehr ausrichten konnte. Entmutigt warf er einen Blick in die Runde der entschlossenen Gesichter und meinte dann: »Tut, was ihr für richtig haltet. Aber meine Sache ist es nicht. Ich hoffe nur, dass euch klar ist, dass der Gott unseres Vaters die Tat nicht ungesühnt lassen wird! Und wir werden alle darunter leiden, ihr genauso wie ich! Auch ich habe mich oft über Joseph beklagt, aber nun bereue ich meine harten Worte.«

Er stand auf und verließ, ohne eine Antwort der Brüder abzuwarten, den hellen Kreis des Feuerscheins.

Sobald er sich ein wenig entfernt hatte, beschleunigte er seine Schritte. Der Mond war fast voll und der Nachthimmel wolkenlos, sodass er keinerlei Mühe hatte, auf der Straße nach Sichem seinen Weg zum Brunnen zurückzuverfolgen. Doch schon bald bereute er, sich nicht zu Pferde aufgemacht zu haben. Joseph wäre sicher noch nicht wieder zu Kräften gekommen. Nun, es war zu spät, noch einmal umzukehren, und der Junge würde sich eben auf den Arm seines Bruders stützen müssen.

Und dann fiel Reuben ein, dass dies die erste Gelegenheit war, bei der er sich tatsächlich um den Jüngeren bemühte. Vielleicht gab es ja heute die Gelegenheit, sich mit ihm anzufreunden? Joseph war ja kein schlechter Kerl, nur in manchen Dingen dumm und unerfahren, insbesondere wenn es darum ging, die Gefühle der anderen nicht zu verletzen. Aber wie hätte er dies auch lernen können? Seine älteren Brüder hatten ihm stets nur Ablehnung gezeigt, statt ihn anzuerkennen und ihn ein wenig von der Erfahrung lernen zu lassen, die sie als die Älteren besaßen …

Ach ja, in Josephs Alter war es nicht immer leicht, sich zu behaupten und die richtigen Antworten auf jene Fragen zu finden, die das Leben stellte! In der Tat schien es ihm jetzt, als würde man die erste Hälfte des Lebens einen Fehler nach dem anderen begehen, um in den Jahren danach die schwerwiegenden Folgen zu bereuen.

Der Mond stand schon weit im Westen, als er endlich den Brunnen erreichte. Vorsichtig näherte er sich dem Rand des Schachts. »Joseph?«, rief er. »Hörst du mich? Ich bin es, dein Bruder Reuben …«

Aber es kam keine Antwort. Besorgt lehnte er sich über den Rand des Brunnens und blickte hinunter in den vom Mondlicht erhellten Schacht.

Der Brunnen war leer! Joseph war verschwunden!

Verzweifelt blickte er sich um und entdeckte in einigen Schritten Entfernung den abgebrochenen Ast einer Terebinthe, deren kahle Zweige schwarz in die Höhe ragten. An der Spitze eines dieser Zweige flatterte ein bunter Fetzen Tuch, ein Tuch so farbenfroh, wie es nur von jenem Mantel stammen konnte, der stets den Neid der Brüder erweckt hatte! Rund um den Brunnen herum bemerkte Reuben nun auch die frischen Dunghaufen sowie eine Anzahl Hufspuren im Staub. »Die Midianiter, die uns auf dem Weg ins Lager begegneten! Sie haben Joseph in ihre Gewalt gebracht …«, rief er erschrocken.

Joseph! Er war zu spät gekommen! Sein Bruder Joseph war entführt worden.

III

Der Schmied Ischmerai hatte die Hände in die Hüften gestemmt und blickte auf seinen Lehrling herunter. »Nun, mein Junge! Hast du so weit alles erledigt? Das Holz gehackt und die Kohlen aufgestapelt? Und die Werkzeuge hängen auch alle an ihrem Platz?«

Ben-Hadad lächelte zufrieden. »Aber ja, es ist alles in bester Ordnung, Ischmerai!«

»Gut so«, erwiderte der Schmied. »Ich werde hinüber ins Lager gehen, um mit Jakob zu sprechen. Wenn du möchtest, kannst du tun, was dir gefällt, bis ich zurückkehre.«

»Aber ...«, Ben-Hadad blickte seinen Lehrmeister enttäuscht an. »Ihr wolltet mir doch zeigen ...« Er schluckte. »Ich meine, ich hatte mich schon gefreut, endlich ...«

»Nun, es ist leider anders gekommen, aber warte ...« Er griff in die Satteltasche seines Esels und zog ein langes, schmales Bündel hervor. »Da du so begierig bist zu lernen, kannst du dich während meiner Abwesenheit hiermit beschäftigen!« Er hielt dem Jungen das Bündel hin, der es überrascht und vorsichtig entgegennahm. »Öffne es, aber nimm dich in Acht!«

Aufmerksam verfolgte er jede Bewegung des Jungen, der geschickt die Tücher des Bündels auseinander faltete, bis ein glänzendes Bronzeschwert zum Vorschein kam. Mit großen Augen nahm er es behutsam auf, um es genauer zu betrachten. »So etwas ... habe ich noch nie im Leben gesehen.« Vorsichtig hielt er die Waffe in Händen, bewegte sie hin und her.

Ischmerai lächelte zufrieden. Es war kaum zu glauben, aber den ganzen Morgen schon hat er nicht ein einziges Mal gestottert! Und noch vor gar nicht allzu langer Zeit konnte er keinen Satz herausbringen, ohne ständig über die eigene Zunge zu stolpern! »Es gefällt dir also?«, fragte er freundlich.

»O ja!« antwortete Ben-Hadad begeistert. »Es ist ... es scheint magische Kräfte zu besitzen, so wie es in der Hand liegt! Es kann nicht aus Menschenhand stammen, es muss ein Geschenk der Götter sein!«

»Unsinn, mein Junge! Es ist in der Tat eine hervorragende Waffe, aber es stammt aus den Händen eines Menschen, eines Meisters seiner Kunst allerdings. Das Schmieden von Waffen ist ein Handwerk, das man erlernen kann, kein göttliches Geschenk! Zugegeben, manche bringen mehr Talent mit und dieses Schwert ist wohl der beste Beweis dafür. Aber auch du hast Talent und wer weiß? Vielleicht wird es dir eines Tages gelingen, selbst eine solch außergewöhnliche Waffe zu schmieden!«

Ben-Hadad war aufgestanden und ließ die Klinge durch die Luft sausen. »Es ist fast so, als wäre das Schwert ein Teil meines Armes, der meine eigenen Kräfte steigert!«, rief er begeistert, hielt dann inne und wandte sich fragend an seinen Lehrmeister. »Ihr meint ... es könnte mir eines Tages wirklich gelingen, eine solche Kunstfertigkeit zu erreichen?«

»Aber gewiss doch, mein Junge!«, erwiderte Ischmerai und lachte. »Es kann dir sehr wohl gelingen, denn das Blut des Mannes, der dieses Schwert geschmiedet hat, fließt auch in deinen Adern! Eines Tages wirst du mir an Kunstfertigkeit weit überlegen sein!«

Ben-Hadad starrte den Schmied mit offenem Mund an. »In meinen Adern?«, fragte er. »Ihr wollt sagen, mein Vater hat dieses Schwert geschmiedet?«

»Nein, nicht dein Vater! Soweit ich weiß, wurde er niemals in der Kunst des Waffenschmiedens ausgebildet. Nein, dieses Schwert entstand schon lange, bevor dein Vater geboren wurde. Ich habe es mir von Jakob ausgeliehen, um es dir zu zeigen. Du musst sehr gut darauf Acht geben, denn diese Waffe bedeutet unendlich viel für unseren Wohltäter, mehr als alles andere in seinem Besitz!«

»Und aus wessen Händen stammt es?«, fragte Ben-Hadad erneut. Er konnte die Augen kaum von der Waffe abwenden und strich mit den Fingern behutsam über das glatte, glänzende Metall.

»Nun, es stammt aus den Händen des Meisters aller Waffenschmiede, der sogar deinem Großvater Kirta an Kunstfertigkeit überlegen war, wie auch seinem Vater, jenem Ahuni, dessen Name von Ägypten bis hinauf ins Land der Hethiter Berühmtheit erlangte. Dieses Schwert wurde von niemand Geringerem gefertigt als dem großen Belsunu, dem Großvater deines Urahns Kirta! Und es gilt immer noch als die beste Waffe, die je geschmiedet wurde!«

»Das ... das will ich wohl glauben. Diese Waffe, so wie sie in der Hand liegt ...«

»Da hast du es, mein Junge! Es ist die Gewichtung, die selbst deinem Urahn Ahuni nie in der gleichen Meisterschaft gelingen wollte, trotz seiner Berühmtheit. Die Gewichtung! Dieses Schwert ist die Richtschnur, an der wir alle unsere Arbeit messen!« Ischmerais Begeisterung war unüberhörbar, doch jetzt beugte er sich nach vorn und flüsterte ehrfürchtig: »Mein Junge, was du da in Händen hältst, ist das Schwert von Sneferu! Mit dieser Waffe wurde der Sieg über die Elamiter errungen, die Befreiung des Landes Kanaan vom doppelten Joch der Tributzahlungen an Ägypten und Elam erstritten! Es ist die Waffe jenes hervorragenden ägyptischen Hauptmanns, den Abraham damals in seine Dienste nahm, um dieses Land für ihn zu erobern. Und als Sneferu von der Hand eines feigen Mörders starb, erschlug sein Sklave Enosch mit dieser Waffe den König der Elamiter, jenen Kedor-Laomer, im Zweikampf am Fuße des Berges Hebron!« Er lächelte den Jungen an, der ihm gebannt zugehört hatte. »Als Enosch starb, nahm Abraham die Waffe an sich und vererbte sie an Isaak, der sie seinem Sohn Esau zur Aufbewahrung überließ, während Jakob im Exil weilte. Doch bei seiner Rückkehr übergab ihm der Bruder das Schwert, bevor er das Land verließ, um sich in Moab niederzulassen.«

»Und dieser Meisterschmied ... dieser Belsunu ist mein Urahn?«

»O ja, mein Junge, daran gibt es keinen Zweifel! Du stammst aus einem traditionsreichen Geschlecht berühmter Schmiede. Und deshalb ist es mir auch eine große Ehre, dich, ein Kind des Löwen, in diesem Handwerk anzulernen.« Ischmerai grinste plötzlich und fügte dann hinzu: »Aber glaub ja nicht, dass es dich vor Schlägen bewahren wird, wenn du deine Pflichten vernachlässigst!« Er lachte freundlich, um seinen Worten die Schärfe zu nehmen. »Ich hatte versprochen, Jakob das Schwert heute zurückzugeben, aber er wird es gewiss verstehen, wenn ich ihm sage, dass du es dir noch genauer ansehen möchtest, allerdings ...«

»Ich werde sehr gut darauf Acht geben, Ischmerai!«

»Das solltest du auch, mein Junge! Und während ich fort bin, kannst du tun, was du möchtest. Vielleicht wäre es nicht schlecht, einen Lehmabdruck des Schwertes anzufertigen, bevor wir es zurückgeben müssen. Das könnte dir weiterhelfen, wenn du beginnst, deine eigenen Schwerter zu schmieden! Ich werde am frühen Nachmittag zurück sein!« Er bestieg den Esel und ritt langsam davon.

Eine ganze Weile saß Ben-Hadad nur da und betrachtete das außergewöhnliche Schwert, das in der Sonne glitzernd vor ihm lag. Erst als der Hund Löwe plötzlich wild zu kläffen begann, wurde er jäh aus seinen Gedanken gerissen. »Löwe!«, rief er. »Was soll das? Hör auf, so einen Lärm zu machen!« Doch es dauerte eine Weile, bis der Hund seinem Befehl folgte, zu ihm herüberlief und mit zitternden Flanken vor ihm stehen blieb. »Warum bellst du denn so laut?«, fragte Ben-Hadad, immer noch in den Anblick des Schwertes versunken. »Schau mal, was ich hier habe ...«

Doch als er die Waffe aufnahm und bewundernd über den Kopf hielt, wurde sie ihm mit einem Ruck aus den Händen gerissen. Er wirbelte herum und Löwe begann wütend zu bellen. »Haschum!«, schrie Ben-Hadad entsetzt: »G-gib es m-mir ...«

Sein Stiefvater war einen Schritt zurückgewichen und musterte die Waffe. »Sehr hübsch«, meinte er. »Wirklich ein ausgezeichnetes Stück. Die hast du ja wohl nicht selber geschmiedet, oder?«

»N-nein, sie g-gehört Jakob!«, erwiderte Ben-Hadad. »Aber m-mein Urgroßvater hat sie g-geschmiedet ...«

»Was tut das schon zur Sache«, sagte Haschum. Ben-Hadad blickte ihn an und entdeckte mit Schrecken das gefährliche Glitzern in den Augen des Mannes. Haschum hatte getrunken, nicht genug, um unbeholfen und müde zu werden, aber doch so viel, um jene Bösartigkeit in ihm zu wecken, die Ben-Hadad schon so oft erlebt hatte, wenn er ihn oder seine Mutter geschlagen hatte. »Jetzt gehört das Schwert mir! Genauso wie du und meine rechtmäßige Ehefrau, die es gewagt hat, mich zu verlassen. Ich bin gekommen, euch zurückzuholen!«

Der Hund bellte immer lauter und aufgeregter und sprang jetzt auf die Beine des Mannes zu, als wolle er zubeißen. Haschum schlug mit dem Schwert nach ihm und verfehlte das Tier nur um Haaresbreite. »Nein, Löwe!«, rief Ben-Hadad. »Bleib weg von ihm! Er wird dich töten!«

»Recht hast du!«, schrie Haschum erbost. »Genau das werde ich tun, wenn er mich noch einmal anfällt. Und jetzt pack deine Sachen, Ben-Hadad! Du kommst mit mir!«

Ben-Hadad war einige Schritte zurückgewichen. »Löwe!«, rief er jetzt verzweifelt. »Lauf und hol Hilfe! Schnell, lauf doch!« Der Hund zögerte einen Augenblick, bellte noch einmal in Haschums Richtung, drehte sich dann aber um und verschwand im Unterholz. Ben-Hadad hatte den Blick nicht von seinem Stiefvater abgewandt, nahm jetzt all seinen Mut zusammen und sagte drohend. »D-du solltest b-besser verschwinden, Haschum! Wenn J-jakob erfährt, d-das d-du hier b-bist …«

»Das kann dauern!«, unterbrach ihn Haschum und schritt drohend auf den Jungen zu. »Komm jetzt …«

Haschum war wie angewurzelt stehen geblieben und starrte über Ben-Hadad hinweg, der jetzt wieder das wilde Bellen seines Hundes hören konnte. Neugierig drehte er sich um.

Es war die hünenhafte Gestalt des Kesselflickers Pithon, der sich ihnen mit schnellen Schritten näherte. »Was ist denn hier los?«, wandte er sich an Ben-Hadad, den Blick dabei unverwandt auf den Bewaffneten und das glitzernde Schwert gerichtet. »Was hat dieser Kerl hier an der Schmiede zu suchen, mein Junge?«

Ben-Hadad hatte ihn sofort als jenen Mann erkannt, der ihm damals am Brunnen geholfen hatte, als sie aus Succoth geflohen waren. »N-nichts h-hat er h-hier zu …«

»Macht, dass Ihr fortkommt!«, fuhr Haschum den Kesselflicker an. »Und wagt es nicht, Euch in Familienangelegenheiten einzumischen! Dies betrifft nur mich und meinen Sohn!«

»Familienangelegenheit, sagt Ihr? Und wozu bedarf es dabei eines Schwertes?«, meinte der Kesselflicker bedächtig. »Ich bin hergekommen, um meinen Freund Ischmerai zu besuchen, aber was ich hier sehe, gefällt mir ganz und gar nicht! Das Feuer in der Esse unbeaufsichtigt und ein Kerl in Lumpen, der mit dem Schwert eines reichen Mannes einen halbwüchsigen Knaben bedroht und …«

»Ihr habt gehört, was ich gesagt habe!«, ereiferte sich Haschum. »Schert Euch fort oder …«

Er täuschte mit dem Schwert einen Hieb in Richtung des

Fremden vor. Der Kesselflicker wich unbeeindruckt einen Schritt zurück und lächelte. Mit schnellem Blick hatte er neben der Esse ein Schwert einfacher Machart entdeckt, das einer der Bediensteten Jakobs dem Schmied zum Schärfen gebracht hatte. Er ergriff die Waffe und schwang sie probehalber einige Male. »Nun, dies hier ist zwar kein Meisterstück, aber für einen Lumpen wie dich wird es genügen.«

Haschum starrte ihn überrascht an und wich dann ängstlich einige Schritte zurück.

»Nun, mein Junge!«, wandte sich Pithon wieder an Ben-Hadad. »Sag mir, was ich von all dem halten soll! Du brauchst keine Angst zu haben. Man hat mir erzählt, du seist jetzt bei Ischmerai in der Lehre, ist das wahr?«

»J-ja, so ist es«, erwiderte Ben-Hadad. »D-dies ist m-mein Stiefvater. Er will m-mich von hier f-fortholen ...«

»Halt den Mund!«, herrschte Haschum ihn an. »Das geht keinen Fremden etwas an!«

»D-du hast mir n-nichts mehr zu sagen!«, rief Ben-Hadad zornig. »J-jakob hat gesagt, er will d-dich hier nie wieder sehen, und m-meine M-mutter ist n-nicht mehr d-deine Frau! N-nicht nach den Gesetzen Jakobs!«

Der Hund lief immer noch aufgeregt zwischen den Beinen der Männer hin und her und kläffte wütend und schrill.

Aufmunternd klopfte der Kesselflicker Ben-Hadad auf die Schulter. »Ich glaube dir, mein Junge! Und was Euch betrifft, so habt Ihr kein Recht, Euch in der Schmiede meines Freundes Ischmerai aufzuhalten, und ich werde Euch nicht noch einmal bitten zu gehen! Habt Ihr mich verstanden?«

Haschum senkte das Schwert und wandte sich ab, als ob er entschlossen sei zu gehen, doch als der Kesselflicker gerade erleichtert die eigene Waffe zur Seite legen wollte, drehte sich Haschum blitzschnell wieder um, schwang die scharfe Klinge und traf Pithon an der Stirn. Es war keine bedrohliche Wunde, aber das Blut, das daraus hervorspritzte, wie auch die Plötzlichkeit des Angriffs lenkten den Kesselflicker für einen Augenblick ab.

Haschum wusste seinen Vorteil zu nutzen und schwang erneut das kostbare Schwert des Belsunu, traf den Kesselflicker über der

Taille und ein zweites Mal an der rechten Schulter. Klirrend fiel das Schwert zu Boden, das Pithon neben der Esse aufgelesen hatte. Er war unbewaffnet. Mit einem spitzen Aufschrei stürzte Ben-Hadad sich auf seinen Stiefvater, und die scharfe Klinge verfehlte ihn nur knapp, verfing sich stattdessen im Umhang des Jungen und wurde Haschum aus der Hand gerissen, als Ben-Hadad zu Boden stürzte. Doch Haschum ließ sich nicht lange verwirren und griff nach dem Schwert, das er dem Kesselflicker aus der Hand geschlagen hatte.

»Nehmt das hier!«, rief Ben-Hadad und reichte dem Kesselflicker das Schwert des Belsunu. Wegen seiner zweifachen Verletzung schwankte Pithon zwar, ergriff aber dennoch das Schwert mit der Linken und trat erneut zwischen Ben-Hadad und seinen Stiefvater.

»Komm her, du Mörder!«, rief er dann, schwang das Schwert zur Probe, und als es sich in den Fetzen seiner zerrissenen Kleidung verfing, riss er sich mit einem Ruck die Reste seines Umhangs von den Schultern. Ben-Hadad starrte ihn überrascht an, nicht nur weil der Kesselflicker weitaus kräftiger wirkte, als man aufgrund seines Alters und der sanften und bescheidenen Art erwartet hätte. Breitschultrig stand er da, mit Armen, die jedem Schmiedemeister im besten Mannesalter zur Ehre gereicht hätten, und auch seine Stimme wirkte seltsam verjüngt, als er sich erneut an Haschum wandte.

»Komm her, du Kinderschreck!«, rief er zornig. »Oder wagst du es nicht, gegen einen erwachsenen Mann zu kämpfen?«

Doch dann fiel sein Blick auf das glänzende Schwert in seinen Händen und er hielt verblüfft inne. »Dieses Schwert, es kommt mir merkwürdig bekannt vor ...«

»Pass auf!«, warnte Ben-Hadad und stürzte sich erneut zwischen die beiden Gegner, doch Löwe war ihm zuvorgekommen, sprang hoch und biss Haschum ins Handgelenk. Mit heftigem Schütteln konnte Haschum das Tier abwehren, aber Pithon hatte genügend Zeit gewonnen, sich wieder zu fangen. Er ließ die Waffe fallen und griff stattdessen mit beiden Händen nach dem ungeschützten Hals des Gegners.

Mit angstverzerrten Zügen und aus dem Kopf quellenden Augen schnappte Haschum vergeblich nach Luft und doch gelang es ihm noch, dem Kesselflicker das Schwert in den Leib zu stoßen. Hellrotes Blut spritzte aus der Wunde, aber die kräftigen Hände des Kesselflickers ließen nicht locker, hielten seine Kehle weiter umklammert, bis Haschums Gesicht schließlich dunkelrot anlief, seine Augäpfel nach hinten rollten und er leblos zusammensackte.

Erst dann erschlafften auch die Hände des Kesselflickers, alle Farbe wich aus seinen Zügen und er stürzte neben dem leblosen Haschum zu Boden.

»Ischmerai! Zu Hilfe!«, rief Ben-Hadad verzweifelt, als er die beiden Reitesel entdeckte, auf denen Jakob und sein Lehrmeister auf die Schmiede zugeritten kamen. »Helft mir doch! Sie haben sich gegenseitig umgebracht!«

In der Tat kam für Haschum jede Hilfe zu spät. Doch der Kesselflicker regte sich ein wenig, als die beiden Männer sich über ihn beugten. Jakob kniete sich, trotz seiner schmerzenden Hüfte, neben den Verletzten, um die Wunden genauer in Augenschein zu nehmen. »Die Wunden sind sauber, aber ich kann nicht sagen, welche Verletzungen sie seinem Leibesinnern zugefügt haben! Wenn wir ihn zur Seite drehen könnten, wüssten wir, ob das Schwert seinen Körper durchbohrt hat ...«

Ischmerai nickte zustimmend, hob den Körper seines Freundes behutsam an, um ihn auf seinen Umhang zu betten. In diesem Augenblick entdeckte Jakob, was Ben-Hadad schon zuvor gesehen hatte: auf dem Rücken des Mannes, nur wenig oberhalb der Hüftknochen, prangte ein Muttermal, in Form und Farbe demjenigen genau gleich, das Ben-Hadad auf dem Rücken trug. Jakob kniff die Augen zusammen. Er hatte dieses Muttermal schon gesehen, auf dem Rücken Hadads und ... »Gemach, gemach!«, wandte er sich mahnend an Ischmerai. »Ich fürchte, es geht zu Ende mit ihm«, fügte er dann ungewöhnlich sanft und freundlich hinzu. »Ben-Hadad!«

»J-ja, Herr?«

»Komm her zu uns. Knie hier neben mir, noch näher! Ich denke, er wird noch einmal erwachen, und dann solltest du in seiner Nähe sein. Er möchte dir vielleicht etwas sagen und ganz sicher möchte er dich noch einmal sehen!«

Ben-Hadad kniete sich neben den Verletzten und sein Blick wanderte fragend vom Gesicht des Kesselflickers zu dem von Jakob. Dann weiteten sich seine Augen und mit einem Mal schien auch er zu verstehen. »Ihr meint ... d-das er ...« Er beugte sich tief über das Gesicht des Mannes und suchte in den nunmehr fast friedlichen, entspannten Zügen seines Gesichtes nach einer Antwort.

»Ja, ich glaube, es ist genauso, wie du denkst!«, meinte Jakob. »Sieh nur, er hat die Augen geöffnet!« Beide beobachteten angespannt des Gesicht des Mannes, der langsam zu erwachen schien. »Sprich zu ihm«, meinte Jakob noch einmal im Flüsterton. »Er wünscht es sich gewiss!« Doch unsicher schwieg Ben-Hadad. Jakob schüttelte ungläubig den Kopf. Gott ist gnädig, dachte er. Auch wenn er seine Wunder auf andere Weise wirkt, als wir erwarten. Gütig und voll der Gnade ...

»Sprich zu ihm«, wiederholte Jakob noch einmal. »Es bleibt nicht mehr viel Zeit. Könnte doch dieser Mann dein Großvater sein, Kirta von Haran!«

»Du ... du bist der Sohn meines Jungen?«, fragte der Sterbende mit schwacher Stimme. Seine Hand ruhte auf seiner Brust, nur wenig oberhalb der klaffenden Wunde, und Ben-Hadad griff jetzt danach. »Ich ... ich habe ... mir fehlt ein Stück meines Lebens ... Wo ... wo bin ich hier? Ach, es ist nicht wichtig.« Er versuchte zu lächeln. »Du ... du bist also der Sohn von Hadad? Ja, ich erkenne ihn in dir wieder. Genauso muss er ausgesehen haben, damals, als ich ... als ich fortging ...«

»Ich habe meinen Vater niemals kennen gelernt, Großvater«, sagte Ben-Hadad mit Tränen in den Augen. »Und Mutter hat auch nicht viel von ihm erzählt, es hat sie stets so traurig gemacht.«

»Er war ... er war wohl der Beste von uns allen!« flüsterte der Sterbende und fügte hinzu: »Aber du ... du lernst also auch das Schmiedehandwerk?«

Ben-Hadad sah ihn aus tränenverhangenen Augen an und nickte. »Ja, dein Freund Ischmerai ist mein Lehrmeister! Er sagt, ich hätte Talent.«

Ischmerai, der hinter ihnen stand, nickte ebenfalls zustimmend, doch der Verletzte konnte ihn nicht sehen, hatte den Blick mit Mühe auf den Jungen gerichtet, der jetzt fortfuhr: »Ich wusste ja gar nicht, wer wir sind! Ich meine, ich wusste nichts von den Kindern des Löwen! Aber dann hat Ischmerai mir das Schwert des Belsunu gezeigt und …«

»Das Schwert …«, der alte Mann lächelte wieder. »An diesem Schwert haben wir alle unser Können gemessen, mein Junge.« Er rang mühsam nach Atem. »Ich war lange Zeit verloren, verwirrt und wusste nicht mehr, wer ich bin. Doch als ich das Schwert berührte … da kehrte mein Wissen zurück. So lange Zeit, viele Sommer und Winter war ich verloren, seit mich das Fieber … meiner selbst beraubte. Und jetzt …« Er lächelte wieder. »Jetzt habe ich mich wieder gefunden und dich … zur rechten Zeit!« Sein Blick flackerte unruhig, und Jakob und Ischmerai sahen einander besorgt an.

»Großvater!«, rief Ben-Hadad bestürzt und drückte die Hand des alten Mannes an seine Brust, als könne er ihm so neue Kräfte einhauchen. »Verlass mich nicht! Ich bitte dich!«

Mit großer Anstrengung blickte der alte Mann dem Jungen in die Augen. »Komm näher …«, flüsterte er. Ben-Hadad beugte sich dicht über ihn. »Vergiss niemals … wer du bist! Du bist ein Kind des Löwen … und der Sohn eines Helden … vergiss das nicht … niemals …«

Mit einem tiefen Seufzer schloss er die Augen. Noch einmal hob sich sein Brustkorb und das Lächeln auf seinem Gesicht wurde stärker und strahlender, als seine Hand, die Ben-Hadad noch immer hielt, alle Kraft verlor.

»Er ist von uns gegangen«, sagte Ischmerai ernst. Doch als er sich zu Jakob umwandte, bemerkte er zu seinem größten Erstaunen, dass auch dieser überglücklich lächelte, obwohl ihm Tränen in den Augen standen. »Von uns gegangen?«, meinte Jakob. »Nein, mein Freund, er ist zu uns gekommen! Und er ist heimgekehrt, nach langen beschwerlichen Irrwegen ist er endlich heimgekehrt.«

IV

Drei Tage lang ließ Ischmerai die Arbeit in der Schmiede ruhen, während die Frauen in Jakobs Lager den Leichnam Kirtas von Haran für die Begräbnisfeiern vorbereiteten und sich überall schnell die Nachricht von seinem Tode verbreitete. Aber nicht nur das, man erfuhr auch, dass der Tote ein bedeutender Mann gewesen war, dessen Beisetzung von Jakobs Volk gebührend gefeiert werden sollte, was auch die Anwesenheit all jener erforderlich machte, die im ganzen Land in der Gunst des Patriarchen standen.

Auch in entlegenere Gegenden wurden Boten ausgesandt, nach Norden zu den Weidegründen um Dothan, in die Wüste, wo Jakobs Bruder Esau sich mit seiner Familie niedergelassen hatte, und an die vielen Freunde Jakobs, die weit verstreut im Land lebten. Bis hinunter zu den Ismaelitern sandte Jakob einen Boten, obwohl er befürchten musste, dass dieser unverrichteter Dinge heimkehren würde, denn seit Hagar vor zwei Generationen von Abraham verstoßen worden war, hatte man es nicht vermocht, die Kluft zwischen der Sippe Jakobs und dem Wüstenvolk zu überbrücken.

Ben-Hadad beobachtete die Vorbereitungen für die Feierlichkeiten, ohne sich anmerken zu lassen, wie sehr ihn all diese Ereignisse erstaunten und bewegten. Sein Großvater wurde im Tode wie ein Held gefeiert, wie ein König und bedeutender Mann! Wenn auch nur die Hälfte der geladenen Gäste erschienen – und Jakob hatte ihm versichert, dass es wohl kaum jemand wagen würde, den Patriarchen durch eine Ablehnung zu verärgern –, so würde die Trauergemeinde wohl mehr als tausend Köpfe betragen!

Durch Zufall hatte Jakob von einem fahrenden Händler, der Kirta von Haran in den Tagen vor dem Fall der Stadt Ebla begegnet war, noch weit mehr über das Leben dieses Mannes erfahren. Gadana, so lautete der Name des Mannes, der in Ebla geboren und aufgewachsen war, erzählte von der Rückkehr Kirtas und seines geblendeten Sohnes Schobai in die Stadt, die ihrer Dienste als Waffenschmiede dringend bedurfte, um sich der Truppen der Nomadenkönige zu erwehren. Als Jakob von den umfassenden Kenntnissen des Mannes erfuhr, rief er auch Ben-Hadad hinzu.

Und so saßen sie in Jakobs Zelt bei einem Mahl aus Feigen, Käse und flachen Broten und Ben-Hadad hörte zum ersten Mal die Geschichte seiner Familie, so wie sie der Händler selbst in

Gesprächen mit Kirta und seinem Freund und treuen Begleiter, dem Griechen Nikos, sowie aus dem Klatsch, den man sich in der Stadt Ebla erzählte, erfahren hatte. Wie der Vater die Familie verlassen hatte, um das Geheimnis des Eisenschmiedens an den Küsten jenseits des Großen Meeres zu erkunden. Von den schrecklichen Ereignissen, die seine Gattin dem Wahnsinn verfallen ließen, von ihrem spurlosen Verschwinden wie auch der Blendung des Schobai und dem Tod seines jüngeren Sohnes, des Helden, der sein Leben für die Freiheit der Bürger von Haran gelassen und sich dabei auch für das Leben seines Bruders geopfert hatte.

Immer wieder brachte die Erzählung des Fremden Tränen in die Augen der Zuhörer, obwohl ihnen die Ereignisse zum Teil schon bekannt waren. Als der Händler seine Geschichte beendet hatte, wandte Jakob sich dem Jungen zu. »Nun, Ben-Hadad, hast du Fragen an unseren Freund hier?«

»Ich ... ich weiß nicht«, meinte Ben-Hadad unsicher. »Es ... es ist so eine traurige Geschichte, Jakob! Geht es denn überall in der Welt so zu? Gibt es überall nur Trauer und Enttäuschung für all unsere Hoffnungen?«

Jakob sah ihn nachdenklich an. »Das mag wohl so sein, mein Junge. Wenn Trauer und Enttäuschung alles ist, was du erwartest! Aber ... kannst du nicht auch die glücklichen Fügungen in dieser Geschichte erkennen?«

Ben-Hadad dachte ein Weilchen nach. »Ich weiß nicht so recht. Mein Vater ... sein Leben scheint so voller Entbehrungen gewesen zu sein.«

»Nun, es mag sich wohl so anhören«, erwiderte Jakob. »Aber du kannst mir glauben, dass dein Vater Hadad der zufriedenste Mensch war, dem ich je begegnet bin, denn er hat niemals den Mut verloren, was immer auch geschah. Und überdies, höre gut zu, war sein tragisches Ende, wie wir es sehen, für ihn doch ein Tag des Sieges.«

»Ein Sieg?«, wiederholte Ben-Hadad erstaunt und begann vor Aufregung wieder zu stottern. »Aber d-das verstehe ich nicht ...«

»Man kann es nur so verstehen! Hadad tat stets, was er für richtig hielt, was er tun musste! An jenem Tag habe ich selbst noch mit ihm gesprochen und er war sich der Gefahr sehr wohl bewusst! Der Gefahr wie auch der Umstände, die alle gegen ihn sprachen und jeden anderen von seinem Vorhaben abgehalten hätten. Aber dein Vater ließ sich davon nicht beirren! Für ihn zählte nur, dass sein Bruder Schobai in tödlicher Gefahr schwebte. Dieser Mensch, der ihm neben seiner Mutter im Leben stets am nächsten gestanden hatte, war gefangen worden und er, Hadad, musste ihn befreien! Und er wusste auch, dass die Stadt, in der er geboren und aufgewachsen war, die er liebte, wie ein Fisch den Teich liebt, der sein Leben bedeutet, von den Horden der Hirtenkönige bedroht wurde und dass er, Hadad, der Krüppel, sie retten konnte! Und es ist ihm gelungen, mein Junge! Es ist ihm nicht nur gelungen, seinen Bruder zu befreien, nein, auch die Stadt Haran wurde durch seinen Mut, seine List und seine Klugheit vor der Zerstörung bewahrt!«

»Aber ... aber er ist nicht zu Mutter zurückgekehrt«, wandte Ben-Hadad ein. »Sie haben ihn getötet.«

»Das ist wohl wahr«, erwiderte Jakob. »Aber er hatte die Nomaden besiegt! Im ganzen oberen Zweistromland blieb nur Haran verschont. Charchemisch wurde vernichtet und Ebla niedergebrannt, aber Haran überlebte, weil ein Mann, dein Vater, den Mut hatte zu tun, was er tun musste.« Er beugte sich vor und fügte eindringlich hinzu: »Verstehst du? Es gab einen glücklichen Ausgang! Wie für den armen Kirta, denn er konnte seinem Enkelsohn, den er noch nie zuvor gesehen hatte, das Leben retten! Zu guter Letzt ist er dir begegnet und ich weiß, dass er zufrieden war mit dem, was er sah!«

»Mit m-mir?«, fragte Ben-Hadad erstaunt. »Kann ihm das denn so viel bedeutet haben?«

Jakob beugte sich erneut vor, aber der Händler ergriff das Wort, bevor der Patriarch weiter sprechen konnte. »Verzeiht, Jakob, vielleicht könnte ich noch etwas anfügen?« Er wandte sich an den Jungen und sprach eindringlich auf ihn ein. »Stell dir einmal vor, mein Junge, wie es dem armen Kesselflicker in all den Jahren ergangen ist. Er war in dem Glauben, dass sein törichtes Verhalten, der Aufbruch in die Fremde, das Leben seiner Familie und aller, die ihm lieb und teuer waren, zerstört hatte! Diese furchtbare Schuld hat er zeit seines Lebens mit sich herumgetragen und das hat ihn so schwer belastet, dass er das Leben kaum noch ertragen konnte. Es war nicht nur das Fieber, das ihn das Gedächtnis verlieren ließ, auch diese übergroße Schuld!« Gadana legte Ben-Hadad freundlich die Hand auf die Schulter. »Und dann stehst du plötzlich vor ihm und er erkennt, dass du seinem Sohn ähnlich bist, ein mutiger Mensch mit einem reinen Herzen, klug und stark. Und so hatte er wohl auch die Gewissheit, dass ihm verziehen wurde. Du hast ihm gezeigt, dass nicht alles verloren war, wie er glaubte, dass er dein Leben nicht zerstört hatte!«

»So ist es«, stimmte Jakob zu und nickte bedächtig. »Und nicht nur das, Ben-Hadad! Er traf dich in großer Gefahr an und rettete dich unter Einsatz seines eigenen Lebens. Auch ich bin mir sicher, dass dies für deinen Großvater eine Erlösung von seiner Schuld bedeutete.«

»Ich glaube, ich verstehe, was ihr meint!«, sagte Ben-Hadad. »Aber ... aber warum musste Haschum ihn töten? Es ist so grausam, so sinnlos ...«

»Sinnlos?«, meinte der Händler. »Mein Junge, wenn du stets nach dem Sinn in den Ereignissen suchen willst, wirst du eine Menge Zeit im Leben vergeuden und dir viel unnötige Schmerzen und Sorgen bereiten!«

»Hör nicht auf ihn!«, ergriff Jakob erneut das Wort. »Es gibt einen Sinn, trotz aller Grausamkeit, die uns unendlich traurig stimmt. Der Sinn liegt in der Art, wie wir mit dem Unrecht, dem Bösen, das um uns herum geschieht, umgehen. Denn wir haben die Wahl! Wir haben die Wahl, uns damit abzufinden oder zu handeln!« Seine Augen leuchteten, als er fortfuhr: »Jeder, der auch nur ein bisschen nachdenkt über die Dinge, hat schon einmal die gleichen Fragen gestellt wie du angesichts der vielen kleinen Ungerechtigkeiten und Schmerzen im Leben des Einzelnen im Vergleich zu den großen Ereignissen und den Verwicklungen der Schicksale!«

Jakob blickte Ben-Hadad eindringlich an und vermeinte in den Augen des Jungen Verständnis für seine Worte zu entdecken. »Und das ist der tiefere Sinn, mein Junge. Dass wir Menschen nicht einfach aufgeben, jedenfalls nicht immer! Wir können etwas ändern, einen Versuch wagen. Und schon dieser Versuch ist ein Sieg, auch wenn die Tat nicht von Erfolg gekrönt scheint. Das ist es, wodurch wir unserem Schicksal Größe verleihen. Und alle deine Vorfahren, Kirta, Hadad und Schobai ...«

»Schobai?«, frage Ben-Hadad. »Hat er nicht stets nur an sich gedacht? Er hat meinen Vater allein gelassen und selber in großem Wohlstand gelebt. Und er hat sich bei den Nomaden verdingt, die sein eigenes Volk bedrohten!«

Jakob dachte eine Weile nach. »Du hast vielleicht Recht, mein Junge. Und doch wäre es wohl falsch, ihn nur danach zu beurteilen«, meinte er schließlich. »Bedenke, dass dein Vater ihn geliebt hat. So sehr, dass er sein Leben für ihn gab! Aber es ist schon so, Schobai war jung und töricht, er hat Fehler gemacht, für die er bezahlen musste. Schobai hat alles verloren und durch seine eigene Schuld, alles, bis auf sein Leben und vielleicht die Hoffnung!« Er schloss für einen Moment die Augen. »Ich wünsche ihm jedenfalls, dass er niemals die Hoffnung verloren hat, denn ein Mensch, der keine Hoffnung mehr hat, ist schon so gut wie tot.« Er lächelte Ben-Hadad aufmunternd zu. »Ich glaube fest daran, dass auch die Geschichte Schobais ein glückliches Ende finden wird, mein Junge.«

Im Eingang des Zeltes erschien nun einer der Bediensteten. Jakob nickte dem Mann zu und wandte sich an die Gäste. »Entschuldigt mich für einen Augenblick!« Der Diener war näher herangekommen und flüsterte dem Patriarchen etwas ins Ohr. »Reuben ist hier?«, fragte Jakob erschrocken. »Jetzt schon? Was hat das zu bedeuten? Der Bote kann ihn so schnell doch gar nicht erreicht haben?« Er runzelte die Stirn und sagte schließlich: »Verzeiht, aber ich muss mit meinem Sohn sprechen, der wohl dringende Nachrichten für mich hat!« Jakob erhob sich und verließ das Zelt. »Reuben!«, hörten der Händler und Ben-Hadad ihn draußen mit zorniger Stimme rufen und sahen einander betroffen an.

»Ich danke Euch für alles, was Ihr mir erzählt habt«, meinte Ben-Hadad. »Aber ich sollte mich jetzt auch ...«

»Warte, mein Junge!« Gadana hielt ihn zurück. »Du hast ja kaum etwas gegessen. Das wird Jakob nicht gefallen, wenn er zurückkehrt. Du solltest seine Gefühle nicht verletzen. Und, verzeih, wenn ich so spreche, er ist ein Mann, dessen Gefühle man niemals leichtfertig verletzen sollte.«

Ben-Hadad war schon halb aufgestanden, nahm aber folgsam wieder Platz. »Ihr habt Recht, Herr«, meinte er. »Jakob war sehr gut zu mir und meiner Mutter. Ich hätte selbst daran denken müssen.« Dann lächelte er verschmitzt. »Aber ich kann beim besten Willen jetzt nichts essen. Ich werde die Feigen und den Käse in den Taschen meines Umhangs mitnehmen. So verletze ich Jakobs Gastfreundschaft nicht! Aber ... könnten wir vielleicht nach draußen gehen? Die Luft hier im Zelt ist so drückend.« Gadana nickte zustimmend, sie erhoben sich und verließen das Zelt.

Das weite Tal vor ihnen lag im Schatten einer großen Wolke, die sich vor die Sonne geschoben hatte, aber die Luft war mild und es sah nicht nach Regen aus. Ben-Hadad gähnte und streckte sich. »Bei solch einem Wetter träume ich manchmal davon, den ganzen Nachmittag müßig unter einem Baum zu sitzen. Aber jetzt, da Ischmerai die Schmiede für drei Tage geschlossen hat, kann ich es kaum erwarten, zurück an die Arbeit zu gehen.«

»Du kannst dich in der Tat glücklich schätzen«, erwiderte der Händler. »Du lernst ein Handwerk, auf das du stolz sein kannst. Jakob hat mir erzählt, dass er für deine Ausbildung bei Ischmerai bezahlen wird, bis du alles gelernt hast, was er dir beibringen kann.«

»O ja, das weiß ich«, erwiderte Ben-Hadad lächelnd.

»Aber nicht nur das! Danach sollst du bei einem Schmiedemeister in Damaskus noch weiterlernen dürfen, falls man deinen Oheim Schobai bis dahin nicht aufgespürt hat.« Die Sonne lugte jetzt wieder hinter der Wolke hervor und Gadana legte sich schützend die Hand über die Augen. »Was ihm wohl zugestoßen sein mag? Er war eine bekannte Erscheinung in den Straßen von Ebla, bevor die Stadt in die Hände der Nomaden fiel. Eines Tages brach er auf, um neue Erze zu besorgen, und man hat nie wieder etwas von ihm gehört. Von ihm oder seinen Begleitern, dem Griechen Nikos und dem Hauptmann Musuri ...«

Aber Ben-Hadad hatte nur mit halbem Ohr zugehört. »Was dort drüben wohl vorgehen mag?«, fragte er. »Seht doch nur, Gadana!«

Der Händler blickte in die angezeigte Richtung und sah, wie Jakob aufgebracht auf seinen ältesten Sohn Reuben einredete, der ängstlich vor ihm zurückwich. »Ich glaube, ich sollte hingehen und Jakob beruhigen«, meinte Ben-Hadad. »Meine Mutter hat gesagt, dass es ihm gar nicht gut tut, wenn er sich so ereifert.«

Als sie näher kamen, konnten sie auch die zornigen Worte hören, die Jakob dem Erstgeborenen entgegenschleuderte, wobei er ihm wiederholt den Zeigefinger in die Brust bohrte. »Willst du mich zum Narren halten?«, rief er. »Ein wildes Tier hat ihn angegriffen! So ein Unsinn! Seit der Kindheit meines Vaters hat es hier in der Gegend keine derartigen Angriffe von wilden Tieren mehr gegeben!«

»Vater!«, erwiderte Reuben und wich erneut zurück. »Ich schwör's dir, es muss so sein, wie ich sage ...!«

»Halt ein!«, unterbrach ihn der Patriarch. »Schweig still, bevor du dich versündigst! Wenn du es wagst, die Unwahrheit im Namen des Herrn zu sprechen, wird sein Zorn uns alle treffen! Nichts als die Wahrheit sollst du reden, wenn du heilige Eide schwörst! Ich weiß nicht, was tatsächlich geschehen ist, aber das Auge des Herrn sieht alles, vor ihm kannst du dich nicht verbergen! Sag mir die Wahrheit, bevor du noch größeres Unheil anrichtest!«

»Sie haben es doch nicht so gemeint, Vater ...«

»Sie? Du solltest ›wir‹ sagen, denn wenn du nicht auch mitschuldig wärst, warum wärst du dann hierher gekommen? Du hättest doch in Dothan bleiben können, genau wie deine Brüder!«

»Vater, sie hatten nicht den Mut, dir gegenüberzutreten. Und ... und du hast ja Recht. Ich bin genauso schuldig wie sie. Aber ... sie wollten ihm nur einen Streich spielen, ihn ein wenig erschrecken. Und dann ist alles anders gekommen als erwartet, denn plötzlich war Joseph fort! Aber ich schwöre, es sollte ihm nichts geschehen!«

»Joseph?«, fragte Ben-Hadad. »Was ist mit ihm? Jakob, was ist mit meinem Freund Joseph?«

Jakob schien ihn gar nicht zu beachten, denn er wandte sich ab und rang die Hände. Sein Zorn war verraucht und Verzweiflung und Besorgnis lagen nun in seiner Stimme. »O mein Sohn, was ist nur mit dir?«, sagte er flehentlich. »Sag du ihm, was geschehen ist, Reuben!«

Der Erstgeborene blickte seinen Vater hilflos an und wandte sich dann an Ben-Hadad: »Meine Brüder wollten Joseph einen Streich spielen. Sie waren erzürnt darüber, dass er uns nachgereist ist, um ... um, wie sie meinten, hinter ihnen herzuspionieren. Und dann haben sie ihn in einen trockenen Brunnenschacht gesperrt, um ihm Angst einzujagen. Ich selber bin am Abend wieder hin, denn ich wollte ihn befreien und ... und musste feststellen, dass er nicht mehr dort war! Es könnte sein, dass ihn ein Tier angefallen hat, denn wir fanden einen Fetzen Tuch, der nur von seinem Mantel stammen konnte.«

»Und wo ist er jetzt?«, fragte Ben-Hadad aufgeregt.

Reuben hatte beschämt den Kopf gesenkt. »Vielleicht ... waren es die Midianiter!«, sagte er zögernd. »Wir ... wir sind einer Gruppe midianitischer Händler begegnet, auf dem Weg vom Brunnen ins Lager! Warum sonst sollten sie an einem ausgetrockneten Brunnen Halt machen? Ich habe Simeon und Levi hinter ihnen hergeschickt, aber sie sind noch nicht zurückgekehrt!«

»D-dann g-gibt es noch Hoffnung!«, rief Ben-Hadad und fing vor lauter Aufregung wieder an zu stottern. »Du hast es selbst gesagt, Jakob!«, wandte er sich an den verzweifelten alten Mann. »D-du hast gesagt, man solle niemals die Hoffnung aufgeben.« Aber sein Einwand klang nicht sehr überzeugend, denn auch er spürte, wie die Angst um den Freund ihm langsam die Kehle zuzuschnüren begann.

Am nächsten Tag kehrten auch Simeon und Levi, beschämt, verstaubt und erschöpft vom langen, eiligen Ritt, in Jakobs Lager zurück. Sie brachten betrübliche Nachrichten. Die Midianiter hatten ihren Fund, den halbwüchsigen Joseph, schon wenige Stunden später weiterverkauft. Verkauft an eine Karawane der Ismaeliter, die sich bereits auf dem Weg durch die Wüste Sinai hinunter nach Ägypten befand.

Kapitel 15

I

Nachdem die Soldaten der Widerständler von den Nomaden erfolgreich aus Abusir vertrieben wurden und sie sich auch aus Bakas Garnison in Athribis zurückziehen mussten, war der Weg über jenes dünn besiedelte Land zwischen den beiden Flussarmen frei von Hindernissen und Gefahren für den Vormarsch der Krieger der Hirtenkönige. Diesen Umständen entsprechend hatte Reschef seine Truppe zu höchster Marschgeschwindigkeit angespornt, doch auch dieses Tempo genügte ihm nicht mehr, als ein Bote die Vorhut erreichte, um die unblutige Eroberung der Stadt Sais zu melden. Nur von einer kleinen Eskorte begleitet, stürmte er seinen Truppen voran, besessen von Rachegedanken. Auf die Schmerzen an der Hüfte achtete er gar nicht, sondern er biss die Zähne zusammen, um sein Ziel, die eroberte Hauptstadt der Widerständler, so schnell wie möglich zu erreichen, und gab seinem Pferd die Sporen. Seine beiden persönlichen Begleiter, erfahrene Krieger der Armee, warfen einander viel sagende Blicke zu und zuckten gleichgültig mit den Schultern. Ihr Anführer war für seine unberechenbaren Launen bekannt. Arak, der Ältere, blickte der Staubwolke hinterher, in der Reschef schon fast verschwunden war, und befahl der restlichen Begleittruppe, ihr Tempo zu beschleunigen. Dann wandte er sich an den Mann neben sich und meinte: »Wir sollten ihm keinen allzu großen Vorsprung lassen! Was ist, wenn er bei diesem mörderischen Galopp aus dem Sattel geworfen wird? Mit seiner Verletzung ist er auf unsere Hilfe angewiesen!«

Sooren nickte stumm und auch sie gaben ihren Reittieren die Sporen, um den Anführer in der schnell kleiner werdenden Staubwolke nicht gänzlich aus den Augen zu verlieren.

Die Wachtposten der Besatzungsarmee hoch auf den Wällen der Stadt bemerkten die Staubwolke schon aus weiter Ferne, zögerten jedoch mit ihrer Meldung und bald darauf erkannte einer der

Männer die Uniform, wie auch wenig später das in merkwürdigem Winkel abstehende Bein des Reiters, der in der ganzen Armee der Nomaden kein Unbekannter war. Kevork, der Anführer der Einheiten, die die Stadt so erfolgreich in ihre Gewalt gebracht hatten, rief hastig nach allen Seiten Befehle, die Wachen auf den hohen Mauern nahmen Haltung an und auf dem Marktplatz der fast beängstigend stillen Stadt formierte sich eine Einheit Soldaten zur Begrüßung.

So hätte Reschef feststellen können, dass die Stadt tatsächlich der Ordnung und Herrschaft der Nomaden in jeder Hinsicht unterworfen und mit militärischer Disziplin verwaltet wurde. Doch er erwiderte den Salut der Wachen am Stadttor nur knapp, das Gesicht zur starren Maske verzerrt, nicht zuletzt aufgrund der Schmerzen, die ihm seine Verletzung ständig bereitete. Auf dem Marktplatz stieg er so hastig aus dem Sattel, dass er auf dem schwächeren Bein landete und fast gestrauchelt wäre.

Kevork nahm ebenfalls Haltung an und begann die förmliche Begrüßung, mit der er noch einmal den unblutigen Sieg über die Stadt meldete.

»Das weiß ich bereits!«, unterbrach ihn Reschef nach wenigen Worten. »Und ich sehe auch, dass Ihr die Stadt unter Kontrolle habt. Aber ich suche Schobai! Wo ist er?«

»Schobai? Verzeiht, aber ... ich kenne keinen Schobai! Die Vertreter des Rates der Stadt erwarten Euch allerdings bereits mit Ungeduld! Vielleicht können sie Euch ...«

»Wo hat Schobai sich versteckt? Ich weiß, dass er hier in der Stadt ist! Noch vor wenigen Tagen hat man mir berichtet, dass er sich hier aufhält...« Reschefs Gesicht war schweißbedeckt und seine Mundwinkel zuckten vor Anspannung und Schmerzen. »Die Mitglieder des Stadtrates, sagt Ihr? Vielleicht wissen sie tatsächlich etwas über seinen Verbleib! Führt mich also zu ihnen.«

Hatte Kevork angenommen, das verletzte Bein des Anführers würde ihn zwingen, ein gemächlicheres Tempo einzuhalten, so wurde er nach wenigen Schritten eines Besseren belehrt, denn Reschef eilte ihm unter Flüchen voraus. »Schneller, Mann! Kannst du nicht sehen, dass ich es eilig habe? Bei den Göttern! Ich habe so lange auf diese Gelegenheit warten müssen!«

Ein rascher Blick in die Runde der versammelten Vertreter der Stadt machte deutlich, dass der Gesuchte sich nicht an diesem Ort befand. »Er ist nicht hier!«, zischte Reschef wütend und wandte sich dann an die Mitglieder des Rates. »Wer von euch Hurensöhnen kann mir sagen, wo ich Schobai, den Schmied, finde? Los, los, heraus mit der Sprache! Der Erste, der mir sein Versteck verrät, soll ein freier Mann sein!«

»Verzeiht, Herr!«, meldete sich ein untersetzter Mann zu Wort. »Ich bin Nehsi, der oberste Vertreter des Rates, und heiße Euch willkommen in der Stadt Sais ...«

»Wo ist Schobai?«, schrie Reschef erneut, ohne den Sprecher auch nur eines Blickes zu würdigen. »Freiheit für denjenigen, der ihn mir ausliefert! Hört ihr?« Er schüttelte die Fäuste und seine Erregung steigerte sich noch mehr, seine Stimme war fast nur noch ein heiseres Kreischen. »Wenn ich ihn ohne eure Hilfe finden sollte, werdet ihr es mir büßen! Ich werde euch persönlich die fetten Bäuche aufschlitzen, auf dass die Aasgeier eure Gedärme fressen werden, und das bei lebendigem Leibe! Habt ihr mich verstanden? Wo steckt er also?«

Sein Blick fiel auf einen der Männer, der nun vorgetreten war und dessen Gesicht ihm bekannt vorkam. »Dich kenne ich doch?«, fragte er. »Wer bist du?«

Der Mann machte eine hastige Verbeugung. »Menkor ist mein Name«, gab er zur Antwort. »Wir sind uns in Bast begegnet, bei der Unterbreitung der Vorschläge zur friedlichen ...«

»Ich erinnere mich!«, unterbrach ihn Reschef barsch. »Noch so ein widerlicher Verräter! Hast du mir etwas zu sagen? Wenn nicht, so halte mich nicht länger auf!«

»Doch, doch, Herr!«, versicherte Menkor eilig. »Schobai ist nicht mehr hier! Am Tage vor Eurem ... Eurem Sieg hat er auf einem Schiff des Händlers Akilleus die Stadt stromabwärts verlassen!«

»Aber das ist unmöglich!«, fiel Kevork ein. »Wir hätten ihn gewiss gesehen, denn wir haben uns doch auf diesem Wege der Stadt genähert!«

»Ich sage Euch die Wahrheit«, wiederholte Menkor. »Ich habe selbst gesehen, wie das Schiff den Hafen verließ! Und auch einige der Frauen am Ufer haben ihn bemerkt! Aber ... er hat einen guten Freund hier in der Stadt zurückgelassen, einen Griechen namens Nikos, der schwer erkrankt darniederliegt!«

Reschef riss die Augen auf und grinste. »Nikos?«, wiederholte er. »Nun, wenn Schobai die Stadt verlassen hat, werde ich mich an ihn halten müssen. Du sagst, er ist krank! Aber er lebt noch, oder?«

»Wenn Ihr gestattet, führe ich Euch zu ihm!«, erwiderte Menkor und senkte dann die Stimme zu einem fast unhörbaren Flüstern: »Es gibt da einiges, was für Euch von Interesse wäre, jedoch nicht für die Ohren der hier Versammelten bestimmt ist!«

Aus der Menge drängte sich nun ein Mann in der Robe der Priesterschaft nach vorn. »Gestattet auch mir, Euch zu begrüßen, Herr!«, wandte er sich an Reschef, wurde jedoch von Nehsi zur Seite gedrängt. »Geh mir aus dem Weg!«, fuhr der Priester den Magistrat an. »Mein Name, Herr, ist Teta, oberster Priester des Tempels zur ...«

Reschef ergriff Menkor am Ärmel und zog ihn in Richtung des Ausgangs. »Komm schon!«, befahl er, wandte sich dann noch einmal zu Kevork um und rief: »Schaff diese beiden da aus dem Weg! Ich will sie hier nicht noch einmal sehen!«

»Aber Herr, Ihr könnt doch ...!«, riefen beide Männer entsetzt, während Reschef und Menkor die Halle verließen, doch bereits nach wenigen Schritten war der lautstarke Protest urplötzlich verstummt, und nur Menkor fragte sich ängstlich, wie jener Kevork Reschefs Befehl wohl ausgeführt haben mochte.

Der Blick des Kranken war unstet und die Schweißperlen auf seiner Stirn zeugten vom heftigen Fieber, das ihn noch immer quälte. »Wer ... wer seid Ihr?«, brachte er mühsam an Menkor gewandt hervor, der ihm fremd war. Einen Augenblick starrte er auch Reschef ins Gesicht und stammelte dann: »Du ... ich kenne dich!«

»Und ich dich auch, Grieche«, erwiderte Reschef. »Wo ist der blinde Schmied? Sag mir, wo ich ihn finden kann, oder ich werde ...«

»Schobai? Er ist fort«, sagte Nikos. »Aber ... woher kenne ich dich nur?« Doch dann kniff er plötzlich die Augen zusammen und rief entsetzt: »Du bist es tatsächlich! Reschef, die

Schlange! Ich ... ich habe gehört, dass du den Fall von der Brüstung überlebt haben solltest, aber ich habe es nicht glauben wollen.« Er warf einen Blick auf Reschefs Bein, das merkwürdig schräg aus der Hüfte hervorstach. »Jetzt verstehe ich! Du suchst Schobai, weil er es war, der dich so zugerichtet hat, nicht wahr? Dein Bein, es verursacht dir große Schmerzen und ...«

Die Erwähnung der Verletzung versetzte Reschef erneut in Zorn. Er beugte sich tief über den Kranken und spie ihm seine Antwort ins Gesicht: »Ja! Das hat er! Das und noch viel mehr hat er mir angetan! Aber die Verletzungen sind nicht das Schlimmste! Er und sein verkrüppelter Bruder, sie haben mich meines größten Triumphes beraubt, damals in Haran. Die Stadt war schon so gut wie erobert und dann ... dann haben sie alles zunichte gemacht!«

Er hielt inne, um Atem zu schöpfen, fuhr dann jedoch im gleichen schrillen Tonfall fort: »Ich dachte, es würde mir genügen, Schobai zu blenden und seinen Bruder Hadad in seiner Gegenwart zu erschlagen! Aber es hat mir nichts gebracht! Verdammt soll er sein! Verdammt! Alles hat er mir genommen. Seit damals war ich vom Pech verfolgt!« Er drehte sich um und starrte Menkor an, bevor er ihn am Umhang ergriff und nah zu sich herzog. »Ich werde ihn finden!«, schrie er erneut. »Und wenn es das Letzte ist, was mir gelingen sollte!«

Doch dann fasste er sich und fuhr in gemäßigterem Tonfall fort: »Ich habe genug gesehen und gehört! Lass diesen Mann hier nicht aus den Augen! Wenn er sterben sollte, stirbst auch du! Hast du mich verstanden?«

Doch sobald Reschef sich entfernt hatte, verließ auch Menkor das Zimmer des Kranken, betrat einen der Nebenräume und wischte sich erschöpft den Schweiß von der Stirn. Dieser Reschef war ein Besessener! Wegen seiner Rachegelüste schien er völlig den Verstand verloren zu haben!

Er musste sich vor ihm schützen, um nicht unterzugehen! Aber wie? Und wohin konnte er sich noch wenden, jetzt, nachdem Reschef ihn in aller Öffentlichkeit des Verrats bezichtigt hatte?

Vielleicht konnte er sich ja freiwillig melden, um nach den versprengten Truppen des ehemaligen Heerlagers Athribis zu suchen, Reschef davon überzeugen, dass er Ro-Onet und Meritensa in die Stadt locken würde, um sie ihm auszuliefern!

Und dann, sobald er die Stadt verlassen hatte, konnte er die Seiten wechseln, Meritensa vor dem Verrat warnen, und es wäre sein Verdienst, dass die Truppen nicht in den Tod marschierten! Das war ein guter Plan, nur musste er Reschef noch davon überzeugen!

Aber woher sollte er wissen, wo Meritensa sich aufhielt? Niemand in Sile hatte auch nur die leiseste Ahnung, wo sich die Überlebenden von Athribis befanden. Vielleicht waren sie ja sogar nach Bast aufgebrochen und hatten sich Avedis, dem Obersten der Nomadenkönige ergeben! Oder Meritensa war mit seinen Männern nach Memphis geflohen, um sich der Gnade des gerade amtierenden Herrschers der Zwei Reiche zu unterwerfen?

Und überhaupt wären all diese Überlegungen nutzlos, wenn er Reschef nicht von seinem Plan würde überzeugen können! Wenn er jedoch erst einmal die Erlaubnis hatte, die Stadt zu verlassen, war es gleichgültig, an wen oder wohin er sich wandte, wichtig war nur, so weit und schnell wie möglich aus dem Umkreis dieses Wahnsinnigen zu verschwinden!

Aber wenn Reschef nun nicht zustimmte?

Tief im Schilf des Ufers hatte er weit außerhalb der Stadt ein kleines Rundboot versteckt, und wenn es ihm gelänge, sich bis dorthin durchzuschlagen …

Die Truppen aus Bast erreichten die Stadt Sais bei Sonnenuntergang. Die Späher Unas sandten per Schiff einen Boten zurück in das behelfsmäßige Lager, das die Widerständler nur eine Stunde flussabwärts aufgeschlagen hatten. Der Mann steuerte sein Boot ans Ufer und wurde ohne Umschweife zu jenem Gebäude gebracht, in dem Unas sich mit den anderen versammelt hatte. »Ich habe schlechte Nachrichten zu überbringen! Die Verstärkung ist bereits eingetroffen, Unas!«

Unas nickte bedächtig. »Und wie viele Soldaten sind es?«, fragte er.

»Ganz genau wissen wir es nicht! Es wäre zu gefährlich gewesen, sich ihnen noch mehr zu nähern! Aber es schien nur eine einzige Truppeneinheit zu sein. Vielleicht sind die anderen noch hinter den Soldaten von Athribis her, oder Avedis hat ihnen anderweitige Befehle erteilt, jetzt, da die Stadt Sais eingenommen zu sein scheint!«

Unas nickte erneut und wandte sich an seine Unterführer: »Es ist ein ziemliches Wagnis, eine befestigte Stadt anzugreifen, wenn wir die Stärke ihrer Truppen nicht genau kennen!«

Im hinteren Teil des Raumes hatte Akilleus sich interessiert aufgerichtet, streckte sich jetzt und gähnte. Dann meint er: »Was für ein Unsinn! Mir jedenfalls braucht Ihr nicht den Übervorsichtigen vorzuspielen! Ich weiß genau, dass Ihr heute Nacht die Stadt zurückerobern wollt, und falls Ihr Euch doch ...«

»Nicht so hastig!«, unterbrach ihn Unas.

»... gegen einen Angriff entscheidet, werde ich mich eben alleine aufmachen müssen!« Er ballte die Hände zu Fäusten und tat so, als ob er auf einen Gegner einschlüge. »Ihr müsst nämlich wissen, dass ich ein gefürchteter Gegner bin! Einmal habe ich es mit der gesamten Besatzung eines griechischen Schiffes aufnehmen müssen! Zwanzig von den Kerlen habe ich mit diesen Händen den Garaus gemacht und ...«

»Ja, ja, Akilleus!«, erwiderte Unas. »Und wenn weniger als vierhundert Mann die Stadt Sais besetzt halten, werde ich ganz persönlich sie zurück bis in die Wüste jagen! Ihr wisst ganz genau, dass ...«

Ebana wollte sich gerade in die hitzige Auseinandersetzung einmischen, als einer der Soldaten den Raum betrat und atemlos meldete: »Unas, soeben ist ein zweites Boot gelandet! Der Mann scheint ein Flüchtling aus der Stadt zu sein!«

»Bringt ihn her, so schnell wie möglich!«, befahl Unas. »Vielleicht kann er uns ja Genaueres über die Truppenstärke berichten!«

»Und mehr noch als das«, war jetzt auch Schobais Stimme zu vernehmen. »Er hat womöglich Kenntnis von ihrer Aufstellung, weiß, wo die Wachen postiert sind und wann sie zum Appell gerufen werden!«

»Hier ist der Flüchtling!«, meldete der Soldat, der den durchnässten und verängstigten Menkor hereinführte. Er versetzte ihm mit der flachen Klinge seines Schwertes einen leichten Stoß und fügte hinzu: »Dies ist Unas, der Oberkommandierende der nördlichen Truppenverbände! Und jetzt sag, was du zu berichten hast!«

»Ja doch, ... mein Name ist Menkor, Herr! Ich war als Bote unterwegs zwischen der Stadt und Bakas Lager, bis man ihn gefangen nahm. Seither warte ich auf weitere Aufträge und ...«

»Das ist erfreulich!«, meinte Unas und sprach dann aus, was Menkor am meisten befürchtet hatte: »Ich beauftrage dich hiermit, uns als Späher beim heutigen Angriff auf die besetzte Stadt zu dienen! Aber bis dahin würden wir gerne von dir hören ...«

»Angriff auf die Stadt?«, fragte Menkor entsetzt. »Ihr wollt die Stadt heute noch angreifen? Jetzt, wo neue Truppen aus Bast angekommen sind, die unter dem Kommando dieses wahnsinnigen Reschef stehen?«

»Reschef? Er ist in der Stadt?«, fiel Schobai ein. »Unas, das ist eine großartige Gelegenheit! Wenn es uns gelingt, die Stadt einzunehmen und Reschef ...«

Er hielt unverhofft inne, denn er hatte erspürt, was die anderen im Raum deutlich sehen konnten. Menkor war totenblass geworden und starrte den Blinden mit schreckgeweiteten Augen an. »Was ist denn los?«, fragte er.

»Ihr ... Ihr seid Schobai?«, fragte Menkor. »Ich habe in der Stadt von Euch reden hören.«

»Ja, der bin ich!«, erwiderte der blinde Schmied. »Hat Reschef vielleicht von mir gesprochen?«

»Das hat er!«, meinte Menkor, blickte unsicher in die Runde und versuchte zu lächeln. »Er ... er sagte, er wäre nur wegen Euch in der Stadt und ... er hält Euren Freund Nikos gefangen! Er glaubt, Ihr wäret dumm genug, zurück in die Stadt zu kommen, wenn Ihr davon erfahrt, um sein Leben gegen das Eure zu tauschen.« Als er bemerkte, wie Schobai das Gesicht verzog, fügte er hastig hinzu: »Aber darauf werdet Ihr doch gewiss nicht hereinfallen ...«

»Schobai!«, rief auch Akilleus erregt. »Du wirst dich doch nicht von den Dämonen der Rachsucht zu solcher Torheit hinreißen lassen?«

»Unas, diese Gelegenheit dürfen wir uns nicht entgehen lassen!«, wandte sich Schobai eindringlich an den Oberkommandierenden. »Wir lenken ihre ganze Aufmerksamkeit auf das Geschehen am Fluss und währenddessen können Eure Männer sich an strategisch günstigen Punkten sammeln und einen Überraschungsangriff auf die Stadt durchführen!«

»Auf gar keinen Fall!«, erwiderte Unas empört. »Das ist der dümmste und waghalsigste Vorschlag, den ich je gehört habe!«

»O nein, das ist er nicht!«, widersprach Schobai erstaunlich geduldig. »Spart Euch Eure Empörung und lasst mich ein wenig genauer erklären, was ich mir dabei gedacht habe! Ich werde Reschef anbieten, mich gegen Nikos auszutauschen! Und wir werden verlangen, dass Reschef diesen Austausch persönlich vornehmen muss, unbewaffnet und allein! Der Austausch findet in der Mitte des Flusses statt, auf dem Schiff von Akilleus. Reschef wird uns nicht trauen, denn er weiß gar nicht, was Vertrauen bedeutet, und mit Sicherheit eine Waffe an Bord schmuggeln. Und am Ufer werden seine Männer bereitstehen, um uns zu überwältigen, entgegen den Abmachungen! Aber es ist ganz gleich, was sie entscheiden werden. Es kommt nur darauf an, dass sie entsprechend abgelenkt werden. Sie werden Widerstand von der Besatzung des Schiffes erwarten, denn Akilleus läuft Gefahr, sein Schiff zu verlieren, und sie werden gewiss nicht auf einen Angriff von Euren Männern gefasst sein!«

Unas schien jedoch noch nicht überzeugt zu sein. »Was geschieht mit Euch? Was werdet Ihr tun, wenn Ihr mitten auf dem Fluss mit Reschef allein seid?«

Schobai lächelte grimmig, doch dann nahm sein Gesicht wieder den so typischen, verschlossenen Ausdruck an. »Nun, wir werden eine offene Rechnung begleichen! Es scheint, dass sich unsere Wege nun noch ein allerletztes Mal kreuzen werden, nach all der langen Zeit. Das weiß auch Reschef! Auch er weiß, dass dies die Gelegenheit ist …«

II

Dem Boten standen das Entsetzen wie auch die Erleichterung deutlich ins Gesicht geschrieben. Es war einer der Bootsleute von Akilleus, den sie mit der Nachricht zu Reschef geschickt hatten.

»Ich … ich hatte kaum gehofft, Euch lebend wieder zu sehen!«, gab er zu.

»O nein, Reschef hätte nicht gewagt, dir etwas anzutun!«, erwiderte Schobai. »Damit hätte er doch seine Chance verwirkt, mich in seine Gewalt zu bringen! Wie Menkor uns berichtet hat, ist sein ganzes Sinnen und Trachten darauf gerichtet, an mir Rache zu üben! Ich nehme an, er hat die Bedingungen akzeptiert?«

»Das hat er!«, bestätigte der Bote. »Ich habe das Funkeln in seinen Augen gesehen, Herr, als er die Bedingungen hörte! Ich bin ganz sicher, dass er Euch töten will!«

»Das ist gewiss seine Absicht!«, stimmte Schobai grimmig zu. »Akilleus? Unas? Seid Ihr bereit? Ihr könnt die Männer im Schutz der Dunkelheit aufmarschieren lassen. Wir werden in der Morgendämmerung vor den Kais des Fischerhafens vor Anker gehen!« Schobai legte dem Boten die Hand auf die Schulter. »Ich danke dir, mein Freund, für deinen tapferen Einsatz. Wenn all dies vorüber ist, werde ich dafür sorgen, dass du eine entsprechende Anerkennung erhältst!«

Der Bootsmann nickte, aber in seinem Gesicht stand der Zweifel geschrieben. Wenn dies alles vorbei ist, dachte er, wird vermutlich keiner von uns überlebt haben und Ihr werdet mich vergessen, sobald Ihr dieser Schlange gegenübertretet …

Kurz vor Sonnenuntergang teilten sich die Soldaten des Unas in zwei Gruppen. Sie sollten schon in wenigen Stunden auf die Stadt zumarschieren, um die Nomaden anzugreifen, sobald das vereinbarte Signal ertönte. An Bord seines Schiffes in der Mitte des Stroms würde Akilleus zu gegebener Zeit das Widderhorn blasen.

Als die Sonne über dem westlichen Marschland versank, stand Schobai an Deck des Schiffes, genoss die milde Abendbrise und lauschte den Kommandos für den Abmarsch der Truppen. Die Decksplanken unter seinen Füßen knarrten leise und über sich vernahm er den verhaltenen Schrei einer Möwe. Er streckte sich und atmete gierig die Luft ein, die den Duft ferner Gärten mit sich trug.

Noch bevor er ein Geräusch vernahm, spürte er die Schwingungen der Holzplanken, als sich neuerlich Schritte näherten. Akilleus, dachte er; sein Gewicht und die Ungeduld, das kann niemand anderer sein als er! Erstaunlich, wie sich ein Mensch an so vielen Einzelheiten, seinem Gang, seiner Atmung, wiedererkennen lässt. Wie aus einem Guss, dachte er und lächelte. Der schwarze Hüne war ihm in der Tat ans Herz gewachsen, ganz so, wie es wohl auch seinem Vater Kirta und Nikos damals nach der Flucht von der Insel der Göttin ergangen war.

Er lächelte freundlich und streckte die Arme aus. »Akilleus, mein Freund! Leiste mir ein wenig Gesellschaft, ja?«

»Keine Zeit für Müßiggang!«, kam die Antwort. »Mir ist soeben erst klar geworden, in welcher Gefahr wir uns befinden werden, sobald wir am Fischereihafen vor Anker gehen! Wir müssen uns darauf vorbereiten, so schnell wie möglich die Flucht zu ergreifen! Denn ich bin noch nicht bereit zu sterben, Schobai, gerade jetzt, wo ich die Möglichkeit habe, ein wirklich reicher Mann zu werden, noch dazu mit Macht und Einfluss!«

Schobai lachte verhalten. »Ich frage mich, was für dich wohl wirklich reich bedeutet, Akilleus. Schon jetzt ist dein Besitz doch weit größer als das, was die meisten der kleinen unabhängigen Königreiche, in deren Diensten ich dereinst stand, an Gütern und Geldern besaßen! Mach dir keine Sorgen, ich denke, es wird alles gut gehen morgen! Ich habe da so eine Ahnung!«

Akilleus ergriff den Blinden am Arm und zog ihn mit sich zum Heck des Schiffes. »Meinst du wirklich? Vielleicht wäre es besser, wenn wir uns nicht an die Abmachungen halten, immerhin ist Reschef nichts als ein mieser kleiner Verräter!«

»Nein, Akilleus!«, widersprach Schobai. »Wir können nichts gewinnen, wenn wir ebenfalls zu Lügnern werden! Wir machen es auf meine Weise und glaube mir, wir werden siegen! Aber … sage mir, soeben ist die Sonne vollständig hinter dem Horizont versunken, nicht wahr?«

»So ist es! Woher, zum Teufel, weißt du das?«

»Oh, das ist nicht schwer«, erwiderte Schobai, »denn stets ändert sich kurz darauf die Richtung und Stärke des Windes! Sind die beiden Frauen noch an Bord? Ich meinte vorhin, ihre Stimmen zu hören …«

»Als ich heraufkam, haben sie sich gerade gestritten. Ebana

kann nun mal recht starrköpfig sein. Ich glaube, niemand außer mir könnte es mit ihr aufnehmen!«, fügte er stolz hinzu. »Jedenfalls wollte Ebana Meret davon überzeugen, sich endlich ihre wahren Gefühle für dich einzugestehen!« Er runzelte nachdenklich die Brauen. »Ihr wäret gewiss kein schlechtes Paar! Aber ... warum hast du dich ihr noch nicht genähert? Sie kann dir doch gewiss nicht gleichgültig sein? Wenn ich zwanzig Jahre jünger wäre, hätte ich schon längst ... nun ja ...« Er seufzte ein wenig theatralisch. »Aber du bist doch wirklich nicht zu alt für sie! Warum also die Zurückhaltung?«

»Eines Tages werde ich es dir vielleicht erklären«, meinte Schobai nachdenklich. »Meine Gefühle für sie sind ... es ist schwierig und verwirrend, Akilleus!«

»Komm mir nicht wieder mit deinen moralischen Bedenken! Wahrscheinlich hast du ganz einfach Angst, dich auf die Liebe einzulassen! Du lebst dein Leben, ohne dass du etwas zu verlieren hättest, und das würde sich ja ändern, sobald du ...«

»Ich bitte dich, Akilleus! Lass uns ...«

»... deine Einsamkeit einmal aufgibst. Bisher hast du dich stets in diese Einsamkeit flüchten können, denn du hast dich ja höchstens einmal der Fleischeslust ergeben, mit Frauen, die du nicht liebtest und schon am nächsten Morgen wusstest du ihre Namen nicht mehr! Dabei sehnst du dich im Grunde deines Herzens doch auch ...«

»Akilleus! Misch dich nicht in mein Leben ...«

»... nach einer Frau, die sich zu dir bekennt, dich von ganzem Herzen liebt!« Er legte dem Blinden freundschaftlich die Hand auf die Schulter, doch Schobai wandte sich verärgert ab. »Schobai! Eine Frau, ein Heim, eine Familie und Kinder, das ist doch auch deine Sehnsucht und ...«

»Lass mich endlich zufrieden, Akilleus! Ich will nicht ...«

»Unverbesserlicher Narr, der du bist, Schobai! Ein Mann braucht etwas, für das es sich wirklich zu leben lohnt, auch wenn er Angst haben muss, es wieder zu verlieren!«

Akilleus schwieg und eine Weile war nur das leise Rascheln der Binsen in der Abendbrise zu hören. Er musterte den blinden Schmied, dessen Gesichtszüge, soeben noch von Zorn und Anspannung verzerrt, langsam weicher wurden, bis Schobai tatsächlich zu lächeln begann. Nur mit Mühe konnte Akilleus sich zurückhalten, als er diese Veränderung bemerkte. »Schobai?«, fragte er nach einer Weile.

Der Schmied seufzte. »Du bist ein echter Freund, Akilleus! Und ich danke dir für deine Bemühungen. Du hast Recht, ich sollte zumindest mit ihr sprechen. Führst du mich zu ihr?«

»Gern!«, erwiderte der schwarze Hüne. Aber weder auf dem Schiff noch im Lager, wo die Frauen während des nächsten Tages den Ausgang der Ereignisse erwarten sollten, konnten sie Meret finden und niemand schien sie seit der Unterredung mit Ebana gesehen oder von ihrem Verbleib gehört zu haben.

Noch bevor die Sonne aufging, hatten sie das Schiff von Akilleus mit Ruderkraft stromauf bewegt und gingen ein wenig außerhalb der Hauptströmung des Flusses vor Anker. Akilleus hatte zudem als Vorbereitung für eine schnelle Flucht das Segel anschlagen lassen, doch noch bauschte sich das Tuch festgezurrt um Baum und Rah.

Auf Akilleus Stirn glitzerten trotz der morgendlichen Kühle etliche Schweißperlen, als er jetzt angestrengt in die ersten Sonnenstrahlen blinzelte. »Ich kann Reschefs Männer bereits sehen, dort drüben am Kai!«, wandte er sich an Schobai. »Bei den Göttern! Eine ganze Einheit Bogenschützen erwartet uns!«

»Je mehr, desto besser«, erwiderte der blinde Schmied gelassen. »Darüber mache ich mir keine Sorgen! Je mehr von ihnen hier am Hafen postiert sind, umso weniger Widerstand wird Unas beim Sturm auf die Mauern brechen müssen. Hast du das Widderhorn zur Hand?«

»Aber gewiss, mein Freund! Oh, dort drüben ist Reschef, zumindest könnte er es sein. Er steigt gerade in das Boot für die Überfahrt. Ja, und dort sehe ich Nikos! Der Ärmste, an so einem kühlen und feuchten Morgen!«

»Es wird ihm nicht schaden!«, meinte Schobai. »Jedenfalls weit weniger, als wenn wir ihn hier alleine zurückgelassen hätten! Deine Männer werden den Anker lichten, sobald du das Widderhorn bläst?«

»So ist es! Es scheint, dass Reschef selber das Boot bewegen wird, obwohl es ihm große Mühe bereiten muss!«

»Beschreibe mir den Mann, Akilleus, nur um ganz sicherzugehen!«, sagte Schobai aufgeregt.

»Nun, von hier aus erinnert mich sein Gesicht an das einer Ratte und zudem wirkt er ausgezehrt und schwächlich! Keineswegs wie jemand, vor dem man sich fürchten müsste ...«

»Er hat auch früher schon diesen Eindruck erweckt. Doch man darf sich davon nicht täuschen lassen, denn er ist wendig, schnell und ungeheuer zäh!«

»Nun, mit der Schnelligkeit kann es nicht mehr so weit her sein, denn sein Bein scheint ihm größte Schwierigkeiten zu bereiten, neben den Schmerzen, die in seinen Zügen abzulesen sind!«

»Er hat alle Schmerzen der Welt verdient! Stehen deine Männer bereit, um Nikos an Bord zu helfen?«

»Ja doch, jetzt hat das Boot angelegt und sie helfen Nikos, geleiten ihn unter Deck und hier ...«

Doch Schobai hatte bereits die Schritte gehört, fremde und doch seltsam vertraute Schritte des Mannes, der ein Bein nachzog und hastig näher kam.

»Schobai!«, vernahm er nun auch die schrille Stimme Reschefs, kalt und spöttisch, und doch anders, als er sie in Erinnerung hatte, von jahrelang erduldeten Schmerzen und Enttäuschungen geprägt. »Schobai, erinnerst du dich an unsere Abmachung?«

»Durchsucht ihn nach Waffen!«, wies Akilleus die Bootsleute an, die sogleich seinem Befehl Folge leisteten. Reschef streckte bereitwillig die Arme empor, während Akilleus sich noch einmal warnend an den Freund wandte. »Noch kannst du zurück, Schobai!«

Aber der blinde Schmied näherte sich bereits mit entschlossenem Schritt dem Gegner, fast so, als wäre er nicht mit Blindheit geschlagen. »Reschef!«, rief er. »So sehen wir uns denn endlich wieder! Wie ist es dir ergangen, seit wir uns zum letzten Mal begegnet sind? Bist du immer noch der beste Schwertkämpfer der Truppen?« Und während er die Hände nach den Schultern des Mannes ausstreckte, fügte er boshaft hinzu: »Und der schnellste der Fußsoldaten?«

Reschefs Züge verzerrten sich und die weißliche, lange Narbe auf seiner Wange färbte sich dunkelrot.

Dann griff er sich an den Hals ... und schneller, als jemand hätte eingreifen können, hielt er auch schon einen blitzenden Dolch in Händen. Die Bootsleute hatten seinen Leib ergebnislos untersucht, aber Reschefs Waffe war auf dem Rücken versteckt!

Dennoch gelang es Schobai fast ebenso schnell, nach dem Arm seines Gegners zu greifen und sich so vor dem ersten Dolchstoß zu schützen. Reschef streckte die Linke blitzschnell nach dem Dolch und holte aus, als wolle er Schobai die Waffe in den Leib stechen.

Doch ein heftiger Stoß, den auch Schobai verspürte, traf ihn in den Rücken, er bäumte sich auf und stolperte nach hinten ... Akilleus schrie entsetzt auf, wollte auf die Kämpfenden zustürzen und verfing sich mit dem Fuß in einem Tauende, sodass er strauchelte, und während er fiel, sah er, wie Schobai noch immer den Angriff des Reschef zu erwarten schien, während dieser den Dolch längst fallen gelassen hatte, sich zusammenkrümmte und mit den Händen hinter sich griff. Und dann bemerkte er auch den Schaft eines Pfeiles, der tief in den Rücken Reschefs eingedrungen war. »Was, zum Teufel ...«, rief er. »Haben seine eigenen Leute ihn verraten?«

»Gib das Signal, Akilleus!«, forderte ihn eine klare Stimme auf. »Jetzt!«

Überrascht blickte er zum Bug des Schiffes und dort stand Meret, den nächsten Pfeil schon auf der Sehne des straffgespannten Bogens und rief noch einmal: »Das Hornsignal, Akilleus!«

Der griff nach dem Widderhorn, das er um den Hals trug, gab endlich das vereinbarte Signal, und in diesem Augenblick drehte auch Reschef sich um. Als er die Schützin erblickte, schrie er empört und hasserfüllt auf: »Verflucht sollst du sein ...«

Der zweite Pfeil schnellte zischend von der Sehne und traf ihn im Auge, sodass er tödlich getroffen zu Boden geworfen wurde.

Noch einmal blies Akilleus das Widderhorn und gab den Befehl zum Segelsetzen. »Schobai! In Deckung!«, rief er dem Blinden zu, gerade noch rechtzeitig, bevor die erste Pfeilsalve der Bogenschützen am Ufer sie erreichte und zwei der Geschosse genau an der Stelle vorüberflogen, wo Schobai eben noch gestanden hatte. Sie blieben im Holz der Decksaufbauten stecken und ein weiterer Pfeil bohrte sich in den bereits leblosen Körper von Reschef.

Akilleus war nach achtern geeilt, um das Ruder zu ergreifen, als das Schiff, von der Kraft des geblähten Segels wie auch der leichten Strömung erfasst, langsam Fahrt aufnahm. »Meret!«, rief der Hüne. »Bring dich in Deckung! Das ist ein Befehl!«

Ein Pfeil streifte seinen Arm, er fluchte lauthals und warf das Ruder herum, um das Schiff in die Mitte des Stromes zu steuern. Auch am Ufer herrschte große Aufregung, denn jetzt waren die Kriegsschreie der ägyptischen Soldaten zu hören, die von allen Seiten die Stadt angriffen. Brandpfeile wurden über die hohen Mauern geschossen und schon stieg schwarzer Rauch über den südlichen Stadtvierteln auf. Auch die Bogenschützen am Ufer hatten sich der Verteidigung gegen die Eindringlinge zugewandt. Dank der Strömung und mit dem auffrischenden Wind kam Akilleus' Schiff nun schnell voran.

Schobai war im Schutz des Schanzdecks nach achtern gerobbt und fragte nun atemlos: »Was ist mit Meret, Akilleus? Hast du nicht soeben ihren Namen gerufen? Ist sie hier an Bord?«

»Ob sie hier ist? Was für eine Frage!«, Akilleus musste trotz der Gefahren plötzlich lachen. »Du kannst sie selber fragen! Sie hat dir soeben das Leben gerettet!«

»Das Leben gerettet?«, fragte Schobai verwundert und erhob sich aus der kauernden Haltung. »War sie es, die Reschef ...?«

Im gleichen Augenblick vernahm er ihre leichten, schnellen Schritte und sie warf sich stürmisch in seine Arme. »Schobai, den Göttern sei Dank, du bist unverletzt!«

Er drückte sie an sich und stammelte: »Meret! Ich habe dich also nicht verloren! Ich dachte ... ich würde nie wieder deine Stimme hören und du hättest dich gegen mich entschieden ...«

»Schobai!«, unterbrach sie ihn glücklich. »Ich hätte mich nicht von dir abwenden, dich niemals allein in der Gefahr zurücklassen können!«

Kapitel 16

I

In den Wochen nach dem Tode seines Großvaters Kirta war Ben-Hadad ungewöhnlich schweigsam geworden, und selbst wenn man ihn ansprach, antwortete er häufig nicht, so sehr war er in Gedanken verloren oder auch in seine Arbeit vertieft. Denn seine Fortschritte als Schmiedelehrling waren in der Tat beachtlich. Viele Arbeiten, für die Ischmerai in seiner Werkstatt bisher eine gute Woche benötigt hatte, konnten nun schon innerhalb weniger Tage erledigt werden und oftmals, ohne dass der Meister selbst mit Hand anlegen musste.

Aber Ben-Hadad war nicht nur ein begabter Schüler, er war auch fleißig und arbeitsam. Nachdem sie wieder einmal eine Reihe von eiligen Aufträgen erledigt hatten und alle Arbeiten für die Krieger des Jakob fertig gestellt waren, überprüfte Ischmerai seine Vorräte an Erzen und versuchte den Bedarf für die nächste Zukunft abzuschätzen. Dreimal musste er sich jedoch an seinen eifrigen Lehrling wenden, bis der endlich den Hammer aus der Hand legte. »Verzeiht, Ischmerai! Habt Ihr soeben gesagt, dass die Arbeit für den Rest des Tages ruhen soll?«, fragte Ben-Hadad.

»Das habe ich, mein Junge!«, erwiderte der Schmied. »Ein alter Freund von mir hat auf der Durchreise Station in Hebron gemacht und ich dachte, wir sollten ihm einen Besuch abstatten. Er ist auf dem Weg nach Timna und ich wollte ihn bitten, in unserem Namen ein wenig Malachiterz zu erstehen!«

»Malachiterz? Ihr meint doch sicher Kupferschmelze!«, wandte Ben-Hadad ein und wischte sich die Stirn mit der rußgeschwärzten Hand. »Es ist doch wahrscheinlich sehr kostspielig, das ganze Malachiterz hierher zu bringen, nur um dann ein wenig Kupfer daraus schmelzen zu können?«

»Da hast du allerdings Recht!«, stimmte Ischmerai zu. »Und ich bin froh, dass du das Denken nicht verlernt hast bei all dem Gehämmer! Aber ich bin nicht nur ein Handwerker, der seine Arbeiten verkaufen muss, um zu leben, sondern ich werde auch dafür bezahlt, dich anzulernen. Und ich denke, es ist an der Zeit, dass ich dir zeige, wie das Kupfer aus dem Malachiterz geschmolzen wird.« Er stellte befriedigt fest, dass sein Lehrling statt einer Antwort erfreut lächelte, und fuhr fort: »Allerdings wäre es das Beste, wenn wir selbst nach Timna reisen könnten, um uns dort anzuschauen, wie man schon seit Generationen und Abergenerationen das Erz bearbeitet. Denn nirgendwo beherrscht man dies besser als in den ägyptischen Minen und ...«

»Verzeiht, sagtet Ihr ägyptisch?«, fragte Ben-Hadad verwundert.

»Nun, es ist wohl heute nur dem Namen nach so, denn die ägyptische Armee wurde seinerzeit von den heranrückenden Truppen der Hirtenkönige aus der Gegend vertrieben. Diese sind jetzt die Herren des Bergwerks. Aber das wird wohl keinen großen Unterschied machen, wenn wir dort Erze kaufen wollen!«

»Timna gehörte einmal den Ägyptern? Das wundert mich! Es liegt doch in der Nähe von Edom, südlich von Arabach! Also recht weit entfernt von Ägypten?«

Ischmerai machte sich daran, die Werkzeuge einzusammeln und an den dafür vorgesehenen Haken ordentlich nebeneinander aufzureihen. »Damals, mein Junge, reichte der Arm des Herrschers der Zwei Reiche bis hinauf in jene Gebiete! Du hast gewiss vom Kampf gegen die Elamiter gehört, als dein Ururgroßvater die Männer Abrahams bewaffnete? Nun, die Elamiter verlangten Tributzahlungen von Städten und Ländern, die bereits dem Herrscher der Zwei Reiche Tribut zahlten und sich des doppelten Jochs entledigen wollten.«

»Hat mein Urahn Belsunu nicht auch selbst einmal in Timna gearbeitet?«, fragte Ben-Hadad so aufgeregt, wie Ischmerai ihn seit den Begräbnisfeierlichkeiten für Kirta von Haran nicht mehr erlebt hatte. »Das würde ich mir nur allzu gern einmal ansehen!«

»Nun, vielleicht wird es ja eines Tages möglich sein. Im Augenblick haben wir allerdings zu viel zu tun, als dass ich dich eine so lange Zeit entbehren könnte. Doch nach dem nächsten Winter, wer weiß? Vorher werde ich dir allerdings schon zeigen können, wie man dort arbeitet. Ich muss mich auch sputen, denn ich habe nur zwei Jahre, bevor du bei Zohar von Gerar ...« Er hielt erschrocken inne und runzelte ärgerlich die Stirn. »Zu dumm! Du solltest es doch noch gar nicht erfahren!«

»Zohar von Gerar? Er wird mein nächster Lehrherr sein?«

»Ja, so ist es«, erwiderte Ischmerai und seufzte. »Es tut mir Leid! Ich habe Jakob versprechen müssen, dir nichts davon zu sagen, denn er wollte dich gerne selbst damit überraschen! Obwohl es im Moment nicht so aussieht, als würde er sich noch daran erinnern! Wenn er nicht bald wieder zu sich kommt, wird er vielleicht nicht einmal mehr so lange leben!«

»Ich ... ich habe schon eine Menge über die Schmiedewerkstätten von Gerar gehört«, bemerkte Ben-Hadad, wieder ganz in Gedanken versunken.

Ischmerai schöpfte mit den Händen Wasser aus einem Becken und wusch sich das verschwitzte Gesicht. »Nun, Gerar ist berühmt für seine hervorragenden Werkstätten und Zohar ist einer der besten Schmiede dort, wenn nicht der beste überhaupt! Und doch wird es auch für ihn eine Ehre sein, eines der Kinder des Löwen zu seinen Lehrlingen zu zählen!« Er lächelte breit. »Genauso, wie es mir heute eine Ehre ist, Ben-Hadad. Eines Tages wirst du ein berühmter Mann sein, so wie alle deine Vorfahren, und das bringt auch mir ein wenig Berühmtheit!«

»Ich werde auch stolz darauf sein, einst bei Euch gelernt zu haben, Ischmerai! Aber ... ich wünschte, wir könnten doch nach Timna reisen! Wisst Ihr, ob dort noch Ägypter leben?«

»Es könnte schon sein. Einige der Bewohner des Landes Goschen haben sich den Hirtenkönigen unterworfen. So habe ich es jedenfalls gehört, und warum sollten sie nicht auch in Timna leben? Aber warum ... oh, ich vergaß! Auch in deinen Adern fließt ja ägyptisches Blut, nicht wahr?«

Ben-Hadad trocknete sich gerade das Gesicht ab und sein Blick war nachdenklich in die Ferne gerichtet. »Ja ... ja, meine Urgroßmutter war wohl Ägypterin, aber ... das allein ist es nicht, Ischmerai! Ich dachte, ich könnte vielleicht etwas über ... über den Verbleib von Joseph erfahren!«

»Ach ja? Das schlägst du dir am besten aus dem Kopf, mein Junge! So schlimm es auch sein mag. Aber Joseph wurde als Sklave verkauft, da gibt es so gut wie keine Hoffnung!«

»Ich dachte ... ich dachte, es könnte auch Jakob neue Hoffnung machen, wenn man vielleicht etwas über seinen Sohn in Erfahrung brächte!«, erwiderte Ben-Hadad.

Ischmerai schüttelte betrübt den Kopf. »Es ist zwecklos, glaube mir! Und auch du wirst mir noch ganz trübsinnig! Außerdem ist es Zeit für uns, nach Hebron aufzubrechen!«

Aber der Freund von Ischmerai hatte Hebron bereits verlassen, um im Lager des Patriarchen Jakob vorzusprechen. Sein Name war Imlah von Succoth und sein Vater hatte damals mit Jakob Freundschaft geschlossen, als der aus dem Exil in Haran zurückkehrte, um sich wieder in Kanaan niederzulassen. Als vierter Sohn war Imlah von der Erbfolge her zwar nicht ausersehen, die Nachfolge seines Vaters anzutreten, galt aber dennoch als der klügste und bedächtigste der Söhne. Da er erst kürzlich verwitwet war, hatte sein Vater ihn auf Brautschau nach Hebron geschickt und ihm gleichzeitig den Auftrag erteilt, nach Timna zu reisen, um Kupfer für die Schmiedewerkstätten der Familie zu erstehen.

Auch war ihm aufgetragen, dem Patriarchen Jakob im Namen seines Vaters Grüße auszurichten, doch genügte Imlah ein einziger kurzer Blick auf den hinfälligen Mann und er verließ eilig, wenn auch mit tiefer Verbeugung, das Zelt des Jakob. Beim Hinausgehen wäre er beinahe mit einer Frau, die nicht mehr ganz jung, aber auffallend hübsch war, zusammengestoßen. »Oh, verzeiht!« rief er erschrocken. »Ich ... ich hätte besser Acht geben müssen, aber ich bin ... ein wenig erschüttert über ...«

»Nein, nein!«, wehrte die Frau ab. »Es war mein Fehler, meine Hast! Aber es ist ja nichts passiert! Ihr seid Imlah aus Succoth, nicht wahr? Der Sohn von Machir!«

»Aber ... ja doch, der bin ich! Woher kennt Ihr meinen Namen? Sind wir uns denn schon einmal begegnet?«

»Das nicht«, erwiderte sie, »aber ich muss Euch wohl um Vergebung bitten, denn ...« Imlah musterte sie erneut und bemerkte nun auch den Witwenkranz in ihrem Haar. »Mein Gatte, der erst kürzlich verstorben ist, nun ... er schuldete Eurem Vater Geld! Sein Name war Haschum. Er stammte aus Kadesch.«

»Haschum aus Kadesch? Ich kann mich an diesen Namen nicht erinnern, aber ich bitte Euch, vergesst die Schulden! Ich habe erst vor kurzem selbst meine Gattin verloren und weiß, wie Euch zumute sein muss. Und da kann ich auch im Namen meines Vaters sprechen, der, wie Ihr sagt, Gläubiger Eures Gatten war!«

Danataja blickte erstaunt auf und bemerkte erst jetzt die Falten im Gesicht des Mannes, die von Kummer und Besorgnis erzählten. »Meinen tiefsten Dank, Herr! Es ist sehr freundlich von Euch, so zu handeln. Eure Gattin ... war sie lange krank?«

Imlah nickte. »Viele Monde lang! Und ... der Anblick von Jakob, der so eingefallen und kraftlos wirkt, hat mich wieder daran erinnert. Was ist nur mit ihm? Er hat mich nicht einmal ansehen können! Ich hoffe, es ist nicht die gleiche furchtbare Krankheit, die auch meiner Gattin den Tod brachte!«

»Nein, das ist es gewiss nicht!«, widersprach Danataja. »Es ist der Kummer, der ihm die Kräfte und den Lebensmut raubt. Der Kummer und die schrecklichen Ereignisse der letzten Zeit. Schon den Tod seiner geliebten Gattin Rahel hat er niemals ganz verwinden können. Dann starb kurze Zeit später auch sein Vater Isaak und seine älteren Söhne haben ihm schwere Enttäuschungen bereitet. Und vor wenigen Wochen erst wurde sein Sohn Joseph in der Einöde gefangen und verschleppt! Man hat noch nichts über seinen Verbleib erfahren können, nur Gerüchte, die besagen, er sei nach Ägypten in die Sklaverei verkauft worden!« Sie schürzte nachdenklich die Lippen. »Wenn ich ihn wenigstens dazu bringen könnte, ab und zu wieder etwas zu essen ... vielleicht käme er dann auch wieder zu Kräften!«

Imlah schüttelte bedauernd den Kopf. »Was für eine betrübliche Geschichte! Aber ... vielleicht kann ich ihm und Euch ja ein wenig weiter helfen! Ich bin auf dem Weg nach Timna, und wenn der Sohn Jakobs tatsächlich nach Ägypten verschleppt wurde, könnte es sein, dass man dort von ihm gehört hat! Ich werde mich auf jeden Fall erkundigen!«

»Das würdet Ihr tun?«, erwiderte sie und lächelte. »Das wäre in der Tat sehr freundlich von Euch. Jakob wird Euch sehr dankbar sein, da bin ich mir gewiss und ...« Sie hielt inne und ihre Blicke begegneten sich erneut, bevor sie sich hastig abwandte. »Nun, ich denke ... ich sollte mich wieder an die Arbeit machen und will Euch auch nicht länger aufhalten ...«

»Bitte, bleibt noch!«, meinte Imlah eindringlich. »Ich ... ich weiß ja noch nicht einmal Euren Namen!«

»Ich bin Danataja aus Haran«, erwiderte sie, wollte sich schon abwenden und zögerte dann.

»Danataja ...«, wiederholte Imlah von Succoth bedächtig. »Dieser Name ist hier nicht sehr geläufig, aber ... verzeiht, ist es vermessen von mir, wenn ich darum bitte, Euch wiederzusehen, sobald ich aus Timna zurückkehre?« Entgegen der ihm eigenen Art hatte er hastig gesprochen und war beinahe errötet. Jetzt schwieg er, fast erschrocken und sah sie bittend an.

Sie musterte ihn erneut, die Fältchen in dem sonnenverbrannten Gesicht, die freundlichen grauen Augen und den schon leicht ergrauten Bartwuchs. »Ja doch, das solltet Ihr! Ich ... ich hatte gehofft, dass Ihr darum bitten würdet!«

Im Inneren des Zeltes hatte Jakob das Gespräch der beiden mit verfolgen können. Besser er als wieder irgendein Fremder, dachte er. Sie war so lange allein und Haschum war ihr ein schlechter Gefährte. Imlah ist ein aufrechter Mann, bedächtig und treu. Sollte er mich um meinen Segen bitten, so werde ich gerne zustimmen ...

Er sank zurück in die Kissen, nachdem er sich kurz aufgerichtet hatte. Er wird sich in Timna nach Joseph erkundigen! Was wird er wohl erfahren? Dass man Joseph weiterverkauft hat, dass er ins Oberland oder ins Delta geschickt wurde? Ach, wenn es doch nur ein wenig mehr Gewissheit gäbe! Wenn ich doch nur etwas für ihn, meinen geliebten Sohn, tun könnte, aber ...

Er hob mühsam eine Hand und musterte sie. Faltig, knöchern und von Altersflecken übersät. Früher einmal war ich stark und voller Lebensmut. Damals, als ich den Entschluss fasste, in das Land meiner Väter zurückzukehren! Was ist nur mit mir geschehen? Bin ich so alt und schwach geworden, dass ich nicht einmal mehr Entscheidungen treffen kann, wenn mich ein Unheil befällt?

Aber jetzt begann seine Hand heftig zu zittern, wie ein schwaches Blatt im rauen Herbstwind.

»Ischmerai! Welche Freude, dich endlich einmal wieder zu sehen! Was bringt dich hierher, mein Freund?«

Der Schmied umarmte den Reisenden herzlich. »Ich habe hier eine mehr als lohnende Aufgabe gefunden, Imlah! Ich fertige nicht nur allerhand Schmiedearbeiten für den Patriarchen Jakob, sondern bin auch mit der Ausbildung dieses Jungen hier betraut worden, der aus dem Klan des Löwen stammt! Ben-Hadad, dies hier ist mein Freund Imlah, der Sohn von Machir!«

Imlah nickte Ben-Hadad freundlich zu und meinte dann: »Ein Kind des Löwen bist du? Dann solltest du nicht nachlassen im Bemühen um die Kunst des Schmiedehandwerks, denn du trägst einen großen Namen!« Er wandte sich wieder an seinen Freund und meinte überschwänglich: »Ischmerai, ich weiß gar nicht, wie mir geschieht! Seit meine Frau gestorben ist ... nun ja, es war eine schwere Zeit, wie du weißt! Aber soeben, als ich aus dem Zelt des Jakob kam, bin ich einer Frau begegnet, einer hübschen Witwe, vielleicht einige Jahre jünger als ich, mit einem offenen Blick und einer ganz freundlichen Art und ... nun, ich werde sie wieder sehen, sobald ich meinen Auftrag in Timna erledigt habe! Aber, Ischmerai, ich bin mir fast sicher, dass sie meine Liebe auch ...«

»Das soll mir fürs Erste genügen, mein Freund!«, unterbrach ihn der Schmied mit einem Lachen und klopfte dem Freund auf die Schulter. »Wir können gewiss später noch darüber sprechen! Aber zunächst habe ich einen Auftrag für dich, denn ich benötige Malachiterz, um dem Jungen hier das Kupferschmelzen zu zeigen ...«

Ben-Hadad war einige Schritte hinter den Männern geblieben, die, in ihr angeregtes Gespräch vertieft, durch das Wäldchen hindurch zu Jakobs Lager gingen. Schon als Imlah von der hübschen Witwe sprach, hatte er aufgehorcht. Wen anderen konnte der Freund des Schmieds meinen als seine Mutter Danataja? Von diesem Moment an hatte er Imlah kritisch gemustert, jedes seiner Worte erlauscht. Nun, dieser Mann schien kein schlechter Kerl zu sein, in seiner bedächtigen, nachdenklichen Art. Und auch Ischmerai hatte nur Gutes von ihm berichtet.

Nachdenklich runzelte Ben-Hadad die Stirn. Vielleicht war es ja ein Segen, dass dieser Mann gerade jetzt hierher gekommen war, und das in mehr als einer Hinsicht ...

Imlah hatte ihn, Ben-Hadad, jedenfalls kaum beachtet, so sehr schien ihn die Begegnung mit seiner Mutter zu beschäftigen. Und bereits morgen würde er mit seiner Karawane nach Timna aufbrechen! Timna, ein Sammelpunkt für all jene Karawanen, deren Ziel die Königsstadt Memphis oder auch andere große Städte im oberen Ägypten waren ...

Aber nein, es war vielleicht doch ein abwegiger Gedanke! Man würde ihn auch sogleich erkennen, Ischmerai würde ihn schon früh am Morgen vermissen und sich sogleich auf die Suche begeben ...

Nein, es war besser, gar nicht mehr darüber nachzudenken. Überhaupt, was würde er denn schon ausrichten können, ganz allein? Und ohne die Erfahrung eines erwachsenen, weit gereisten Mannes? Wovon wollte er leben, sobald seine geringen Ersparnisse aufgezehrt waren?

Aus den Augenwinkeln bemerkte er die vertraute Gestalt seines treuen, vierbeinigen Gefährten, der mit hängender Zunge um seine Füße herumsprang und ab und zu fröhlich bellte. »Guter, alter Löwe!«, sagte Ben-Hadad und musste unwillkürlich über die munteren Sprünge des kleinen Hundes lächeln.

Mein treuer Freund Löwe, dachte Ben-Hadad gerührt, und urplötzlich erschienen seine Pläne in einem gänzlich anderen Licht. Der Hund sprang hoch und fuhr dem Jungen mit der Zunge über das Gesicht. »Sitz, Löwe!«, forderte ihn Ben-Hadad auf und der Hund wich folgsam zurück, wedelte mit dem Schwanz und beäugte ihn aus einigen Schritten Entfernung.

So allein bin ich ja gar nicht, dachte Ben-Hadad, jedenfalls nicht, solange Löwe mich begleitet. Der kleine Mischling war mit seiner zähen Art der Inbegriff der Überlebensfähigkeit in diesem kargen Land. Er konnte, wenn nötig, lange Zeit ohne Nahrung und Wasser auskommen, und er schien stets guten Mutes zu sein, ganz gleich, wie schwierig oder bedrückend die Umstände anderen auch erscheinen mochten.

Und Mutter braucht meine Unterstützung nicht mehr so dringend wie damals, als Haschum ihr stets Kummer bereitete, dachte Ben-Hadad. Insbesondere, wenn sie schon in naher Zukunft einen neuen, weit verlässlicheren und treueren Gatten finden sollte. Dieser Imlah schien es doch recht ernst zu meinen. Natürlich würde sie ihren Sohn sehr vermissen, aber es wäre doch nicht so schrecklich, als wenn sie allein zurückbliebe …

Wer seiner Hilfe tatsächlich bedurfte, war der Patriarch Jakob! Jakob, der nur deshalb krank und schwach darnieder lag, weil niemand ihm helfen konnte, seinen geliebten Sohn Joseph wieder zu finden! Aber er, Ben-Hadad, wusste nun, dass er dem alten Mann helfen konnte! Er musste es einfach tun! Hatte nicht auch sein Vater damals in Haran die Verpflichtung verspürt, dem in Gefahr geratenen Bruder beizustehen in der Not? Für jeden kam doch die Zeit, wo er eine Entscheidung dieser Art treffen und etwas wagen musste. Und für ihn war jetzt diese Zeit gekommen …

Am frühen Morgen machte sich Ischmerai erneut nach Hebron auf, um vor den Toren der Stadt die Karawane und mit ihr seinen Freund Imlah zu verabschieden. Sie tauschten noch einmal gute Wünsche aus und umarmten sich zum Abschied, bevor der Mann aus Succoth sein Kamel bestieg, um an der Spitze des langen Zuges gen Süden zu reiten. Die Hufe der Tiere wirbelten kleine Staubwolken auf und Ischmerai trat ein wenig zurück und rieb sich die Augen. So konnte er auch die vertraute Gestalt eines Knaben und seines Begleiters, eines kleinen grauen Mischlingshundes, nicht bemerken, die neben dem zehnten der Lastkamele munter ausschritten, den Blick voraus auf die Berge gerichtet, nach deren Überquerung sie den Weg nach Timna einschlagen würden. Ischmerai blickte dem Zug noch lange nach, bis auch das letzte der Tiere in einer mächtigen Staubwolke verschwunden war.

An jenem Abend machte sich der Schmied nach getaner Arbeit zum Lager des Jakob auf und sprach am Zelt der Danataja vor. »Wie geht es ihm?«, fragte er ohne Umschweife. »Ich dachte, ich sollte einmal nach ihm sehen!«

»Jakob?«, erwiderte Danataja. »Es geht ihm weder besser noch schlechter. Ich wünschte nur, er würde …«

»O nein, ich spreche nicht von Jakob! Ich meine den Jungen!«, unterbrach sie der Schmied. »Er wirkte gestern schon ein wenig abgelenkt bei der Arbeit und da dachte ich …«

»Ich verstehe nicht, was Ihr meint«, sagte Danataja. »Ist Ben-Hadad denn nicht bei Euch in der Schmiede?«

»Aber nein! Ich habe ihm den heutigen Tag freigegeben, weil ich am Morgen noch nach Hebron wollte. Und ich war mir sicher, dass er nach Jakob sehen würde, weil er sich doch Sorgen um ihn macht. Aber ... nein, das wird er nicht gewagt haben! Oder doch?«

»Wovon sprecht Ihr, Ischmerai?«, fragte Danataja aufgeregt. »Wo um Himmels willen steckt er denn, mein Sohn?« Sie ergriff den Schmied erschrocken am Arm, als sich ihr urplötzlich die Erinnerung an jenen Tag aufdrängte, als ihr Mann, Hadad, verschwunden war, um nie mehr zu ihr zurückzukehren. »Wo ist Ben-Hadad?«

»Ich ... ich weiß es nicht«, erwiderte Ischmerai. Doch dann wurde ihm bewusst, dass seine Vermutung wohl der Wahrheit entsprechen musste. Er schüttelte bedauernd den Kopf. »O ihr Götter!«, seufzte er. »Es ... es könnte wohl sein, dass er sich auf dem Weg nach Ägypten befindet, Danataja!«

Kapitel 17

I

Die Rückeroberung der Stadt Sais war der größte Erfolg, den die Armee der Widerständler in all den Jahren des Kampfes gegen die Nomadenheere der Hirtenkönige verzeichnet hatten. Und so war es nicht verwunderlich, dass die ägyptischen Soldaten neuen Mut fassten und überall im Lande unter der Bevölkerung wie auch der noch verbliebenen Vertretung des dereinst mächtigen Reiches die Hoffnung aufkeimte, sich der Eindringlinge tatsächlich erwehren zu können. Die Truppen in Sais erhielten Unterstützung aus den Reihen der Überlebenden jener versprengten Einheiten, die von Meritensas Truppen überlebt hatten und nun in Sais eintrafen, um sich in die Dienste des siegreichen Heerführers Unas zu begeben. Es war eine hoffnungsvolle Zeit für viele der Bewohner im Schwarzen Land.

Unas allerdings, der gefeierte Held von Sais, war keineswegs so überschwänglich, wie man hätte erwarten können, denn mit den Soldaten aus Bakas ehemaligen Einheiten in Athribis hatten auch Gerüchte das Soldatenlager erreicht, die Anlass zur Sorge gaben. Und Unas hatte schnell und umsichtig gehandelt und etliche Späher in die Gegenden östlich der Stadt entsandt. Sie alle kehrten mit düsteren Nachrichten zurück und bestätigten seine Befürchtungen.

An diesem Abend hatte Akilleus den Oberkommandierenden als Gast auf seinem Schiff empfangen und sie besprachen die jüngsten Entwicklungen. »Kennt Ihr einen Mann namens Vahan?«, fragte Unas.

Akilleus schüttelte den Kopf.

»Ich kenne ihn wohl«, erwiderte Schobai. »Sogar recht gut! Er war fast ein Freund für mich, damals im Lager der Nomadenkönige, noch bevor sie die Stadt Charchemisch dem Erdboden gleichmachten! Ich habe ihn stets für einen ausgezeichneten Kämpfer und Strategen gehalten, der Karakin und Manuk nur wenig nachstand.«

»Ich hatte befürchtet, dass es sich so verhält«, meinte Unas. »Man hat mir heute berichtet, dass dieser Vahan das Oberkommando über alle Truppen der Hirtenkönige übernommen hat. Sein erklärtes Ziel ist nicht mehr und nicht weniger als unsere vollständige Vertreibung und Vernichtung!«

Schobai schüttelte bedächtig den Kopf. »Das sind in der Tat beunruhigende Nachrichten! Dieser Vahan ist kein Hitzkopf und rachsüchtiger Wahnsinniger, wie Reschef es war!« Noch während er sprach, war Meret aufgestanden und kam nun zu ihm herüber. Er lehnte sich lächelnd an sie und fuhr dann fort: »Wie ich ihn kenne, wird er sehr bald angreifen, mit allen Kräften, die ihm zur Verfügung stehen, und jeder seiner Schritte wird auf das Sorgfältigste geplant sein. Wir müssen äußerst wachsam und auf das Schlimmste gefasst sein, Unas! Vahan wird uns auch nicht die kleinste Unachtsamkeit verzeihen!«

»Das wird er wohl nicht!«, stimmte der Oberkommandierende zu und schenkte den Freunden Wein nach. »Einer unserer Späher hat überdies berichtet, dass Avedis beschlossen hat, sich zum ägyptischen König krönen zu lassen. Er meint wohl, dass er dann die Bevölkerung des Deltas erfolgreicher beherrschen kann und nicht länger als Fremder gilt. Als Zeichen seines Gottkönigtums hat er den Skarabäus auserwählt und ein wenig abgeändert! Als wenn es sich dabei um nichts anderes als ein schlichtes Abbild handelte, das sich ein jeder aneignen könnte!« Er lachte bitter und trank einen Schluck aus seinem Becher. »Das ist die erheiternde Seite der Angelegenheit. Weitaus bedrückender ist die Tatsache, dass er erst nach der Niederschlagung des Widerstandes die Krönungsfeierlichkeiten abhalten wird! Und das heißt, dass er uns zerstören und den Widerstand bis auf den letzten Mann aufreiben will!«

Akilleus rülpste ungeniert und kratzte sich nachdenklich am Kopf. »Das ist nicht gut, Unas! Das ist gar nicht gut! Wenn es nur nach mir ginge, würde ich so schnell wie möglich Segel setzen und den Kampf euch Ägyptern überlassen. Ich bin mehr fürs Handeltreiben als fürs Kämpfen! Aber Ebana ist da gänzlich anderer Meinung! Sie besteht immer noch darauf, dass wir nach Memphis segeln, um dann über Land weiterzuziehen und bei den Nubiern um Verstärkung im Kampf gegen die Eindringlinge ersuchen. Und sie behauptet allen Ernstes, dass dies mein Plan gewesen sei!«

»Während du schon längst wieder deine Meinung geändert hast?«, meinte Schobai belustigt.

»Ich soll Truppen für den Kampf gegen die Nomadenkönige anwerben und den Rest meines Lebens dem Widerstand gegen die Hirtenkönige opfern? Ha! Aber was soll ich machen? Was Ebana sich in den Kopf gesetzt hat, hat sie noch stets bekommen!«

»Dann wäre diese Angelegenheit also geklärt?«, meinte Unas freundlich. »Mein Freund, ich freue mich über deinen Entschluss, die Sache des Widerstands gegen die Nomaden auch zu deiner persönlichen Aufgabe zu machen! Und du, Schobai?«, wandte er sich an den blinden Schmied. »Was sind deine Pläne?«

»Nun, wir hatten vor, noch eine Weile hier auszuharren, um auf Nachrichten über Bakas Schicksal zu warten, aber dann, wie du ja weißt, wurde jener Kevork gefangen genommen, der aussagte, dass Reschef Baka getötet habe. Er war zwar nicht Zeuge dieser Tat, aber ... wir können wohl kaum etwas erreichen, indem wir noch länger hier ausharren! Vor allem dann nicht, wenn ich mich anderenorts nützlich machen kann, um Waffen für unsere Truppen zu schmieden!«

»Just darüber wollte ich mit dir sprechen. Wie sehen deine Pläne in dieser Hinsicht aus?«

Schobai lehnte sich vor, als hätte er nur auf diese Gelegenheit gewartet, sein Vorhaben zu erläutern. »Mein Vater hat mir von einer ganz besonderen Arbeitsweise berichtet, die Belsunu seinerzeit im Kampf gegen die Elamiter erdachte. Damit wird es möglich, in kurzer Zeit eine große Menge an guten Schwertern zu schmieden! Mit der Hilfe von angelernten Kräften gelingt es so einem tüchtigen Schmied, ein Vielfaches an Waffen herzustellen! Ich habe diese Art zu arbeiten zum Teil selber schon angewandt, damals, als ich im Dienste der Hirtenkönige stand. Zudem werde ich Öfen bauen lassen, die Tag und Nacht brennen, sodass größere Mengen Erze geschmolzen werden als mit der herkömmlichen Bauart. Und das ist noch nicht alles ...« Er lehnte sich zurück und schwieg nachdenklich.

»Die Stadt Sais ist allerdings nicht der geeignete Ort für ein solches Vorhaben! Insbesondere dann nicht, wenn wir täglich mit dem Überfall der Nomaden rechnen müssen!«, meinte Unas. »Zudem benötigst du große Mengen an Erzen. Ihr werdet euch wohl nach Memphis aufmachen müssen!«

»Dann werden wir dies tun!«, erwiderte Schobai. »Wenn wir den königlichen Hof in Memphis bewegen können, die Waffenherstellung zu unterstützen, werde ich schon bald in der Lage sein, die für den Widerstand benötigten Schwerter in großer Zahl zu schmieden. Und mit den neuen Söldnern, die Akilleus anheuert, wirst du weit bessere Aussichten auf einen Sieg gegen die Hirtenkönige haben als bisher!«

Unas musterte den Blinden. Schon seit einigen Tagen war ihm die erstaunliche Veränderung aufgefallen. Seit dem Sieg über jenen Reschef war die Zurückhaltung und Nachdenklichkeit dieses Mannes einer erstaunlichen Lebhaftigkeit und Begeisterung gewichen und sein Gesicht erstrahlte in jugendlichem Glanz. Sein Blick wanderte zum Gesicht der jungen Frau, die zärtlich den Arm um die Schulter des Schmiedes gelegt hatte. Nun, vielleicht gab es neben dem Sieg noch eine andere Ursache für die bemerkenswerte Veränderung dieses Mannes.

»Wir werden uns also gemeinsam nach Memphis begeben?«, fragte Unas schließlich. »Um am königlichen Hof dein Vorhaben zu erläutern?«

»Ich hatte eigentlich geplant, mit Akilleus zusammen den Strom hinauf bis nach Memphis zu fahren«, erwiderte Schobai. »Denn je schneller ich bei Hofe vorspreche, umso besser! Wie du ja weißt, habe ich eine Zeit lang im Dienste der Hirtenkönige gestanden und nicht nur Schwerter und Speerspitzen geschmiedet, sondern auch die Bauart ihrer Rammböcke und Kriegswagen verbessert. All dieses Wissen könnte ich nun zu unseren Gunsten einsetzen! Auch brenne ich darauf, eine neue Art von Streitwagen zu bauen, die in dieser Gegend weit besser einzusetzen wären als die herkömmlichen!«

»Dann sind wir uns also einig!«, stellte Akilleus befriedigt fest. »Wir begeben uns nach Memphis, sobald auch Nikos sich so weit erholt hat, dass er uns begleiten kann.«

Nach einer Weile verließ Meret die Freunde und das Schiff und begab sich zum Haus der Witwe Ebana, wo Nikos von seinen eigenen und den Sklaven Ebanas betreut und versorgt wurde.

Ebana ließ sie ein und meinte besorgt: »Er ist sehr schwach und darf sich auf gar keinen Fall aufregen. Aber wenn du dich zu ihm setzt und ein Weilchen mit ihm plauderst, so kann ihm das gewiss nicht schaden.«

Vorsichtig und auf leisen Sohlen begab sich Meret ins Krankenzimmer und nahm auf der Kante der Bettstatt Platz. »Nikos? Ich bin es, Meret!«

Er drehte sich zu ihr um und sie erschrak ein wenig, denn seine Züge wirkten noch ausgezehrter und erschöpfter als bei ihrem letzten Besuch.

»Wie schön, dass Ihr mich besuchen kommt«, meinte er und lächelte schwach.

Sie ergriff seine Hand und spürte auch dabei, dass die Krankheit den Griechen mehr und mehr seiner Kräfte beraubte. »Unas war heute Abend zu Gast bei Akilleus. Ich komme gerade von dort und wollte dir berichten, was es an Neuigkeiten gibt. Die Hirtenkönige haben einen neuen Feldherrn, der all ihre Kräfte bündeln will, um den Widerstand im Delta zu brechen, Nikos. Wir werden Sais verlassen müssen, sobald du dich ein wenig erholt hast.«

»Was für ein Unsinn!«, erwiderte Nikos mit schwacher Stimme. »Ihr wisst so gut wie ich, dass ich diese Bettstatt nicht mehr lebend verlassen werde! Nein, nein, spart Euch die aufmunternden Worte! Ich weiß doch, wie es um mich steht! Meine Zeit wird kommen, schon sehr bald!« Er drückte beruhigend ihre Hand und fragte dann: »Wohin werdet ihr aufbrechen?«

»Schobai und ich wollen mit Akilleus den Fluss hinaufsegeln, nach Memphis! Und Unas wird mit seinen Soldaten folgen.«

»Schobai will also bei Hofe vorsprechen, um seine Dienste als Waffenschmied anzubieten? Das ist gut so! In all den Jahren, die ich ihn begleitet habe, hatte er stets mit der Unrast zu kämpfen! Die Rückkehr zum Handwerk seiner Väter und Vorväter wird ihm gut tun. Das ist nicht zuletzt auch Euer Verdienst, meine Liebe!«, fügte er lächelnd hinzu.

»Das ist es wohl«, meinte sie schlicht. »Er hat so vielfältige

Pläne, Nikos! Und ich bin sicher, dass man ihn bei Hofe willkommen heißen wird. Wie ich gehört habe, erinnert man sich dort noch an seinen Großvater Ahuni, der einige Zeit im Dienste des Herrschers der Zwei Reiche stand, nachdem er Kanaan verließ.«

»Und Ihr, Meret? Wie sind Eure Wünsche?«

»Ach, Nikos! Ich bin so glücklich an seiner Seite! Noch nie zuvor in meinem Leben habe ich so großes Glück erfahren, noch nicht einmal in den ersten Jahren nach meiner Vermählung mit Baka. Wir kannten uns von frühester Jugend an, aber nach dem Beginn des Krieges wurden wir mehr und mehr auseinander gerissen. Als man ihn zum Oberkommandierenden beförderte, war es seine Hingabe an die Pflichten als Soldat, die uns trennte. Ich habe ihn so schrecklich vermisst, obwohl ich wusste, dass er seinen Männern mit gutem Beispiel vorangehen wollte und musste. Und dennoch ... wir wurden einander fremd!«

»Und Schobai?«

»Bei ihm habe ich stets das Gefühl, als hätte ich ihn bereits mein Leben lang gekannt, Nikos. Es ist merkwürdig. Andere Frauen wären vielleicht abgestoßen durch die schrecklichen Narben im Gesicht und an seinem Leib, aber für mich ... für mich ist es anders! Als ich noch sehr jung war und nach dem Tode meines Vaters aus Tanis fliehen musste, stand ich unter dem Schutz eines Soldatens namens Djedi. Er war um einiges älter als ich und hat für mich sein Leben aufs Spiel gesetzt! Noch heute kann ich den liebevollen Blick in seinen Augen nicht vergessen, als er seinen furchtbaren Verletzungen schließlich in meinen Armen erlag. Damals war ich zu jung, um seine Liebe zu verstehen, aber nun ... nun ist mir, als hätte ich mit Schobai auch Djedi wiedergefunden, einen Mann, der trotz all der schrecklichen Erfahrungen die Hoffnung nicht aufgibt und sich die Empfindsamkeit des Herzens bewahrt hat!«

Nikos hatte die Augen geschlossen und lächelte. »Manchmal denke ich, dass es darum geht, wenn man sich verliebt, Meret«, meinte er. »Im anderen jene Stärken zu entdecken, die man für ein erfülltes Leben braucht.« Er blickte sie eindringlich an. »Und damit meine ich keinesfalls nur das schlichte Überleben! Ihr habt neue Kräfte in Schobai geweckt, die ihn sein Schicksal weit besser ertragen lassen, als er bisher in der Lage war!«

»Ach, Nikos«, meinte sie glücklich. »Es scheint mir, dass er mit jedem Tag neuen Lebensmut und neue Kräfte gewinnt. Fast so, als wäre er bisher im Schlafe gewandelt und nun endlich erwacht!«

»Das verstehe ich gut! Ich werde ihn nicht weiter auf seinem Weg begleiten können, aber bereits in der Vergangenheit habe ich diese in ihm schlummernden Kräfte dann und wann bemerkt. Er ist ein Kind des Löwen und für die Nachfahren jenes Kain, des ersten Schmiedes der Menschheitsgeschichte, sind die Aufgaben des Schicksals Segen und Fluch zugleich! Auch für Kirta war es so ...«

»Ich wollte Euch schon lange einmal nach dem Vater des Schobai fragen. Ihr sagtet, sie seien sich sehr ähnlich?«

»Kirta hatte sein Leben einem Traum gewidmet und dabei ... dabei hat er großes Unglück über die Seinen gebracht. Und als ihm dies deutlich wurde, war es zu spät! Von seinen Söhnen war der eine geblendet und der andere im Kampf gefallen. Seine Torheit hatte auch die Weitergabe der Schmiedetradition an die nächste Generation in große Gefahr gebracht!« Nikos schüttelte traurig den Kopf. »Ich weiß nicht, was aus ihm geworden ist, damals, nach dem Fall der Stadt Ebla! Ich fürchte fast, er starb in dem Bewusstsein, dass der Klan des Löwen endgültig ausgelöscht wurde!«

»Und das ist alles, was Ihr über seinen Verbleib erfahren konntet?«, fragte Meret.

Nikos schien in Gedanken verloren. Nach einer Weile meinte er versonnen: »Es ist schon merkwürdig! Kirta habe ich gut verstehen können in seinem Kummer und Schmerz, aber Schobai? Wie soll man auch einen Fisch verstehen, der sich weigert zu schwimmen? Oder einen Schmied, der seinen Hammer verachtet?« Er lachte leise in sich hinein und auch Meret musste lächeln.

»Doch nun wird wohl alles anders werden, Nikos«, meinte sie. »Und wenn er erst einmal wieder an der Esse steht, so wird er gewiss bemerken können, dass er seine Fähigkeiten keineswegs eingebüßt hat. Wie er stets zu sagen pflegt, liegt das Geheimnis eines guten Schwertes in seiner Gewichtung. Und da hat er als Blinder ein feineres Gespür als jeder Sehende! Ich bin mir gewiss, dass er mit der rechten Unterstützung ein ebenso guter Waffenschmied sein kann wie sein Vater!« Sie lächelte wieder, strahlend vor Begeisterung. »War es nicht so, dass auch Ahuni von einem Schmiedemeister angelernt wurde, der seine rechte Hand verloren hatte? Wenn jener Zakir mit den Händen eines anderen arbeiten konnte, warum sollte Schobai nicht die Augen eines anderen benutzen können?«

»Ja, warum nicht!«, vernahmen sie eine kräftige Stimme hinter sich und Schobai und Akilleus betraten das Zimmer des Kranken. »Ich freue mich schon darauf, meine Freunde! Dutzende von Schmieden werde ich anlernen, sodass sie mir das Augenlicht ersetzen können. Eine ganze Armee von Schmieden, die es dem Herrscher der Zwei Reiche ermöglichen wird, sich der Eindringlinge aus dem Norden endlich erfolgreich zu erwehren!« Er schritt hinüber und beugte sich über die Bettstatt des Kranken. »Nikos, mein Freund! Wie geht es dir?«

»Ich werde bald sterben!«, erwiderte der Grieche ungerührt. »Das weißt du doch. Ich habe wahrhaftig lange genug gelebt, versuch es mir also nicht auszureden! Du auch nicht, Akilleus! Aber Schobai ... dir ist da etwas entgangen! Wie lange ist es her, dass die Stadt Sais von den Nomaden befreit wurde?«

»Nun ... es sind wenig mehr als drei Monde seither vergangen. Aber was hat das ...«

»Ich bin froh zu hören, dass du noch zählen kannst, mein Freund. Aber du hast dennoch nicht sorgfältig zugehört! Meret sprach keinesfalls von einer Armee von Schmieden, die dir das Augenlicht ersetzen sollten, nein, sie hat ganz sicher nur eine bestimmte Person gemeint, Schobai, nur eine Einzige!«

»Aber du wirst doch nicht ... Meret!« Er griff nach ihrer Hand und fragte. »Du willst dich als Schmiedelehrling versuchen? Aber nein; das ist nun wirklich kein Ort für ...«

Nikos lachte und auch Akilleus stimmte mit ein. Verdutzt wandte Schobai sich um und Akilleus meinte: »Du bist wirklich nicht der Schnellste, Schobai! Sogar ich habe schon verstanden, was Meret dir sagen möchte, und wie Ebana meint, bin ich nicht der Allerklügste, sodass sie sich kaum vorstellen kann, wie ich es zu meinem Reichtum gebracht habe! Aber du? Denk nach, Schobai! Was könnte sie wohl meinen?«

Schobai schien immer noch verwirrt. Doch dann breitete sich ein Lächeln auf seinem Gesicht aus und er schloss Meret stürmisch in die Arme. »Du bist guter Hoffnung, meine Liebe? Ist es das, was du mir sagen willst? Wir werden ein Kind bekommen?«

Noch bevor sie antworten konnte, sagte Nikos: »Sie trägt einen Spross des Löwenklans unter dem Herzen, Schobai! Seit sie heute hierher kam, hat sie versucht, es mir mitzuteilen. Aber tröste dich, auch ich habe eine Weile gebraucht, bis ich es verstanden habe. Doch wenn du ihr Gesicht sehen könntest, hättest auch du es sogleich gewusst!«

Schobais Hände strichen zärtlich über die Wangen der jungen Mutter. »Ist es wahr, Meret? Sag du es mir noch einmal!«

»So ist es, mein Lieber! Ich erwarte ein Kind von dir! Und ... natürlich weiß ich noch nicht, ob es ein Sohn sein wird, aber ...«

»Ach, Meret!«, rief er begeistert, schloss sie stürmisch in die Arme und drückte sie so fest an sich, dass ihr fast der Atem wegblieb. »Ich bin ja so glücklich!«

Nikos musterte ihn lächelnd. Die Ernsthaftigkeit und Trauer in seinen Gesichtszügen, die ihm jahrelang das Aussehen eines weit älteren Mannes verliehen hatten, schienen wie ausgelöscht. Dies hier war in der Tat ein gänzlich anderer Schobai, der die Jahre des stillen Leidens und ruhelosen Umherirrens hinter sich gelassen und zu neuem Lebensmut und neuer Hoffnung gefunden hatte.

»Ein Kind!«, wiederholte der blinde Schmied überglücklich. »Ich werde einen Nachfahren und Erben bekommen!«

Kapitel 18

I

Trotz der Ankündigung seines baldigen Todes lebte Nikos im Hause der Witwe Ebana noch etliche Monate, bevor er eines Nachts, umgeben von Freunden und Bediensteten, friedlich im Schlaf verstarb. Merets Schwangerschaft neigte sich schon fast dem Ende zu und Schobai zögerte, als man daran ging, die Reisepläne in die Tat umzusetzen. Unas war mit seinen Truppen bereits nach Memphis aufgebrochen und mit ihm auch Musuri und Tros von Ilios und ein weiterer Verbleib in der Stadt schien weitaus gefährlicher als die Beschwernisse der Reise. Zwar hatte Vahan, entgegen den Befürchtungen von Unas, die Zwischenzeit lediglich genutzt, um die Truppen im Delta zu sammeln und ihre Stellungen auszubauen, ohne dass ein Angriff auf die Stadt erfolgt wäre, aber nach dem Abzug der Widerständler würden die Nomaden sicher nicht mehr allzu lange zögern, die Stadt erneut in ihre Gewalt zu bringen.

Auch Meret und Schobai brachten daher ihre Habe auf das Schiff von Akilleus und machten sich endlich auf den Weg in den Süden.

Dort, wo der mächtige Strom sich in mehrere Arme teilte, die das Deltaland umschlossen, trafen sie auf ein ägyptisches Schiff, das ebenfalls nach Memphis unterwegs war, wenn auch in gemächlicherem Tempo, und der Kapitän erklärte sich alsbald bereit, die hochschwangere Meret und ihren Begleiter als Passagiere an Bord zu nehmen. Und so nahte die Stunde des Abschieds weit schneller, als die Freunde angenommen hatten.

»Soeben wollte ich dir noch sagen ›Pass gut auf sie auf, Schobai‹«, meinte Akilleus grinsend. »Aber dann fiel mir ein, wer von euch beiden der geübtere Schütze ist! Und so werde ich Meret ermahnen müssen, auch weiter gut auf dich Acht zu geben, mein Freund!« Er warf einen Blick auf den Bauch der Schwangeren und fügte dann lächelnd hinzu: »Obwohl es vielleicht noch eine ganze Weile dauern könnte, bis sie wieder zu Pfeil und Bogen greifen wird!«

»Eine ganze Weile noch? Was für ein Unsinn, Akilleus!«, fiel Ebana ein. »Es wird nicht einmal mehr einen Monat dauern! Vielleicht auch nur wenige Tage. Was würdest du nur ohne mich tun? Du brauchst doch jemanden, der dein Geld zusammenhält, wenn du nicht einmal bis neun zählen kannst!«

»Es wird kommen, wenn die Zeit reif ist! Und ich freue mich schon sehr«, fiel Meret lächelnd ein, um den Streit zu beenden, und fragte dann. »Wann werdet ihr wohl zurückkehren?«

»Ich weiß es nicht«, erwiderte Akilleus schulterzuckend. »Es wird alles nicht so leicht sein, denn ich habe meine Heimat vor so langer Zeit verlassen müssen, dass mich dort wohl niemand mehr kennen wird, auch wenn meine Familie früher recht angesehen war!«

»Nun hört euch das an!«, meinte Ebana empört. »So schwierig kann es gar nicht werden. Ich werde die Verhandlungen wahrscheinlich selber führen müssen, denn ich bin noch nicht so lange fort, und außerdem ... es bedarf keiner großen Überredungskünste, um einen Nubier als Verbündeten oder Söldner zu gewinnen! Solange man ihm ausreichende Verpflegung und einen Teil der Beute zusagt, wird er für dich kämpfen! Doch nun ... lebt wohl, ihr beiden, und lasst es euch gut ergehen!«

Sie umarmten sich noch einmal zum Abschied und dann begaben sich Ebana und Akilleus wieder an Bord, der Kapitän rief mit lauter Stimme einige Befehle und schon legte das Schiff ab, der Wind blähte das Segel und entführte die Freunde den Fluss hinauf.

Gemächlichen Schrittes führte Meret den blinden Schmied durch die dichte Menschenmenge am Hafen. Soeben passierten sie eine Abordnung von Stadtsoldaten, die eine Gruppe Gefangener begleitete. »Vorsicht!«, warnte der Wachmann. »Haltet Abstand! Einige der Männer hier sind recht bösartig. Sie sind an das Joch der Sklaverei noch nicht gewöhnt!«

»Sie sehen gar nicht so gefährlich aus«, meinte Meret. »Eher verhungert und verzweifelt! Seht doch nur, der Rotschopf dort vorn! Woher er wohl stammen mag?«

»Ach, der dort? Wir nennen ihn nur den Träumer!«, erwiderte der Wachmann. »Er stammt aus dem Norden, aus Kanaan, und behauptet, er sei der Sohn eines reichen Patriarchen. Aber das sagen sie alle. Nicht ein Sklave, der nicht behauptete, er wäre von königlichem Geblüt! Aber der da, der ist nicht richtig im Kopf. Er hat prophetische Träume! Ich werde ihn mal zum Hahnenkampf mitnehmen, vielleicht kann er mir ja den Sieger verraten! Das wäre wenigstens etwas Vernünftiges!«

»Wie ist denn sein Name?«, fragte Meret.

»Der Name des Träumers? Oh ... ich weiß nicht mehr so recht, Jussuf oder so ähnlich. Aber das macht keinen Unterschied! Schon in wenigen Wochen werden alle diese Männer namenlose Lastenträger sein, die nur noch auf den Ruf der Peitsche hören!«

»Schnell zurück!«, flüsterte Isosi erregt und zog Ebne mit sich hinter die zum Trocknen aufgehängten Fischernetze. »Sie dürfen uns nicht sehen!« Er streckte vorsichtig den Kopf zwischen den Netzen hervor und fügte dann hinzu: »Den Göttern sei Dank. Sie ist weitergegangen! Aber es hätte auch anders ausgehen können!«

»Was ist denn nur los?«, fragte Ebne. »Wer sollte uns denn hier erkennen?«

»Die Gattin von Baka, mein Freund, sie könnte uns erkennen! Was sie nur hier zu suchen hat? Guter Hoffnung ist sie jedenfalls, das ist unübersehbar! Und rate einmal, wen ich an ihrer Seite erblickt habe!«

»Nun, wen denn?«, fragte Ebne unwirsch.

Isosi kicherte. »Du wirst es nicht für möglich halten! Erinnerst du dich an die Gerüchte, die wir ausgestreut haben, um den Oberkommandierenden Baka in Misskredit zu bringen? Als er sich schon in Reschefs Gewalt befand, habe ich ihn damit sogar zur Weißglut bringen können. Und nun zeigt es sich, das alles der Wahrheit entspricht! Zumindest dem Augenschein nach, denn daran, dass sie schwanger ist, gibt es ja wohl keinen Zweifel und der Mann an ihrer Seite ist niemand anderer als Schobai, der Harfenspieler und Sänger!«

Ebne zog nachdenklich die Brauen zusammen. »Das gefällt mir nicht! Das gefällt mir ganz und gar nicht, Isosi! Was haben sie nur hier im Süden zu suchen? Man hat mir berichtet, dass jener Schobai dereinst, bevor man ihn blendete, ein berühmter Waffenschmied war! Er hat auch im Dienst der Nomaden gestanden, damals, zu Zeiten des großen Karakin, und danach hat er die Truppen in Ebla bewaffnet! Was will er also hier, frage ich dich? Er könnte unsere Bemühungen im Auftrag von Avedis gefährden!«

»Und die Frau an seiner Seite könnte mich erkennen!«, fügte Isosi hinzu. »Du hast Recht, die beiden sind eine große Gefahr für unseren Auftrag. Wir müssen sie aufhalten! Sie dürfen auf keinen Fall Memphis erreichen!« Er kaute nachdenklich auf der Unterlippe. »Andererseits hätte es doch schlimmer kommen können, mein Freund! Ein Blinder und eine Hochschwangere sind wahrhaftig keine furchteinflößenden Gegner. Und doch ist es gewiss besser, sich dem Blinden vorsichtig zu nähern, denn er verfügt noch immer über die Kräfte eines geübten Schmieds!« Aufgeregt griff er nach dem Arm seines Begleiters. »Sieh doch, das muss ihr Schiff sein. Ein kleiner Stoß, und sie würden ins Wasser fallen und zwischen dem Rumpf des Schiffes und der Kaimauer zermalmt werden, bevor jemand zu Hilfe eilen kann! So unruhig, wie die Strömung an jenem Teil des Ufers sich gebärdet! Man könnte stets behaupten, es handele sich um einen bedauernswerten Unfall! Welch günstige Gelegenheit!«

»Warte Isosi! Dergleichen will gut überlegt sein«, wandte Ebne ein, aber der ehemalige Schwertträger von Baka war schon fort, schlängelte sich durch die Menge zum Ufer hinüber und wollte sich soeben auf Schobai stürzen, als Meret ihn erblickte und entsetzt aufschrie. Schobai hatte schützend die Hände vor sich ausgestreckt und Isosi stolperte in die Arme des blinden Schmieds. Verzweifelt versuchte Isosi, den Dolch in seinem Gürtel zu ergreifen, und wieder ertönte Merets warnende Stimme.

Die Menge war erschrocken zurückgewichen, eine Frau schrie kreischend auf und die nicht weit entfernt postierten Stadtsoldaten zückten ihre Schwerter und bahnten sich mit lauten Rufen einen Weg durch die Menge.

Der Dolch blitzte im hellen Sonnenlicht auf und zielte auf Schobais Leib, bevor der Schmied ihn dem Angreifer aus der Hand winden konnte. Die Klinge fiel klirrend zu Boden, Isosi riss sich endlich los, stolperte jedoch und stürzte mit einem Aufschrei in jenen Spalt zwischen der Kaimauer und dem Frachtschiff, den er zuvor seinen Gegnern als Todesfalle zugedacht hatte.

Ebne hatte sich abgewandt, doch vor seinem inneren Auge lief dennoch das grausame Schauspiel ab, das seinem Verbündeten einen schmerzhaften und schnellen Tod brachte. Blass und zitternd zog sich Ebne weiter in den Schatten zurück. Vorn am Ufer hörte er noch eine laute Stimme: »Kümmert euch um die Frau! Bringt eine Trage! Die Wehen haben eingesetzt!«

Er schluckte und blickte sich noch einmal vorsichtig um, bevor er hastig in einer der Gassen verschwand. Nur fort von hier, von der Gefahr, erkannt zu werden, und dem Ort des grausigen Geschehens! Dorthin, wo er in Ruhe seine nächsten Schritte planen konnte.

Man hatte Meret schnell in die Obhut der Frauen bringen können, nachdem die Wehen so plötzlich eingesetzt hatten, und nun lauschte der Schmied vor dem Haus der Hebamme angestrengt in die plötzliche Stille, die einem der letzten heftigen Schreie gefolgt war. »Bei den Göttern!«, seufzte er und wischte sich den Schweiß von der Stirn. »Warum kommt denn niemand und sagt mir, wie es ihr geht?«

»Ihr seid Euch also ganz sicher, den Mann nicht zu kennen?«, fragte der Stadtsoldat neben ihm ungerührt. »Er stammt wohl aus dem nördlichen Deltaland und von dort seid Ihr doch auch hierher gereist, ist es nicht so?« Der Stadtschreiber, der den Soldaten begleitet hatte, lauschte den Männern aufmerksam, um alles Wichtige für die Klärung der undurchsichtigen Vorgänge am Hafen zu notieren.

»Mir ist niemand bekannt, auf den seine Beschreibung zutreffen könnte«, bemerkte Schobai. »Wenn doch nur endlich jemand käme!«

Gerade in diesem Augenblick wurde die Tür des Hauses einen Spalt breit geöffnet und eine der Helferinnen steckte den Kopf heraus. »Es ist ein Junge, Herr! Ein gesunder, kleiner Junge!«

Schobai war aufgesprungen und starrte sie an, lächelnd und sprachlos. »Ein ... ein Junge!«, stammelte er schließlich. »Wie ... wie geht es ihr? Wie geht es Meret?«

»Oh, es geht ihr gut. Sie hat mir auch aufgetragen ... nun, was war es noch? Irgendetwas mit einem Löwen ... und einem Mal ...«

»Ein Kind des Löwen? Hat sie das vielleicht gesagt?« fiel Schobai erregt ein. »Der Junge trägt also das Mal auf dem Rücken!«

»Ja, ja! Das war es! ›Sagt Schobai, dass ein neuer Spross des Löwenklans geboren wurde!‹ Das waren ihre Worte, aber ich wusste nicht so recht, was sie ...«

Aus dem Inneren des Hauses waren erneut heftige Schreie zu hören und Schobai wurde blass. Die Frau schlug hastig das Zeichen gegen das Böse und verschwand ohne ein weiteres Wort wieder hinter der Tür. Jetzt wurden die Schreie lauter, nur um wenig später genauso plötzlich zu verstummen wie schon zuvor einmal.

»Meret!«, rief Schobai außer sich und hämmerte mit den Fäusten gegen die Tür des Hauses. »Ich bitte Euch! Lasst mich zu ihr!«

Der Wachsoldat war zu ihm getreten und wollte ihm beruhigend die Hand auf den Arm legen, doch Schobai wies ihn aufgebracht zurück. »Ihr versteht das nicht! Sie ist so zart und zerbrechlich! Wenn ihr irgendetwas zustoßen sollte ...«

»Beruhigt Euch doch, Herr!«, mahnte der Soldat erneut. »Es ist Euer erstes Kind, nicht wahr? Die Frauen sind viel kräftiger, als wir meinen! Ich weiß, wovon ich spreche, denn meine Ehefrau hat mir bereits vier Kinder geboren, und sie ist jedes Mal ...«

Erneut wurde die Tür des Hauses einen Spalt breit geöffnet. Schobai hatte das Quietschen der Angeln vernommen und drehte sich blitzschnell um. »Was ist mit ihr? Was ist mit Meret? Ich bitte Euch ...«

»Ihr geht es ausgezeichnet, Herr! Aber ... ich weiß nicht, ob Ihr damit gerechnet habt! Eure Gattin hat ein weiteres Kind geboren!«

Schobai blickte sie wie vom Donner gerührt an.

»Ja, Herr! Zwillinge, ein kleiner Junge und ein kleines Mädchen, und beide sind wohlauf. Und sie gleichen sich wie ein Ei dem anderen, sogar das Muttermal tragen sie an derselben Stelle! Und Eurer Gattin ...«

»Das kann ich nicht glauben! Lasst mich zu ihr!« Ohne eine Antwort abzuwarten, schob der Schmied die Frau zur Seite und drängte sich durch die Tür ins Innere des Hauses. Die Hebamme folgte ihm, ergriff ihn am Arm und führte ihn in den hinteren Raum bis an die Bettstatt der jungen Mutter. »Meret! Wie geht es dir? Man hat mir gesagt, dass du …«

»Es ist wahr, Schobai!«, begrüßte sie ihn glücklich, ergriff seine Hand und führte sie sachte zu den beiden Neugeborenen an ihrer Seite. »Zwillinge, Schobai! Ich habe der Hebamme schon gesagt, dass du es nicht glauben würdest, aber nun weißt du es besser! Ein Junge und ein Mädchen, und beide sind gesund und munter!«

»Aber … es hat noch niemals zuvor in meiner Familie Zwillinge gegeben«, wandte er verwundert ein.

»Weißt du das denn so genau?«, fragte sie. »Es könnte doch sehr wohl möglich sein, ohne dass wir davon wissen! In meiner Familie wurden jedenfalls schon öfter Zwillinge geboren. Ach, Schobai, wenn du sie doch nur sehen könntest!«

»Und was ist mit dem Mal?«, fragte der Schmied. »Haben sie tatsächlich beide das Mal auf dem Rücken?«

»So ist es, mein Lieber! Beide sind sie im Zeichen des Löwen geboren. Wie es aussieht, haben wir mit der Tradition gebrochen, die besagt, dass nur die männlichen Nachfahren das Mal tragen! Streck die Zeigefinger aus, Schobai! Und jetzt …« Zwei kleine Fäuste schlossen sich fest um die Finger des Schmiedes. »Sind das die kräftigen Hände, die eines Tages mühelos den Schmiedehammer schwingen können? Was meinst du, mein Lieber?«, fragte sie lachend, und als endlich der besorgte Ausdruck in seinem Gesicht einem breiten, strahlenden Lächeln wich, wusste sie, dass auch er unendlich glücklich war und sich all die Mühen und Schmerzen gelohnt hatten. »O Meret«, flüsterte er ergriffen. »Dies ist der glücklichste Augenblick meines Lebens. Ich danke dir!«

»Schobai«, setzte sie an, doch statt aller weiteren Worte zog sie ihn zu sich heran und küsste ihn, gerade als die beiden Säuglinge gleichzeitig zu schreien begannen.

Schwere Schritte erklangen auf dem Gang vor dem dunklen Kerker. Der Gefangene fluchte leise und legte den Stein zurück, den er aus der Mauer unter dem Sims des schmalen Lichtschachtes entfernt hatte. Er ließ sich zurück auf den Boden fallen, wo die Ratten ängstlich zur Seite wichen, und lauschte in die Dunkelheit hinein. Als er hörte, wie der Riegel an seiner Zellentür zurückgeschoben wurde, richtete er sich auf und verschränkte die Arme vor der Brust.

Die schwere Tür kreischte in den Angeln und dann blendete ihn der grelle Schein einer Fackel. Erschrocken hielt er die Arme vor den Kopf und blinzelte ängstlich in Richtung der Wärter. »Was wollt ihr von mir? Lasst mich in Ruhe, es sei denn, ihr habt etwas zu essen mitgebracht!«

»Ha! Er glaubt tatsächlich, wir sind gekommen, um ihn zu füttern!«, meinte der Wärter an seinen Begleiter gewandt. »Nun sieh dir das an! Er hat sich von der Fußkette befreit! Wie hat er das denn wohl zustande gebracht, frage ich dich? Aber das ist nun auch nicht mehr von Bedeutung. Komm mit uns!«, fügte er an den Gefangenen gerichtet hinzu.

»Wo ... wo bringt ihr mich hin?«, stammelte der Mann. »Wollt ihr mich endlich töten, ist es das? Mich ... mich aus diesem Elend erlösen? Mir soll es recht sein, ich fürchte mich nicht mehr vor dem Tod!« Noch immer hielt er die Hände hoch erhoben, um seine Augen zu schützen. In der Zelle hatte es nicht den kleinsten Lichtschein gegeben und er wusste nicht einmal mehr, wie viele Monde er dort verbracht hatte. Das Fieber hatte ihn befallen und er hatte aufgehört zu zählen, doch damals waren es schon mehr als hundert Tage gewesen. Dann hatte er entdeckt, dass der Mörtel zwischen den Steinen brüchig geworden war, und neue Hoffnung auf eine Fluchtmöglichkeit geschöpft. Aber jetzt schien erneut alles verloren! Denn welchen anderen Grund sollten sie wohl haben können, ihn aus dem Kerker zu holen, wenn nicht ...

»Was habt ihr vor mit mir?«, wandte er sich erneut an die beiden Wärter, die ihn über lange Treppen und Gänge stetig nach oben führten. Er hatte sie in ihrer eigenen Sprache angesprochen, den wenigen Worten, die er bisher gelernt hatte. »Sagt es mir! Wird man mich töten?«

»Man hat dir die Freiheit geschenkt«, antwortete der Mann hinter ihm. »Aber ich hoffe, man wird dich noch gründlich waschen, bevor man dich auf die Straßen hinausschickt! Dein übler Gestank könnte die ganze Stadt in Aufruhr versetzen.« Er trat verächtlich nach dem nackten, schmutzigen Leib des Gefangenen und traf ihn am Bein. Der Mann zuckte zusammen und humpelte mühsam weiter die Stufen hinauf.

»Man lässt mich gehen?«, fragte er nach einer Weile. »Aber aus welchem Grund, nach so langer Zeit? Ich verstehe das nicht.«

»Ich auch nicht!«, erwiderte der Wärter vor ihm. »Wenn es nach mir ginge, hätte ich dir längst den Garaus gemacht! Aber es ist Teil der fragwürdigen Gewohnheiten in dieser Gegend! Wenn ein Gottkönig gekrönt wird, wie Avedis es vorhat, wird den Gefangenen die Freiheit geschenkt, um der Milde und Güte des neuen Herrschers Ausdruck zu verleihen. Das ist nur etwas für Narren! Aber Avedis hat es so befohlen! Und Abschaum wie deinesgleichen wird die Freiheit geschenkt, sodass ihr die Straßen der Stadt Tanis mit eurem Anblick verunzieren könnt! Als wenn es nicht schon genug Bettler und anderes Gesindel gäbe. Ich rate dir, dich so schnell wie möglich davonzumachen, denn wenn ich dich noch einmal hier sehe, aus welchem Grunde auch immer, wird es keine Milde mehr für dich geben!«

Der Gefangene stolperte erneut, offensichtlich geschwächt vom langen Aufstieg über die Vielzahl von Stufen. »Ich werde gewiss nicht zurückkehren!«, brachte er mühsam hervor.

Nicht alleine! Nicht ohne ein Schwert und eine Armee im Rücken! Aber wenn ich wiederkomme, dann nehmt euch in Acht! Seid auf der Hut, Hirtenkönige! Auch ich werde weder Gnade noch Milde kennen! Hüte dich, Avedis. Und auch du, Reschef … Aber nein, Reschef lebte nicht mehr. Selbst bis in die Einsamkeit seines Kerkers war die Nachricht vom Tode des verhassten Soldatenschinders Reschef gedrungen. *Doch Isosi, der Schwertträger, der ihn so schändlich verraten und unzählige seiner Männer in den Tod getrieben hatte, er lebte noch und sollte für seine Taten büßen! Isosi und wer immer mit ihm den Verrat geplant hatte! Und auch du, Schobai, hüte dich! Ich habe dir nicht verziehen, dass du dir die Gunst meiner Gattin erschlichen hast!*

Doch als er endlich das Tageslicht erblickte, vier lange Treppen über jenem feuchten Kellergelass, in dem er in tiefster Dunkelheit verbracht hatte, schienen ihn seine Kräfte endgültig zu verlassen. Die Wärter halfen ihm noch einmal auf und stießen ihn hinaus vor das schwere Tor des Kerkers, wo er schwankend und nach Atem ringend stehen blieb und in das ungewohnte grelle Sonnenlicht blinzelte. »Was wartest du noch?«, rief ihm einer der Wärter spöttisch nach. »Willst du sie etwa gar nicht, deine Freiheit?«

Der Junge hatte schützend die Hand über die Augen gelegt und blinzelte angestrengt in die angezeigte Richtung. »Ich kann nichts erkennen!«, meinte er nach einer Weile enttäuscht.

Nekoda schnaubte verächtlich. »Du musst auch deinen Verstand gebrauchen, mein Junge! Immer dann, wenn deine Augen dir nicht weiterhelfen können.« Mit seinem stachelbewehrten Stab stieß er jetzt das Lastkamel, das sechste hinter dem Leitkamel am Anfang des Zuges, in die Seite. Hinter ihnen erstreckte sich die lange Reihe der schwer beladenen Tiere bis fast an den Horizont. »Was hattest du denn erwartet? Tempel und Paläste? O nein, Sile ist keine von jenen Städten, die schon von weitem das Auge mit ihrer Pracht anlocken. Sile ist eine kluge Stadt, die sich vor den Augen des Feindes versteckt hält, wie es sich für eine Grenzsiedlung gehört, die seit Anbeginn der Zeiten hier in dieser Einöde überlebt hat. Und doch kann man erahnen, wo sie zu finden ist!«

»Aber wie denn nur?«, fragte der Junge ungeduldig.

»Schau noch einmal genau hin! Dort drüben kannst du eine schmale, dunkle Wolke sehen und darunter verbirgt sich die Grenzgarnison! Aber es ist trotzdem kein Grund zur Freude, mein Junge!« Er schnaubte erneut verächtlich. »Dort drüben beginnt das Reich der Nomadenkönige!«

»Ich weiß nur recht wenig von den Nomaden«, meinte der Junge und blinzelte wieder angestrengt in Richtung des Horizonts. »In Kanaan sind wir nur gelegentlich den Aufsehern begegnet, die sie dort zurückließen!«

»Nun, sie haben uns schon ein ganze Weile bemerkt und nicht aus den Augen gelassen. Du hättest sie eigentlich auch sehen können! Hinter jedem Felsen und jeder Düne hat einer von ihren Spähern gehockt!«

»Bei den Göttern! Wir sind also tatsächlich bereits in Ägypten, Nekoda?«, meinte der Junge und seufzte ergriffen. Hinter sich vernahm er ein fröhliches Kläffen und dann sprang der kleine graue Hund an ihm hoch und leckte seine Hand.

»Da bist du ja wieder, Löwe!«, meinte Ben-Hadad erfreut und kraulte das Tier hinter den Ohren. »Siehst du die Wolke da drüben? Dort beginnt Ägypten, wo wir nach Joseph suchen werden! Und wir werden ihn auch finden, nicht wahr?«

Die Sonne stand schon tief im Westen und er blickte nachdenklich in Richtung der Wolke über dem Horizont, wo das Reich der Nomadenkönige beginnen sollte. Die Welt erschien ihm so unermesslich groß! Niemals hätte er angenommen, dass es so lange dauern würde, bis an die Grenzen Ägyptens vorzustoßen, und wer konnte schon sagen, wie weit sie noch würden reisen müssen, um ihr Ziel zu erreichen? Dort vor ihm lag eine unvorstellbar große, unbekannte Welt voller Abenteuer und Gefahren! Und irgendwo dort würde er seinen Freund wiederfinden, um mit ihm zusammen nach Kanaan zurückzukehren …

»Komm schon, Löwe!«, rief er fröhlich. »Wir haben noch einen weiten Weg vor uns!«

Epilog

Die Glut des heruntergebrannten Feuers warf nur mehr einen schwachen Lichtschein auf das Antlitz des Geschichtenerzählers und eine andächtige Stille senkte sich über die versammelten Menschen, als der alte Mann seine lange Erzählung beendet hatte.

»Wartet noch«, mahnte er, als eine der Frauen sich erhob, um den Versammlungsort zu verlassen. »Für heute will ich meine Erzählung beenden, doch schon morgen, mit der Gnade Gottes, könnt ihr erneut den Legenden aus alter Zeit lauschen. Werdet ihr kommen, um meine Worte zu hören?« Er schwieg erwartungsvoll und in der Menge wurde zustimmendes Murmeln laut.

»Nun denn, so soll es sein! Mit der Gnade Gottes werdet ihr also von Joseph, dem Sohn des Jakob, hören, der in der Fremde als Sklave aufwuchs und dennoch zu Macht und Ansehen im ägyptischen Reich gelangte …«

Erneut erhob sich zustimmendes Murmeln in der Menge, denn auch dies war eine beliebte Geschichte, die schon oft erzählt worden war und dennoch immer mit Spannung erwartet wurde. Der alte Mann hob die Hand und gebot der Menge zu schweigen, bevor er fortfuhr. »Hört von Schobai und Meret und von ihren Kindern, die in ihrer Anmut dem Mond und den Sternen glichen! Hört auch von der Suche des Baka nach seiner geliebten Gattin. Hört von der Zerrissenheit des ägyptischen Reiches, das noch keinen Frieden finden sollte! Hört aber auch von der langen Dürre, die den Patriarchen Jakob, den man nun Israel nannte, und seine Söhne aus dem Lande Kanaan vertrieb. Hört von ihrer verzweifelten Flucht in das grüne Land des Deltas …

Hört auch, wie ihre Hoffnungen zunichte gemacht wurden angesichts von Sklaverei und Unterdrückung! Und hört von Ben-Hadad, der im Lande der Nomadenkönige zum Manne heranwuchs, von seiner Suche nach dem verlorenen Freund und den Nachfahren des Löwenklans, von denen die Gerüchte im Lande erzählten. All dies und mehr noch sollt ihr erfahren! Doch nun … nun geht mit Gott, meine Kinder!«

Der Geschichtenerzähler verbeugte sich tief, die dunkle Kapuze seines Umhanges fiel ihm über den Kopf und nur seine Hände, die er zum Gruß erhoben hatte, waren im schwachen Schein der Glut undeutlich zu erkennen. Ein leichter Wind erhob sich und raschelte in den Büschen und dann trat der alte Mann zurück in die Schatten der Nacht.

Peter Danielson

Im Zeichen des Löwen
Roman
Aus dem Amerikanischen von Gabriele L. Ulrich-Hunter
Band 14348

Die Insel der Göttin
Roman
Aus dem Amerikanischen von Brigitte Gruss
Band 14349

Die Nomadenkönige
Roman
Aus dem Amerikanischen von Brigitte Gruss
Band 14672

Die Rache des Löwen
Roman
Aus dem Amerikanischen von Gabriele L. Ulrich-Hunter
Band 14812

Der Löwe in Ägypten
Roman
Aus dem Amerikanischen von Brigitte Gruss
Band 14813

Fischer Taschenbuch Verlag

fi 1564 / 6